द्रौपदी

उड़िया उपन्यास 'याज्ञसेनी' का

शंकरलाल पुरोहित कृत हिन्दी रूपान्तर

स्थापित 1912
100 वर्षों की श्रेष्ठ प्रकाशन परम्परा
राजपाल

₹ 450

ISBN : 9788170284703

DRAUPADI (Novel) by Pratibha Rai

मुद्रक : जी.एस. ऑफ़सेट, दिल्ली

राजपाल एण्ड सन्ज़

1590, मदरसा रोड, कश्मीरी गेट, दिल्ली-110006

फोन : 011-23869812, 23865483, 23867791

e-mail : sales@rajpalpublishing.com

www.rajpalpublishing.com

www.facebook.com/rajpalandsons

द्रौपदी

51,000 रुपये के मूर्तिदेवी पुरस्कार से सम्मानित उपन्यास

प्रतिभा राय

राजपाल

ओ३म नमो भगवते वासुदेवाय

महाभारत के नायक, पूर्णपुरुष श्रीकृष्ण के चरणकमलों में

केवल कर्म, केवल ज्ञान, केवल भक्ति का कोई मूल्य नहीं है।
कर्मी के हाथ, ज्ञानी के चक्षु और भक्त का हृदय,
इन तीनों के समन्वय से त्रिवेणी-संगम होता है—
मानव-जीवन सार्थक होता है।

—श्रीमद्भगवद्गीता

❑ ❑

"इति"

तुम्हारी प्रिय सखी,

इति कर देने के बाद लगता है जैसे कुछ भी नहीं लिख पाई। महाजीवन की लम्बी सुख-दुःखों भरी कहानी महाकाल के वक्ष पर खाली पन्ने की तरह पड़ी है। जैसे मृत्यु-पथ का यात्री इस संसार में सब-कुछ छोड़कर जाता है। ऐसा सोचें भले ही, दरअसल वह कुछ भी छोड़कर नहीं जाता। बस यह भंगुर काया छोड़ जाता है, वह भी उसकी नहीं। आत्मा उड़ जाती है, वह भला उसकी होती ही कहां है ?

आकाश का न कहीं आदि है और न कहीं अंत। सागर का न क्षय होता है और न उसकी कोई वृद्धि। सूर्य का न उदय है और न अस्त। मनोकामना की न पूर्णता होती है और न रिक्तता। हमारे संबंध की भी वैसे ही न कोई संज्ञा है और न कोई अंतिम परिणति। अतः इस मामूली-से पत्र में अंतिम बात क्या लिख पाऊंगी ? जीवन की सारी बातें कह चुकने पर भी अंतिम बात तो रह ही जाती है। सब-कुछ पाने के बावजूद पूर्णता रह जाती है—सब-कुछ इतिश्री होने के बाद शुभारंभ रह जाता है। किसका आरंभ और किसकी इति ? जो सृष्टि है वही तो प्रलय है। जो प्रारंभ है वही विलय है—वह महाकाल है, अनादि और अनंत है—

जैसे वायु पुष्प से गंध वहन कर लेती है। पता नहीं, किसकी गंध पाकर जीवन यह देह छोड़ जाता है। कहाँ जाता है और कहां से आता है ?

काम, क्रोध, लोभ नरक के द्वार हैं। हे ईश्वर ! अंत में क्या नरकवास है ? मृत्यु के शीतल हाथ जीवात्मा को जड़ करने के अंतिम क्षण तक जीवन की अंतिम बात कहने की चेष्टा करने से संशय कभी समाप्त होता है ? हिमालय मेरु गिरि की स्वर्णरेणु पैरों से खिसक रही है। पांवों में और कुछ अनुभव नहीं होता। जिनका पीछा करते सारी उम्र इन कोमल पांवों से रक्त झराया, व्यथा भोगी, वे सब लोग पता नहीं, कौन किधर चले गए हैं। एक बार भी 'आह !' कह मुड़कर नहीं देखा। उस 'आह !' भर कह देने से उनके स्वर्ग पाने में कौन-सी बड़ी बाधा खड़ी हो जाती ? किसने चाहा था स्वर्ग, किसने चाहा था राज्य ? और किसने चाहा था युद्ध ? सब कारणों के कारणस्वरूप कोई होते हुए भी सारा दोष मेरे माथे ढालकर वे चले गए—मृत्यु-द्वार पर मुझे यों छोड़कर !

भोले शिशु को खिलौना देकर अगले क्षण छीन लेकर उसे रुलाना ! यह सब कुछ ले जाने का नाटक क्यों रचा ? जो हाथ पसार कर मांगता है, उसके साथ खेलने का मन होता है। पर जो कुछ मांगता ही नहीं, उसके साथ यह खेल ! यह निष्ठुरता

नहीं तो और क्या है ! क्षर से जो दूर हैं, अक्षर से श्रेष्ठ हैं, पुरुषोत्तम हैं, सब-कुछ जिनके पास देय है, परम आनंद के अधिकारी, वे क्यों ऐसा खेल खेलते हैं ? वे किसे देते हैं या किससे लेते हैं ?

पांवों-तले से प्राण निकलते जा रहे हैं। जो साथ-साथ थे, वे स्वर्ग-पथ में आगे बढ़ गए हैं। महाशून्य में सब-कुछ सूना-सूना लग रहा है। फिर भी जीवन भर का संचित मान-गुमान आज मृत्यु-पथ में मोम की तरह पिघलकर झर रहा है–प्रश्न पर प्रश्न हृदय-तट से टकरा रहे हैं। फिर भी अंतिम बात कही नहीं जा सकी। चिट्ठी की इतिश्री हो चुकी है। मृत्यु-पथ में पल-पल आगे सरकती जा रही हूँ–फिर पढ़ने लगी उस चिट्ठी को। अनंत, अथाह जीवन-जिज्ञासा शायद इस सृष्टि का रहस्य है ! अतः जीवन की विस्तृत अनुभूति के बावजूद जीवन सदा सुख-दुःख, संपद-विपद, मिलन-विरह, जन्म-मरण के रहस्य में ही रह जाता है। अपने रक्त से लिखी यह चिट्ठी ही आज मृत्यु-पथ की सहचरी है। अपनी चिट्ठी पढ़ते-पढ़ते अगर मेरी आत्मा शरीर को छोड़ जाए तो समझना, इसके प्राप्तकर्त्ता तुम्हीं हो–

प्रिय सखा !

गोविंद !

हे पुरुषश्रेष्ठ कृष्ण ! हे मधुसूदन ! कृष्णा का प्रणाम !

जीवन का सारा मान और अभियोग आज अन्तिम क्षणों में रखे दे रही हूं। जीवन में अफसोस रह जाएगा।

धर्म की रक्षा के लिए जीवन भर कितनी यातनाएं नहीं सहीं ! सोचा था पातिव्रत के कारण और अपने धर्माचरण के बल पर पति संग स्वर्ग जा सकूंगी। पर गिरिराज हिमालय के पाद-देश की स्वर्णरेणु छूते-छूते ही पांव फिसल गए, मैं गिर पड़ी ! पांचों पतियों ने मुड़कर भी नहीं देखा। वरन् धर्मराज युधिष्ठिर ने भीम से कहा–"मुड़कर न देखो ! आगे आ जाओ !"

उनकी यही बात मेरे हृदय को टूक-टूक कर गई। सोचा–कितना झूठा है यह पति-पत्नी का संबंध ! स्नेह, प्रेम, त्याग और उत्सर्ग ! अपने कर्म अगर आदमी स्वयं भोगता है, तो फिर युधिष्ठिर के धर्म की रक्षा के लिए पांच पतियों के चरणों में अर्पित होकर सारी दुनिया का उपहास, व्यंग-विद्रूप और निंदा-अपवाद ढोती क्यों फिरी ?

द्वापर युग शेष होने जा रहा है, अभिमन्यु-पुत्र परीक्षित का जिस दिन हस्तिनापुर की गद्दी पर अभिषेक हुआ, उसी दिन से कलियुग का प्रारंभ होता है। कहते हैं मेरा नाम पंच सती में गिना जाएगा। उसे देख कर कलियुग के नर-नारी विद्रूप कर हंसेंगे। कहेंगे–पंचपति वरण कर द्रौपदी अगर सती हो सकी, तो फिर एक पतिव्रतपालन की क्या आवश्यकता ? बहुपति वरण कर वे कलियुग में सती क्यों नहीं होंगी ? यौन विकारग्रस्त कलियुग के उच्छृंखल नर-नारियों के बीच द्रौपदी होगी व्यंग-परिहास का उपादान। पांच पतियों की पत्नी द्रौपदी को सतीत्व के लिए तिल-तिल जलना पड़ा होगा, इसे ये लोग भला कैसे समझेंगे ? तब तो हस्तिनापुर की नायिका द्रौपदी एक निंदित आत्मा, कलंकभरी कहानी की नायिका बन जायेगी ! हे कृष्ण ! हे वासुदेव, तुम तो इच्छामय हो ! तुम्हारी इच्छा से तो द्रौपदी ने जन्म से अब तक सारा रास्ता तय किया। तुम्हारी इच्छा पर द्रौपदी की पलकें खुली हैं, झपकी हैं, सांस आती-जाती रही है–तो

उसकी निंदा-प्रशंसा में क्या तुम्हारा कुछ भी भाग नहीं !

आज हृदय से झरते रक्त से पवित्र हिमालय के पत्थरों पर द्रौपदी लिख रही है अपने जीवन की कहानी। कभी तुम विपन्न धरती का उद्धार करने हिमालय की राह से पृथ्वी पर अवतरित होओगे। उस दिन अमिट अक्षरों में लिखी रक्तसनी आत्मकथा पढ़ोगे। 'आहा !' शब्द द्रौपदी के लिए निकलेगा। बस इतना ही मुझे चाहिए।

तुम अंतर्यामी हो। तुम्हें क्या पता नहीं ? फिर भी मुँह खोलकर कुछ कहे बिना तुम तक आर्त्त स्वर नहीं पहुंचता। अतः तुम्हारे आगे सब कुछ रख रही हूं। जो तुम्हें ज्ञात है, जिसके तुम कर्त्ता हो, वे ही बातें तुम्हारे आगे रख रही हूं।

काल मुझे 'देवी द्रौपदी' के रूप में परिणत कर सकता है। मैं, लेकिन धरती पर यह देह लेकर मानव-रूप में आई थी। मेरे पंचपति मर्त्यलोक के एक-एक मानव हैं। हमारे कर्त्ता महामुनि कृष्ण द्वैपायन ने मुझे देवी के आसन पर बिठाया है। उनकी दृष्टि में मैं दिव्यदर्शनी हूं। पंचपति-वरण के मूल में उन्होंने शिव के किसी वरदान की बात कही है। पर मैं देवी नहीं, जातिस्मर नहीं। अतः आज मृत्यु-पथ पर बढ़ते-बढ़ते, जो कहूंगी, सच कहूंगी। मेरे जीवन की कथा मर्त्यलोक के किसी मानव के जीवन-चरित के अलावा कुछ नहीं। इस पत्र के ये अमिट अक्षर पढ़ेंगे। मेरे जीवन में घटी एक-एक लोमहर्षक घटना को देख कर कलियुग के लोग विचार कर सकेंगे, द्रौपदी की लांछना कभी किसी युग की नारी ने सही है ! भविष्य में ऐसा लांछन, ईश्वर करे, कभी किसी को न भोगना पड़े।

सखे ! जिस दिन मैं कुरुसभा में लांछित हो रही थी, पंचपति से भरोसा उठ चुका था, उस दिन लज्जा छोड़ हाथ उठाकर तुम्हें ही तो बुलाया। तुम्हारे आगे ही समर्पण किया। और आज फिर पंचपति मुझे निःसहाय छोड़कर जा चुके हैं, मैं तुम्हारे आगे ही स्वयं को अर्पित कर रही हूं। अपना सारा दुःख-दर्द, हाहाकार, लांछन सब-कुछ तुम्हें दे रही हूं। मैं अगर अपनी ही नहीं रही, तो फिर मेरा दुःख मेरा क्यों रहेगा ?

हे अंतर्यामी कृष्ण ! तुम्हारे लिए क्या अगोचर है ? फिर भी, लिख रही हूं अपनी कहानी। हृदय खोलकर कहे से ही दुःख घटता है। और जब हृदय खोल रही हूं सब कुछ अपने दोष, दुर्बलता, भ्रम सब बाहर आयेंगे। दुनिया इसके लिए मुझे दोष दे, तो मैं क्या कह सकती हूं ! भूल-भटकनादि से ऊपर नहीं उठ सकी, इसीलिए शायद स्वर्ग-पथ मेरे लिए रुद्ध हो गया।

समय छीजता जा रहा है। देह क्षत-विक्षत। हृदय टूक-टूक। रक्त झर रहा है—और इसी रक्त से सनी है मेरी कहानी। मरते समय आदमी जो कुछ कहता है या करता है, सब उसके अधीन से बाहर होता है। अतः इतने दिन की संचित मनोवेदना आज अनायत्त होकर तुम्हारे चरणों में अर्घ्य बनकर बह जाये। दुनिया चाहे देख ले। हे गोविंद ! मेरी कहानी पूरी करने तक मेरी भावना और चिंतन को जड़ मत करना। मेरी स्मरणशक्ति तोड़ न देना, मृत्यु के हाथों अर्पित न कर देना। बस अपनी कहानी कह लूं—मृत्यु के द्वार देश पर खड़ी इतनी ही प्रार्थना कर रही हूं।

कहां से शुरू करूं ? अपने जन्म से ? जन्म तो मेरा एक व्यक्तिक्रम है। मैं युवती के रूप में ही पैदा हुई। जनमी नहीं—यज्ञदेवी ही मेरी मां है। याज्ञसेन मेरे पिता हैं। अतः मैं हूं याज्ञसेनी।

याज्ञसेनी !

पांचाल राजकन्या, द्रुपद-नंदिनी, द्रौपदी !

❑ ❑

द्वापर युग में कुरु और पांचालों के अधीन जो इलाक़ा था, वही आर्यावर्त का प्राणकेन्द्र था। भरत के वंशधर कुरुओं ने गंगा-तट पर हस्तिनापुर को राजधानी बनाया। इस समय यह देश के गर्व-गौरव का प्रतीक था। पांचाल राज्य के वंशधर भी कुरु-वंशियों से कम न थे। वास्तव में इन दोनों के बीच एक तरह की प्रतिद्वंद्विता चल रही थी।

मेरे पिता के बचपन के सखा थे द्रौण। और पांडवों के वे गुरु। कभी द्रुपदराज के पास सहायता के लिए आये थे। पिता ने उपहास में कह दिया—"भिक्षुक ब्राह्मण और राजा का मित्र ! मित्रता तो समस्कंधवालों में ही होती है।"

द्रोण अपमानित होकर लौट आए। कुरुसभा में उन्हें नियुक्ति मिल गई। वह अपमान उनके हृदय में सुलगता रहा। पांडवों की अस्त्रशिक्षा समाप्त होने के बाद द्रोण ने दक्षिणा मांगी—"द्रुपदराज को बांधकर मेरे कदमों में डालो !"

तृतीय पांडव अर्जुन द्रोण के अतिप्रिय शिष्य थे—धनुर्विधा में पारंगत। राधेय कर्ण को छोड़कर आर्यावर्त्त में कौन था, जो उनका मुकाबला करे !

पांडवों के लिए वह कोई बड़ी बात न थी। अर्जुन बांध लाये मेरे पिता द्रुपद को और द्रोण के चरणों में डाल दिया।

द्रोण ने अपमान लौटाकर कहा—"राजा ही सिर्फ राजा का मित्र हो सकता है। लेकिन आज तुम्हारे पास राज्य नहीं। आज से पांचाल का उत्तरी भाग मेरा है। गंगा नदी के दक्षिणी पार्श्व के अधीश्वर तुम हो। अब हम दोनों समस्कंध हैं। अब हमारी मित्रता में कोई बंधक है ?"

द्रुपद ने आधा राज्य खोकर कपट-मित्रता का हाथ बढ़ाया। पांचाल का उत्तरी पार्श्व वाला राज्य ही अधिक समृद्ध था। द्रोण ने अपने लिए रखा था उसे।

क्षत्रिय कभी अपमान नहीं भूल सकता। भाग्य को स्वीकार कर लिया। लेकिन क्षात्र-धर्म कुछ और ही होता है।

द्रोण की हत्या बिना अपमान शांत नहीं होगा। द्रोण की तरफ हैं भीष्म, कर्ण, शल्य, जयद्रथ, दुर्योधन और उनके सौ भाई—फिर हस्तिनापुर की विशाल सेना ! पांचाल में ऐसा कौन था जो द्रोण को मार सके ?

द्रोणान्तक पुत्र पाने के लिए राजा द्रुपद ने कश्यप ऋषि के वंशज उपयाज को संतुष्ट किया। पुत्र-प्राप्ति के लिए उपयाज एवं याज ऋषि से यज्ञ करवाया।

यज्ञ की होमाग्नि से तेजोवंत पुत्र मेरे भाई धृष्टद्युम्न और यज्ञवेदी के दो भागों से नील पद्मकांत मणि-सी मैं जन्मी—याज्ञसेनी !

मुझे लोगों ने कहा—अतीव सुंदरी ! अद्भुत ! नीलकमल की पंखुड़ियों-सी मेरी कांति। सागर की लहरों-से घने केश और नीलपद्म-सी ही उज्ज्वल बुद्धिदीपा चमकती मनमोहक आयत्त आंखें ! विश्व के श्रेष्ठ शिल्पकार के हाथों गढ़ी प्रतिमा जैसी अनिंद्य मुखशोभा, उचित अंगसौष्ठव। दीर्घ देह, उन्नत पुष्ट वक्ष, क्षीण कटि, रंभातरु-सा सुगोल घन उरु। चंपकली-सी हाथ-पांव की उंगलियां, रक्तिम शतदल-सा करतल, पाद।

मुक्तावली-सी दंतपंक्ति। विद्युत को भी शरमानेवाली हास-रेखा। चंद्र-से नख। देह की पद्म की भीनी-भीनी महक से भ्रमर को भी मतिभ्रम हो जाता। मेरे केशों के कुटिल सौंदर्य में पवन भी बंधकर थिर हो जाता। कवियों ने यतिमति-हरण करनेवाला बताया मेरे सौंदर्य को।

शुभ्रवसना, शुभ्रमुकुटमंडिता मैं श्वेत कमल धारण किए जब विकच नीलोत्पल-सी यज्ञवेदी पर आविर्भूत हुई, पूर्ण यौवन भार से मेरा अंग-अंग झलमला रहा था। मुझे देखकर यज्ञवेदी के चारों ओर बैठे जितेंद्रिय मुनिगण भी स्तब्ध रह गए। मंत्रोच्चार करते अधर कांप उठे। कंठस्वर जड़ हो गया। कुछ युवक संन्यासी चेतना खो बैठे। पेड़ों के पत्ते भी कुछ क्षण थम गए। अग्निशिखा निर्वाक्-निष्कंप हो गई। शायद महाकाल उस क्षण स्थिर हो गया था।

अपने रूप का वर्णन मैं नहीं कर रही—लोगों ने कहा था। पिता की राजसभा के कवि कह रहे थे—"श्यामा !" इसके रूप का वर्णन जितना ही करो, बहुत-कुछ बाकी रह जाता है। जीवन भर काव्य लिखने पर भी इस अनुपम सौंदर्य के लायक़ उपमा नहीं मिलेगी। अतः कृष्णा स्वयं ही अपनी उपमा है !"

मेरे जन्म के समय आकाशवाणी हुई थी—"यह कन्या तुम्हारे अपमान का बदला लेने ही जन्मी है। प्रतिज्ञा पूरी करने के लिए आविर्भूत हुई है। इससे पृथ्वी पर धर्म की रक्षा होगी। क्षत्रियों का नाश होगा। यह कौरवनाशिनी होगी।"

ईश्वर ने मुझे अपूर्व लावण्यमय देह दी थी। प्रीतिपूर्ण हृदय प्रदान किया था। इन सुंदर नैनों को खोल जब मैं इस मोहक सृष्टि को देख रही थी, मुझे यज्ञ करनेवाले ऋषि-मुनियों की वाणी सुनाई पड़ी—"मेरा जन्म पिता के औरस से नहीं हुआ। प्रतिज्ञा पूरी करने के लिए रचे यज्ञ की वेदी से।" जन्म से पहले ही पिता के अपमान का प्रतिशोध लेने को बाध्य ! इस पृथ्वी पर धर्मरक्षा और दुष्टनाशन का मैं अस्त्र होने जा रही हूं। इसीलिए पृथ्वी पर आई हूं। क्या युग-युग में धर्मरक्षा और दुष्टसंहार के लिए नारी को ही माध्यम होना पड़ेगा ? नारी ही क्या सृष्टि और विनाश का कारण है ? कभी लंकाविनाश और राम-राज्य की प्रतिष्ठा के लिए सती सीता को माध्यम बनना पड़ा। इसके लिए अपने जीवन का सारा सुख छोड़कर उन्हें वनवासिनी बनना पड़ा। फिर रावण की लालसा ने उन्हें अशोक वन में बंदी बनाया। लांछित किया, दुःख दिया। अंत में पृथ्वी पर धर्म की प्रतिष्ठा हुई। प्रभु राम के जन्म का उद्देश्य पूरा हुआ। पर आखिर सीता को मिला क्या ? राम से निर्वासन का दंड ! सबके सामने सतीत्व की परीक्षा ! धरती उनके लांछन से फट गई, सीता अपना दुःख, लज्जा, अपमान छुपाने के लिए धरती की गोद में चली गई।

यह सब सोचकर ही हृदय कांप उठता है। धर्म-रक्षा और कौरवों का विनाश—मेरे जन्म का लक्ष्य ! सुख की कल्पना में डूबते-डूबते मेरा मन किसी अनजान आशंका से सिहर उठता है। हाथ जोड़कर फिर आंख मूंद प्रार्थना की—"हे भगवान ! पृथ्वी पर धर्म-रक्षा के लिए ही अगर मेरा जन्म हुआ है—तो जितनी लांछना, अपमान देना है दो, पर यह सब सहने की शक्ति भी दो।"

मुझे ध्यान में डूबी देख पिता बहुत प्रसन्न हुए। सिर पर आशीर्वाद का हाथ रखकर कहा—"याज्ञसेनी ! तुम्हीं पितृ-अपमान का प्रतिशोध लोगी ! इसीलिए तुम दोनों

की होम की अग्नि से उत्पत्ति हुई है। मेरा यज्ञ सार्थक हुआ।''

पिता के चरण छूकर कहा—''आपकी इच्छा पूरी करना ही मेरा धर्म है। बस, आपका आशीर्वाद मेरे सिर पर रहे।''

पिता ने कुछ नहीं कहा। आंखें झर रही थीं। द्रोण के अपमान की ज्वाला से अभी भी उनका हृदय धधक रहा था। मैंने प्रण किया—''ज़रूरत पड़ी तो इस अग्नि को अपने जीवन के अश्रुबिंदुओं से निर्वापित करूंगी।''

हम दोनों का नामकरण उत्सव हुआ। भाई जन्म से ही कवच-कुंडल लिए जन्मे थे। तेजस्वी गुण स्पष्ट दिख रहे थे। उपयाज ऋषि ने कहा—''यह पुत्र अग्नि से उत्पन्न हुआ है। यही यशस्वी पुत्र द्रोण का वध करेगा। इसका नाम धृष्टद्युम्न रखें।''

मेरी ओर स्नेहपूर्ण नेत्रों से कहा—''द्रुपद-दुहिता इस श्यामांगी का जन्म-नाम 'कृष्णा' रहे।''

''कृष्णा !...कृष्ण और कृष्णा ! कितना सुंदर !''

पिता इतना कहकर आकाश की ओर देखते रहे। चेहरा प्रसन्नता में चमक उठा। पिता का आनंद मेरे चेहरे तक भी संचार कर गया। सोचने लगी—''कौन है यह कृष्ण, जिसका नाम ही इतना अमृतमय है !''

पिता अस्पष्ट स्वर में कह रहे थे—''हे कृष्ण ! अपनी कृष्णा तुम्हारे ही हाथों अर्पित करूंगा। तुम्हीं तो आर्यावर्त में पुरुष-श्रेष्ठ हो ! वीर ! एवं धर्म-स्थापना तुम्हारे जीवन का उद्देश्य है ! तुम्हीं गर्वगंजन गोविंद हो ! कृष्णा को तुम्हारे हाथ में देने पर मेरा सम्मान लौट आयेगा। इसीलिए तो कृष्णा का जन्म हुआ है।''

किसी अननुभूत सिहरन से रोमांच हो आया मुझे। अंग-अंग में पुलक भर गई। आर्यावर्त्त के श्रेष्ठ पुरुष ! श्रेष्ठ योद्धा और धर्म-संस्थापक ! किसके काम्य न होंगे !

फिर मेरी अपनी तो अलग से कोई कामना नहीं। अभी-अभी तो पिता के आगे प्रतिज्ञा की है। अतः मैं कृष्ण के आगे समर्पित हूं। ऐसा न होता तो उपयाज ऋषि मेरा नाम 'कृष्णा' क्यों रखते ?

कृष्ण और कृष्णा ! स्वर्गीय, पवित्र, मधुर प्रेमधारा में मेरा हृदय डूब उठा। नेत्र अश्रुल। पर मैं नहीं जानती थी कौन हैं ये परम पुरुष कृष्ण !

❑ ❑

नितंबिनी मेरी प्रिय सखी है। उस दिन उद्यान में सांध्य समीर का सेवन कर रही थी। एकांत में उससे पूछा—

''कृष्ण कौन हैं ?''

मुझे सखी ने तिरछे नेत्रों से देखा। होंठ बिचकाकर हंस दी—''कृष्ण के पास कृष्णा का क्या काम ?''

मैं हंस पड़ी—''पिता से सुना है, सिर्फ कृष्णा का ही नहीं, कृष्ण के पास सबका प्रयोजन है।''

''कृष्ण का कोई विशेष प्रयोजन होगा।'' अभी भी नितंबिनी होंठ दबाए मुस्करा रही थी।

शांत स्वर में कहा—''सुना है कि किसी विशेष प्रयोजन से कृष्ण धरती पर अवतरित

हुए हैं।"

नितंबिनी ने मेरा चिबुक छूकर कहा—"सखी ! कृष्ण को भूल जाओ !"

घबराकर मैंने पूछा—"क्यों ?"

"हां, मेरा कहा मानो। यह सच है कि उनमें प्रज्ञा है, शौर्य है। दूरदर्शी, कूटनीतिज्ञ, शक्तिशाली और कर्मवीर हैं। वे खिले कमल-से सुंदर हैं, निर्मल हैं। आर्त का अभीष्ट पूरा करते हैं, स्नेह का प्रतिदान देते हैं। एक हाथ से ग्रहण करते हैं तो सहस्रों हाथ से दान करते हैं। हृदय उनका विशाल है, महान हैं। वे अद्वितीय वीर हैं, परमपुरुष हैं...किन्तु..."

"किंतु ?" चौंककर मैंने पूछा।

"...हां। वे लंपट हैं। सोलह हज़ार गोप नारियां उनकी प्रेमिका हैं। वे नारीहृदय जीतने की कला में इतने पारंगत हैं कि स्वामी, पुत्र, दुनिया सब छोड़कर गोपांगनाएं उनकी मोहक वंशी सुनकर यमुना-तट पर अभिसार करने पहुंच जाती हैं। हालांकि ये कैशोर्य की बातें हैं—अब वे प्रजापालक हैं, धर्मज्ञ हैं, द्वारका के अधिपति हैं।

मन ही मन मैं सोच रही थी—जो सभी श्रेष्ठ गुणों के अधिकारी हैं, उनके लिए पति और संसार छोड़कर पागल होना स्वाभाविक ही है। सोलह हज़ार क्या, सौ-सौ हज़ार नारियां भी पागल हों तो उनका क्या दोष ! मन करता था, एक बार ऐसे परम पुरुष को देख पाती ! कैसा रूप ? नितंबिनी से पूछूं तो वह परिहास करेगी। बढ़ा-चढ़ाकर दूसरी सखियों से कहेगी। वे फिर चिढ़ा-चिढ़ाकर प्राण लेंगी। बात को थोड़ा घुमाकर पूछा—"कृष्ण की वंशावली जानती हो ?"

नितंबिनी को हंसी आ गई—"वंश मां-बाप देखते हैं। कन्या तो रूप देखती है। कृष्ण के रूप के बारे में सुनोगी तो होश-हवास खो बैठोगी। कहोगी कि कृष्ण बिना यह जीवन वृथा है। अभी कृष्ण को लाकर दो, वरना प्राण छोड़ दूंगी ! फिर बता, मैं क्या करूंगी ?"

मैं सपने में खोई थी—कृष्ण का रूप ! वह कल्पना ही तो मेरी सहचरी थी। इस उम्र में कौन कितनी कल्पना नहीं करती ? कल्पना में भी कितना सुख नहीं मिलता ? पर सबकी हर कल्पना तो पूरी नहीं होती। कल्पना छोड़ कोई जी सकता है ?

मैं कृष्ण-कल्पना में खोई रही।

कृष्ण तमाल के लता-कुंज तले दोनों सखी बैठी थीं। नीले आकाश का रंग अस्त सूर्य के रंग में रंगा जा रहा था, मेरे पांवों में अलता की धार-सा खिल रहा था। स्वच्छ सलिल से परिपूर्ण सरसी में नील कुंई की पंखुड़ियां खिली थीं। सांध्य आकाश में कुछ मेघ-खण्ड चंद्रिका का रास्ता रोक नील कुंई के साथ खेल कर रहे थे। इधर आकाश में मेघों को देख मेरा पाला हुआ मयूर अपने पंख फैलाकर नाचने की तैयारी कर रहा था।

नितंबिनी कृष्ण का रूप गाती जा रही थी। मयूर-चंद्रिका के साथ मेरा हृदय भी ताल दे रहा था।

मैं सोचती जा रही थी—कृष्ण हैं कैसे ? शायद नील तमाल-से या सांवले मेघ से ? नील कुंई-सी आंखें, उनकी दृष्टि ! मयूर-चंद्रिका के उज्ज्वल नीलरंग-से केश। और अधर होंगे अगस्त्य फूल की तरह के बंकिम, सुंदर ! पद्म कोरकों-से हाथ-पाँव, नीले

आकाश-सा प्रशस्त वक्षःस्थल ! वसंत की कुहू तान सरीखा मंद्र-मधुर स्वर उनका। हिना के फूल-सी देह-गंध और चंपा तरु-सी श्याम-कोमल अथच दीर्घ काया...

सम्मोहित-सी सुन रही थी नितंबिनी का वर्णन।

वह भी मुझे तिरछे नेत्रों से देखती जा रही थी। तनिक रुककर कहने लगी—और मधुपान-सा कृष्ण का बाहुबंधन और कृष्ण-प्रेम की मादकता !

नशे में झूमने की तरह मैं नितंबिनी की गोद में ढल गई। सारी देह थरथरा रही थी। हृदय में एक विचित्र आवेग के कारण स्पंदन। ऐसा अनुभव पहली बार था। क्या है यह ? क्यों होता है ऐसा ?"

नितंबिनी कान में कह रही थी—"कृष्ण-प्रेम ! यह उसी का लक्षण है। हे प्रभु ! अब मैं क्या करूं ?"

लताकुंज तले मुझे सुला दिया। पुष्करिणी की ओर बढ़ी, जल लाकर होश कराने। मैं चेतनाशून्य तो न थी—सब समझ रही थी। पर किसी स्वप्नलोक में विचरण कर रही थी। जिधर देखा उधर ही कृष्ण...नील...कृष्ण...नील...सारा विश्व कृष्णमय...प्रेममय ...मधुमय...विश्वमय कृष्ण और कृष्णमय विश्व !

सखी नितंबिनी के जल छिड़कने से पहले ही नील मेघों से कुछ बूंदें झर गईं। मेरे कंपित शरीर पर कृष्ण तमाल से टप-टप बूंदें झर रही थीं। रोमांच ही रोमांच ! मेरा मयूर अपनी पूंछ हिलाकर मेरे चेहरे पर पंखा झल रहा था। धीरे-धीरे चैतन्य होकर उठ बैठी। लाज में मैं दबी जा रही थी। छिः, सखी क्या सोचती होगी ? जल लेकर सखी आयी तब तक मैं लाज से मुंह ढांपे थी। वह जल के साथ दो कुंई फूल तोड़ लायी थी। "हाय ! फूल क्यों तोड़ लायी ? चंद्रिका का पान कर नील कुंई रात भर हंसती। नितंबिनी, निर्दय हो !" पर वह मेरे मुंह पर जल छिड़क रही थी। मैं वैसे ही रही। कुछ नहीं बोल सकी। एक तो लज्जा और अब खेद—कि कुंई तोड़ लाई सखी !

धीरे-धीरे नील कुंई की पंखुड़ियाँ मेरे चेहरे पर सहलाने लगी। कान में कहने लगी—"जानती हूं। कृष्ण की संजीवनी छूए बिना इस रोग का उपचार संभव नहीं। पर द्वारका-निवासी को तुरंत पाऊंगी कहां ? अतः कृष्ण नाम का स्मरण कर ये दो नील कुंई तुम्हारे हृदय पर रखे दे रही हूं। बस इतने से ही स्वस्थ होकर उठ बैठो। वरना पिता राजवैद्य को लेकर आते होंगे। नीलांजना संवाद लेकर जा चुकी है। महाराज को रोग के सम्बन्ध में क्या बताऊंगी ?"

इतना कहा और नितंबिनी ने दोनों फूल मेरे वक्ष पर रख दिए। मैंने दोनों को गहरे आश्लेष में भर लिया—"आह ! क्यों तोड़ा दोनों को ?" सावधानी से सहेज उठ बैठी।

नितंबिनी हड़बड़ा गई—"महाराज पधारे हैं। उनके पीछे भी कोई हैं।"

मैं समझ गई कि यह सब नीलांजना की करतूत है। पिता खबर पाकर राजवैद्य को लेकर हाज़िर हैं। पिता मेरी ज़रा-सी भी बीमारी सह नहीं पाते। अब क्या कहूं ? कृष्ण का रूप वर्णन सुनते-सुनते मूर्छित हो गई !—नितंबिनी कह देगी तो मैं पिता की ओर सिर उठाकर देख सकूंगी ?

लाज से गड़ी जा रही थी। नीलांजना पर गुस्सा आ रहा था। ज़रा-सी बात जाकर कहने की क्या ज़रूरत थी ? मन-ही-मन खीझ उठी। औषध से वैसे ही चिढ़ है मुझे।

फिर राजवैध से घबराती हूं।

पिता स्नेहभरे स्वर में कह रहे थे--"सभी रोगों के निदान स्वयं कृष्ण जहां उपस्थित हैं, वहां राजवैध को क्यों लाता ? डरो नहीं बेटी !"

हिना के फूलों की महक से सारा उद्यान भर गया। हवा का एक झोंका ऐसा आया...कई तमाल के फूल एक-साथ मुझ पर झर गए। उसी झोंके में छोटी-सी मयूर चंद्रिका आकर मेरी बगल में गिर पड़ी। रोमांच की सीमा नहीं रही। यह सब कहां से आ रहा है ! मेरे पाले-पोसे मयूर तो कब से जा चुके थे वह उद्यान छोड़कर।

पिता स्नेह में भरे कह रहे थे–"कृष्ण का आशीर्वाद लो बेटी ! तुम परम सौभाग्यवती होने जा रही हो, यह उसी की सूचना है।"

मयूर-चंद्रिका छूकर फिर वहीं मूर्छित न हो जाऊं, अतः मैंने उसे नहीं उठाया। नितंबिनी मेरे मन को भांप चुकी थी। सावधानी से उठा लिया–"आपकी कवितावली में रखे देती हूं।"–छिः, नितंबिनी को ज़रा भी स्थिति का ज्ञान नहीं। मैं कविता लिखा करती हूं–यह क्या कृष्ण के आगे कहने की बात है ? जिनकी पदरेण से समग्र विश्व काव्यमय है, मेरे कविता लिखने की बात सुनेंगे तो क्या सोचेंगे ? फिर पिता भी यहां खड़े हैं।

पिता कहने लगे–"कृष्ण की पद-वंदना नहीं करोगी, बेटी ? अभी द्वारका से पधारे हैं। तुम्हारे अस्वस्थ होने का संवाद पाकर उद्यान में चले आये।"

मेरे हाथ में दोनों ताज़ा कुंई फूल अभी भी थे। पिता के पांवों की बगल में ही दो नीलकमल-से पादपद्म। विश्व का श्रेष्ठतम कवि भी इन चरणों का वर्णन नहीं कर सकेगा। पता नहीं उनमें कौन-सी मोहिनी शक्ति थी–दोनों नील कुंई उन चरणों पर रख अश्रु-बूंदें ढरका दीं।

प्रथम भेंट में मैंने वे चरण ही देखे। पिता के साथ वे महल में लौट गए। आंखों से ओझल होने तक मैं वैसी ही जड़ बनी रही ! नितंबिनी ने मुझे हिलाया–"यह क्या किया ! वक्ष पर रखे नील कुंई को ही कृष्ण के चरणों में अर्घ्य चढ़ा दिया ! अब क्या करोगी ?"

मैंने विह्वल होकर कहा–"हां, अब क्या करूं ?"

रातभर उन्हीं चरणों में खोई रही। पता नहीं, कितनी कविताएं लिखीं। फिर भी मन नहीं भरा। सोचती हूं जिनके चरण-युगल का वर्णन ही मैं नहीं कर पायी, उनके मुख, नेत्र, अधर का वर्णन मेरी कविता कभी कर पायेगी ? और नहीं कर पाऊंगी तो फिर कैसी कविता !

हर आदमी के मन में कविता होती है। कोई उसे लिख देता है, कोई नहीं लिखता। मैं लिखे देती हूं, जब जो मन में आता है, कविता के रूप में लिख डालती हूं। पिता ने पढ़ाई-लिखाई की व्यवस्था की थी। गुरु एवं पिता दोनों कहते–मैं विदुषी हूं, ज्ञान-पिपासु हूं। बहुत जल्दी ही अनेक शास्त्रों में दक्ष हो गई। गणित, संगीत, चित्रांकन, पाकशास्त्र, पुष्पसज्जा, अतिथि-सत्कार आदि कई विद्याओं में निपुण बन गई। पर कविता लिखने की धुन थी, मन-ही-मन स्वतः सीखती गई। पिता को इस बात का कोई पता ही न था।

हमारे यहां बहुधा शास्त्र-चर्चा हुआ करती। काव्य-कविताओं के दौर चलते। अनेक

पंडित, कवि, विद्वान निमंत्रित होकर आते। मेरे कारण ये चर्चाएं आयोजित की जातीं। पिता जानते थे कि नृत्य-गीत आदि से भी अधिक रुचि इनमें है। मेरी शंकाओं का समाधान होता। ज्ञान-पिपासा मिटाने की कोशिश होती। पर ज्ञान की पिपासा तो अनंत होती है।

एक बार वेदव्यास कृष्ण द्वैपायन से शास्त्र सुन रही थी। विह्वलता में पूछ बैठी– "सृष्टि के सभी ग्रंथों, शास्त्रों का ज्ञान पाने में यह जीवन यथेष्ट न हो तो क्या उपाय करे आदमी ?"

वेदव्यास हंस पड़े–"तुम्हारा नाम कृष्णा न होकर तृष्णा होता तो ज़्यादा ठीक होता। बेटी, तृष्णा दुःख देनेवाली होती है, परंतु ज्ञान की तृष्णा आनंदमयी होती है। एक जन्म में क्या सहस्र जन्मों में भी नहीं मिटती। जलपान से तृषा दूर होती है। ज्ञान-पान करने पर वह तृषा और बलवती होती जाती है। तृष्णा मिटने पर ज्ञान का मार्ग रुक जाता है। अनंत समय की बेला भूमि से ज्ञान की रंग-बिरंगी सीप समेटते समय जीवन चुक जाये, यही तो है सार्थक जीवन।"

मैंने आह्लाद में ही पूछा–"गुरुओं से प्राप्त सभी ग्रंथ तो पढ़ डाले। अब कौन-सा ग्रंथ पढ़ूं ?"

वेदव्यास ने हंसकर कहा–"ज्ञान के लिए ग्रंथों की कमी है ? यह विशाल विश्व तो ग्रंथागार है। विश्वमय की इस सृष्टि के जीवाणुओं से लेकर ग्रह-नक्षत्रों तक सब उसके एक-एक ग्रंथ हैं। इस पृथ्वी के धूलि-कणों के साथ पल-पल की अनुभूति उस ग्रंथ के पन्ने हैं। अतः जीवन की हर अनुभूति अध्ययन की चीज़ है। असंख्य शास्त्रकार, पंडित, कवि, ऋषि-मुनि, मनीषी उस रहस्य को उन्मोचित नहीं कर सके। बेटी, तुम्हें ग्रंथों की और क्या ज़रूरत है ? अब जीवन का अध्ययन करो। जीवन की महानता प्रतिपादित करो। ईश्वर ने हम प्रत्येक को विशिष्ट उद्देश्य से रचा है। तुम्हारे जीवन की अनेक घटनाएं तुम्हारी प्रतीक्षा में हैं–वे ही तुम्हारे जीवन का श्रेष्ठतम अध्ययन होंगी। उनमें योग्यता प्राप्त करने को प्रस्तुत हो जाओ !"

वेदव्यास भविष्यद्रष्टा ऋषि ! मेरे भविष्य का अकाट्य वर्णन कर चुके थे। अनेक कल्पनाएं करने लगी। उन्हें काव्य-रूप देकर तुष्ट होती।

पर आज की अनुभूति ! कैसी भाषा देती उसे ! वह तो हृदय पर अमिट अंकित है। कौन-सी लेखनी उसे उतार सकेगी ? इसकी तो हर पंक्ति स्पंदन स्वकीय–एकदम निजी है।

❑ ❑

सूर्योदय में देर है। कोई मधुर स्वर सुनकर नींद टूट गई मेरी। कान लगाकर सुना–शयन-कक्ष के द्वार पर कोई रट रहा है–'कृष्ण ! कृष्ण !' कौन इतनी सुबह मधुर स्वर में पुकार रहा है ? ध्यान से सुनने लगी।

कृष्ण...कृष्ण...कृष्ण–मेरे हृदय के द्वार पर गूंज रहा है कृष्ण नाम। यह मेरे हृदय से उठ रहा है या रुद्धद्वार के उस पार कोई रट रहा है ? शायद दोनों सत्य हैं। द्वार खोला। मेरे महल के आगे लाल रंग बिखरा है। और दिनों से आज भी भोर कुछ अलग थी। इसमें कुछ विशेषता थी। पर कौन था जो कृष्ण नाम गा रहा था ?

कृष्ण...कृष्ण...कृष्ण मधुर स्वर तैरता आ रहा था रत्न-पिंजरे से। मेरी प्रिय सारिका 'नीलमणि' रट रही थी कृष्ण नाम। कल रात नितंबिनी बता रही थी कृष्ण का जन्म-वृत्तांत, बचपन की उनकी अलौकिक लीलाएं, कैशोर का उनका गोपी-प्रेम, राधा का मानभंजन, फिर यौवन में सत्यभामा का हरण आदि अनेक बातें कहती रही। कृष्ण के जितने दुर्गण बखानती, उनके प्रति मेरी श्रद्धा और बढ़ती जाती। सोचती रही—बारह वर्ष की उम्र में जो समूचे गोकुल का प्रिय बन गया, वह यदि गोपीवल्लभ हो गया तो हानि क्या है ? गोपियां कोई गोकुलवासियों से अलग तो न थीं ? यद्यपि रुक्मिणी, सत्यभामा के अलावा द्वारका में उनकी और भी हज़ारों पत्नियां हैं, उन्होंने सिर्फ धर्म की रक्षा के लिए—नारी की मर्यादा रखने के लिए—

जो कृष्ण नीलकांत मणि से भी उज्ज्वल हैं, वे कभी कलुषित नहीं हो सकते। जो कृष्ण विश्वरंजन हैं, वे कृष्ण मनोरंजन बन जायें तो क्षति क्या है ?

नीलमणि ने कल रात मेरी बातें सुन ली हैं। अतः इस सारिका ने सुबह-ही-सुबह कृष्ण नाम रटना शुरू कर दिया। मानो यह कृष्णा के अंतर की बात को काकली में प्रतिध्वनित कर रही है।

रत्नपिंजर खोलकर नीलमणि को थोड़ा पुचकारा। उसकी आवाज़ से भी कोमल आवाज़ में मैंने कहा—"नीलमणि !"

और उसने उत्तर दिया—"कृष्ण...कृष्ण !"

फिर मैंने कहा—"नीलमणि !"

उसने दुहराया—"कृष्ण...कृष्ण !"

"नीलमणि !"

"कृष्ण ! कृष्ण !"

मैं स्नेह से जितनी बार बुलाती, वह उतनी ही बार कृष्ण नाम लेकर उत्तर देती। मानो नीलमणि को जो स्नेह दिखा रही हूं, वह उसके बदले में 'कृष्ण' नाम ले रही है। मानो कृष्ण नाम ही आज मुझे सर्वाधिक आनंद प्रदान कर रहा है। नीलमणि पता नहीं कैसे इस बात को समझ चुकी है।

मैंने थोड़ा दिखावे का रोष प्रकट किया—"नीलमणि ! बंद करो।"

वह मुझे चिढ़ाती-सी बोली—"कृष्ण ! कृष्ण !...कृष्ण...कृष्ण !"

"नीलमणि ! नीलमणि !"

"कृष्ण !...कृष्ण !"

"उफ नीलमणि, मुझे पागल कर दोगी !"

पेड़ से खिलखिलाहट सुनाई दी। नीलमणि हंस रही थी ! पीछे सखी नितंबिनी आ चुकी थी। मेरे खुले केश संवारती-सी कहने लगी—"सुबह-सुबह ही कृष्ण नाम की रट ! अभी तो इतना बड़ा दिन पड़ा है।"

मैं चौंककर देखने लगी ! बिगड़कर कहा—"मैं नहीं, यह सारिका रट रही है कृष्ण नाम ! उसे डांट रही थी मैं तो।"

नितंबिनी मटकती हुई मेरे आगे आ गई। चिबुक हिलाकर कहने लगी—"हां-हां, तुम्हारे प्राणों की नीलमणि तो कृष्ण हैं। कृष्ण जो नीलमणि सो। कृष्ण को ही स्नेह से नीलमणि कहा जाता है। तुम तो उठते ही 'नीलमणि ! नीलमणि !' की रट लगा

रही हो।''

मैंने जीभ दांतों के बीच रख ली। लजाकर कहा—''छिः ! मुझे क्या पता ! मेरी तो सारिका का नोम है नीलमणि। तो फिर मैं क्या करूं...''

''सारिका को नाम तो तुमने ही तो दिया था।'' नितंबिनी ने आंखें नचाकर कहा। हारकर मैंने कहा—''हां, मैंने ही उसको नाम दिया था। पर मुझे नीलमणि ही अच्छा लगा, पता नहीं क्यों। जिस दिन मेरी सारिका का नामकरण उत्सव हुआ, राजकवि नामों की लंबी सूची लाये थे, यह नाम मेरे कानों को बहुत भा गया।''

''ऐसा ही होता है मेरी राजकुंवर ! वरना इतने नाम रहते तेरा नाम कृष्णा रखा जाता ? मगर तेरे मुंह से 'नीलमणि' पुकारना कितना मधुर लगता है !''

नितंबिनी को चुप करते हुए मैंने कहा—''सच ! क्या आज पहली बार सुन रही हो ? प्रतिदिन तो इस सारिका को नीलमणि कहकर बुलाती हूं।''

नितंबिनी ने झेंपकर कहा—''तुम्हारे मुँह से नीलमणि सुनना मेरे लिए नई बात नहीं। पर अतिथि-भवन में जो परम अतिथि विश्राम कर रहे हैं, उनके लिए तो नया है। हां, अतिथि की नींद में बाधा डालना ठीक होगा ?''

मैंने खीझकर पूछा—''तू किसकी बात कर रही है ? मैं क्यों किसी की नींद तोड़ने चली ?''

नितंबिनी की आंखों में छेड़खानी झलक रही थी—''तुम्हारी इस आह्लाद-भरी आवाज़ 'नीलमणि' और साथ में सारिका द्वारा पुकारा गया 'कृष्ण...कृष्ण !' समूचे अतिथि-भवन में गूंज गया। बेचारे असल नीलमणि फूलों की महक से मधुप के पागल होने की तरह वहां बेचैन हो रहे हैं। वे समझ ही नहीं पाते कि इतने स्नेह से कौन पुकार उठा ? सच ! राजकुंवर ! तेरी और नीलमणि की आवाज़ में कोई अंतर ही नहीं लगता ! मैं आ रही थी तो कृष्ण ने ही पूछ लिया—'यह आवाज किसकी है ?' मैंने कह दिया—'राजकुमारी की आवाज है !' वे हंस पड़े। सच राजकुंवर ! वह हंसी ! अच्छा किया जो तुमने वह हंसी न देखी। मैं लाज से सिहर उठी।'

''कृष्ण क्या सोचते होंगे !'' झेंपकर कहा—''मैं तो अपनी सारिका को बुला रही थी। कह देती उन्हें।''

नितंबिनी की मृदु हंसी—''मुझे उन्होंने जितना पूछा, उतना उत्तर दे दिया। इतने बड़े आदमी को मैं क्या कुछ कहती ?''

मैंने धीमे-से पूछा—''कृष्ण ने और भी कुछ पूछा ?''

नितंबिनी ने कहा—''हां। कहने लगे—'क्या तुम्हारी राजकुमारी रात में सोती नहीं ? सूर्योदय भी नहीं हुआ और लगी नीलमणि-नीलमणि पुकारने ! आवाज में ज़रा भी आलस्य नहीं ! बहुत मीठी है !''

मैं नितंबिनी को झिड़क रही थी। मगर मन में एक स्वप्न की-सी माया ढके ले रही थी मुझे। अंदर अजीब पुलक भर रही थी।

नितंबिनी ने कहा—''बात पूरी कहां हुई ? अभी से होश खोने से कैसे चलेगा ?''

मैं सचेत हो गई। नितंबिनी ने होंठ भींचकर कहा—''तुम्हारी राजकुंवर मुझे स्मरण करती हैं, खुशी की बात है। उन्हें मेरा धन्यवाद कहना।''

मैं तो लाज में गड़ गई—छिः छिः इस नीलमणि सारिका ने मुझे कितने प्रमाद

में नहीं डाल दिया ! कृष्ण को कैसे मुँह दिखाऊंगी ?

गुस्से में रत्नपिंजर खोल दिया। नीलमणि को बाहर उड़ा दिया। कहा—"जा, निकल जा। अब तू मुक्त है ! मैं भी !"

नीलमणि फुदकती रही आंगन में। कितनी बार नीलमणि को नहीं उड़ाया। वह यों ही फुदकती फिरती। फिर अपने-आप रत्नपिंजर में जा पहुंचती। सोचा, अब भी वैसे ही करेगी। पर कुछ देर बाद वह 'कृष्ण-कृष्ण' कहती दूर उड़ गई। नीले आकाश में लीन होती गई एक बिंदु बन कर।...लगता है नीलमणि मेरे कृत्रिम रोष को नहीं समझ सकी, मुझे छोड़ वन में चली गई है ! अब नीलमणि बिना दिन कैसे कटेगा ? मुझे मेरे मन की बात कह कौन बहलाएगा ?

नितंबिनी मेरा द्वंद्व समझ रही थी। धीरे-से कहा—"राजकुंवर ! चिंता न करो ! जिसका नाम नीलमणि है, वह कभी धोखा नहीं देता। तुम्हें खिझाने दूर गई है। या कहीं कोई साथी पा गई। साथी मिलने के बाद रत्नपिंजर का मोह नहीं रह जाता—जैसे साथी के विचारों में रत्नपलंग पर भी नींद नहीं आती। राजकुंवर, तुम रात में बिल्कुल नहीं सोयीं ! आंखें अब भी सपनों में खोयी दिखती हैं। नींद ठीक से न आये तो आदमी सपने देखता है।" नितंबिनी आंचल दांतों में दबाकर कुटिल मुस्कान में हंस रही थी।

नितंबिनी चतुर ठहरी। कहां-से-कहां पहुंचा देती है बात। पर आज वह चतुराई अच्छी नहीं लगी। मैं नीलमणि की चिंता में थी।

तभी नीलमणि कहीं से उड़कर आयी। अचानक मेरे कंधे पर बैठ गई। चोंच में कुछ दबाये थी। मेरे जूड़े में खोंस दिया। और ज़ोर से चीखी—"कृष्णा...कृष्णा..कृष्णा !"

नितंबिनी विस्मय में भरी देखती रही। इसमें विस्मय की क्या बात है ? मेरा मान तोड़ने का यह कोई नया तरीका तो नहीं नीलमणि का। हर बार कोई फूल तोड़कर चोंच में ले आती और मेरे जूड़े में खोंस देती है। पर कभी मुझे 'कृष्णा' कहकर तो इसने नहीं बुलाया !

मुझे राजकुंवर कहती। सदा कान में कहती—'कुंवर ! गुस्सा हो ? कुंवर !' जैसे कि नितंबिनी पूछा करती। पर आज 'कृष्णा' बुलाना किसने सिखाया ? नितंबिनी बोल उठी—"देखो तो कृष्ण की कारगुज़ारी !"

"कृष्ण ने क्या किया ?"

"नीलमणि को पट्टी पढ़ा दी—कृष्णा नाम की।"

"कैसे ?"

"तुम इधर कृष्ण-कृष्ण बोलती हो। वे उधर कृष्णा-कृष्णा कहते हैं। उनसे सुन आयी है कृष्णा-कृष्णा !"

मैं नितंबिनी की अचगरी पर कभी-कभी चिढ़ जाती हूं उस पर। आज भी चिढ़ गई—"नीलमणि कृष्ण के पास गई थी ? खूब गढ़ा !"

"देखो जूड़े में मयूर-चंद्रिका—चंदन-सुरभित !" जूड़े से निकाल कर मेरे आगे कर दी। नाक के आगे हिलाया, छाती को छुआया और कहा—"अब तो समझीं ?"

मैं पुलक-भरी विस्मय में खड़ी थी। दरअसल यह मयूर-चंद्रिका मेरे पोषित मयूरों की भी न थी। इसकी नीलिमा तो सांध्य आकाश में मेघों-सी गहरी, सुन्दर, विस्तृत थी। फिर चंदन की महक कहां से आयेगी मयूर-चंद्रिका में ?

तो कृष्ण मेरा नाम ले रहे थे ? मैं कौन होती हूं उनकी ? द्वारका में उनकी प्राणप्रिय पत्नी हैं। आठों पटरानियाँ सत्यभामा, रुक्मिणी...मैं निरी श्यामांगी, मुझे क्यों स्मरण करने लगे ? उनके प्रति समर्पित हूँ, इसलिए उन्हें विसूरती हूँ। लेकिन वे मुझे क्यों स्मरण करने चले ? देवता के चरणों में प्रतिदिन कितने लोग फूल चढ़ाते हैं। देवता क्या इसका हिसाब रखते हैं ? गले का फूल ही तो देवता की शोभा बढ़ाता है। उसी की महक आघ्राण करते हैं। चरणों पर डाला फूल तो धरती पर लोटता है।–

मैं सोच रही थी कि पिता की आज्ञा आ पहुँची–"कृष्ण-दर्शनों को प्रस्तुत हो जाओ ! आशीर्वाद के बाद कृष्ण द्वारका प्रस्थान करेंगे।"

मैं प्रस्तुत हुई। बगीचे से अच्छे-अच्छे फूल चुनकर माला बनाई। फूलों की माला देकर उनकी वंदना का निर्देश पिता ने दिया था। लाज करने से नहीं चलेगा। पिता गुस्सा हो जायेंगे। जल्दी-जल्दी प्रस्तुत हो गई। पर अपना रूप और वेश मुझे अच्छा नहीं लग रहा था। जिसके चरण इतने मनमोहक, उनके नेत्र युगल कितने कमनीय होंगे ! वे नेत्र मेरे रूप को, मेरी वेशभूषा को ग्रहण कर सकेंगे ? दर्पण के आगे बार-बार खड़ी होकर मैं साड़ियाँ बदल रही थी–गहने बदल रही थी। कुछ भी मन को अच्छा नहीं लगता। सोच रही थी ऐसी कमनीय आंखों का सामना करने के लिए ही मेरा जन्म हुआ है, तो फिर विधाता ने मुझे रूप कुछ और रमणीय क्यों नहीं दिया ?

अपने रूप और वेश-भूषा पर चिढ़ कर मैंने अष्ट अलंकार खोल दिए। सुनहले तारों वाली पाट साड़ी खोल दी। सदा पहनने वाली शुभ्र साड़ी बांध ली। निरस्त होकर पलंग पर बैठ गई।

"नितंबिनी ! सखी ! किस रूप में कृष्ण से भेंट करूँ ? कुछ तो राह बताओ !"

नितंबिनी ने कंधे पर हाथ रखा। स्नेह भरे स्वर में कहा–"राजकुँवर ! तुम तो विश्व की श्रेष्ठ सुन्दरी हो ! कृष्ण अगर पृथ्वी के सुन्दरतम पुरुष हों तो भी तुम्हें चिन्ता कैसी ? कृष्ण अगर होते नीला आकाश, तो तुम होतीं उस नीलिमा की शोभा बढ़ाने वाली संध्याकालीन बदली। कृष्ण अगर नील सरसी का जल होते तो तुम उस पर तरंगायित शैलराजि होतीं। कृष्ण अगर कहीं होते शांत, सुनील विशाल समुद्र, तो तुम उस पर होतीं कोमल शैवालिनी। कौन किससे कम है या अधिक ? एक-दूजे की शोभा बढ़ाता है। तुम और कृष्ण भी वैसे ही हो।"...

मैं सोच रही थी–नितंबिनी चापलूसी कर रही है या सच बोल रही है ?

तभी शंख बज उठा। नीलांजना हड़बड़ा कर आ पहुँची–"महाराज बैठक में प्रतीक्षा कर रहे हैं। द्वारका लौट जाने के लिए कृष्ण का रथ प्रस्तुत है। आप कृष्ण-दर्शन को पधारें।"

अब और स्वयं को सजाने का समय न था। मैं एकदम निराभरण। चांदी के तार वाला शुभ्र वस्त्र बदलने तक का समय भी नहीं। उसी दिशा में निकल पड़ी।

सिक्त केशों में कबरी संवारने का भी समय न था। उन्मुक्त केश नितंबों को छूते हुए अनायास लहरा जाते। मेरा उस ओर कोई ध्यान न था।

नितंबिनी ने कहा–"विधाता ने जिसे सौंदर्य से ही निर्मित किया है, उसे अलंकार, वसन, आभूषणों की क्या आवश्यकता ? सच, राजकुंवर, तुम्हारा यह पुजारिन का वेश बहुत मनोहर है। गोपीवल्लभ कृष्ण धीरज के साथ द्वारका लौट सकेंगे तो ?"

मैंने कुछ नहीं कहा। शायद पिता चिंतित हो रहे हों !

नितंबिनी के साथ बैठक में पहुँची। मैं तो सिर्फ अपने ही पैरों की ओर दृष्टि किए थी। आँखें उठाकर कृष्ण-दर्शन करने का साहस ही नहीं हो रहा। उनके मोहक रूप की ज्वाला न सह सकी तो फिर क्या दशा होगी !

मैं कृष्ण को प्रणाम करती इससे पहले ही उन्होंने मधुर स्वर में कहा—''देवी कृष्णा ! तुमसे पृथ्वी पर अनेक दुष्टों का नाश होगा, धर्म की स्थापना होगी। तुम शक्तिमयी नारी, सर्वसुलक्षण-सम्पन्न ! धर्म-रक्षा और धर्म-स्थापना का मैंने भी जीवन में प्रण लिया है। तुम भी इसीलिए जन्मी हो। अतः मेरा प्रणाम स्वीकार करो।''

पिता ने कहा—''तभी तो मैंने कृष्णा को सिर्फ कृष्ण के ही चरणों में अर्पित किया है। हे कृष्ण ! नामकरण के समय से ही कृष्णा आपके चरणों में अर्पित है। कृष्णा को अपने पादपद्म में स्थान देकर हमें कृतार्थ करें !''

मैं नतमुख कृष्ण के नीलकमल चरणों पर दृष्टि रखे थी। कुछ क्षण उन्हीं में खोई रही। कृष्ण ने अपने पांव सरका लिये। शांत मधुर स्वर में कहने लगे—''राजा द्रुपद ! देवी कृष्णा साधारण नारी नहीं हैं। उनके लिए तो स्वयंवर का आयोजन करें। आर्यावर्त का श्रेष्ठ वीर ही कृष्णा के लिए योग्यतम पुरुष होगा। किसी के पांवों में उपयाचिका की तरह कृष्णा को अर्पित कर आप उसका अपमान कर रहे हैं। कृष्णा के लिए स्वयं को जो योग्यतम प्रतिपादित कर सके, वही कृष्णा का पाणिग्रहण कर सकेगा।''

पिता ने व्याकुल होकर कहा—''हे कृष्ण ! आर्यावर्त में आपके अलावा और श्रेष्ठ वीर कौन होगा ? कृष्ण जहाँ मनोमत पुरुष हैं, वहाँ स्वयंवर के आयोजन की क्या आवश्यकता ? आपके रहते स्वयंवर में कृष्णा को जीतने की और किसमें शक्ति है ?''

''है ! कृष्ण के अलावा भी एक और है। अतः स्वयंवर बिना कृष्णा के पाणिग्रहण का अधिकार किसी को नहीं।'' कहकर कृष्ण मन्द-मन्द मुस्करा उठे। वह मुस्कान किसी भी तरुणी के हृदय को मथकर उसमें संचित समस्त अमृत लूट लेने के लिए मानो अभिप्रेत थी। सखी मुझे इंगित कर रही थी, हाथ की वह माला कृष्ण के गले में डाल देने के लिए।

मेरा भी मन कर रहा था। पर हाथ उठ ही नहीं रहे थे। कृष्ण-प्रेम में उन्मत्त नहीं थी, वरन् विवश हो रही थी। ठीक तभी पिता ने प्रश्न किया—

''ऐसा कौन है ? क्या है उसका परिचय ? कृष्ण के अलावा कौन है, जो मेरी प्राणदुलारी कृष्णा के योग्य है ?''

कृष्ण ने स्नेहपूर्ण स्वर में कहा—''हरि, हर, ब्रह्मा और इन्द्र की शक्ति लेकर पृथ्वी पर एक महान व्यक्ति का जन्म हुआ है। वह है मध्यम पांडव अर्जुन ! मेरी बुआ का पुत्र। उम्र में मुझसे वर्ष भर छोटा। इतना ही नहीं, मेरा और अर्जुन का पितृवंश एक है। फिर अर्जुन मेरी ही कला से जन्मा है।''

चंद्रवंशी राजा ययाति के औरस से शुक्राचार्य की कन्या देवयानी के गर्भ से यदु का जन्म हुआ। मेरे वे पितृपुरुष हैं। ययाति की द्वितीया पत्नी, हैहयराज वृषपर्वा की कन्या शर्मिष्ठा के गर्भ से जन्मे थे पुरु। वे थे कौरव-पांडवों के पितृपुरुष। राजन् ! अर्जुन का वीरत्व आपसे छिपा नहीं है। और उसके रहते कृष्णा के योग्य मैं नहीं हो सकता। अर्जुन मेरा छोटा भाई ही नहीं, अंतरंग सखा भी है। हमारी देह भिन्न है, आत्मा

अभिन्न। अर्जुन जैसे त्रिभुवन-सुन्दर वीर पुरुष को जंवाई बनाकर आप अवश्य यशस्वी होंगे। आपकी प्रतिज्ञा भी पूरी हो सकेगी।"

पिता उत्फुल्ल हो उठे। जिस वीर ने कभी द्रोण के आदेश पर मेरे पिता को बन्दी बनाया था, वही होगा उनका जँवाई। उसके बल से द्रोण का अहंकार चूर्ण होगा। जँवाई के हाथों अपने अपमान का बदला लेंगे द्रुपद। जिस वीर को छात्र रूप में पाया है द्रोण ने, वही जब राजा द्रुपद के जँवाई बन पायेंगे, तब द्रोण के आगे सिर ऊँचा कर खड़ा हो सकेंगे तो। कहेंगे—'द्रोण ! आज तक मेरे जंवाई को लायक बनाने में जुटे रहे। तुम्हारा सर्वश्रेष्ठ छात्र मेरा जँवाई बनेगा, यह बात जानते तो शायद सारा युद्ध-कौशल उसे न सिखाते। अब मेरा जँवाई तुम्हें परास्त कर सकता है अतः अब मेरे शरणापन्न बनकर रहना होगा।'

पिता की भावना उनके चेहरे पर चमक रही थी। कृष्ण हों या अर्जुन हों, उनके जँवाई वीरश्रेष्ठ होने चाहिए। द्रोण से प्रतिरोध लेनेवाला उचित जँवाई अगर अर्जुन ही हैं तो इसमें वे आपत्ति क्यों करेंगे ?

पर मैं ? जो वनमाला श्रीकृष्ण के गले में देने के लिए सुबह से गूंथ रही थी, वह अर्जुन के गले में देनी होगी। वह भी कृष्ण की इच्छा पर !

मेरी अपनी कोई इच्छा नहीं ? कोई कामना नहीं ? आकांक्षा नहीं, क्योंकि मैं यज्ञ-होम से जन्मी याज्ञसेनी हूं ! मेरा जन्म, जीवन और मरण किसी और के निर्देश से संचालित है। मैं क्यों आयी हूं, क्यों जीवित रहूँगी ? क्यों मरूँगी ? क्या उद्देश्य है, मैं कुछ नहीं जानती। अज्ञान ही मेरा संबल है। मेरे खिन्न-चिंतित चेहरे को देखकर कृष्ण ने मधुर स्वर में कहा—"देवी द्रौपदी ! पिता के शत्रु का नाश करने के लिए तुम्हारा जन्म हुआ। पिता के शत्रु ही नहीं, पृथ्वी के दुराचारियों का बिनाश करने के लिए भी जन्मी हो। बाह्य शत्रु को जीतने के लिए पहले हम आन्तरिक शत्रु अर्थात् इन्द्रियों को जीतें। तुम कामना, वासना, मन, हृदय और बौद्धिक विचारों को धर्म की स्थापना के लिए उत्सर्ग कर दो। महत्तर स्वार्थ के लिए क्षुद्र स्वार्थ की बलि दी जा सकती है। वही जीवन की महानता प्रतिपादित कर सकता है।"

मैंने समझ लिया—कृष्ण ही धर्मप्रवर्त्तक हैं।

उसी क्षण मैंने स्वयं को कृष्ण के आगे उत्सर्ग कर दिया। मन-ही-मन कहा—हे कृष्ण ! मेरे कर्म यदि मेरे नहीं, मेरा कर्मफल भी मेरा नहीं। मैं कुछ नहीं जानती, महत्तर स्वार्थ के लिए जो आदेश आयेगा, वही मानूंगी, पर मैं तो मर्त्य की साधारण नारी हूँ, कामक्रोध-लोभ-मोह जीतने की शक्ति मुझ में कहाँ ? वह शक्ति तुम न दोगे, मैं कैसे मानवी से देवी बन सकूंगी ?

वनमाला में आंखों के आंसू गूंथ कर वह कृष्ण के गले में नहीं, चरणों में रख दी। मुझे लगा मेरा तारुण्य अंतर्हित हो गया है। मैं नादान शिशु बन गई हूँ। मेरा शैशव तो अननुभूत था। तरुण देह लेकर जन्मी थी। शैशव की कोमल, सरल, निष्पाप अज्ञता इतनी सुखकर होती है। ज्ञान के पारावार कृष्ण के चरणों में अज्ञान-सलिल की बूंदें बनकर झर जाने में जीवन की चरम पूर्णता छिपी है, यह अनुभव कर मैंने एकदम निश्चिंत मन से कृष्ण के प्रिय सखा अर्जुन को हृदय में स्थान दिया। मेरे पास और चारा ही क्या था ? मैं तो अज्ञान शिशु, जो खिलौना मेरे हाथ में जब मेरे कर्त्ता रख

देंगे, मैं उसी से खेलूंगी, खुश होऊंगी, जीवित रहूंगी। मेरा खिलौना कौन होगा, क्यों होगा, यह पूछने वाली मैं कौन ?

कृष्ण ने विदा के पहले धीरे-से मेरे हृदय के पास कहा—"कृष्णा ! कृष्ण सदा प्रेम-पागल है, स्नेह का भूखा है। सखा अर्जुन ने मुझे जिस प्रेम-पाश में बांध रखा है, उसमें कभी गांठ न भरना। वरन अर्जुन के प्रति तुम्हारे प्रेम में भागीदार बनने का हकदार हूं। अर्जुन की सारी प्राप्ति-अप्राप्ति, जय-पराजय में मैं अंशीदार हूं। अर्जुन भोजन पहले मुझे अर्पित करता है। मुझे अर्पित किए बिना अर्जुन जल भी स्पर्श नहीं करता। पर अर्जुन जो भोजन मुझे अर्पित करता है, मैं उसे खाता नहीं, बस उसकी वासना ही ग्रहण करता हूँ। वैसे ही तुम अर्जुन की होते हुए भी सूक्ष्मातिसूक्ष्म देहातिरिक्त तुम्हारी सत्ता के साथ मेरा अदृश्य संपर्क चिरंतन, शाश्वत है। यह कभी न भूलना।

उसी क्षण मैं दो भाग बन गई। मेरी सूक्ष्मातिसूक्ष्म देहातीत सत्ता नील सुनील ज्योतिर्मय सत्ता में लीन हो गई। मेरा अपर अंश पार्थिव सुख-संभाग, आशा-आकांक्षाओं में स्वयंवरी द्रौपदी की देह बनकर रह गया पांचाल देश के राजप्रासाद में, अर्जुन की प्रतीक्षा में।

कितना विचित्र है आदमी का मन ! कितनी बातें भूल जाता है और कितनी अमिट रह जाती हैं इस देह में !

मैं भूल गई कि पिता ने पहले कृष्ण के आगे मुझे अर्पित किया था। अब वीर-शिरोमणि अर्जुन की कल्पना में खो गई। वह कैसा होगा ? कृष्ण जैसा ही ? या कोई और दूसरा कृष्ण ? वरना फिर कृष्ण के मन-लायक पुरुष कैसा होता ?

❑❑

वसंत ऋतु। फागुन में फाग का रंग अर्जुन वन पर आने लगा है। पुण्यतोया गंगातट पर वज्रधारी इंद्र उपस्थित हैं। भोजराज की दुलारी कुंती ने दुर्वासा से प्राप्त जयमाला के आह्वान से इंद्र को स्मरण किया था। वसंत के इस आह्वान की इंद्र उपेक्षा कर सकते हैं ?

इंद्र का शौर्य लेकर पवित्र-हृदय कुंती के औरस से गंगातट पर अर्जुन वन में उत्तराफाल्गुनी नक्षत्र में जिस देव शिशु का आविर्भाव हुआ, वह था अर्जुन—फालगुनी, विष्णु, किरीटी, श्वेतवाहन, बीभत्सु, विजय, सव्यसाची, धनंजय—नितंबिनी इतना कहकर थम गई। पूछा—"सखी ! प्रियतम के इतने नाम स्मरण रख सकोगी तो ? सच कितनी सौभाग्यवती हो ? जो इतने नामों के अधिकारी हैं, कितना यश, कितनी कीर्ति, विद्याबुद्धि के अधिकारी न होंगे वे ? अब कृष्ण को भूलकर फाल्गुनी को स्मरण करो !"

मैंने कहा—"सखी ! जिसने एक बार कृष्ण को हृदय में स्थान दे दिया, वहाँ पुनः सव्यसाची को ही स्थान दिया जा सकता है। क्योंकि वे ही कृष्ण की कला लेकर जन्मे हैं। उनमें मैं कृष्ण को ही पाऊँगी। कृष्ण जब मेरे लिए अर्जुन को ही उपयुक्त समझते हैं, मुझे विश्वास है कि अर्जुन ही पृथ्वी के श्रेष्ठ वीर हैं।"

नितंबिनी ने हंसकर कहा—"सखी ! तुमने अर्जुन की वीरता की कहानी नहीं सुनी ? अत्यन्त बाल्यकाल से ही उनकी वीरता उजागर हुई है। गुरु द्रोण के वे श्रेष्ठ शिष्य हैं। उनकी अद्भुत शस्त्र-परीक्षा में अर्जुन ही जयी हो सके। आठ सहस्र, आठ सौ अठाईस

कोस की दूरी पर एक पर्वत है। पर्वत पर दुर्ग है। उस पर सींक। सींक पर शृंगधान और उस पर सरसों का दाना। गुरु का निर्देश था कि उस सरसों के दो खंड किए जायें।''

मैं चकित हो नितंबिनी की ओर देखती रही। कितनी अद्भुत थी यह परीक्षा ! भला इसमें कोई उत्तीर्ण हो सकता है? नितंबनी मेरे अवाक् चेहरे को देखकर हँसकर कहने लगी—''इस परीक्षा में जो उत्तीर्ण हुआ वह स्वयं श्रीकृष्ण ही होगा या कृष्ण का सखा अर्जुन। इनके अलावा यह असाध्य-साधन कौन कर सकता है ?''

मैं आश्चर्य में सोचती रही—अस्त्र विद्या में ऐसी अलौकिकता का प्रदर्शन किया है ! वह कृष्ण-सखा के अलावा और कौन हो सकता है ?

नितंबिनी ने कान में धीरे से कहा—''द्रोण के निर्देश पर ही अर्जुन ने महाराज द्रुपद को बन्दी बनाया था। वे ही श्रीकृष्ण के निर्देश पर द्रुपदनंदिनी को जय करेंगे। वाह ! कैसा संयोग है !''

मैंने उदार स्वर में कहा—''मेरे पास और क्या चारा है ? जो कृष्ण चाहेंगे, पिता वही करेंगे। पिता ही इच्छा का पालन करना मेरा कर्त्तव्य है। धर्म के बाद देने पर मेरे जन्म का अर्थ ही कहां रह जाता है ?''

नितंबिनी ने हँसकर कहा—''कृष्ण को नहीं पाया, इस कारण मान कर रही हो ? कृष्ण को न पाने पर भी कृष्ण के प्राण तुम्हें मिलेंगे।''

''सो कैसे ?'' मैंने पूछा।

नितंबिनी ने बताया—''अर्जुन ही तो कृष्ण के प्राण हैं। अर्जुन मिल गए कृष्ण के प्राण मिल जायेंगे। कृष्ण मिल जायेंगे। अर्जुन को वश में कर लेने पर कृष्ण ही वश में हो जायेंगे। कृष्ण जिस के वश में, उसे कैसा दुःख ?''

पता नहीं कैसे मेरे मुँह से निकल पड़ा—''दुःख बिना भी कहीं जीवन होता है नितंबिनी ? है तो वहाँ कृष्ण नहीं होते। जहाँ दुःख, वहीं कृष्ण। कहते हैं, दुःखबंधु हैं वे।''

तब मुझे क्या पता था कि मैं अपना ही आगत कह रही थी उसे।

❑❑

स्वयंवरा बनने के लिए प्रस्तुत हो रही थी। क्योंकि पांचाल देश में राजकुमारी द्रौपदी के स्वयंवर की तैयारी चल रही थी।

अर्जुन की वीरता और शौर्य कौन नहीं जानता था ? पिता उनसे बहुत पहले ही परास्त हो चुके थे। अतः आज अपने वीरत्व की चरम परकाष्ठा दिखाए बिना द्रौपदी जैसी श्रेष्ठ कन्या को कैसे पा सकते थे ?

ऐसे अद्भुत स्वयंवर के आयोजन के पीछे पिता का दुहरा उद्देश्य था, पहली बात अर्जुन के सिवा कोई दूसरा वैसे स्वयंवर में शर्त पर खरा नहीं उतर सकेगा। फलतः अर्जुन ही होंगे पांचाल नरेश के जामाता। दूसरे, अतीत में अर्जुन के हाथों मिली ग्लानि को पांचाल देशवासियों के आगे प्रशमित करा सकेंगे।

सखी नितंबिनी ने स्वयंवर की शर्त बताई। सुनकर मैं स्तंभीभूत। इस परीक्षा में उत्तीर्ण होगा कोई !

स्वयंवर के लिए जो धनु बना था, वह इतना कठोर था कि उसे झुकाकर गुण चढ़ाना मुश्किल काम था। स्वयंवर के लिए सुन्दर मंच बना है। मंच पर ऊंचा एक दंड। उस पर घूमता चक्र रहेगा। तेजी से घूमते चक्र के साथ लक्ष्य वस्तु का चित्र प्रतिबिंबित होगा नीचे रखे कुंड में भरे पानी में। उसके लिए मंडप के पास एक बड़ा-सा जलभंडार बनकर तैयार हो गया। चक्र के ऊपर स्थापित लक्ष्य वस्तु छोटी मछली की आकृति की बनेगी। नीचे दृष्टि रख, धनुष पर गुण दे, एक साथ पांच शर बींधेगा। लक्ष्य स्थल की मछली का चक्षुरंध्र भेद करते हुए शर लक्ष्य-भेद कर सकेगा, जिसके कारण लक्ष्य पदार्थ नीचे फिसल जायेगा। द्रौपदी स्वयंवर में उत्तीर्ण होने की यही शर्त होगी। वही द्रौपदी को पा सकेगा।

पिता की यह अभिनव शर्त देखकर मुझे लगा जैसे पिता मन में चाहते हैं कि मैं चिरकुमारी रहूँ। उनके धर्म-कार्यों में सहयोग कर धर्म-रक्षा में लगी रहूं। वरना ऐसी शर्त क्यों रखते, जिसे स्वयं भगवान भी पूरी नहीं कर सकें। हालांकि कृष्णसखा अर्जुन की धनुर्विद्या और अव्यर्थ शर-संधान की ख्याति सुनी थी। शायद पिता चाहते हैं कि अर्जुन के अलावा द्रौपदी किसी और को न मिले। अतः ऐसी शर्त रखी जाये, जिसे सव्यसाची के अलावा कोई दूसरा पूरी कर ही न सके।

अर्जुन को मैंने नहीं देखा। पर स्वयंवर की शर्त जानकर उनकी वीरता और शौर्य का अनुमान कुछ-कुछ कर सकी थी। मन-ही-मन कृष्ण को धन्यवाद देकर उनका आनुगत्य स्वीकार कर लिया। सोचा, उनके फैसले पर कभी कोई संदेह करने का प्रश्न ही नहीं। वे मंगलमय हैं।

आयोजन पूरा हुआ। समूचे पांचाल में स्वयंवर से पहले एक पक्ष का उत्सव मनाया जा रहा है। देश में चारों ओर आनंद की वसंत ऋतु फैल गई। धनी-निर्धन सब उत्सव में भाग ले रहे हैं। सबके घर-बार की लिपाई-पुताई हुई है, मांडने अंकित हुए हैं। प्रासादों पर नये रंग की पुताई की गई है। लगता है जैसे सारा देश नये वेश में गढ़ा गया है। सबके द्वार पर आम की डाल के तोरण, पूर्णकुंभ शुभ संकेत के रूप में स्थापित हैं। सभी राज्यवासियों को राजकोष से धन व्यय पर नूतन वस्त्र दिये गये हैं। पुर के नर-नारी नूतन वस्त्रालंकार धारण कर राज्य की शोभा बढ़ा रहे हैं। समूची राजधानी आलोकमाला से सजी है। रात जगमगा रही है। स्थान-स्थान पर नृत्य, गीत, वाद्य, आतिशबाज़ी। रात-दिन नृत्य-गीतादि चलते रहते हैं।

स्वयंवर का सभागृह सजाने के लिए प्रसिद्ध चित्रकार और शिल्पी आये हैं। इंद्रपुरी जिन्होंने नहीं देखी, आज वे साज-सज्जा देखकर आलोक-माला और आडंबर देखकर स्वयं को खूब भाग्यशाली समझ रहे हैं। अतिथियों के लिए सभागृह में बैठने की सुव्यवस्था है, जिससे लक्ष्य-बेध देख सकें। इसके लिए सुचिंतित योजना बनी है। ऊपर चांदी का चंदोवा। उसमें बने हैं सुनहले तारे। सुवासित पुष्पकुंड, सभामंडप, स्वयंवर मंडप और अतिथियों के प्रवेश मार्ग से लेकर बैठने के स्थान तक रखे हैं। समूचा सभास्थल इनसे महक रहा है। दीन-दरिद्र से लेकर अतिथियों तक सबके लिए नाना पकवान बने हैं। कोई-कोई तो सोच रहा है—राजकुमारी का स्वयंवर उत्सव अगर वर्षों चलता तो जीवन आनन्द-मुखर हो जाता।

दूरागत अतिथि साजसज्जा देखकर सोच रहे हैं—'कहीं स्वर्ग के किसी कोने में

पहुंच गए ! स्वर्ग की अप्सरा का विवाह स्वयंवर ही है यह तो !'

देश-देश के राजा, राजकुमार, योद्धा वीर एवं पण्डित निमंत्रित होकर आए हैं।

राजधानी आज आनन्द-मुखर है। अतिथियों के यथोचित मनोरंजन की व्यवस्था जो हुई है।

मैं वरपूर्वा ! मैं जानती हूं मेरा पति कौन होगा। कौन स्वयंवर की अभूतपूर्व शर्त पूरी कर सकेगा। मेरे मन में कोई उद्वेग नहीं। कोई उद्वेलन नहीं। ऐसा होता—अगर मेरे पति मेरी कल्पना के राजकुमार होते। अर्जुन को मैंने कभी नहीं देखा।—सिर्फ रूप-वर्णन सुना है, वीरता, शौर्य और व्यक्तित्व की गरिमा की कहानियां सुनी हैं। अतः स्थिर सरसी की तरह मेरा मन प्रशांत प्रफुल्लता से परिपूर्ण था।

उस दिन सखी नितंबिनी के साथ उद्यान में घूम रही थी। वह अर्जुन के गुण कहकर हंसी कर रही थी। ऐसी हंसी की वह अभ्यस्त हो चुकी थी। आज उसने कहा—"सखी ! कृष्ण का कभी विश्वास न करना। बहुत मायावी हैं। तुम-से नारी-रत्न को पाकर क्या वे निष्कपट हृदय से ही अर्जुन के हाथ सौंप देंगे ? याद रखना, अर्जुन में कृष्ण की कला हैं। तुम अर्जुन को प्राप्त कर भी कृष्ण की ही रहीं। तुम पर न्यायतः उन्हीं का अधिकार रहेगा। स्वयंवर का आयोजन देखकर पता नहीं क्यों मेरे मन में संशय हो रहा है।"

मैं चौंक उठी। पूछा—"संशय कैसा ? पिता ने जो शर्त रखी है, अर्जुन अवश्य जयी होंगे। श्रीकृष्ण स्वयं भी तो पिता की इस शर्त से सहमत हैं।"

नितंबिनी ने दबे स्वर से कहा—"सुना है, पांचों पांडव हस्तिनापुर में नहीं हैं। उनके बारे में कई तरह की अपकथाएं सुनी जा रही हैं। ईश्वर करें वे सत्य न हों। अगर सत्य निकलीं, तब तो चिरकुमारी रहने को प्रस्तुत होना होगा।"

मेरी बायीं आंख स्फुरित हुई। हृदय भी थरथराया। मैंने क्षीण स्वर में पूछा—"पांचों पांडव वारणावत में उत्सव मना रहे हैं। श्रीकृष्ण उन्हें स्वयंवर की खबर अवश्य देंगे। उनके आने में संशय कैसा ?"

नितंबिनी कुछ कहना चाह रही थी, पर नहीं बोल पा रही थी। ठिठक-ठिठक कर कहने लगी—"जानती नहीं...बात सही है या झूठ..."

"कौन-सी बात ?" मैंने उत्कंठ होकर पूछा। तभी प्रासाद से क्रंदन सुनाई पड़ा। दासियां-परिचारिकाएं उच्च स्वर में रो उठी थीं। हम दोनों स्तब्ध, चकित थीं। इस आनंद उत्सव में हृदयविदारक रोदन किस लिए ?

भैया धृष्टद्युम्न उद्यान में मेरे आगे थे। मुख म्लान, नेत्र उदास—लगा, शायद पिता अचानक अस्वस्थ हो गए हैं। घबरा कर पूछा—"यह क्रंदन कैसा ?"

"श्रीकृष्ण पधारे हैं" धृष्टद्युम्न ने नतमुख कहा।

मैंने चकित होकर कहा—"इसमें क्रंदन कैसा ?"

भैया ने रुंधे स्वर में कहा—"धर्म-रक्षा के लिए यज्ञ-कुंड से हम दोनों का जन्म हुआ। अतः यज्ञकुंड में घृत की तरह जल-जलकर जगत का पाप-ताप नाश करने के लिए हमें व्रती होना पड़ेगा। कृष्णा ! तुम तो जानती हो, पांडव वारणावत गये थे।"

मैंने नतमुख कहा—"हां, वे शांतिपूर्ण, सौंदर्यमय प्रकृति की गोद में उत्सव-मुखर वारणावत में ठहरे थे। पर इससे क्या ?"

धृष्टद्युम्न लताकुंज के नीचे मेरे पास बैठ गया। उदास स्वर में कहने लगा–"पांडवों को कौरवों ने एक तरह से विताड़ित किया था षड्यंत्र रचकर। राजधानी हस्तिनापुर से वे वारणावत में जाकर रहे। शिक्षा समाप्त होने के बाद अंधे राजा धृतराष्ट्र ने बाध्य होकर युधिष्ठिर को युवराज बनाया। प्रजा की उन पर आस्था थी, विश्वास था। फिर युधिष्ठिर बड़े थे। अतः उन्हें युवराज करने के अलावा कोई चारा न था। 'पांडव ठहरे वीर, बली, विचारवान, धार्मिक और शांत स्वभाव संपन्न। द्रोण एवं कृपाचार्य, पितामह भीष्म, मन्त्री विदुर आदि का भी इस फैसले के पीछे दृढ़ समर्थन था। युवराज बनने के बाद युधिष्ठिर से दुर्योधन, दुशासन आदि सौ भाई ईर्ष्या से जलने लगे थे।"

मैंने उत्कंठित होकर पूछा–"फिर क्या हुआ ?"

"जो स्वाभाविक था..."

"अर्थात्...!"

धृष्टद्युम्न ने बताया–"वारणावत में उत्सव की व्यवस्था कर पांडवों को वहां भेज दिया। शांत, सरल युधिष्ठिर कपट की बात क्यों सोचते ? कौरवों ने पहले वारणावत की प्रशंसा की। अतः मन बदलने के लिए भाइयों को लेकर मां के साथ पांडव वारणावत चल पड़े। उनके रहने के लिए नया प्रासाद पहले से ही निर्मित था। नूतन प्रासाद की साजसज्जा और आडंबर से पांडव प्रसन्न थे। पर उन्हें क्या पता था कि यह नूतन प्रासाद ही उनके लिए यमपुरी का मार्ग खोल देगा।"

मैं आर्त्त होकर चीखी। भैया ने मुझे थाम लिया–"हां, कृष्णा ! वह प्रासाद जतुगृह था। पांडवों के लिए कौरवों ने धृतराष्ट्र के धूर्त मंत्री पुरोचन को नियुक्त किया था। रात में जतुगृह में अग्नि संयोग कर दिया। और पांडव, कुंती और पुरोचन सब जल मरे। कृष्ण यही दुःसंवाद लेकर आए हैं। कृष्ण से संवाद सुन सभी मर्माहत हैं।

"पुरा नर-नारीगण इसी कारण विलाप कर रहे हैं। वास्तव में पांडवों की शेष परिणति यही हुई है तो हम दोनों के जन्म का उद्देश्य सफल कैसे होगा ? पांडव-विहीन पृथ्वी पर धर्म-संस्थापन ऐसे ही होगा जैसे जलहीन सरसी में पदुम विकसित करना।"

मैं निःस्पंद बैठी रही। अब मेरी दशा क्या होगी ? मैं तो मन-ही-मन अर्जुन को वरण कर चुकी थी। मैं जानती थी उनके अलावा कोई दूसरा स्वयंवर की शर्त पूरी नहीं कर सकता। कृष्ण पर भरोसा करने से ऐसी जगहंसाई होती है ! अपने लिए दुःख उतना न था, लेकिन धर्मप्राण उन पांच पांडवों की कैसी दारुण परिणति हुई ! अगर यही सच है तो कृष्ण कभी पांडवों के सखा न थे और धर्म-संस्थापना के लिए उनका जन्म हो ही नहीं सकता। पर मैं क्या करूं ? स्वयंवर के लिए निर्मित विभिन्न अतिथि-भवनों में देश-देश के राजकुमार आ रहे हैं। स्वयंवर सभा का आनंद उत्सव उपभोग करने के लिए बन्धु-परिजन, विदेशी अतिथि निमंत्रित होकर आ चुके हैं। नये प्रासाद, भोजनालय, पांथशालाएं,, रंगालय, रास्ते-बाज़ार सबमें लोकारण्य। मंत्रोच्चार के लिए देश-देशान्तर के पंडित और विद्वान आकर उपस्थित हो चुके थे। मुझे प्राप्त करने की आकांक्षा से अनेक राजपुत्र आहार-निद्रा भूलकर अतिथि-भवन के प्रांगण में लक्ष्यभेद का अभ्यास कर रहे हैं। ऐसी स्थिति में स्वयंवर तो किया नहीं जा सकता। पर स्वयंवर का फलाफल तो स्पष्ट ही है। संसार में मेरे उपयुक्त चर नहीं, इस बात से गौरव कम ही होगा। बढ़ेगा नहीं। उपयुक्त वर न मिलना मेरा शुभलक्षण नहीं माना जा सकता। क्योंकि

मैं नारी हूं, स्वयंवरा। सब जब असफल होंगे, वर-प्राप्ति का अवसर देने के लिए पिता कभी शर्त में कोई ढील नहीं देंगे। और ढील देंगे तो भी मैं क्यों चुपचाप उसे स्वीकार करूंगी ? पहले कृष्ण के पास समर्पित हुई। कृष्ण ने ग्रहण न कर मुझे अपने सखा अर्जुन के लिए मनोनीत किया। अर्जुन के आगे समर्पित करने में कोई कुंठा भी नहीं हुई मेरे मन में। क्योंकि अर्जुन स्वयं कृष्ण की कला लेकर जन्मे हैं। अर्जुन के शरीर में कृष्ण ही प्राण आत्मा हैं। मैंने तो अर्जुन के शरीर के आगे समर्पण नहीं किया था। अर्जुन के व्यक्तित्व अर्थात् आत्मा के पास स्वयं को अर्पित किया था। दूसरे शब्दों में कृष्ण के पास ही स्वयं को नये रूप में समर्पित किया था। सोचा था, अर्जुन को पाने पर कृष्ण मुझे मिल जायेंगे। पर आज अर्जुन के अलावा कोई दूसरा यदि पिता द्वारा दी गई छूट के सहारे सफल होता है, मैं उसे वरण कर अपनी आत्मा को कुलषित कैसे करूंगी ?

मैंने धीरे से कहा—"भैया ! स्वयंवर का आयोजन रोका नहीं जा सकता ?"

भैया चौंक उठे—"सो कैसे ? दुर्योधन, उनके अनेक भाई, कर्ण, शकुनि, अश्वत्थामा, जयद्रथ, शल्य, कृतवर्मा, सात्यकि, शिशुपाल, जरासंघ...कितने प्रतियोगी अतिथिशाला में पहुंच गए हैं। भीष्म, द्रोण, कृपाचार्य, बलराम आदि माननीय अतिथि पहुंच रहे हैं। अंग, बंग, कलिंग, चोल, पांड्य, मगध, कोसल, हस्तिनापुर, मद्र, कंबोज, गांधार आदि सभी राज्यों के विद्वान पंडित पहुंच गए हैं। अब स्थगन की बात करने पर उनका घोर अपमान होगा। उनकी सम्मिलित शक्ति के आगे पांचाल को हार माननी पड़ेगी। पांचाल पर घोर विपत्ति आ जाएगी। अतः देश के मंगल और उनका सम्मान रखने के लिए स्वयंवर-सभा निर्दिष्ट तिथि, वार-लग्न में अनुष्ठित होगी। इसके अलावा उपाय नहीं।"

मन-ही-मन सोचती रही—देश की विपत्ति से कृष्णा की विपत्ति कभी महत्तर नहीं हो सकती। अतः कृष्णा ही विपत्ति के सम्मुख होगी। पर वह विपत्ति कितनी भयंकर होगी, मेरे सिवा और कौन है जो समझेगा ?

मैंने दीर्घ सांस छोड़कर कहा—"एक ही बात है। ऐसे भी चिरकुमारी रहती ! वैसे स्वयंवर की शर्त कोई पूरी नहीं कर सकेगा। अतः कुमारी रहूंगी। बस ! देश की विपत्ति टल जाएगी। पांचाल शत्रु-शून्य हो जाएगा।"

भाई ने कहा—"संभव है, ऐसा ही हो। वे अपनी शक्ति लेकर लौट जायें, हम क्यों उनकी शक्ति की सीमा निर्धारित करें ?"

मैं चुप रह गई। स्वयंवर को लेकर मेरे मन में सारा आवेग, स्वप्न, कल्पना, कामना, उत्कंठा ठंडी हो चुकी थी। अब ब्रह्मचारिणी का कठोर साधनामय जीवन ग्रहण करना होगा। सुख-दुःख में निर्विकार रहना होगा। जो हो गया या जो होने जा रहा है, उसमें मुझे यदि कुछ नहीं करना तो फिर विचलित क्यों होना ?

पर मन में वह स्वप्न-पुरुष ! उसका अकाल दारुण वियोग रह-रह कर जाग उठता। निर्विकार रहने की बात कुछ सतही रही। कोई कभी निर्विकार हो सकता है ?

मेरे अनजाने नीलनेत्रों में अश्रु भर आए। भाई का ध्यान उधर चला गया। उसके हृदय में व्यथा भर गई। मन-परिवर्तन के लिए उसने कहा—"कृष्णा ! चलो कक्ष में चलें। पिता प्रतीक्षा में बैठे हैं। कृष्ण को प्रणाम करना होगा। वे आर्यावर्त के श्रेष्ठ वीर और ज्ञानी पुरुष हैं। वे हमारे दुःख-सुख के बन्धु हैं। अतिथि-सत्कार में त्रुटि करना

उचित न होगा।''

अश्रु रोकने की चेष्टा की—''मुझ जैसी नगण्य नारी का प्रणाम कृष्ण जैसे महान व्यक्तित्व की गरिमा में आंच नहीं लाएगा ? मेरी यह अशुभ दृष्टि वरन उन पर न पड़े। मेरे साथ उनके प्रिय सखा का प्रस्ताव आते ही वे चले गए ! इस विपत्ति के बाद भी कृष्ण यह मुंह देखना चाहेंगे ?''

अचानक अमृतधार-सी कानों में बह चली—अंतर तक को स्पर्श कर गई। किसका मृदु हास है यह ? देखा तो सामने खड़े थे परम काम्य पुरुष कृष्ण ! उनका नील कलेवर पीतांबर में और भी रम्य दिख रहा था। ललाट पर तिलक, कानों में कुंडल, नीलकमल सदृश नेत्रयुगल। प्रशस्त वक्ष पर मणिमय हार, उस पर वन-पुष्पों की माला, अधरों पर मधु हास की हल्की रेखा खिंची। मेरा सारा मान-गुमान निमिष मात्र में लीन हो गया ! कृष्ण सचमुच मोहनमन्त्र जानते हैं। मैं मंत्रमुग्ध-सी प्रणाम करने उठ खड़ी हुई।

उसी मुस्कान में कहा—''तुम्हारे भक्ति-भाव की मुद्रा से तुम्हारे मुख का मानभरा आलेख मेरा अधिक काम्य होगा। तुम शायद नहीं जानतीं कि निर्मल मान सुन्दर मुख को कैसे सुंदरतम कर देता है। पांडवों की दुर्घटना-जनित मृत्यु का संवाद सत्य हो या मिथ्या, वह मैं न लाता तो तुम्हारे मुख पर मान-भरा यह अनुपम सौंदर्य कभी नहीं खिलता। तुम्हारी मुख-शोभा देखने के बाद पांडवों से विच्छेद का दुःख भी भूल गया।''

बहुत देर से छलछलाये अश्रु-कण अनायास गंडस्थल तक बह आए। सोचा—मेरे इस दुःख में कृष्ण सुखी हो रहे हैं ! इतने निष्ठुर हैं !

अपलक मेरी ओर देखकर उन्होंने कहा—''तुम्हें देखने के बाद मेरे मन में धारणा हो रही है—पांडव अभी भी जीवित हैं। तुम्हारे साथ जिसका विवाह स्थिर हो चुका है, वह कभी भीरु की तरह लोक-लोचन के अंतराल में मर नहीं सकता। यदि पांडव वैसे ही जतुगृह में जीवंत दग्ध होकर मृत्यु-मुख में चले गए, तो यह उनकी मूर्खता का परिणाम होगा। कृष्ण का सखा यदि ऐसा मूर्ख होगा, तब तो कृष्ण उससे भी अधिक मूर्ख ! कृष्णा ! क्या सोचती हो कि मैं मूर्ख हूं ?''

कृष्ण की ओर देखते ही मेरा मन कह उठा—'अर्जुन आयेंगे। प्रण रखने, इस घोर अपमान और विपत्ति से कृष्णा का उद्धार करने आयेंगे।' मैं आंखें मूंदे परमेश्वर को प्रणाम कर रही थी।

उत्सव का सोलहवां दिन। खूब प्रतीक्षा थी इसकी।

ब्राह्ममुहूर्त में उद्यान के सरोवर में स्नान कर स्वर्णनिर्मित पार्वती-मन्दिर में पूजा करने सखियों के साथ गई। तब तक मैं संन्यासिनी-सी दिख रही थी। समूची देह निराभरण। उन्मुक्त सिक्त केश। सागर तरंगों सदृश पृष्ठभाग पर उन्मिल हो रहे थे। मेरा एकमात्र ध्यान पार्वती के पादपद्मों पर। दीपदान कर प्रणाम किया। मन-ही-मन कह रही थी—'देवी ! नारी का सम्मान रखना ! कभी पति-निंदा न सहकर यज्ञ में विसर्जित हो गईं। मैं उसी यज्ञकुंड से आविर्भूत। मन-ही-मन जिन्हें पति-रूप में वरण किया है, यदि जीवंत दग्ध होकर वे मृत्यु-मुख में चले गए, यह मेरे लिए क्या अपमान की बात नहीं ? फिर मेरे जीवनधारण का अर्थ क्या है ? हालांकि अर्जुन के अलावा आर्यावर्त में कोई दूसरा प्रण रखने में समर्थ होता तो पिता उसे जामाता रूप में स्वीकार कर लेते। पर मैं उन्हें पति-रूप में कैसे लेती ? अगर वास्तव में धर्म जैसा कुछ है, तो मेरा

सती धर्म रक्षा करे।'

तभी देवी के मस्तक से पुष्प गिरा। पुजारी ने पुष्प उठाया, मेरी ओर आगे कर दिया—"अभीष्ट पूर्ण होगा ! यही इनका संकेत है। देवी हंस रही हैं। अंतर से पुकारे बिना वे नहीं हंसतीं। उनके विहंसने पर शुभ फल निश्चित है।"

मन कह उठा—'अर्जुन आयेंगे ! ज़रूर ।'

प्रसाद का पुष्प मस्तक से लगाया। उद्यान की राह लौट आयी। एक और दिन की घटना स्मरण हो आयी। उस दिन जनकनंदिनी सीता का स्वयंवर। पार्वती-पूजा के बाद लौट रही हैं। पथ में श्रीराम से भेंट हो गई। वहीं चार नेत्रों का मिलन हो गया। आज देवी प्रांगण में अर्जुन संग चार चक्षु मिलन हो सकेगा। पर कौन कहेगा कि अर्जुन जीवित भी हैं या...

मन फिर उदास ! अर्जुन के साथ भेंट नहीं हुई। हर घड़ी सोचती—'अर्जुन आयेंगे। चार नेत्रों का मिलन होगा। मेरा जीवन धन्य होगा।' पर वे नहीं आये।

सती सीता मेरा आदर्श हैं। उनके जीवन की कथा पढ़कर मैं उनकी भक्तिन हो चुकी थी—प्रेम में डूब गई—उनके आंसुओं में आंसू मिलाए हैं। पर उनके साथ अपनी तुलना क्यों करूं ? उनकी तरह नीरव रहकर यंत्रणा में जल-जलकर जी सकूंगी। वे महीयसी नारी—रघुकुल-तिलक रामचन्द्र की प्राणप्रिया जानकी—और मैं पांचाल राजकन्या याज्ञसेनी, मेरा कोई पति है या नहीं, इतना तक नहीं जानती। उनके जीवन की हर घटना मेरे जीवन में क्यों घटेगी ? मैं निराश होकर मंदिर से लौट रही थी। आशापूर्ण नेत्रों से चारों ओर देख रही थी। पांचाल के पथ पर आनंद का झरना फूट रहा था। राजा-महाराजा और संभ्रांत अतिथि सब आकर पहुंच रहे थे। उनमें पांचों पांडवों का कहीं पता न था। और कोई अतिथि आना बाकी न था। पांडवों के निवास हेतु निर्मित वह सुंदर और आडंबरपूर्ण अतिथि-भवन अभी एकदम खाली था। पांडव अगर जीवित होते, तो अब तक उन्हें पहुंच जाना चाहिए था। पूर्वाह्न में होगी स्वयंवरसभा, अब और आने की कोई सम्भावना नहीं।

राजपथ के किनारे-किनारे वृक्ष रोपे गए हैं। नूतन पत्र, पुष्प एवं फल-भार से वृक्ष अलंकार-मंडित अवगुंठन भरी पुरनारी की तरह शोभित हो रहे थे। शुक-सारिका, कोकिल आदि को पुर में हो रहे उत्सव का संकेत मिला है। मधुर काकली में जन-मन हर लेते हैं। उत्सव के संगीत में स्वकीय स्वर मिला कर मानो वे भी अपना कर्त्तव्य निभा रहे हैं।

अतिथि-भवन के सामने स्वच्छ जलाशयों में राजहंस कल्लोल करते तैर रहे हैं। अतिथिगण देखकर मुग्ध हो जाते हैं। आकाश मेघरहित है। फिर भी स्थान-स्थान पर मयूर नृत्य कर नृत्य-गीत में अंश-दान कर रहे हैं। मानो नर्त्तकियों के साथ प्रतियोगिता में लीन हैं।

उद्यान से सखियों के साथ 'पंचविहार' के किनारे-किनारे से लौट रही थी। इतना पता तो चल ही जाएगा कि पांडव लौटे या नहीं। वृक्ष-लताओं के बीच से दूर से पंच विहार अत्यंत मनोरम दिख रहा था। अतिथि-भवन की रंगशाला में नर्त्तकियां नृत्य कर रही थीं। विभिन्न रंग के आलोकों में सजा 'पंचविहार' अभी भी वैसे ही जगमगा रहा था। द्वारदेश के तोरण रंग-बिरंगे पुष्पों से मंडित थे। स्वर्णथाल में पुष्पहार के लिए

अतिथि स्वागत हेतु सुंदर नागरियां अभी भी प्रतिक्षा में थीं। किसी भी क्षण पांडवों का आगमन हो सकता है। पांडव जीवंत ही दग्ध हो सकते हैं, इस बात का विश्वास पांचाल देश में पेड़-पौधों तक को नहीं होता। सुसज्जित अतिथि-भवन देखकर मन में लगा, पांडव आते ही होंगे...अवश्य आएंगे।

अतिथि भवन में वह कैसी मनोरम मूर्ति है। रंग-बिरंगे पुष्प-उद्यान में नील मेघवर्णी वह कौन युवक है ? अर्जुन ? मैं ठीक से देख नहीं पा रही थी। हृदय का कंपन बढ़ गया। कोई सखी कह रही थी–"आह ! कृष्णजी कल सारी रात अर्जुन की प्रतीक्षा करते 'पंचविहार' में अनिद्र रहे। निराशा में यह सद्यःविकसित नील इंदीवर कैसा म्लान दिख रहा है ! सच, अर्जुन और उनके चारों भाई पुर से लौटेंगे ? कृष्ण कैसे वातुल से प्रतीक्षा में बैठे हैं !"

सुनते ही मेरे नेत्र अश्रु-सिक्त हो गए। धारणा और भी दृढ़ हो गई कि पार्वतीपूजन सफल नहीं हुआ। हमारे पांवों की रुनझुन ध्वनि सुन कृष्ण भी पथ पर आ गए। मुझे देखकर कहा–"कृष्णा ! इस पृथ्वी पर मनुष्य ही सर्वाधिक दुःख पाता है। क्योंकि सुख में डूबकर भी वह दुःख-आपद की आशंका करता रहता है। दुःख में लीन रहते समय भी कुछ लोग सुख की कल्पना करते रहते हैं। हां, दुःख में भी सुख छिपा रहता है, तुम्हारे नेत्रों के अश्रु उसी को प्रमाणित कर रहे हैं।" मैंने अश्रुल नेत्र उठाकर कृष्ण की ओर एक बार देखा। कृष्ण ने मृदु मुस्कान में कहा–"तुम्हारे ये अश्रु विंदु उदित सूर्य की सिंदूरी रश्मियों को प्रतिफलित कर रहे हैं। तुम्हारे मुख की शोभा बढ़ा रहे हैं। और इन अश्रुकणों का मूल्य भी बढ़ जाता है। सूर्य रश्मि स्वयं महिमामय हो जाती हैं। वे कितनी रमणीय हो रही हैं। अतः जीवन में अश्रु का भी मूल्य है–अश्रुमोचन का भी एक सौंदर्य है। ठीक वैसे ही दुःख का भी मूल्य है–दुःख के पीछे सुख निगदित है। जो घटित होने जा रहा है वह तो होगा ही। अतः सुख के क्षणों में आनंद का उपभोग न कर दुःख की कल्पना में रोने का क्षण आने के पहले ही रोना क्यों ?"

मैं कुछ न कह सकी। कृष्ण को प्रणाम किया। अपने दुःख का ही अर्घ्य दे रही थी उन्हें आज। दुःख के अलावा मेरे हृदय में और कुछ न था। अनुभव कर रही थी जैसे हृदय कुछ हल्का हो गया है।

स्वर्ण-निर्मित मंच पर प्रतियोगी राजा आसन ग्रहण कर चुके हैं। समग्र सभा स्थल मूल्यवान चंदोवे से मंडित है। सोने और चांदी के तारों से खचित झालर चमक रही हैं। प्रतियोगी राजा-महाराजा खूब सजे-धजे विराजमान हैं। सब स्वयं को कृष्णा के योग्य समझ आह्लादित हो रहे हैं। पंडित और विद्वान विशिष्ट आसनों पर हैं। ब्राह्मणों के लिए स्वतंत्र व्यवस्था हुई है। नगर के दर्शकों और पुरनारियों के बैठने की एक ओर व्यवस्था हुई है। नगर के दर्शक और प्रजाजन सुंदर वस्त्रालंकारों से सज्जित हैं। उनका मंच इस प्रकार निर्मित है कि सभास्थल को वे देख सकें पर उन्हें कोई न देख सके।

पर मैं ! मुझे सबके सम्मुख उपस्थित होना पड़ेगा। क्योंकि मैं स्वयंवरा। मुझे सबके सम्मुख प्रदर्शित होना होगा। मेरा रूप और शोभा देखकर प्रतियोगी स्वयं में शक्ति संचार कर सकेंगे।

सखियों ने नाना भांति से सजाया था। शुभ्र वसन और शुभ्र पुष्पों से समग्र देह मंडित थी। दर्पण में स्वयं अपना प्रतिबिंब देख सोचने लगी–श्वेतवर्ण के पुष्प उद्यान

में इतने रमणीय क्यों नहीं दिखते ? मेरी देह की पद्म गंध के साथ चंदन और सुवासित इत्र मिलकर संपूर्ण सभास्थल को सुवासित करने में समर्थ थे। शुभ्रवसन और शुभ्रपुष्पों के प्रति मेरी रुचि सर्वाधिक रही है। अतः सखियों ने सिर्फ हीरक अलंकारों से ही मुझे सज्जित किया था। मधुर श्यामवर्ण इतना कमनीय और नम्र होता है, आज स्वयं को देखकर ही समझ पा रही थी। सखियों के साथ पुष्पशोभित पालकी में बैठकर धृष्टद्युम्न के साथ मैंने सभास्थल में प्रवेश किया। थमते ही भाई के निर्देश पर मैंने पालकी से बाहर पांव रखे। मेरी उपस्थिति मात्र से संपूर्ण सभास्थल में मधुर गुंजारण भर गया। युवक, वृद्ध, ब्राह्मण, क्षत्रिय, स्त्री-पुरुष सब स्तब्ध होकर मेरे श्यामल सौंदर्य का निरीक्षण करने लगे। दृष्टि नत किए मैं धीरे-धीरे नियत स्थान की ओर बढ़ी। इतने पुरुषों की लोलुप दृष्टि मुझे लज्जित किए दे रही थी। इच्छा हो रही थी अवगुंठन में मुंह ढांप लेती। सच जैसे मेरे मन की बात समझकर सभास्थल में सज्जित पुष्पकुंडों को छोड़कर भ्रमर एक साथ मेरे चारों ओर किसी नील उत्तरीय की तरह उड़ने लगे। उपस्थित राजन्यवर्ग के दृष्टिपथ में भ्रमर अंतराय पैदा कर रहे थे। अतः वे विचलित हो उठे। मेरी देह गंध को वे उत्कुंठ आघ्राण कर रहे थे। उनकी आघ्राण का शब्द एकत्र होकर मृद्रु वातास का भ्रम कर रहा था।

मैं नहीं जानती मेरी देह की पद्मगंध से या मेरे शरीर और जूड़े में पुष्पों की गंध से या मेरी देह पर लेप किए सुवासित अगरुचंदन, इत्र और अन्यान्य सुवासित केश तैलादि की गंध से, भ्रमर सभास्थल के समस्त सुरभियुक्त पुष्पों का त्यागकर मेरे चतुःपार्श्व, नीलमेघ के आस्तरण की तरह उड़ने लगे थे। भ्रमर हैं ! पर उनकी सहृदयता। मैं उनकी उदारता के प्रति कृतज्ञ हो रही थी। सभास्थल पर स्वयंवर नारी का रूपदर्शन कितना व्रीड़ाजनक है, इसे ये ही हृदयंगम कर सके हैं। अथच विद्वान और पंडितगण इस बात का अनुभव नहीं कर पाए।

किसी तरह मैं मंच तक पहुंची और आसन ग्रहण किया। तब धृष्टद्युम्न ने नमस्कारपूर्वक स्वागत किया—"हे समवेत उच्चकुल संभूत राजनमंडली ! ये हैं मेरी भगिनी वरवर्णिनी कृष्णा ! आपने इनके शरीर के सौंदर्य का अवलोकन किया। ये केवल आर्यावर्त्त की श्रेष्ठ सुंदरी ही नहीं हैं, वे सर्वगुणसंपन्न हैं। स्वल्पभाषिणी होते हुए भी विद्यावती हैं, विचारशीला हैं, शास्त्रज्ञा हैं, संगीत-निपुणा हैं, बुद्धिमती हैं, दिव्यदर्शिनी हैं। पृथ्वी पर सत्य की प्रतिष्ठा और धर्मरक्षा इनके जीवन का मूलमंत्र है। आज वे आप में से योग्यतम के निर्वाचन के लिए यहां उपस्थित हैं। स्वयंवर की शर्त्त से आप परिचित हैं। हे समवेत वीरगण ! आप सब द्रौपदी से विवाह हेतु उत्सुक होकर पधारे हैं। अब आपके सम्मुख लक्ष्य और धनुष-बाण रखे हैं। क्रमागत पांच बाणों से जो चक्रस्थित कनक-मीन का चक्षु भेद कर उसे भूमिसात् करेंगे, वे ही कृष्णा को प्राप्त कर सकेंगे। पर यह वीर उच्च कुल-संभूत होना जरूरी है।"

फिर एक-एक प्रतियोगी का परिचय धृष्टद्युम्न देते गए। किंतु मैं लज्जावश किसी की ओर दृष्टि नहीं उठा सकी। उस परिचय-पत्र में मेरे अभीष्ट पुरुष का नाम कहीं न था। मैं विषण्ण होकर अदृष्ट के संबंध में चिंतित बैठी रही।

शखध्वनि, हुलूध्वनि, वेदपाठ, हवन, घंटाध्वनि, मंगल महुवरि आदि वाद्यों के बीच विवाह-प्रार्थी वीर आने लगे। एक-एक हास्यजनक स्थिति उत्पन्न कर पराजित होते गए।

कोई तो शर-संयोजन ही नहीं कर पाए। कोई धनु-उत्तोलन में असमर्थ रहा। आहत और विस्मित विषादग्रस्त एक के बाद एक वीर लौटते गए। नगर के दर्शक सोचने लगे—धनुर्विद्या में वीरश्रेष्ठ अर्जुन को मृत जानने के बाद भी राजा द्रुपद ने ऐसी शर्त क्यों रखी ? क्या वे राजकन्या को चिरकुमारी व्रत अवलंबन के लिए बाध्य करना चाहते हैं ? सभी सखियां यह सोचकर हाय-हाय कर रही थीं। पर मैं सोच रही थी—जगज्जननी पार्वती ने मेरी सुनी है, अवश्य मेरी प्रार्थना के अनुसार वे अर्जुन को यहां पहुंचायेंगी। अब तक मुझ जैसी अभागिनी वरपूर्वा नारी का सम्मान रखने के लिए ही किसी अन्य पुरुष को जयी नहीं कराया। अगर कहीं ऐसा हो जाता ! मैं तब क्या करती ? बाध्य होकर पिता के वचन रखने को मुझे उस पुरुष को पति रूप में वरण करना पड़ता। मेरा सतीधर्म नष्ट होता। मन-ही- मन संतोष हो रहा था। सभास्थल पर पराजय, ग्लानि और हताशा की दीर्घ सांस बढ़ती जा रही थी। व्यर्थमना कुछ लोग नाना प्रकार की कल्पना-जल्पना कर रहे थे। कुछ, अगर कोई प्रण पूरा कर भी देता है, तो बलपूर्वक छीनकर मुझे ले जाने की योजना बना रहे थे। उनकी बातें सुनकर मेरी सखियों का कौतुक बढ़ जाता, पर मेरा मन और व्यथा से भर जाता। इन कामातुरों के आगे, पापदृष्टि के सम्मुख इतने समय तक बैठी रहने के कारण मैं स्वयं को धिक्कार रही थी। मुझे कलंकित होने जैसा लग रहा था।

भाई धृष्टद्युम्न, पिता द्रुपद और गुरुजन मेरे भविष्य की चिंता में विषादपूर्ण हृदय से बैठे थे। पर मैंने देखा, यादवों के बीच बलराम के साथ कृष्ण प्रफुल्ल-वदन सारा दृश्य उपभोग कर रहे हैं। कृष्णा के लिए तो कृष्ण के मन में कुछ भी चिंता नहीं, कोई उद्वेग नहीं ! तो फिर कृष्णा का अदृष्ट उसका परिहास कर रहा है, इसमें संदेह नहीं। स्वयंवर सभा की शेष परिणति के लिए स्वयं को प्रस्तुत कर रही थी। बस कुछ ही प्रार्थी बचे हैं।

सारी निराशा के बीच नवोदित सूर्य-सम तेजस्वी और अस्तसूर्य-सदृश कमनीय कांतियुक्त स्वर्ण कवच-कुंडल विभूषित एक वीर पुरुष लक्ष्यभेद-स्थल के निकट आकर इसी समय उपस्थित हुआ। उस परम सौंदर्यवंत वीर पुरुष के रूप और आभा को सब विमोहित से देखते रहे। कुछ तो मुझे पाने की लालसा ही भूल गए और कामना करने लगे—यह वीर पुरुष ही लक्ष्य-भेद करे और कृष्णा को प्राप्त करे। ऐसे शोभावंत पुरुष की पराजय की बात सोचकर कुछ लोग तो विमर्ष भी हो रहे थे। नितंबिनी आह्लाद में भर कान में कहने लगी "सखी ! अब प्रस्तुत हो जाओ। कामदेव-सदृश यह वीर युवक जयी होगा और तुम्हें प्राप्त करेगा !"

अचानक हृदय-गति बढ़ गई। सोचा, यदि ये परम रूपवान युवक जयी हो जाते हैं तो अर्जुन के अलावा और कोई नहीं हो सकते। पार्वती ने अंतिम क्षणों में मनोकामना पूर्ण कर दी। ये ही कुंतीपुत्र हैं। कुंतीपुत्र के सिवा लक्ष्यभेद कौन कर सकता है ? शायद मैंने भी एक क्षण यही कामना की—यह युवक जयी हो जाये !

वीर युवक ने कमनीय ढंग से धनुष धारण किया। शर-संयोजन के लिए प्रस्तुत होने जा रहे थे कि सभास्थल हर्ष और करतल-ध्वनि से निनादित हो उठा। युवक और उत्साहित हो गया। शर-संधान से पूर्व उसने सूर्यदेव को नमस्कार किया। सब ने सोचा—बस, अगले क्षण युवक जयी हो जायेगा। द्रुपद राजकन्या प्राप्त हुई समझो !

अचानक ही दर्शकों में से किसी ने कहा—"इन वीर का परिचय ? स्वयंवर की शर्त है कि प्राथी उच्च वंश का न हो तो लक्ष्यभेद कर भी कृष्णा को पाने का अधिकारी नहीं हो सकता।"

धृष्टद्युम्न ने अचानक उच्च स्वर में कहा—"प्रतियोगिता के नियम प्रारम्भ में ही स्पष्ट कर दिए थे। सद्कुल-जात हुए बिना मेरी बहन उसका वरण नहीं कर सकती। सारथी अधिरथ और राधा-पुत्र कर्ण कितना ही बड़ा वीर हो, मेरी बहिन से विवाह नहीं हो सकता।"

धृष्टद्युम्न की बात सुनते ही कर्ण ने चुपचाप धनुष को यथास्थान रख दिया। विषंण्ण वदन से आकाश की ओर देखा। ईषत ढले मध्याह्न के सूर्य को देखता रहा। अचानक कोई मेघखंड आकर एक क्षण सूर्य को ढंक ले गया। उस नीरव अभियोग का साक्षात्कार करने को सूर्य प्रस्तुत न थे। कर्ण स्वस्थान लौट गया। एक बार तिर्यक दृष्टि से मेरी ओर देखा। कर्ण की वह विषाद-ग्रस्त दृष्टि भी इतनी मनोरम थी कि सखियां भी अपने होश खो बैठीं। मैं स्वयं को अपराधिनी-सी समझ रही थी। मुझे लगा—इस विराट सभास्थली में कर्ण के अपमान में मैं भी कुछ दायी हूं, असंख्य राजाओं की पराजय और कर्ण के अपमान के लिए स्वयंवर की यह अद्‌भुत शर्त ही दायी है, तो फिर मैं भी उसमें अंशीदार क्यों न हुई ? मेरे कारण इतने वीर पुरुषों को दुःख पहुंचा। विशेषतः कर्ण-से वीर वंश-परिचय की बात पर अपमानित हुए, अतः मेरे मन में भी खूब पश्चात्ताप था। वास्तव में इस स्वयंवर की आवश्यकता ही क्या थी ?

मैं वरपूर्वा ! सब जानते हैं। यह भी सब जानते हैं कि स्वयंवर की वह शर्त कृष्ण या अर्जुन के सिवा कोई पूरी नहीं कर सकेगा। अर्जुन मृत हैं। कृष्ण प्रार्थी भी नहीं हैं। अतः फल तो पूर्व-निर्दिष्ट है। यद्यपि कर्ण जयी हो सकते थे, पर वे उच्चवंशी नहीं हैं। यह सब जानकर भी सबके सामने प्रदर्शित कर सबको प्रलोभित करने की क्या आवश्यकता थी ?

सुन्दर द्रव्य की ओर हर मनुष्य आकृष्ट होता है। उसे अपना करने का स्वप्न देखता है। उचित मार्ग से न पाकर अनुचित मार्ग से उसे अधीनस्थ करने की चेष्टा करता है। लोभातुर मनुष्य तब तक नहीं समझ पाता कि वह सुंदर वस्तु प्राप्त करने की शक्ति और सामर्थ्य उसमें है या नहीं। सारी चेष्टाओं के बाद भी विफल होकर वह दुःखी हो जाता है। अतः आज लाखों राजाओं के दुःख का कारण मैं हूं।

वीर कर्ण मस्तक नत किए धीरे-धीरे लौट रहे हैं। मेघ-खंड को भेद कर सूर्यदेव पुनः प्रकाशित हो गए। सभास्थल पर कर्ण को और भी अपमानित करने के लिए कुछ लोग कटूक्ति छोड़ रहे हैं। किसी ने कहा—'ये हैं अंगेश ! कौरव-बंधु कर्णराज ! वीर अर्जुन के एकमात्र समकक्ष योद्धा ! पर पितृ-परिचय से वंचित। अतः लांछित हुए। सारथी अधिरथ भी वास्तविक पिता नहीं हैं। सुना जाता है, ये सारथी अधिरथ के पालित पुत्र हैं।"

"अर्थात् वीर कर्ण अवैध संतान हैं ?" किसी ने टिप्पणी कर दी।

"अन्यथा और क्या ? जिसकी पितृ-परिचय नहीं है, वह और क्या हो सकता है ?" दूसरे ने मंतव्य दिया।

कर्ण मौन आगे बढ़ते गए। सारी टिप्पणियां कर्ण सुनते चले। निर्विकार भाव

से सब ग्रहण कर गए।

अपना कोई लाभ न होते हुए भी कुछ लोग औरों को दुःख देने में सुख पाते हैं। कर्ण के अपमानित होकर लौटने का दृश्य अधिकांश को आनंद दे रहा था। पर जन्ममृत्यु यदि विधि निर्धारित हैं, तो फिर उसके लिए कोई व्यक्ति लांछित क्यों हो ? कर्ण की वह विषादग्रस्त छवि मेरे हृदय को करुणा और सहानुभूति से आर्द्र कर गई। मैंने मन-ही-मन कहा—वीर कर्ण, तुम्हारा यह अपमान और लांछन...इसमें मेरी ज़रा भी भूमिका हो, मुझे क्षमा करना। तुम्हारे अपमान की ज्वाला मैं हृदयंगम कर रही हूं, इसके बाद लांछन और अपमान की बारी मेरी है। वरवर्णिनी कृष्णा के लिए इस पृथ्वी पर वर नहीं, वह क्या कम लांछन की बात होगी ?

कर्ण के बाद शिशुपाल, शल्य, जरासंध आदि सभी वीर पराजित हो भाग्य की निन्दा में लग गए। सभी प्रार्थी पिता की शर्त को धिक्कार देने लगे। कृष्ण के लिए और कोई क्षत्रिय प्रार्थी अवशिष्ट न रहा। अब स्वयंवर सभा भंग हो सकती है। पिता और भैया खीझ-भरे, विषण्ण दिख रहे हैं। पर कृष्ण का मुख सद्यःप्रस्फुटित पुष्प-सा सहास्य और सरस दिख रहा है। समझ गई, इस पृथ्वी पर निष्ठुरतम पुरुष कोई है तो ये कृष्ण हैं। स्वयंवर-सभा की दारुण परिणति से एक निरीह राजकन्या का भाग्य कैसे संकट में पड़ गया, लेकिन कृष्ण पर कोई तिल भर भी प्रभाव नहीं। कृष्ण क्या नहीं जानते यह सब ? अर्जुन यदि अल्पायु होकर जन्मे थे, तो मेरे लिए उन्हें क्यों चुना था ?

सभा समाप्त होने को थी। नृत्य-वाद्य की ध्वनि बंद हो चुकी थी। अचानक सबने देखा—कृष्ण ब्राह्मणों के बैठने के स्थान की ओर देखकर मृदु-मृदु हंस रहे हैं। एक तेजोद्दीप्त ब्राह्मण युवक प्रार्थी के रूप में उपस्थित होने की अनुमति सभासदों से मांग रहा है। राजन्य वर्ग एवं दर्शक सभी ब्राह्मण के स्थूल स्कंध, दीर्घ बाहु, प्रशांत वदन, सौंदर्ययुक्त अंग-सौष्ठव, उदित सूर्य-सम उज्ज्वल कमल-चक्षु की दीप्ति में कृतित्व के चिह्न स्पष्ट देख रहे हैं। असूयावश कुछेक ने प्रतिवाद का स्तर उठाया। उपहासपूर्ण स्वर में कहा—"जहां समर-कुशल क्षत्रिय वीर हार मानकर बैठे हैं, वहां एक भिक्षुक ब्राह्मण सफलता की आशा लेकर खड़ा हुआ है !"

फिर कुछेक ने क्रुद्ध जर्जर स्वर में कहा—"इस भिक्षुक ब्राह्मण के प्रतियोगिता में अवतीर्ण होने पर क्षत्रियकुल का घोर अपमान होगा। वे हारेंगे, यह बात दिवा-रात्रि की तरह सत्य होने पर भी हम उनके भाग लेने पर दृढ़ विरोध करते हैं।"

ऐसे वाद-विवाद के बीच विद्वानों और पंडितों ने कहा—"क्षत्रियगण युद्ध करने में अभ्यस्त हैं अतः समरकुशल हो सकते हैं। वैसे ही ब्राह्मण मंत्र-पाठ में अभ्यस्त हैं। अतः शास्त्रज्ञ होते हैं और उच्चारण-शुद्धि प्राप्त कर लेते हैं। इसका अर्थ नहीं होता कि कोई क्षत्रिय अभ्यास करे तो शुद्ध पाठ नहीं कर सकेगा या ब्राह्मण धनुर्विद्या में पारदर्शिता नहीं दिखा सकता। ब्राह्मण परशुराम यदि पृथ्वी के क्षत्रियों को परास्त कर सके तो आज यह युवक विजयी क्यों नहीं हो सकता ? जन्म नहीं, कर्म और साधन ही मनुष्य के व्यक्तित्व का निर्धारण करते हैं। अतः यह अत्यंत उच्चाभिलाषी अपरूप सौंदर्यवंत ब्राह्मण युवक निर्द्वन्द्व प्रतियोगिता में भाग ले सकता है।"

पण्डितों की अनुमति के बाद युवक लक्ष्यभेद के मंडप के निकट आकर खड़ा

हो गया। उसका रूप-दर्शन करते ही मेरे नैराश्यपूर्ण हृदय में तड़ित स्रोत-सा बह गया। लगा—इन सौम्य पुरुष को तो मैं बहुत पहले से जानती हूं। पर स्मरण कुछ नहीं आया।

युवक मंडप के पास खड़े रहे। पृथ्वी और धर्मदेव को प्रणाम किया। मंद्र-मधुर स्वर में कहा—"कृष्ण और कृष्णा को नमस्कार।"

सबने विस्मय में भरकर सोचा—कृष्ण दिव्यद्रष्टा और आर्यावर्त्त के श्रेष्ठ पुरुष हैं अतः ब्राह्मण द्वारा उनको नमस्कार करना युक्तिसंगत है। पर जो राजकन्या कुछ क्षण बाद इस युवक की पत्नी हो सकती है, उसे नमस्कार करना क्या यथोचित है ? जो ब्राह्मण युवक साधारण-सी बात से अपरिचित है, वह सूक्ष्म कौशलपूर्ण धनुर्विद्या हासिल करेंगे, इस संबंध में प्रमाद जागना स्वाभाविक है। किसी असहिष्णु ने भावी पत्नी को नमस्कार करने की बात पर ब्राह्मण को व्यंग कर हास्यास्पद बताया।

तभी कृष्ण ने उच्च स्वर में कहा—"कृष्णा को नमस्कार करके ब्राह्मण युवक ने अपने दिव्य ज्ञान का परिचय दिया है। जब तक प्रण पूरा नहीं कर लेते तब तक कृष्णा पांचाल देश की कुमारी राजकन्या हैं। कोई भी नारी, उम्र-जाति-धर्म-देश से ऊपर, वह पुरुष द्वारा वंदनीय है। कारण नारी शक्ति-अंश से जन्मी है। शक्ति-पूज़न के बिना वीर का परिचय असंभव है। अतः इन ज्ञानी युवक ने कृष्णा को प्रणाम कर शक्ति माता की वंदना की है।"

सभी कृष्ण की व्याख्या से संतुष्ट हो गए। मेरे मन में ऐसे ज्ञानी युवक के प्रति श्रद्धा भर गई। मन-ही-मन सोचने लगी—इन युवक के प्रति कृष्ण इतने संवेदनशील क्यों ?

अकस्मात् कोलाहल, तालियों की ध्वनि से सभास्थल प्रकंपित हो उठा। सब विस्मित, स्तंभीभूत, मंत्रमुग्ध हुए उन विजयी वर अज्ञात ब्राह्मण युवक को सहज और स्वाभाविक भाव से खड़े देखते रहे। सब को उन्होंने पुनः प्रणाम किया। पल भर में क्रमशः पांच शर छोड़ कर चक्र-स्थित कनक-मीन का नयन भेद कर उसे भूमि पर उतार दिया।

चारों ओर आनन्द-ध्वनि भर गई। सखियां अर्घ्यथाली लिए प्रस्तुत थीं। शंख, हुलूध्वनि, वेदमंत्र और वाद्यसंगीत की ऐक्यतान से आकाश और पृथ्वी सभी प्रकंपित थे।

वरणमाला लिए मंच से उतरने का निर्देश आया। पर मैं वरपूर्वा। अर्जुन के पास अनेक दिन से समर्पिता। अर्जुन के सिवा अन्य किसी पुरुष का वरण मैं कैसे करूँ ? मेरा नारी धर्म नष्ट हो जायेगा। कभी सोचा भी नहीं कि अर्जुन के सिवा दूसरा कोई पुरुष जयी होगा और ऐसी विषम परिस्थिति में पड़ूंगी।

मैंने धीर स्वर में कहा—"भाई ! मैं तो बहुत दिनों से अर्जुन के प्रति समर्पिता हूं। आज अन्य का वरण कैसे करूं ?"

धृष्टद्युम्न ने स्पष्ट आवाज़ में कहा—"अर्जुन के लिए नहीं, तुम्हारा आविर्भाव हुआ है धर्म की रक्षा के लिए, तुम धर्म के प्रति समर्पित हो। पिता का धर्म ही पुत्री का धर्म है। पिता के सत्य की रक्षा करने ही रामचंद्र वनवास गए। राजा द्रुपद आर्यावर्त्त के श्रेष्ठ वीर को जामाता करना चाहते थे। आज उस श्रेष्ठ वीर की परीक्षा हो चुकी है, तेरे सामने वह उपस्थित है। विलंब किए बिना पिता का सत्य रखो और पुत्री का

कर्त्तव्य पालन करो।''

तो धृष्टद्युम्न की बात सत्य है ! पिता का सत्य रखने के लिए यदि स्त्रीधर्म पर आंच आती है, आने दूं। पहली बात ही करनी है। मेरा धर्म चाहे नष्ट हो, पिता के धर्म की रक्षा हो।

वरणमाला लिए मैं धीरे-धीरे आगे बढ़ी। देखा—कृष्ण सहास्य-वदन बलराम को इंगित कर ब्राह्मण युवक के पास खड़े हैं। लज्जावश मेरी दृष्टि और नत हो गई। उन ब्राह्मण का मुख देखने में भी संकोच हो रहा था। युवक के सुकोमल पद युगल पर दृष्टि निबद्ध किए वरण माला प्रलंबित करने को उद्यत हुई। सखी नितंबिनी ने मृदु स्वर में सचेत कर दिया—''कुंवर, क्या कर रही है ? किस के गले में वरणमाला डाल रही है ? ये कृष्ण हैं !''

मैं लज्जा में, संकोच में थोड़ा सरक गई। देखा—सामने चार पाद एक समान पद्म-से स्थित हैं। दोनों के पाद-युगल में इतना साम्य ! कृष्ण के पाद कौन-से और ब्राह्मण युवक के पाद कौन-से हैं ? मुख की ओर देखे बिना अंतर नहीं ज्ञात होगा। बाध्य होकर दृष्टि उठायी। मुझे लगा, ये नीलकमल नेत्र कृष्ण मुग्ध भाव से मुझे देख रहे हैं ! मुख का गठन कुछ भिन्न था, पर नेत्र ! एकदम वैसे ही ! यह भी कृष्ण की ही माया है ! मन में किसी ने कह दिया—हे कृष्ण ! तुम सब में विद्यमान हो, तो सखा अर्जुन और इन ब्राह्मण युवक में भी तुम्हीं विद्यमान होगे अतः अर्जुन और इन ब्राह्मण युवक में भी तुम्हीं विद्यमान हो। अतः अर्जुन जो, वह वीर युवक भी सो। उनमें तुम्हीं सब हो। अतः मैं इन ब्राह्मण युवक में अर्जुन को ही कायमनोवाक् से वरण करती हूं। आज से यह युवक ही मेरा अर्जुन है। जिसने कृष्ण का स्नेह पाया है, वही तो अर्जुन है। मन-ही-मन स्थिर किया—'स्वामी से अनुरोध करूंगी—कृष्ण को आज से 'सखा' कहना।'

वे मेरा व्रीड़ावनत मुख देख मृदु-मृदु मुस्काते रहे। अब मैं समझ पायी कि कृष्ण के मुख और उन वीर युवक के मुख में कुछ सामंजस्य था, जिसके कारण प्रथम दृष्टि में ही वे मुझे कुछ परिचित-परिचित जैसे लगे। आकृष्ट भी कर गए थे। वास्तव में कृष्ण में एक अद्भुत आकर्षण-शक्ति है। उनके शरीर का कोई अंग देख लेने पर पृथ्वी के हर दुःख-संताप से विमुक्ति मिल जाती है। अतः कृष्ण पर जितना मान रहने पर भी उनको देखते ही मैं सब भूल जाती हूं।

मेरी भावना का स्रोत प्रतिहत हुआ। कृष्ण ने मधुर आमोदपूर्ण स्वर में कहा—''कृष्णा ! प्रारम्भ से ही ऐसा भ्रम करना उचित नहीं। मुख न देखती तो अब तक वरणमाला मेरे वक्ष पर झुला देती। और ये अपरिचित वीर युवक अगले पल मेरे प्राण संहार कर प्रतिशोध लेते। कृष्णा ! तुम दूरदर्शिनी हो, आगे देखकर रास्ता चलना तुम्हारा धर्म है। अब सम्मुख देखो, वीर युवक का वरण करो। बेचारे कब तक धैर्य रखे प्रतीक्षा करेंगे ?''

सभामध्य कृष्ण का यह विनोद ! मैं खीझ उठी। तत्क्षण ही वीर युवक के गले में वरणमाला झुला दी। समग्र सभास्थल मंत्रोच्चार, वाद्य, हुलूध्वनि और आनंदोल्लास से विनोदित हो उठा।

अब सारे द्वन्द्व का समाधान हो गया। दरिद्र ब्राह्मण हो, चाहे कृष्ण का श्रद्धाभाजन वह वीरयुवक है, अतः इसी के साथ निर्द्वन्द्व जीवन के पथ पर अग्रसर होऊंगी। पर

संघर्ष बिना कहीं जीवन होता है ? फिर मेरा जीवन–अग्नि और काष्ठ के संघर्ष से उत्पन्न स्फुलिंग से जिनका जन्म हुआ, उसके जीवन की यह परम घटना बिना संघर्ष के संपन्न कैसे होती ?

अकस्मात् पराजित एवं कामातुर राजागण वीर युवक पर आक्रमण कर मुझे बलपूर्वक हरण कर लेने के लिए एकजुट हो आगे बढ़ने लगे। पर मेरे स्वामी के विशाल वपुवंत बड़े भाई बड़े-बड़े वृक्षों को उत्पाटित कर गदा-सदृश घुमाने लगे। सब प्राण लेकर इतस्ततः हो गए। दुर्योधन, कर्ण, अश्वत्थामा, जरासंध आदि सभी पराजित होकर लौटते समय मुझ पर तथा शांत स्वामी पर क्रुद्ध दृष्टि डालते, दांत कटकटाते रहे–"हां, इस अपमान का प्रतिशोध एक-न-एक दिन अवश्य लेंगे। प्रतीक्षा करना।"

कुछ समय में ही सब शांत हो गया। मेरे स्वामी और उनके अन्य भाई मुझे लेकर मां के पास चल पड़े। उनकी मां एकचक्रा नगरी में एकाकी थी। उनसे आशीर्वाद लेने के बाद विवाह कार्य-संपन्न होगा। अतः पांचों ब्राह्मण, भाई और मैं–एकचक्रा नगरी चल पड़े।

पिता ने पाँच रथ प्रस्तुत किए। चार में चारों भाई और एक में मैं तथा मेरे स्वामी। एक साथ जाने की व्यवस्था की गई।

पर स्वामी ने प्रतिवाद किया–"हम भिक्षुक ब्राह्मण हैं। भिक्षा ग्रहण कर जीवन व्यतीत करते हैं। पैदल चलते हैं। हम पैदल चलकर जायेंगे। कृष्णा मेरी सहधर्मिणी बनने जा रही हैं। अतः हमारे साथ पैदल चलना ही उचित होगा। हां, राजकन्या को पथश्रम अवश्य होगा। पर हम पांच भाई साथ हैं, अतः अरण्य मार्ग में कोई विपद नहीं होगी।" धृष्टद्युम्न प्रतिवाद करना चाहते थे। अरण्य पथ में पैदल चलना मेरे लिए कितना कष्टप्रद होगा ! अतः वे दुखी हो गए थे। पर मैंने अविलंब कहा–"भैया, अब मुझे अपना धर्म पालन करने दें। हर स्त्री को यही उचित है। मुझे भी यही करना चाहिए। जनकनंदिनी तो स्त्री-धर्म पालनकर चौदह वर्ष वनवास का कष्ट भोगती रहीं। यह तो वनवास नहीं, अरण्य-पथ होकर कुछ दूर जाना होगा। फिर स्वपतिगृह पहुंच जाऊंगी। इसमें कैसा कष्ट ! यज्ञानल से जो जन्मी है वह आवश्यकता होने पर धर्म की रक्षा के लिए अनल में प्रवेश भी कर सकती है। अब सहर्ष विदा दें।"

मेरी बात से सब निरुत्तर हो गए। मैंने देखा–पिता की आंखों में अश्रुबिंदु छलक आए हैं। संभवतः उन्हें दुःख था कि कहां जामाता के रूप में हस्तिनापुर के राजकुमार तृतीय पांडव सव्यसाची और कहां वह अज्ञातकुलशील भिक्षुक ब्राह्मण युवक ! मेरे मन में इसका कोई दुःख न था सो तो नहीं, पर अपना दुःख प्रकट कर पिता और भाई को और दुःखी करना नहीं चाहती थी। पिता-माता की आकांक्षा होती है कि कन्या सुखी रहे, श्रेष्ठ पुरुष से विवाह हो। पर हर माता-पिता की कन्या श्रेष्ठ पुरुष का ही हाथ नहीं थामती। अगर मिले तो भी पूर्ण सुख पाने की कोई निश्चिंतता तो नहीं होती। जिस दुःख का कोई समाधान ही नहीं, पिता-माता के वश की बात ही नहीं, उसे उनके आगे कहकर उन्हें दुःख देने से क्या लाभ ? हंसी-खुशी से एकचक्रा नगरी के लिए प्रस्थान किया। पिता को प्रणाम किया–"आप चाहते थे कि आर्यावर्त्त का श्रेष्ठ वीर आपका जामाता बने, वही हुआ। इसमें सब आनंदित हैं–मैं भी। अब आपका आशीर्वाद मेरा पाथेय बने।" मैंने कहा।

पिता ने शांत स्वर में कहा—"धैर्य सहकर कर्त्तव्य-पालन करना ही मनुष्य का श्रेष्ठ धर्म है। अब जिस भूमिका में अवतीर्ण हो, सामने के कर्त्तव्य से पश्चात्पद नहीं होना। यही होगी धर्म-रक्षा। आशीर्वाद देता हूं—तुम यशस्विनी बनो !"

तब क्या जानती थी कि मेरी भूमिका यों पल-पल परिवर्तित होती जायेगी। मुझे बार-बार रूपांतरित भूमिका में विषम कर्त्तव्य का पालन करना होगा।

आगे-आगे वे थे। प्रथम दोनों बड़े भाई। पीछे दोनों लघु भ्राता। सबसे पीछे वे और मैं।

वे मेरे साथ पद मिलाकर चल रहे थे, कहीं मैं पीछे न रह जाऊं। मैं जा रही थी सास के दर्शन करने। भिक्षुक ब्राह्मण-पुत्र की जननी ! मेरी परम पूजनीया सास ! उनके पास जाकर इस राज-राजेश्वरी वेश में खड़ी होऊंगी। उनके पुत्रों के वेश के साथ मेरा वेश मेल न खायेगा तो पहले ही मुझे घर का आदमी नहीं, बाहर का अतिथि समझ लेंगी। अतः आने से पूर्व मैं अपने सारे अलंकार रख आयी थी। फिर नासाग्र पर हीरे का फूल और हाथों में दो मुक्ता-खचित कंकण सधवा के प्रतीक स्वरूप रख छोड़े थे। गले में, पाद-बाहु में, जूड़े में शुभ्र पुष्पालंकार खूब आरामदायक लग रहे थे। मेघरंगी कुंभों से कढ़ाई की गई शुभ्र साड़ी पहने थी। सीधा-सादा वेश, चलने में सुखद लगता है। मेरे स्वामी तिर्यक दृष्टि से कभी-कभी मेरी ओर देख लेते। मन-ही-मन मेरे रूप की प्रशंसा भी संभवतः करते। मुझे प्राप्त करने पर मन में कुछ गर्व का भाव भी ज्ञात हुआ होगा। मैं भी उधर देख मुग्ध ही हो गयी।

कामदेव-से सुंदर ! कृष्ण की तरह का गठन। दीर्घ और पुष्ट देह-यष्टि ! प्रशस्त वक्षस्थल। निर्मल कमलनेत्र ! पाद-हस्त, करतल आदि सब मनोरम ! विशिष्ट सौंदर्य से परिपूर्ण। मुख देखते ही उनका मन झलक जाता। प्रथम दर्शन में ही लगा जैसे उनका हृदय स्वच्छ और विशाल है। उदारता एवं सहिष्णुता में वे पृथ्वी पर अनुपम भी हो सकते हैं। मेरे मन में पता नहीं कैसे यह एक धारणा उसी समय भर गई। मैं उन्हें पति रूप में पाकर धन्य हो रही थी। नारी के काम्य पुरुष का शौर्य, सौंदर्य, वीरत्व, ज्ञान और धन, ऐश्वर्य ! सब कुछ पा चुकी हूं, सिर्फ ऐश्वर्य रह गया।

स्थूल दृष्टि से देखा जाये तो लगेगा, वे ऐश्वर्य के अधिकारी नहीं हैं। सूक्ष्म भाव से देखें तो स्पष्ट होगा कि समस्त ऐश्वर्य के अधिकारी हैं। पुरुष के जो गुण होते हैं, उनमें सब वर्तमान थे। चाहें तो वे पृथ्वी के अधिकारी बन सकेंगे। सारे राजाओं को परास्त कर हर ऐश्वर्य के अधिकारी बन सकेंगे। स्वयंवर में अद्भुत शर्त्त पूरी की है। ऐश्वर्य फिर उनके लिए कोई बड़ी बात न होगी ! अथच वे संन्यासी की तरह निराडंबर और योगी-ऋषि की तरह उदासीन हैं ! अतः वे भिक्षुक हैं। दारिद्रय मानो उनकी महानता बढ़ा रहा है। ऐसा वीर पुरुष दरिद्र है, यह उनकी महानुभावता के अलावा कुछ नहीं।

मैं राह चल रही थी। मन-ही-मन पति को पृथ्वी का श्रेष्ठ पुरुष प्रतिपादन करने के लिए युक्ति-तर्क करती थी। शायद पति का दारिद्रय कुछ कष्ट दे रहा था, पर उसे मन की महानुभावता सोच कुछ प्रबोध दे रही थी स्वयं को।

क्लांति लग रही थी। अरण्य-पथ पर मेरे कोमल पाद लड़खड़ाने लगे। कंटकित पांवों से रक्त झरने लगा था और वह अलक्त रेखा में मिल जाता। अतः तुरन्त पति को उसका पता नहीं चला। कितना भी कष्ट हो, मैंने कुछ नहीं बताया। अतः उन्हें

कुछ पता न चला। स्वेद-बिंदु शुभ्र वसन को सिक्त करने लगे तो पति ने कहा—"बहुत कष्ट हो रहा है ? वास्तव में दुखी हूं। भिक्षुक ब्राह्मण राजकन्या को वरण करे, वह उचित नहीं। वास्तव में मेरे पहले अन्य कोई तुम्हें जय कर ले जाता, तो फिर मैं क्यों लक्ष्यभेद करता ? हम तो आये थे राजकन्या के स्वयंवर में दाल-भोजन आदि प्राप्त करने की आशा से। और राजकन्या ही प्राप्त होगी, यह तो विधि की विडंबना के अलावा और क्या हो सकता है !"

मैं वैसे ही स्वल्पभाषिणी हूं। फिर स्वल्पपरिचित पति के साथ प्रगल्भा बालिका की तरह कुछ कहने में कुंठा लग रही थी। मैंने बस यही कहा—"जो विधि का निर्देश है, वही सत्य है, अतः मिथ्या बातों के लिए अनुचिंता करने से क्या लाभ ? वरन् जो हो गया, उसी के लिए आनंदित होने में सार्थकता है।"

पति ने अत्यंत स्नेह स्वर में कहा—"द्रुपदराजनंदिनी ! तुम्हें पाकर धन्य हूं।"

सलज्ज स्वर में मैंने कहा—"यही मेरे लिए भी सत्य है।"

पथ में एक पत्थर से पांव टकराकर मैं गिरने को हुई। दोनों बाहु बढ़ाकर संभाल लिया। लज्जा से स्वयं को ठीक किया। सौजन्य के साथ कहा—"देवी कृष्णा ! अब तक मैंने विधिपूर्वक तुम्हारा पारिग्रहण नहीं किया। मां से आशीर्वाद पाने के बाद हमारा विवाह होगा। तुम्हें यदि आपत्ति न हो, मेरा हाथ पकड़ दुर्गम वनपथ अतिक्रम कर सकती हो।" इतना कह अपना बलिष्ठ और कमनीय हाथ मेरी ओर बढ़ा दिया। मैंने निःसंकोच उनके हाथ पर अपनी हथेली रख दी। जो मुझे न्यायतः जय कर चुका है, उसके लिए मेरे पास और अदेय क्या रहा ?

हम दोनों हाथ थामे चलने लगे। अब मैं हृदयंगम कर सकी थी कि देवी जानकी ने राजप्रासाद त्याग कर प्रभु रामचंद्र के साथ वन जाना क्यों चुना। वे भी जगज्जनी, अतः अवश्य जानती रही होंगी कि पति का हाथ थाम दुर्गम वनपथ पर चलने में कितना रोमांच है, कितनी परिपूर्णता और परम आनंद है !

चलते-चलते पति ने कहा—"सुना था कि तृतीय पांडव को जामाता बनाने का संकल्प किया था राजा द्रुपद ने। इसमें राजकुमारी की भी सम्मति थी। पर दुर्भाग्यवश पांचों पांडव मृत्यु-मुख में पड़े और अंत में एक दरिद्र ब्राह्मण को जामाता बनाने को बाध्य हुए ! सभी पांचाल देशवासी राजकुमारी कृष्णा के लिए मर्माहत हैं। इसमें तुम्हें कोई कष्ट तो नहीं हुआ ?"

समझ गई कि वीर युवक मेरी परीक्षा कर रहे हैं। मेरे मन में अर्जुन के प्रति जो दुर्बलता है, उसका कोई संकेत मिला है। क्या इन्हें अर्जुन से ईर्ष्या है ? करें, इसमें अस्वाभाविकता क्या है ? किसी सुंदर मूर्ति की ओर नारी आकर्षित हो जाये तो वह भी उसके पति को सह्य नहीं होता। इन वीर के मन की इतनी-सी बात छिपी न रह सकी। मैंने निःसंकोच कह दिया—"मेरे मन में दुःख है। अपने लिए नहीं, उनके लिए। उनके जैसे धर्मात्मा, वीर पुरुष की ऐसी अपमृत्यु ! विश्वास नहीं आता, पर हो गया ! उनको यों ही चले जाना था ! अपने लिए मुझे कैसा दुःख ? मैं भी जानती थी आर्यावर्त्त का जो श्रेष्ठ वीर स्वयंवर की शर्त पूरी कर सकेगा, वह अर्जुन ही है। मैं तो इतना ही जानती थी कि कृष्ण का जो श्रद्धास्पद है, वह अर्जुन है। अतः जिन्हें मैंने पति-रूप में पाया वह भी मेरी आंखों में अर्जुन ही हैं। मैंने आर्यावर्त्त के श्रेष्ठ वीर को पाया

है, और वे कृष्ण के श्रद्धाभाजन हो चुके हैं। यह क्या मिथ्या है ?''

गंभीर स्वर में उन्होंने कहा—''सुना है कि पांचों पांडव कृष्ण की दूरदर्शिता के कारण जतुगृह से मुक्ति पाकर जीवित बच गए। और अर्जुन यदि जीवित बच गए, तुम्हारे द्वार पर कभी आ गए तो क्या करोगी ?''

मन-ही-मन मैं आमोद में भर गई। सहज स्वर में कहा—''एक गृहस्थ नारी का कर्त्तव्य भी क्या कहना पड़ेगा ? उनके जैसे सुपुरुष को द्वार पाऊंगी, तो यथोचित आतिथ्य प्रदान किया जायेगा। अतिथि तो नारायण हैं। ऐसा न करूं तो मेरा गार्हस्थ-धर्म नष्ट होगा। इतना ही नहीं, उन्हें अनुरोध करूंगी कि मेरे पति के साथ मित्रता स्थापित कर लें।''

''क्यों ?'' उन्होंने आश्चर्य से पूछा।

नम्रता से मैंने कहा—''मेरे पति मेरी आंखों में अर्जुन हैं। अतः वे होंगे अन्य अर्जुन। दोनों अर्जुनों के बीच मित्रता प्रतिष्ठान होना स्वाभाविक होगा।''

पति मृदु-मृदु मुस्कराते रहे। कोमलता के साथ मेरे हाथ को स्पर्श देकर कहा—''सुना था कि राजकुमारी शास्त्र-निपुण हैं। तब सुना था कि स्त्रियों का शास्त्र-निपुण होने का अर्थ है शुक-सारिका की तरह शास्त्रों को कंठस्थ करना। पर अब लगता है तुमने शास्त्र कंठस्थ ही नहीं आत्मस्थ भी किए हैं ! तुम विद्यावती होने के साथ-साथ ज्ञानवती भी हो। मैं तुम्हारे आगे हार स्वीकार करता हूं।''

हम दोनों समताल से चलते रहे। अन्य भाई आगे बढ़ गए थे। उन्हें देख सोच रही थी—ऐसे दो ज्येष्ठ और दो कनिष्ठ को पाकर मैं धन्य हूं। बड़े भाई तो देवता की तरह सौम्य, शांत और सुधीर। देखते ही मन में भक्ति और संभ्रम जागता है। उनके पीछे जो हैं, वे जैसे रूपवान वैसे ही विशाल। उनके पास कोई भी मनुष्य खर्व हो जायेगा। उन्हें देखकर मेरे मन में भय और आशंका होती है।

उनके पीछे थे बड़े देवर। वे भी और भाइयों की तरह रूप-संपन्न। खूब चंचल और प्रसन्न भावों से परिपूर्ण। प्रथम ही भेंट में बंधुत्व और आलाप की इच्छा हो जाये, ऐसा स्वभाव। सब के पीछे हैं कनिष्ठ देवर। कोमल सौंदर्य में अनुपम उनका व्यक्तित्व। स्वभावतः वे लज्जाशील और अल्पभाषी हैं। आवश्यकता न होने पर मुंह नहीं खोलते। उनके प्रति ममता झरा देने में आनंद होगा।

हम दोनों पीछे हैं, हाथ में हाथ लिए। एक बार भी मुड़कर नहीं देखा। तेज़ी से कदम बढ़ाकर मानो आंखों से अदृश्य होने को तत्पर हैं। प्रथम भेंट में ही मेरे श्रद्धाभाजन हो गए। इच्छा होती कोमलता, सारी ममता झरा कर स्नेह प्रदर्शित करूं, वात्सल्य व्यक्त करूं उनके प्रति।

वे दृश्यपथ से अदृश्य हो गए। मेरे साथ पांव मिलाकर चलने के कारण पति बहुत पीछे रह गए। पास मैं थी। मेरा हाथ बंधा था उनकी बलिष्ठ मुट्ठी में। निर्जन अरण्य में दोनों मानो अकेले-अकेले चल रहे थे—किस सुख के संधान में ? फिर भी एकत्र चलने में जो आनंद है उससे वंचित क्यों हों ?

पति ने अचानक कवित्वमय भाषा में कहा—''राजकुमारी, इस क्षण क्या इच्छा होती है, जानती हो ? मन करता है इस अरण्य में हम दोनों खो जायें। हमें कोई ढूंढ न सके। निर्जनता का सुख कोई न रोक सके !

मैंने मृदु स्वर में कहा—"अज्ञातवास में रोमांच है। पर पृथ्वी से मुंह छिपाकर घूमने से यश क्षय होता है। दुष्ट-संहार वीर के जीवन का धर्म है।"

पति ने रसिक स्वर में कहा—"अरण्य में अज्ञातवास करने पर हर कदम पर दुष्ट-संहार करना पड़ता है। हिंस्र जंतुओं का संहार किए बिना अरण्य में जीवित नहीं रहा जा सकता।"

मैंने शांत स्वर में कहा—"अरण्य के दुष्ट पशुओं से मनुष्यों के बीच दुष्ट व्यक्ति अधिक भयंकर हैं। जीवन-धारण के लिए पशु जीव-हत्या करता है। पर अहंकार सिद्ध करने के लिए आदमी आदमी की भी हत्या कर देता है। अतः इस पृथ्वी पर धर्म की रक्षा करने वीर का जन्म होता है। आर्यपुत्र ! आपका वीरत्व ही पृथ्वी माता की सांत्वना की बात है। क्योंकि मातृभूमि वीरप्रसू होने में गर्व अनुभव करती है।"

पति मेरा हाथ लिए लताकुंज के नीचे से प्रवाहित हो रहे छोटे निर्झर से परिचित करा रहे थे—"जीवन में कभी वनवास करना भी होगा तो और दुःख नहीं होगा। क्योंकि तुम पास-पास रहोगी। धर्म-रक्षा की प्रेरणा देती रहोगी।"

❑❑

अन्य भाई कुछ समय पहले घर पहुंच गए। वहीं हमारी प्रतीक्षा करते रहे। हमारे पहुंचने के बाद माँ को शुभ संवाद दिया जायेगा। कुछ समय बाद हम भी पहुंचे। जीर्ण कुटीर के आंगन तक पहुंचने से पहले हमें एकदम झुक-झुककर अन्दर पांव रखने पड़े। अचानक मन विषण्णता से भर गया—हाय ! ऐसा अपरिष्कृत जीर्ण कुटीर ! हमारा अश्व या श्वान भी नहीं रह पाएगा वहां ! पति मेरे वीर हैं, इसमें संदेह नहीं। पर वे ऐसी दीन-दरिद्रता में जीवनयापन कर रहे हैं। कल्पना भी नहीं की जा सकती !

सच, कुमारी मन की कल्पना और वास्तविकता में कितना अंतर है ! कहां हस्तिनापुर का राजप्रसाद और कहां एकचक्रा नगरी का यह कुंभकार गृह ! मुझे यहीं जीवन बिताना होगा !

अगले क्षण मन को संभाला—रे मूढ़ ! सीधे हो जाओ ! राजकुमारी कृष्णा, वधू कृष्णा के लिए व्याकुल-व्यथित होना अबोधता होगी। वधू कृष्णा इस कुंभकारशाला में भी चैन से निर्वाह कर सकेगी।

वे पांच पुत्र। पर पांच पांडव नहीं। न हों चाहे, एक साथ और चार हैं। सुख-दुःख, आपद-विपद में एकमन एकप्राण होकर रहते हैं यह मेरे लिए कम सौभाग्य की बात है ! मेरा भाई अकेला है। यह फिर यमज भ्राता है—न बड़ा और न छोटा। अतः बाल्यकाल से किसी और के अधिक भाई होने की बात सुनती, मेरा मन करता मुझे भी बड़े, छोटे कई भाई होते ! बड़े भाई मुझे पितृस्नेह देते और छोटे भाई को देती अपत्य-स्नेह। धृष्टद्युम्न तो समवयस्क भ्राता होने के कारण अत्यंत अपनत्व से पूर्ण हैं।

आज पांच भ्राताओं को एकत्र देख सोच रही थी—परमेश्वर ने मेरी आवाज़ सुन ली। सारे दैन्य के बीच इतना ऐश्वर्य दिया—ज्येष्ठ भ्राता सदृश दो जेठ और अपत्य तुल्य दो लघु देवर ! मेरे और कमी किस बात की ? इन भाइयों का बाहुबल ही मेरी संपदा है। आभिजात्य है। मैं क्षत्रियकुमारी—अधिक और क्या होगा ?

हर परिस्थिति में प्रसन्न होने की कोशिश कर रही थी। शायद यही आदमी की

सहजात प्रवृत्ति है। शायद तभी कुंभकार के जीर्ण वासगृह के सम्मुख खड़ी मैं स्वयं को ऐश्वर्यमयी मान सुखी होने का प्रयास कर रही थी।

बड़े भाई ने शांत-मधुर दृष्टि से मुझे देखा। बंद द्वार पर कराघात किया, मां को आवाज दी। उनकी यह दृष्टि हृदय को ऐसे स्नेह-स्निग्ध कर गई कि मैं मन-ही-मन सोचने लगी–'ये धर्मात्मा पुरुष भक्ति के योग्य हैं।'

बड़े भाई ने उल्लसित स्वर में पुकारा–"माँ, आज हम एक दुर्लभ वस्तु लाये हैं। कपाट खोलकर देखो। तुम्हारे पुत्र खाली हाथ नहीं लौटे !"

मैं लज्जा में मस्तक नत किए खड़ी रही। बड़े भाई मुझे एक दुर्लभ वस्तु के रूप में वर्णन कर रहे हैं ! मन-ही-मन मैं आनंद का अनुभव कर रही थी। अन्दर से अलस पर दृढ़ स्वर में आवाज़ आई मां की–"बेटो ! जो लाये हो, पांचों भ्राता सम भाग में बांट लो।"

बड़े भ्राता स्तब्ध रह गए। गहन चिंता में डूब गए। अन्य एक-दूसरे की ओर देख नीरव रह गए। मेरे पति गंभीर, अन्यमनस्क हो गए। मैं इधर लज्जा और विस्मय में और अप्रतिभ बनी खड़ी रही। आंचल जूड़े पर खींच लिया।

कुटीर का द्वार खुला। सामने स्नेहमयी, करुणामयी, सौंदर्यमयी जननी थीं। मां अन्नपूर्णा की तरह परिपूर्णा और धरित्री-सी सर्वसहा मूर्ति जैसी स्तब्ध, विस्मित, अनुतप्त अथच मुग्ध दृष्टि से मुझे देखती रहीं।

मैंने मां के चरण स्पर्श किए। झरते पुष्प को थाम लेने की तरह कोमल हाथों में मुझे यत्नपूर्वक उठा लिया। क्षीण अथच अनुतप्त स्वर में कहा–"मैंने यह क्या कह दिया ? मैंने तो सोचा था, बेटे भिक्षान्न संग्रह कर लौटे हैं–पर यह तो दिव्य सुंदर राजकन्या है !"

बड़े भाई ने नतमस्तक होकर कहा–"हां, मां, ये द्रुपनंदिनी राजकन्या कृष्णा हैं। स्वयंवर की शर्त के अनुसार लक्ष्यभेद कर तुम्हारे मध्यम पुत्र ने इन्हें प्राप्त किया। विवाह-पूर्व तुम्हारा आशीर्वाद प्राप्त करने आयी हैं।"

"हे भगवान ! यह क्या हुआ ? अब क्या होगा ? यदि मेरी बात नहीं रखोगे तो मेरे वचन मिथ्या होंगे, मेरा घोर अपमान होगा। जननी के वचन अन्यथा करने पर तुम लोग धर्मद्रोही बनोगे और वचन पालन कर द्रौपदी से विवाह करते हो तो द्रौपदी का अपमान होता है, इसकी लज्जा की सीमा ही नहीं रहेगी। अब क्या करें, जिससे वचन भी रहे और धर्म की भी रक्षा हो। उधर द्रौपदी के सम्मान पर भी आंच न आये।"

बड़े भाई ने कहा–"मां, तुम्हारा आदेश पालन करना हमारे जीवन का प्रथम और परम लक्ष्य होगा। तुम्हारे वचनों की रक्षा हो। हम सब द्रौपदी से विवाह करेंगे।"

संभवतः अन्य भाइयों ने मौत स्वीकृति दे दी थी। मेरे पति नीरव अथच विषण्णमना दिखे। मैं अन्दर-ही-अन्दर विद्रोह कर उठी। तो क्या मेरा स्वयं का कोई मत नहीं ? स्वयंवर का अर्थ फिर क्या रहा ? क्यों पिता ने स्वयंवर में ऐसी महत्त्वपूर्ण शर्त रखी ? इन भाइयों ने मुझसे विवाह की कौन-सी शर्त पूरी की है ? मैं एक के गले में वरणमाला दे चुकी हूं। न्यायतः, धर्मतः वे ही मेरे पति हैं। उन्होंने जय किया है। अन्य भाइयों को पति-रूप में क्यों स्वीकार करूं ? इसमें मेरे धर्म का नाश नहीं होगा ? एक स्त्री का पांच पुरुषों की पत्नी बन कर रहना हास्यजनक है। मेरे सिवा और कोई दृष्टांत

भी पृथ्वी पर न होगा ऐसा। ऐसे असम्मान को क्यों चुपचाप ग्रहण कर लूं ? मैं क्या निर्जीव प्रतिमा हूं ? मेरे सौंदर्य के प्रति कामातुर, विचार-बुद्धिरहित ये भाई मुझ पर अपना यथेच्छ अधिकार सिद्ध करेंगे और मैं उसे स्वीकार कर लूंगी ?

बड़े भाई के प्रति मन में घृणाभाव उग रहा था। उनकी दृष्टि में कामना की गोपन-अग्निशिखा मैं अस्पष्ट देख रही थी।

पति पर मुझे भीषण क्रोध हो रहा था। ये वे ही वीर पुरुष हैं ? अपनी पत्नी को बड़े और छोटे भाइयों के भोग के निमित्त होने की बात सुनकर वे विद्रोह क्यों नहीं करते ? एक ही शब्द में इस हास्यास्पद नाटक पर यवनिका पात क्यों नहीं करते ? कोई पुरुष क्या अपनी स्त्री किसी अन्य के साथ समान भाग कर भोग सकता है ? यह क्या पौरुष का परिचय है ?

शायद मेरे क्रमशः वर्द्धमान क्रोध की ओर किसी का ध्यान नहीं था। मां ने दुःखपूर्ण स्वर में कहा—"मैं जानती हूं तुम मेरा वचन रखोगे। तुम सब धर्मानुरक्त हो। किन्तु राजकुमारी कृष्णा को मध्यम पुत्र ने जय किया है, न्यायतः वही कृष्णा का पति है। उसका मत ?"

बड़े भाई ने उदार स्वर में कहा—"बात सत्य है। उसने ही कृष्णा को प्राप्त किया है। अतः कृष्णा का पाणिग्रहण करने की बात उस पर है। वरन् हम मां के वचनलंघन के भागी हों और वह कृष्णा से विवाह करे, यही जगत् का न्याय है। अतः भाई, तुम्हीं समस्या का समाधान करो।"

मेरे पति ने अधोमुख होकर स्पष्ट स्वर में कहा—"जो मां का निर्देश उनके मुख से निकला है, जो एक बार आपने स्वीकार किया, वही है मेरा धर्म। मैं अकेले कृष्णा को ग्रहण कर सुखी होता। किन्तु इससे धर्मद्रोह होगा, क्योंकि मां के वचन और आपके वचनों का लंघन मुझे करना होगा। आप भी कह चुके हैं कि कृष्णा से हम सब विवाह करेंगे। मैं इसमें असम्मत होकर पाप का भागी बनना नहीं चाहता। आप बड़े भाई के रहते पहले मैं विवाह कैसे करूँ ? वरन मेरा सुख क्षुण्ण हो, धर्म क्षुण्ण न हो। धर्म नष्ट कर, मां और बड़े भाई के वचन का लंघन करके जो सुख मिलेगा, वह वास्तव सुख नहीं होगा। इससे मन को निर्मल संतोष नहीं मिलेगा। अतः हम सब समान भाव से राजकुमारी का भोग करेंगे। वह सबकी धर्मपत्नी होगी।"

पति की बात सुन मैं हुताशन-सी जल उठी। इच्छा हुई कि यज्ञकुंड की धधकती शिखा बनकर इस पृथ्वी को ध्वंस कर देती और इसी में इन पांचों भाइयों को भी मिला देती। इसी में ये मेरे पति भी मुट्ठी भर राख हो जाते तो दुःख नहीं होता। अपने धर्म के नष्ट होने के भय से जो अपनी पत्नी को निर्विकार चित्त से अन्य पुरुष को दान कर सकता है, वह पृथ्वी का श्रेष्ठ धर्मात्मा पुरुष हो सकता है, पर कभी किसी विचारवान स्त्री का योग्य पति नहीं बन सकता।

क्षोभ में अन्दर-ही-अन्दर जलती रही। लेकिन मुंह पर भाषा नहीं थी। शायद मां अंतर की बात समझ रही थी। वे नारी ठहरीं। अतः नारी का मनोभाव जानना उनके लिए सहज था।

वे कोमल, सहानुभूतिपूर्ण स्वर में कहने लगीं—"सुना है कि राजकुमारी कृष्णा ज्ञानी हैं, बुद्धिमती हैं, शास्त्रविशारद हैं। ऐसे विषम संकट की स्थिति में उसका समाधान

वे स्वयं करें। हम बलात् अपना मत उन पर नहीं प्रतिष्ठित कर सकते।"

ठीक तभी शास्त्रविशारद व्यासदेव प्रभु वहां उपस्थित हो गए। मैंने मन-ही-मन सोचा, व्यासदेव का किसी ब्राह्मण परिवार से क्या संपर्क ? ये यहां कैसे पहुंचे ? ईश्वर की कृपा से वे आए हैं तो इस समस्या का समाधान उन्हें करना होगा। मुझ पर समाधान का दायित्व छोड़कर मां अपने ऊपर से दोष छुड़ाना चाहती हैं ! बड़े भाई तो प्रारंभ से ही सांप मरे न लाठी टूटे की तरह बात कर रहे हैं। पति भी दोष-मुक्त होने को व्याकुल हैं। तो मैं क्या करूं ?

व्यासदेव सारी बात सुन गंभीर हो गए। भावमग्न हो गए। मां ने नम्र स्वर में कहा—"पहले से ही कह देते कि कृष्णा को जय कर लाये हैं तो इतनी कठिनाई उत्पन्न नहीं होती। अब ऐसा करें कि मेरे वचन की रक्षा भी हो, पुत्र मां की बात रखें। फिर राजकुमारी कृष्णा को भी पाप स्पर्श न करे।"

मैं सोच रही थी—दोनों विरोधभावापन्न बातें एक-साथ संभव कैसे होंगी ? मुझे लगा, बड़े भाई जानबूझकर ऐसा द्विअर्थी वाक्य कहकर मां को मेरे आगमन का संवाद दे रहे हैं। बड़े भाई जानते हैं कि प्रतिदिन भिक्षा में प्राप्त अन्न-धन आपस में समान रूप से बांट लेते हैं। तो फिर स्पष्ट रूप से क्यों नहीं कहा—'मां, राजकुमारी कृष्णा को तुम्हारा मध्यम पुत्र स्वयंवर में जय कर लाया है। तुम्हारी मध्यम पुत्रवधू द्वार पर आशीर्वाद के लिए प्रतीक्षा कर रही है।' अतः यदि इस बात को स्पष्टतः प्रकट नहीं किया तो यह बात साफ हो जाती है कि उनके वाक्य में अभिसंधि रही है। सुंदर पदार्थ को पांचों भाई भोग करें, मां द्वार खोलने से पूर्व यही कहेंगी। तभी उन्होंने ऐसे वाक्य का प्रयोग किया है। शायद औरों की तरह वे भी मेरे रूप पर मुग्ध हुए हैं। मुझे प्राप्त करने के लिए ऐसा षड्यंत्र किया गया है ! अन्य भाई मेरी ओर आकृष्ट हुए होंगे। अतः वे ऐसा सुयोग हाथ से क्यों जाने देंगे ?

मैं आकाश-पाताल सोचती रह गई। व्यासदेव मां से कह रहे थे—"तुम तो जानती हो, मैंने तुम्हें संवाद दिया था। पांचों भाइयों को पांचाल राजनंदिनी ने स्वयंवर में भेजने को कहा था। तुम जानती थीं कि स्वयंवर की शर्त को तुम्हारे मध्यम पुत्र के सिवा दूसरा कोई पूर्ण नहीं कर सकेगा। अतः सारी बातों से अवगत होकर भी अपने पुत्रों के प्रति यदि ऐसा निर्देश प्रकट किया है तो इसमें फिर सोचने की क्या बात रह गई ? तुम यह भी जानती हो कि पृथ्वी पर प्रलय हो जाये, तुम्हारे पुत्र तुम्हारा वचन लंघन नहीं करेंगे। जो होना था, हो चुका। अब अनुशोचना करने से कथित वचन प्रत्यावर्तित नहीं होंगे। अतः राजकुमारी कृष्णा पर सारी बातें न्यस्त कर दी जाये। पति-निर्वाचन की स्वाधीनता आर्यकन्या को मिली हुई है। हम इसमें हस्तक्षेप कैसे कर सकते हैं ?

गुरुदेव द्वैपायन की बात से मैं व्यथित नहीं हुई। हत चकित हो गई। सोचा, इस पृथ्वी पर कोई अपने ऊपर दोष मांगकर नहीं लेता। सब दूसरे पर दायित्व डालकर दोषमुक्त होने को तत्पर रहते हैं। मां क्या चाहती हैं, बड़े भाई क्या चाहते हैं, गुरुदेव क्या चाहते हैं, मैं जानती हूं। मैं स्पष्ट कर देना चाहती हूं कि मेरा पति एक है। उसी ने मुझे जीता है। उसी को मैंने वरण किया है। पर इसमें मां का वचन नहीं रहेगा। भाई मां के वचन का लंघन करने के दोषी होंगे। मेरे पति भी उसी पाप के भागी होंगे। वरन अधिक दोष लगेगा मेरे पति को। ऐसे में मैं क्या पति के साथ सुख से

संसार बसा सकूंगी ? पहले ही मां और बड़े भाई के वचन न रखने के अपराध में सब के द्वेष का पात्र बनूंगी। अंत में मेरे पति भी दोष देंगे कि मैंने मातृद्रोही बनाया उन्हें। ऐसे में अपने मन की बात स्पष्टतः कहूंगी कैसे ?

ऐसा न हुआ तो दूसरी बात ग्रहण कैसे कर सकती हूं ? एक नारी के लिए पांच पति का वरण करने का दृष्टांत नहीं है। इससे स्त्री जाति का यश नहीं बढ़ेगा। वरन् भविष्य के लिए द्रौपदी निंदित, लांछित, घृण्य व्यक्तित्व की नारी बनकर पृथ्वी के इतिहास में रह जायेगी। यहां तक कि कलियुग में अनेक पुरुषोंवाली भ्रष्टा नारियों को सब 'इस युग की द्रौपदी' कह मेरा उपहास करेंगे। वे क्या समझेंगे कि किस परिस्थिति में पांचाली पंच पुरुष की नायिका बनी ? औरों का धर्म रखने, सत्य रखने में मैं क्यों निंदित बनूं ? मां पर क्रोध आया। उनके प्रति विद्वेष जाग उठा। पर उनकी ओर दृष्टि करते ही मैं मां को छोड़ आने का शोक भूल गई थी। यह सब जानते हुए भी ऐसा वाक्य क्यों उच्चारित किया ? उन्होंने तो बेटों को पांचाल भेजा था। जानती थीं कि उनका मध्यम पुत्र मुझे अवश्य जीतेगा। फिर ऐसी बात के पीछे उनका क्या उद्देश्य था ?

हर मां चाहती है उसकी पुत्रवधू रूपवती हो, ज्ञानवान, विद्या-बुद्धि-संपन्न हो या न हो, चरित्रसंपन्न हो। सती-साध्वी हो। पद्म की तरह एक पति के ध्यान में जीवन-यापन करे। पर यह कैसी विपरीत बात है ! अपने वचन की रक्षा के लिए कैसे अपनी पुत्रवधू को पंचपति वरण का इंगित दे रही हैं !

लगा, बात इतनी सरल नहीं है ! इसके पीछे कोई न कोई गूढ़ रहस्य है। शायद कोई महत्तर उद्देश्य हो। पर उद्देश्य कितना महत् हो, मैं कैसे पंचपति का वरण करूं ? मैं तो एक को वरण कर चुकी हूं।

मन-ही-मन कृष्ण का स्मरण हो आया। मन का सारा क्षोभ उनके पास उंडेल दिया। सोचा, यदि वे उपस्थित होते तो इस विषम संकट से मेरा उद्धार करते। ये सब मेरे द्वारा अपना-अपना उद्देश्य साबित करना चाहते हैं। पर पकड़ाई में आना नहीं चाहते। किंतु कृष्ण वैसे नहीं हैं। इंगित में ही वे कह देते कि मुझे क्या करना उचित होगा। अपना स्त्रीधर्म मेरे लिए बड़ा है या मां का वचन, पति और उनके भाइयों की धर्मरक्षा मेरे लिए बड़ी है ? स्वयं को औरों के धर्म की रक्षा के लिए बलि देना मेरा कर्त्तव्य है या अपना आत्मसम्मान और आनंद पाने के लिए एक पति वरण मेरा कर्त्तव्य है—मैं स्वयं ही नहीं समझ पाती। मन-ही-मन सोचने लगी—'हे गोविंद ! तुम्हें तो सखा रूप में ग्रहण किया है। तुम्हारे आगे स्वयं को अर्पित किया है। आर्यावर्त्त में तुम्हीं सबसे ज्ञानी, गुणी, विचारवान हो। तुम क्या नहीं जानते थे कि ये ब्राह्मण अपने धर्मयज्ञ में कृष्णा को बलि देने के लिए ऐसा नाटक करेंगे ! तो तुमने वह इंगित क्यों नहीं दिया ? अब क्या करूं ?'

कभी-कभी अचानक ऐसा घट जाता है। स्मरण करते ही द्वार पर कृष्ण और बलराम उपस्थित !

मां को प्रणाम किया दोनों ने। मां ने स्नेहपूर्वक दोनों को कोलाग्रत किया। कृतज्ञता वश कहा—"गोविंद ! तुम्हारी अशेष दूरदर्शिता के कारण हम दुर्योधन के उस षड्यंत्र से बच सके। राजकुमारी कृष्णा भी प्राप्त हुई। अब कृष्णा को लेकर विषम परिस्थिति में हैं ! क्या करें कि सबका धर्म रहे, तुम्हीं बुद्धि बताओ।"

ऐं ! मेरा समग्र शरीर रोमांच में भर गया। आनंद, विस्मय और आशातीत सुख की कल्पना में विमूढ़ हो गई। तो मध्यम पांडव अर्जुन ने ही मुझे जय किया है। जिनके पास मैंने स्वयं को अर्पित किया था, उन्हें ही प्राप्त हुई ! तो गोविंद ने सब कुछ जानबूझकर ऐसा नाटक रचा ! अन्य के सुख-दुःख के लिए नाटक रचना करने में गोविंद सिद्धहस्त हैं ! कैसे कृतज्ञता प्रकट करूं ?

वहां कृष्ण के मुख पर कुटिल मुस्कान थी—"वरवर्णिनी कृष्णा की ओर कौन आकृष्ट न होगा ? जो आकृष्ट नहीं होगा, वह या तो पुरुष नहीं, या क्लीब है या जड़। कृष्णा के लिए तो अब समग्र भारत में घोर विवाद का सूत्रपात हुआ है। अर्जुन कृष्णा को प्राप्त कर चुके हैं। अतः अन्य समस्त राजन्यवर्ग असहिष्णु को उठा है। ईर्ष्या एवं विफलता की ग्लानि में वे विद्रोह का सूत्र खोज रहे हैं। उनका दोष क्या है ? कृष्णा को एक बार जिसने देखा है, वह उसे पाये बिना शांति कैसे पा सकता है ? इन पांच पांडवों में भी भ्रातृविवाद भविष्य में उपजने की संभावना है। लज्जावश मुंह पर कहने से भी धर्म को साक्षी रख कौन कहेगा कि कृष्णा के प्रति वे आसक्त नहीं हैं। सिर्फ अर्जुन को ही कृष्णा मिले तो वे ईर्ष्यान्वित नहीं होंगे ? भीम ! क्या तुम मन-ही-मन अपनी राक्षस पत्नी हिडिंबा की तुलना कृष्णा के साथ कर अपने भाग्य को नहीं धिक्कारते ? अर्जुन से ईर्ष्या नहीं होती ? वरन् मां के मुंह से अनायास ऐसा कोई वाक्य निकल गया, वह सबके लिए मंगलप्रद होगा। युधिष्ठिर ने इन सारी बातों का विचार कर सबका धर्म रखने और पृथ्वी पर धर्म-स्थापना के लिए ऐसी परिस्थिति उत्पन्न कर दी। वास्तव में पांचों पांडवों में एकता न रहने पर दुष्ट-दुराचारी शत कौरवों का दमन संभव नहीं होगा। एकता ही सफलता और संगठन का मूल मंत्र है। स्त्रियों को लेकर परिवार की एकता नष्ट होती है। अतः युधिष्ठिर ने पंचपांडवों के बीच एकता बनाये रखने के लिए कृष्णा को सबकी अर्धांगिनी करने की बात सोची है। इसमें और क्या कहना है ? मैं तो पांचों भाइयों का दायित्व नहीं ले सकूंगा। जो दायित्व ले वह विचार करे। उसके लिए संभव है या नहीं—'

मेरी महनीयता, ज्ञान, विचारबुद्धि और सतीत्व—सबकी पराकाष्ठा परखने के लिए मेरे सामने एक आह्वान उपस्थित था। कैसी विषम परिस्थिति है ! मैं आनंद में भरी थी कि अर्जुन को ही पति रूप में प्राप्त कर लिया है। परंतु विचलित भी थी कि अर्जुन के साथ पंचपति का वरण करना होगा !

पांडव पांच भाइयों के बीच ऐक्य रखने के लिए मैं बनूंगी सबकी पत्नी ! पृथ्वी पर धर्म-स्थापना करेंगे पांचों पांडव। वे एक न हुए तो पृथ्वी पर धर्म की ही पराजय निश्चित है। अतः मेरी भूमिका स्पष्ट थी।

कभी प्रभु श्रीराम पृथ्वी पर अवतीर्ण हुए थे, धर्म-स्थापना के लिए, वे भी चार भाई थे। सती सीता को तब ऐसी परिस्थिति का सामना नहीं करना पड़ा ! राम, लक्ष्मण, भरत, शत्रुघ्न के बीच एकता रखने के लिए सीता ने चारों भाइयों से विवाह क्यों नहीं किया ? शायद वे जगज्जननी थीं, मां लक्ष्मी थीं, और मैं हूं साधारण मर्त्य की मानवी ! तभी तो मेरी यह परीक्षा है—मेरा यह विडंबित पति-निर्वाचन।

सीता को पत्नी रूप में न पाकर भी लक्ष्मण, भरत, शत्रुघ्न आदि राम के अनुचर भ्राता हुए। मेरे व्यतिरेक पांडव पांचों भाई परस्पर एक-दूसरे के प्रति अनुगत क्यों

नहीं रहेंगे ?

सती सीता ऐसी परिस्थिति में पड़तीं तो क्या करतीं ? शायद वे धरित्री मां से शरण मांगती। कहतीं—'मां धरित्री ! तुम मुझे गोद में स्थान देकर मेरी लज्जा दूर करो। परंतु मैं सीता की तरह सहिष्णु, सर्वसहा नहीं हूं। आवश्यकता होने पर मैं विप्लव कर सकती हूं, प्रतिहिंसा भी ले सकती हूं। मैं शीघ्र सिद्धांत पर पहुंच गई। सब मेरी ओर दृष्टि किए थे। कृष्ण के इंगित से मैं इतना समझ सकी कि बृहत्तर स्वार्थ के लिए क्षुद्रतर स्वार्थ की बलि दी जा सकती है। मैं यदि पंचपति वरण नहीं करती हूं तो सती के रूप में यश की वृद्धि होगी, पर इससे मां के वचन की रक्षा नहीं होगी। पांडव सत्य की रक्षा नहीं कर सकेंगे। पृथ्वी पर धर्मस्थापना में विघ्न होगा। अतः स्वयं मैं निज को बलि दे सकती हूं।

मैं याज्ञसेनी ! धर्मरक्षा के लिए मेरा जन्म। इस नश्वर देह के लिए लोभातुर हो यदि पांडव जैसे वीर पुरुष मां के पास सत्यबद्ध हो चुके हैं, तो उनके धर्मयज्ञ में यह देह आहुति बने। वास्तव में यह देह क्या है ? कहां से आती है, कहां जाती है ?—मैं क्या जानती हूं ? वह देह तो मै नहीं। मेरे हाथ, पांव, अंग-प्रत्यंग तो 'कृष्णा' नहीं। मेरे शरीर का कोई एक अंश तो कृष्णा नहीं—तो इस शरीर को सभी प्राप्त कर सुखी हों। ऐक्यबद्ध हों। मैं बाधा क्यों दूं ? छिति, अप, तेज, मरुत, व्योम—इन पंच तत्त्वों से जात देह को पंचपति के प्रति उत्सर्ग के बाद मैं क्या सती होकर रह सकूंगी ? सती की परिभाषा क्या है ? मैं जानती हूं कि पति के प्रति विश्वस्त बनकर रहना ही सतीत्व है। तो मुझे पंचपति के पास विश्वस्त बनकर रहना होगा। स्वयं को एक के पास अर्पित करते समय पूर्णतः समर्पित होना होगा। यदि ऐसा नहीं करती, तो मैं असती होऊंगी। सोचा—आदमी का मन इतना अविश्वासी और रहस्यपूर्ण है कि वह पूर्णतः किसी के पास समर्पित हो पाता है या नहीं वह स्वयं नहीं जान पाता। अतः मैं यदि इस कारण असती बनती हूं तो कोई दुःख नहीं।—पांच भाइयों को पति रूप में पाने में अर्जुन को भी पति रूप में पाऊंगी—यही मेरी सारी ग्लानि, दुःख दूर करने में यथेष्ट था।

मैंने स्थिर स्वर में कहा—"पंच पांडवों को पति रूप में ग्रहण करने को मैं प्रस्तुत हूं।"

मां का मुख उज्ज्वल हो उठा। आशीर्वाद दिया—"यशस्विनी बनो !" आगामी युग के नर-नारी पंचपति वरण करने वाली पांचाली का कैसे यशोगान करेंगे, यही सोचकर अन्यमनस्क हो गई। अपनी चिंता में म्लान हो गई मैं।

मेरे जीवन की सभी घटनाएं यों नाटकीय हैं। आज से जीवन के शेष क्षण तक पांच भूमिका में उतरना होगा। पंचपति के व्यक्तित्व और रुचि के अनुरूप अपना यह पंचतत्व-निर्मित शरीर और मन प्रस्तुत करना होगा।

❑ ❑

उस दिन कुंभकार-गृह में मेरी प्रथम रात्रि—पति के साथ—सास के साथ।

कोठरी सिर्फ एक। तृणशय्या पर क्रमान्वय में सो गए पंचपति। सास सो गई बेटों का मस्तक स्पर्श कर शय्या के ऊर्ध्व भाग में। मेरी शय्या पतियों के पैरों के पास।

मेरे पंच तत्त्व की काया का तकिया बनाकर दसों पांव उस पर स्थापित होंगे। यही होगा मेरा उपयुक्त स्त्री धर्म।

किंतु कोई स्त्री एक समय में एकाधिक पुरुषों के साथ शय्या ग्रहण करे–कितनी लज्जा और दुःख होता है ! मेरे सिवा और कौन अनुभव करेगा इसे ? एक साथ पंचपतियों के पांव स्पर्श करना मेरे लिए कितना लज्जास्पद था !

मैं नतमुख सोच रही थी–अब तक विधिबद्ध मेरा विवाह संपन्न नहीं हुआ है। अतः मेरा स्थान मां के चरणों में है। मैं रात भर मां की पादसेवा करती रही। पता नहीं किस दुःख में अश्रुधार बहाती रही, घर की धरती गीली होती रही। मां के चरण चांपते-चांपते कुछ अश्रु मां के चरणों पर गिर गए। वे चकित नहीं हुईं। बहुत देर से वे जान रही थीं कि मैं रो रही हूं। दबे स्वर में कहा–"मैं जानती हूं तेरा दुःख ! कभी मैंने भी तेरे ससुर को स्वयंवर में चुनकर सुख की कल्पना की थी। पर वे थे शापग्रस्त। इसमें भी मुझे दुःख न था। जननी होने की निष्फल कामना में कभी भाग्य को नहीं धिक्कारा। पति के चरणों में ध्यान रखकर उन्हें सुखी रखा। पर वंश-रक्षा के निमित्त राज्य की सुरक्षा के लिए उपयुक्त वंशधर उत्पन्न करने के लिए पति के अनुरोध पर मैंने धर्मदेवता, इंद्रदेव, अश्विनीकुमार आदि विभिन्न देवताओं के औरस से पुत्रों को ग़र्भ में धारण कर जन्म दिया। कभी-कभी इसके लिए मुझे उपहार और व्यंग का सामना भी करना पड़ा। सब कुछ सहा–कोई पाप नहीं किया, पुण्य किया है यही प्रबोध मन को देती रही। क्योंकि मैंने जो किया, पृथ्वी के मंगल के लिए ज़रूरी था। आज तुम जिस स्थिति में हो, वह पृथ्वी पर धर्म की रक्षा के लिए ज़रूरी है। अतः स्वयं को पुण्यवती समझो। पृथ्वी के कल्याण के लिए अपनी बलि देना कितने लोगों के भाग्य में जुटता है ?"

अचानक लगा–मां ने जानबूझ कर मुझे इस परिस्थिति में डाला है।

पति का अनुरोध हो चाहे विभिन्न देवताओं के औरस से पुत्रवती होने के कारण, मां का अपना मन शायद कभी-कभी पाप-बोध और लज्जा-संकोच से बोझिल हो जाता होगा। ग्लानि का अनुभव करती होंगी। शायद तभी उन्हें व्यंग-विद्रूप का शिकार होना पड़ता होगा। शायद अपनी पुत्रवधू के पास मां स्वयं को लज्जित समझें, छोटा लगे, अतः उन्होंने जानबूझकर पंचपति-वरण के लिए पुत्रवधू को जबर्दस्ती में डाल दिया। संतानवती होने के लिए उन्होंने भिन्न-भिन्न पुरुषों से संसर्ग किया। कहीं पुत्रवधू यह जानकर कटाक्ष कर देगी, सास को हीन दृष्टि से देखेगी, तभी यह षड्यंत्र रचा ? या बड़ी जिठानी गांधारी के शतपुत्रों का दमन कर अपने पुत्रों को राजसिंहासन दिलाने के लिए उनका एक मन एक प्राण होकर रहना ज़रूरी है। अतः अपनी पुत्रवधू को इस विषम परिस्थिति में डाला। कुछ भी हो, पर यह बात आकस्मिक नहीं हो सकती। यह सोचकर मेरा मन टूक-टूक हो गया।

मेरा वीर भाई छिपे-छिपे हमारे पीछे आया था। ये पांचों ब्राह्मण कौन हैं–यह जानने के लिए पिता ने भेजा था। सारा विवरण संग्रह कर वह तुष्ट हो पांचाल राजधानी लौट गया। अगले दिन पिता ने प्रत्यूष में पालकी-घोड़े आदि भेजे। पांचों पांडव, कुंती और मैं वापस लौटे। पिता उन सबका वास्तविक परिचय पाकर खूब आनंदित हो गए। उनका अभीष्ट पूर्ण होने जा रहा था।

खूब आडंबर के साथ विवाह उत्सव का आयोजन पिता कर रहे थे। पांच विवाह वेदी बनाने का जब कुंती ने परामर्श दिया तो पिता ने आश्चर्य से पूछा–''अपने मध्यम पुत्र के लिए और चार कन्याओं को भी चुना है ? या अन्य चारों पुत्रों के लिए कन्या निर्वाचन हो गया ?'

मां कुंती ने शांत स्वर में कहा–''आपकी कन्या, राजकुमारी कृष्णा मेरे पांचों पुत्रों का वरण कर चुकी है। अतः पांचों का विवाह कृष्णा के साथ यथाक्रम से संपन्न होगा।''

मां के ऐसे मंतव्य से पिता आश्चर्य से भर गये। विचलित हो उठे। कहा–''कैसी बात कह रही हैं ? एक पुरुष से बहुनारी-विवाह का तो विधान है, पर एक नारी का बहु पुरुष से विवाह करने से तो स्त्रीधर्म नष्ट हो जायेगा। मेरी कन्या ऐसा विवाह करेगी तो दुनिया उसका परिहास करेगी। उसका धर्म नष्ट होगा...''

युधिष्ठिर ने नम्र स्वर में कहा–''गुरुजनों का आज्ञापालन आदमी का परमधर्म है। पितृ आज्ञापालन करके परशुराम मातृहंते बने थे। हम बाल्यकाल से पितृहीन ! मां हमारी सर्वमय कर्ता। उनका आज्ञापालन कर यदि पांचों कृष्णा से विवाह करें तो हमारा धर्माचरण ही होगा।''

धृष्टद्युम्न विरक्ति में भर गए–''गुरुजन की आज्ञा यदि अन्यायपूर्ण लगे तो उसका भी पालन धर्माचरण ही होगा ?''

युधिष्ठिर ने शांत एवं नम्र स्वर में कहा–''मां कुंती आर्यावर्त्त की धर्मपरायणा विदुषी हैं। उनकी आज्ञा कभी अन्याय नहीं हो सकती।''

दोनों का तर्क बढ़ता देख पिता ने बीच में कहा–''प्रथम पांडव ! मुझे गर्व है कि अर्जुन ने कृष्णा को स्वयंवर में जय किया। कृष्णा पंचपति वरण करे इस संबंध में यदि अर्जुन को आपत्ति हो ?...परंतु ऐसा कभी हुआ है ?''

पिता को युधिष्ठिर ने पुराणों से उदाहरण दिए। समझाया–''जटिला ने भी धर्मरक्षा के लिए सप्तपति वरण किये थे। धर्म की रक्षा के लिए बहुपति ग्रहण करने में पाप नहीं।''

तभी कृष्ण द्वैपायन वहां पहुंच गए। पिता के द्वंद्व का कारण जानकर बोले–''राजा द्रुपद ! मुक्ता हों, पुष्प हों, देवता के गले में शोभाने के लिए उन्हें माला में ग्रथित करना होता है। सूक्ष्म सूत्र को छोड़ पुष्प या मुक्ता को एकत्र ग्रथित करना संभव नहीं। आज वैसे ही आर्यावर्त्त में धर्म की रक्षा के लिए पांचों पांडव का माला सदृश एकत्र ग्रथित होना जरूरी है। उन्हें एकत्र बांधे रखने के लिए सिर्फ तुम्हारी रूपवती कन्या कृष्णा ही समर्थ है। पुष्पहार देवता के गले में शोभा पाता है, पर पुष्पों में छिपे सूत्र की महनीयता कौन अस्वीकार करेगा ? वैसे ही पंचपांडव आर्यावर्त्त में धर्म की प्रतिष्ठा करेंगे तो भी कृष्णा की महती भूमिका इतिहास में पवित्र अक्षरों में लिपिबद्ध होगी। यज्ञकुंड से संभूता कृष्णा का जीवन विशिष्ट है, अतः अतुलनीय होना स्वाभाविक है। तो फिर द्वंद्व कैसा ?

सारे द्वंद्व समाप्त हो गए।

मैं हुई पंचपुष्पों को एकत्र बांध रखने का सूक्ष्म सूत्र, जिसे कोई नहीं देखेगा। उसका दुःख-दर्द कोई नहीं पहचानेगा। उसकी यंत्रणा की टेर किसी को नहीं मिलेगी।

❑ ❑

पांच दिन तक विवाह-उत्सव चला। राजपुरोहित धौम्य ने मेरे हाथ को एक-एक कर पांचों पांडवों के हाथ के साथ मिलाया। एक-एक कर पांच बार अग्नि को साक्षी रखकर मैंने पंचपति वरण किए।–पांच बार प्रतिज्ञा की–"कायमनोवाक् से मैं तुम्हारी हूं, नितांत तुम्हारी, तुम्हारे पास असत्य आचरण नहीं करूंगी। सत्य, सत्य, त्रिबार सत्य कहती हूं।"

अपने मन में प्रश्न उठा–ऐसा संभव है ? यह सत्य है या आत्मप्रवंचना ?

प्रथम बार विवाह-वेदी पर युधिष्ठिर के हाथ में मेरा हाथ पुरोहित ने रखा। उस रात्रि में उनके साथ मेरी भेंट होनी थी। वही हुआ। पिता ने पांच आवासों की व्यवस्था की। मेरे पंचपति वहां ठहरे। मधुर मिलन-रात्रि के लिए पांच केलिकुंजों का आयोजन हुआ। पांच प्रासादों में–विशेष आडम्बर के साथ।

प्रथम रात्रि युधिष्ठिर को भक्ति अर्पित की। भक्ति के अलावा उन्हें और क्या दे पाती ? युधिष्ठिर अत्यंत रूपवान। सौम्य शांत मुखमंडल। प्रथम दर्शन में ही सारा क्रोध बह गया। वास्तव में मेरी ओर आकृष्ट होकर वे ऐसा आयोजन कराते, इसमें उनका दोष क्या ? दोष तो उनका है जिन्होंने नारी-देह में इतना रूप और यौवन भरा और पुरुष की दृष्टि में भर दी सौंदर्य की पिपासा।

मैंने उन्हें प्रणाम किया। शांत कोमल स्वर में कहा–"तुम्हारे मन में कोई दुःख तो नहीं द्रुपदनंदिनी ? ऐसे विवाह के लिए एक तरह से तुम्हें बाध्य किया गया है। मुझे बुरा समझती हो ? क्षुण्ण हो ?"

मैंने नतमुख सोचा–अब यह प्रश्न क्यों ? यदि क्षुण्ण हूं तो भी अब उपाय क्या है ? लेकिन प्रकट में कहा–

"आप धर्मराज हैं। जो करते हैं उसके पीछे धर्म का ध्यान है। इसमें कोई क्षुण्ण हो तो उसका अर्थ है कि उसे धर्म में श्रद्धा नहीं। मैंने धर्म के यज्ञकुंड से जन्म लिया है, अतः धर्म के प्रति मेरी प्रगाढ़ अनुरक्ति है।"

युधिष्ठिर प्रफुल्लित हो उठे। छोटे शिशु के सरस मुख की तरह उनका कोमल मुख निष्पाप सौंदर्य में अनुपम दिख रहा था। अत्यंत आदर से कहा–"याज्ञसेनी ! तुम्हारा जन्म-वृत्तांत सुना तब से तुम्हारी ओर आकृष्ट था। मैं जानता था कि तुम्हारे बिना धर्म की रक्षा संभव नहीं। अतः तुम्हें अपनी करना पड़ा। अग्नि की साक्षी में तुमने मुझसे विवाह किया है, इतना ही यथेष्ट है। मुझे कुछ और नहीं चाहिए। तुम अर्जुन को प्राप्य हो। उसी ने स्वयंवर में जय पायी है। अतः उसे तुम्हारे साथ वास्तव में संसार बसाने में मुझे कोई आपत्ति नहीं। हमारे बीच यही पवित्र संबंध रहे। इसमें मां के वचन भी अन्यथा नहीं होंगे, तुम्हारा नारीत्व भी अपमानित नहीं होगा। अन्य भाई मेरी बात से सहमत होंगे। तुम्हारा इसमें मत क्या है ?"

मैं क्रोध-जर्जर हो गई। घोर अपमान लगा। तीव्र दृष्टि से युधिष्ठिर की ओर देखा– "आप धर्मराज कहाकर पूजा पाते रहेंगे और मैं सारा जीवन असत्य में बिताकर पाप अर्जित करती रहूं ? अग्नि को साक्षी रख पति बनाने के बाद सिर्फ एक के प्रति स्त्री का कर्त्तव्य पालन करूं ? मुझे दुनिया चाहे असती कहे, लेकिन पतियों के पास जीवनभर असत्य और अविश्वसनीय जीवन व्यतीत करने की ग्लानि क्यों भोगूं ?"

शायद युधिष्ठिर मुझसे ऐसे उत्तर के लिए प्रस्तुत थे। मधुर स्वर में कहा–"तुम्हारे

लिए किस में प्रलोभन नहीं ? परंतु हम पांचों को संतुष्ट करना सहज नहीं है। हम पांचों की पांच प्रकार की रुचि, पचीस प्रवृत्तियां है। मैं जो पसंद करता हूं, सब उसे पसंद नहीं करते। मैं तुम्हें जैसे देखना चाहूं, उसी तरह दूसरे देखना न चाहें। मैं कहूं मंदिर जाओ तो भीम कहेगा–पाकशाला जाओ। अर्जुन कहेगा मृगया चलें। नकुल अश्वपृष्ठ पर बैठ वनविहार जाना चाहेगा। सहदेव कहेगा एकांत में गृहांगन में बैठकर आकाश के नक्षत्रों को चुपचाप देखें। उनकी गणना कर आगत भविष्य का स्वप्न देखेगा। तब क्या करोगी ? किसकी बनोगी ? किसकी बात रखोगी ?''

मैं तो चिन्ता में पड़ गई। पर प्रकट नहीं की–''आप जो आज्ञा देंगे, पहले वैसा ही होगा। क्योंकि आपकी आज्ञा का अन्य भाई भी पालन करते हैं।''

युधिष्ठिर ने आंतरिकता से कहा–''बात इतनी सहज नहीं है, याज्ञसेनी ! तुम्हें इसमें कष्ट होगा। पुरुष की प्रकृति से तुम परिचित नहीं। अपने प्रिय पदार्थ पर किसी अन्य का अधिकार वह सह नहीं सकता। तुम तो वैसे ही पांचों की प्रियतमा हो। हम में से कोई तुम्हें पल भर भी अपने निकट से अंतर करना नहीं चाहेगा। किसी को ज़रा-सी भी उपेक्षा सहन नहीं होगी। तब अवस्था क्या होगी ?''

मैंने विचार किया है–एक नहीं, कई बार। परंतु मेरी भावना का क्या मूल्य ? माता कुंती का वचन रखने के निमित्त मेरी आहुति दे दी गई। युधिष्ठिर पर और क्रोध उठा। सब प्रारम्भ इन्हीं का किया गया है। पर अब ऐसी सफाई क्यों दे रहे हैं ? वे जानते हैं कि अब और परिवर्तन असंभव है। फिर भी व्यर्थ की बातों की अवतारणा क्यों ?

मैंने स्थिर स्वर में कहा–''मेरे कारण आप लोगों को कष्ट शायद न हो। सब मुझे संपूर्ण रूप में पायेंगे, इस बात का वचन देती हूं। कृष्णा धरित्री की तरह सर्वसहा नहीं है, फिर भी कुटिलता या अविश्वसनीयता से वह घृणा करती है।''

युधिष्ठिर मेरे उत्तर की प्रतीक्षा में थे। मेरे कंधे पर हाथ रखकर कहा–''आओ याज्ञसेनी ! मेरे जीवन में धर्मयज्ञ में अंशीदार बनकर अब मेरी धर्म-पत्नी बनो–मेरे जीवन में तुम्हीं आद्य नारी हो।''

स्वयं को मैंने दृढ़ किया। धर्मराज युधिष्ठिर की पत्नी बनने के लिए आर्यावर्त्त की कितनी ही राजकन्याओं ने तपस्या की होगी। मैं उन्हें पा रही हूं बिना किसी तपोबल के। पर मैं अब भी अर्धकुमारी हूं। मेरा विवाह अब भी पूरा नहीं हुआ। अग्नि को साक्षी रख और चार पतियों का वरण करना है। इससे पहले अपने कुमारीत्व की बलि देना मेरे लिए उचित नहीं होगा। मेरे सामने खड़े हैं मेरे पति, धर्मात्मा, सौम्य, वीर, ज्ञानवान, हस्तिनापुर के युवराज ! आज मेरी प्रथम मिलन रात्रि ! पर मैं स्वयं को उनके चरणों में समर्पित नहीं कर पाती। पंचपति के साथ एक-एक कर विवाह सम्पन्न होने तक मुझे अपने कुमारीत्व को अक्षुण्ण रखना होगा। जीवन में ऐसी विडम्बना, ऐसा द्वन्द्व, ऐसा विषम संकटपूर्ण मोड़ मेरे सिवा किसी के जीवन में नहीं आया। भविष्य में भी शायद ही ऐसा घटित हो।

दृढ़ हो रही थी। नम्र स्वर में कहा–''क्षमा करना धर्मराज ! अभी भी मेरा विवाह संपूर्ण नहीं हुआ। प्रभात होने से पूर्व सूची स्नान कर मुझे पुनः वेदी पर बैठना होगा। अग्नि को साक्षी रखकर वैदिक रीति से पति वरण करने की योग्यता किसी कौमार्ययुक्त

कन्या में ही होती है। आप मुझे ठीक समझेंगे।''

हंस पड़े युधिष्ठिर। उस हंसी में छलना न थी, पश्चात्ताप नहीं, कारुण्य नहीं, हाहाकार नहीं। शांत स्वर में बोले–''जीवन की प्रथम परीक्षा में सहज ही उत्तीर्ण हो गई हो। याज्ञसेनी ! तुम्हारी सत्यनिष्ठा और आत्मसंयम ही मेरा काम्य है। बोलो–अब रात कैसे कटेगी ?''

मुझे मन-ही-मन दुःख हो रहा था पति के लिए। कितनी सहजता से आयत्त कर लिया अपनी कामना-वासना को। क्या उन्हें कष्ट नहीं होगा ? मुझे मन-ही-मन अभिशाप नहीं दे रहे होंगे ?

कोमल-शांत स्वर में मैंने कहा–''आप विश्राम करें। आपकी सुख-निद्रा के लिए मैं बैठकर पादसेवा करती रहूंगी–और रात बीत जायेगी।''

प्रतिवाद किया। कहा–''वरन् तुम विश्राम करो। क्लांत हो रही होगी। अरण्य-पथ से हमारे साथ चलकर तुम्हें बहुत कष्ट हुआ होगा। मेरी चिन्ता न करो। मैं बैठकर खेलता रहूंगा।''

''खेलेंगे ?''

''हाँ, द्यूत क्रीड़ा–''

''किसके साथ ?''

''अकेले-अकेले।''–वे हंस रहे थे।

मैंने आश्चर्य में भरकर कहा–''अकेले-अकेले !''

''सब खेलते हैं।''

''..............''

''सब का अर्थ है तुम, मैं और पृथ्वी के सभी नर-नारी, कीट-पतंग। हम सब स्वयं तो नहीं खेलते, कोई हमें निर्देश देता है। हम खेलते हैं। इस पृथ्वी पर सब अपना-अपना जीवन बिताते हैं, अपने लिए जीते हैं।'' युधिष्ठिर भावावेश में थे।

मैंने धीरे-से कहा–''पर पाशा तो अकेला नहीं खेल सकता कोई आदमी।''

युधिष्ठिर ने वैसे ही कहा–''याज्ञसेनी ! आज प्रथम मिलन की रात्रि में अपने जीवन की दुर्बलता को तुम्हारे सामने प्रकट कर देना मेरा धर्म है। यह द्यूतक्रीड़ा ही मेरी सबसे बड़ी दुर्बलता है। हर क्षेत्र में संयम रख सकता हूं। सिर्फ द्यूतक्रीड़ा छोड़कर–। ऐसी दुर्बलता का भी कारण है।''

मैं जिज्ञासु दृष्टि से देखती रही। सोचा–द्यूतक्रीड़ा एक राजसी विलासपूर्ण आमोद है। राजाओं को इसमें आनन्द मिलता है। पर इसके लिए कोई राजा दुर्बल क्यों होगा ? राज्य-जय, शत्रु-क्षय, धन-रत्न-प्राप्ति, सुरा-सुन्दरी के प्रति राजाओं में दुर्बलता बहुत-कुछ रहती है। किन्तु द्यूतक्रीड़ा के प्रति धर्मराज में दुर्बलता क्यों है ?

शायद इसके पीछे कैशोर का कोई हठ रहा हो। वही अब दुर्बलता में परिणत हुआ हो। बचपन में गुरु द्रोण के पास शिक्षा प्राप्त करते समय पांचों पांडव भाई कभी किसी बात में पराजय नहीं जानते। छात्र जीवन में सब परीक्षाएँ अच्छी तरह उत्तीर्ण कीं। गुरु के प्रिय छात्र रहे। इसके लिए कौरव सौ भाइयों में गहरी हिंसा और द्वेष रहा। किसी अन्य बात में पांडवों को पराजित नहीं कर सके। इसी द्यूतक्रीड़ा का सहारा लिया। वैसे छात्रावस्था में द्यूतक्रीड़ा का विशेष स्थान न था। अतः इसमें युधिष्ठिर का

हारना स्वाभाविक था। किन्तु कौरव उसी उम्र में पढ़ाई छोड़कर द्यूतक्रीड़ा में पारंगत हो गए। वे पढ़ाई में पिछड़ गए। वे जानते थे कि पांडव वीर हों या विचारवान, द्यूतक्रीड़ा में उन्हें कभी नहीं जीत सकते। अन्य क्रीड़ाओं में चाहे पराजित कर दें। भीम का उनके पास किसी भी क्रीड़ा में कोई जवाब नहीं। जलक्रीड़ा में भी कौरवों में से दस-पन्द्रह को पकड़ बहुत देर तक डुबोये रखते। खूब छटपटाते, दम घुटता, तब छोड़ते। लौहपिण्ड को लेकर वन में खेलते समय इतनी जोर से पीटते कि अपर पक्ष का भी एक-दो घायल हो जाता। कौरव निष्ठुर और बीभत्स आनन्द के पुजारी थे। अतः वृक्षों पर चढ़ वे नीड़ नष्ट कर देते। पक्षी शावकों का गला भींच नष्ट कर देते। उसी में आनन्द पाते। नीड़ खोये पक्षी दम्पती शावकों के शोक में खूब विलाप करते। तब कौरवों का अट्टहास उनकी बर्बरता का परिचय देता। ठीक तभी भीम पेड़ को नीचे से ऐसा हिलाते कि वे गिरकर आघात पाते। कभी-कभी वृक्ष का मूलोत्पाटन करते और जलस्रोत में निक्षेप कर देते। किन्तु द्यूतक्रीड़ा में तो बल नहीं चाहिए। पांडवों को वे समय देखकर आह्वान देते द्यूतक्रीड़ा के लिए। भीम एवं अन्य भाई उसमें आग्रह नहीं दिखाते।

युधिष्ठिर किन्तु बचपन से आत्मसम्मान सचेतन थे। वे द्यूतक्रीड़ा में भाग लेते। सदा हार जाते। दुबारा फिर उनके आमंत्रण पर जाते। क्रीड़ा में आह्वान स्वीकार न करने पर शायद कौरव सोचें, युधिष्ठिर ने पराजय के भय से आह्वान स्वीकार नहीं किया है। अतः वे हार कर भी फिर जा खेलते। मन में सोचते—खेलते-खेलते ज़रूर द्यूतक्रीड़ा में पराजित करूंगा। इस जिद में जब समय पाते, अकेले ही अकेले द्यूतक्रीड़ा का अभ्यास करते। और यह उनके जीवन की एक दुर्बलता में परिणत हो गया। यहाँ हार-जीत को उन्होंने राजकीय सम्मान के रूप में स्वीकार कर लिया है। हार-जीत उनके लिए विशेष महत्त्व नहीं रखती। कैशोर की वह पराजय-ग्लानि उनके अन्दर एक अनबूझ झोंक बन गई है।

सुनकर लगा, हर मनुष्य में कुछ न कुछ जिद, दुर्बलता या झोंक या बदअभ्यास होता है। उस तुलना में युधिष्ठिर की यह निरीह जिद क्षमणीय है। हस्तिना के भावी सम्राट में और कितनी ही जिद होतीं, दुर्बलताएं होतीं, उनकी तुलना में यह तो कुछ भी नहीं। फिर स्त्री के आगे प्रथम मिलन-यामिनी में उसे प्रकट करना इस दुर्बलता को भी उनकी महानता में परिणत कर देती है। पत्नी के आगे अपनी मामूली-सी दुर्बलता प्रकट करने को भावी सम्राट बाध्य तो नहीं ! इस दृष्टि से युधिष्ठिर आदर्श पति हैं।

मैंने पुनः पदवंदना कर प्रणाम किया। वे कोमल स्वर में आदेश देने लगे—"विश्राम करो राजकन्या ! प्रभात से पूर्व मैं तुम्हारी निद्रा भंग कर दूंगा। मैं तो आज शयन नहीं कर पाऊंगा। तुम्हें प्राप्त करने का आनन्द मेरी निद्रा हरण कर ले गया। मैं अकेला खेलता हूं—फिर चार दिन बाद तुम्हारे साथ जब भेंट होगी तब मैं अकेले-अकेले नहीं खेलूंगा—"

वे मेरी ओर देखकर हंस पड़े। मैं अन्दर शक्ति का संचय कर रही थी। अभिनय की प्रथम रजनी समाप्त होती जा रही थी।

द्वितीय यामिनी। मुझे घट परिवर्तन तो नहीं करना पड़ता। किंतु व्यक्तित्व तो परिवर्तित करना होता। रूपांतरित होना पड़ता है। रूपान्तर का ही तो अर्थ है अभिनय !

भीम युधिष्ठिर से भिन्न हैं। रूप, गुण, व्यक्तित्व, आचार, व्यवहार और वार्त्तालाप

में वे विशिष्ट हैं। वासरगृह में प्रवेश करते ही मेरे हाथ में शिरस्त्राण रख दिया। पोशाक और अलंकार थमा दिए—"यह बस अब तुम्हारा काम है। देखो, उदर छोड़कर मैं अपने किसी कार्य का कोई ध्यान नहीं रख पाता। शरीर, पोशाक किसी बात की सुध नहीं। तुम मेरे उदर का ध्यान रखना। फिर बाकी सारी अन्य बातें। बस स्मरण रखना, भोजनप्रिय हूं। द्वितीय दुर्बलता है कि मैं स्त्रीप्रिय कुछ अधिक हूं। स्त्रीप्रिय होने का अर्थ नारीप्रिय होना मत समझ लेना। हिडिंबा यहां नहीं है। कभी हस्तिनापुर भी नहीं आयेगी। यही उसके साथ शर्त्त है। तुम्हें देखते ही मैं आकृष्ट हो गया क्योंकि तुम खूब सुंदर हो, धीरमति और स्थिरचित्त हो। द्वितीयतः सुपाचिका के रूप में भी तुम प्रसिद्ध हो ! तुम्हारे हाथ के स्पर्श से सामान्य भोज्य भी अमृत सम सुस्वादु हो जाता है। मुझे और क्या चाहिए ? सुस्वादु भोजन। जब चाहूं तब सख्य प्रदान करना। बस ! समझीं, सब में मेरा भाग अधिक है। मां का भी निर्देश है। वैसे ही तुम्हें पाने में भी मेरा भाग सर्वाधिक है। आदमी में जितनी क्षुधाएं हैं, सब मेरे अंदर प्रबल हैं। उन्हें शांत करने का दायित्व तुम्हारा !" फिर हंसे। आंखों में कुटिल इंगित था।

विमर्ष सोच रही थी—मन और काया को कैसे विभक्त करूंगी ? कैसे मैं एक समय में भीम की अतिरिक्त क्षुधा प्रशमित करूंगी और साथ ही अन्य चार पतियों के प्रति उपयुक्त कर्त्तव्य का पालन करूंगी ? भीम ने मुझ में कोई प्रतिक्रिया नहीं देखी। वे अपनी अभिव्यक्ति में व्यस्त थे। मैंने अब तक मुंह भी नहीं खोला था। उनकी बातें ग्रहण करती हूं या नहीं, कोई भी मत व्यक्त नहीं किया था। उधर उनका ध्यान न था। फिर वे कहने लगे—"देखो, द्रौपदी ! मैं कुछ अधिक ही क्रोधी हूं। किसी का गुस्सा-गुमान नहीं सहता। बस, कर्त्तव्य की त्रुटि देखते ही भयंकर प्रतिशोध लेता हूं। मेरे पास क्षमा का कोई प्रश्न नहीं। बस, मुझे कोई बात याद नहीं रहती। जो सोचता हूं, कह डालता हूं। अगले क्षण सारा क्रोध भूल जाता हूं। अतः मेरा क्रोध सहना होगा। मैं जानता हूं कि तुम अत्यंत चारुशील, विदुषी, धीरा हो। स्त्रियों को ऐसा होना चाहिए। स्त्री यदि सर्वसहा न हो तो परिवार का बंधन शिथिल हो जाता है। मेरा क्रोध न सहोगी तो तुम्हारी ही क्षति होगी। क्योंकि तुमसे जाकर मैं अपनी असुरिनी स्त्री हिडिंबा के पास रहूंगा। हिडिंबा असुर कुल की है, पर पत्नी के रूप में मेरी अनुगत है। मेरे क्रोध से डरती है। उसने देखा है कि एक ही चोट में उसके भाई हिडिंबासुर को मैंने समाप्त कर दिया। प्राणों का डर किसे नहीं।" भीमसेन आत्मप्रमाद में हंसे।

अब भी मैं मौन बैठी थी। अपनी सौत हिडिंबा की प्रशंसा पति-मुख से अच्छी नहीं लग रही थी। फिर भीम की रोक-टोक बातें भी मुझे कष्ट दे रही थीं। कुछ भी कहा नहीं। नारी को सर्वसहा होना होता है। मैंने कुछ कहा और भीम हिडिंबा के पास चले गए तो युधिष्ठिर मुझे क्षमा देंगे ? पांचों को एकता के सूत्र में बांधना मेरा प्रथम कर्त्तव्य है। भीम अगर हस्तिनापुर त्याग करते हैं तो पांडव कौरवों के अन्याय-अत्याचार के विरुद्ध स्वर किसके बल पर उठायेंगे ?

अगले क्षण मैंने सोचा, भीम के क्रोध और असंतोष के भय से यदि औरों से अधिक समय भीम के लिए देती हूं, अधिक आग्रह प्रकट करती हूं या भीम का अधिक यत्न लेती हूं तो अन्य पति विमुख होंगे। भीम के प्रति विराग जागेगा। इसी कारण एकता नष्ट होगी। फिर मेरा क्या होगा ? द्वंद्व का कहीं अवसान नहीं।

भीम ने मेरा आंचल खींचा। परिहास किया—"अहो, मिट्टी की मूर्ति की तरह मौन क्यों ? यह सब मैं नहीं जानता। विदुषी नारी स्वल्पभाषी कही गई हैं। पर मेरी स्त्री को विदुषी होने की आवश्यकता नहीं। स्त्रियों के विदुषी होनें से क्या होगा ? सुंदर हों। बस! अच्छी पाचक हों, सेवा करें, साथ हंसे, बात करें, गीत गायें। मैं जो कहूं अविलंब करें। समझीं ? वरना चला हिडिंबा के पास। वह प्रतीक्षा में बैठी होगी। मेरी आज्ञा पाते ही मनोरंजन के लिए वह नृत्य करेगी। तुम वैसी बन सकोगी ? ऐसे मुंह लटकाये न बैठो। वैसा उदास मुख देख माथा गरम हो जाता है—बस, इतने में ही डर गईं।

भीम हंसे। आनंद और कौतूहल से वे उल्लसित हुए जा रहे थे। किंतु मेरे नेत्र छलछला आये। कैसी विषम परीक्षा ! युधिष्ठिर को चाहिए विदुषी, जो धर्म-अधर्म का विचार करे। धर्म के लिए जीवन की श्रेष्ठ वस्तु का उत्सर्ग कर सके। शास्त्र-पुराण-वेद का सार-मर्म समझकर उनका जीवन में पालन करती हो। भीम की रुचि अन्य दिशा में है। अभी तीन पति और हैं जिनकी रुचि ज्ञात होना शेष है।

पंचतत्व की काया पांच व्यक्तियों की अधिकारी होगी ! यह कैसे संभव होगा !

द्वंद्व का अवसान नहीं होता,
रात्रि का तो हो ही जाता है।

❑❑

सारे आवास में कृष्ण ही कृष्ण की महक भरी है। अभी तो कृष्ण उपस्थित थे। कृष्णा से मिलन से पूर्व सखा अर्जुन को कोई परामर्श दे रहे थे !

आज वीर अर्जुन के साथ प्रथम मिलनरात्रि ! मेरे जीवन की पांच प्रथम मिलन रात्रियां आ रही हैं। हर रात्रि प्रभात होती है गहन संयम और अंतर्द्वन्द्व में।

पर आज की रात्रि तो विशिष्ट है। यही तो होने वाली थी मेरे जीवन की परम काम्य रात्रि। अर्जुन होते मेरे एकमात्र पति। लेकिन नाटक के किसी अवास्तविक दृश्य की तरह सब घटता जा रहा है मेरे जीवन में ! ऐसी क्या कहीं और भी कभी हुई है !

तृतीय वासररात्रि। मैं सोच रही थी, यही होगी मेरे जीवन की सर्वश्रेष्ठ रात्रि। परिस्थिति के दबाव में पड़कर आदमी कई कार्य कर बैठता है। देश के लिए, जाति के लिए, धर्म-रक्षा के लिए आदमी अपनी इच्छा के विरुद्ध अनेक रोमांचक कार्य भी करता है। इसमें उसका सम्मान बढ़ता है, प्रतिष्ठा भी पाता है, पता नहीं उसकी आत्मा को भी शांति मिलती है या नहीं। पर जहां अंतर का अनुमोदन रहता है उस कार्य में आत्मा भी तृप्त होती है। मेरी अवस्था तदनुरूप।

मेरी आत्मा को अर्जुन के पास अर्पित करने के बाद ही मुझे पंचपति-वरण के लिए बाध्य किया गया है। क्यों ? इससे धर्म की रक्षा होगी। पंचपति में से अर्जुन के पास मेरी आत्मा बंधक हो गई है, यह तो मानना ही होगा।

सखी नितंबिनी मेरा मन जानती है। अतः आज वासरगृह आडंबर के साथ सजाया है। नीलकुंई, नीलतमाल, चंपा और उनके सुवासित पुष्पों की झालर से द्वार और झरोखे शोभन किए हैं। वह चाहती हीरा, नीलम, मोती, माणिक्य से सजाती। पर मेरी रुचि वह जानती है। राजकन्या होकर भी मेरी रुचि ऐसी क्यों ? अदृष्ट का इंगित इसके

पीछे रहा हो ! वर्षों इस राजरानी को वनरानी बनना पड़ेगा—मैं इसे नहीं जानती थी, पर मेरी नियति तो अपरिचित न थी।

मुझे नितंबिनी ने रत्नों से सजाया था। मेरे प्रतिवाद की वह उपेक्षा कर गई। "आज से संन्यासिनी जीवन छूटा। अब हो राजरानी। हस्तिनापुर की राजरानी सोने के धागे से बने पाट वस्त्र पहनेगी। रत्न-अलंकार धारण करेगी, हीरे-नीलम के नूपुर होंगे वासरगृह में प्रवेश के समय।"

सखियां गृह में छोड़ किवाड़ उढ़काकर आ गईं। मुक्ताखचित झलमलाता ओढ़ना। उसके अंदर ढंकी, मैंने देखा मेरे प्रियतम पुरुष वीर फाल्गुनी प्रतीक्षा कर रहे हैं।

आज उनका कैसा अपूर्व वेश ! दीर्घ सुठाम शरीर, सौम्य कान्ति, उज्ज्वल चक्षु, चंदनचर्चित मुखशोभा, गले में शुभ्र पुष्पहार, कुंचित घनकेशों में मेघाभिषेक की छवि, आंखों में नील समुद्र स्वप्न की स्थिर तरंगमयता। एक बार ही देखा। लज्जा से चक्षु नत हो गए। मन करता था अनंतकाल तक इस मनलोभी रूप को निहारती रहूं। पर लज्जा असहनशील होती है।

अर्जुन खूब कोमल भंगिमा में आसन छोड़कर मेरी ओर अग्रसर हो रहे हैं। कंपित हृदय मैं स्थिर रही। इस परम काम्य पुरुष के आगे यदि मैं सर्वस्व उंड़ेल दूंगी तो अन्य दो पति हैं, विवाहपूर्व फिर कुमारीत्व कैसे पा सकूंगी ?

किंतु-किंतु यह कंदर्प-सुंदर काम्य पुरुष ! हृदय के द्वारदेश से वापस कैसे लौटाया जाये इसे ! लौटा देती हूं तो इनका प्रेमिक हृदय भग्न होगा, और उससे पूर्व मेरा हृदय शतधा विभक्त हो जायेगा।

दृष्टि अपने हृदयदेश पर स्थिर किए थी। इस विपन्न हृदय को बोध कैसे कराऊं ? क्षण भर में चौंक उठी। मेरे हृदय पर यह चंदनचर्चित मुखशोभा किसकी ! वे तो दूर थे। अपने हृदय पर कैसे देख रही हूं ? छिः, नितंबिनी कितनी दुष्ट है ! मेरे गले के रत्नहार के पदक में उज्ज्वल मुक्ता का छोटा-सा दर्पण जड़ दिया है। उसी दर्पण में झलक रही है अर्जुन की छवि। वे मृदु-मृदु मुस्करा रहे हैं। लाज में मैं और भी गड़ गई ! दर्पण से दृष्टि हटा ली। हाथ-पांवों पर दृष्टि निबद्ध की। लेकिन वहां भी वही दशा। वहां प्रति पंखुड़ी पर बंधे रत्नखंड में अर्जुन की छवि झलक रही है ! मेरी रत्नचूड़ी में, मुद्रिका में और कर्णफूल तक में, माथे की केतकी में, नासाग्र के रत्न-नक्षत्र में अर्जुन का मणिमय रूप शोभित हो रहा है। मेरे अंग-अंग में अर्जुन की छवि चित्रित हो रही है। मेरे प्रति रोम में रोमांच हो रहा है, देह स्वेदबिंदुओं से परिपूर्ण। उनमें भी अर्जुन झलक रहे हैं। अब स्वयं को कैसे संयत करूं ? धर्मरक्षा कैसे हो—अभी दो-दो अग्नि साक्षी देकर विवाह करना बाकी है। सोचा, अर्जुन के स्पर्श मात्र से मूर्छित हो जाऊं। फिर जो होगा, उस पर मेरा क्या अधिकार होगा ?

अपने पर से आदमी जब आस्था खो बैठता है, ऐसा ही एक—भिन्न पथ ढूंढता है। स्वयं को ठगता है दुःख के चले जाने तक। यंत्रणामुक्त होने के लिए।

मेरे मन की बात वे जान गए थे। कोमल स्वर में कहा—"कृष्णा !"

वह आवाज किसकी है ? कृष्ण की है ? ऐसा कोमल मधुर स्वर उन्हीं का है ! उनके सखा अर्जुन ने कैसे जाना कि इतने नामों में से एक है कृष्णा ! वही मुझे प्रिय भी है।

मेरा ध्यान टूट गया। अर्जुन कह रहे थे–"चिंता कैसी ? मैं तुम्हारी प्रतिज्ञा जानता हूं। पत्नी की प्रतिज्ञा पूर्ण करना पति का भी धर्म है। पंचपतियों से विवाह के पूर्व तुम्हारे पवित्र कौमार्य पर कोई एक पति अस्पष्ट दाग भी रखने का प्रयास नहीं करेगा। पांडवों की यही विशेषता है–पर कृष्णा... !" बात बीच में ही रखकर चुप हो गए। दुःख और अवसाद के काले मेघ उनके प्रसन्न मुख को विषण्ण कर रहे थे। उनको कैसा दुःख ? मैं उनके दुःख का कारण तो नहीं। यदि ऐसा है तो मेरे जीवित रहने का क्या अर्थ ?

उन्होंने रुद्ध स्वर में कहा–"तुम्हारे साथ मेरे चरम सुख के क्षण बीत चुके हैं। तुम्हें एकदम अपने साथ जितने समय तक पा सका हूं, वही है मेरे जीवन का श्रेष्ठ समय। और अवशिष्ट जीवन हमारे हाथ में रहा–वह सिर्फ धर्मरक्षा के लिए होगा–संस्कृति की रक्षा के लिए–जगत के मंगल के लिए उत्सर्गीकृत है। अतः अपने ऊपर से भरोसा छोड़ देने से कैसे चलेगा ? तुम तो अब सिर्फ अपनी नहीं रहीं, जगत की हो ! जगत में धर्म की रक्षा के लिए तुमने स्वयं को उत्सर्ग कर दिया है, इसके लिए मैं तुम्हें दोष क्यों दूंगा ?"

मैंने चकित पति की ओर देखा। लज्जा, संकोच सब दूर हो गया। मेरे अंदर की अभिसारिका वधू अपसारित हो गई थी कहीं दूर। अर्जुन यह सब क्या कह रहे हैं ? मेरे साथ तो उनके जीवन का यह आरंभ आज ही हुआ–इसी मधुर मिलन लग्न से। मेरे साथ उनके सुख के दिन समाप्त हो गए–इस बात का क्या अर्थ ? फिर मुझे दोष कैसे देते ?

अर्जुन अब समझ रहे थे। हाथ थामकर रत्नपलंग पर बिठाया। कहा–"स्वयंवर सभा से जब हम वनमार्ग पर लौट रहे थे, तब कौन जानता था कि तुम मेरी–सिर्फ मेरी होकर नहीं रह सकोगी ? उन्हीं क्षणों में मैं स्वयं को पृथ्वी का श्रेष्ठ वीर अनुभव कर रहा था। सोचा था, तुम पर सूर्यरश्मि और चंद्रकिरण पड़ने पर सूर्य-चंद्र को भी हटा दूंगा। हमारे पालित हरिण, शुक, सारिका ने भी यदि तुम्हें स्नेह से आलिंगन किया तो उनका शिरोच्छेद कर दूंगा। यहां तक कि गले के रत्नहार से भी मुझे ईर्ष्या हो गई। बस इतना अनुरोध है–कृष्णा ! मेरे सामने रहने तक तुम ये हार और कर्णफूल खोल दो। रत्नहार वक्षदेश का स्पर्श करता है, कर्णफूल गंडस्थल को स्पर्श कर रहा है। पति के रूप में मैं इन्हें कैसे सह सकता हूं: पर कौन जानता था कि तुमसे मिलना होगा तृतीय रजनी में, कुछ दिन और प्रतीक्षा करनी होगी, नकुल-सहदेव के साथ विवाह के बाद की तृतीय रजनी तक !"

मैंने अभियोग के स्वर में कहा–"आपने मुझे जय किया। कह सकते थे कि कृष्णा पर किसी और का अधिकार नहीं है। आपने सब-कुछ मुझ पर क्यों छोड़ दिया ?"

अर्जुन ने विषादपूर्ण स्वर में कहा–"भाई की वैसी उक्ति थी और मां का प्रत्युत्तर ! उसके बाद मैंने जो कहा, पुत्र के रूप में, कनिष्ठ भ्राता के रूप में। धर्मतः मुझे वही कहना था। इसके अलावा और कुछ नहीं कह पाता। मेरा उत्तर क्या होगा, ज्येष्ठ भ्राता और मां ने निरूपित कर लिया था। पर तुम क्या उत्तर दे सकोगी, जो एकदम तुम्हारे वश में था। तुम निःसंकोच निर्विघ्न अपना मत दे सकती हो..."

क्रोध, अभिमान, क्षोभ मेरे गले में रुंधा जा रहा था। मैंने अश्रुसिक्त कर कहा–

"इस पृथ्वी पर पांच पांडव, उनकी मां, गुरुदेव कृष्ण द्वैपायन और आपके सखा श्रीकृष्ण धर्म-रक्षा के लिए सब-कुछ कर सकते हैं। सिर्फ द्रौपदी अपने सुख, सम्मान और आत्मगौरव को बड़ा समझ इन सबके मत को अग्राह्य कर सारी दुनिया की अश्रद्धा और अभिशाप वर लेती ? यही आप चाहते थे ? ऐसा होता तो आपकी इच्छा पूरी होती, प्रकट में आती कृष्णा–" मैंने बात को बीच में रोककर क्रोध दबाना चाहा।

अर्जुन ने मेरे कंधे पर हाथ रखा। शांत स्वर में कहने लगे–"पिछली बातों पर पश्चात्ताप नहीं किया जा सकता। कृष्णा ! कुछ समय पूर्णतः अपनी के रूप में पा गया था, वह क्या हमारे सौभाग्य की बात नहीं ? पृथ्वी के बृहत्तर स्वार्थ के लिए व्यक्तिगत स्वार्थ को बलिदान करने के अनेक दृष्टांत हैं। अब पृथ्वी विपन्न है। बस समझ लो कि अपने लिए नहीं, एक बृहत्तर लक्ष्य लेकर हम पृथ्वी पर आये हैं। मैं अपने भाइयों से भिन्न नहीं। किसी कारण भिन्न होना चाहूं तो वह मेरे अन्दर पशुत्व का उपद्रव होगा। तुम पर यद्यपि गुमान हुआ है, वह भी मेरे पौरुष का अहम् है। वास्तव में तुम कौन ? मैं कौन ? कौन हैं मेरे चारों सहोदर ? हम कहाँ से आये हैं ? कहाँ जायेंगे यह भी हमें पता नहीं। इस पृथ्वी पर कुछ दिन के रहने में तुम यदि सबकी सुख-समृद्धि में वृद्धि कर सको तो सच, इसमें मुझे दुःख कैसा ? यह क्या मेरी स्वार्थपरता नहीं ?"

मैं उनके नीतिपूर्ण उपदेश सुनती रही। प्रबोध मुझे देने की अपेक्षा वे स्वयं ही निज को प्रबोधन दे रहे थे। मुझ से अधिक वे मर्माहत थे–अधिक असहाय। संवेदन में हृदय भर गया। क्रोध आया सखा गोविन्द पर। गोविन्द जैसे शास्त्रज्ञ, विचारवान, आर्यावर्त के श्रेष्ठ पुरुष का जो प्रिय सखा है, किस अपराध से उसकी पत्नी के साथ अन्य लोग भागीदार होंगे ? हों चाहे वे अपने ही भाई, अन्य पुरुष तो हैं ! ऐसी शास्ती उन्हें क्यों मिली ?

क्रोध-मान आदि भूल अर्जुन के दुःख में इतनी द्रवीभूत हो गई कि मेरी आँख से दो बिन्दु अश्रु अनायत होकर छलक आए। उनके चरणों में मुक्ता द्वय से जा गिरे।

अर्जुन ने व्यथित स्वर में कहा–"कृष्णा, तुम साधारण रूपसी राजकन्या भर नहीं हो। विद्या और ज्ञान में विशिष्ट हो। कवि हो। जीवन में अश्रु का बहुत प्रयोजन है, ऐसा भी समय आता है, अश्रुपात के अलावा मूर्छनापात भी संभव है। अतः बात-बात में अश्रुओं का अपमान उचित नहीं। जीवन में दुर्दिन के साथी ही हैं श्रेष्ठ साथी और वे हैं अश्रु। उनका अपव्यय न करो।"

अश्रु पोंछकर मैंने उधर देखा। मेघ के ढांपने पर भी आकाश की उदार विस्तृति बाधाप्राप्त नहीं होती। विषण्णता का स्पर्श होने पर भी उनका सौंदर्य इससे तिल भर कम नहीं होता। वरन् विषाद कालिमा के अस्पष्ट स्पर्श से उनका पौरुष अधिक गंभीर महिमामय हो उठता है। मैं दुःख भूलकर मुग्ध भाव से उनके मुख की शोभा देखती रही। सोचा, निंदा, अपवाद, दुःख और द्वन्द्व में जीवन बिताना पड़े, फाल्गुनी को पाकर मैं धन्य हुई हूँ। निमिष-भर में सारी कालिमा दूर हो गई। अर्जुन भी प्रसन्न होने की कोशिश कर रहे थे। जो हमारे नियंत्रण में नहीं, उसके लिए अनुशोचना कैसी ?

अर्जुन मेरे पास बैठे। अंतरंग बंधु की तरह कहने लगे–"तुमसे विवाह की आकांक्षा दो कारण से जगी थी। प्रथम तो तुम्हारा नाम स्वयं 'कृष्णा !' मेरे प्रिय सखा कृष्ण के नाम के साथ तुम्हारे नाम का सामंजस्य है। अतः तुम्हारे नाम के प्रेम में पड़ गया।

द्वितीयतः तुम विदुषी और कवि को। सुना है, मेरे सखा को लेकर तुमने बहुत-कुछ लिखा है। कुछ सुन सकता हूँ ?

लज्जा से दुहरी हो गई। धीरे से पूछा—"आपको यह सब किसने कहा ?"

अर्जुन ने हँसकर कहा—"मेरे सखा कई बातें गणना कर ही जान लेते हैं। वह शक्ति उनमें है। बचपन में अनेक अलौकिक कांड उन्होंने किए हैं। आर्यावर्त्त में वे हैं एक अलौकिक व्यक्तित्व। वे तो तुम्हारी कुछ पंक्तियाँ गाते रहते हैं।"...

□□

मैं लज्जा से लाल हो गई। वास्तव में मेरी कविता कृष्ण को लक्ष्य कर लिखी गई थी। उन्होंने कैसे पढ़ ली ? नितंबिनी का कार्य है ! मेरे कवितांश उसके पास रह गए कुछ दिन। पढ़ने के लिए कुछ ले गई थी। उद्यान में ही छोड़ आई वह। अगले दिन कृष्ण उद्यान में भ्रमण के लिए गये थे, अंश उनके हाथ में पड़ गए। उन्होंने लौटाए थे। शायद तब नितंबिनी नहीं जान पायी। जो हो, मेरी कविता अर्जुन के गले कैसी सुन्दर लगती है ! ऐसे गायन-निपुण हैं !

मैं तो नतमुख सुन रही थी। अर्जुन कहते चले—"कृष्णे ! कविता खूब-खूब है ! पर कृष्ण के अलावा किसी अन्य को अभिप्रेत होती तो आज मैं क्षमा न करता ! जो हो, मेरे कहने से पहले ही तुमने मेरे सखा को मन-प्राण से चाहा है। पता नहीं उनमें क्या कला है, कोई भी स्त्री प्रथम दर्शन में ही स्वयं को खो बैठेगी। उन्हें न चाहती तो उन्हें लेकर कभी-कभी हमारे बीच मनोमालिन्य पैदा हो ही जाता। कभी-कभी वे ऐसी बुद्धि देते हैं, लगेगा कि तुम्हें वे गड्ढे में डाल रहे हैं। पर धैर्य रखकर देखें तो उनके पीछे मंगल कामना ही होती है। यह खबर न दी होती उन्होंने तो स्वयंवर की बात हम कैसे जानते ? अतः उनके आगे हमें चिर कृतज्ञ रहना उचित नहीं होगा ?"

मैंने परिहास किया—"तो लगता है, आपको कृष्णा से अधिक कृष्ण प्रिय हैं।"

अर्जुन ने हँसकर कहा—"कृष्ण मेरे प्रिय, कृष्ण कृष्णा के प्रिय—अतः कृष्ण मुझे अतीव प्रिय हैं।"

कविता की चर्चा करते-करते कृष्ण के गुणगान में ही रात उद्यापित हो गई।

अश्विनीकुमारों के यमज पुत्र हैं नकुल और सहदेव। दोनों कामदेव की तरह सुन्दर। पूर्णचन्द्र की तरह वदन। स्निग्ध प्रशांत दृष्टि। ज्येष्ठ भ्राता युधिष्ठिर के आज्ञाकारी, माँ के अत्यंत अनुगत पुत्र। लज्जाशील, नम्र, विनयी, शिष्ट। मुझे पत्नी के रूप में पाकर दोनों आनंदित थे। क्योंकि यह मां कुंती के आदेश और ज्येष्ठ भ्राता की इच्छा के कारण हुआ।

दोनों में नकुल अधिक सुन्दर। वहां सुकुमारता और लालित्य अधिक है। खिले पुष्प की पंखुड़ी में सुबह के सूर्यालोक की तरह कोमल सुन्दर चेहरे पर नम्रता का स्पर्श मन को आकर्षित करता है। नकुल शिशु की तरह सरल, प्रफुल्ल विकसित फूल की तरह उन्मुक्त है उनका हृदय। प्रथम दर्शन में कहा—"देवी पांचाली, तुमसे विवाह करने की कामना जगी थी, जिस दिन से तुम्हें जाना। कारण जानती हो ?" मैं मृदु मुस्काती रही उनकी सरल स्वीकारोक्ति पर। खेल के साथी की तरह मेरा हाथ पकड़कर गवाक्ष तक ले गए।

"....पांचाली ! मेरे अश्व देखती हो ? बस इतना ही मेरा शौक है। उनका यत्न मैं स्वयं लेता हूँ। सुना है कि जीव-जन्तु, पशु-पक्षियों को तुम बहुत स्नेह-आदर देती हो। तुम्हारा आवास एक सुन्दर अभयारण्य है। तुम पशु-पक्षियों की भाषा समझ लेती हो, इंगित पढ़ पाती हो उनका। मत्त हस्ती तुम्हारे दर्शन मात्र से शांत हो जाता है। हिंस्र विषधर सर्प तुम्हारे पदाघात से आहत होकर प्रतिघात करना भूल जाता है। मैं आनंदित हूँ कि अब मेरे अश्वों की देखभाल तुम भी करोगी। तुम्हारा स्नेह-आदर पाकर वे पृथ्वी के सर्वश्रेष्ठ अश्व हो जायेंगे। तुम यदि चाहो तो अपने पालतू जीवों को यहां साथ ला सकती हो। हम यदि कभी हस्तिनापुर लौटें, तुम राजरानी बनोगी। तुम्हारे पालतू शावक राजकीय सुख-सुविधा में रहेंगे। सुना है कि वे न खायें तो तुम भूखी रह जाती हो। उन्हें छोड़ नहीं सकतीं।"

"आपने यह सब कैसे जाना ?" मैंने कौतुक में पूछा।

नकुल ने कहा—"तुम्हारे जन्मवृत्तांत से लेकर अब तक की घटनाएँ गोविन्द ने हमें बताई हैं। तुम्हारे सारे गुण उनके मुंह से मधुर लगते हैं। वास्तव में उनके मुंह से तुम्हारे रूप-गुण की ख्याति सुन हम सब मन ही मन तुम्हारी कामना कर रहे थे। तुम्हें प्राप्त करने पर गोविन्द के आगे हम चिर ऋणी हो गए।"

सोचने लगी—इस सुचिंतित योजना के पीछे गोविंद का क्या उद्देश्य हो सकता है ?

नकुल दर्पण में झलक उठती अपनी छवि को बार-बार देख रहे थे। मुग्ध हो रहे थे। वासरगृह में नववधू के अभिसारिका वेश से उन्हें अपना परिवेश अधिक मोहित कर रहा था। वे अपने अलंकार, परिधेय आदि को बार-बार ठीक कर रहे थे। दर्पण में अपने- आपको देख आत्म-प्रसाद का अनुभव कर रहे थे। उनकी शिशु-सुलभ आत्मकेंद्रिकता मुझे खूब आमोद दे रही थी। मन करता था, उस कोमल, अनुपम सौंदर्य को छल-छल मुख से अंजुली में भरकर लाड़ करती, स्नेह करती। इस पति से तो विशेष द्वंद्व का सामना नहीं करना पड़ेगा।

" 'अश्व तो खूब सुन्दर हैं और आप भी सुन्दर हैं'—ऐसा कहने पर वे बहुत प्रसन्न हो जायेंगे।" नकुल ने ही पूछा—"मैं तुम्हें पसंद तो हूं ? मेरा रूप तुम्हारे मन के लायक तो है ? मैं जानता हूँ कि सुन्दरी चाहेगी कि उसका पति भी रूपवान हो। इस दृष्टि से मैं तुम्हारे योग्य हो सकूंगा या नहीं, इस बात पर तुम्हीं विचार करो।"

मैं इन बातों का अर्थ समझ गई। नकुल कहना चाहते थे, मेरे अनुपम सौंदर्य पर विचार करने पर पंचपतियों में वे रूप की दृष्टि से श्रेष्ठ होंगे। यही वे मुझसे सुनना चाहते थे। वासरगृह में स्त्री के रूप का वर्णन पति के मुख पर शोभा देता है। पर मुझे कहना पड़ा—"आपके सौंदर्य के आगे मैं निष्प्रभ हुई जाती हूँ। वरन बतायें कि मैं आपको पसंद हूं। यह विवाह तो आप पर युधिष्ठिर ने लाद दिया, मां ने बाध्य कर दिया। आपको पसंद-नापसंद का मौका ही नहीं मिला।"

नकुल मुझे मुग्ध भाव से देखते रहे। भाव-विभोर स्वर में कहने लगे—"कृष्णा ! मैं सोच रहा था कि सृष्टि का सारा सौंदर्य ईश्वर ने मुझ में ही ढाल दिया है। चिंता थी कि कहीं मेरे जीवन-साथी में अभाव न रह जाये इसका। पर प्रजापति में समझ ज्ञान खूब है। तुम्हारे भुवनमोहिनी रूप के आगे तो मैं निष्प्रभ हो जाऊँगा, अतः मेरे

मित्र ने मुझे खूब यत्नपूर्वक सजाया था।"

मैं हँस पड़ी। नकुल का सरल और अकलुष आत्मप्रकाश अच्छा लग रहा था। सोच रही थी कि अब नकुल मेरे सुख-दुःख के सहचर होंगे। मन खोलकर उनके आगे सब प्रकट किया जा सकेगा।

❑ ❑

नकुल की तरह सहदेव लज्जाशील और नम्र हैं। पर हैं अल्पभाषी। जरूरत न पड़ने तक बोलते नहीं। बोलना जरूरी है क्या ? उनके मधुर अंगों में तो कविता की पंक्ति लिखी है। दृष्टि में सपने घने होकर अभिसार रच रहे थे। गहन भावों में अविरत मग्न होकर भी उनकी ओर देखें तो लगता है जैसे कविता का छन्द सुनाई पड़ रहा है।

मुझे देखते ही भावुक दृष्टि में कविता खिल उठी। कुछ क्षण निर्निमेष देखते रहे। मैं लज्जा में जड़ बैठी रही। मुग्ध-विभोर दृष्टि से देखते रहे। कुछ उदास हो एक दीर्घ सांस छोड़ी। मैं चिन्ता में पड़ गई। कोई दुःख है ? क्या कारण है ?

कुछ नहीं बोले। वासरगृह में पहले मैं बोलूँ ?

उन्होंने मुख खोला—"कृष्णा ! पृथ्वी पर मनुष्य ही मृत्यु सचेतन है, भविष्य सचेतन है। अतः वह भय करता है, दुश्चिंता करता है। स्वप्न देखता है, भविष्य की कल्पना में खो जाता है। दुःख भी भोगता है। पशु को भविष्य की कोई चिन्ता नहीं होती, वर्तमान ही उसके सर्वश्रेष्ठ क्षण हैं। पशु से मनुष्य का अन्तर यही है कि मनुष्य भविष्य की योजना में पाप करता है। पुण्य भी करता है। भविष्य के सम्बन्ध में मनुष्य के मन में आदिम युग से अदम्य कौतूहल और उद्वेग भरा है। तुम्हारा भविष्य मेरी आंखों के आगे चित्रित हो गया था स्वयंवर-सभा में देखते ही। तुम्हारा भविष्य इतना रोमांचक है कि उसके साथ स्वयं को अंशीदार करने का उसी दिन मन हो रहा था। हम हस्तिनापुर के राजकुमार हैं, पर घोर परीक्षा का सामना कर रहे हैं। हमारे जीवन के साथ तुम्हें गूंथने में गोविन्द की क्या इच्छा है, वे ही जानें। मैं बस यही जानता हूँ कि हमारे जीवन-पथ में तुम उपयुक्त सहयात्री बन सकती हो। इतना जान लेने के कारण तुम्हें पाने की जो अदम्य इच्छा मन में जागी थी, वह पूर्ण हो गई। पर एक बात याद रखना, मैं जो कहता हूं मन खोलकर नहीं कह पाता। क्योंकि बचपन से ही मैं खूब मानी हूं। माँ माद्री की हम यमज सन्तान हैं। नकुल मुझसे सुन्दर है, चपल है और शक्तिशाली है। अतः हर बात में मुझे पीछे डालकर स्वयं प्राप्त कर लेता है। यहां तक कि माता-पिता का स्नेह पाने में भी मैं पीछे रह जाता।

"बचपन में पिता चले गए। वह स्थान पूर्ण किया मां कुंती ने। मैं बचपन से चुपचाप स्वभाव का होने के कारण अपने बारे में कुछ नहीं सोच पाया। मां कुंती को भीम ही इतना परेशान रखते कि उन्हें अधिक हैरान करने को मन नहीं करता था। अतः जब जो मिलता, उसी में मैं संतुष्ट। तुम मेरी पत्नी हो, सिर्फ मेरी ही नहीं, अन्य चार भाइयों का भी तुम पर समान अधिकार है। किंतु बल-शक्ति के सहारे यदि सब तुम्हारा स्नेह, श्रद्धा, आदर-भाव, सान्निध्य पाने में मुझे पीछे कर दें, तो मैं तुम्हें दोष नहीं दूँगा। बलात् अपना दावा भी सिद्ध नहीं करूंगा। जितना मिलेगा उतने में ही सन्तुष्ट रहना मेरी नीति है। पर पति की बात समझना पत्नी का कर्तव्य है। अपना कर्तव्य

तुम यथोचित ढंग से करती रही तो मुझे मुंह खोलकर कभी कुछ नहीं कहना होगा।"

मैं चुपचाप बैठी थी। ईश्वर ने मुझ में इतने सारे गुण क्यों दिए ? जिनके कारण पांचों भाई अपनी-अपनी रुचि और पसन्द मेरे अन्दर ही पा गए हैं ! मैं सबको पूर्णतः सन्तुष्ट नहीं कर पाऊँगी तो...?

कोई सबको सन्तुष्ट कर सकता है ? यहाँ तक कि ईश्वर भी सबको सन्तुष्ट नहीं कर पाते। सबको सन्तुष्ट करने की चेष्टा करने से कोई सन्तुष्ट नहीं होता। अपना मन स्वयं ही भाराक्रांत हो जाता है। यह सब सोचते ही मन अपने-आप पर से विश्वास खो देता है। विपन्नता और असहायता-सी लगी। मन ही मन पूछा—कौन सहायक होगा ? किस पर भरोसा करूँ ? गोविन्द ? मेरे जीवन को जिन्होंने प्रहसन में परिणत कर दिया ! इसी में सुख पाते हो ? ठीक है, मुझे भी इसी में सुख है। क्योंकि तुम मेरे पति के प्रिय सखा हो। तुम सुखी हुए तो मेरे पति सुखी होंगे। बस इसी में मेरा जीवन सार्थक होगा।

पांच दिन तक विवाह-उत्सव चलता रहा। वाद्य, रोशनी, नृत्य-गीत, दान, भोजन से पांचाल राजधानी इंद्रभुवन की तरह आनंद-मुखर हो उठी।

विवाह-कार्य सम्पन्न हो गया। अब वर-कन्या को विदा करना था। मेरे भाग्य की विडंबना कि मेरे पति अपने राज्य से विताड़ित हैं। प्राण-रक्षा के निमित्त वे वनवासी बने फिर रहे हैं। पिता द्वारा दिया गया दान-दहेज लेकर किस अरण्य में कहां रखें ? प्रत्येक जामाता को स्वर्ण-आभरण-मंडित अश्वयुक्त एक सहस्र पताकाविमंडित रथ, एक सहस्र श्वेत हस्ती, हस्तियों पर स्वर्ण-आभरण, उन पर लदे हीरा-नीलम, माणिक्य, नाना भांति के विलास-द्रव्य और सुन्दर युवतियाँ दास-दासी के रूप में उपहार प्रदान किया था। प्रत्येक जामाता के लिए मूल्यवान वस्त्राभूषण उपहार स्वरूप थे। मेरे लिए विशेष रूप से एक सहस्र रथों पर मेरे प्रिय पुष्प लतिकादि के कुंड, मेरे पोषित जीव-जन्तु, मेरा ग्रंथागार, संगीत एवं विविध वाद्ययंत्र, भांति-भांति के वस्त्र, अलंकार थे। पिता के मित्र राज्यों से बहुत कुछ भेंट-स्वरूप आया। द्वारका के अधीश्वर श्रीकृष्ण ने अनेक उपहार भेजे थे। उनमें नीलकांत मणि-जटित एक मुद्रिका थी, साथ में माया नाम की एक परिचारिका भी आयी थी।

तब कृष्ण ने कहा था—"ये दो मेरी प्रिय वस्तुएं हैं। नीलकांत-खचित मुद्रिका तुम्हें आशीर्वाद स्वरूप दे रहा हूं। यह मुझे सर्वाधिक प्रिय मुद्रिका है। स्वयं इसे व्यवहार करता रहा। इसमें एक विशेष गुण है। एकाग्र चित्त इसमें खचित केन्द्रस्थल की ओर कुछ क्षण देखने पर मन की अनेक दुविधाओं का समाधान हो जाता है।"

अत्यन्त लावण्यमयी दासी माया की ओर संकेत कर गोविंद ने कहा—"बाल्यकाल से अब तक यह मेरे पास रही है। यह सदा मेरी सुख-सुविधा का पूरा ध्यान रखती आयी है। यह मुझे इतना चाहती है कि मेरी ओर किसी अन्य को अपने सिवा बरदाश्त नहीं करती। शायद कोई मुझे हैरान करने लगे, अतः सदा मेरे साथ रहती है और उनके रास्ते के प्रति सजग रहती है। पर एक बात है—जो उसे हृदय में स्थान देता है यह उसे अपने प्रेम से इतना आच्छन्न कर लेती है कि उसे और कुछ दिखाई ही नहीं देगा। मेरी दासी यह माया दुःख का कारण जैसी है, दुःख का हरण भी वैसे ही कर देती है। इससे मेरे कई काम साधित हो जाते हैं। यह न हो तो द्वारका, हस्तिनापुर और

इन पांडवों की विविध समस्याओं का समाधान करना मुश्किल हो जाता। अर्जुन छोटा भाई होते हुए भी प्रिय सखा है। उसकी प्रिय पत्नी के रूप में आज हुईं तुम मेरी 'प्रिय सखी'। अतः तुम्हें पहली भेंट यह मेरी प्रिय माया है।''

मैं कृतज्ञ थी। कहा—''जो आपके साथ इतने लंबे समय से है और आपकी सारी समस्याओं के समाधान में सहायक होती है, मुझे दे देने पर आपका काम कैसे चलेगा ? आपकी सेवा-सुश्रूषा कौन करेगा ?''

गोविन्द ने गम्भीर स्वर में कहा—''देखा जायेगा। मेरी समस्या से तुम्हारी समस्या अभी विशेष है। अब पंचपति के साथ जीना होगा। इससे नित-नूतन समस्याओं का सामना करना होगा। उनके समाधान में माया जरूर सहायक होगी। तभी मैं इसे तुम्हारे पास छोड़ रहा हूं। अन्यथा तुम्हें कठिनाई होगी ! मैं जानता हूं पंचपति के दुरूह दायित्व में अस्थिर होकर तुम कभी न कभी संन्यासिनी बनकर अरण्यवासी बनने को मन कर बैठोगी। तब कौन तुम्हारा पथ रोककर खड़ा होगा ?'' गोविन्द की मृदु मुस्कान में बहुत-कुछ अनकहा रह गया था। मैं सब भूल गई उस मुस्कान में। माया के पास खड़ी देखती रही। गोविन्द के प्रति कृतज्ञ थी। मेरी लाचारी वास्तव में उन्हें ही पता थी। मुंह पर कितना भी दंभ दिखाऊं, पंचपति के कारण विषम संकट में पड़ चुकी हूं यह तो सिर्फ सखा कृष्ण ही समझ पाते हैं। नितंबिनी यद्यपि सखियों में प्रिय है। पर वह माया जितनी बुद्धिमती है ? तभी तो इन्होंने अन्यान्य उपहारों के साथ माया को दिया है।

पर इतने उपहार लेकर मैं जाऊंगी कहाँ ?

पिता ने सारी स्थिति समझकर कहा था—''पंच पांडव और माता कुंती जितने दिन चाहें, पांचाल राज्य में अतिथिस्वरूप रह सकते हैं। उनका आतिथ्य कर पांचाल गौरवपूर्ण ही होगा।'' पिता उससे और भी सुखानुभव करेंगे।

पर मैं इस प्रस्ताव से सुखी कैसे होती ? मेरा इसमें गर्व कहां ? वरन् मेरा सम्मान तो बाधित ही होगा। मैं स्वयं को पिता के राज्य में आश्रय-प्रार्थिनी समझती रहूंगी ! पिता एवं भ्राता की प्रतिपालिता बनकर जीना अधिक समय तक सम्भव होगा !

कल जो राज्य मेरा था, आज वहां मैं हूं अतिथि ! वास्तव में कितना विचित्र है समाज का यह चलन !

अतिथि बनकर कोई कब तक रह सकता है ? मेरे पतियों का भी गौरव क्षुण्ण होगा। वरन् सब लोग कुछ समय बाद उन्हें हेय दृष्टि से देखने लगेंगे। यही तो संसार का नियम है। पिता के राज्य में मेरे पतियों पर रंच भर भी आंच न आये, यह देखना अब मेरा काम है। मैं इसमें त्रुटि कैसे देख सकती हूं ? पिता के घर पर रहते समय मैंने अपने दुहिता धर्म का पालन किया। अब समय है जब स्त्री-धर्म का पालन करूं। मेरे पंचपति अब राज्य खोकर निर्धन हैं, वासशून्य हैं। पर उनके शौर्य, वीरत्व और व्यक्तित्व में तो कोई संकट नहीं ! इन्हें लेकर मैं गर्वित क्यों नहीं होऊं ?

धनवान होना पौरुष एवं गौरव की बात हो सकती है, पर अन्यायपूर्वक धनवान होने को पौरुष नहीं कहा जा सकता। कौरव अभी पांडवों को अन्याय से उनके राज्य से वंचित कर अब विशाल हस्तिना राज्य के अधिकारी बन बैठे। परन्तु इससे उनका पौरुष पांडवों से महनीय सिद्ध नहीं हो जाता। अब वे समग्र आर्यावर्त्त में निंदित हैं।

निर्धन पांडव पांच भाई धर्मात्मा हैं, अतः आर्यावर्त्त में सर्वत्र उनका जयगान हो रहा है। तभी राजरानी न होने पर भी मेरे गौरव में कोई हानि नहीं हुई। सच, इन पंच-पतियों से मैं गर्वित हूं।

पति के शौर्य से गर्वित होना एक बात है और पति को लेकर सुखी होना दूसरी बात। पति को सुखी रखना तो और भी जटिल कार्य है।

अब मेरे आगे यही समस्या है। विवाह-कार्य समाप्त होने के बाद मेरा वास्तविक दांपत्य जीवन प्रारंभ होने जा रहा है। पंचपतियों से एक-एक कर विवाह कर लेना सहज है। पर उनके साथ दांपत्य जीवन निभाना कितना जटिल है। पता नहीं कैसे अतीत में किसी ने धर्म-रक्षा के लिए सप्तपति या एकादशपतियों का वरण किया होगा। पर वर्तमान में संपूर्ण आर्यावर्त्त में मेरे व्यतिरेक पंचपति तो क्या, एकाधिक पति करने वाली नारी भी कोई नहीं होगी। अतः आज आर्यावर्त्त विस्मय और कौतूहल से मेरे दांपत्य का प्रहसन देखने की प्रतीक्षा में है। सोचती हूं आखिर मेरा जीवन ऐसा प्रहसन तो नहीं हो जायेगा ? किसी क्षण में सब की इच्छा को मान लेना मेरे लिए उचित था। इस तरह जीवन में इतना बड़ा दायित्व ले रही हूं, ऐसा तो कभी नहीं सोचा। तब नहीं सोचा कि पांच पुरुषों की इच्छा, रुचि, आशा और व्यक्तित्व परस्पर भिन्न होंगे। अब सारी बात सोच स्वयं को असहाय लग रहा है।

रात में एक प्रहर यदि एक पति के लिए उत्सर्ग करती हूं तो भी एक पति की रात्रि तो व्यर्थ हो जायेगी। तो फिर कैसे मैं रात्रि को विभाजित करूं या स्वयं को विभक्त करूं ?

आज मेरे दांपत्य का आरंभ है। सुबह शुद्ध स्नान कर नववधू वेश में सज्जित होकर मैंने मां कुंती को प्रणाम किया। मां का आशीर्वाद था—"कृष्णा, ईश्वर तुम्हें सुखी रखें। मेरे पास बेटी का स्थान पूर्ण कर सकी हो। पतियों को सर्वान्तःकरण से सुखी करोगी। उनके पद-पह्नों में ध्यान रखकर अतिथि-अभ्यागत की ईश्वर-तुल्य सेवा करना। तुझ-सी विदुषी पुत्रवधू पाकर धन्य हूं।"

मां से आशीर्वाद लेकर मैं युधिष्ठिर के शयन-कक्ष की ओर चली। वहां कृष्ण हैं। मां का निर्देश है कि उन्हें प्रणाम करना होगा। युधिष्ठिर के शयनकक्ष में कोई और अपरिचित अभ्यागत आ पहुंचे हैं। बातचीत सुनाई पड़ रही है। वे कहते हैं—"किंतु गोविंद ! देवी कृष्णा को ऐसी विषम परिस्थिति में डालने के पीछे आपका क्या उद्देश्य है ? देवलोक में सब विस्मित एवं उत्सुक नेत्रों से प्रतीक्षारत हैं पंचपुरुष की नायिका द्रौपदी के प्रेम, विरह और द्वंद्व की ओर। क्यों उसे यों लज्जा में डाला ? देवताओं के लिए बहुपत्नी का विधान रखा है। इसने उनके पौरुष को गरिमामय किया है। किन्तु किसी नारी को बहुपति वरण करने में जो लज्जा, ग्लानि, संकोच है, इस बात पर ध्यान दिया ? इससे नारीत्व क्षुण्ण होता है। द्वारकापति क्या वह नहीं जानते ?"

मेरे पैर पत्थर हो गए। अपने लज्जा और अपमान की कथा सुन रही थी। अभ्यागत कोई भी हों उनका सामना करने को मन ही नहीं कर सका। लौट आई विश्राम कक्ष की ओर। पलंग पर अवश हो बैठ गई। मसृण संगमर्मर पत्थर की दीवार पर मेरा प्रतिबिंब झलक उठा। मुझे लगा, मैं टूट रही हूं, दुःख-लज्जा-दुश्चिंता से अगले ही क्षण नववधू कृष्णा के अन्दर यज्ञ-अनल में संभूत याज्ञसेनी विद्रोह कर उठी। देवलोक के विधान

के विरुद्ध विप्लव घोषित करने खड़ी हो गई। देवलोक के विधान के अनुसार एक पुरुष चाहे जितनी स्त्रियां ग्रहण कर सकता है, पर एक स्त्री एकाधिक पति वरण करने पर पापिनी कहलायेगी। यह विधान किसने बनाया है ? किसी दिव्य पुरुष ने ही तो ! अन्यथा पुरुष-स्त्री के बीच पाप-पुण्य में ऐसा अन्तर करते ?

धनी, दरिद्र, उच्च, नीच, ब्राह्मण, चांडाल, स्त्री-पुरुष आदि का अन्तर कर समाज में जितने नीति-नियम बने हैं, पाप-पुण्य का विचार कर जो घोर वैषम्य खड़ा किया गया है उसके विरुद्ध जीवनभर युद्ध करना होगा।

वास्तव में पंचपति वरण समग्र नारी जाति के लिए एक आह्वान था। एक साथ अनेक पुरुष वरण कर भी किसी नारी के चरित्र की शुद्धता अमलिन रह सकती है, मानो यह प्रमाण करने का एक स्वर्ण अवसर है।

पर पुरुष का मुंह देखने का अवसर न पाने वाली अंतःपुरवासिनी कोई नारी अगर पतिव्रता होती है, उसके सतीत्व के सम्बन्ध में संदेह की संभावना रह जाती है। किंतु बहुपुरुषों का संग प्राप्त कर भी यदि वह पतिव्रता बनी रह सकती है तो उसे सती कह सकते हैं। शायद तभी तारा-मन्दोदरी ने एकाधिक पति वरण किया था, फिर भी वे सती हैं, प्रातःस्मरणीय हैं। लक्ष्मण-पत्नी उर्मिला चौदह वर्ष तक अन्तःपुर में वन्दिनी का जीवन व्यतीत करती रही पति की प्रतीक्षा में। लेकिन अयोध्या नगर में कभी सती उर्मिला के नाम का जयकार नहीं हुआ। देवी सीता रावण द्वारा अपहृत होकर अशोकवन में वंदिनी रहीं, वहां दैत्यराज रावण और अनेक दैत्यों के बीच रहीं, उनसे अनेक इंगित मिले, फिर भी वे पति की प्रतीक्षा एकाग्रचित से कर समय बिताती रहीं। अतः वे सती कहला सकीं। उधर उर्मिला लोक-लोचन के अन्तराल में ही रह गई।

मूल्यों को जकड़े रहने के सिवा और कोई चारा न हो, ऐसे में कोई आदमी मूल्यों को लेकर चलता रहे, इसमें कोई बहादुरी नहीं। हां, विपरीत परिस्थिति में जो मूल्यों पर टिका रहे, उसी की बहादुरी है। पाप-पुण्य वाली इस दुनिया में पापों को छोड़कर पुण्य का महत्त्व नहीं समझा जा सकता। पाप के बिना पुण्य की प्रतिष्ठा कैसे होगी ? अधर्म न हो तो धर्म-संस्थापन ही कैसा ? अंधकार न हो तो प्रकाश को कैसे समझेंगे ? दुष्टों के कारण ही तो इस धरा पर बार-बार भगवान अवतार ग्रहण करते हैं। सोचती हूं, पाप ने ही तो पुण्य को महान बनाया है। दुष्टों के कारण ही संत महामानव के आसन पर हैं। साधारण किसी राजकुमारी से यही मेरी विचारधारा में अन्तर है।

जब मैं देखती या सुनती हूं कि हर राजा के अंतःपुर में अनेक रानियां उजागर रह राजा की प्रतीक्षा करती रहती हैं, जबकि राजा को कभी शौक हुआ तो किसी रानी के अन्तःपुर में वंशी-स्वन सुनते हैं, या नहीं सुनते। तब मैं सोचती हूं कि इसके विपरीत होता तो कैसा रहता ? एक रानी होती, हजार होते राजा। रात-रात प्रतीक्षा में बिताते राजागण। रानी जिसे अधिक प्रेम करती, उसे 'पट्टमहाराज' बनाती। मेरी बात सुनकर सखियां हंसतीं—"कुंवरानी जी ! आप ये बातें मन में ही रखना, मुंह खोल किसी से न कहना। लोकनिंदा होगी। सब कहेंगे—देह से न सही, मन से राजकुमारी असती हैं। एक नारी अनेक पुरुषों को ग्रहण करे ...कैसी अनहोनी बात सोच रही हैं !"

मैं खीझ उठती—"सती नारी ! असती नारी ! इसी तरह सत्पुरुष और असत् पुरुष शास्त्रों में क्यों नहीं हैं ? पुरुष का हृदय क्या सोने का बना है, क्या कभी पाप स्पर्श

कर मलिन होता ही नहीं ? शास्त्रकारों ने क्या सिर्फ नारी के लिए ही 'पाप' की सूची बनाई है ?

आंखों के आगे कई दृश्य तैर गए। उफनती यमुना नदी, धर्मनौका में बैठकर नदी पार करते समय महामुनि पराशर ने धीवर कन्या मत्स्यगंधा के रूप-लावण्य पर मुग्ध होकर रति-भिक्षा मांगी थी। सुकुमारी मत्स्यगंधा के शत वारण पर भी महामुनि पराशर ने बलात्कार कर नौका में उसे ग्रहण किया।

भरी यमुना ! दोनों तीर पर यात्रियों का कोलाहल। पराशर अलौकिक शक्ति के अधिकारी। पथचारी यात्रियों के नेत्रों से अपनी इस काम-क्रीड़ा को गोपन रखने के लिए उन्होंने नौका के चारों ओर पलभर में कुज्झटिका वलय बना दिया। उसी अंधकार वलय में मुनि की कामना चरितार्थ हुई। जन्म लिया दिव्यद्रष्टा कृष्ण द्वैपायन ने। पुत्र को साथ लेकर महामुनि पराशर मत्स्यगंधा को वरदान देकर योजनगंधा में रूपांतरित कर गए। योजनगंधा सत्यवती के शरीर से मत्स्यगंध दूर हो गई। एक सुगन्ध में वह परिपूर्ण हो गई तो वह योजन-योजन तक परिव्याप्त हो गई।

यही योजनगंधा तो कालक्रम में आगे चलकर कुरुवंश के राजा शांतनु की पत्नी बनी। शांतनु के औरस से सत्यवती ने चित्रांगद और विचित्रवीर्य को जन्म दिया।

परम ज्ञानवती मां सत्यवती को कभी-कभी उनके अतीत के लिए लोकनिंदा और परिहास सहना पड़ा। लेकिन पराशर ? वे सर्वजन पूज्य हैं। भगवान व्यासदेव के मुंह से उनकी जनन के जीवनचरित को सुनते-सुनते मेरे अंदर विद्रोह की झंकार उठती। मेरा चेहरा क्रोध में लाल हो जाता। व्यासदेव स्थितप्रज्ञ हैं। हंसकर कहते—नारी तो सर्वसहा धरित्री है। उनकी जैसी सहनशीलता पुरुष में कहां ? अतः नारी के प्रति दोष-रोष सहज है। पुरुष के प्रति ऐसा दोष-रोष करने से पृथ्वी भर पर हिंसा ही हिंसा चलती रहेगी। शायद तभी पुरुष की निंदा करने का साहस कोई नहीं करता। निंदा, अपवाद और कुत्सा के बीच अपनी चारित्रिक दृढ़ता बनाए रखकर माता सत्यवती आर्यावर्त्त में पूज्य महीयसी महिला स्वरूप हैं।''

काशिराज की तीन कन्याओं—अम्बा, अम्बिका व अम्बालिका का स्वयंवर हो रहा था। संवाद मिला शांतनु और गंगा के पुत्र देवव्रत को। अटल प्रतिज्ञा थी भीष्म की ! उस समय चित्रांगद अविवाहित अवस्था में ही मृत, और विचित्रवीर्य विवाह के योग्य हो चुके थे। भीष्म साथ में विचित्रवीर्य को लेकर काशिराज की कन्या के स्वयंवर में उपस्थित हो गए। आर्यावर्त्त के अनेक छोटे-बड़े राजा वहां थे। भीष्म समझ गये कि काशिराज की कन्याएं कभी विचित्रवीर्य के गले में वरमाला नहीं डालेंगी। क्षत्रिय-धर्म की दुहाई देकर तीनों कन्याओं को विचित्रवीर्य से विवाह कराने के उद्देश्य से सभामंडप से बलपूर्वक ले आए। भीष्म के बल से डर कर तब किसी ने प्रतिवाद नहीं किया।

हस्तिनापुर में आने के बाद अंबा ने भीष्म से स्पष्ट कह दिया कि वह बहुत पहले से ही वरपूर्वा नारी है। मद्र देश के राजा शाल्व बहुत पहले से उससे विवाह का व्रत लिए हैं। अंबा स्वयंवर सभा में उन्हें देख हृदय उन्हें दे चुकी है। धर्मतः शाल्व से विवाह होना चाहिए। भीष्म ने उदारतापूर्वक राजकन्या अंबा को राजपुरोहित और विश्वस्त दासियों के साथ उसके पूर्वनिर्वाचित पति के निकट सम्मानपूर्वक प्रेरित कर दिया। पर निरपराध अंबा अदूरदर्शी राजा शाल्व द्वारा उपेक्षित हुई। उसका अपराध !

राजा शाल्व ने उपहास किया—

"सर्वजन समक्ष भीष्म ने पराजित किया राजाओं को और वे तुम्हारा अपहरण कर ले गए। उसी क्षण से तुम भीष्म की उच्छिष्ट बन गईं। मेरी पत्नी बनने की योग्यता फिर रही कहां ? और अब तुम्हारी कामना नहीं मेरे मन में।"

कितने निष्ठुर वचन ! अंबा टूट गई। शाल्व को समझाया कि भीष्मदेव आजन्म ब्रह्मचर्य के व्रती हैं। पिता के आगे उन्होंने प्रतिज्ञा कर रखी है—"विवाह जीवन भर नहीं करूंगा।" कोई नारी कभी उनके चारित्रिक स्खलन का कारण नहीं बनी। भीष्म ने जो कार्य किया वह अपने लिए नहीं, वरन् लघु भ्राता के निमित्त किया था। अंबा के प्रति उनके मन में तो निर्मल श्रद्धा और आशीर्वाद के सिवा किसी कुत्सित कामना या दुर्बलता का लेश तक न था।

किंतु पुरुष के अहंकार के आगे असहाय हो जाती है नारी। अंबा के भविष्य की शाल्व को चिंता न थी। सीधे-सीधे प्रत्याख्यान कर दिया।

राजकुमारी अंबा निराश्रयी हो गई। घोर अरण्य में जाकर ऋषि-मुनियों से विचार-विमर्श किया। अब पितागृह जाना उन्हें उचित नहीं लगा। अपनी दुर्दशा के लिए शांतनु-पुत्र भीष्म को ही दोषी ठहराया। प्रतिशोध की भावना से कठोर तपस्या में मग्न हो गई। आर्यावर्त्त का कोई वीर न्याय दिलाने आगे नहीं आया। सिर्फ भोलानाथ महेश्वर ने सुना। परन्तु भीष्म से इस जन्म में प्रतिशोध का वरदान भोलेनाथ ने अंबा को नहीं दिया। परजन्म के लिए वर दे दिया। हां, तब अंबा भीष्म को पराजित कर सकेगी। वह समय कब आयेगा ? निराश्रित, उपेक्षित, उपहासित विरहिणी अंबा के आगे विडंबित जीवन था, किसी चिरस्रोता नदी की अविरल धार की तरह। सुकुमार राजकन्या अकेली शिव के वर को पाथेय के रूप में लेकर कितने दिन चलेगी ? धैर्य खोकर अंबा ने अनल में आत्माहुति देकर प्राण विसर्जित कर दिये अपने।

अगले जन्म में भी अंबा की विडंबना कोई कम न थी। नारी-रूप में कैसे वे भीष्म को परास्त कर पाती ? मेरे पिता के औरस से जन्म लेकर भी पुत्ररूप में नपुंसक बनीं। जन्म होते ही राजा द्रुपद ने आदेश दिया नवजातक के शिरोच्छेद का। पुत्र-जन्म का महोत्सव नहीं मनाया गया।

मेरे बड़े भाई शिखंडी को देखने पर मन में अनुकम्पा की जगह क्षोभ भर जाता है। शिखंडी की कांत कोमल ललित रूप शोभा में झांक रही थी उपेक्षित, उपहासित राजकन्या अंबा। बिना अपराध के ही उनके दो-दो मानव-जीवन अभिशप्त हो गए थे ! सिर्फ इसलिए कि वे नारी थीं ! अंबा ने समाज से अधर्म और अविचार का विलोप करने अनल-शिखा से जन्मी थी। अतः अंबा की आहुति के विरुद्ध मेरे अन्दर विद्रोह कैसे नहीं जागता।

अंबा तो आत्माहुति देकर एक नारी-जन्म से मुक्ति पा गई। अन्य दो बहनें रह गईं अंबालिका और अम्बिका। उनकी दशा और भी विषादपूर्ण रही।

विचित्रवीर्य तो अपुत्रिक ही परलोक सिधारे। कुवंश के एकमात्र दायाद भीष्म चिरकुमार ! कैसे रक्षा हो इस वंश की ? क्या वंश डूब जायेगा ? माता सत्यवती के उपदेश से वंश-रक्षा के निमित्त अन्य पुरुषों द्वारा पुत्रवती बनने के लिए एक तरह से अंबिका और अंबालिका को बाध्य होना पड़ा। पुराण वचन सुनाकर सत्यवती ने

समझाया–''कितना ही तप करो, सन्तान बिना सद्गति नहीं होती।'' फिर अनेक दृष्टान्त देकर बताया–''स्वामी के औरस से पुत्र न पाने पर अन्य आठ प्रकार से नारी पुत्र उत्पन्न कर सकती है। और समाज उसे स्वीकार करता है। इनमें से एक मार्ग है पर पुरुष द्वारा पुत्र उत्पन्न करना। अतः व्यासदेव चाहे जेठ हों, उन्हें स्वीकार करना होगा, हस्तिना के राजवंश की रक्षा करनी होगी।'' वैसा ही हुआ। व्यासदेव के औरस से अंबिका और अंबालिका ने जन्म दिया धृतराष्ट्र और पांडु को। धृतराष्ट्र थे अंधे और पाण्डु रुग्ण। अतः सत्यवती ने पुनः अनुरोध किया व्यासदेव को कि अंबिका एक और गर्भ धारण करे। अंबिका ने प्रारंभ में ही इस प्रकार से पुत्र-प्राप्ति का विरोध किया था। अतः पुनः व्यासदेव से पुत्र प्राप्त करने के लिए अपनी दासी को वेश बनाकर व्यासदेव के पास भेज दिया। दासी के गर्भ से व्यासदेव के औरस से जन्मे असाधारण बुद्धिमान धार्मिक पुत्र विदुर। अंबिका ने भय से, औरस की लज्जा और दुःख से यमुना में प्राण विसर्जित किए। फिर भी अंबिका एवं अंबालिका को कई बार उपहास सहना पड़ा। अन्य पुरुष के पुत्र को गर्भ में धारण करने के कारण निंदित भी होना पड़ा। यहां तक कि कुंती ने पति के उपदेश शिरोधार्य कर विभिन्न देवताओं के औरस से पुत्र उत्पन्न किए। अतः कई बार वे भी उपहसित हुईं। यह सब बातें सोचकर लगता है पाप-पुण्य का विचार नारी-पुरुष के लिए समान होता तो सामाजिक अत्याचार में नारी जाति उत्पीड़ित नहीं होती। सखियों के साथ चर्चा में मैं कई बार कह डालती– 'ज़रूरत पड़ने पर मैं भी एकाधिक पति ग्रहण कर दिखा सकती हूं कि नारी एकाधिक पति ग्रहण कर भी विश्वस्त, अनुगत, सती हो सकती है।' हालांकि तब बात इतनी गहरे नहीं सोची थी। भावावेश में कह डालती, क्रोध में ऐसा कहना, फिर अभ्यास हो गया।

मेरा तर्क सुनकर व्यासदेव मंद-मंद मुस्करा उठते। मेरा अदृष्ट मेरे साथ आंख-मिचौनी खेल रहा है, मुझे इसका क्या पता ?

मेरे जीवन में जब यह विडम्बित स्थिति उपस्थित हो गई, तो मैंने इसे नारीत्व की परीक्षा के रूप में ग्रहण किया। समग्र नारी जाति के लिए यह था एक आह्वान। युधिष्ठिर और माता कुंती के आदेश को मैंने चुपचाप स्वीकार कर लिया था।

पर अब ! वास्तविक दांपत्य जीवन प्रारम्भ करने जा रही हूं। तब अनुभव हो रहा था कि तर्क के बहाने से नारी-पुरुष को समान कह देना भी तो बात को पूर्णतः स्पष्ट नहीं करता। नारी की देह की तरह उसका मन भी पुरुष के मन से भिन्न होता है। अतः उसके लिए युग-युग में समाज भिन्न-भिन्न नियम बनाता रहा है। पुरुष एकाधिक पत्नी ग्रहण करे तो पत्नियां उसका मन जीतने की चेष्टा करती हैं। वह अपनी इच्छा से जिसे चाहे उसे अधिक पसन्द कर सकता है और आकर्षित हो सकता है। पर नारी बहुपति वरण कर ले तो ? सब पतियों की पसन्द-रुचि का ध्यान रख सबका मन जीतना पड़ता है। वरना जीवन दुरूह हो उठता है। अब मेरे आगे वही स्थिति है ! किस आकाश-पाताल की सोच रही हूं। सखी नितंबिनी ने आकर बताया–''महर्षि नारद पधारे हैं। युधिष्ठिर एवं गोविन्द के साथ बातें कर रहे हैं। द्यूत-क्रीड़ा की व्यवस्था हुई है। युधिष्ठिर ने शायद मुझे बुलाया है।'' जाने को उद्यत हुई कि आकर खबर दी–''भीम शयनकक्ष में प्रतीक्षा कर रहे हैं। आज सुबह प्रातः भोजन कुछ अधिक हो गया था, अतः देह भारी-भारी लग रही है। विश्राम के समय मेरा साहचर्य ज़रूरी है।''

क्या करूं ? किसका आदेश पहले पालन करूं ? इसी बीच एक सखी अर्जुन का सन्देश लेकर पहुंच गई। वहां पाठागार में वे प्रतीक्षा कर रहे हैं। कोई पंडित आए हैं। शास्त्र-चर्चा करेंगे। ऐसे समय मेरी उपस्थिति उचित होगी, यह सोचकर बुलाया है।

मैं चुपचाप सोच रही थी कि एक सखी नकुल का निर्देश लायी—अश्वशाला में दहेज के घोड़ों की परीक्षा कर रहे हैं। अतः मेरी उपस्थिति चाही है। ठीक इसके बाद सहदेव से सूचना मिली--बुला रहे हैं। अब पांचाल देश में रहना उचित होगा या नहीं, इस बात पर वे मेरे साथ परामर्श करना चाहते हैं। क्योंकि व्यासदेव ने उन्हें बताया है कि मैं दिव्यदर्शी हूं।

यहीं से तो विडिम्बत जीवन शुरू होता है। अब पंचपतियों के निर्देश मानने होंगे, सब को यथाविधि सम्मान प्रदर्शित करना होगा। किसी की उपेक्षा से नहीं चलेगा। मैं चाहती भी नहीं थी कि किसी की उपेक्षा करूं।

तो पहले युधिष्ठिर की बात। वे ज्येष्ठ हैं। वे इस परिवार के कर्ता हैं। उनके कक्ष की ओर अग्रसर हो रही थी कि मेरा रास्ता रोककर नई सखी माया खड़ी हो गई—"सखी ! भीम बहुत समय से प्रतीक्षा कर रहे हैं। उनका क्रोध सम्हाल सकेंगी ? फिर अर्जुन मानी हैं। उनका दुःख संवरण कैसे होगा ? वे कहेंगे तो कुछ नहीं। युधिष्ठिर के पास पीछे जाने से चलेगा। पहले भीमसेन को तुष्ट करना उचित होगा।". मैं द्वंद्व में पड़ गई। सारी बातें जानती हूं। तुरन्त न्यायतः युधिष्ठिर की आज्ञा पहले माननी होगी। फिर भीम और तब नकुल—

"न्याय और नियम को पकड़कर दांपत्य जीवन में मिलन, विरह, राग-द्वेष नहीं चलते। मंदिर में, विद्यालय में, सभा-मंडप में, युद्ध-क्षेत्र में नीति-अनीति, धर्म-अधर्म की चर्चा होती है। उसे मानना पड़ता है, परंतु प्रेम-व्यवहार में यह सब नहीं चलता। कभी-कभी सीधे रास्ते से हटकर बांका-तिरछा चलना पड़ता है। दांपत्य जीवन कोई भाइयों वाला बंटवारा है तो नहीं जो बड़े भाई-छोटे भाई के अनुपात में अपना स्नेह, ममता, प्रेम और मान का बंटवारा कर पांचों भाइयों को उनका हिस्सा थमा देंगी..." माया बात कहते-कहते होठ दबाकर मुसकरा उठी। मैं विचलित हो रही थी। चिन्ता में भरी युधिष्ठिर के कक्ष में जा पहुंची।

महर्षि नारद और गोविन्द को प्रणाम किया। नारद ने आशीर्वाद दिया। गोविन्द ने स्नेहमय दृष्टि निक्षेप कर शुभेच्छा प्रकट की।

द्यूतक्रीड़ा का सारा आयोजन किये बैठे हैं युधिष्ठिर ! मृदु मुसकरा कर बोले—'बैठो पांचाली ! आज तुम्हारे सामने मेरी और गोविन्द की द्यूतक्रीड़ा प्रतियोगिता होगी। गोविन्द कहते हैं, यह संसार उन्हें खेल-सा लगता है। द्यूत तो उसकी तुलना में कुछ नहीं अतः वे सोचते हैं इसमें जयी होंगे। आज परीक्षा हो जाए।"

मैंने संभ्रम से कहा—"मुझे कुछ समय दें। आपके छोटे भाई मेरी उपस्थिति चाहते हैं। उनसे भेंट करके आती हूं। फिर आपकी द्यूतक्रीड़ा देखूंगी।"

"अन्य भाई किसलिए बुला रहे हैं ?"—गोविन्द ने जानना चाहा। मैंने प्रकट कर दिया। सुनकर वे हंस पड़े। व्यंग्य में कहा—"युधिष्ठिर ! भाइयों को एकता के सूत्र में बांधने के लिए पांचाली को पंचपति वरण के हेतु बाध्य किया था। अब लगता है, द्रौपदी को लेकर पांचों के बीच प्रतियोगिता, ईर्ष्या, द्वेष, शत्रुता, मतांतर और फिर बंटवारा

होने जा रहा है। अब द्रौपदी को सबसे मिलकर आते-आते सांझ हो जायेगी। सिर्फ भीम के पास दिन भर रुक जायेंगी। तुम्हारी द्यूतक्रीड़ा होगी कैसे ? यह तो प्रारंभ ही है, प्रतिदिन द्रौपदी की सेवा, साहचर्य, सान्निध्य और संसर्ग पांचों भाई चाहेंगे। इसमें अस्वाभाविक भी क्या है ? पर इसी से पांचों की एकता नष्ट हो जायेगी।''

युधिष्ठिर ने दृढ़ स्वर में कहा–''मेरे भाई मुझे ईश्वर जैसा मानते हैं। अतः हमारे बीच वैसा कोई द्वंद्व उपज नहीं सकता। मेरे आदेश पर भाई राज्य, धन, संपदा सब त्याग कर वनवास जाने में भी कुंठित नहीं होंगे।''

नारद ने हंसकर कहा–''राज्य, धन, संपदा का त्याग सहज है। पर वरनारी द्रौपदी का मोह त्याग करना इतना सरल नहीं होगा। सुन्द और उपसुन्द की बात तो आप जानते हैं। दोनों भाई एक सिंहासन पर बैठकर राज्य का उपभोग कर रहे थे। एक पात्र में वे भोजन किया करते। एक था शयनगृह, एक पलंग, एक ही शय्या थी। फिर भी सुख-शांति और एकता नहीं रही। आखिर एक नारी तिलोत्तमा को लेकर दोनों ने एक-दूसरे की हत्या कर डाली।''

मैं भय और आशंका से सिहर उठी।

गोविन्द ने शांत स्वर में कहा–''नारद-वचन सत्य हैं।''

नारद ने चिन्ता में फिर कहा–''कृष्णा के जन्म के समय देव-वाणी हुई कि ये क्षत्रिय-संहार का कारण बनेंगी। पांडव वही क्षत्रिय तो नहीं ! मुझे डर हो रहा है। दूसरों की बात छोड़ें, भीम ही–अगर द्रौपदी ने उनकी बात न रखी तो–पांडवों सहित द्रौपदी को गदा-प्रहार से चूर्ण नहीं कर देंगे ? क्रोध तो घोर चांडाल ठहरा। फिर भीम का क्रोध हो ! कुछ न कहना ही उचित होगा उसके बारे में !''

मैंने भय से कातर होकर पूछा–''देवर्षि ! आपकी बात मुझे विचलित कर रही है। मैं भी अनुभव कर रही हूं कि एकाधिक पति एक साथ उचित सेवा नहीं पा सकेंगे। बहुत मुश्किल काम है। गोविन्द जैसे परम ज्ञानी पुरुष यहां उपस्थित हैं, तो इस बारे में कोई उचित व्यवस्था हो जानी चाहिए। इससे भविष्य में मेरे कारण पांडवों के बीच कोई द्वन्द्व पैदा न हो। वरना उनके सम्बन्ध में हर पल स्वयं को बांट-बांट कर हमारा दांपत्य भी विषाद-विधुर कर बैठूंगी।''

नारद ने हंसकर कहा–''बेटी, ये सब तो तुम्हारी व्यक्तिगत बातें हैं। पति-पत्नी के बीच तीसरे किसी की भूमिका न ही रहे तो अच्छा। फिर मैं दांपत्य द्वन्द्व या नारी-समस्याओं में एकदम छूंछा हूं। इस बारे में गोविन्द ही अभिज्ञ हैं। पत्नी और प्रेमी उभय में वे पटु हैं। कोई चाहे तो उन्हें नारी-विशारद भी कह सकता है। वे ही इस बारे में कोई सूत्र निकाल सकते हैं।''

मैंने गोविन्द की ओर देखा। मेरी आंखों की लाचारी भी गोविन्द को आमोद दे रही थी। हंस रहे थे। मैंने कहा–''गोविन्द ! आपके आगे अपनी असुविधा वर्णित कर दी। मां से सुना है कि आप जब जो करते हैं, हमारे मंगल के लिए ही करते हैं। अतः राह दिखायें। क्या करूं ?'' गोविंद ने हाथ जोड़े–''क्षमा करना कृष्णा ! ये सब पति-पत्नी के बीच की बातें हैं। मैं क्या परामर्श दे सकता हूं ? तुम स्वयं विदुषी हो। जो उचित लगे वही करना। फिर तुम्हारे साथ माया को कर दिया। अब मेरी सलाह की क्या ज़रूरत ?''

माया ! मेरे एकदम पास खड़ी है। विवाह के बाद सदा छाया की तरह साथ रहती है। कदम-कदम पर सहायक है। मैंने देखा, गोविन्द इंगित में माया से कुछ कह रहे हैं। मैं कुछ नहीं समझ सकी।

माया ने मेरी ओर देखा—"सखी, एक समय में एकाधिक पति की पत्नी की भूमिका में उतरना अत्यन्त पीड़ादायक और निन्दनीय है। अतः आप बारी-बारी से एक वर्ष तक एक पांडव की पत्नी की भूमिका ग्रहण करें। नारी होती है जननी, जाया और भगिनी। जननी और भगिनी के रूप में हर समय सभी पांडवों के पास कर्त्तव्य सम्पादित करें। पर पत्नी के रूप में सब के पास एक-एक वर्ष रहना। पांडव पांच भाई पांच स्वभाव के हैं। वर्ष भर में एक की प्रकृति से मेल बैठाकर चलने के लिए मानसिक प्रस्तुति का अवसर मिल जाएगा।"

माया की बात का सबने समर्थन किया। युधिष्ठिर भी इस पर राजी हो गए। नारद ने एक और बात रखी। पत्नी के रूप में किसी एक भाई के साथ रहते समय यदि दूसरा वहां प्रवेश करे तो बारह वर्ष वनवास और ब्रह्मचर्य पालन करना होगा। ऐसी शर्त उनके दांपत्य जीवन को शृंखलित और सुखद कर सकेगी।

विचार सर्वसम्मति से स्वीकृत हो गया। मुझे एक तरह से राहत मिली। चलो, एक निर्दिष्ट समय में मैं एक पुरुष की पत्नी बनकर रहूंगी और उनके प्रति विश्वस्त हो सकूंगी। माया का आभार प्रकट किया। युधिष्ठिर से अनुमति लेकर और भाइयों के पास चल पड़ी। अब मैं उनकी जननी, या फिर भगिनी थी। एक के बाद एक की जिद, अड़चन, राग-रोष, आपत्ति-अभियोग, मान-विराग, लाड़-चाव का प्रत्युत्तर सहज ही दे सकूंगी।

पर आज से दो वर्ष बाद ही अर्जुन से मिलन हो सकेगा। जबकि सुबह प्रत्यूष में शुद्धि स्नान समाप्त कर वधूवेष में सजकर दर्पण के आगे खड़ी हुई, मेरी छवि दर्पण में थी, पर अर्जुन का सौम्यकांत रूप मेरे हृदय में झलक रहा था। मैं मुग्ध हो गई। आत्मविस्मृत हो गई थी। अपने रूप पर नहीं, अर्जुन की भावना पर। मन कर रहा था कि आज ही अर्जुन के साथ मधुर मिलन का पर्व होता !

प्रातः अर्जुन ने भी धीरे-से कहा था—रात्रि के तृतीय प्रहर में प्रतीक्षा रहेगी। प्रथम प्रहर में ही तुम्हें पाने की इच्छा प्रबल हो रही है। पर मेरे अदृष्ट मुझे जब तक संतापित करना चाहेंगे, दूसरा चारा ही क्या है ?

मैं लज्जा से लाल पड़ गई थी। भीम मेरी ओर देखकर कुछ समझना चाहते थे कि अर्जुन की कौन-सी बातें मेरे चेहरे का रंग बदल देती हैं। तभी वे कुछ और मिष्ठान्न मांग बैठे। उठकर मैंने परोस दिया। भीम शायद अर्जुन के साथ मेरा निभृत वाक्यालाप सह नहीं पाए थे।

अब भीम भी वर्ष भर प्रतीक्षा करें। भीम हमारे दांपत्य जीवन की शर्त का पालन करेंगे तो ? पर सहिष्णुता वे लायेंगे कहां से ? फिर भी उनकी चिन्ता नहीं। इच्छा करेंगे तो प्रथम स्त्री हिडिम्बा के पास चले जायेंगे। नकुल, सहदेव नम्र, शान्त हैं और युधिष्ठिर की बड़े भाई के रूप में इज्जत भी खूब करते हैं। हर बात को वे स्वाभाविक रूप में ग्रहण करते हैं। पर अर्जुन ! वे कैसे स्वीकार करेंगे इस शर्त को ? अब जो हो, और कुछ करना नहीं इस बारे में। सबके सामने शर्त स्वीकार की है। युधिष्ठिर ने मान लिया

है। गोविन्द का प्रच्छन्न इंगित भी इसके पीछे है। अतः मन में विचार करना व्यर्थ है।

मैं निश्चिन्त हो गई।

अब पंचपति के साथ मैं संतुलन बनाए रख सकूंगी।

❑ ❑

सौभाग्य का सूर्योदय यों होता है ! मैं तो क्या पांडव तक नहीं जानते थे। महीना भर भी नहीं बीता विवाह को। हस्तिनापुर से पितामह एवं ज्येष्ठ पिता ने सादर निमंत्रण भेजा। रथ-अश्व, दास-दासी लेकर पांडवों के दादा तथा हस्तिनापुर के महामंत्री विदुर आ पहुंचे।

पांडव जीवित हैं, मुझसे विवाह हुआ है ! अतः ज्येष्ठ पिता धृतराष्ट्र एवं मां गांधारी ने खूब आनंद व्यक्त किया है। मां सत्यवती ने भी आशीर्वाद भेजा है। हस्तिनापुर राज्य के निवासी, कौरव शत भ्राता, गुरुदेव द्रोण, कृपाचार्य, कौरव-बंधु कर्ण आग्रहपूर्वक प्रतीक्षा कर रहे हैं। हमारे स्वागत के लिए विपुल आयोजन हो रहा है। जतुगृह की घटना के बाद राज्यवासियों का सारा स्नेह, सहानुभूति एवं समर्थन पांडवों को मिला है। अब लौटने के बाद आधा राज्य पिता धृतराष्ट्र पांडवों को प्रदान करेंगे। लेकिन प्रजा चाहती है कि हस्तिना की गद्दी पर धर्मराज युधिष्ठिर ही बैठें। इससे देश का मंगल होगा। सारे आर्यावर्त्त के वीरों को पीछे कर अपने शौर्य और पौरुष के बल पर पांडवों ने मुझे प्राप्त किया। अतः हस्तिनावासियों के मन में पांडवों का गौरव शतगुणा बढ़ गया है। उन्होंने ऐसे अवसर पर हस्तिनापुर लौटने का तय कर लिया।

मां कुंती पुत्रों के सौभाग्य पर विह्वल होकर मुझे अभिनंदित करने लगीं। मेरा सौभाग्य ! और मैं सुलक्षणा हूं, तभी श्रीहीन फिरते पांडवों की श्री लौट आयी है, पांचाल भर में इसी की चर्चा है।

जिन्होंने कूट-कपट कर पांडवों को मरण के द्वार पर पहुंचा दिया था, उन्होंने स्वतः प्रवृत्त होकर आधा राज्य लौटा देने के लिए रथ भेजा है ! कम विस्मय की बात नहीं। इस घटना के पीछे जो अलौकिक शक्ति है वह मेरे सौभाग्य के अलावा और क्या हो सकती है ! माया भी सबको यही कहती। पति राज्य पा रहे हैं, फिर मेरी इतनी प्रशंसा ! मैं तो आत्मविस्मृत हो उठी। मेरे कारण पांडवों को राज्य फिर मिल रहा है, उनका धन, मान सब वापस मिल रहे हैं, सोचकर मन में कुछ-कुछ अहं भी हुआ होगा। मुझे क्या पता था कि मेरी सौभाग्य-पताका पड़ते समय अदृष्ट चुपचाप अट्टहास कर रहा है। जान पाती तो युधिष्ठिर को हस्तिनापुर की माया में पड़ने देती ? हस्तिनापुर न लौटती तो मेरे जीवन को लेकर इतनी दुःखद, इतनी लज्जाजनक नाटिका नहीं खेली जाती। पर मेरी बात क्या युधिष्ठिर मानते ? मेरा कोई परामर्श युधिष्ठिर ने कभी माना है ? उस दिन भी मेरी बात नहीं सुनते। हाय, आदमी कितना भोला होता है ! उपस्थित सुख को पाने के लिए वह भविष्य के विकट इंगित को अग्राह्य कर चरम दुर्दशा को खुद ही बुला लेता है !

पिता के यहां से विदा होकर ससुराल जाने के लिए उस दिन मैं भी व्यग्र हो उठी। कभी ससुराल देखने की आशा ही न थी, अतः पिता का आश्रय लेना मन को कष्ट दे रहा था। गोविंद और बलराम तो द्वारकापुरी लौटनेवाले थे। विवाह में शामिल

होने के बाद पिता के अनुरोध पर पांचाल में कुछ दिन रुक गए थे।

गोविंद और बलराम के साथ अर्जुन ने भी द्वारका जाने का प्रस्ताव रखा। मैं नहीं समझ पाई कि अर्जुन के लिए द्वारका में क्या आकर्षण है जो अपनी नववधू को छोड़ अपने सखा के साथ वहां जायेंगे !

गोविंद की उपस्थिति में मैंने यही बात अर्जुन से पूछ ली। हालांकि हंसी में ही पूछी थी। पर अर्जुन मानो ऐसे किसी प्रश्न का उत्तर ढूंढ रहे थे। मुंह फुलाकर बोले– "द्वारका में सखा को छोड़कर कोई आकर्षण नहीं। पर अब सोचता हूं द्वारका हो या नरक हो, कहीं तो कोई आकर्षण मिले ताकि आदमी जी सके। कम से कम ये दो वर्ष तो बिना कष्ट कटते।"

इसके बाद मैं क्या बोलती ? अर्जुन के मन में मान स्वाभाविक था। पर मैं लाचार। मैंने सोचा–चुप रह जाना ही ठीक होगा। गोविंद होंठ दबाए हंसते रहे–"सखा भीम भी हिडिंबा के पास जाने को कह रहे थे। पर हस्तिना का निमंत्रण मिलने के बाद विचार बदल दिया है। क्योंकि पांचों पांडव का एक साथ स्वागत न करने में कौरवों को प्रसन्नता होगी। सोचेंगे पांडवों के बीच मतांतर हो गया है। इसी अवसर पर राज्यवासियों को भी वे बहका देंगे–देखो, भाई-भाई के बीच एकता नहीं रख पाते, वे देश के राजा होकर प्रजा में एकता कैसे रख सकेंगे ? एकता बिना बाह्य शत्रु से देश की रक्षा हो नहीं सकती। भीम ने राग-मान भूलकर समूह-कल्याण के लिए अपना निर्णय बदल दिया है। तुम पांडवों को छोड़ द्वारका में बंधु-पत्नियों के बीच आतिथ्य लेने कैसे जाओगे ? लोग कहेंगे–अर्जुन ऐसा स्त्रैण है कि स्त्रीसंग से वंचित हो गया है अतः राज्य छोड़ पराये घर में है। फिर कृष्णा क्या सोचेगी ?"

अर्जुन ने मान में भरे कहा–"इतनी बड़ी प्रतिज्ञा करते समय कृष्णा ने सोचा था कि इस निर्णय से हमें कैसा लगेगा ? इसके लिए हमारा मत चाहा गया था ? इसका अर्थ हुआ कि वह जो निर्णय करे, हमें अच्छा लगे या बुरा, चुपचाप हम मान लें।"

मैंने शांत स्वर में कहा–"यह निर्णय मेरा नहीं है। गोविंद का है। मां कहती हैं कि गोविंद जो करते हैं, मंगल ही होता है। गोविंद के निर्णय पर किसी और के मत की आवश्यकता रहती है ? अतः उनके निर्णय को मान लिया। अगर अपराध है यह, तो क्षमा मांगती हूं।"

गोविंद ने अनजान की तरह अचंभे में कहा–"कृष्णा ! अर्जुन मेरे प्रिय सखा हैं। उनसे विवाह कर उसी से मेरी प्रिय सखी बनी हो। पर सखा का मानभंजन करने का उपाय न पाकर इस निर्दोष बंधु पर दोषारोप कर रही हो ? तुम्हारे दांपत्य जीवन की यह एकवर्षीय शर्त मैंने कब रखी थी ? तुम्हारी प्रिय सहचरी माया ने तुम्हारी ओर से प्रस्ताव दिया, औरों के साथ मैंने भी हां में हां मिला दी। अब सखा स्वयं विचार करें, मेरी इसमें क्या भूमिका है ?"

अर्जुन ने वैसे ही गंभीर होकर कहा–"भूमिका किसी की हो, मेरे लिए परिस्थिति एक जैसी विषमय है। कोई कुछ सोचे, मैं हस्तिना जाकर क्या करूंगा ? द्वारका ही ठीक रहेगी। मेरे न जाने पर भी हस्तिना में कृष्णा को राजरानी का स्वागत और सत्कार मिलेगा। आज सोचता हूं मुझ अकेले से विवाह करती तो कृष्णा को हस्तिना की भावी राजरानी के रूप में ऐसा विपुल सम्मान और आदर नहीं मिलता। कृष्णा ने मां की

बात को सम्मान देकर बुद्धिमत्ता का परिचय दिया है।"

मैं समझ रही थी। अर्जुन मान कर मुझे चोट पहुंचाने के उद्देश्य से यह सब कह रहे थे। फिर भी दोनों आंखें क्षोभ की धुंध में वाष्पाच्छादित हो रही थीं। मेरी लाचारी को अर्जुन कैसे समझते !

तो अर्जुन को हस्तिना के लिए राजी करना होगा ? वरना वहां जाते ही चर्चा चल पड़ेगी कि कृष्णा को लेकर पांडव बिखर गए हैं ! फिर अर्जुन-विहीन हस्तिना के राजप्रासाद में मुझे कौन-सा सुख मिलेगा ?

अर्जुन के इस मान के लिए कृष्ण का ही सहारा लेना होगा। लगता है कृष्ण के बिना मेरे जीवन में एक कदम भी आगे रखना दूभर होगा।

माया ने स्पष्ट किया—"कृष्ण अगर हमारे साथ जायेंगे तो अर्जुन फिर द्वारका क्यों ? वे ज़रूर कृष्ण का अनुसरण कर हस्तिना चलेंगे। सखा का संग वे कभी छोड़ना नहीं चाहेंगे।"

गोविंद ने मेरा अनुरोध रखा। हंसकर कहने लगे—"बंधु-पत्नी के अनुरोध के आगे पत्नी का मोह युग-युग से तुच्छ माना गया है। द्वारका के आकर्षण को आज हस्तिना का आकर्षण पीछे कर रहा है। हस्तिना जाना ही होगा।" मन ही मन आमोदित हुई। हां, सखा कोई कम रसिक नहीं हैं। अब अर्जुन लाचार थे। कृष्ण के बिना द्वारका जाकर क्या करेंगे।

मैं मन ही मन माया की बुद्धि की प्रशंसा करने लगी। सोचने लगी—इस माया के बिना संसार कोई कैसे चला सकता है ? यह तो जीवन के साथ एकदम घुल-मिल गई है।

स्वर्ग मैंने नहीं देखा—पर स्वप्न राज्य तो देखा है। उसी में हस्तिना की काल्पनिक रूपशोभा को देखने लगी। परंतु फाल्गुनी को पा जाने के बाद हस्तिना स्वप्नलोक में ही रह गई। भूल गई थी कि कभी हस्तिना की राजवधू भी बन सकूंगी। और आज अचानक वह स्वप्न मेरी अंजुरी में अनायास झर कर आ रहा था।

धन-धान्य से परिपूर्ण इंद्रभुवन जैसी यह हस्तिना ! लगा, जैसे स्वर्गलोक में ही प्रवेश कर रही हूं। जो राज्य इतने वैभव और सौंदर्य से भरपूर है, वहां अभाव किस बात का ? और यदि कोई अभाव होगा तो वह दुःख-दैन्य का ही अभाव होगा। मन ही मन गर्वित हो रही थी। मुझे राजवधू और भावी राजरानी का मान-आदर देकर स्वागत-सत्कार का इतना विराट आयोजन ! मुझे लगा, इस राज्य के सुख की तो कोई सीमा न होगी। इतने सुख और सम्मान का भार सहना कभी-कभी दुःस्सह तो नहीं हो जाएगा ? मुझे क्या पता था कि सुख सिर्फ प्रहेलिका की कुज्झटिका ही पैदा कर रहा है ! और यह कुहासे का परदा हटा कि तपते रौद्र में पेड़-पौधे सब ध्वंस हो जाने की तरह मेरा दुःख और लांछन मुझे जलाने के लिए प्रतीक्षा कर रहे हैं।

शुभ्र वसन पहने, शुभ्र कुसुमों का जूड़ा बांधे, अष्ट अलंकार-मंडित मैं राजरानी के अहंकार और गांभीर्य को लिए बैठी थी। मेरा रथ धीरे-धीरे आगे बढ़ता गया। पास में दोनों प्रिय सखियां माया और नितंबिनी थीं। मेरे रथ के आगे-आगे थे गोविंद और बलराम के रथ। मेरे पीछे-पीछे मेरे पंचस्वामी और सबके पीछे मां कुंती का सुसज्जित रथ चला जा रहा था। राजपथ का जयजयकार करते असंख्य नर-नारी, विविध बाजे-

गाजे के बीच चल रहे थे। मैं सोच रही थी—आगे चल रहे हैं आर्यावर्त्त के श्रेष्ठतम पुरुष सखा कृष्ण-बलराम, पीछे हैं धर्मात्मा-वीर पंचस्वामी और विचारशील, ज्ञान-पुण्य और हृदय से पूर्ण सास कुंती। उसे और चिंता किस बात की ? कितनी सौभाग्यवती है वह नारी कृष्णा ! हलकी-सी अन्यमनस्कता में ईर्ष्या कर बैठी अपने-आपसे। अगले क्षण सोचा, किसी दूसरे की ईर्ष्या और अपना सुख अंगांगी रूप में जड़ित होता है, मुझसे कोई ईर्ष्या करता है—इस विचार में आनंद मिलता है क्योंकि किसी और की ईर्ष्या के पीछे मेरा सौभाग्य ही चमकता होता है, किसी और को जलाता होता है।

सुसज्जित पुरनारियों ने अर्घ्यथाली में वंदना की। फिर हम रथ से उतरीं। चारों ओर से पुष्पवृष्टि हो रही थी। मानो सारे मार्ग पर पुष्प-निर्मित गलीचा बिछाया गया है ताकि हस्तिना पर मेरे प्रथम पाद रखते समय किसी तरह का कष्ट न हो। वास्तव में मेरे लिए जब इतना कष्ट और लांछन हस्तिना के भंडार में जमा था, कौरवों ने प्रारंभ से उस बारे में मितव्ययिता कर कितनी विज्ञता का परिचय दिया ! इस आयोजन के लिए शत कौरवों को बधाई देने के अवसर की प्रतीक्षा में थी।

रथ से उतरते ही अचानक सामने निगाह गई तो कौरव भाई दिख गए। कौरव छलना कर रहे थे या क्या, पर खूब प्रफुल्ल दिख रहे थे। हालांकि चेहरों पर हलकी खिन्नता झलक जाती। आंखें स्थिर थीं। उनमें से एक मुझे अपलक देख रहे हैं। कौन हैं ? इस आनंदमुखर अवसर पर कौन हैं वे, जो उदास दिख रहे हैं ?

माया ने कान में बताया—"सखी ! वसुषेण हैं, राधेय कर्ण हैं। सारथी अधिरथ के पुत्र। स्वयंवर में जय कर ही लेते। क्षत्रियवंशी नहीं थे और राजवंशी न थे अतः धृष्टद्युम्न ने अपमानित किया...बेचारे ! अपने जन्म के लिए क्या आदमी खुद दायी होता है ? और उनके जन्म से ही उनके सारे शौर्य, वीर्य, पौरुष को अभिशप्त कर डाला।"

माया की कुहुकभरी बातों ने मन को मोह में डाल दिया। इस अभिशप्त वीर की ओर मन सहानुभूति में नरम पड़ गया। उधर चेहरे पर विषाद की झांई उसे ढंके थी।

कोई हंस रहा है, उसकी हंसी और आनंद का कारण जाने बिना दूसरा आदमी नहीं हंस सकता। परंतु किसी के अश्रु, शोक, दुःख देखकर उसकी व्यथा का मूल कारण बिना समझे भी आदमी एक बार तो अचानक व्यथित हो जाता है, आंखें छलछला जाती हैं। द्रवीभूत हो उठता है। विषाद ऐसी ही वर्षा की तरह औरों को भिगो दिया करता है। आकाश से आंसू झरते हैं और धरती का आंचल भीग उठता है। सूरज को मेघ ढांप लें तो धरती पर काली छाया उतर आती है। ठीक वैसे ही उनके दुःख का कारण समझे बिना ही मेरा मन व्यथा में भीग गया। उनके सुंदर चेहरे की खिन्नता ने मेरे मुंह पर काली छाया-सी डाल दी। सोचा—उफ्, यह क्यों नहीं क्षत्रिय हुआ ! कुंतीपुत्र क्यों नहीं हुआ ? अगर इतना भर होता, फिर मुझे जीतते न जीतते, पर ऐसी किसी स्वयंवर-सभा में अपमानित तो नहीं होते। अपूर्णता की जगह अपमान किसी भी पुरुष के लिए अधिक कष्टदायी होता है। स्थिर कर लिया—कभी अवसर आयेगा तो उस दिन के अपमान के लिए इस वीर युवक से क्षमा मांग लूंगी। वीर का यथोचित सम्मान यदि नहीं करती हूं तो मेरे लिए विद्यावती या विदुषी होने का क्या अर्थ है ?

कृष्ण-बलराम आगे-आगे हैं। सबकी आंखें उन्हीं पर। कौरव शत भाई। अन्यान्य लोग पुष्पांजलि सह कृष्ण-बलराम की चरण-वंदना कर रहे हैं। कर्ण भी पुष्प-गुच्छ लिए हैं। पर किसकी वंदना के लिए ?

कर्ण लिए हैं गुलाब का गुच्छ। पत्र और कोमल डाल के साथ ताजा खिले गुलाब का गुच्छ ! मेरी लोभी आंखें उस पर जम गईं। माया ने कान के पास कहा–"सखी ! कर्ण ने कैसे जान लिया कि नील गुलाब आपको प्रिय है ! देखो ना ! उपहार देने के लिए कितनी सावधानी से संग्रह कर लाए हैं। ये दुर्लभ गुलाब !"

मैंने धीरे-से कहा–"अरी, मेरे लिए नहीं, कृष्ण की वंदना के लिए सब पुष्पांजलि लिए खड़े हैं। वीर कर्ण शायद जानते हैं कि नील गुलाब ही सांवले कृष्ण को रुचेगा। शायद कृष्ण के मुकुट पर यह पुष्पगुच्छ खोंस देंगे। देखो, अभी प्रतीक्षा करो।"

माया को तो कह दिया। पर मेरा मन नहीं मान रहा। यह पुष्पगुच्छ कहीं मेरे लिए तो नहीं ! हृदय के अधीर स्पंदन को ज़ोर कर दबाने का प्रयास कर रही थी। कहीं माया ने जान लिया तो हंसी-ठिठोली करेगी।

श्वेतवस्त्र, श्वेतपुष्प दोनों मुझे अतिप्रिय हैं। पर नील गुलाब ! मेरे प्राण बसते हैं उनमें तो ! कर्ण ने कैसे जान लिया ? तो क्या स्वयंवर-सभा में उन्होंने मेरा निरीक्षण किया है ? मैं तब श्वेतवस्त्रों में थी। शुभ्र पुष्प-विमंडित थी। पर कबरी में शुभ्र मल्लिका का गजरा कुंडली के रूप में बंधा था, उसमें नितंबिनी ने नील गुलाब की कली खोंस दी थी। गले में झूलते पुष्पहार में भी गुलाब का पदक लगाया था। और मेरे हाथ में थमा दिया था नील गुलाब का स्तबक। सभा-मंडप में बैठी नतमुख सिर्फ नील गुलाब को देखती रही। उसी के साथ गोपन आलाप करती अपनी पीड़ा छुपाने का प्रयास कर रही थी। बीच-बीच में नील गुलाब गंडस्थल पर छुआकर पुलक में भर नील-नील स्वप्न देखती रही। कर्ण ने क्या यह सब देखा है ? वे समझ गये कि श्वेत शुभ्र मंडित होने पर भी नील गुलाब ही मुझे सर्वाधिक प्रिय हैं।

शौर्य, वीर्य, ऐश्वर्य, रूप-गुण से परिपूर्ण पुरुष नारी का काम्य होता है, परंतु जो उनमें से नारी के मन की बात समझ लेता है, वह सिर्फ काम्य ही नहीं, ध्येय होता है। नारी का मन समझने वाले कितने पुरुष होते हैं ?

पंचपतियों में कोई नहीं जानता कि नील गुलाब मुझे इतना प्रिय है ! युधिष्ठिर के साथ पति-पत्नी के रूप में इतने दिन हो गए। तो भी वे मेरे मन की कई बातें नहीं जानते। इतने दिन हो गए, इनमें से किसी ने तो कभी एक नील गुलाब लाकर नहीं दिया हाथ में। तो क्या कर्ण यह गुलाब मेरे लिए ही लाए हैं ?

कृष्ण-बलराम के चरणों पर पुष्पांजलि अर्पित कर कौरव प्रणाम कर रहे हैं। पर कर्ण निश्चल किसी प्रतिमा की तरह पुष्पगुच्छ लिए खड़े हैं। अपलक मेरी गति की ओर देख रहे हैं। कुंठा और लज्जा में मेरे पद धीमे हो रहे हैं। तो क्या यह नील गुलाब मेरे लिए हैं ? चारों ओर से पुष्पवृष्टि हो रही है। आगे चलने की चेष्टा करती हूं। तभी नील गुलाब का स्तबक आकर मेरे पांव के पास गिरा। एक क्षण मैं इतस्ततः हो गई ! सोच रही थी, सहेज कर उठा लूं इसे। तभी पांव आगे बढ़ गया। ठीक पुष्पगुच्छ पर पड़ा। 'उफ्' धीरे से कह बैठी मैं। गुलाब का कांटा चुभने के दर्द से नहीं, नील गुलाब की सारी कोमल पंखुड़ियां चिंथ गई इसी बात से ! अगले पल पैर दर्द में सिहर

गया ! माया 'क्या हुआ' कहकर तुरंत झुक गई। उसकी हथेली पर था मेरा पांव। अभी भी गुलाब का कांटा चुभा था मेरे पांव में। कर्ण लज्जित और विचलित खड़े थे। सोच रहे थे कि यह क्या हो गया ? अब क्या करना चाहिए ? माया ने धीरे-से गुलाब का कांटा मेरे पांव से निकाल दिया। बूंद भर रक्त मेरे पांव पर जम गया। वेदना में मेरी आंखें छलछला रही थीं। कर्ण ने माया के कुछ निकट आकर कहा– ''राजवधू से क्षमा मांग लेना। जानबूझ कर मैंने उन्हें वेदना नहीं दी। मैं जानता हूं जानबूझ कर सबके सामने यंत्रणा देने का कष्ट कैसा होता है। मेरे स्नेह उपहार ने ही राजवधू को क्षताक्त कर दिया। खैर, मन की ज्वाला से देह की ज्वाला बहुत हल्की होती है, इसी भाव से मुझे क्षमा देंगी वे।''

भीड़ और आनंद के कोलाहल में यह सब कब हो गया, कोई न जान सका। सिर्फ एक साक्षी थी माया। दूसरा कोई न जान सका। कर्ण ने भी इंगित से ही बता दिया कि स्वयंवर-सभा में जिस तरह अपमानित किया, वह मेरी इच्छा से ही हुआ। मैं चाहती तो वैसी अपमानजनक स्थिति से बचा जा सकता था। वास्तव में बात भी कुछ सीमा तक ठीक नहीं है क्या ? स्वयंवर सभा में वीरता और शौर्य की परीक्षा हो रही थी, वहां मैंने पिता की उस संकीर्ण शर्त पर मौन स्वीकृति क्यों दे दी ?

माया कह रही थी–''कर्ण सुपुरुष हैं, पर बहुत अहंकारी हैं। इतने बड़े अपमान की ज्वाला वे नहीं भूल पाये ! प्रतिशोध के प्रथम पर्याय में तुम्हारे पाद रक्ताक्त हो गए। कौन जाने शेष पर्याय में तुम्हारे हृदय की क्या स्थिति होगी ? सखी, कर्ण के वीरत्व को उस दिन उदार हृदय से सम्मान देतीं तो पंचपति ग्रहण की दुस्सह स्थिति कभी न आती। अब इस स्थिति में जीवन भर उलझती-मुरझती रहो।''

माया की बात सच होने पर भी मैं मन ही मन चिढ़ रही थी। बार बार माया मेरे मन को दुर्बल, विचलित और लक्ष्यभ्रष्ट क्यों कर रही है ? जो हुआ ही नहीं, बार-बार उसकी चर्चा कर यह मेरे मन को क्यों कलुषित कर रही है। मैं कर्ण से दृष्टि हटाकर कृष्ण के चरणों की ओर ले गई। और कुछ आगे बढ़कर कृष्ण का अनुसरण करती चलने लगी।

हस्तिनापुर की राजवधू ! कृष्णा ! हर किसी की बात मन में लेकर उलूल-जलूल सोचना उचित न होगा।

कर्ण यदि अहंकारी हैं–मैं क्या कम हूं ? वे यदि वसुसेन हैं, तो मैं याज्ञसेनी हूं। जो अग्नि से जनमी है, वह अनल से भय करेगी ?

❑ ❑

हस्तिना का आधा राज्य खांडवप्रस्थ धृतराष्ट्र द्वारा दिया गया पांडवों को। खांडव में रहने लायक कोई घर भी न था। मैंने हस्तिना के विलास, ऐश्वर्य और राज-प्रासाद की कभी कामना न की थी। मैंने कामना की थी हस्तिना की राजवधू के अधिकार की, स्वीकृति की। वह मुझे मिला है। खांडवप्रस्थ की झोंपड़ी में भी चैन मिल जायेगा। परिपूर्णता पा सकूंगी।

पर कृष्ण जिसके सखा हैं, खांडवप्रस्थ को इंद्रप्रस्थ करने में क्या देर लगेगी ? कुछ ही दिनों में इंद्रप्रस्थ का ऐश्वर्य, सौंदर्य और नवनिर्मित नगरी की शोभा हस्तिना

को पार कर गई। इंद्रप्रस्थ का सभागार सर्वाधिक आकर्षक बना था।

खांडव वन के दहन के समय अर्जुन की दया से मय दानव बच गया था। कृतज्ञता प्रकट करने के लिए मय ने श्रीकृष्ण के साथ परामर्श कर युधिष्ठिर से अनुमति लेकर सभागार बनाया था। पृथ्वी पर किसी राज्य में ऐसा सभागृह नहीं बना था। चार हज़ार हाथ लंबी-चौड़ी ज़मीन पर सत्तर हाथ लंबा-चौड़ा यह सभागृह बनाया गया था। दीवार और छत में मणि, फर्श पर मुक्ता और स्फटिक जड़े थे। छत में मणि-माणिक्य इस तरह लगाए गए थे कि आकाश के ग्रह-नक्षत्र जैसे प्रतीत होते। छत का रंग भी ऐसे कौशल से लगाया गया कि सुबह और संध्या के आकाश की तरह उसका वह रंग बाहर सूर्यालोक के साथ ताल देकर पल-पल परिवर्तित होता रहता। गृह में बैठकर भी मुक्त आकाश के नीचे बैठने का भ्रम हो जाता मन में। गृह का फर्श स्फटिक से निर्मित होने के कारण जल की तरह स्वच्छ दिख रहा था। छत के गृह-नक्षत्र उस पर प्रतिफलित होकर मन में जल का भ्रम पैदा कर देते। दीवारों पर दर्पण ऐसे सजे थे कि सभा कार्य चलते समय महाराज युधिष्ठिर का प्रतिबिंब दर्शक अपनी दोनों ओर देख पाते। सामने स्वयं महाराज। पश्चात भाग में भी दर्शक को दर्पण में युधिष्ठिर का ही प्रतिबिंब दिखता। सभागृह में बैठा आदमी युधिष्ठिर की व्यक्तिसत्ता में खोये बिना नहीं रहता।

सभागृह के सामने उद्यान में फूलों के झाड़। बीच-बीच में स्वर्ण-निर्मित पौधों पर मणि-माणिक्य के फूल सजाए गए। दूर से देखने पर मन करता जैसे स्वप्नलोक के उद्यान में सुख-सौभाग्य के फूल मणि-माणिक्य बनकर झर रहे हैं। उद्यान के बीच में स्वर्णनिर्मित बाड़ से घिरी पुष्करिणी खुदी है। इसकी सीढियां स्फटिक निर्मित। पुष्करिणी में स्वर्णिम शतदल सजाए गए हैं। हीरे-नीलम की नकली मछलियां तैरने की स्थिति में रखी गईं। सोने की दीवार के किनारे-किनारे पर संगमरमर का स्तर और उस पर मुक्ता झलमला रहे हैं। पुष्करिणी का जल इतना स्वच्छ कि तल तक सब-कुछ दिखाई दे जाता। जल-विहार के लिए हीरे-खचित नौका बंधी थी एक ओर।

सभागृह के बीच युधिष्ठिर के बैठने के लिए जो सिंहासन बनाया गया था, उसका निर्माण-कौशल और सौंदर्य वर्णनातीत था। स्वर्ग में इंद्र भी इस सिंहासन से लुभा कर नीचे उतर आयें।

सारा सभागृह छाया-शीतल करने के लिए नाना प्रकार के फल-पुष्पों से भरे वृक्ष रोपे गए। पुष्पों की महक से भर उठा था सभागृह। खांडवप्रस्थ में इंद्रप्रस्थ जैसा यह सभागृह देखकर लोग उसे ही इंद्रप्रस्थ कहने लगे। युधिष्ठिर इंद्रप्रस्थ के राज-सिंहासन पर अभिषिक्त हुए। और मैं बनी इंद्रप्रस्थ की राजरानी।

इंद्रप्रस्थ के निर्माण-कार्य में मन उंड़ेल दिया था पाँचों भाइयों ने। कुछ ही दिनों में पूरा बन जाने के बाद पांडद प्रसन्नता में उत्फुल्ल हो उठे। उधर कौरव ईर्ष्या में जलने लगे। हस्तिना के अनेक विद्वान और प्रजा इंद्रप्रस्थ की ओर खिंचकर युधिष्ठर के धर्मराज्य में आश्रय लेने चल पड़े। इंद्रप्रस्थ में सुख, सुविचार, आनंद-उत्सव उन्हें हस्तिना से विमुख करने लगा। कौरव ईर्ष्या-द्वेष में जलने लगे, नूतन सभागृह की प्रतिष्ठा का दिन घोषित किया गया।

प्रतिष्ठा का लंबा-चौड़ा आयोजन चला। देखकर न जाने क्यों मेरे मन में शंका

हो गई। गृह-प्रतिष्ठा के अवसर पर दस हजार ब्राह्मणों को भोजन, नूतन वस्त्र और हजार गाय, दान-दक्षिणा आदि देने में मुझे कोई आपत्ति न थी। पर उसी बहाने कौरवों और उनके बंधु कर्ण, जामाता जयद्रथ आदि कुटुंबियों को निमंत्रित करने के पक्ष में मैं न थी। दुष्ट एवं ईर्ष्या-परायण लोगों को अपना ऐश्वर्य दिखाना विज्ञ लोगों का काम नहीं। इससे शत्रुता ही बढ़ती है। आनंद के लिए उत्सव किए जाते हैं। ईर्ष्या या दुःख जताने के लिए नहीं। इंद्रप्रस्थ का सभागृह प्रतिष्ठा का उत्सव कौरवों को घोर दुःख देगा, इसमें संदेह नहीं। तो फिर क्या फायदा इस आडंबर-भरे उत्सव से ? मैंने युधिष्ठिर को बता दिया। पर उनका उत्तर था—"गृह-प्रतिष्ठा उत्सव में आत्मीयजनों को बाद देकर अतिथियों की आवभगत संभव नहीं। इसके अलावा कौरवों को निमंत्रण न करने पर लोग क्या कहेंगे ? जो अपने बंधु-कुटुंबीजनों के साथ संपर्क नहीं रखता, वह प्रजा से क्या संपर्क रखेगा ? कोई ईर्षातुर होगा तो क्या दुनिया से आनंद-महोत्सव लोप ही हो जाते हैं ? जो ईर्षातुर हैं वे सदा ही दुःखी रहते हैं। कौरवों को न बुलाने पर भी वे हस्तिना में रहते हुए सारी खबर पायेंगे। अधिक ईर्षा में डूबेंगे, अधिक दुःखी होंगे। अतः बुलाकर सौहार्द बनाना उचित होगा।"

युधिष्ठिर का तर्क अकाट्य है। फिर मेरी बात का क्या ? युधिष्ठिर जो एक बार स्थिर कर लेते हैं, उसे, भूल हो या ठीक, स्त्री-बुद्धि में पड़कर बदलते नहीं। मैं जानती हूँ, अतः चुप रही। पर कौरवों के साथ उनके घनिष्ठ मित्र, अंगेश कर्ण क्यों आयेंगे ? और आयें तो भी अपने हाथों भोजन बनाकर मैं उन्हें क्यों परोसूंगी ?

वैसे कौरव सारे देवर हैं। मेरे पति के साथ उनका रक्त-संपर्क है। वे अपने घर के आदमी हैं। उस हिसाब से आवभगत करूंगी ? पर कर्ण तो बाहरी आदमी हैं। आ ही गए, अतिथिशाला में ठहरें। परिचारिका उनकी देखभाल करने को हैं। पता नहीं क्यों, बस उस आदमी का सामना करने को मन कतराता है। उन सुंदर आंखों में मेरे लिए दुनिया की सारी घृणा और प्रतिहिंसा भरी लगती है। उनका सामना मेरा अपराधी मन नहीं कर पाता।

कर्ण के प्रति युधिष्ठिर के आतिथ्य में अतिरंजन मुझे अच्छा नहीं लगा। माया को मैंने बता भी दिया था। लेकिन माया ने याद दिला दिया कि कर्ण कोई बाहरी आदमी नहीं है। वे भी पांडव परिवार में से एक हैं। मां कुंती की खुशी के लिए युधिष्ठिर ने यह व्यवस्था की है। माया की बात सुन कुछ दिन पहले वाली बात स्मरण हो आयी।

खांडवप्रस्थ में निर्माणकार्य चल रहा था। उस दिन माता कुंती ने अपनी बालसखी राधा मौसी के घर घूम आने के लिए प्रस्तुत होने का आदेश दिया। मैं तुरंत तैयार हो गई। मगर अधिरथ सारथी की पत्नी राधा के घर हस्तिना की राजमाता कुंती का जाना मुझे कुछ सहज नहीं लगा। कुंती चाहतीं तो अधिरथ की स्त्री को महल में बुलवा सकती थीं। लेकिन माता कुंती का स्वयं राजकीय अहं भूलकर सखी राधा के घर मिष्ठान और अनेक उपहार लेकर जाना ...फिर साथ में मुझे भी ले जाना...। यह सिर्फ कुंती की महानुभावता ही नहीं थी। कुछ और बात भी थी क्या ?

राधा मौसी खूब आनंद में भर गईं, मुझे आशीर्वाद दिए। बहुत चर्चा की हमारी। कुंती को प्रणाम करने कर्ण को खबर दी।

राधा जब हमारी चर्चा करने दूसरे कक्ष में गईं, तो कुंती ने दबे स्वर में मुझे

कहा—"जानती हो, मेरा एक और पुत्र है ! युधिष्ठिर से उम्र में बड़ा है। जैसा रूपवान वैसा ही वीर भी। सुपुरुष है। पर दुःख तो यह है कि राधा द्वारा पालित पुत्र होने के कारण वह अपने अनेक न्यायाधिकार से वंचित है। तभी वह तुम्हें भी नहीं पा सका। वरना सहज ही वह भी लक्ष्यभेद कर सकता था। मेरा मन तो इस बारे में निस्संदेह है।"

मैं अवाक् देखती रही। कौन है मां कुंती का यह वीर पुत्र ? वह कर्ण ही तो नहीं ? पर कर्ण कैसे होंगे कुंती-पुत्र ?

मेरा संशय दूर करने को मां ने कहा—"हां, कर्ण मेरा पुत्र है, धर्मपुत्र है। पांच पांडव भाइयों को जिस दृष्टि से देखती हो, कर्ण को भी धर्मतः उसी दृष्टि से देखना चाहिए। पर उसका दुर्भाग्य है कि वह सारथी के घर पर पालित पुत्र है..." मां कुंती को कंठावरोध हो गया है। मैं विस्मयविमूढ़ बैठी रही।

मां कुंती ने फिर कहा—"तुम सोचती होगी कि कर्ण मेरा पुत्र कैसे हुआ ? वह मेरा धर्मपुत्र है। याने मैंने उसे धर्मपुत्र के रूप में स्वीकार किया है। जन्मे हुए पुत्र से धर्म के पुत्र का आसन अधिक ऊंचा होता है। अतः उसके प्रति मेरे मन में ममता या वात्सल्य या शुभकामनाएँ पांडवों से कम नहीं।"

फिर भी मैं अवाक् बैठी रही। जीभ पर कोई भाषा ही नहीं उतरती। मां ने पांच पुत्र रहते छठा धर्मपुत्र क्यों ग्रहण किया ? फिर कर्ण हैं कौरवों के घनिष्ठ मित्र ! माता कुंती मेरे आश्चर्य को ताड़ गईं। सहानुभूति के स्वर में कहा—"बेचारा कर्ण शायद किसी कुमारी की संतान है। समाज की घृणा, लोकनिंदा के डर से उस अभागिनी ने पालन करने के बजाय जल में प्रवाहित कर दिया। उस शिशु को राधा के पति अधिरथ ने संभाला। नाम रखा वसुषेण। राधा भी निःसंतान थी। कर्ण को मां का वात्सल्य देकर पाला, पर विडंबित, अभिशप्त जन्मरहस्य के कारण पग-पग पर कर्ण लांछित-अपमानित होता रहता है, अपने न्यायाधिकार से वंचित रहता है। उसका पुरुषाकार शौर्य, अहं पग-पग पर दमित होता रहता है। कुंतीपुत्र होने के कारण पांचों पांडवों को जो सुविधा, मानसम्मान मिला है, पांडवों के समकक्ष होते हुए भी अब तक कर्ण उन सबसे वंचित रहा। राधा से कर्ण के लांछन और अपमान की बातें सुन-सुन कर मेरा मन करुणा और वात्सल्य से भर जाता है। पहली भेंट से ही कर्ण को देखकर न जाने क्यों मेरे मातृ हृदय में वात्सल्य की धारा फूट पड़ी। मन कहता है कर्ण जरूर कोई राजपुत्र है। या कोई अभिशप्त देवशिशु है। किसी देवता का आशीर्वाद लेकर धरती पर आया है। मानव देह में। यह मानव देह ही उसका अभिशाप है। क्योंकि उसके देवपिता उसका परिचय देने कभी धरती पर नहीं आयेंगे। अतः जीवन भर कर्ण पितृ परिचय दे नहीं पायेगा, लांछन भोगता रहेगा। यह सोच मन करता है—इसे उठाकर गोद में भर लूं। मेरे पांच पुत्र हैं। कर्ण आए तो हों छः। अति क्या है ? जननी का हृदय सागर होता है। जितनी संतान गोद में आएं, वात्सल्य वारि किसी के लिए कम नहीं होता है। पर, कर्ण अहंकारी हैं, मानी हैं, भावुक हैं। वह क्यों मेरी गोद में आएगा ? वह तो दिखा देना चाहता है कि जन्म पर आदमी का कोई नियंत्रण नहीं, लेकिन कर्म पर है। कर्म और कर्तव्य से अपने पौरुष को आगे उड़ाने को दृढ़संकल्प है। कुंतीपुत्र जैसा कोई परिचय दिए बिना भी वह स्वयं को प्रतिष्ठित करना चाहता है।"

मां कुंती जब वर्णन कर रही थीं, क्रमशः भावुक होती जा रही थीं। उनके प्रशांत नेत्र द्वय आर्द्र हो उठे। उनके हृदय की विशालता उन नेत्रों में झलक रही थी। सच, नारी जब जननी बन जाती है, कितनी उदार और कोमल हो जाती है ! मैं भी नारी हूं। कर्ण के विडंबित जीवन की कहानी ने मेरे हृदय को स्पर्श किया। पर, मेरे हृदय के स्पंदन में मां कुंती की तरह मिलकर एकाकार नहीं हो सका। मैं जननी नहीं बनी, अतः किसी और की संतान के लिए मां कुंती जैसी ममता की मंदाकिनी मेरे अंतःकरण में नहीं बह पाती। तभी कर्ण के प्रति मां कुंती का वात्सल्य और करुणा मुझे अस्वाभाविक लग रही थी।

अचानक याद आ गई माया से सुनी कर्ण के जीवन की कथा। उसी घटना के बाद मां कुंती ने कर्ण को धर्मपुत्र के रूप में स्वीकार किया था। कर्ण के प्रति अपना अदम्य वात्सल्य और ममता सबके आगे प्रंकट की थी। उस दिन माया की बात पर विश्वास नहीं हुआ। आज सारी बातें मिलाकर देखती हूं...माया कितनी बातें जानती है, कितनी वह कल्पना भी कर लेती है।

राजपुत्रों की शिक्षा समाप्त हुई। राज्यभर के ज्ञानी-मानी विद्वान उपस्थित थे, विद्या की परीक्षा का आयोजन हुआ। अनेक राजा-महाराजा भी राजकुमारों का कलाकौशल देखने निमंत्रित हो कर पधारे थे। विराट सजे मंच पर बैठे थे विचारकगण। पितामह भीष्म, मां सत्यवती, गांधारी, कुंती, विदुर, मंत्री संजय, धृतराष्ट्र कृपाचार्य एक अन्य मंच को मंडित कर रहे थे।

सिर्फ राजपुत्र ही नहीं, उनके विशिष्ट शिष्यगण भी भाग लेने आए थे। उनमें कर्ण और द्रोण के एकमात्र पुत्र अश्वत्थामा भी थे।

द्रोण यहां थे पुरोधा। शिष्यों का कृतित्व ही उनका कृतित्व था। विद्या-परीक्षा में कोई भी जीते, उनका नाम था। तो गुरु द्रोण का यश ही विश्व में फैलेगा।

द्रोण ने उपासना के बाद नूतन वस्त्रादि धारण कर आगमन किया। राजकुमार भी नूतन वस्त्रालंकार में सहास्य-वंदन सभास्थल पर पहुंचे। सबके माथे पर मां द्वारा बनाया गया विजय-तिलक और देवी का सिंदूर था। विजय की दृढ़ आशा में सबके चेहरे चमक रहे थे। चारों ओर राजकुमारों की जयजयकार मची थी। ब्राह्मण होम कर रहे थे। अस्त्र-पूजन हुआ, और फिर एक-एक राजकुमार का अस्त्रकौशल प्रदर्शन शुरू हुआ।

तलवार, गदा आदि का युद्ध, मल्लयुद्ध, घुड़दौड़, शर-संधान, आंखों पर पट्टी बांधकर लक्ष्य-भेद आदि अनेक प्रकार के कौशल दिखाने लगे। फिर चला भीम-दुर्योधन का गदा एवं मल्लयुद्ध। धरती ही कांप उठी। लगा जैसे बड़ा भारी भूकंप आ गया है। फिर भी दोनों में कोई नहीं हारता न कोई जीतता। सभामंच ही ढहने को हुआ। द्रोण ने बीच में जाकर प्रतियोगिता बंद करायी। तब आए आर्यावर्त्त के वीरश्रेष्ठ अर्जुन। सभास्थल तालियों और हर्षोल्लास में गूंज उठा। वास्तव में अर्जुन का युद्ध-कौशल देखने दूर-दूर के नरेश पधारे थे वहां। सर्वप्रथम अर्जुन ने गुरुदेव को भक्तिपूर्ण प्रणाम किया। तदनंतर सबकी ओर मुड़कर प्रणाम किया। इसके बाद अस्त्र-कौशल का प्रदर्शन शुरू हुआ।

अर्जुन का अस्त्र-कौशल इतना अलौकिक, इतना विस्मयकारी था कि दर्शकों को

विश्वास नहीं हो पा रहा था। लग रहा था जैसे अर्जुन ने सबको जादू विद्या से वशीभूत कर लिया है। कोई सोच रहा था कि कहीं मतिभ्रम में तो नहीं पड़ गया। यह असंभव जैसा कैसे हो रहा है ? अर्जुन के कौशल को समझना कितना दुरूह था।

जब अर्जुन ने आग्नेयास्त्र चलाया, हस्तिनापुर के चारों ओर आग की लपटें उठने लगीं। अचानक अग्नि-उत्पात से दर्शकों में भय की लहर फैल गई—कहीं स्वयं को निष्कंटक करने के लिए हस्तिनापुर के राजकुमारों का षड्यंत्र तो नहीं ? अनेक योद्धा बालकों की तरह घबराकर चीखने-पुकारने लगे। मृत्यु के भय से चेतनाशून्य होकर गिर पड़े। तभी अर्जुन ने चला दिया वारुणास्त्र। मूसलाधार वर्षा। बाढ़ आ गई। यह एक और करालता जीभ लपलपाती बढ़ आई। भय के मारे सब इष्ट नाम स्मरण करने लगे। इसी बीच चला दिया वायु अस्त्र। प्रबल वायुवेग में बाढ़ का जल पता नहीं कहाँ चला गया। दर्शक चमत्कृत ही नहीं कृतज्ञ भी थे। तालियों की गड़गड़ाहट ! दर्शकों में हलचल मच गई। खंभों और आसन को जकड़कर कुछ घबराये-से दुबक गए। अधिकांश लेटकर धरती को ही जकड़े रहे। वायुवेग से सभी अस्त-व्यस्त हो गए। उनकी यह दशा देख अर्जुन ने पर्जन्यास्त्र चलाया। आकाश मेघाच्छन्न हो गया। मेघों के पर्दे ने ढंक लिया व्योम। दर्शकों को कुछ चैन आया। भय कट गया। सब अर्जुन के कौशल से परिचित होते जा रहे थे। पर यह क्या ? वायु-प्रवाह स्थिर हो गया। लोगों की सांस रुंधने को आई। सब बेचैन। बस कुछ ही देर में यहां अर्जुन का कौशल देखनेवाला कोई भी जीवित नहीं रह पायेगा। पर अर्जुन बिना दोष किसी की मृत्यु का कारण नहीं बनते। तुरन्त उन्होंने सौरभास्त्र का प्रयोग किया। मंद-सुगंध पवन प्रवाहित होने लगा हस्तिनापुर के आकाश में। ऐसे सुरभित कुसुम किस राज्य के उद्यान में खिलते हैं ? कहां से बहकर आ रहा है यह अनिल ! कोई नहीं जान सका। पुलकित रोमांचित दर्शक अर्जुन को अभिनंदन करने उठ खड़े हुए। तभी अर्जुन ने भौमास्त्र छोड़ा। वे भूमि में जा छुपे। अगले क्षण पर्वतास्त्र प्रयोग कर सबको स्तंभीभूत कर दिया। सारी हस्तिना नगरी एक पर्वत-स्तूप पर उठ गई। दर्शकों ने अपने-अपने आसन से देखा कि अर्जुन सर्वोच्च शृंग पर बैठे सबको नमस्कार कर रहे हैं। दर्शकों ने हाथ जोड़ने हाथ उठाये तब तक अदृश्य अस्त्र प्रयोग कर अंतर्धान हो चुके। तो क्या दर्शक पर्वत पर बैठे रहेंगे ? अचानक निम्नास्त्र चलाया। हस्तिना को पाताल की ओर ले गए। भय से हड़कंप मच गई दर्शकों के बीच। तभी शून्यास्त्र प्रयोग किया—सब अधर में झूल गए। बड़ी विषम स्थिति हो गई। ऐसे संकट में पड़ जायेंगे सब ! जानते तो कौन कौशल देखने आता ! पछतावा करने लगे। लेकिन यह स्थिरास्त्र चल पड़ा था। वह पूर्वावस्था में लौट आए। जी में चैन आया। अभिभूत तो हो ही रहे थे।

यह सारा कृतित्व मां कुंती को आनंदाश्रु से भरे दे रहा था। पर अगले क्षण सामने कर्ण का क्रोध-जर्जर चेहरा देख वे स्तब्ध रह गईं। जानती हैं कि कर्ण महावीर है। जन्म से ही अमृत कुंडल और कवच धारण कर किसी देवता का आशीर्वाद पाकर आया है। हुंकार कर रहा है अर्जुन से प्रतियोगिता करने के लिए। कर्ण भी द्रोण का शिष्य है। अर्जुन का समकक्ष योद्धा है। पर कर्ण सारथी-पुत्र है और अर्जुन हस्तिना का राजकुमार। द्रोणाचार्य कर्ण के प्रति जाने-अनजाने पक्षपात कर देते हैं। शिक्षा देते समय। फिर भी कर्ण अर्जुन कोई किसी से हारने वाले नहीं। कर्ण स्वयं जानता है कि

राजपुत्र न होने के कारण गुरु द्रोण की कृपा कुछ कम है। प्रतिदिन अपने पुत्र अश्वत्थामा और प्रिय शिष्य अर्जुन को द्रोण कुछ अधिक कौशल सिखाते हैं। कर्ण सदा से स्पष्टवादी है, न्यायवान है। अतः किसी से डरता नहीं। गुरु के अन्याय का भी प्रतिवाद कर देता है। उसे भी अधिक समय तक शिक्षा दी जाये, उसने कई बार कहा। उत्तर में गुरु ने बताया–"भविष्य में हस्तिना के रक्षक होंगे अर्जुन। हस्तिनापुर के भावी राजाओं के अस्त्र-गुरु बनेंगे अश्वत्थामा। अतः इन दोनों को अधिक शिक्षा की आवश्यकता है। कर्ण के लिए इतनी शिक्षा का क्या होगा ? भविष्य में कभी राजा तो होने से रहा।" कर्ण चुप रह गया। पर अर्जुन के प्रति दिनों-दिन असहिष्णु होता गया। भविष्य में स्वयं को अर्जुन से भी बड़ा वीर सिद्ध करने के लिए मन ही मन प्रण करने लगा। एकाग्र साधना में व्रती हुआ कर्ण।

और आज स्वयं को प्रतिष्ठित करने का दिन आया है। वह दिखा देगा कि जन्म से कर्म बलवान है।

कर्ण ने अस्त्र-कौशल दिखाना शुरू किया। अर्जुन से किसी गुण में कम नहीं। पर अर्जुन की अलौकिकता अभी-भी दर्शकों को मोहाच्छन्न किए थी, अतः कर्ण के कौशल के वे विस्मयाभिभूत नहीं हो रहे थे। इसके बाद कर्ण ने सीधे द्वंद्व युद्ध के लिए ललकारा अर्जुन को। सबके समक्ष हो जाएं दो-दो हाथ। अर्जुन के सामने अपनी स्थिति साफ हो जाए।

अर्जुन भी प्रस्तुत हो गए। उच्च स्वर में घोषित कर दिया कि इस द्वंद्व युद्ध का अंतिम परिणाम होगा कर्ण की मृत्यु।

सभामंच पर कुंती की चेतना खो गई। द्वंद्व युद्ध में या तो कर्ण की मृत्यु होगी या अर्जुन की। मां कुंती किसकी मृत्यु की आशंका में हतचेत हो गईं ? अर्जुन अपना पुत्र है, पर कर्ण भी पुत्रवत् ही प्रिय है। अतः किसी की मृत्यु हो, यह अमंगल वे नहीं सह पायेंगी ? दर्शकगण कुंती की इसी महानुभावता पर धन्य-धन्य कर रहे थे।

यहां भी कर्ण का सम्मान और पौरुष आहत हुआ। गुरु द्रोणाचार्य जानते हैं कि कर्ण और अर्जुन के बीच युद्ध की परिणति भयावह होगी। अतः कर्ण की कमजोर रग पर चोट कर डाली–"द्वंद्व युद्ध ! यह तो राजकुमार और राजकुमार के बीच शोभा पाता है। अर्जुन तो हस्तिना के राजकुमार हैं, तुम ? कौन हैं तुम्हारे पिता, कौन हैं माता ? तुम वीर हो सकते हो, पर अर्जुन के समकक्ष होने की योग्यता कहां ?"

कर्ण नीरव ! अपमान और दुःख से माटी में मिल जाने को मन करता था। जिस धरती पर पौरुष की कोई मर्यादा नहीं, वहां जीने में क्या गौरव है ? पर दुर्योधन यह सब देख रहा था। उसने अचानक घोषणा कर दी–"मित्र कर्ण को मैं अंग देश का अधिपति बना रहा हूँ।"

तुरंत सुसज्जित रत्न-सिंहासन आ गया। और अगले क्षण सारथी-पुत्र का भाग्य बदल गया। लेकिन बदला नहीं कर्ण के जन्म का इतिहास। भीम ने कटाक्ष किया–"दया कर किसी को राजा बनाया जा सकता है, पर उसकी देह में राजवंश का रक्त प्रवाहित नहीं किया जा सकता। बस इतना है कि अब घोड़े की लगाम थामने की जगह कर्ण शासन की लगाम पकड़ेंगे और सदा इसके लिए दुर्योधन के रहेंगे कृतज्ञ..."

कर्ण के साथ अर्जुन का युद्ध टालने के लिए ठीक तभी सूर्यास्त हो गया। कर्ण

ने समझ लिया कि धर्मदेव सूर्य भी जिसके विमुख हो रहे हैं, ऐसे अंधकारमय राज्य में पौरुष की प्रतिष्ठा होना दिवास्वप्न के समान है। फिर भी हारूँगा नहीं।–जीवनभर संग्राम करते-करते पौरुष की प्रतिष्ठा के लिए प्राण गंवाना ही वीर के लिए श्रेय है।

अंग महाराज के अभिषेक के उपलक्ष्य में रातभर हस्तिनापुर में उत्सव चला। रंग-रास चलता रहा। सबको भोजन कराया दुर्योधन ने। सुरापान कर हस्तिनावासी दुर्योधन की जय-जयकार करने लगे। इस उत्सव में सबसे अधिक आनंदित होना चाहिए कर्ण को। आज प्रभात के समय वे थे असाधारण सईस के पुत्र। अब हैं वैभवपूर्ण अंगदेश के अधिपति। पर कर्ण कहाँ हैं ? उत्सव-मंडप में सारे राजकुमार आनंद में डूबे हैं। अस्त्र कौशल देखने आए अन्यान्य अतिथिगण भी अभिषेक उत्सव में हैं। पर कर्ण वहाँ नहीं हैं। खाने और पीने के बाद अपने ऊपर से नियंत्रण खो बैठे हैं। किसी को पता ही नहीं कि जिनके लिए इस उत्सव का आयोजन हो रहा है, वे यहां हैं ही नहीं। कर्ण के बिना ही कर्ण-अभिषेक की रात्रि जगमगा रही है।

निभृत कक्ष में बैठे महाराज कर्ण अपने जीवन-वृत्तान्त का रहस्य खोज रहे हैं—कौन है तेरा पिता ? कौन है मां ? और भीम का उपहास—दया कर किसी को सिंहासन पर बैठाया जा सकता है, पर उसकी देह में राजवंश का रक्त प्रवाहित नहीं किया जा सकता—कानों में गूँज रहा है। क्रोध और रोष में कर्ण की देह उत्तप्त हो रही है, मन खंडित हो रहा है। उन्हें राजा बनाकर दुर्योधन ने अपनी दानशीलता दिखाई है, महानता का परिचय दिया है। वे धन्यवाद के पात्र बने हैं। कर्ण की इसमें जरा भी रुचि नहीं। उलटे यह नृत्य-संगीत, रंग-रास कर्ण के असहाय पौरुष का उपहास कर रहे हैं। नृत्य एवं संगीत ताल-ताल पर बता रहे हैं कि तेरी देह में राजरक्त न होने पर भी दुर्योधन की दया और अनुकंपा के कारण तू आज राजा है ! तुझे उनका कृतज्ञ होना चाहिए। तू अनुगृहीत है, तू आश्रित है।

मना कर दें यह अंग देश का राजपद, राजसिंहासन, राजमुकुट ? पर ऐसा करने पर लोग कहेंगे कि कर्ण राजपद के योग्य नहीं है, राजसिंहासन ने उन्हें भयभीत कर दिया है, राजमुकुट उन पर शोभा नहीं देता। दुर्योधन ने अपात्र में दान दिया है। वरन् इस दुनिया को दिखा दें कि सिर्फ राजपुत्र होना ही राजा बनने के योग्य नहीं होता, योग्य पुरुष ही राजा पद के लायक होता है। पिता-माता का परिचय नहीं, व्यक्तित्व और पौरुष का परिचय ही वास्तव में मानवता का परिचायक है।

कर्ण फिर सोचने लगे—कौन हैं मेरे माता-पिता ? जब तक यह जानता था कि सारथी अधिरथ का पुत्र हूं, राधा मेरी मां है, तब तक पृथ्वी के सभी चपलमति बालकों की तरह सुखी था। कभी सोचा ही नहीं कि राजकुमार बनकर पैदा क्यों नहीं हुआ ? संसार में सभी तो राजकुमार बनकर जन्म नहीं लेते। पर सबके माता-पिता बच्चों को राजा-रानी की तरह लगते हैं। कर्ण भी अपने पालक माता-पिता के साथ खुश था। पर कैशोर में उस दिन कौतूहल-भरे क्षणों में पहली बार जब कुंती के साथ मां राधा की एकांत चर्चा को बाहर रहकर सुनने की चेष्टा की थी, तब पहली बार धक्का लगा। माँ कुंती कह रही थी—तेरा यह पुत्र राजलक्षणों से संपन्न है। कौन कहेगा कि यह सारथी और तेरा पुत्र है ! इसका चेहरा देख ! हस्तिनापुर के राजकुमारों के साथ खड़ा होगा तो सब को लांघ जाएगा। उफ् ये कवच-कुंडल कितने सुंदर दिखते हैं इस पर !

देखकर पता नहीं क्यों मन करता है इसे गोद में भर लूं। काश ! यह मेरा पुत्र होता ! सच, इसे राजपुत्र बनकर ही जन्म लेना था।

राधा ने कहा था—यह हमारा पुत्र नहीं है, यह बात तो ज्यों-ज्यों बड़ा होता जा रहा है त्यों-त्यों लोग इसका रूप-गुण देखकर कहने लगे हैं। तुम से सत्य छिपाकर क्या होगा ! वास्तव में यह हमारा पुत्र नहीं। किसी अभागिनी ने जन्म देकर मंजूषा में रख यमुना स्रोत में बहा दिया था। स्नान के समय पाकर इसे ईश्वर का वरदान समझा। जन्म से ही ये अमृत कवच-कुंडल हैं।

तब कुंती ने कहा—हाय ! उस निष्ठुर जननी पर वज्र क्यों नहीं गिर पड़ा ?

कोमल हृदय, सोमवंश की वधू कुंती उस दिन उस पाषाणी जननी को अभिसंपात देकर रोने लगीं।

कर्ण लौट आए कक्ष में। बारह वर्ष के कर्ण के जीवन में नया अध्याय शुरू हुआ उसी दिन से। तब से ढूँढ रहे हैं अपना पितृ-परिचय। वैसे अपने हृदय का दुःख इन माता-पिता को कभी नहीं कहा। इनका सुख नष्ट करने का कोई अधिकार नहीं। उस यमुना के स्रोत से निकलकर आश्रय दिया था, वरना मृत्यु निश्चित थी। इस दुर्लभ मानव-जीवन की अनुभूति उन्हें नहीं मिलती। अतः हर कदम पर माता-पिता के प्रति अपना कर्तव्य करते आए हैं। कभी-कभी सोचने लगते—मैं राजपुत्र क्यों नहीं बना ? माता कुंती ने देखते ही यह बात कही थी। आज भी वे ढूंढ रहे हैं अपनी उसी पाषाण-हृदया जननी को। भीम की बात ने गहरे चोट की है। उन्हें घायल कर दिया है।

बाहर राधा ने पुकारा—"बेटे ! कर्ण ! तेरा अभिनंदन करने स्वयं मां कुंती पधारी हैं। द्वार खोलो !"

चकित हो गए कर्ण सभामंच पर कुंती की चेतना खो गई थी, अपने पुत्र की अशुभ चिंता से। संध्या तक चेतना लौटी न थी। और चेतना लौटते ही जब सुना कि कर्ण राजा बन गए हैं, वे अस्वस्थ होते हुए भी आई हैं अभिनंदन करने ! उनके प्रिय पुत्र अर्जुन का जो चिर शत्रु है, उसे राज्य मिलने पर कुंती आनंदमग्न हैं ! यह कुंती के हृदय की उदारता है या उनकी कोई और अभिसंधि है ?

कर्ण ने द्वार खोले। कुंती को प्रणाम किया। कुंती कांपती देह से कर्ण को गोद में कर रही थी। अश्रु झर रहे थे। क्षीण स्वर में कहा—"बेटे कर्ण ! चिरंजीवी रहो ! यशस्वी बनो। सुना कि राजा बनने पर भी तुम्हारा मन सुखी नहीं है, भीम ने ठिठोली कर दी है। इससे तुम्हारे मन पर गहरी चोट पहुंची है, अतः स्वयं चली आयी क्षमा मांगने। बात को पकड़ कर न बैठना बेटे !"

कर्ण ने विचलित स्वर में कहा—"माँ ! आपकी देह में उत्ताप है। आपकी देह दुर्बलता में कांप रही है ! इतनी-सी बात के लिए आप इतनी दूर चलकर आयी हैं ! भीम का कटाक्ष कोई नया तो नहीं। भीम साथ में विद्याभ्यास के समय से ही मुझे स्मरण कराता रहा है कि मैं राजपुत्र नहीं हूं। मेरी रगों में सारथी का रक्त है। भीम सदा सत्य बोलता है। इसमें विचलित होने की क्या बात है ?"

कुंती अधिक समय तक खड़ी न रह सकी। सहारा देकर कर्ण उन्हें अंदर लिवा ले गया। आसन पर बिठाया। व्याकुल स्वर में कह उठी—"भीम जन्म से मुझे जलाता रहा है। बार-बार उसे समझाया है कि तुम पर चोट न करे। मगर कुंतीपुत्र होने के

उसके अहंकार की कोई सीमा ही नहीं। अतः वह पग-पग पर तुम पर चोट करता चलता है। उसके अहंकार को तोड़ने का मैंने निर्णय किया है। तुम्हें धर्मपुत्र के रूप में ग्रहण कर लूंगी। आज से तू मेरा बड़ा पुत्र है, पांडव छोटे।'' कुंती ने अचानक कर्ण के मुंह में शिव का प्रसाद रख दिया। कर्ण को छाती से लगाकर अश्रुल नेत्रों से कहने लगी–''तेरी गर्भधारिणी वैसे ही किसी परिस्थिति में न पड़ती तो तेरे जैसे पुत्र को नदी के प्रवाह को अर्पित नहीं कर देती। नारी होने के कारण उस लाचार जननी की वेदना मैं समझ रही हूँ। अगर कहीं वह जीवित होगी तो तुम्हें याद कर पल-पल मृत्यु जैसी यंत्रणा भोगती होगी। और वही उसका प्रायश्चित्त है। इससे बड़ी सजा और क्या हो सकती है ? बेटे कर्ण ! समझ लो वह अभागिन मर चुकी है। आज से मैं तेरी मां हूं। तू आज से कुंतीपुत्र है। मैं शपथपूर्वक यह बात पांडवों को जाकर कह देती हूँ। तभी भीम का अहंकार चूर्ण हो सकेगा।''

कर्ण फिर भी संतुष्ट नहीं दिखे। मन को लगा जैसे यह उसके प्रति कुंती की अपार दया और करुणा का भार है। संसार में आज तक तो दया से घृणा करता आया। सब उसे अनुगृहीत करेंगे, पर उसके पौरुष को अस्वीकार कर देंगे। तो क्या माँ कुंती की यह करुणा...क्या इसकी उपेक्षा कर दूं ?

कर्ण ने निगाह उठाकर देखा कुंती की ओर। पीला मुर्झाया चेहरा, ज्वर में जीर्णशीर्ण काया, व्याकुल-विह्वल दृष्टि और विषाद भरी आँखों में छलछलाते आंसू ! कर्ण विमूढ़, विवश होकर देखता रहा। कर्ण भी अश्रुपूर्ण हुए बिना न रह सका। मातृत्व की मूर्तिमंत देवी की क्या आजन्म मातृस्नेह से वंचित राजाश्रित कर्ण क्या उपेक्षा कर देगा ? ठुकरा देगा ?

कर्ण ने स्वगत की तरह कहा–'मां कुंती ! कुंतीपुत्र बनने के गौरव के पास अपने पौरुष को बलि देने में जरा भी कुंठित नहीं।' मगर प्रकाश्य में कहा–''मां, आपका पुत्र होता तो धन्य हो जाता। दया और अनुकम्पा से मुझे घृणा है। और आपकी दया को स्वीकार करने में मुझे गौरव का अनुभव हो रहा है। आपको सदा मां की तरह ही देखता आया हूं। आज से यही सोचूंगा कि आप मेरी जननी हैं, गर्भधारिणी हैं। शायद मेरे विडंबित जीवन में कुछ सांत्वना प्राप्त हो।''

कुंती को आघात लगा। अश्रु गिर पड़े। कहा–''यह कोई दया या अनुकम्पा नहीं है, कर्ण ! मेरे हृदय का उच्छ्वास है। इसमें छलना नहीं, दिखावा नहीं। जननी का हृदय कभी-भी पुत्र नहीं समझ सकेगा। क्योंकि वह पुरुष है। यही जननी का दुःख भी है।''

कर्ण ने रुद्ध स्वर में कहा–''क्षमा करना माँ। मेरे हृदय का क्षोभ और मान आपके आगे प्रकट हो गया।''

कुंती ने म्लान हंसी में कहा–''मां के पास हो तो बेटे का सारा गुमान रहता है।''

विदा से पूर्व कुन्ती ने अनुरोध किया था–''बेटे अर्जुन के साथ युद्ध अच्छा नहीं लगता। बहुत कष्ट होता है। भविष्य में कभी-भी ऐसा अवसर न आए, यही मेरे लिए सौभाग्य की बात होगी।''

कर्ण चुप था। तो क्या अपने पुत्र अर्जुन की सुरक्षा के विचार से कुन्ती ने कर्ण

के आगे सारा वात्सल्य उड़ेल दिया है !

मेरी भावना का तार टूटा। माया ने कान में कहा—"कर्ण आ रहे हैं।"

मां कुन्ती ने भी कहा—"बहू ! कर्ण आ रहा है। उसे प्रणाम करना। वह जेठ होगा। युधिष्ठिर वैसे भी उम्र में कर्ण से छोटा है और कर्ण है मेरा धर्मपुत्र।"

मैंने माथे पर आंचल ठीक कर लिया। हालांकि मन कर रहा था कि उस अभिशप्त वीर को एक बार निकट से देखती।

कर्ण ने मां को प्रणाम किया। नम्र स्वर में कहा—"आप कष्ट कर क्यों आयीं ? मुझे खबर भेज देतीं, मैं ही खांडवप्रस्थ पहुंच जाता।" मां ने कर्ण का माथा चूमकर आशीष दी। आहत स्वर में कहा—"कष्ट कैसा ? बेटे को देखने में मां को कष्ट होता है ? पता चला तू माता-पिता से मिलने अंग राज्य में आया है। मुझसे न रहा गया। चली आयी।"

कर्ण ने म्लान हंसी में कहा—"यह मेरा परम सौभाग्य है।"

"चुप भी करो। मां के साथ राजा-महाराजाओं की तरह बात नहीं की जाती। बहू क्या सोचेगी ? तुझे प्रणाम करने वह मेरे साथ इतनी दूर से आयी है, उसे आशीर्वाद देने कभी खांडवप्रस्थ नहीं गया।—मैं उसे यहां ले आयी। कुछ भी हो, हिसाब से तू बड़ा है..."

कर्ण ने हंसकर कहा—"पंच-पांडव जैसे वीरों को जिसने पा लिया है, कृष्ण-से सखा जिसके पास रहते हैं, उन्हें मुझ जैसे अकिंचन के आशीर्वाद की भी जरूरत है ?"

मां ने खबरदार किया—"बेकार बातें छोड़। मुझे देखते ही तेरे मन में गुमान भर जाता है। पांडवों के साथ बचपन की कलह और विवाद को भूला नहीं।"

मां ने मुझे संकेत दिया कर्ण को प्रणाम करने हेतु। कर्ण को प्रणाम करने से पहले मां के पैर छू लेना उचित होगा। एक को प्रणाम करने पर उपस्थित सभी गुरुजनों को प्रणाम करना होता है। सिर नीचे था। मैंने मां के पांव देखे। झुककर छूने आगे बढ़ गई। तभी पीछे हट गये दोनों पांव। मैं सकपका गई। तो क्या मां प्रणाम ग्रहण करने में अनिच्छुक है ? वे मुझ पर गुस्सा हैं ?

अगले क्षण कर्ण की मधुर आवाज सुनाई दी—"हस्तिनापुर की रानी कृष्णा ! अधिरथ पुत्र कर्ण के पादस्पर्श कर प्रणाम करोगी। यह हस्तिनापुर का अपमान है। पंच स्वामी भी क्षुब्ध हो सकते हैं। प्रणाम न करने पर भी मेरा आशीर्वाद उन पर है।"

मैं लज्जा से ठिठक गई। मां के भ्रम में मैं कर्ण के पाद स्पर्श करने बढ़ गयी थी। मां और कर्ण के पाद इतना साम्य रखते हैं। अब देखा चारों पांव सचमुच एकदम समान हैं। कृष्ण और अर्जुन में वैसा ही साम्य उस दिन देखकर धोखा खा गई थी। यहां अन्तर यही है कि मां के पांव कुछ छोटे आकार के हैं। मगर यह हुआ कैसे ?

मैंने हाथ मां की ओर बढ़ा दिया। फिर कर्ण को प्रणाम किया। छिः कर्ण ने सोचा होगा प्रणाम के बहाने जानबूझकर पादस्पर्श करने बढ़ी थी। कितनी लज्जा हुई तब !

माया मेरे मन की बात समझ गई—"मां के पांवों के साथ आपके पांवों में इतना सामंजस्य है, भ्रम में पड़कर राजवधू स्पर्श कर प्रणाम करने जा रही थी। अच्छा हुआ, आप पीछे हट गए। वरना जेठ को स्पर्श कर पाप की भागी होती राजवधू।"

कर्ण हंस पड़े। अनुच्च स्वर में कहा–"राजवधू कृष्णा ! और फिर पाप ! वे तो आर्यावर्त्त की आदर्श नारी हैं। फिर जेठ को स्पर्श करने में पाप होता था सतयुग में या त्रेता में। जेठ से, द्वापर में तो विवाह तक होने लगे हैं।

कर्ण का श्लेष तीर-सा चुभ गया। हृदय रिसने लगा। आंखें दृढ़ किये थी मैं। ऐसे अहंकारी और असहिष्णु पुरुष के श्लेषपूर्ण वाक्य को महत्त्व देना राजरानी कृष्णा के लिए लज्जा की बात होगी।

मैं मुंह फेर कमरे में आ गई। अन्दर से सुना-सुनाकर मां को कहा–"संध्या से पहले लौट जाना होगा।"

मां समय सचेतन हो गई। माया ने कहा–"सच, मां के पाद और कर्ण के पाद में इतना साम्य विस्मयकर है।"

मां ने कहा–"शायद किसी जन्म में कर्ण मेरा जन्म का बेटा था वरना ऐसे कैसे संभव हो सकता है ?"

❑ ❑

सभागृह की प्रतिष्ठा खूब समारोहपूर्वक की गई। सभागृह के सिंहासन पर बैठकर युधिष्ठिर ने अतिथियों को उद्बोधन दिया था। वहां का सौन्दर्य और निर्माण कौशल तो सबको चमत्कृत किए दे रहा था। ऐसे में उनका ईर्ष्यातुर होना स्वाभाविक था। पांचों पांडवों को चतुरता से अनुन्नत खांडवप्रस्थ भेजकर कौरव अपने-आप खुश हो रहे थे। पर यहां नवनिर्मित इंद्रप्रस्थ और विशेषतः सभागृह देख मन ही मन जल-भुन गए। किसी तरह पांडवों का देशांतर हो जाये तो इंद्रप्रस्थ का भोग किया जा सकता है।

हां, मैंने स्वयं उन सौ भाइयों को रसोई बनाकर परोसी थी। मां का निर्देश जो ठहरा। कौरव मेरे देवर थे। अतः घर के आदमी की तरह सम्मान देना मेरा कर्तव्य था। इसमें आपत्ति क्या होगी ? भोजन आदि बनाने का तो प्रिय कार्य था। मुझे इसमें आनंद था। अतः खूब मन लगाकर अन्न-व्यंजन, खीर, मिष्ठानादि बनाए।...हालांकि माया एवं नितंबिनी ने खूब सहायता की।

सौ कौरव एवं पांच पांडव–सब साथ बैठे। बलराम-कृष्ण भी साथ ही थे। मां का मन था कि कर्ण भी उनके साथ भोजन करते। मगर कर्ण तो अंग देश के राजा के रूप में अतिथि भवन में ठहरे थे। अतः वे राजप्रासाद के संलग्न अतिथि भवन में ठहरे थे। मां ने रात्रि भोजन पर बुलाया था उन्हें। कर्ण ने लेकिन खबर भेजी थी–किसी के पारिवारिक कार्यकलापों में हस्तक्षेप नहीं करना चाहेंगे। कौरव-पांडव एकत्र रह रहे हैं, खान-पान कर रहे हैं। अच्छा है, उनके बीच आपसी सद्भाव बढ़ेगा। इसमें व्याघात पैदा न हो उनके आने पर।

मां कर्ण का मान समझ गई। कर्ण को धर्मपुत्र के रूप में स्वीकार किया, फिर भी वे यह बता देना चाहते थे कि कौरव-पांडव वंश के अन्तर्गत नहीं हैं।

कर्ण को कौन-सा भोजन प्रिय लगता है वह बात राधा मौसी से पता करवा लिया था मां ने। मुझसे बनवाया भी था। मैंने भी कर्ण के प्रति उनकी श्रद्धा के कारण खूब मन दे कर बनाया था। पर कर्ण ने तो विनयपूर्वक आने से ही मना कर दिया था। मां खिन्न हो गई। उत्सव की सारी सरलता के बीच वे अचानक अनमनी हो उठीं।

कर्ण के प्रति मां की अहेतुकी वत्सलता ने मेरे नारी मन को कुतूहल में भर दिया। पर कैसे मिटे यह कुतूहल ? चुपचाप उनकी बात मानती गई।

एक सौ पांच भाई और मेरी इकलौती ननद दुःशीला के पति जयद्रथ साथ भोजन कर रहे थे। माया, नितंबिनी और मैं परोस रही थीं। सब मेरी पाक-कला की प्रशंसा कर रहे थे। बार-बार मांग रहे थे। परोसते-परोसते थक गई थीं हम। भोजन चलता रहा। दुःशासन ने मेरे हाथ को एक-दो बार अपने जूठे हाथ से पकड़ा भी। छोटा देवर समझ मैंने उधर ध्यान नहीं दिया।

जयद्रथ को खीर परोसने गई तो हल्के से मुस्काकर कहने लगा—"भाभी ! आपके हाथ का बना भोजन यदि इतना स्वादिष्ट है, तो आप स्वयं कैसी न होंगी !" दुःशासन ने तुरन्त साथ दिया—"यहां से लौटने के बाद सिर्फ जलन ही मिलेगी। स्वयंवर सभा में जो रूप देखा, आज तक सब जल रहे हैं। आज गुण-ग्राम और गृहिणी का दर्शन कर लिया, उस जलन में घी पड़ा ही समझो।"

मेरे शरीर में तो बस आग लग गई। रूप और दृष्टि ही बदल गई। मगर अतिथियों को भोजन परोसते-परोसते गुस्से में तमतमाना ठीक नहीं होगा। गुस्सा और घृणा दोनों को दबाये रही। चेहरा फिर भी लाल पड़ गया। जयद्रथ समझ गया कहने लगा—"भाभी—देवर और ननदोई की ऐसी हास-परिहास होती रहती है—आपको पीहर से सीख कर आना चाहिए था। आप जैसी रूपसी भौजी के साथ देवर हंसी न करेंगे, तो वह जीयेंगे कैसे ?"

मैंने भी दिखावा ऐसा ही किया जैसे बात को परिहास के रूप में ले रही हूं। मगर उनकी बातों में छुपा अश्लील इंगित किसी भी तरह परिहास के स्तर पर न था। मैं गम्भीर हो गई। दुर्योधन खाते-खाते बार-बार मेरी ओर देखता जाता। सांस गहरी होती गई। जब परोसती उसका हाथ रुक जाता। अपलक मेरी ओर देख पश्चात्ताप और अपूर्ण वासना के भाव से सी-कार कर उठता।

मैं सोच रही थी पराजित शत्रु को अभिनन्दित कर उसके गले में फूलमाला डालना और स्वयंवर सभा में असफल होकर लौटे कौरवों को बुलाकर मेरे रूप-गुण आदि का दिखावा करना एक तरह से अपमानजनक लगा होगा उन्हें। एक तो वैसे ही कौरव सदा के असहिष्णु और ईर्ष्यालु हैं। फिर उन्हें जलाना ठीक नहीं हुआ।

पता नहीं क्यों मेरा सुख और सौभाग्य मुझे कैसे डरा रहा था, मेरे मन में आशंका घिर रही थी। शरीर क्लांत और मन शंकाकुल। मुझे विश्राम चाहिए। शयनकक्ष की ओर जा रही थी—देखा मां खड़ी हैं रसोईघर के द्वार पर। मैं उधर ही बढ़ गई। मैंने स्वयं उन्हें भोजन परोसा था। मां ने कहा—अब और कुछ नहीं चाहिए। मुझे विश्राम के लिए भेज दिया था जबरन। मगर वे इतनी जल्दी भोजन समाप्त कर आईं ?

देखा उनका भोजन वैसे का वैसे रखा है। खिन्न मन अनमनी खड़ी हैं। पूछा—"मां, क्या बात है ? भोजन नहीं किया ?"

म्लान स्वर में कहा—"तुमने भी तो नहीं खाया। मैं कैसे खाऊं ?"

मैं घबरा गई।—"मैं कुछ समय विश्राम लेकर खा लेती। घर के रसोइये, अन्य सेवक, यहां तक कि पाले-पासे जीव-जन्तु के खा चुकने के बाद मैं भोजन करती। आप तो जानती हैं—"

"पर आज इतना परिश्रम किया है। कुछ अस्वस्थ दिख रही हो। अतः पहले भोजन कर लेती। शरीर की रक्षा प्रत्येक का धर्म है।"

मैंने घबराकर कहा–"मेरे लिए आज क्या उपवास करेंगी ? तो चलिए मैं भी आपके साथ भोजन कर लेती हूं। शायद इसी बीच सबने भोजन कर लिया है।"

दोनों के लिए परोसा। मां ने धीमे से कहा–"अतिथि को भूखा रखकर गृहिणी जल भी नहीं लेती।"

मैं विस्मय से देखती रही–"कौन अतिथि भूखे हैं ? सब की सेवा चर्चा तो की जा चुकी है।"

मां ने कहा–"अंग देश के राजा कर्ण अतिथि भवन में बिना भोजन किए हैं। आज यहां निमंत्रित थे, अतः रात्रिभोजन की अतिथि भवन में कोई व्यवस्था नहीं हुई है। वे आए नहीं, तो क्या हम खा-पी कर सो जायें ?"

मां की बात से मन ही मन मैं क्षुब्ध हो गई। कर्ण के लिए वे उपवास कर बैठेंगी। मैंने पूछा–"तो फिर ?"

मां ने स्थिर स्वर में कहा–"कर्ण के लिए भोजन लेकर अतिथिशाला जाना होगा।"

"आप जायेंगी ?" मैंने सरल हृदय से पूछ लिया।

मां ने कहा–"युधिष्ठिर के इंद्रप्रस्थ के राजा बनने के बाद तुम घर की कर्त्ता हो। कर्ण तुम्हारे अतिथि हैं, मेरे नहीं। अतिथि सेवा तुम्हारा धर्म है।"

"मैं अतिथि भवन जाऊं !" विस्मय से पूछा।

मां ने गम्भीर स्वर में कहा–"इसमें आश्चर्य की क्या बात है ? कर्ण केवल अतिथि ही नहीं, तुम्हारा जेठ भी लगता है। बड़ा है। माया और नितंबिनी को भी साथ लेती जाओ। फिर कर्ण तो राजप्रासाद के निजी अतिथि भवन में ठहरा है।"

अपनी अनिच्छा और खीझ छुपाकर कहा–"आप जैसे चाहेंगी, मैं करूंगी। मुझे कोई आपत्ति नहीं।"

मां ने आग्रह से सारी चीजें सजा दीं। एक आदमी के लिए जरूरी भोजन से कुछ अधिक ही होगा। समझाने लगीं मुझे–"अतिथि भगवान होते हैं। अतिथि के संतुष्ट होने पर ईश्वर संतुष्ट होते हैं। तुम खुद न जाओगी तो कर्ण भोजन नहीं ग्रहण करेगा। तुम हो वास्तव में गृह की कर्ता। मैं कर्ण को जानती हूं। हर बात में वह धर्म, कर्म, नीति, नियम ढूंढता है। तुम्हारे भोजन लेकर जाने पर वह प्रसन्न हो जायेगा।"

मैंने सोचा–कर्ण खुश हो या न हो, मां जरूर खुश होंगी–वही मुझे करना भी चाहिए।

हम तीनों अतिथि भवन के द्वार पर जा पहुंचीं। माया के हाथ में भोजन का थाल। नितंबिनी के हाथ में जलपात्र था।

मैं बाहर प्रतीक्षा करती रही। वे दोनों बैठक में चली गईं। परिचायक के जरिए खबर दी कि मां कुन्ती से सन्देश आया है। कर्ण शय्या पर जाने को प्रस्तुत हो रहे थे। बैठक में चले आए। पूछा–"इतनी रात में कैसा संदेश ?"

"आप के लिए रात्रि का भोजन भेजा है।" माया ने कहा। कर्ण हड़बड़ा गया। कहा–"मध्याह्न का भोजन इतना भारी था कि रात्रि भोजन की आवश्यकता ही नहीं थी। खैर, मां ने जब भेजा है, थोड़ा खाना होगा।"

"नहीं-नहीं थोड़ा नहीं, पेट भर खाना होगा। तभी मां ने हमें भेजा है। आपके प्रिय खाद्य मां के निर्देश में महारानी कृष्णा ने स्वयं बनाए हैं। भोजन लेकर महारानी कृष्णा स्वयं पधारी हैं। राजमाता का आदेश है, अतिथि सेवा महारानी स्वयं कर रही हैं।

कर्ण गम्भीर हो गए। कुछ उदास हो उठे। कुंठित भंगिमा में कहा–"महारानी का इतनी रात में अतिथि भवन में आना उचित नहीं। राजमाता कुन्ती पुत्रस्नेह में अंधी होकर हिताहित की बात भूल गई हैं।"

माया ने धीर स्वर में कहा–"आप राजमाता के धर्मपुत्र हैं। राजमहल के खास अतिथि हैं। भवन में ठहरे हैं। इस भवन में केवल राजपरिवार के आत्मीयजन रहते हैं ? अतः महारानी कृष्णा का गृहकर्ता के रूप में स्वयं अतिथि-सत्कार करना उचित है।

कर्ण ने चिन्ता में कहा–"राजरानी स्वयं जब थाल लायी हैं, लौटा देना अपराध होगा, पर मैं सिर्फ फलाहार करूंगा। फल रख दें, बाकी भोज्य पदार्थ लौटा लें।

"फलाहार क्यों ? आज क्या कोई विशेष उपासना दिन है ?" माया ने चकित होकर पूछा। कर्ण चुप रहे। कुछ क्षण बाद कहा–"कोई कुछ सोचे। मैं साफ कह देना चहता हूं पहले रानी कृष्णा से क्षमा चाहता हूं। उनकी प्रतीक्षा न थी। साधारण रीति-नीति की बात कह रहा हूं। नारी का धर्म है एक पति ग्रहण। यदि प्रथम पति की मृत्यु हो जाय तो कुछ परिस्थितियों में द्वितीय पति की अनुमति है। पर एक समय में पांच पति की अंकशायिनी बनने का दृष्टांत कहीं नहीं। न था, और शायद ही भविष्य में कभी हो। ऐसी नारी वरनारी होते हुए भी वारनारी के रूप में ही मानी जाती है। उसके हाथ का जलस्पर्श करने पर भी धर्म नष्ट होता है। देखो, इन बातों में मैं बहुत रूढ़िवादी हूं। तुम्हारी राजरानी याज्ञसेनी होने के कारण पंचपति वरण कर भी सतीत्व की महिमा में मण्डित हो सकती हैं। पर साधारण नारी इस बात में असती ही कहलाती हैं। उनके हाथ से बना भोजन मैं ग्रहण कैसे करूं ? मैं इस सम्बन्ध में बहुत नैष्ठिक हूं।

अतिथि भवन के बरामदे में मेरे दोनों पांव अचल हो रहे हैं। इतना अपमान, आक्षेप, अपनिंदा। किसी का भी जवाब नहीं दे सकूंगी। क्योंकि कर्ण हमारे अतिथि हैं, अतिथि भगवान होते हैं। क्षोभ और दुःख में समूची अस्मिता थर्रा रही थी। पर प्रशांत वदन खड़ी रही। माया कह रही थी–"महाशय ! आप हमारी महारानी का अपमान कर रहे हैं ! वे आपको न मिलीं तो उसकी यह प्रतिक्रिया ?" कर्ण म्लान हो गए। हंस कर कहा–"मैं शास्त्र-सम्मत बात कह रहा हूं। सुना है राजरानी विदुषी हैं। ज्ञानी हैं। पूछना–मेरी बात शास्त्र-सम्मत है या नहीं ? वास्तव में मैं किसी पर चोट करना नहीं चाहता। सत्य, चाहे अप्रिय हो, कहने की आदत है।"

अंदर फलपात्र भेजकर लौट आयी। मुझे लगा जैसे अपमान का यह आरंभ है। फाल्गुनि पर गुस्सा आ गया। मां पर। सबसे अधिक युधिष्ठिर पर।

भोजन की रुचि मर गई। क्षोभ और वेदना में आंसू उतर आए। बात-बात में आंसू बहाना मुझे अच्छा नहीं लगता। अश्रु दुर्बलता के प्रतीक हैं। पर कभी-कभी आंसू भी आदमी की लाचारी में साथी होते हैं। हृदय का दुःख कुछ घटा देते हैं। नई शक्ति

संचय के निमित्त ग्लानि और क्षोभ को धो देते हैं।

मुझे आंसू से घृणा है। पर आंसू किसी के वश में होते हैं ? आज मेरी वही दशा हो रही थी। फिर भी मां को संवाद देना होगा। मैं उनके शयनकक्ष के बरामदे में खड़ी थी–"मां ! कर्ण ने सिर्फ फलाहार किया। बाकी भोजन वापस कर दिया।"

"क्यों ?" मां ने व्यथा में पूछा।

मैंने कहा–"रात अधिक हो गई। फिर मध्याह्न का गुरु भोजन था। अतः अभी उनकी इच्छा भी न थी; आपने भेजा अतः फलाहार किया।"

"तो कल सुबह के लिए उसके प्रिय पदार्थ तुम्हें बनाने होंगे। अभी विश्राम करो। प्रातः थोड़ा जल्दी उठना।" कर्ण के लिए मां इतनी चिंतित हो उठीं कि मैंने भोजन किया या नहीं, पूछना ही भूल गईं। और न उनका ध्यान मेरी छलछलायी आंखों की ओर गया।

मैं शयनकक्ष की ओर लौट रही थी। सोचा सुबह अस्वस्थता का बहाना बनाकर देर तक सोयी रहूंगी। अन्यथा कर्ण प्रातः भोजन भी नहीं करेंगे। अतिथि अभुक्त रह गए तो धर्म नष्ट होगा। मैं नहीं बनाऊँगी तो मां स्वयं बना देंगी और फिर कर्ण प्रातः भोजन के बाद स्वदेश प्रस्थान कर ही जायेंगे।

मैं शयनकक्ष तक पहुँची तो देखा–फाल्गुनि आ रहे हैं। मन कर रहा था उनके प्रशस्त उदार वक्ष पर अपनी असहाय वेदना का बोध आंसुओं में मिलाकर उड़ेल दूं। पूछूं–"फाल्गुनि ! यह दंड मुझे क्यों दिया ? युग-युग के लिए यह कलंक पृथ्वी के इतिहास में लिपिबद्ध होकर रह जायेगा। इसके लिए क्या कृष्णा दायी है ? कृष्णा ने क्या चाहा था ? तो फिर कृष्णा इस अपमान की व्यथा क्यों ढोती रहेगी ?"

दरदी बंधु देखने पर दुःख की नदी का तटबंध टूट जाता है। मैं फफक उठी। शयनकक्ष के द्वार पर पत्थर की प्रतिमा बनी रह गई। आंसू झलमला रहे थे। फाल्गुनि सिर झुकाए मुझे अतिक्रम कर जाने को हैं, मेरी ओर बिना देखे ही कहा–"क्या चाहती हो ?"

आंसू झर गए। कोह दबाकर कहा–"फाल्गुनि मुझे अच्छा नहीं लगता। हृदय कष्ट में है।" सोचा यह सुन फाल्गुनि घबरा उठेंगे। पर ठंडे स्वर में कहा–"दिन भर के श्रम से लगता है। स्वाभाविक है। भैया को खबर भेज रहा हूं। तुम आराम करो।" तिर्यक दृष्टि से देख बैठक की ओर लौट गए। लगा जैसे कर्ण का उपहास ही स्मरण करा रहे हैं–"कृष्णा। मैं लाचार हूं। रात के इस विलंबित प्रहर में तुम्हारा यह अधम पति कोई मदद नहीं कर पायेगा। क्योंकि इस समय युधिष्ठिर की पत्नी की भूमिका में हो। मैं तो अभी साधारण दर्शक मात्र हूं।"

मैंने शयनकक्ष में प्रवेश किया। मुझे पतिशय्या पर जाने के बाद विश्राम लेना चाहिए। मैं युधिष्ठिर की प्रतीक्षा में बैठी रही। पर वे तो मेरी व्यथा समझेंगे नहीं, निर्लिप्त, निर्विकार पुरुष ठहरे। सांसारिक मान, राग-द्वेष उनके अन्तर को कभी नहीं छूता, वे देवता हैं, अतः एक अर्थ में पाषाण हैं।

शरीर विश्राम चाहता है। मन चाहता है आश्वासन, धीरज। मेरे पंचपति हैं, पर इस समय कुछ नहीं मिल रहा किसी से।

बाहर फाल्गुनि के कदम दिख रहे हैं। संगमरमर के फर्श पर नीलपद्म की तरह

कमनीय दिख रहे हैं। दरवाजे के उस ओर स्थिर हो गए। युधिष्ठिर की पत्नी कृष्णा के शयनकक्ष में फाल्गुनि को प्रवेश निषेध है।

बाहर से ही फाल्गुनि ने कहा–"भैया अभी दुर्योधन के साथ द्यूतक्रीड़ा में बैठे हैं। आज रात हर बार वे जीत रहे हैं। रात भर खेलेंगे। क्योंकि जीतने के अवसर कभी-कभी ही आते हैं। जब आते हैं, छोड़ देना बुद्धिमत्ता का काम नहीं होता। उनकी प्रतीक्षा न करो। विश्राम कर लो। भैया ने इसके लिए कहलवा भेजा है।"

फाल्गुनि अन्दर ही तो नहीं आयेंगे, मैं तो बाहर जा सकती हूं। परदा हटाकर बाहर आ गई। फाल्गुनि के सामने खड़ी थी। स्थिर स्वर में कहा–"फाल्गुनि ! मेरी अस्वस्था की खबर सुनने के बाद भी वे जीत के नशे में बैठक में ही रात काट देंगे। क्या मेरे मन में इस बात की कोई प्रतिक्रिया नहीं होगी ? पता नहीं क्यों इस द्यूतक्रीड़ा से मुझे बहुत डर लगता है कोई भी नशा हो, विपदजनक होता है। दान के नशे के कारण ही बली पाताल गए। द्यूतक्रीड़ा में युधिष्ठिर के हाथों पराजय का अपमान और ग्लानि शायद दुर्योधन जीवनभर न भूले। पता नहीं कैसी प्रतिहिंसा का मौका ढूंढे वह मन ही मन।"

फाल्गुनि ने लापरवाही से कहा–"द्यूतक्रीड़ा आनंद, मनोरंजन, शौक के लिए होती है। खेल में हार-जीत के साथ जीवन का संपर्क क्या है ? स्त्रियां वैसे ही संदेहशील होती हैं। हर बात को तिर्यक दृष्टि से देखने की आदत होती है। तभी वे अधिक दुःख भोगती हैं।"

मैं पांडवों को जानती हूं। स्वयं चाहे किसी बात पर भाई पर दोषारोपण करें, पर स्त्री के मुंह से भाई के प्रति कोई अभियोग कोई भाई नहीं सह सकता। शांत स्वर में कहा–"फाल्गुनि, भाई के न जाने तक मैं शैया ग्रहण नहीं करूंगी। चलो कुछ समय बातें करें। तुम्हारे सखा के दर्शन पर ही चर्चा करें। तुम्हारे सखा दूसरों की बात में क्यों इतना दिमाग लगाते हैं ?"

फाल्गुनि ने गहरी दृष्टि से मेरी ओर देखा। रक्तिम दिख रही हैं उनकी नील-सरोवर-सी आंखें। शायद रात अधिक हो गई है इस कारण, या फिर सुरापान की मात्रा कुछ बढ़ गई है। गंभीर स्वर में कहने लगे–

"कृष्णा ! दो वर्ष तक व्रत पालन करना है मुझे, तुम्हीं ने निश्चित किया है। फिर व्रतभंग की चेष्टा क्यों ? तुम क्या चाहती हो कि मैं बारह वर्ष वनवास भोगूं ?"

मैं अवाक थी। मैं क्या चाहती थी, फाल्गुनि कैसे जानते ? वे तो नारी नहीं। वे कैसे समझेंगे कि मैं हर पल उनका साथ खोजती हूं।

मेरे गुमान की मौन भाषा शायद फाल्गुनि समझ रहे थे। नरम होकर बोले–"नियम पालन की दृष्टि से दो वर्ष तक तुम्हारी कामना न करने का अर्थ नहीं है कि मैं निर्विकार कोई संन्यासी हूं या क्लीव हूं। ऐसी निर्जन रात में तुम्हारे साथ एकांत आलाप की अंतिम बात मेरा व्रतभंग है, यह मुझसे बढ़कर कौन जानेगा ? अतः कृष्णा, मुझे क्षमा करना। यह चर्चा कल करेंगे, मध्याह्न में समय मिलेगा, तब सखा की ही उपस्थिति में करेंगे। सखा पास रहेंगे तब व्रतभंग की आशंका भी नहीं होगी।"

निर्विकार पुरुष की तरह वे मेरे आवेदन की उपेक्षा कर चले गए। एक बार भी मेरी प्रतिक्रिया जानने के लिए मुड़कर नहीं देखा।

एक बार तो सोचा माया के हाथ खबर भेजूं कि मैं बहुत अस्वस्थ हूं। मगर क्या यह उचित होगा ? कौरव अन्यथा लेंगे। और युधिष्ठिर आ भी गए तो यह अपमान की ज्वाला निर्वापित होगी ? वरन देखते ही मेरा क्रोध बढ़ जाएगा। आज का यह उत्सव रात्रि कंटकित हो उठेगा। युधिष्ठिर ने विजय-आनंद में पत्नी की उपेक्षा की है। वे जीत रहे हैं, जीतने के आत्मप्रासाद में और किसी की हार का दुःख स्पर्श नहीं करेगा उस समय।

मैं इधर बेचैन और उधर से खबर आई—बैठक में चलकर द्यूतक्रीड़ा में उनकी प्रथम विजय के आनंद में भाग लूं।

मैं निरुपाय थी। पति का अनुरोध ऐसे मामलों में रखना पड़ता है। वरना कौरवों के सामने युधिष्ठिर की हेठी होगी। मैं बड़ी मुश्किल से प्रस्तुत हुई। माया को साथ लेकर बैठक में पहुंची। युधिष्ठिर का ध्यान न मेरी अस्वस्थता की ओर था, न खिन्नता की ओर। उन्होंने आनंद में भर कर कहा—''याज्ञसेनी ! तुम्हारे बिना जीतने का आनंद ही नहीं आता। आओ, आसन ग्रहण करो। मैं द्यूतक्रीड़ा में पहली बार जीवन में जीत रहा हूं। तुम्हारे बिना क्या यह आनंद उपभोग कर सकूंगा ?''

भीम ने उच्छ्‌वसित होकर कहा—''द्रौपदी को जीतने के बाद पांडव हर चीज में ज़ीतेंगे, यही द्यूतक्रीड़ा में स्पष्ट दिख रहा है। अतः यह विजय द्रौपदी की है।''

दुर्योधन द्यूतक्रीड़ा में पराजित होकर गुस्से में जल रहे थे। भीम ने ऐसे में जीवन की उनकी चरम पराजय की बात स्मरण करा दी। दुर्योधन ने जलती हुई दृष्टि से मेरी ओर देखा मानो उस दृष्टि में कामना की लपट है, प्रतिशोध के अंगारे हैं, विभत्स और नृशंस लालसा की आग जल रही है।

दुःशासन तो एकदम जल रहा था असहिष्णुता में। अट्टहास कर कहने लगा—''पंचपति की नायिका देवी द्रौपदी के सतीत्व की पराकाष्ठा के कारण विजय वन्या पांडवों को बहाकर समुद्र गर्भ तक ले जायगी।''

मैं और व्याकुल हो उठी। पराजित शत्रु को अपनी जीत के गीत सुनाना बुद्धिमत्ता का कार्य नहीं। शत्रुता इससे बढ़ती है, कम नहीं होती। मुझे देखते ही कौरव अतृप्त वासना और पराजय की ज्वाला में सहज ही छटपटा रहे थे। फिर अब उन्हें और जलाने में क्या लाभ।

सोचा मेरी उपस्थिति वहां वांछनीय नहीं। मेरा लौट जाना ही उचित होगा। मेरे मन की बात कृष्ण कैसे भी जान गए। कहा—''युधिष्ठिर। कृष्णा ने बहुत कार्य किया है। क्लांत दिख रही हैं। विश्राम की उन्हें अनुमति दे दें।''

युधिष्ठिर एकाग्र पाशा फेंक रहे थे। सिर उठाये बिना ही कहा—''तो याज्ञसेनी जा सकती हैं।''

यंत्र-चालित-सी लौट आयी। आंसू थामे नहीं थमे। ये आंसू वेदना के पिघले रूप न थे, अपमान की ग्लानि से भी नहीं फूटे, न शारीरिक वेदना से छिटके थे। असहायता, निःसंगता में पैदा हुए थे। पंचपति की प्रेमभाजन होने के कारण जो नारी आज पग-पग पर उपहासित है, वह कितनी एकाकी है, कितनी निःसंग है, कौन समझेगा ?

सोना संभव नहीं। कक्ष में दम घुट रहा था। मैं माया को लेकर छत पर चली गई। मुक्त हवा, रात का चंद्रालोक, तारों भरा आकाश शायद मेरे कष्ट में भागीदार

हों। एक किनारे खड़ी होकर उदार आकाश से कुछ आश्वासन मांग रही थी, देखा अतिथि भवन की छत पर दीर्घ, बलिष्ठ, सुगठित छायामूर्ति। अस्थिर, विचलित दिख रही है वह। कभी-कभी आकाश को देखकर थम जाती है। मानो प्रश्न कर रही है। कौन है ? अतिथि कर्ण ? वे विचलित, अस्थिर क्यों हैं ? क्या उन्हें भी कोई कष्ट है ? उन्हें कौन-सी वेदना है ?

बैठक से आनंद का कल्लोल तैर आता है। युधिष्ठिर फिर जीत रहे हैं। छाया-मूर्ति आकाश से जीवन-प्रश्न का उत्तर मांग रही है। मां के प्रासाद की छत पर एक और करुण छायामूर्ति, अतिथि भवन की छत को एक लय से देख रही है। बार- बार की दीर्घ सांस से थरथरा जाती है छायामूर्ति की अस्पष्ट सीमा रेखा। कौन है ? मां कुंती ? ज्येष्ठ पुत्र युधिष्ठिर विजयी हो रहे हैं। पर वे किस गोपन यंत्रणा में नींद गंवा बैठी हैं ?

अपनी वेदना, दुःख भूलकर मैं मां की वेदना और गोपन व्यथा में खो गई। वीरप्रसू पांचपुत्रों की मां कुंती की गोपन व्यथा मेरी व्यथा से भी गहरी होगी। मन ही मन यही सोच रही थी।

सोचा मां का दुःख दूर करना कुलवधू का कर्त्तव्य है। पर मां के दुःख का कारण किससे पूछूं ? मां के सिवा कौन बतलायगा ? स्थिर किया—संयोग आने पर हाथ जोड़ पूछ लूंगी। मां के आंसुओं में आंसू मिलाकर उनका दुःख कम करूंगी।

❑❑

शरीर अस्वस्थ होने पर भी मन स्वस्थ रह सकता है, पर मन अस्वस्थ होने पर शरीर स्वस्थ नहीं रह सकता। कई दिन तक अस्वस्थ हो शैया पर पड़ी रही। युधिष्ठिर राजवैद्य पर मेरी चिकित्सा का भार देकर निश्चिंत रहे। राजवैद्य पर उन्हें काफी विश्वास है। परन्तु मैं स्वयं अपने ऊपर से विश्वास खो बैठी थी। संदेह हो रहा था—पंचपति के साथ मैं जीवनभर कौरवों द्वारा अपमानित होकर स्वस्थ जीवन बिता सकूंगी ?

पंचपति की बात सदा कोंचती रहती। अब समझ रही हूं कि कोई कभी सबको संतुष्ट नहीं कर सकता। युग्म जीवन में व्यवस्था बनाये रखने के लिए मैंने जो नियम बनाए उनसे शायद मुझे कुछ सुविधा मिली, पर औरों को कष्ट हुआ। हर रात में, जब भोजन के बाद युधिष्ठिर के शयनकक्ष में जाने से पहले सारा कार्य निपटा कर शुभरात्रि कहने जाती, तब तक सहदेव सरल शिशु की तरह चैन से सो चुके होते। नकुल उधर प्रमोद गृह में नृत्य-गीत में खोये रहते। नर्तकी सुललना के नृत्य में वे आजकल अधिक मग्न रहने लगे हैं। और अर्जुन पाठागार में शास्त्रचर्चा में तल्लीन दिखते। शास्त्र अध्ययन और अस्त्र विद्या के अभ्यास के समय कोई उनके सामने नहीं जाता। उनकी एकाग्रता में बाधा कोई न डाले। उनके स्पष्ट निर्देश थे। अतः वे जान-बूझकर देर रात गए तक इनमें से किसी काम में लगे रहते हैं। शुभरात्रि का अवसर न देकर वे शायद मन का आक्रोश मिटा रहे हैं।

पर भीम मेरे आगमन की प्रतीक्षा में रहते। कक्ष के बाहर पदचाप सुनते ही आदेश की भंगिमा में कहते—"पांचाली अंदर आओ। मैं बहुत अस्वस्थ हूं। शैया से उठकर नहीं जा सकूंगा।"

अंदर न जाकर मैं द्वार के इधर से उत्तर देती–"अधिकतर देखती हूं, आप देर रात गए अस्वस्थ क्यों हो जाते हैं ?

"तुम्हारे कारण।"

"मेरे कारण ?"

"अवश्य। तुम ऐसा भोजन परोसती हो, प्रतिदिन रात्रिभोजन के बाद मैं अवश हो जाता हूं। तुम जानती हो भोजन के प्रति मेरा कुछ अधिक आग्रह है–अब संभालो।" भीम बेचैन होते। यंत्रणासूचक शब्द कहते। पीने को पानी और कुछ पाचक मांगते। बाध्य होकर अन्दर जाती। कष्ट दूर करने का प्रयास करती। भीम कहते– "पांचाली, तुम वर्ष भर तक मेरी पत्नी नहीं होगी, जननी और भगिनी होने में तो कोई बाधा नहीं। मैं इस समय अस्वस्थ हूं। जननी और भगिनी की भूमिका ग्रहण करनी चाहिए। मुझे नींद न आने तक नहीं जा सकती।"

भीम पादसेवा के लिए इंगित कर रहे हैं। इससे उनकी यंत्रणा उपशम हो सकती है। नींद भी जल्दी आ सकती है। मैं यह सोच सेवा-सुश्रुषा में लग जाती हूं। कभी-कभी भोर हो जाती, भीम की यंत्रणा कम नहीं होती। नींद ठीक से आ ही नहीं पाती। रात-भर उनकी सेवा में लगी रहती। सोचती–युधिष्ठिर प्रतीक्षा कर रहे होंगे, खीझ रहे होंगे। मुंह खोल भीम से कुछ नहीं कह पाती। मैं चुपचाप भीम की पादसेवा करती–वे मुझे जलाने के लिए हिडिंबा के साथ अपने प्रेम, प्रणय और मिलन की बातें कहते रहते। कभी अनुकंपा दिखाते से कहते–"हां, अब तुम जाओ, पांचाली! युधिष्ठिर प्रतीक्षा में होंगे। तुम्हें कष्ट देना मेरा उद्देश्य नहीं है। अतः कल मैं हिडिंबा के पास चला जाता हूँ। मेरे मन की बात तुमसे बढ़कर कौन जानेगा ? उसके स्पर्शमात्र से नींद आंखों पर उतर आती। तुम्हारे स्पर्श से नींद आना तो दूर–उलटे कहीं आसपास हो तो भी वह दूर चली जाती है। हिडिंबा राक्षसी है, पर स्त्री के रूप में तुम से श्रेष्ठ है।"

भीम मुझ पर चोट करना चाहते हैं, पर मैं प्रतिवाद नहीं करती। उनकी श्लेषोक्तियां सुनने की आदत पड़ गई है। चुपचाप लौट आई युधिष्ठिर के कक्ष में। शायद युधिष्ठिर अब स्वाभाविक पति का अधिकार जाहिर कर कुछ नाराज होंगे। हो सकता है उत्तेजित हो जायें। क्षुब्ध हो जायें। कोई भी होता तो ऐसा ही करता। पर मेरे लिए युधिष्ठिर में प्रतीक्षा का कोई लक्षण नहीं था। जितेन्द्रिय तापस की तरह निर्लिप्त भाव से स्वीकार करते, निर्विकार स्वर में कहते–"भीम को नींद आ गई तो ? सुना प्रतिदिन रात्रि भोजन के बाद वह अस्वस्थ हो जाता है। उसके खान-पान का थोड़ा ध्यान रखना याज्ञसेनी ! अच्छा भोजन देखकर वह हिताहित की बात भूल जाता है। उस पर नियंत्रण करो। भीम का बाहुबल ही पांडवों की संपद है। वह बराबर अस्वस्थ रहेगा तो विपद ज्यादा मुझ पर ही रहेगी। बड़े भाई के रूप में सबका ध्यान मुझे ही रखना होगा।"

मैं गहन अन्तर्दृष्टि से युधिष्ठिर की ओर देखती। रात भर वे मेरे लिए व्याकुल रहे, इतना भी स्वीकार करने को नाराज ! ऐसा करने पर स्त्री के आगे छोटे नहीं हो जायेंगे ? अतः परोक्ष रूप में जता देना चाहते हैं कि भीम की अस्वस्थता से वे खुश नहीं। उलटे बेचैन, विपन्न और असंतुष्ट हैं। युधिष्ठिर हर बात में ऐसी उदारता दिखा हर अपने मन की बात कभी मेरे आगे नहीं कह पाते। कहीं उनके व्यक्तित्व पर से मेरी आस्था न टूट जाय, अतः भूखे होते हुए भी "भोजन दो" इतना कहने में भी

वे संकोच करते। कुंठित से ऐसे यशलोभी पति पर अनुकंपा में मन स्वतः द्रवीभूत हो जाता। मैं नम्र मधुर स्वर में कहती–

"भीम की अस्वस्थता से मैंने आपके प्रति कर्त्तव्य में अवहेलना कर दी। मुझे दुःख है। पर भीम यदि प्रतिदिन एक खास समय पर अस्वस्थ होते रहेंगे, तो मैं क्या कर सकती हूँ ?"

युधिष्ठिर तुरन्त कहते–"उससे मुझे कोई दिक्कत नहीं होती। पर तुम यदि प्रतिदिन उनींदी रह कर उसकी सेवा करोगी तो तुम अस्वस्थ हो जाओगी। अतः भीम के इस बचपने की ज्यादा परवाह न किया करो। वह फिर खुद ठीक हो जायेगा। उसके जैसा दायित्वपूर्ण वीर अधिक भोजन कर अस्वस्थ हो जाय, यह कोई अच्छी बात है ?"

मैं मन ही मन हँसती। युधिष्ठिर को इधर भीम की जानबूझकर बीमारी अच्छी नहीं लगती, यह बात समझ गई। और बिना कारण मुझे रोकते हैं, बहाना बनाकर, यह भी मुझसे छुपा न रह सका, न युधिष्ठिर का असंतोष। एक पति को अस्वस्थता की हालत में, वेदना में छोड़कर दूसरे पति के साथ आमोद कैसे कर पाती ?

इस संकट से उद्धार की बात सोचती–भीम कुछ दिन सौतन हिडिंबा के यहां चले जायें, सह लूंगी। इसके अलावा इस द्वंद्व के समाधान का और कोई रास्ता नहीं दिखता।

भीम के उदंडपन की ज्वाला तो सही भी जाय, पर फाल्गुनि की ठण्डी उदासीनता बरदाश्त से बाहर होती। शरीर के अन्दर मानो सारी नसें चुपचाप टूट-टूट जाने को होतीं। अन्दर मन करता–भीम की तरह फाल्गुनि कष्ट क्यों नहीं देते ? असुविधा में क्यों नहीं डालते। मन करता किसी तेज मान के प्रवाह में फाल्गुनि से दूर कहीं दूर बही जा रही हूँ।

इस घटना के बाद अस्वस्थ हो गई।

अस्त्रविद्या के नाम पर फाल्गुनि इन दिनों जंगल में बहुत दूर चले जाते। कभी-कभी तो संध्या के बहुत बाद लौटते। लौटकर संध्या उपासना में लग जाते। रात में थोड़ा भोजन करते। फिर पाठागार में पढ़ने में मग्न हो जाते। या फिर सखा कृष्ण से वेदांत पर चर्चा चल पड़ती।

कभी-कभी फाल्गुनि जंगल से लौटने में ही इतनी देर कर देते कि मैं उद्विग्न हो जाती। सखा कृष्ण मेरे मन की बात अनुमान कर लेते। आश्वासन देकर कहते– "सखी, तुम मेरे प्रिय सखा का अपमान कर रही हो !" मैं प्रश्नवाची नेत्रों से उन्हें देखती रहती। सखा हँस कर कहते–"मेरे सखा घोर अरण्य में अकेले क्या कुछ कर सकते हैं, बाघ, भालू, सर्प आदि हिंस्र जीवों को शक्तिहीन कर देते हैं, तुम अगर जानती तो इतनी उद्विग्न नहीं होतीं। लगता है मेरे सखा के बाहुबल और अस्त्र-कौशल पर तुम्हें भरोसा नहीं। यह क्या फाल्गुनि का अपमान नहीं ? तुम उनकी धर्मपत्नी हो, फिर भी उनके बारे में ऐसी धारणा रखती हो ! उन्हें इसका पता चले तो वे अपने कर्म को धिक्कारने लगेंगे। अतः तुम फाल्गुनि की चिंता न करो।"

सखा का आश्वासन सुनकर मैं खुद को दिलासा देने की चेष्टा कर रही थी। उस दिन फाल्गुनि लौटे तब खून में लथपथ और आहत थे। यह कैसे हुआ कोई नहीं जानता। साथ गये अन्य परिचारक बता रहे थे–उस दिन फाल्गुनि कैसे भी तो अनमने

थे, उसी हालत में पांचाल देश से पाए एक तेज अश्व पर बैठे जा रहे थे। घोड़े ने चाल पकड़ी और वे अरण्य में अन्तर्धान हो गये। बहुत देर बाद वह घोड़ा अकेला ही सरपट दौड़ता लौट आया। परिचारक ढूंढ-ढूंढ कर थक गए। बाद में देखा वे पहाड़ की तलहटी में बेहोश पड़े हैं। घायल दशा में उठा कर ले आये। रोमांचक घटनाओं के नायक बनने की फाल्गुनि में जन्म से ही लालसा थी। शायद आलस्य और अवसाद दूर करने के लिए वे उन दुर्धर्ष अश्व की पीठ पर उस वन-पर्वत प्रदेश का सौन्दर्य देखने में अनमने हो गए। उसी अवसर पर अश्व उनके अनुशासन से बाहर हो गया। अतः वे गिर कर घायल हो गये।

कैसे क्या हो गया इस बारे में सोचने का समय नहीं। चिकित्सा और सुश्रुषा में लग गई। राजवैद्य ने अविलम्ब परीक्षा की। कहा—"अजस्र रक्त बह गया था, लेकिन संकट की कोई बात नहीं। अभी होश आ जाएगा। पर दो सप्ताह का पूर्ण विश्राम करना होगा। चिकित्सा से सुश्रुषा ज्यादा प्रभावी होगी।"

सखा कृष्ण ने हँस कर कहा—"अब समझा इंद्रप्रस्थ की अश्वशाला में इतने अश्व होते हुए भी पांचाल का दुष्ट अश्व लेकर क्यों विपदा बुला ली। फिर तन्वी श्यामा प्रियतमा कृष्णा का साहचर्य कैसे मिलेगा ! सदाचार, सुशील, वाक्संयमी, फाल्गुनि, उद्दंड भीम की तरह कृष्णा से जोर-जबरदस्त सेवा, सौहार्द्र और साहचर्य अदा नहीं करते।"

सखा की हर बात में रसिकता होते हुए भी मेरे दुःख और ग्लानि की सीमा नहीं रही। सोच रही थी—वास्तव में फाल्गुनि ने ऐसा अपरिणामदर्शी काम क्यों किया ? मेरा साहचर्य पाने के लिए या फिर मुझ से प्रतिशोध लेने के लिए ?

फाल्गुनि के पांवों के पास बैठी थी मैं। सिरहाने मां बैठी थी। फाल्गुनि को होश आ रहा था। आंख खोलते ही मुझ पर उनकी आंख पड़ी। मेरे नयन भर आए। मां बैठी थी, अतः खुद को बहुत संभाला। फाल्गुनि ने एक बार आंख खोलकर फिर मींज लीं। अगले क्षण मां की ओर देख कर हंस कर बोले—"जरा-सी बात पर आप सब घबरा जाते हैं। मेरे लिए रक्त बह जाना कोई नई बात तो नहीं।"

कुंती ने कोई उत्तर नहीं दिया। सिर्फ उनके केश सहलाती रही। उनके नेत्रों में जलकण झर गए। फाल्गुनि के लिए पथ्य बनाने मां उठ गई। मुझे कह गई—फाल्गुनि के तलवे धीरे-धीरे सहलाती रहना। मैं भी यही चाहती थी। धीरे से, हृदय का सारा कोमल निर्यास देकर नील कमल सदृश उन पावों को सहलाने लगी। तभी सखा कृष्ण परिहास में कहने लगे—"सखा, मेरे रहने पर तुम्हारे विश्राम में बाधा तो नहीं उपजती ?"

फाल्गुनि ने आंख खोली, "सखा, तुम जहां नहीं होते, वहां प्रशांति नहीं होती। अतः तुम्हारे बिना विश्राम में आनंद कहां ?"

सखा ने हंस कर कहा—"मैं न रहूं तो भी कृष्णा तो हैं। कृष्णा की सेवा और साहचर्य मिलने पर पृथ्वी का श्रेष्ठ भोगी भी रोगी बनने में पीछे नहीं रहेगा। तुम उसी लोभ में अश्वपृष्ठ से गिर कर इस हालत में नहीं पहुंचे तो ?"

मैं लज्जा और दुःख से दुहरी हो गई। फाल्गुनि गंभीर हो गए। कठोर स्वर में कहा—"सखा, पृथ्वी के किसी भी द्वंद्व के लिए रक्तपात होता आया है। दानवत्व को नष्ट करने के लिए कुछ रक्त बहाना पड़ता है।"

सखा ने सरल शिशु की तरह फाल्गुनि की ओर देख कर कहा—"क्या कह रहे

हो ? दानव कौन ! द्वंद्व कैसा ?''

फाल्गुनि स्थिर दृष्टि से उनकी ओर देखते रहे–''आदमी की कामना और वासना ही तो दुष्ट दानव हैं। और द्वंद्व होता है मन-विवेक के बीच। जब कामना रूपी दानव बलवान हो जाता है तो सिर पर खून सवार हो जाता है। वासना निगल जाती है विवेक को। ठीक तभी माथे से खून बह जाने पर दानव हार मान लेता है।

सखा कृष्ण ने पूछा–''किसकी बात कह रहे हो ?''

''अपनी बात, आदमी की बात। आदमी की वासना की बात। सखा तुम सोचते हो मैं आदमी नहीं हूं ? पत्थर हूं ?'' फाल्गुनि खूब उत्तेजित दिखते, बात बीच में रखकर चुप हो जाते।

सखा वैसे ही हंसते। मैं चुपचाप रहती। पर मन विद्रोह करता। पूछने को मन करता–''फाल्गुनि यह तमाशा क्यों ? मैं ऐसा ही चाहती थी ?'' पर फाल्गुनि अस्वस्थ हैं। उन्हें उत्तेजित करना ठीक नहीं। मैं स्वयं सुलगती रही।

कृष्ण ने शांत स्वर में कहा–''सखा ! तुम आर्यावर्त्त के श्रेष्ठ वीर हो। ज्ञानी, सदाचारी और विवेक संपन्न हो। अतः यह परीक्षा तुम्हारे लिए ही रची है विधाता ने। उत्तीर्ण होने पर संपूर्ण आर्यावर्त्त के पालनकर्ता बन सकोगे। अपनी इन्द्रियों को जो नहीं जीत सकता, वह कैसा आदमी ! आदमी में कामना-वासना रहेगी। पर वह रहे आदमी की सीमा में। नारी-पुरुष मिलन से ही सृष्टि चिर नूतन, चिर सुंदर है। तो क्या स्थान, काल, पात्र का विचार किए बिना नारी-पुरुष का मिलन होना चाहिए ? आदमी जिह्वासुख का दास है। पर निष्ठा से व्रत, पूजा, उपासना करते समय जीभ स्वाद पदार्थ देख कर भी बेकाबू नहीं होती। कितना ही ज्ञानी और विद्वान हो, मन यदि विवेक के अधीन नहीं है, तो वह विद्या और ज्ञान पृथ्वी को ध्वंस कर देगा। फाल्गुनि, तुम पृथ्वी के कल्याण के लिए जन्मे हो, अतः मेरे भी प्रिय सखा हो। तुम्हारे अन्दर कामना-वासना का द्वन्द्व क्या शोभा देता है !''

विद्रूप में अनोखी छटा फाल्गुनि के होंठों पर खिल उठी। कृष्ण पर कटाक्ष कर कहा–''सखा, बाल्य-कैशोर से लेकर अब तक तुम्हारा यश, तुम्हारी सारी कीर्ति मुझे स्पष्ट झलक रही है। द्वारका में आठ पटरानियों के अलावा भी तुम्हारी हज़ारों उपपत्नियां हैं। नरकासुर का वध कर उनको ससम्मान आश्रय देकर समाज में प्रतिष्ठा दी है। और यहां मुझे मन, विवेक और संयम का उपदेश दे रहे हो। चार वर्ष की प्रतीक्षा के बाद एक वर्ष मेरे दांपत्य का आयेगा। ये चार वर्ष कैसे कटते हैं, कभी सोचा है ?''

सखा ने हंस कर कहा–''कृष्णा तुम्हारी पट्टमहिषी है। उन्हें छोड़कर तुम भी हजार उप-पत्नी रख सकते हो। पर याद रखो इसमें भी संयम चाहिए। सुन्दर युवतियों के बीच रहकर भी जो कामना के वशीभूत नहीं होता वह इतनी नारियों के बीच स्वस्थ-शांत हृदय से अपनी बात भूल कर सखा की बात पर विचार कर सकता है। जल में रह कर भी पद्मपत्र जलमय नहीं होता। मैं वसे ही हूं। तुम क्या यह नहीं जानते ? प्रिय सखी कृष्णा के सामने मुझे ऐसा कह रहे हो। वह क्या सोचेगी ? उसके विचारों का ही डर है, क्योंकि वह कवि है, भावुक है। मेरी लंपटता को सच मानकर कविता लिख देगी तो मेरी क्या दशा होगी ? जगत के आगे मेरा सिर ऊँचा रह सकेगा ?'' फाल्गुनि ने हंस कर कहा–''उसे पूछें ! तुम पर ही खाता भरा है। मैंने पढ़ी है सब। हालांकि

उसकी हर कविता मुझे आनन्द देती है सुनोगे ?"

फाल्गुनि एक-एक कर मेरी कविता गाते गए। मैं उनके स्वर में कविता सुनकर सारा राग-द्वेष भूल गई। मेरी कविताएं कंठस्थ ही नहीं, उन्होंने हृदयस्थ भी कर ली हैं। कविता के शब्दों में मैं भी थी उनके हृदय में ! मेरे प्रति उनका कितना गहन स्वर्गीय प्रेम है ! वरना कविता याद रख पाते ? दोनों सखा कविता चर्चा में लग गए। चुपचाप विदा लेकर मैं युधिष्ठिर के कक्ष की ओर चली आयी। सोचा—पति-पत्नी के बीच गुस्से और मान का अर्थ प्रेम-शून्यता नहीं होता। यह बात हर स्त्री को जाननी चाहिए।

मैंने सोचा था मेरे सान्निध्य के लिए जानबूझकर अस्वस्थ हो पड़े हैं। फाल्गुनि यह जानकर अस्वस्थ होने के बावजूद भीतर ही भीतर खुश हो रहे थे। "फाल्गुनि मुझे चाहते हैं।"—यह मेरे लिए कोई कम बात न थी। आर्यावर्त्त की श्रेष्ठ नारी भी इस भावना पर जीवनभर कुमारी व्रत रख सकती है।

पर जब फाल्गुनि ने मेरी सेवा, मेरी सुश्रुषा और मेरी सहचर्य को ठुकरा दिया तब मैं समझी वे मुझे कष्ट देने के लिए ऐसा कर रहे हैं। मेरी उपेक्षा करते हैं—यह बताने का इससे अच्छा अवसर और क्या होता ?

सारा काम समाप्त कर सुश्रुषा के लिए फाल्गुनि के पास बैठी। तंद्रिल दिखे वे। हलके से उनके पांव सहलाने लगी। वे चौंक उठे। मुझे देख पांव सरका लिए। अनासक्त स्वर में कहा—"तुम इतनी रात में यहां ?"

"तुम्हारी सेवा के लिए रात के पहर गिनने की जरूरत नहीं।" मैंने नम्र स्वर में कहा। गंभीर होकर उन्होंने कहा—"पर युधिष्ठिर शयनकक्ष में प्रतीक्षा कर रहे हैं।"

"आपके स्वस्थ होने तक सुश्रुषा की अनुमति मिली है।"

"पर तुम्हारा यह अन्याय है।"

"क्यों ? सेवा, साहचर्य, सुश्रुषा तो पत्नी का धर्म है। गृहणी का कर्त्तव्य है।"

"सब से ऊपर पति को संतुष्ट करना है स्त्री का कर्त्तव्य।"

"आप भी मेरे पति हैं।"

"पर अगले दो वर्ष तक तुम्हें मैं पत्नी रूप में नहीं देख सकता।"

"सेविका के रूप में तो देख सकते हो। स्त्री का एक रूप सेविका का भी है।"

"पर इससे तुम्हारी दांपत्य की शर्त टूट जायेगी। युधिष्ठिर का शयन कक्ष छोड़ किसी और के शयनकक्ष में रात बिताना निषिद्ध है। इसमें तुम्हारा ही नहीं मेरा भी अपराध होगा। अतः कृष्णा ! तुम दया कर युधिष्ठर के पास जाओ। इसी में तुम्हारा मंगल है, मेरा भी।" फाल्गुनि का स्वर आदेशात्मक लगा। मान भरा था; श्लेषमय था। और उपहास के छींटे भी दिखे। दुःख, अभिमान और क्षोभ में मेरा गला भर आया। मैंने मन ही मन सोचा फाल्गुनि क्या नहीं देखते कि आज मैं अवसारिका वेश छोड़ परिचारिका बनी हुई हूं ? उनकी सुश्रुषा के बिना रात नहीं कटेगी, क्या वे नहीं समझते ?

मैंने छलछला कर कहा—"स्त्री केवल आया ही नहीं, वह जननी और भगिनी भी है। मैं इस समय तुम्हारी पत्नी नहीं, जननी हूं, भगिनी हूं। अतः इसमें किसी के प्रति अन्याय नहीं होगा। न विवाह की शर्त टूटेगी। वरन इसमें मुझे खुशी होगी।"

फाल्गुनि अवज्ञा में हंस उठे। व्यंग में भर कर कहा—"तुम्हारी जननी और भगिनी की भूमिका भी कम नहीं। भीम अब प्रतिदिन अस्वस्थ होंगे। नकुल, सहदेव भी सेवा

चाहेंगे। बेचारे बड़े भाई क्या करेंगे ? हमें अभिशप्त करने के अलावा चारा क्या रहेगा ? फिर कुंती के रहते-रहते तुम मां की भूमिका ग्रहण करोगी ? दुःशीला कौरव कुल में जन्मी, फिर भी हमारी इकलौती बहन है। कल खबर पाते ही आ जायगी। उसका स्थान भी लेना ठीक नहीं। मैं मां की प्रतीक्षा कर रहा हूं। अभी आयेगी। वह मेरे सिरहाने बैठी रहेगी। वह खुशी तुम्हें नहीं बांटनी चाहिए। जाओ, दया करो। तुम्हारे स्पर्श से वरन् कष्ट हो रहा है। मेरी नींद उचट जाती है। तुम नहीं समझ सकोगी। तुम्हारे जीवन में विरह ऋतु का कोई स्थान नहीं, क्योंकि पंचपति की नायिका हो यौवन की पद्मगंधा नारी कृष्णा—तुम्हारे आगे हाथ जोड़ रहा हूं। चली जाओ। अब भैया के आगे अपराधी न बनाओ मुझे। तुम्हें पास बिठा कर बहाना कर रहा हूं, वे ऐसा न सोच बैठें। कम से कम भाई-भाई के बीच मधुर संपर्क तुम्हारे कारण छायाग्रस्त न हो।"

फाल्गुनि ने अनुनय की भंगिमा में हाथ जोड़ लिए थे। यह अपमान मेरे लिए असहनीय था। मैं किसी के आनन्द में हिस्सा लेना नहीं चाहती, किसी के बीच न मैं भेद पैदा करना चाहती, सिर्फ शान्तिपूर्ण, चैन का जीवन-पति, पुत्र, कन्या से भरा संसार चाहती थी जो हर नारी का काम्य होता है, उससे तिलभर भी अधिक नहीं। पर मेरा जीवन यों नाटकीय क्यों हो रहा है ?

दुःख और क्षोभ को दबा लिया। फाल्गुनि के शयनकक्ष से झटपटा कर निकल आयी।

पर युधिष्ठिर के कक्ष के द्वार बन्द। रात बहुत हो चुकी थी। इंद्रप्रस्थ के आकाश में तारे भी मेघों की ओट में ऊंघ रहे थे।

मैं खड़ी थी एकाकी। पंचपतियों के बन्द शयनकक्षों में जोड़ते बरामदे में, हृदय की रूंधी वेदना को आबोर कर खड़ी थी याज्ञसेनी। अंधेरे आकाश पर सप्तर्षिमंडल एक प्रश्नवाची बनकर मेरी आंखों के आगे धीरे-धीरे गाढ़े रूप में झिलमिला रहा था।

❑ ❑

धन, ऐश्वर्य, क्षमता, यश, आत्मीय, स्वजन, पति, पुत्र, कन्या, स्त्री सबमें आदमी का कोई एक तो दरदी बंधु होना जरूरी है जो सुख में सुख मिलाकर आनन्द को सौ गुना कर दे, दुःख में भाग बंटा कर व्यथा को कम कर दे। सच गोविन्द ऐसे ही एक हृदयवान दरदी मीत हैं। मीत के पास मन खोल देने पर आकाश की तरह उन्मुक्त, उदार और आलोकित हो जाता है हृदय। पर गोविन्द मन के ऐसे पारखी हैं कि मन खोलकर उन्हें कुछ कहना नहीं पड़ता। उन्हें देखते ही भोर के सूरज की छुवन से फूल की सारी पंखुड़ियां खुलजाने की तरह मन खुल जाता है। हृदय में कहीं कुछ गोपनीय नहीं रह जाता। उनकी दृष्टि सूरज के प्रकाश की तरह होती है और मन जैसे खिलता हुआ !

अतः मन में जब वेदना असहनीय हो जाती है, गोविंद के दर्शन की कामना कर लेती हूं। उनके सिवा मन की इतनी सारी अव्यक्त वेदना और कहीं उड़ेली भी तो नहीं जा सकती। संसार की सारी बातें हर किसी के आगे कही भी नहीं जा सकतीं। ऐसी कई व्यथाएं हैं, अनेक भावनाएं हैं जो पति के आगे भी जीवन तमाम अव्यक्त रह जाती हैं। मगर गोविंद के आगे सारी गोपनीयता, सारी कुंठा, पता नहीं कैसे सारे अंतराय दूर हो जाते हैं, सोच कर अचंभा लगता है।

उस दिन भी गोविंद मेरी ओर देखते ही समझ गए कि मेरे मन के किसी कोने में निःशब्द वेदना के जलकण झर रहे हैं। प्रस्ताव दिया–"सखी, चलो, शतद्रु नदी के तीर वाले अरण्य में प्रमोद के लिए चलें। वन भोज करेंगे। सखा भी स्वस्थ होने को आये, उनका भी मनोरंजन हो जायेगा। घर पर बैठे-बैठे फाल्गुनि कुछ चिड़चिड़े और विमर्ष दिखने लगे हैं।"

मैं जान गई यह सारा आयोजन मेरा मन परिवर्तन करने को हो रहा है। मना नहीं किया। चाहती थी खुला आकाश, खुली हवा और ताजी हरियाली...। प्रकृति की इस जीवंत सुषमा में कुछ समय के लिए खो जाती।

रथ तैयार हो गया। पांचों पांडव, सखा कृष्ण और मैं। मेरी कुछ सहचरियां भी साथ थीं शतद्रु यात्रा में।

हमारे आने की खबर शायद वसन्त को मिल गई थी ! शतद्रु के जल-दर्पण में अपना चेहरा देखते वसन्त ऋतु बहुत पहले ही प्रसाधन पर्व समाप्त कर चुकी थी। अशोक चंपा, मधुमालती और असंख्य अनाम फूलों की सुरभि में वनप्रदेश भरपूर था। अरण्य पथ में बिखरे वकुल पुष्पों का गलीचा बिछा था। इत्र की महक में हमें चौंका कर अधीर पवन हमारे आगमन पर प्रस्तुत था। कृष्ण आगमन का संवाद प्रचारित कर रहा था वह। सुबह की धूप में अरण्य ने झलमलाती रोप्य सरसी की थाल में सद्यः नील कमल का अर्घ्य प्रस्तुत किया है।

आम की मंजरी का चंदोवा पसार अमराई शीतल छाया किए हमारी प्रतीक्षा में थी। हम सब वहीं ठहरे।

अरण्य की अपार शोभा में मैं तो जैसे खो ही गई याद ही नहीं रहा कि मैं राजनन्दिनी द्रौपदी हूं, इंद्रप्रस्थ की महारानी कृष्णा हूं, पंच पांडवों की पांचाली हूं। मन का सारा दुःख-दर्द, अवसाद-अफसोस सब धो दिया था पवित्र प्रकृति ने। और मैं मंत्रमुग्ध सी उस प्रकृति के प्रेम में खो गई थी।

युधिष्ठिर पुण्यतोया शतद्रु नदी के तीर पर रहने वाले वनवासियों की दशा जानने के लिए परिचारकों के साथ उधर चले गए। भीम जंगल के पके फल ढूंढ कर दुपहर की भोजन की चिंता में चल पड़े। नकुल अश्वों को लेकर अरण्य में क्रीड़ा करने लग गए। सहदेव निर्जन नदी की धार पर बैठ सका कृष्ण की द्वारका यात्रा का दिन गणना करने में लग गए। इंद्रप्रस्थ से द्वारका जायेंगे। अतः सहदेव हिसाब कर रहे थे।

आम्रकुंज में दोनों सखा अर्जुन और कृष्ण थे। मैं रह गई वहाँ साथ। मेरी परिचारिकाएं भी वन की शोभा देखने चपल बाला-सी फूल चुनने चली गई। भंवरे और तितलियों के बीच खेल रही होंगी।

तांबूल सखा की ओर बढ़ाते हुए कहा–"सखा ! कुछ दिन और इंद्रप्रस्थ रहने में क्या असुविधा थी ? हालांकि द्वारका में आठों पट्टमहिषी प्रतीक्षा कर रही होंगी।" फाल्गुनि हंस पड़े–"आठ पट्टमहिषी ही नहीं द्वारका के अन्तःपुर की ओर हजारों उपपत्नियां सखा के विरह में क्षीण हो रही हैं। सखा को हम इंद्रप्रस्थ की प्रतिष्ठा में जितने दिन रोके रख सके, वही क्या कम है ? अधिक दिन रोके रखने पर वे हमें अभिशाप नहीं देंगे !"

सखा ने मेरी और तिर्यक दृष्टि से देखा। हंस पड़े–"सखा का मंतव्य सुन मुझे

आर्यावर्त्त का श्रेष्ठ कामुक पुरुष तो नहीं समझ बैठी ? यद्यपि सखा की बात के पीछे सत्य है। द्वारका के अन्तःपुर में आठ पट्टमहिषी के अलावा भी अनेक उप-पत्नियां हैं मेरी पर इसके अलावा कोई गति न थी। नरकासुर ने हजार कन्याओं के साथ बलात्कार कर राजधानी में बन्दी बना रखा था। नरकासुर का औद्धत्य और अत्याचार सीमा पार कर गए। तब मैंने प्रजा में शांति स्थापना के लिए उसका वध किया। उन अभागी राजकन्याओं को बंधनमुक्त कर उनके माता-पिता को खबर दी। पर जो पिता अपनी कन्या की इस दुरावस्था पर रोते-धोते नहीं थकते, अब उनमें किसी एक ने भी कन्या को वापस लेना स्वीकार नहीं किया। वरन् भेजकर खबर दी—''आत्महत्या ही एकमात्र रास्ता है। नरकासुर के बन्दी गृह में इतने दिन रहने के बाद कोई राजपुत्र तो क्या इतर पुरुष भी उनका पाणिग्रहण नहीं करेगा। वरन् वे फिर पिता के राज्य में जायेंगी तो राज्य का यश क्षय होगा। ऐसे में आत्महत्या के सिवाय कोई चारा नहीं।''

''उफ कैसा अन्याय !'' अनायास मेरे मुंह से निकल पड़ा।

सखा ने समवेदना के स्वर में कहा—''उसी अन्याय के कारण तो देवी वैदेही को बार-बार अग्नि परीक्षा का सामना करना पड़ा है। अन्त में धरती की गोद में आश्रय लिया।''

''फिर'' अर्जुन ने पूछा। कृष्ण की वीरता और महानता की बातें सुनने में उन्हें खूब आनन्द आता।

सखा ने फिर कहा—''उन्होंने देखा आत्महत्या के सिवा कोई रास्ता नहीं, वे मेरी शरण आयीं। कातर स्वर में कहने लगीं—'हे गोपीजन रंजन ! कृष्ण ! नरकासुर का वध कर आपने हमें विपद में डाल दिया। धरती पर ये ही हमारे आश्रयदाता थे। अब इनके मरने के बाद संसार में हमारे लिए कहीं सिर छुपाने की जगह नहीं। अब हम क्या करें ? तब मैंने पृथ्वी के सब देशों के राजपुत्रों को आमंत्रित किया। उन राजकन्याओं को ग्रहण करने के लिए कहा। काश, उनमें से एक भी आगे बढ़ कर आता। सदा उसका हो जाता पर कोई राजी नहीं हुआ विवाह के लिए। अन्य पुरुष के राज्य में आश्रिता बन कर रह चुकी हैं, अतः वे सब कलंकित हैं। सब ने मेरी बात ठुकरा दी। राजकन्याएं दुःख में म्रियमाण होकर कहने लगीं—'हे कृष्ण ! तुम हमारे जीवनदाता हो, मुक्तिदाता हो ! हमारी रक्षा न करोगे तो हम सबके आत्महत्या के दोषी बनोगे।' मैंने उन्हें आश्वासन दिया। मेरे राज्य में शरण ले सकती हैं। भोजन-वस्त्र की कमी नहीं रहेगी। सारी सुविधाएं दी जायेंगी—जीवनभर।''

अचानक सखा की बात का मैं प्रतिवाद कर उठी—''सखा ! सिर्फ भोजन, कपड़ा और घर पाकर ही कोई जी सकता है ? जीने के लिए चाहिए सामाजिक प्रतिष्ठा, सम्मान और सबकी सहृदयता, समर्थन। नरकासुर के बन्दी गृह में भी भोजन, कपड़े और आवास की कमी न थी। तब भी उनके प्रति लोगों की सहानुभूति थी, सम्मान था। ऐसे में कपड़ा-भोजन दे देने से क्या उनका सामाजिक सम्मान लौट आयेगा ? नारी के प्रति समाज जो अन्याय करता है, उसके लिए क्या प्रतिकार किया ?''

सखा मेरे अभियोग पर हंस पड़े—''नाटक का अन्तिम पर्व सबसे रोमांचक है। तुम-सी राजकन्या ने भी मुझसे यह प्रश्न किया था। मेरे कदमों में स्वयं को अर्पित कर अनुनय की—'हे कृष्ण ! हमें ग्रहण कर हमारा सम्मान बचायें।' तब मैं समझा कि

उन्हें पत्नी के रूप में ग्रहण करना ही मेरा कर्त्तव्य है। इससे पृथ्वी के पुरुष समाज को यह पता चल जाय कि नारी का शरीर ही नारी नहीं, नारी की आत्मा भी होती है। शरीर बन्दी बना लेने पर आत्मा बन्दी नहीं होती। शरीर को पूतिगंधमय नर्क में फेंकने पर भी आत्मा पाप की भागी नहीं होती। शरीर का बलपूर्वक भोग कर लेने से ही आत्मा पतित नहीं होती। आत्मा यदि मुक्ति का संधान पा जाय, आलोक का पथ अनुसरण करने लगे, तो वह है निष्कलंक, विमुक्त, पुण्यश्लोक। वे सहस्त्रों कन्याएं अब मेरी विवाहित पत्नी हैं। उनकी निष्कलंक आत्मा को सम्मानित किया, विवाह किया, ग्रहण किया है। आत्मा से आत्मा का जहां मिलन होता है, वहां शरीर का संपर्क गौण हो जाता है अतः मैं यदि इंद्रप्रस्थ में वर्षो रह जाऊं तो भी मेरी पत्नियां तुम्हें अभिशाप नहीं देंगी। मैंने शरीर भोग की लालसा से उनसे विवाह नहीं किया। उनकी आत्मा को चाहा, और वे सब मेरी आत्मा की प्रेमिका हैं। जो मेरे प्रेम को समझ नहीं पाते, वे मुझे लंपट कहते हैं, बहुनारी कामी कह देते हैं।''

मैं परम प्रेमी कृष्ण की आत्मा के प्रेम में बहुत पहले से पड़ी थी, अब मन ही मन अफ़सोस कर रही थी, उस नराधम नरकासुर ने हजार कन्याओं में से मुझे बन्दी क्यों नहीं बनाया ?

फाल्गुनि ने मेरी भावना के विपरीत बात ही परिहास के नाते कह दी। हंसकर बोले–''सखा ! सारे विश्व का संवाद तो तुम्हारे पास है। दया कर बताओगे और कौन दानव है जो लाखों राजकन्याओं को बन्दी बनाये है ? इस पल मैं उसे मारकर उन सुन्दरी नारियों की सुन्दर आत्मा को ग्रहण कर अपने अन्तःपुर में स्थान दूंगा। कृष्णा को लेकर फिर यों विरह में छटपटाना नहीं होगा।''

सखा इस परिहास पर हंस पड़े। पर अर्जुन की बात में मेरे प्रति तिर्यक मान छुपा था। इसे भी पहचान गए। प्रशांत वदन से अर्जुन की ओर देखा, ''एक वीर पुरुष के जीवन में अनेक वरनारियां आयेंगी और तुम्हारे जीवन में भी वैसा हुआ होगा। मुझे विश्वास है हजार सुन्दर राजकन्या तुम्हारे अन्तःपुर में हों तो भी कृष्णा के लिए विरह में तुम सदा दग्ध होते रहोगे। तुम्हारे जीवन में कृष्णा का स्थान अपूरणीय है।''

अर्जुन ने पूछा–''इस वेदना का प्रतिकार ?''

शांत स्वर में सखा बोले–''कृष्ण की आत्मा को स्पर्श करने की चेष्टा करो। सखा, वहां देखोगे विरह का कोई स्थान नहीं। रामचन्द्र और वैदेही की आत्मा का मिलन हुआ था, अतः जीवनभर दोनों एक-दूसरे से विछिन्न रहे, फिर भी राम विरह ज्वाला में दग्ध नहीं हुए। ऐसा होता तो वे अयोध्या में रामराज्य की स्थापना नहीं कर पाते। जानकी से विछिन्न होकर भी कभी अपने पुरुषार्थ को धिक्कारा नहीं। राज्य के कर्त्तव्य में कभी कोई त्रुटि नहीं की। अतः सारे आर्यावर्त्त में वे मर्यादावंत पुरुष का सम्मान पाते हैं।''

पता नहीं अर्जुन ने सखा की बात ग्रहण की या नहीं, फिर परिहास किया–''तो तुम्हारे साथ द्वारका ही जाना होगा। वहां रहकर आत्मा से आत्मा का प्रेम सीखना होगा। मुझे आत्मप्रेम का पाठ पढ़ना होगा। आप पढ़ा देना। लौटकर कृष्णा के साथ अभिनव युग्मजीवन प्रारम्भ कर दूंगा। इसमें कृष्णा को आपत्ति नहीं होगी। कृष्णा भी...।

कृष्ण हंसे–''सखा ! आत्मा से आत्मा का प्रेम पार्थिव नेत्रों से नहीं दिखता।

आत्मा ही उसे देख सकती है। अनुभव और अनुभूति से ही उस प्रेम की कला सीख सकते हो। अतः इसके लिए तुम्हें द्वारका में जाकर युग्मजीवन का पीछा करने की जरूरत नहीं इंद्रप्रस्थ में राजधानी प्रतिष्ठा कर देने भर से कर्त्तव्य पूरा हो गया ऐसा न मानो। यह तो प्रारम्भ मात्र है..."

अर्जुन कुछ खीझ उठे। बचपन से पांडव मातृ विवाद, अन्याय, अधर्म का मुकाबला करते रहे हैं। धन, जीवन सम्मान के प्रति पग-पग पर विपन्न हुए। पितृहीन पाँच भाई मां के त्याग, निष्ठा और आदर्श की छत्रछाया में बढ़ते रहे। अब इंद्रप्रस्थ में शांतिपूर्ण जीवन यापन का शिलान्यास हुआ है। और कृष्ण कहते हैं संग्राम का यह प्रारम्भ मात्र है। कृष्ण दिव्यद्रष्टा और दूरद्रष्टा पुरुष हैं। क्या पांडवों के जीवन में और भी संघर्ष और संग्राम की पदध्वनि सुन रहे हैं ?

अर्जुन ने विनयी बालक की तरह पूछा–"सखा ! सारे हस्तिना का राजा होना चाहिए था युधिष्ठिर को। संघर्ष और रक्तपात को टालने के लिए आधा राज्य लेकर हम संतुष्ट रहे। अनुर्वर, अनुन्नत, जनाकीर्ण अरण्य जैसे खांडवप्रस्थ को आपकी सहायता से त्रिभुवन में परिणत कर दिया। फिर भी हमारे जीवन में संग्राम और संघर्ष का शेष नहीं हुआ। आशंका हो रही है ?"

कृष्ण गंभीर हो गए। चेहरे की शोभा बदल गई। पांडित्य की महिमा आलौकिक प्रतिभा की दीप्ति में उद्‌भासित हो उठा उनका चेहरा। मुख के चारों और उज्ज्वल दीप्ति वलय मैं स्पष्ट रूप से देख पा रही थी। मंत्रमुग्ध-सी मैं और फाल्गुनि कृष्ण के दीप्तिवलय में कहीं खो गए–

कृष्ण ने कहा–"जिस दिन भ्रातृविरोध की दुहाई देकर अंधे राजा धृतराष्ट्र ने एक राष्ट्र के दो भाग कर दिए, दो राजधानी : हस्तिनापुर और इंद्रप्रस्थ बना दीं, तभी से कलह के बीज बोये गए। धृतराष्ट्र नहीं समझ सके कि अनुर्वर, बंजर धरती पर भी निष्ठा, साधना और एकाग्रता, धर्मविचार तथा पुण्य कार्यों के बल पर सुन्दर पुष्पोद्यानों की सृष्टि हो सकती है। अतः अनुर्वर वारुणावंत को भतीजों को देकर सदाशया दिखाई है, ऐसा सन्तोष उन्हें हो गया। पर अब इंद्रप्रस्थ की प्रगति कौरवों के लिए ईर्ष्या का कारण बन जायगी। ईर्ष्या से उनके मन में सारे इंद्रप्रस्थ के लिए शत्रुता पैदा होगी। और इस प्रकार दोनों राजधानी में अशांति-अनिश्चिंतता लगी रहेगी। ऐसे में पांडव निश्चिंत सुख में समय कैसे बिता सकेंगे ?"

कृष्ण की व्याख्या पर चकित और व्यथित हो गए फाल्गुनि। अभियोग भरे स्वर में कहने लगे–"सखा, आप हैं दूरद्रष्टा। यह होगा, आप जानते हैं। फिर भी धृतराष्ट्र के प्रस्ताव को क्यों स्वीकार किया ?"

श्रीकृष्ण ने तिर्यक दृष्टि से फाल्गुनि की ओर देखा। बंकिम अधरों से रहस्यमय हंसी उनके दीप्तिमय मुखमंडल को और शोभापूर्ण कर रही थी। मृदु स्वर में कहा–"कभी-कभी सारी बात जानकर भी कुछ फैसले लेने होते हैं। किसी महत्तर उद्देश्य के लिए रास्ते में क्षति सहनी होती है, त्याग स्वीकार करना पड़ता है। आर्यावर्त्त का विभाजन इस महत्तर उद्देश्य के साधन में प्रथम आहुति है। अधर्म का राजत्व न रहे तो धर्म की प्रतिष्ठा हो–इसे कोई नहीं समझेगा। अन्याय और अविचार का शिकार हुए बिना न्याय और धर्म की प्रतिष्ठा के लिए हस्तिनापुरी में कौरवों के राजत्व की

भी कुछ समय आवश्यकता है। एक समय में हस्तिनापुर और इंद्रप्रस्थ के सामाजिक जीवन और सांस्कृतिक विकास में तारतम्य को जनता अनुभव करे। तभी तो धर्म के पक्ष में जनमत पैदा होगा। धर्म के लिए प्रचार और विज्ञापन की जरूरत नहीं होती। जरूरत है—जीवनानुभूति और आत्मचिंतन की। अतः मैंने धृतराष्ट्र का प्रस्ताव ग्रहण कर लिया था।''

मैं और फाल्गुनि अभिभूति बने सुनते रहे सखा कृष्ण की धर्म-प्रतिष्ठा की अद्भुत योजना की बात। फाल्गुनि गहन विचारमग्न हो बोले—''सखा, हस्तिनापुर समृद्ध और उन्नत इलाका है। इंद्रप्रस्थ उसके समकक्ष हो सका है। राष्ट्र विभाजन के फलस्वरूप एक अनुन्नत क्षेत्र शीघ्र ही उन्नत और वैभवशाली क्षेत्र बन गया है। अतः दो क्या चार राजधानी प्रतिष्ठित हों तो भी क्षति क्या है ? इससे राष्ट्र के विभिन्न क्षेत्रों में प्रगति का आलोक उन्हें उद्भासित कर सकेगा। आपका धर्म प्रतिष्ठा का यही तो उद्देश्य है। देश की सारी जनता सुख-समृद्धि भोग करे यही मूलमंत्र है।''

हंस पड़े कृष्ण। कहा—''सखा, तुम्हारे शरीर के अलग-अलग अंग अस्वस्थ नीरोग, शक्तिशाली और अस्त्रविद्या में पारदर्शी हों तो भी एक-दो अंग की सहायता से तुम धुनर्विद्या में पारंगत नहीं हो सकते। चिंतन, चेतना, चक्षु, कर्ण, हस्त, अंगुली, करतालि, अर्थात् समूचे शरीर के सहयोग बिना बाण फेंकना भी तो नहीं हो सकता। सारे अंग-प्रत्यंग और सभी इंद्रियों में समन्वथ स्थापित हुए बिना आदमी पेड़ से एक फूल नहीं तोड़ पायेगा। वैसे ही राष्ट्र के सभी इलाके उन्नत होने पर भी एकता और समन्वय के अभाव में देश का भविष्य घोर अंधकाराछन्न ही माना जायगा। एक राज्य का हर क्षेत्र उन्नत है, पर वह खंड-विखंड हो जाता है, तो उसका स्वाधीनता का सूर्य दिग्वलय की ओर चला जाता है। गृह युद्ध लगे रहने पर बहिःशत्रु देश को पराधीन करने का पूरा अवसर पा जाते हैं। पांडव पांच एकत्र होने पर समूची पृथ्वी को वश में कर सकते हैं—पर वे यदि छिन्न-विछिन्न हो जाते हैं—उनकी पराजय दिवालोक की तरह सत्य है। अर्जुन भीम के बिना पांडवों का वीरत्व उपहास का विषय हो जायगा, वैसे ही युधिष्ठिर के बिना या सहदेव के बिना देश पर शासन के लिए धर्मविचार और दूरदृष्टि रहित हो जायगा। अतः किसी राष्ट्र की प्रगति और उन्नति उसकी राष्ट्रीय एकता पर निर्भर करती है। इसमें सन्देह नहीं। आर्यावर्त्त में धर्मस्थापना और राष्ट्रगत ऐक्य स्थापन मेरा प्रधान कर्त्तव्य है। मेरी प्रतिज्ञा पूर्ण होगी पांडवों की चेष्टा से। अतः तुम्हारे जीवन में जड़ता और आलस्य के लिए कोई स्थान नहीं।

सखा का उद्देश्य खूब महान है। पर वह उद्देश्य पूरा करने के लिए पांडवों को अधर्म, अविचार और असत्य के साथ जीवन भर संघर्ष करना होगा। कौन जाने जय किसकी होगी ? अचानक अशुभ की आशंका में मन सिहर उठा। सोचा, समूचा हस्तिनापुर हमें क्या जरूरी है ? इंद्रप्रस्थ में भी तो आनन्द, सुख, संपदा की कमी नहीं। नागरिक स्वेच्छया पैतृक घर बार त्यागकर इंद्रप्रस्थ की नागरिकता ले रहे हैं। पांडवों के धर्म विचार, सुशासन के फलस्वरूप हस्तिनापुर के अन्यान्य नागरिक भी इंद्रप्रस्थ की ओर आने लगे हैं। कौरव रहें हस्तिनापुर में हमें उससे क्या ? दुष्टों के साथ संघर्ष कर अपने जीवन की शांति नष्ट करने से क्या होगा ? सखा जानबूझ कर पांडवों को अशांति की ओर तो धकेल नहीं रहे ?

मां कुंती कहा करती—सखा कृष्ण अंतर्यामी हैं। वे मन की बात समझ जाते हैं। मां की बात की सच्चाई के बारे में मेरे अन्दर कोई सन्देह न था। कृष्ण सचमुच मेरे मन की बात जान गए। तीक्ष्ण दृष्टि से मेरी ओर देखा—"सखी ! कितनी भी विदुषी हो, कभी-कभी तुम साधारण स्त्री की तरह आत्मकेन्द्रित बन जाती हो। अतः मेरे लक्ष्य-साधन में पांडवों को नियोजित करने की बात तुम्हें न रुचे। पर सोचो पृथ्वी पर लाखों नर-नारी, पशु-पक्षी, कीट-पतंग प्रतिक्षण जन्मते-मरते हैं। सबकी मृत्यु का लक्ष्य एक है, हालांकि जन्म का लक्ष्य एक नहीं होता। कोई जन्म लेता है अपने लिए, जीवित रहने के लिए, कोई जन्म लेता है जगत के दीन, दलित, पतित जनों के लिए, जो अपने रहने के लिए जीता है, वह मृत्यु वरण करता है। जो जगत के लिए जीता है, वह मर कर भी मृत्यु के पंजे में नहीं पड़ता। संसार में ये दो प्रकार के जीवन हैं। बस समझ लो कौरव-पांडव दो तरह का जीवन लेकर आए हैं। तुम पांडवों की प्रेरणा हो। तुम याज्ञसेनी हो। विप्लव, संघर्ष और त्याग के लिए तुम्हारे अन्दर कुंठा कैसी ?"

मैं एकदम लज्जा से लाल पड़ गई। वास्तव में सखा कृष्ण तो बड़े मुश्किल हैं। मन का सब कुछ इस तरह जान लेते हैं। आदमी कब उनके सामने गड़बड़ा जाय क्या पता ?

फाल्गुनि चिंतित-से खो गए। मैं नतमुख स्वयं को धिक्कारने लगी, छिः मुझ में ऐसी स्वार्थपरता क्यों ? कोई साधारण आदमी अपनी स्त्री, मां-बाप, परिवार का होता है, परन्तु वरपुत्र तो देश और जाति, समाज और जगत से होते हैं। मेरे पाँचों पति तो वरपुत्र हैं। तो फिर अपने सुख के लिए उन्हें बांध कर कैसे रख सकूंगी ?

अचानक एक अस्फुट आह निकल पड़ी सखा के मुंह से। अचानक देखा सखा का पद्मपंखुड़ी सदृश कर रक्त रंजित है।

चौंक कर मैं सखा की ओर झुक गई। फाल्गुनि अपनी जगह से उठ आये। पूछा—"क्या हुआ ? कट गई कैसे ?"

अधर कोण पर मृदु हास था। कृष्ण ने कहा—"उसी सुदर्शन चक्र की कारस्तानी है। कभी-कभी याद करा देता है कि अपना जीवन रक्तरंजित हुए बिना जगत की रक्तपात से रक्षा नहीं कर सकते। देखो वह निरीह शबर बालक अभी मर जाता। ठीक समय पर सुदर्शन ने अपना काम किया। हिंस्र व्याघ्र को मार कर लौट रहा है, मैंने कुछ अधिक आवेग में लपक लिया, अंगुली छू गई। रक्त निकल आया। खैर बालक बच गया।"

कृष्ण की महत्ता के आगे कितने छोटे हैं हम ! मैं सोच रही थी—सखा का हृदय दलित, पतित, आर्त्तजन के लिए सदा उद्वेलित रहता है। हमारे साथ मधुर आलाप में हैं, उस बालक की मृत्यु की बात इतनी दूर होते हुए भी वे देख पाते हैं ? हमें तो कुछ नहीं दिखता !

कृष्ण के अंगूठे पर घाव स्पष्ट दिख रहा है। रक्तस्राव रुका नहीं है। फाल्गुनि ने चिंतित स्वर में कहा—"कृष्णा ! सखा के क्षत को कसकर पकड़ो, ताकि रक्त क्षरण बन्द हो। मैं औषधि की व्यवस्था कर रहा हूं।" और वे अरण्य के लता-पत्रों में अदृश्य हो गए मैंने सखा का अंगूठा कस कर पकड़े रखा। कृष्ण ने आंख मींज मृदु स्वर में कहा—"कृष्णा ! स्नेह स्पर्श इतना मधुर और स्निग्ध होता है, अगर जानता तो प्रतिदिन सुदर्शन की धार की परीक्षा करते-करते अंगुली काटता।"

मुझे इस परिहास में आमोद नहीं मिला। रक्त झरना थमा नहीं। वरन और अधिक हो गया। कुछ नहीं सूझा, बस अपनी साड़ी का आंचल खोला और झट से चीर डाला। क्षत पर पट्टी बांध दी। साड़ी चीरने का शब्द सुनते ही, माया पता नहीं कहां थी, दौड़ी आयी–"महारानी ! यह क्या किया ? इतनी मूल्यवान साड़ी चीर डाली। फाल्गुनि तो आ ही रहे थे। औषध देने के बाद रक्त स्वतः बंद हो जाता।"

माया की बात पर मैं चिढ़ गई–"छिः माया तुम तो कृष्ण को इतना चाहती हो कि कहीं कोई उन्हें परेशान कर देगा, अतः बीच में प्रतिबंधक बन कर खड़ी रहती हो ! उनकी प्रिय सहचरी थीं तुम ! आज मेरी सहचरी बनने के बाद जरा-सी साड़ी पर इतना लोभ ! आदमी के देह के बूंद भर रक्त की तुलना में संसार की मूल्यवान वस्तु भी तुच्छ है। फिर यह किसी सामान्य जन का रक्त नहीं, श्रीकृष्ण का रक्त है ! सारी पृथ्वी के श्रेष्ठ पुरुष की देह का रक्त। मैंने साड़ी चीर दी इस मामूली-सी बात पर ऐसा कहती हो। इसमें क्या बड़ी बात है ?"

माया ने कुटिलता भरी मुस्कान में कहा–"महारानी जी, श्रीकृष्ण का रक्त जैसे साधारण आदमी का रक्त नहीं, आपकी यह साड़ी भी वैसे ही साधारण साडी नहीं है। वैसे इंद्रप्रस्थ की महारानी के लिए एक साड़ी कोई बड़ी बात नहीं है। पर यह साड़ी आप के सुख सुरक्षा और सम्मान का प्रतीक है। इंद्रप्रस्थ सभागृह की प्रतिष्ठा के दिन पंचपति ने यह आपको उपहार में दी थी। यह साड़ी पहनकर आप महाराज युधिष्ठर के साथ हवन पर बैठी थीं। सभागृह के सिंहासन पर अभिषिक्त हुई थीं। यह साड़ी सहेज कर रखने की बात है। शुभ अवसर पर पहनी साड़ी चीरी नहीं जाती, जलायी नहीं जाती, किसी को दान भी नहीं दी जाती। फिर भी आप हिताहित का कोई विचार किए बिना अपने हाथों चीर बैठीं, कृष्ण के हाथ पर पट्टी बांध एक टुकड़ा उन्हें दान भी कर दिया। भविष्य के किसी अशुभ का संकेत तो नहीं है यह ?"

माया की बात से सामान्य नारी-सुलभ आशंका मन में उठी। मगर अगले ही क्षण स्वयं को समझा दिया मैंने। हंसकर कहा–"माया बचपन से आज तक पग-पग पर जो मेरे पति की सुरक्षा, सुख, समृद्धि, कल्याण पथ में सहायक हुए हैं, उनके लिए यदि कोई मूल्यवान वस्तु भी गंवानी पड़े तो उसमें शुभ ही होगा, मुझे भय करने की जरूरत नहीं। यदि कुछ अकल्याण इसमें हो जाता है, तो 'उनके' रहते मैं विपन्न होऊंगी, मुझे कभी विश्वास नहीं होता। पांडवों के कल्याणकर्ता हैं कृष्ण। अतः अकल्याण होने पर वे देखेंगे। तेरा इसमें क्यों सिर दुखता है ?"

माया ने हंसकर कहा–"मैं समझती हूं बंधुपत्नी के सिवा ऐसा त्याग और कोई नहीं करेगी। रुक्मिणी, सत्यभामा भी अपनी शुभदिन पर पहनी साड़ी एक बूंद रक्त के लिए चीर कर नहीं देतीं। बंधुपत्नी के स्नेह में बंध कर श्रीकृष्ण अब द्वारकापुरी और पत्नियों को भी भूल गए हैं।"

माया का कुटिल कटाक्ष। सुनकर हंसी आ गई। मैंने सावधानी से कृष्ण का कोमल कर-पल्लव लेकर स्नेह का स्पर्श देते-देते लज्जा से सिहर उठी। अहो, आज मेरा कैसा भाग्य है।

कब फाल्गुनि औषधि लेकर आए, मुझे पता भी नहीं चला। मैं आत्मविस्मृत बनी बैठी थी। परमपुरुष कृष्ण की मामूली-सी सुश्रुषा करने का अवसर पाकर मैं धन्य हो

रही थी। कृष्ण का हाथ कब मैंने लिया, माथे से लगाया, अन्तर का धन्यवाद, कृतज्ञता और सुभेच्छा प्रकट की। मुझे कुछ भी ख्याल नहीं। फाल्गुनि हंस कर कह रहे थे– "सखा ! इस अभागे के लिए भी कुछ स्नेह, सदिच्छा रखना तुम्हारा कर्त्तव्य नहीं ? कृष्णा के आंचल में सारी मंगलकामनाएं उंड़ेल देना क्या अन्याय नहीं ?"

कृष्ण ने हंस कर कहा–"दुःख है, सखा ! व्यर्थ मेरे लिए कष्ट किया। सखी के स्नेह स्पर्श से न केवल रक्तक्षरण थमा, क्षत का चिह्न भी मिट गया है। यह पट्टी मैं नहीं खोल सकता। इसमें सखी की ममता की मधुर गंध आ रही है। तुम तो जानते हो कि निर्मल प्रेम, अन्तर का स्नेह ही संजीवनी है। फिर औषध का क्या होगा ?"

फाल्गुनि के हाथ से औषधि आदि नीचे गिर गई। मेरा चीरा आंचल हवा में लहरा रहा था। कृष्ण पट्टी बंधे हाथ को हृदय पर रखे स्नेहपूर्ण नेत्रों से फाल्गुनि को देखते जा रहे थे, मुस्कराते जा रहे थे। चुपके-चुपके कहते–

"सखा ! फूलों की क्या जरूरत है ? तुम जानते हो मैं सुरभि-पागल हूं। पृथ्वी के किसी कोने में फूल खिले, यदि उसकी सुरभि मुझे अर्पित हो, मैं ग्रहण करने में पीछे नहीं रहता। सुरभि पवित्र होती है। स्मृति की महक मन के गहरे जीवित रहती है। और आज की यह स्मृति मेरे सारे जीवन को महकाती रहेगी। मुझे अपार आनंद में प्लावित करती रहेगी। कभी न कभी कृष्णा का यह ऋण चुकाना होगा–अतः मेरी स्मृति के प्रति ईर्ष्या न करो।"

❑ ❑

सखा न हों तो खूब अकेला-अकेला लगता है। मुझे ही नहीं, अर्जुन को भी।

कृष्ण द्वारका लौट गये। इंद्रप्रस्थ का स्वाभाविक जीवन चल रहा है, पर कृष्ण की अनुपस्थिति अर्जुन को निःसंग किये दे रही है और मुझे खिन्न।

युधिष्ठिर के साथ युग्मजीवन का एक वर्ष पूर्ति उत्सव होगा एक सप्ताह बाद। भीम के उत्साह से कभी-कभी बेचैन हो उठती और कठिनाई में भी पड़ जाती। अर्जुन किसी साधना में मग्न हैं। शस्त्र और शास्त्र दोनों को लेकर साधनारत हैं। मैं दिन गिन रही हूं। अर्जुन के साथ मिलन के दिन निकट होते जा रहे हैं। एक वर्ष एक सप्ताह के बाद मुझे जय करने वाले वीर पुरुष के साथ मैं युग्म जीवन प्रारंभ कर सकूंगी। तब उन्हें समझाऊंगी कि गार्हस्थ्य जीवन में भी संयम और नियम की जरूरत पड़ती है। यही नियम मानकर यह वार्षिक संधि हुई है। मुझे विश्वास है एक बार उनके निकट हो जाने के बाद हमारे बीच कोई मान, गलतफहमी, राग-रोष नहीं रह जायेगा। मेरी आत्मा को वे स्पर्श कर सकेंगे और मैं उनकी आत्मा में खो सकूंगी।

प्रतीक्षा की घड़ियां कितनी लम्बी होती हैं। अब तक मैं अर्जुन से मिलन के दिन की प्रतीक्षा में ही विभोर हुई हूं–स्वप्न में आत्मविस्मृत होती रही हूं। मेरे पंचपतियों में प्रत्येक की एकाधिक पत्नी है, उपपत्नी है, सिर्फ अर्जुन को छोड़कर। अतः उनका सारा प्रेम मेरा प्राप्य है। कोई उसमें अंशीदार नहीं। हर नारी का यही अभीष्ट होता है। अतः अर्जुन के प्रति मेरा आकर्षण कुछ अधिक होना स्वाभाविक था।

अर्जुन से मिलन के दिन गिन रही थी, तभी मेरे सारे सपने तहस-नहस कर दिए स्वयं अर्जुन ने।

उस दिन युधिष्ठिर ने मुझे स्मरण किया। मां की पाद-सेवा छोड़ युधिष्ठिर के पास गई। विश्राम कर रहे थे वे। उनके साथ पति-पत्नी का वार्षिक करार पूरा होने में बस एक सप्ताह और बाकी था। अतः युधिष्ठिर मुझे एक पल भी दूर नहीं छोड़ते। कहते—"कृष्णा, तुम मेरी प्रेरणा का उत्स हो। तुम पास रहो तो मैं धर्मराज हूं और दूर होने पर शायद मैं धर्मपथ से विच्युत हो जाऊं, ऐसा डर लगने लगता है। तुम्हारी देह का आकर्षण मेरे लिए बड़ा नहीं, बड़ा है तुम्हारा धर्माचार, पुण्य विचार, मन करता है तुम सिर्फ मेरी ही होकर रहती..."

युधिष्ठिर गम्भीर हो जाते अपनी ही बात पर "देखो तुम से अलग होने के दिन पास आ रहे हैं, कैसी अनुचित विचारधारा कौंध गई ! वास्तव में हम पांचों भाई एकमन एक प्राण हैं। तुम याज्ञसेनी हो। संहति और धर्म स्थापना तुम्हारे जन्म का उद्देश्य है। तुम सिर्फ मेरी ही कैसे हो सकती हो ?"

विश्रामघर में पलंग पर युधिष्ठिर लेटे थे। उनके पांव अपनी गोद में रख कर धीरे-धीरे सहला रही थी। उनकी पाद-सेवा का सौभाग्य प्राणों में अनुभूत हो रहा था।

अचानक फाल्गुनि गृह में वातास की तरह चले आये। बहुत खिन्न लग रहे थे। नीचे सिर किए आगे बढ़े, कोने में रखे अस्त्र-शस्त्र उठाए और फिर उसी तेजी से निकल गए। न मेरी ओर न युधिष्ठिर की ओर आंख उठायी।

मैं संकोच में भर गई। अंगवास सहेजूं तब तक फाल्गुनि अदृश्य हो चुके थे।

युधिष्ठिर ने निर्लिप्त स्वर में कहा—"लगता है अस्त्र-शस्त्र अचानक जरूरी हो गए। खैर, हाथ में अस्त्र होने पर फाल्गुनि किसी भी अवस्था को संभाल लेगा।"

फाल्गुनि ही नहीं, पांचों पांडव चिर परोपकारी हैं। विलास, व्यसन, सुख, ऐश्वर्य उनके लिए एकदम जरूरी नहीं। राजा होने पर भी दीन-दुखी, दलित-पतित का दुःख वे बंटाते हैं। इसी कारण प्रजा का हृदय जीत सके हैं। पता नहीं असमय प्रजा पर कैसी विपद आ गई ! फाल्गुनि उस विपद को दूर करने ही गए होंगे। पराये के लिए आग में भी कूद पड़े—यही तो फाल्गुनि का गुण है !

युधिष्ठिर की पादसेवा करते समय फाल्गुनि की प्रशंसा कर रही थी और उनके प्रति श्रद्धा और सम्मान उड़ेल रही थी। ठीक तभी माया ने संकेत दिया—"फाल्गुनि बाहर प्रतीक्षा कर रहे हैं। युधिष्ठिर के दर्शन चाहते हैं।"

युधिष्ठिर बाहर आये। पीछे-पीछे मैं। एक और रोमांचक दृश्य का पर्दा मेरी आंखों के आगे उठ रहा था। फाल्गुनि खड़े थे ब्रह्मचारी वेश में। उन्हें घेरकर खड़े थे बाकी पांडव और मां कुंती!

आश्चर्य में भर गए युधिष्ठिर—"बात क्या है ? अर्जुन का यह वेश ?" हाथ जोड़ अर्जुन ने कहा—"मुझे अब विदा दें भैया ! जानबूझ कर नियम भंग किया। जब कृष्णा पति के साथ होगी, अन्य कोई पांडव उस घर में प्रवेश करे तो बारह वर्ष ब्रह्मचर्य सह वनवास जाना होगा—ऐसा निर्णय महर्षि नारद की उपस्थिति में हुआ था। हम नियम और अनुशासन के लिए ऐसी शर्त जोड़ चुके हैं। आज मैं उसी शर्त का पालन कर बारह वर्ष वनवास जा रहा हूं। आप प्रसन्न चित्त मुझे विदा दें—"

युधिष्ठिर व्यथित हुए। मैं तो एकदम स्तंभीभूत। युग्मजीवन के सुख-शांति के लिए जो शर्त रखी वह अन्त में मेरे जीवन में इतना असुख और अशांति भर देगी,

किसे पता था ? फिर फाल्गुनि को ही शर्त भंग कर वनवास जाना था। मैं भग्न हृदय खड़ी रही। कोई उपाय नहीं दिखा।

युधिष्ठिर ने विषादपूर्ण स्वर में कहा—"अर्जुन तुमने कोई गलती नहीं की। जरूर किसी महत्तर उद्देश्य से हमारे विश्राम गृह में प्रवेश करने को बाध्य हुए होगे। इस बात का हम दोनों ने ही बुरा नहीं माना। फिर बड़ा भाई स्त्री के साथ बात-चीत करते समय छोटा भाई घर में आ जाय, इसमें कोई अशोभनीयता नहीं है। अतः वनवास निष्प्रयोजन है।"

"फाल्गुनि किसी ब्राह्मण की गाय को चोर से खींच लाने गये थे, और इस विपद में पड़ गए !" भीम कहते हुए अर्जुन के भोलेपन का उपहास कर रहे थे।

मैं सोच रही थी—वास्तव में फाल्गुनि ने ऐसा क्यों किया ? ब्राह्मण ने यदि उन्हें अनुरोध किया, वे भीम को भी अनुरोध कर सकते थे, चोर का दमन कर गाय की रक्षा, भीम के लिए यह कोई कार्य था ! और यदि बाध्य ही किया फाल्गुनि को, तो उन्हें राज्य भर में अस्त्र ही नहीं मिला जो हमारे विश्राम कक्ष में बिना अनुमति प्रवेश कर गए ! और वह अस्त्र निहायत जरूरी ही था तो पूर्व सूचना देते। कक्ष के बाहर माया प्रतीक्षा कर रही थी। उसके द्वारा हमसे पूर्व अनुमति ले सकते थे। ऐसा क्यों नहीं किया ?

इस तरह के विचार के बाद मेरी धारणा दृढ़ हो गई कि फाल्गुनि जानबूझ कर मुझ पर प्रतिशोध ले रहे हैं। और साल भर बाद उनसे मिलन का पर्व आता। अब ! बारह वर्ष का वनवास स्वेच्छा से ले रहे हैं ! युधिष्ठिर रोक भी रहे हैं। पर वे नहीं मानते।

फाल्गुनि युधिष्ठिर की बातों से तनिक क्रुद्ध दिखे। अभियोग में कहने लगे—"आप स्वयं कहते हैं नियम भंग करना घोर अन्याय है और अब अन्याय करने के लिए कह रहे हैं।" युधिष्ठिर ने शांत स्वर में कहा—"ब्राह्मण की सहायता करने जा कर ही तो मेरे कक्ष में प्रवेश किया। परोपकार के लिए नियम भंग करने पर दोष नहीं होता।"

युधिष्ठिर की उक्ति का खंडन कर फाल्गुनि ने कहा—"न्याय के लिए अन्याय करना, पुण्य कमाने के लिए पाप मार्ग पर चलना, परोपकार के लिए नियम लांघना—सब एक तरह के पाप ही हैं। अतः मैं पाप का भागी नहीं होना चाहता। मुझे क्षमा करें। वनवास ही जाना होगा मुझे।"

फाल्गुनि ब्रह्मचारी वेश में विदा लेकर चल पड़े। सब उनकी जय-जयकार कर रहे थे। उनकी सत्यनिष्ठा पर पुष्प वृष्टि हो रही थी। रामचंद्र पिता का प्रण रखने वनवास गए थे, पर साथ में पत्नी और अनुज थे। अब फाल्गुनि प्रण तोड़ने के अपराध में वनवास जा रहे थे। अकेले ! वे वनवास लेकर महान बन रहे हैं, यश अर्जन करेंगे। मैं भी सीता की तरह अनुगामिनी बन सकती हूँ। उनका दुःख-कष्ट लाघव कर सकती। फाल्गुनि के साथ एकांत में प्रकृति की माया में जीवन का बोझ भूल जाती। तो क्या मैं साथ में वनचारी नहीं हो सकती ? इससे मेरा भी यश बढ़ेगा। सुख बढ़ेगा। यदि सती सीता पति का पथ अनुसरण कर सकी, मेरे लिए क्या कठिन है ?

मैं भी संन्यासी बनी। अष्ट अलंकार खोल दिए। कुसुमों के अलंकार धारण किए।

शुभ्र वसन पहने। केश सज्जा खोल दी। मुक्त केशों के अरण्य में फूलों के गुच्छे लगाए। मुझ से विदा लेने फाल्गुनि आएंगे। तब युक्ति कर अपने साथ जाने का यथार्थ बता दूंगी। साथ लिए बिना जा कैसे सकेंगे ?

रामचन्द्र सीता को लेकर गये थे। सीता ने जो युक्ति दी, उन्हें याद कर फलाफल तय कर रही थी।

माया मुझे ऐसे वेश में देख अवाक ! कहा–"महारानी ! इंद्रप्रस्थ के प्रासाद में रहकर यह वेश !

हंसकर कहा–माया ! यह राजप्रासाद का वेश नहीं। पूर्ण कुटी का है। फाल्गुनि के साथ मैं भी वनचारी बनने का तय कर चुकी हूं। तुम मेरे साथ चलोगी ?"

माया ने हंसी में कहा–"महारानी ! आपके इस वेश पर वन के कितने संन्यासी मति भुला धर्म-कर्म छोड़ बैठेंगे ? पहले तो फाल्गुनि ही बारह वर्ष का ब्रह्मचर्य का व्रत भंग कर बैठेंगे। पाप के भागी होंगे। यही चाहती हैं ?"

मैं मन ही मन कामना कर रही थी माया की बात सच हो। फाल्गुनि की बारह वर्ष की तपस्या भंग हो। मेरे विरह में जितने दिन कष्ट भोग चुके हैं। मैं मनोवाक्य से उन्हें उतना सुखदान करूंगी और अपने जीवन को भी धन्य करूँगी। फाल्गुनि जैसे निरपराध वीर पुरुष ऐसा कठोर दंड क्यों भोगें ?

फाल्गुनि आए। मेरे द्वार के सामने खड़े भी हुए। पर बाहर से ही कहा–"कृष्णा विदा ! बारह वर्ष बाद फिर भेंट होगी। कभी यदि विपद में पड़ो तो सखा को खबर भेजना। उन पर ही भरोसा रखोगी तो विपद कभी पास भी नहीं आयेगी।"

मैं सामने निकल आयी। दृढ़ स्वर में कहा–"मैं भी साथ वनवासी बनूंगी। मेरा फैसला है।"

फाल्गुनि मुग्ध दृष्टि से एकटक देखते रहे। अगले क्षण संयत हो कर कहा–"तुम्हारे अनेक फैसले हमने माने हैं। कृष्णा ! यह सिद्धांत किस तर्क पर मानें।"

मैं फाल्गुनि का कटाक्ष समझ गई।

हमारे विवाह का वार्षिक करार मेरा सिद्धांत था। फाल्गुनि ने स्मरण करा दिया। फाल्गुनि की बात पर मैं आहत हुई। पर प्रतिवाद किया–"पति का अनुगमन स्त्री का धर्म है। सती सीता वनवास गई थी प्रभु श्रीराम का अनुसरण कर। मैं उसी तरह तुम्हारे साथ वनगामी बनूं, यह न्याय संगत है।"

फाल्गुनि ने हंसकर कहा–"सती सीता और तुम। एकमात्र पति का अनुसरण न करतीं तो और वे क्या करतीं ? पर तुम्हारे तो पंचपति हैं।"

फाल्गुनि की यह बात तीर की तरह चुभ गई। रो पड़ने को मन कर रहा था। पर ना, रोना दुर्बलता का लक्षण है। पंचपति वरण करने में मेरी दुर्बलता कहां जो मैं रोऊं ? मैंने दृढ़ता से कहा–"पंचपति मैंने अपनी इच्छा से नहीं किए। अतः वह प्रसंग क्यों उठाते हैं ? आप पति हैं, राजा होंगे तो मैं रानी होऊंगी, वनवासी बनेंगे तो वनवासिनी। इसमें अन्यथा नहीं।"

फाल्गुनि गंभीर हो गए। शांत स्वर में कहा–"देखो कृष्णा ! पहली बात तो यह है–मेरी पत्नी होने पर भी इस समय तुम युधिष्ठिर की वास्तव में सहधर्मिणी हो। यही हमारे युग्म जीवन की शर्त है। वह शर्त हम सबने मान ली है। आज उसी शर्त का

मैंने उल्लंघन किया है। अतः दूसरे शब्दों में तुम्हारे आगे अपराधी हूं प्रायश्चित स्वरूप बारह वर्ष का ब्रह्मचर्य व्रत लिया है और वनवास भी। जिसके प्रति अपराध किया, वही मेरे साथ वनवास जाय ! फिर प्रायश्चित्त कैसे होगा ? वरन अपराध और बढ़ जायगा। तुम क्या चाहती हो कि जीवन भर मैं तुम्हारे और भैया के पास अपराधी बना रहूं और अन्त में नर्कगामी बनूं ? यही इच्छा है ?"

उत्तर के लिए और मेरे पास भाषा कहां ? अपने ही शर से मैं बिंध गई। युग्मजीवन के नियम और सुख के लिए जो नियम बनाए वे ही मेरे दुःख का कारण है–द्रौपदी !

मेरी लाचारी समझ गई माया। मेरा पक्ष लेकर कहा–"महारानी आपका अपराध क्षमा कर चुकी हैं। वरना वे आपके दुःख में दुखी हो वनवास के लिए प्रस्तुत क्यों होती ? अतः साथ लेने में प्रायश्चित्त का विरुद्धाचरण नहीं होगा। पति संन्यासी हो तो पत्नी का संन्यासिनी होना शास्त्र-सम्मत है। इसमें बाधा कहां ?"

फाल्गुनि हंस पड़े। कहा–"मैं संन्यासी बना भी तो कृष्णा को इंद्रप्रस्थ की महारानी बनकर अन्तःपुर मंडित करने में क्या बाधा है ? कोई अन्याय नहीं। युधिष्ठिर हैं, महाराज और कृष्णा के अन्य तीन पति भी इंद्रप्रस्थ के राजा के भाई हैं। अतः चार पति राजा रहते एक अगर संन्यासी हो जाय, कृष्णा संन्यासिनी क्यों होगी ? व्यक्ति स्वार्थ की अपेक्षा समूह स्वार्थ श्रेयस्कर है। भारत के इतिहास में अब तक गणमत ही ग्राह्य होता आया है। कृष्णा का सौभाग्य है कि मेरे संन्यासी बनने पर भी वह महारानी रह सकेगी। कृष्णा यदि मुझ से ही विवाह करती तो महारानी नहीं बनती, फिर मेरे मंदभाग्य के कारण बीच-बीच में कष्ट भोगती।

माया ने कहा–"आप क्यों जानबूझ कर इन्हें आघात पहुंचा रहे हैं ?"

व्यथा में फाल्गुनि ने कहा–"मेरी बातों से यदि कृष्णा को चोट पहुंची है तो क्षमा करना।"

पथराई दृष्टि से मैंने फाल्गुनि की ओर देखा। फाल्गुनि ने अपनी ओर से सफाई दी–"चार पति रहते कृष्णा मेरी अनुगामिनी नहीं बन सकती। वह मेरी अकेले की तो नहीं। सब की हैं। उन्हें साथ ले जाने वाला मैं कौन हूं ? फिर भी कृष्णा मेरे दुःख में भागीदार बनने का संकल्प किए हैं, यही मेरे लिए कम संतोष की बात नहीं। वनवास का दुःख इसी में भूल जाऊंगा।"

फाल्गुनि की यह कोमल अंतरंग बातें मौसमी वायु के स्पर्श से मेघ पिघल कर बह जाने की तरह मेरे अन्दर के आंसू खींच लाने में सफल हो गई। उन्हें देखकर फाल्गुनि ने कहा–"चार पतियों के रहते तुम्हें क्या दुःख है ? विपद-आपद में भीम हैं। द्वंद्व में पड़ने पर युधिष्ठिर राह दिखा देंगे। नकुल, सहदेव के साथ समय आमोद-प्रमोद में कट जायेगा। सर्वोपरि सखा कृष्ण के रहते-रहते तुम्हें चिंता क्या ? जब स्मरण करोगी वे आ पहुंचेंगे। सुख से रहो, कृष्णा ! अब विदा दो मुझे !"

मन कर रहा था फाल्गुनि के हृदय पर सिर रख खूब आंसू झरा दूं। सारा विश्वास दे कर कहूं–"फाल्गुनि ! तुम्हारे सिवा इंद्रप्रस्थ में बारह वर्ष देह धारण कर जी कैसे सकूंगी ? पर मैंने वैसा कुछ नहीं किया। क्योंकि मेरे कहने पर फाल्गुनि हंसेंगे, फिर चार पति की बात उठायेंगे। सारे सुख-वैभव के बीच फाल्गुनि मुझे आछन्न किए थे, क्या उन्हें विश्वास आयेगा ? इंद्रप्रस्थ के राजसिंहासन की बजाय फाल्गुनि का हृदय

सिंहासन मेरा काम्य है यह बात कैसे समझाऊं उन्हें ?

मैं चुपचाप उन्हें देखती आकाश-पाताल सोंचती रही। दूसरों की बात मैं नहीं जानती, मुझे तो लगता है दूर जाने के लिए जानबूझ कर फाल्गुनि ने शर्त तोड़ी है। मुझे सजा देना उनका उद्देश्य है। वे जानते हैं कि इससे बड़ी सजा मेरे लिए पृथ्वी पर और कुछ नहीं।

विदा की भंगिमा में उन्होंने कहा—"अब रुखसत करो कृष्णा ! जीते रहे तो, फिर बारह वर्ष बाद मिलेंगे। वन-जंगल में एक बार कदम रखने के बाद कहां क्या विपद आये कौन जाने ?"

आशंका उद्वेग, दुःश्चिंता में मेरा चेहरा सूख गया। मन कर रहा था फाल्गुनि के चरणों पर गिर पड़ूं। कहूं--मुझे ठोकर मारकर वनवास जाओ—बारह वर्ष तक उद्वेग और आशंका में तिलतिल कर मरने की बजाय आप के चरणों तले मृत्यु श्रेयस्कर होगी। मुझे लगा मेरा विवर्ण चेहरा देख फाल्गुनि मन ही मन कुछ सुखी हो रहे हैं। मुझे कष्ट देने के लिए मानो यह सब कह रहे हैं। अब समझी उनकी बनायी सारी योजना। कृष्ण के साथ द्वारका जाने में मैंने कारण दिखा कर बाधा खड़ी कर दी थी, अब इस तरीके से ?

अपने-आपको मैंने कठोर बना लिया—"आर्यावर्त्त के श्रेष्ठ वीर फाल्गुनि. अरण्य में अज्ञात विपद की बात कह रहे हैं ! पहली बार सुन रही हूं। फिर भी मुझे विश्वास है श्रीकृष्ण के सखा वीर श्रेष्ठ फाल्गुनि किसी भी विपद से मुक्त होने में समर्थ हैं। पृथ्वी की कोई शक्ति उन्हें पराजित नहीं कर सकती। श्रीकृष्ण आप को कुशलतापूर्वक लौटा लायें। इन बारह वर्षों में कितनी भी विपद पड़े, मैं कृष्ण का स्मरण नहीं करूंगी, क्योंकि ठीक तभी आप यदि उन्हें स्मरण करते हों तो ? वे कहां जायेंगे ? किस की पुकार सुनेंगे ? अतः कृष्ण आपके पास हैं, बस इतना ही याद रखना।"

फाल्गुनि नरम पड़े। कोमल स्वर में कहा—"धन्यवाद ! कृष्णा तुमने अपना कर्त्तव्य पूरा किया। मैं भी तुम्हारे प्रति अपना कर्त्तव्य पूरा करूंगा। जिस वर्ष मेरी बारी होगी तुम्हारे साथ युग्मजीवन की, सखा तुम्हारा साथ देंगे, मैं उन्हें संदेश भेज दूंगा। वे पास-पास रहेंगे तो तुम्हें मेरा अभाव नहीं खटकेगा। सुख-चैन से दिन बीत जायेंगे। मैं अरण्य में कहीं रहूं। सखा तुम्हारे पास रहेंगे तो मुझे चैन मिलेगा।"

मैं चुप। और क्या कहती ? गूंगी हो गई थी। बहुत कुछ अनकहा रह गया।

फाल्गुनि ने मेरा हाथ पकड़ा—"तुम विदुषी हो, विद्यावती हो। तुम्हें मैं क्या उपदेश दूं ? फिर भी कुछ बातें मानोगी ? धर्मपथ पर चलते-चलते बड़े भैया कठोर हो जाते हैं। गलतफहमी में न पड़ जाना। उनके मन को चोट न पहुंचाना। भीम को कभी गुस्सा न करना। नकुल, सहदेव की उपेक्षा न करना। और सर्वोपरि हैं मां, उनके प्रति कर्त्तव्य में ढिलाई न हो। जीवन भर हमारे लिए दुःख-दर्द, मान-अपमान सब सहा। इष्टदेवी की तरह इनकी पूजा करना। मेरी अनुपस्थिति में कभी सखा आयें उनके अतिथ्य में कोई त्रुटि न रखना। और रही मेरी बात। कभी विचार ही न करना। राजपुत्र को बचपन से ही वनवास, विपद, अनाहार, अर्धाहार, दारिद्रय और भाग्य के साथ संग्राम करना होता है। ईश्वर की इच्छा हुई तो हम फिर लौटेंगे। अब विदा दो।"

फाल्गुनि का एक-एक अक्षर ग्रहणीय, स्पृहणीय था। सबकी बात एक-एक कर

कह गए। पर मेरी बात ? नारी विदुषी हो या विद्यावती हो तो क्या उसकी बात कोई नहीं सोचता ? किसी में उसके लिए स्नेह, सहानुभूति, समवेदना नहीं होती ? वह क्या पत्थर है, निष्प्राण प्रतिमा होती है ?

गला भर आया। नेत्र हो गए वाष्पाछन्न। चुपचाप सिर हिलाती रही उनकी बातों पर। विदा लेकर चलने के एक पल पहले मैंने पूछ लिया—''कोई और जाने या न जाने, कम से कम इतना कहते जाओ कि सिर्फ मुझे सजा देने के लिए अस्त्र के बहाने युधिष्ठिर के कक्ष में प्रवेश किया था। इंद्रप्रस्थ में कहीं भी एक अस्त्र नहीं मिला—मैं नहीं मान सकती। वनवासी संन्यासी सच कहते हैं। और वनवासी बनने से पहले मिथ्या बोलेंगे तो प्रायश्चित्त में बाधा होगी, इतना आप भी जानते हैं।''

फाल्गुनि ने मेरी ओर देखा। करुणा, व्यथा और दर्द भरा आनंद आंखों में। होंठों पर हल्की-सी हंसी—''सजा देना चाहता था—तुम समझ गई तो ! मानो इतने में बारह वर्ष का वनवास सार्थक हो जायेगा।''

मैं चाहे दुःख पाऊं। मुझे सजा देकर उन्हें आनंद मिलेगा—इसी विचार में फाल्गुनि की राह देखते बारह वर्ष कट जायेंगे।

❑ ❑

समय चला जाता है। हालांकि वह कभी खत्म नहीं होता। देह को दुःख सहने की आदत पड़ जाती है। कितनी ही असहनीय हो चाहे। सूरज उगता और अस्त होता है। दिन पर दिन बीत जाते हैं। सोचती कितनी बार उगने और छुपने के बाद फाल्गुनि लौटेंगे ?

वनवास को एक वर्ष से अधिक हो गया है। इसी बीच भीम के संग युग्मजीवन का एक वर्ष पूरा हो गया। अब फाल्गुनि के साथ आरम्भ होता मधुमय दांपत्य जीवन। वे वनवासी हैं। अतः भीम की इच्छा है एक वर्ष और आगे उनके साथ दांपत्य का बितायें उनका तर्क है—यदि कोई मूल्यवान वस्तु क्रमशः पांच दायित्व में हो, यदि एक निर्दिष्ट समय के बाद दायित्व लेनेवाला उपस्थित न हो, तो वह मूल्यवान रत्न पूर्व व्यक्ति की मार्फत ही रहता है। उस दृष्टि से अर्जुन की अनुपस्थिति में मैं एक वर्ष और भीम की मार्फत रहूं। पर मेरी प्रतिज्ञा है मैं ब्रह्मचारिणी बन कर रहूंगी। पति दूर हैं, तो स्त्री को जैसा जीवन बिताना चाहिए, ठीक वैसा ही निराडंबर, पवित्र जीवन बिताऊंगी।

भीम तो गुस्से में लाल ! भोजन में जैसे अधिक भाग उनका, मुझे पाने में भी अधिक भाग का अवसर जाने देना नहीं चाहते। परन्तु मैं अपनी प्रतिज्ञा पर दृढ़ थी। भीम गुस्से में भर सौत हिडिंबा के पास चले गए। मेरा उसमें क्या वश था ?

एक वर्ष निष्ठा के साथ ब्रह्मचारी बनी रही। फलाहार किया, ब्रह्मचर्य पालन किया। मेरे पति मुझ पर मान कर बारह वर्ष वनवास रहेंगे। मैं एक वर्ष निराडंबर रह नहीं सकूंगी ?

माया और नितंबिनी के साथ मैं उद्यान कुटीर में रही। प्रतिदिन प्रातः यमुना में स्नान कर पूजा, होम आदि समाप्त करती। फिर मां एवं पांडवों के लिए भोजन बनाती अपने कर्तव्य की उपेक्षा कर पूजा-अर्चन से पुण्य नहीं मिलता। दिन भर उपवास करती, संध्या पूर्व यमुना में पुनः स्नान करती, थोड़ा फलाहार लेती। रात में पत्रकुटी में कुश शैया पर लेट कर विश्राम करती। ईश्वर से प्रार्थना करती—फाल्गुनि जहां भी हों, सुख

से रहें। हर तरह उनका कष्ट लाघव हो।

देवर्षि नारद से कभी-कभी फाल्गुनि की खबर मिल जाती। फाल्गुनि के साथ कुछ ब्राह्मण एवं तपस्वी भी वनवास कर रहे थे। गंगातट पर आश्रम बना कर अर्जुन और अन्य तपस्वी समय बिता रहे थे। उनकी कठोर साधना से मैं और भी व्यथित हो उठती अपने पर ग्लानि भर जाती। मुझे प्रेम कर अर्जुन जानबूझ कर कष्ट उठा रहे हैं। कभी-कभी सोचती—कोई अप्सरा उनके आगे नृत्य कर अर्जुन को मुग्ध कर देगी, तो उस सुन्दरी से मुझे ईर्ष्या नहीं होगी, कृतज्ञता उपजेगी। फिर सोचती—शायद मेरी कामना व्यर्थ हो। क्योंकि फाल्गुनि की अटल प्रतिज्ञा मैं ही न तोड़ सकी, फिर संसार मैं दूसरी कौन नारी है जो तोड़ सकेगी ? अगर अर्जुन वनवास के समय कष्ट न पाते, भोग-विलास में रहते तो उन्हें विसूर कर यों क्षीण नहीं होती। पर उनके लिए मैं कष्ट पाऊं, तभी तो उन्होंने ऐसा किया है। मुझे फिर शांति कहां ?

देवर्षि नारद कई दिन बाद आये थे। फाल्गुनि का संवाद लेकर पहुंचे थे। मेरे संन्यासिनी वेश को देख मुस्करा उठे मन ही मन।

कहा—"अब उद्यान कुटीर छोड़ अन्तःपुर लौट जायें, द्रुपदनंदिनी ! उन सब की और क्या जरूरत है ?"

मैंने आशंका से पूछा—देवर्षि ! फाल्गुनि कुशलपूर्वक तो हैं ?"

"फाल्गुनि की कुशलता के सिवा और क्या खबर हो सकती है ?" मैं आश्वस्त हुई।

कुटिया के आंगन में बैठकर नारद ने कहा—"फाल्गुनि वीर पुरुष हैं। तपस्वी वेश में होने पर भी वे जहां कदम रखते हैं, उस जगह श्रेष्ठता प्रतिपादित करते हैं। हर देश में उन्हें नानाविधि दुर्लभ उपहार, सम्मान मिल रहे हैं।"

मैं सोच रही थी, उन उपहारों से अपना गृह मंडित होगा। घर की शोभा बढ़ेगी। क्या उपहार होंगे ?

नारद समझ गये। हंसकर बोले—"कृष्णा ! आदमी की कामना अविनाशी है, संसार की हर उत्कृष्ट चीज़ से घर सजाकर भी मन खाली रहता है। जितना पाता है उतनी ही पाने की इच्छा बढ़ जाती है। अतः फाल्गुनि जितने अधिक पदार्थ पायेंगे, आपकी आकांक्षा, मोह, माया और साथ-साथ दुःख तथा अभाव बढ़ जायेगा। अतः फाल्गुनि को क्या मिला, उस पर विचार न करो। शायद उससे तुम्हें दुःख मिले।

"दुःख मिले !" मैं आशंका में पड़कर म्लान हो गई।

देवर्षि ने कोमल स्वर में कहा—"वैसे आप साधारण राजकन्या नहीं हैं। विशिष्ट हैं। पिता और भाई के अन्तःपुर में अनेकानेक उप-पत्नियों को देखा है। फाल्गुनि को छोड़कर अन्य पतियों ने एकाधिक स्त्री रखी हैं। यह राजा का गौरव होता है। अतः यह फाल्गुनि वनवास में भी अगर अपने पौरुष बल पर सुन्दर राजकुमारियां पाते हैं, तो उसे गौरव ही समझना अपना। फाल्गुनि शतपत्नी ग्रहण करें, आप हैं उनकी प्रथम पत्नी—प्रियतमा। अब अन्य पत्नियों के बीच अपनी श्रेष्ठता प्रतिपादन का मौका मिलेगा। उससे आप फाल्गुनि की और भी अधिक प्रिय बन सकेंगी।"

मैं चुप थी, निर्विकार थी। फाल्गुनि की प्रथम पत्नी हो सकती हूं, पर उनके साथ दांपत्य जीवन के सुख, आनन्द राग-द्वेष-अनुराग-विराग की अनुभूति में अंशीदार होनेवाली

उनके जीवन की प्रथम नारी नहीं। तो कौन है वह भाग्यवान राजकन्या जिसके कारण फाल्गुनि अपना ब्रह्मचर्य, जप, तप, कठोर प्रतिज्ञा सब भूल गए।

देवर्षि ने हंसकर कहा–फाल्गुनि में एक अद्‌भुत आकर्षण शक्ति है। जिस राज्य होकर जाते हैं, उधर की राजकन्याएं स्वयं को उनके आगे अर्पित कर देती हैं। नागलोक की उलूपी ने पहले आकर्षित होकर उन्हें पति रूप में ग्रहण करने की इच्छा प्रकट की। फाल्गुनि पुरुष होकर मना कैसे करते ?"

"पर वे तो बारह वर्ष ब्रह्मचर्य व्रत पालन करने वनवास गये थे।" अचानक मेरे मुंह से निकल गया।

देवर्षि ने हंसकर कहा–"पहले यह तर्क दिया था फाल्गुनि ने। पर उलूपी भी कम बुद्धिमती नहीं। शर्त के अनुसार फाल्गुनि बाहर वर्ष तक सिर्फ द्रौपदी के साथ समागम नहीं करेंगे। अन्य पत्नी ग्रहण करने में तो कोई बाधा नहीं, शर्त में कोई रुकावट नहीं फिर द्रौपदी अन्य पतियों के साथ गार्हस्थ्य जीवन बिता रही है, अर्जुन पुरुष होकर ब्रह्मचारी बने फिरते रहें, यह हास्यास्पद है।" इस तर्क के आगे वे हार मान गए। उलूपी को पत्नी पद पर ग्रहण किया।

मैं भी इस तर्क के आगे हार गई थी। कहने को कुछ भी नहीं था।

देवर्षि नारद फाल्गुनि की दिग्विजय की कथाएं सुनाते रहे। मैं मूक बनी सब सुनती रही।

नागलोक में कौरव्य सर्पराज कन्या उलूपी के साथ कुछ दिन मधुर दांपत्य में कट गए। फिर शायद ग्लानि पैदा हुई हो। पुनः पूर्वप्रशांति और निर्मलता लौटा लाने के लिए फाल्गुनि अंग, कलिंग के सारे तीर्थों में पर्यटन के लिए गए। सारे भारत में कलिंग नानादेव-देवियों और तीर्थों से भरा होने के कारण पवित्र भूमि माना जाता था। अनेक योगी, ऋषि, मुनि, देवता वहां की उदार, प्रशांत, कमनीय प्रकृति की गोद में जीवन का रहस्य ढूंढते हैं।

फाल्गुनि पहुंचे कलिंग। वहां की राजकन्या आर्या के साथ प्रणयपाश में बंध गए वे। सूर्य उपासना कर लौट रही थी मन्दिर से। द्वार पर सौम्यदर्शन दोनों हाथ उठाये अंजुली बांधे सूर्यदेव की ओर मुंह किए खड़े थे। राजकुमारी ने प्रसाद और चरणामृत कुछ संन्यासी के हाथ पर रख प्रणाम किया। प्रतिदिन सूर्य की आराधना पूरी कर सद्यःस्नात राजकन्या मन्दिर से राजप्रसाद तक उपस्थित सभी नरनारियों के बीच प्रसाद वितरण करती हैं।

प्रसाद ग्रहण करने के बाद भी संन्यासी की उठी अंगुली ऐसी रही। अपलक नेत्रों से राजकुमारी का पवित्र कोमल मुखमंडल स्थिर सूर्य-सा चमक रहा था। मधुर नम्र स्वर में उन्होंने पूछा–"संन्यासी, क्या चाहते हैं ?"

"मैं विदेशी तापस ठहरा। कलिंग में कुछ दिन रहना चाहता हूं।" फाल्गुनि का मधुर स्वर सुन राजकुमारी मुग्ध हो गई।

राजकुमारी ने वीणा से स्वर में कुछ शब्द कहे–"कलिंग में आतिथ्य की कमी नहीं होती, तपस्वी। आप जब तक चाहें अतिथि रूप में रह सकते हैं।"

"पर एक भिक्षा–"

"कहिए संन्यासी–"

"राजनंदिनी के हाथ से प्रतिदिन प्रसाद कणिका मिलेगी !"

"यह तो मेरे परम सौभाग्य की बात है।"

"राजनंदिनी कैसा वर चाहती हैं ?"

"कुमारी कन्या की कामना क्या संन्यासी नहीं जान पायेंगे ?"

"योग्य वर ?"

"संन्यासी तो सर्वजानकार होता है।"

"किस प्रकार का ? कार्तिकेय, देवाधिदेव महादेव, परम प्रेमी श्रीकृष्ण या मानी दुर्योधन जैसा वर राजकुमारी चाहती हैं ?"

"वरश्रेष्ठ फाल्गुनि सारे भारत की राजकन्याओं के काम्यपुरुष हैं।"

"राजकन्या की कल्पना से भी योग्य पुरुष यदि मिल जावे तो कोई आपत्ति होगी ?"

"वह क्या संभव है ?"

"संभव ! देवता, योगी, ऋषि संतुष्ट होने पर सब कुछ संभव है।"

राजकुमारी की दृष्टि नत थी, जब बोली—"पर महाशय, फाल्गुनि के समकक्ष पुरुष सिर्फ फाल्गुनि ही हैं। उनको पति रूप में पाने का भाग्य सिर्फ याज्ञसेनी का ही हुआ है।"

"कोई चिंता नहीं, राजनंदिनी ! स्वयं फाल्गुनि को ही प्राप्त करोगी। मेरा वाक्य सत्य-सत्य—त्रिबार सत्य है !"

फिर चले गए राजभवन के अतिथिगृह में। फाल्गुनि का अगाध पांडित्य और वीरता महाराज से अधिक दिन छुपी नहीं रह सकी। कलिंग युग-युग से वीरप्रसू रहा है वीर पुरुषों के पहचानने में कलिंग नरपति भूल कैसे करते ?

फाल्गुनि इसी बीच कलिंग की संस्कृति, कला, स्थापत्य, उदार प्राकृतिक शोभा, कलिंग का ऐतिह्य और परम्परा, महनीय मानव धर्म और अन्त में कलिंगकन्या आर्या के प्रेम-पाश में बंध गए। महाराज ने फाल्गुनि का वास्तविक परिचय पाने के बाद खूब आडंबर से आर्या का विवाह कर दिया। आर्या के साथ रह मधुर दांपत्य जीवन बिताने के बाद फाल्गुनि आर्या से विदा ले कर अन्यत्र चल पड़े। आर्या पति की अनुगामिनी बनना चाहती थी, पर फाल्गुनि ने कहा—"भद्रे ! तुम कलिंग में ही रहो। तभी तो मैं वर्ष में एक बार कलिंग आ सकूंगा। कलिंग के साथ घनिष्ठता बढ़ेगी। तुम्हें साथ ले जाने के बाद कलिंग से चले जाने जैसा होगा। कलिंग ने मुझे जो प्रशांति दी है, वह कहीं और मिल सकती है ? जिस दिन दुःख वेदना, शोक दुश्चिंता असहनीय होंगे, फिर लौटूंगा तुम्हारे पास, कलिंग की धरती की गोद में।"

आर्या ने हंसते-हंसते पति को विदा किया। प्रतिज्ञापालन के मार्ग में बाधा बनकर क्यों खड़ी होती ?

कलिंग की सीमा पार कर समुद्र के किनारे-किनारे प्रकृति की विचित्र सुषमा का आकंठ पान करते फाल्गुनि पहुंचे मणिपुर राज्य में। मणिपुर के राजा चित्रवाहन की कन्या चित्रांगदा के रूप-यौवन पर मुग्ध होकर अर्जुन ने उनका पाणिग्रहण करने की इच्छा प्रकट की। पर चित्रांगदा थी मणिपुर की एक मात्र राजकन्या। मणिपुर के बाद में राजा कौन होगा ? इस प्रश्न का समाधान कर दिया फाल्गुनि ने। चित्रांगदा के पुत्र

को मणिपुर राज्य का राजा बनने में उन्हें आपत्ति नहीं। शांतिपूर्ण सहावस्थान, राज्य-राज्य के बीच सुसंपर्क चाहते थे फाल्गुनि। श्रीकृष्ण के धर्म अभियान का उद्देश्य भी यही था। मणिपुर का राजा यदि फाल्गुनि का पुत्र होता है, तो इसमें सबका मंगल ही है।

चित्रांगदा के साथ फाल्गुनि का विवाह संपन्न हो गया। मणिपुर राज्य में चित्रांगदा के साथ आनन्दपूर्वक रहे फाल्गुनि। तीन वर्ष वहां रहने का विचार किया है फाल्गुनि ने।''

मैं फाल्गुनि का संवाद पाकर आश्वस्त हुई। पर उलूपी, आर्या और चित्रांगदा के प्रति मन की ईर्ष्या गोपन नहीं रख सकी। जिन सार्थक को एक दम अपना पाने की आजन्म साधना की, उन्हें 'अपना' कहने का साहस नहीं होता। वे क्या मुझसे अधिक सुन्दर हैं, गुणी हैं या पतिपरायणा हैं ?

देवर्षि नारद मेरे मन की बात समझ रहे थे। आश्वासन देने के स्वर में कहा– ''बेटी कृष्णा ! इन विवाहों के पीछे एक और महत उद्देश्य है। तुम जानती हो हस्तिनापुर और इंद्रप्रस्थ दो भाग होने के बाद कौरवों में हिंसा और असूया भाव सुलग रहा है। वह एक दिन लपट बनकर जलेगा। भयंकर संग्राम की आशंका दिख रही है। फाल्गुनि के ये विवाह उस महायुद्ध के प्रस्तुति पर्व हैं।'' मैं अवाक देखती रही देवर्षि नारद की ओर। नारद ने हंसकर कहा–''कलिंग, नागलोक, मणिपुर वीर भूमि हैं। जननी जन्मभूमि की रक्षा के लिए दुर्धर्ष वीर पुरुष वहां प्राणों का बलिदान करने को सदा प्रस्तुत हैं। अतः फाल्गुनि ने विवाह के जरिए उन वीरभूमि से मित्रता स्थापित की है। दूसरे अर्थ में आगामी युद्ध के लिए उन्हें पत्रिका दे आए हैं। अब यदि कौरव-पांडवों में युद्ध छिड़े भी तो पांडवों को इन देशों का पूरा सहयोग मिलेगा। राजनैतिक कारण से फाल्गुनि के ये विवाह स्वागत के लायक हैं।''

मैं आश्वस्त हुई। राजनैतिक कारण से यदि फाल्गुनि शतपत्नी ग्रहण करें तो भी मुझे दुःख नहीं। पर मुझसे अधिक किसी रमणी को सुन्दर, विदुषी या प्रेममयी मानकर उसके प्रेम में अन्धे होकर विवाह करेंगे तो यह मेरे लिए घोर अपमान की बात होगी। ईश्वर से मन ही मन प्रार्थना कर रही थी–देश हित में फाल्गुनि शतपत्नी ग्रहण करें। पर प्रेम में पड़ किसी का पाणिग्रहण न कर बैठें।

माया का अर्थ है इंद्रजाल। ममता, मोह, शठता। इन सबको मिलाने पर जो अर्थ होता है, वही है जीवन ! अर्थात जीवन माया है–

सहचरी माया यही समझा रही थी मुझे। जीवन की व्याख्या कर रही थी मेरे सामने। देवर्षि नारद के लौटने के बाद मैं कुछ विमर्ष हो उठी थी। अपने अनजाने ही ईर्ष्या में जल रही थी, मान में क्षीण हो रही थी। राजनैतिक कारण से फाल्गुनि एकाधिक पत्नी ग्रहण कर रहे हैं, यह भी तो जिद्दी मन नहीं स्वीकार कर पा रहा था।

माया मेरा मन बदलने के लिए हजार कोशिश करती रही। मेरे कान में कह रही थी–''महारानी ! किसके लिए यह ब्रह्मचारिणी का जीवन ! कठोर तपस्या, निराडंबर जीवन और उनींदी रातों में व्याकुल प्रतीक्षा ? निष्ठुर फाल्गुनि के लिए ? वे तो इसी बीच तीन-तीन कन्याओं के साथ युग्मजीवन का आनन्द ले चुके हैं, आप को भूल गए होंगे जिस दिन लौटेंगे, तब तक आपके लिए उत्कंठा, कौतूहल, आकर्षण शिथिल नहीं हो चुका होगा ? आप रूपसी हो, विदुषी हो, वरनारी हो। यह जीवन सुख के लिए

है, उपभोग और आनन्द के लिए है। सुख की आशा में ही आदमी असहनीय दुःख सह लेता है। पर यह सुख तो फाल्गुनि ने समाप्त कर दिया है। भूल जाओ उनकी बात। चार पति हैं, उनके साथ जीवन का उपभोग करो। इंद्रप्रस्थ की महारानी हो। विपुल वैभव चरणों में लोट रहा है। यौवन आपके पास आकर स्थिर हो गया है। पर समय बहुत शठ हो गया है। फाल्गुनि को लौटने में और दस वर्ष लगेंगे ! जीवन का पल-पल मूल्यवान है। परन्तु यौवन का हर पल अमूल्य ! जीवन का उपभोग करें महारानी। फाल्गुनि लौटकर देखें कि आपको दुःख देने के लिए उन्होंने जो षडयन्त्र किया था, वह विफल हो गया है।''

माया मधुमक्खी की तरह मृदु गुंजन में कह रही थी। जीवन का अर्थ खोल रही थी। कभी-कभी उसकी चतुराई मुझे मोहाछन्न कर लेती है। सोचती माया की बातों के जोर में बह जाऊं। क्षणिक जीवन के हर पल को सुखमय करूं।

उस दिन माया के बाध्य करने पर सखियों संग यमुना तीर के अरण्य की शोभा देखने चल पड़ी। चलो प्रशांत प्रकृति ही मेरे अशांत मन को कुछ शांति दे सकेगी।

वर्षा के दिन, यमुना उफन रही थी। कितनी विचित्र है यह वन्या ! नदी को उत्ताल कर अनजान किसी पथ पर खींच ले जाती है, जबकि सागर से मिलने के पर्व की पुरोधा बन स्रोत को स्थिर, प्रशांत व परिपूर्ण बनाती है।

हर आदमी के जीवन में वे अस्थिर पल आते हैं। पर लक्ष्य होता है स्थिरता, प्रशांति और परिपूर्णता। मेरे जीवन में लेकिन स्थिरता कहां ? परिपूर्णता कहां ? जिसको पास चाहती, वे दूर हैं, नदी स्रोत से बहते फूल की तरह हाथ से फिसलते पलों की तरह।

पीछे माया थी। हंस पड़ी। नदी जल के साथ वह शायद प्रतियोगिता कर रही है। कहा—''महारानी ! आकाश अश्रु ढुलकाने पर सागर के जलस्तर में घट-बढ़ नहीं होती। सागर निर्विकार, उदार है। उसके हृदय में जाने के लिए क्या स्थान की कमी है ? नदी जैसे उसके हृदय में अपना स्थान बना लेती है, फाल्गुनि के हृदय में तुम्हारे लिए स्थान बना लेना उचित होगा, उन पर मान कर आंसू बहाने से वे क्या समझेंगे ? सागर क्या नदी की वेदना समझेगा ?''

मैंने सोचा—माया की बात सच है। वीर पुरुष फाल्गुनि। सारी पृथ्वी की राजकन्याएं उनकी कामना करती हैं। इसमें उनका क्या दोष है ?

माया जल क्रीड़ा के लिए प्रस्ताव दे रही है। यह मेरा मन परिवर्तन करने के लिए ही है। पर वन्या जल में क्या जलक्रीड़ा की जाती है।

माया ने अभय देते हुए कहा—''डर कैसा ? यहां नदी गहरी नहीं है। स्रोत भी प्रखर नहीं। यदि बहा भी ले तो पहुंचा देगा फाल्गुनि के पास। सुना है फाल्गुनि ने इसी बीच पंचतीर्थ में अभिशप्त पंच अप्सराओं को कुंभीर जन्म से उद्धार कर दिया है। चित्रांगदा के गर्भ से अर्जुन के बभ्रु वाहन नामक पुत्र पैदा हुआ है। संवाद पाकर अर्जुन पंचतीर्थ से पुनः लौट गए मणिपुर। पुत्र मुख दर्शन कर मां बेटे को वहीं छोड़ अर्जुन प्रभास तीर्थ चले गए। प्रभास तीर्थ से लौटकर यमुना तीर पर कहीं विश्राम लेते हों, आप बहती वहां पहुंचेगी उस आश्रम तट पर। जल से उठा कर तपस्वी अर्जुन आपको आश्रम में स्थान देंगे। तपस्विनी वेश देखकर मन में सोचेंगे—तुम्हीं उनके तपस्वी

जीवन की वास्तव सहचरी हो...''

माया कुछ और भी कहती,–मैं खीझ उठी। कहा–'बस, बस करो माया ! तेरी कल्पना शक्ति तो नदी की धारा से भी प्रखर है। कल्पना में अर्जुन को गंगा से यमुना तट पर पहुंचा दिया ! लेकिन कल्पना से वास्तविकता बहुत दूर है।''–मेरी दीर्घ सांस नदी के कलनाद में मिल गई। माया नहीं सुन सकी। वह पहले की तरह हंसकर कहती रही–''परीक्षा कर देखो। कभी-कभी कल्पना और वास्तविकता की आमने-सामने भेंट हो जाती है। हाथ मेरा पकड़ अंदर आगे खींच ले गई। नितंबिनी पीछे-पीछे नदी में आ गई।

स्निग्ध शीतल यमुना जल शरीर और मन दोनों को अपने स्निग्ध, मधुर स्पर्श में आछन्न कर गया। मैं भूल गई दुःख, हाहाकार, मान। हंसती हुई तीनों सखी एक-दूसरे पर पानी छींटने लगीं। जलक्रीड़ा में सब भूल गईं। हृदय का बोझ जलधार में बहा देने के लिए मैं कुछ अधिक ही चपल हो उठी। एक और सहचरी पयस्विनी ने फूल की डाल फेंक कर कहा–''देखें, कौन पहले उस डाल को पकड़ लाती है ?''

हम तीनों तैरती बढ़ी उसे पकड़ने। ऊपर रहकर पयस्विनी चपल बालक की तरह ताली बजाती शोर करती रही। हमारे अंदर और भी उत्साह भर गया।

जलस्रोत में कितनी दूर आ गई पता ही नहीं। डाल किधर बह गई, वह भी नहीं देख पाई। जैलगा, से मैं तैर नहीं पाती, निचेष्ट नदी के स्रोत में बहती जा रही हूं। पता नहीं किधर। सखियां पीछे छूट गईं। उनका स्वर भी नहीं सुनता। बहती जा रही हूं। कल्पना लोक के उस आश्रम तट की ओर। जहां मेरे काम्य पुरुष तपस्वी वेश में प्रतीक्षा कर रहे हैं। मैं स्वप्न में थी या जाग्रत कुछ नहीं जान सकी।

अचानक लगा–इंद्रप्रस्थ की महारानी को यों चपलता शोभा नहीं देती। धीरमति, स्थिर चित्त कृष्णा को यह क्या हो गया ?

परिस्थिति कितना असहाय कर देती है आदमी को, फिर आदमी बदल भी देता है परिस्थिति को। मैं गति परिवर्तन कर कूल की ओर लौटने को सोच रही थी। परंतु, तब तक भूल गई कि मेरा स्वयं पर नियंत्रण ही नहीं है। देह अवश, शक्तिहीन हो चुकी है। सखियों के साथ संतरण प्रतियोगिता की विषम परिणति !

अब भाग्य को स्रोत के भरोसे छोड़ने के सिवा कोई चारा नहीं। मृत्यु निकट आती जा रही है। किसी भी क्षण भंवर में लीन हो सकती हूं। यदि फाल्गुनि नागलोक की उलूपी के साथ रहते हों, तो उनके दर्शन कर मरने में भी कोई दुःख नहीं।

सूर्यास्त का रंग पश्चिमी आकाश को लाल किये दे रहा है। मेरे जीवन का सायंकाल हो आया। उस क्षण जीवन के प्रति वैसे भी तो तीव्र मोह पैदा हो गया। मन कर रहा था, दोनों बाहु पसार स्वयं को आलिंगन कर जलस्रोत से खींच लूं। जीवन कितना सुन्दर है, कितना प्रिय है ! अपना जीवन कितना काम्य होता है आदमी को अपने पास ! मन ही मन सोच रही थी। फिर भी मुझे मृत्यु का शीतल स्पर्श करना होगा। वीर और शक्तिशाली हैं पंचपति। पर मेरा उद्धार करने कोई नहीं मेरे पास ! सखा कृष्ण का स्मरण करूं ? नहीं-नहीं, कहीं आपद में पड़ फाल्गुनि उन्हें स्मरण कर रहे हों। इससे बेहतर है मृत्यु !

मैं आंख मूंदे अवसन्न पड़ी बह रही थी। खुले केश। लहरों पर तैरते किसी फूल

की तरह हिचकोले खा रही थी।

कौन है यह दीप्त परम तापसी ? यमुना जल में संध्यास्नान कर अस्ताचलगामी सूर्य को प्रणाम कर रहे हैं। मेरा समूचा शरीर मृत्यु की अवज्ञा कर रोमांच में भर गया। ऊष्मा के आवेश में सिहर उठा।

अस्पष्ट आनंद के क्षीण आर्त्तनाद में शायद फाल्गुनि का ही नाम ले रही थी। अगले क्षण तपस्वी की दृष्टि मेरी ओर चली गई। एक छलांग में बढ़कर मुझे बाहु पकड़ खींच लाए। चेतना खोने से पहले मुझे लगा किसी का अभय हाथ जल में खींच रहा है। शरीर क्लांत, अचेत तैर रहा था। मुझे लग रहा था जैसे फाल्गुनि का स्पर्श कर रही हूं। जिस हाथ से कभी राजपुरोहित ने मेरा हाथ मिला दिया था, वह हाथ इसी बीच कितना अपरिचित हो गया है !

आसन्न मृत्यु से बच गई। चैन तो आया, पर प्राणप्रिय पर गहरा मान और आंखों में आंसू की धार बह चली। बालुका पर चित पड़ी रही। पलकें मुंदी। सोच रही थी—मान भूलकर कहूं—फाल्गुनि और नहीं सह पाती। तुम्हारे बिना दस वर्ष जीने की शक्ति और सामर्थ्य खो चुकी हूं। मुझे अनुगामिनी कर लो !

ठीक तभी कानों के पास मंद स्वर में झंकार सुनाई दी—"इंद्रप्रस्थ की महारानी कृष्णा आत्महत्या क्यों कर रही थी ? क्या कमी है उन्हें ? वर्षा के दिन, संध्या-समय उफनती यमुना में कूद गई !"

मैं चौंक उठी किस की आवाज़ है ? फाल्गुनि तो नहीं हैं। तो कौन है यह रूपराज तपस्वी ?

धीरे-धीरे आंखें खोली। सामने खड़े थे मां कुंती के धर्मपुत्र महावीर कर्ण। लज्जा संकोच में डूब गई मैं। धीरे-धीरे उठने की चेष्टा की। पीठ के मुक्त कुन्तल भी भारी लग रहे थे। शरीर पर सिक्त वसन और भी लज्जित कर रहे थे।

कर्ण मेरी दशा समझ गए। मित्रता के स्वर में कहा—तुम क्लांत हो। मेरी सहचरी अस्मिता और दुःशासन की सहचरी असूया एवं जटिला रथ के पास प्रतीक्षा कर रही हैं। वे तुम्हें रथ तक ले जायेंगी। वे रथ में इंद्रप्रस्थ पहुंचा देंगी।

मैं चकित हो सोच रही थी सखी-सहचरी को लेकर रथारूढ़ हो अंग देश से आकर यमुना में संध्या स्नान करना वीर कर्ण का कैसा नित्य-विलास है ?

नदी के किनारे ऊपर एक और आवाज़ सुनी। दुःशासन का था वह स्वर—"डरो नहीं कृष्णा। वीर कर्ण रथ पर तुम्हें अंग देश नहीं ले जायेंगे। मां अस्वस्थ होने के कारण कुछ दिन हुए हस्तिनापुर में हैं। आज मृगया पर निकले थे दोनों। संध्या तक अरण्य की माया में पड़ गए। सूर्योदय और सूर्यास्त के समय स्नान-पूजा करना मेरे मित्र कर्ण के जीवन का परम व्रत है। स्नान कर हस्तिनापुर लौट जाना था। तुम इंद्रप्रस्थ लौटना नहीं चाहो तो हस्तिनापुर और अंग देश के द्वार सदा खुले हैं। जहां इच्छा करोगी रथ वहीं पहुंचा देगा।

मैं खिन्न हो उठी। दुःशासन की ओर देखा, कहा—"इंद्रप्रस्थ मेरे इष्टदेवों का स्थान है। वहीं मेरी जगह है वहां नहीं लौटने की बात कैसे उठी ?"

अट्टहास कर दुःशासन ने कहा—"तो जल में छलांग लगाकर आत्महत्या क्यों की ?"

मैंने प्रतिवाद किया। तीखे स्वर में कहा—"जलक्रीड़ा करते समय वन्या स्रोत में

पड़ गई। इसे दुर्घटना न कह आत्महत्या कहना अनुचित है। न केवल इससे मेरा ही अपमान होता है, कुरुवंश का भी अपमान है।''

दुःशासन ने विकृत स्वर में ठहाका लगाया–''मैं जानता हूं तुम्हारी आत्महत्या की बात। पंचपति में तुम फाल्गुनि को अधिक प्रेम करती हो। उस पाखंडी ने बहाना बनाया बारह वर्ष ब्रह्मचर्य पालन का। देश-देश घूम कर परमसुन्दरी कन्याएं ढूंढी। विवाह रचा रहा है और इधर तुम प्रतीक्षा कर रही हो। इससे बढ़कर दुःख क्या होगा।

मैं पति निंदा सुनने को प्रस्तुत न थी। फिर दुष्ट, कामुक दुःशासन के मुंह से !

गम्भीर होकर कहा–''तुम भूल रहे हो। फाल्गुनि वीर हैं। फिर सुपुरुष। परम सुन्दरी कन्याएं उन्हें पति रूप में पाने हेतु अनेक व्रत-उपवास रखती हैं। अवसर मिलते ही उनके चरणों में स्वयं को समर्पित कर देती हैं। इससे फाल्गुनि का गौरव बढ़ा है, घटा नहीं।''

दुःशासन ने विद्रुप में कहा–''वाह वीर श्रेष्ठ ! और उनकी प्राणप्रिया ! जिन्हें नदी स्रोत से बचाया है सूतपुत्र कर्ण ने। फाल्गुनि ही नहीं अन्य चार पति भी पांचाली की मृत्यु का संवाद तक नहीं पा सकते थे आज। उसके शव की कहीं खबर नहीं होती। एक से बढ़कर एक पांच पति ! उस द्रौपदी की यह दशा। देवी ! तुम्हारे पति क्या तुम्हारे भले-बुरे की कोई खबर नहीं रखते ? ऐसे दायित्वहीन होकर परिचारिकाओं के साथ घोर अरण्य में जलक्रीड़ा करने निकली। सुरक्षा के लिए कोई पति साथ नहीं। कोई अंगरक्षक तक साथ नहीं ! इतनी उपेक्षा क्यों तुम्हारी ? शायद बहु पुरुषों को संतुष्ट करने की कोशिश कर किसी को संतुष्ट नहीं कर पाती। अतः उनका प्रेम उतना गहरा नहीं है। इधर हमारे मित्र कर्ण को देखो ! मृगया पर आये हैं, तो भी प्राणप्रिया पत्नी हैं। कंचनदेश की राजकुमारी, अंगसेन की दुहिता युवती। उन्हें पास से दूर करने को प्रस्तुत नहीं। अतः दासी परिचारिका, सखी साथ लेकर आयी हैं। तुम्हारी यह दशा देख ऋतुवती तुम्हें समवेदना प्रकट करेंगी।''

दुःशासन का परोक्ष कटाक्ष मेरे हृदय को बेध गया। इधर कर्ण पत्नी ऋतुवती के प्रति मन में ईर्ष्या भी हो रही थी। दुर्बल मन में कहीं भावना जग रही थी। क्या दुःशासन का कहना सच है। सब ही होने जाकर किसी की भी नहीं हो सकती। वास्तव में जलक्रीड़ा के समय आज अगर प्राण चले जाते, मेरे पंचपति कोई रक्षा नहीं करते ! क्या कोई मेरे साथ आने की फुरसत में थे ! ऐसा कहां मेरे भाग्य में ? मैं तो कर्ण पत्नी ऋतुवती नहीं।

मेरी अन्यमनस्कता देख दुःशासन ने कहा–''देवी द्रौपदी, चिंता की कोई बात नहीं। कर्ण की तब उपेक्षा कर दी, वे विमुख नहीं हैं फिर भी। आज भी चाहो तो वे तुम्हें अंग देश की रानी के पद पर आसीन कर सकते हैं। इसमें दुविधा कैसी ? मां कुंती के पांच पुत्र यदि तुम्हारे पति हैं, तो कर्ण उस सुयोग से वंचित क्यों होंगे ? कर्ण मां कुन्ती के धर्मपुत्र हैं। अतः तुम उन्हें पति वरण करोगी, इसमें कोई अधर्म नहीं होगा।''

मैं दुःशासन की बात पर गुस्से में जल उठी। घृणा से देखा, मुंह फिरा लिया और सहचरी की ओर चल पड़ी। कर्ण को तिर्यक दृष्टि से देखा, कहा–''पर स्त्री का जो असम्मान करता है वह नराधम, पर जो असम्मान का चुपचाप अनुमोदन करता

है, प्रोत्साहन देता है, वह महापापी। दोनों से मुझे घृणा है।''

तप कर लाल पड़े लोहे की तरह मेरे चेहरे को देखते हुए कर्ण ने मेरा रास्ता रोका। हाथ जोड़कर कहा—''देवी द्रौपदी ! महापापी कर्ण अपने मित्र दुःशासन के व्यवहार के लिए क्षोभ प्रकट करता है। क्षमा प्रार्थी है। आपको रथ में बिठा मां के पास पहुंचाना मेरा कर्त्तव्य है। मेरी पत्नी ऋतुवती भी आपके साथ है। नारी की प्राणरक्षा से अधिक उसके सम्मान की रक्षा करना वीर पुरुष को अधिक स्पृहणीय है। अतः आपको यों पैदल जाने नहीं दे सकता।''

मैंने देखा, सामने ऋतुवती है। हाथ पकड़ रथ की ओर ले जा रही है। ससम्मान अपना आसन मेरे लिए छोड़ दिया। रथ चल पड़ा। बोली—''आपके दर्शनों की बहुत दिन से इच्छा थी। मेरे पति आपकी प्रशंसा किया करते हैं। मानो किसी कल्पना की नायिका की बात कह रहे हैं। पर आज आपको देख समझ गई कि पति इतने संयमी न होते तो आपको पाने के लिए स्वयंवर सभा में रक्ताक्त संघर्ष पर उतर आते।''

मैंने मन ही मन सोचा—कर्ण मेरी प्रशंसा करते हैं ! स्वयंवर सभा में मेरे लिए जो अपमान मिला है। उसके बाद उनके मुंह पर प्रशंसा ! लंका में रामनाम की तरह नहीं लगता ?

ऋतुवती मुझे प्रशंसात्मक ढंग से देख कहने लगी—वास्तव में मैं कर्ण की पत्नी हूं। पर आप ही हैं उनकी प्रेरणा का उत्सव। वे आज अपना पौरुष सिद्ध करने जो अटल प्रतिज्ञा लेकर यात्रारंभ कर रहे हैं, वह सिर्फ आपके कारण ही संभव है। उस दिन स्वयंवर सभा में उनका पौरुष आहत न हो गया होता तो ऐसी प्रतिज्ञा नहीं करते। पुरुष हर तरह की विफलता सह सकता है, पर नारी द्वारा उपेक्षा नहीं सह सकता। कर्ण के जीवन की चरण विफलता आप हैं। फिर कर्ण के जीवन में कोई सफलता आए तो वह भी आप के कारण।''

''आपको न पाने से कर्ण के जीवन की हर घटना, हर कार्य नियंत्रित हो गए। अतः याज्ञसेनी ! आप मेरी नमस्य हैं ! मेरे पति के हृदय का जो प्रत्येक स्पंदन है उससे कर्णपत्नी ईर्ष्या नहीं, सम्मान करती है। मेरे पति जैसे पुरुष श्रेष्ठ के लिए आप उपयुक्त नारी हैं, यह जानकर मैं स्वयं को हेय मानती हूं। सोचती हूं मेरे पति के मैं कितनी अनुपयुक्त हूं।''

मैं अन्यमनस्क हो गई। पहली बार मेरा हृदय मान रहा था कि कर्ण के प्रति अन्याय हुआ है। अविचार किया है। उस दिन मेरे भाई धृष्टद्युम्न ने स्वयंवर सभा में कर्ण को बाधा न दी होती तो कर्ण ही होते पांचाल राजा द्रुपद के योग्यतम जंवाई।

जन्म पर आदमी का नियंत्रण नहीं पर कर्म पर तो नियंत्रण है। यह अपने अभिशप्त जन्म इतिहास के कारण कुन्ती के धर्मपुत्र कर्ण जीवन में पग-पग पर न्याय पाने से वंचित हों, इससे बड़ा अन्याय और क्या होगा ?

अनिच्छा के बावजूद मन बार-बार कर्ण के लिए द्रवीभूत हो रहा था। पता नहीं सहानुभूति में या स्नेह में। जो आज मेरे पतियों का परमशत्रु बनने को दृढ़ प्रतिज्ञ है, उसके लिए फिर मेरा मन पिघल रहा है। बड़ी अजीब बात है। वास्तव में मन पर कौन पूरा नियंत्रण कर सका है ?''

फिर भी मन को लगाम लगानी होती है। विवेक की चाबुक से बराबर सही

रास्ते पर लाना होता है। रक्ताक्त हो चाहे वह। ऐसा न करने पर वह गलत राह पर पांव बढ़ाता ही जाता है। रास्ता ही भूल जाता है। लक्ष्य ओझल हो जाता है।

मरुभूमि की मरीचिका को जल मान तृष्णा में जलता रहता है सदा। मैंने भी काबू किया मन को—क्यों इतना सोचती हूं कर्ण के बारे में ? स्वयंवर सभा में जितने राजपुत्र व्यर्थ हुए, सबके लिए मैं जीवन भर सोचूं, यह कोई जरूरी है ? जो हार गया, दुःख उसका, जीतने वाला तो ताली पाता है, हारने वाले के लिए कोई समवेदना की आह कब निकालता है।

इंद्रप्रस्थ के राजप्रासाद के आगे रथ रुका। मैं उतरी। कर्ण ने नम्रता से हाथ जोड़े—"देवी ! अब विदा दें। मेरा परम सौभाग्य है जो आपके अमूल्य जीवन की रक्षा का अवसर मिला। डर था कि जल में बहते समय भी कहीं मुझे पहचान न लें, और सूत पुत्र जान मेरी सहायता ठुकरा दें, मृत्यु को वरन् श्रेष्ठ समझ लें। ईश्वर की कृपा से आपने तब मुझे नहीं पहचाना। रक्षा हो गई।"

कर्ण के स्वर में बालक-सुलभ मान था। अनायास मैंने कह दिया—"उस दिन की घटना पर मुझे दुःख है। कभी-कभी अज्ञता के कारण आदमी दूसरे को चोट पहुंचा बैठता है। इच्छा न होते हुए भी दूसरे को चोट पहुंचाता है, आदमी परिस्थिति का दास होता है।"

कर्ण ने बात छीन कर कहा—"परिस्थिति का दास मैं भी था। पर उस स्वयंवर वाले दिन तक। फिर मैंने परिस्थिति का प्रभु होने की प्रतिज्ञा कर ली। आदमी अपने उद्यम और पौरुष के बल पर परिस्थिति को नियंत्रित करता है। उसे बदल सकता है, यह संसार को दिखा देना चाहता हूं। आपके कारण यह प्रतिज्ञा हुई। अतः आप मेरी नमस्य हैं।"

देखा, अब कर्ण के स्वर में मेरे प्रति व्यंग्य और अपनी शक्ति के संबंध में अहंकार झलक रहा है। बात को न बढ़ाने के लिए मैंने कहा—"आज की सहायता के लिए धन्यवाद ! मां को बता दूंगी आपकी सहायता और सहानुभूति की बात।"

कर्ण हंस पड़े—"आज वास्तव में सूतपुत्र का ही कर्त्तव्य किया है। सूतपुत्र के सिवा कौन अपनी मृगया छोड़कर आपको रथ पर बिठा राजप्रासाद लाता ?"

वही एक बात बार-बार कह कर कर्ण मेरा विद्रूप करते हैं। उस दिन की चोट उनके हृदय में कितना गहरा घाव कर गई ! पर मेरा क्या चारा उसमें ?

कर्ण की सुन्दर तीक्ष्ण दृष्टि मान भरी, उदास, फिर तीखे कटाक्ष से वक्र हृदय को बेधती उस दृष्टि की उपेक्षा कर मैंने कहा—"दूसरे अर्थ में मैं आपकी शत्रु हूं फिर भी आपने मेरे प्राण बचाये। यह उपकार भुलाया नहीं जा सकता। ऋणी रही चिरदिन।"

कर्ण की सहचरी अस्मिता हंस पड़ी—"कहा जाता है कि शत्रु को जीवित रख कर दांव साधते हैं, मार कर नहीं साधा जाता। कौन जाने कर्ण के कार्यों के पीछे क्या उद्देश्य है ?"

अचानक हृदय में अशुभ आशंका कांप गई। अहंकारी पुरुष में प्रतिशोध का नशा कितना भयंकर होता है, जानती हूं। परंतु जल से उबर कर आग का सामना करना होगा, यह किसे पता था ?

❑❑

सुना, कृष्ण आए हैं। कृष्ण का आना, उद्यान में फूल खिलने जैसा लगता है। फूल खिलने पर महक फैल जाती है। फूल को न देखने पर भी पता चल जाता है कि फूल खिले हैं। फूल की महक ही सब कुछ है। फूल को पास में पाने की वासना नहीं जागती मन में। क्योंकि फूल दूर रहने से भी क्या फर्क पड़ता है ? महक तो पास पहुंच जाती है, मन को महका देती है।

मेरे लिए कृष्ण के आगमन की खबर ही यथेष्ट है। उन्हें बिना देखे भी मैं उनकी उपस्थिति का अनुभव कर लेती हूं। आंख मूंदने पर भी दिख जाते हैं खुद-ब-खुद।

उस दिन जलक्रीड़ा से लौटने के बाद मैं अस्वस्थ हो गई। असमय नदी में स्नान, डूबते-डूबते सहारा पाकर बचने का मानसिक धक्का, दुःशासन की व्यंग्य-भरी बातें, और फिर कर्ण के साथ उस दिन की बातचीत, शायद कुछ-कुछ उदास कर गई है। शरीर से अधिक कष्ट मन को हुआ है। उसे देखने का समय किसके पास है ? शक्ति किसमें है ?

कृष्ण के आने की सुनते ही मेरी बीमारी आधी दूर हो गई। मन चंचल हो उठा। क्यों आए हैं वे ? उनके सखा यहां नहीं हैं, यह जानने के बाद उस दिन से एक बार भी तो नहीं आये, आज अचानक आने का उद्देश्य ? अगले क्षण किसी आशंका में मन दब गया। फाल्गुनि का तो कोई संवाद नहीं लाए कृष्ण ! शुभ है या अशुभ ? अधिक सोच-विचार नहीं किया। कृष्ण के स्वागत में लग गई।

माया ने कृष्ण के निवास की सारी व्यवस्था अतिथि-भवन में कर दी है। वहां वे विश्राम कर रहे हैं। संध्या समय भेंट करने की खबर उन्होंने माया के हाथों भेजी है। कहलवाया है कि मुझसे विशेष प्रयोजन है।

माया ने मृदु हंसी में कहा—"अर्जुन की अनुपस्थिति में आप दुखी हैं, यह खबर पाकर कृष्ण द्वारका छोड़ यहां दौड़े आये। श्रीकृष्ण के सिवा अर्जुन-विरहिणी कृष्णा का दुःखमोचन करने की शक्ति और किसमें है ? श्रीकृष्ण और अर्जुन की प्रगाढ़ मैत्री सारा जगत जानता है। श्रीकृष्ण को अर्पित किए बिना अर्जुन फूल की सुरभि तक नहीं लेते। सांसों में ली जाती वायु भी बहुत पहले श्रीकृष्ण को अर्पित होती है।"

मैं माया का कटाक्ष समझ गई। पर कृष्णा का दुःखमोचन करने की कृष्ण को देर से याद आई। अर्जुन के लौटने में एक वर्ष बाकी है। अब और विरह यंत्रणा नहीं है। पति आगमन के स्वप्न में विभोर हूं। उनके आने पर ऐसे प्रेम में बांध रखूंगी कि कभी मुझसे दूर रहने का नाटक नहीं करेंगे। यहां तक कि उलूपी, चित्रांगदा या आर्या तक को भी कभी याद नहीं करेंगे। इंद्रप्रस्थ लौटने के बाद अर्जुन सिर्फ कृष्णा के होंगे। उनके स्मृतिपटल पर भी किसी नारी को मैं नहीं सह पाऊंगी। कम से कम इंद्रप्रस्थ प्रासाद में रहते समय।

ग्यारह वर्षों में अर्जुन को जितना याद नहीं किया, उससे अधिक कृष्ण को किया है। क्योंकि मैं जानती हूं कि अर्जुन बारह वर्ष लौटनेवाले नहीं। परन्तु कृष्ण को पास पाने पर अर्जुन को पाने जैसा अनुभव होगा, अतः अर्जुन के विरह में कृष्ण को ही बिसूरती रही। परन्तु कभी स्मरण नहीं किया, आह्वान नहीं किया। डर था कि यहां रहते समय अर्जुन को कुछ आवश्यकता पड़ जाये और कृष्ण तक संवाद पहुंचाने में

माया बाधा पैदा कर दे।

परन्तु आज तो कृष्ण स्वतः आ पहुंचे हैं! पहले अर्जुन का कुशल-क्षेम पूछना होगा।

मेरे मन की बात माया समझती है। उसने कहा—"अर्जुन की कुशल वार्ता लेकर कृष्ण आये हैं। अब अर्जुन द्वारका में अतिथि हैं। वर्ष-भर वहां आतिथ्य ग्रहण कर इंद्रप्रस्थ लौटेंगे।"

मन प्रसन्न हो गया। अर्जुन यदि द्वारका में हैं, फिर चिंता किस बात की ? प्रश्न यह था—अर्जुन द्वारका में हैं, फिर कृष्ण यहां ? दुर्बलता और अस्वस्थता के बावजूद पाकशाला में जाकर महान अतिथि कृष्ण के लिए भोजन बनाया। सांध्य दीप जलाकर प्रणाम कर रही थी, देखा सामने कृष्ण खड़े हैं! उनके नीलकमल-से चरणों को छू कर प्रणाम किया। परन्तु मेरे दोनों हाथ वहां से पीछे ही नहीं हट रहे। सम्मोहित-सी प्रणाम की भंगिमा में देर तक वैसे ही रह गई। हाथों के जरिये मेरी चेतना, चिंतन, मन, हृदय, आत्मा और सारा ममताबोध मानो उड़ेल दिया उन चरणों में। और मैं अपनी नहीं रही। मेरे अंदर कोई दुःख, सुख, आशा, निराशा, स्वप्न, कल्पना नहीं रहे। मैं मानो अधर में झूल रही हूं। अपनी सत्ता ही भूलती जा रही हूं। पल-पल ऊपर उठती जा रही हूं। तैरती हुई पता नहीं कितने ऊपर उठी जा रही हूं। बीच में माया ने गड़बड़ कर दी। मुझे उठाया—"अर्जुन और कृष्ण के चरण एक जैसे हैं तभी तो कभी-कभी रुक्मिणी, सत्यभामा भी भ्रम में पड़ जाती हैं।"

मैं लाज में उठ गई। मन ही मन माया पर खीझ रही थी।

कृष्ण ने मृदु मुस्कान में पूछा—"कुशल तो है ?"

मैंने मान में भर छलछलाये नेत्रों से कहा—"सो क्या सखा नहीं जानते ?"

कृष्ण ने सहानुभूति के स्वर में कहा—"देख रहा हूं, अर्जुन को याद कर-कर कांटा हो गई हो।"

मैंने उत्सुक हो पूछा—"कैसे हैं ? ठीक-ठाक तो हैं वे ?"

कृष्ण ने उदार स्वर में कहा—"सखा भी तुम्हें याद कर ऐसे ही हो जाते। पर वे वनवास का दुःख-दर्द न भोगें, इसकी व्यवस्था मैंने कर दी थी। वे अब द्वारका में हैं। वर्ष भर बाद प्रतिज्ञा पूरी होगी। सगौरव तुम्हारे पास वे लौटेंगे।"

मन ही मन मैं कृष्ण को धन्यवाद दे रही थी। फिर भी समझ नहीं पायी कि सखा को द्वारका में छोड़ किस प्रयोजन से कृष्ण इंद्रप्रस्थ आये हैं ?

कृष्ण मेरे चिंतित चेहरे को देख कहने लगे—"सखी, सखा के वनवास को ग्यारह वर्ष हो गए। फिर भी कभी मुझे स्मरण नहीं किया ? अतः स्वयं आया तुम्हें देखने के लिए। वरना सखा लौटकर क्या कहेंगे ? उनकी अनुपस्थिति में तुम्हें एक बार भी कभी संभालने नहीं आया, क्षमा कर दोगी ?"

सोच रही थी—"क्या सिर्फ मेरी संभाल लेने ही आये हैं ?"

कृष्ण मुझे गहन स्नेह से देख कहने लगे—"तुम पर दायित्व बढ़ गया है। पांच पांडवों का दायित्व ही कोई कम बात है ? तुम्हारी मदद करने को कौन है ? सोचता हूं तुम्हें एक विश्वस्त सहेली चाहिए जो तुम्हारे सुख-दुःख का दायित्व ले, कर्म जंजाल में भागी बनती। क्या सोचती हो ?"

मैंने कृतज्ञ स्वर में कहा–"मेरे लिए आप इतना सोचते हैं, यही बहुत है। माया पास में है ही। और फिर किसी की आवश्यकता नहीं।"

कृष्ण ने हंसकर कहा–"माया तुम्हारी परिचारिका है। वह जितनी भली है, उतनी ही बुरी भी है। कभी-कभी बहुत जंजाल में डाल देती है। तुम्हारे लिए उपयुक्त सहेली ढूंढ़ रहा हूं। देखना, तुम्हारे अनेक झंझट वह अपने ऊपर ले लेगी। तुम्हारे पास-पास छाया की तरह रहेगी। क्यों बोलो ?"

मेरे लिए कृष्ण का दर्द देख मैं विगलित हो उठी। गद्‌गद स्वर में कहा–"सहेली मिलने पर किसे खराब लगेगा ? यदि वैसी सहेली मिले तो आपत्ति क्यों होगी ? मित्रता करने में मेरा कार्पण्य तो आपने देखा है। यहां तक कि इसी बीच कर्णपत्नी ऋतुवती और गुरु द्रोण की द्वितीया पत्नी हरिता के साथ भी बंधुता हो गई है। उनके पति पांडवों के विपक्ष में हैं, पर हमारी बंधुता पर आंच नहीं आई।"

कृष्ण ने सरस चित्त से कहा–"कृष्णा–यह तुम्हारी उदारता है। किसी भी आदमी को अपना कर लेने की कला तुममें है। मैं भी तो तुम्हारे बंधुत्व में बंधा हुआ हूं। छूटने का उपाय नहीं। इच्छा भी नहीं। अतः सखा को द्वारका में छोड़ यहां आ गया। कल प्रत्यूष में लौट जाना है।"

आनंद की अपूर्व धारा ने हृदय के उस खोखलेपन की अनुभूति को निश्चिह्न कर दिया। पवित्र प्रेमधारा में प्लावित हो गया हृदय। वह प्लावन आंखों में होते हुए झर जाने को व्याकुल। मैंने दृष्टि नत कर ली।

अब मैं एक प्रकार से मुक्त थी। यह वर्ष मेरे लिए संन्यास का वर्ष है। क्योंकि अर्जुन के साथ युग्मजीवन का है यह वर्ष। मैं एकाकिनी रात बिता रही हूं। संपूर्ण जीव-जगत सो रहा है, पर मेरे लिए निद्रा कृपण है। मैं शयनकक्ष से बाहर आयी। कुछ मुक्त वायु चाहिए मुझे।

परन्तु यह क्या ? अर्जुन के शयनकक्ष में धीमी-धीमी रोशनी है ! क्या अर्जुन सखा का अनुसरण कर लौट आए हैं ? कृष्णागत प्राण अर्जुन के लिए यह भी असंभव नहीं। कृष्ण के लिए अर्जुन प्रतिज्ञा भी भंग कर सकते हैं।

निशार्ध में अर्जुन आए हैं कृष्ण से भेंट करने। शायद सूर्योदय से पहले फिर लौट जायें। इस समय उनके पास जाना उचित होगा ? इतने वर्ष के बाद पति के साथ एक बार भेंट होने के आग्रह के सामने उचित-अनुचित का विचार ढीला पड़ रहा है। वे मुझे न देखें। मुझे देखने पर उनका बारह वर्ष का ब्रह्मचर्य व्रत जो टूट जायेगा। पर मैं अंतराल में रह उन्हें देख आऊं तो हर्ज क्या है ? अर्जुन आये थे, यह किसी से कहने की क्या जरूरत है ?

धीरे-धीरे उठी। निःशब्द कदमों से अर्जुन के शयनकक्ष की ओर आगे बढ़ी। मेरे आगे ज्योत्सना की माया थी। सब कुछ सुन्दर, मनोरम, स्वप्निल। अर्जुन के शयनकक्ष की ओर कोई आ रही है ज्योत्सना की माया में ! कौन है यह मायाविनी ? अर्जुन के शयनकक्ष में निशार्ध के समय क्या काम है इसका ?

आमना-सामना हो गया ! पूछा–"माया ! इतनी रात गए अर्जुन के पास क्या काम है ?"

माया हंस पड़ी। कहने लगी–"आप जैसे हर जगह अर्जुन देख रही हैं, मैं वैसे

हर जगह कृष्ण को देखती हूं। जहां वे हैं, मैं वहां हूं। इसमें आश्चर्य की क्या बात है ?" माया हंसती हुई चली गई। शायद अर्जुन के आने का संवाद लेकर माया कृष्ण के पास जा रही है या कृष्ण इस बीच अर्जुन के निकट पहुँच गए हैं।

दबे पांव वातायन के पास खड़ी रही। देखा—अर्जुन खूब निश्चिन्त मन से पलंग पर लेटे हैं। झरोखे से ज्योत्स्नालोक में उनका सुगठित शरीर ढंका है। सुनील देह पर वह आलोक शीतल प्रलेप कर रहा है। धीरे-धीरे द्वार तक गई। अधखुले द्वार से अन्दर की महक बाहर बरामदे में फैल रही है। उद्यान की सारी सुरभि—फूलों की सुगंध को रात का समीर सहेज कर अर्जुन की शैया के पास उड़ेल रहा है। ग्यारह वर्ष हुए उद्यान के सारे फूल फाल्गुनि को तरस रहे थे, कभी फाल्गुनि समझ पायेंगे ?

चुपचाप अर्जुन के द्वार पर खड़ी रही। कोई देख लेगा इसकी न चिंता न फिकर। अर्जुन वनवास न जाते तो उनके साथ युग्मजीवन बिताने की पारी होती। अतः भय किस बात का ?

धीरे-धीरे कक्ष से कृष्ण की महक आ रही है ! मेरी चेतना को वह आच्छन्न करती जा रही है ! समग्र स्नायुग्रंथियों में अपूर्व स्वर्गीय स्पंदन जाग रहा है। अर्जुन के पलंग पर लेटे हैं कृष्ण ! इतनी देर हुई कृष्ण को ही अर्जुन मान मैं अभिसारिका वेश में द्वार देश पर खड़ी रही ! कृष्ण की निद्रा टूट गई तो क्या सोचेंगे ?

पांव मोड़ रही थी लौटने के लिए। पर अचल हो गए। कृष्ण की शैया के पास अनंतकाल तक खड़ी रहूं तो भी वे थकेंगे नहीं। कृष्ण की उस अद्‌भुत आकर्षण शक्ति के पास मैं बारबार हार मान जाती हूं। उनके साथ अनायास एकात्म हो जाती हूं ? देह के घेरे से आत्मा मुक्त हो जाती है। मन करता है इस देह को त्याग कर अदेही हो जाती। कृष्ण प्रेम में खो जाती। खो जाते, अतीत, वर्तमान और भविष्य।

मैं वैसे ही खड़ी हूं। पता नहीं कितनी देर रही। प्रभात पक्षी की काकलि के स्पर्श से कृष्ण की नींद टूट रही है ! अब लौट जाना चाहिए। मैं मुड़ रही हूं। कृष्ण आलस्य दूर कर रहे हैं। मृदु मधुर स्वर में आवाज दी—"सखी ! सारी रात यों खड़ी रही ! कष्ट हुआ ! मैंने भी जाने को नहीं कहा। हां, तुम्हारे खड़े रहने के कारण मैं सो नहीं पाया, परंतु तुम्हारा इतना कोमल सान्निध्य भी निद्रा से अधिक शांतिप्रद है।"

मैं लज्जा में मुरझा गई कहा—"भ्रम में पड़कर चली आयी। सोचा शायद अर्जुन लौट आये हैं।"

कृष्ण ने हंसकर कहा—"सखा के बिना भला मैं इंद्रप्रस्थ में रह सकता हूं ? तभी उनके कक्ष में सोने की व्यवस्था के लिए माया से कहा था। कम से कम सखा के पलंग पर लेटने से ही उनकी उपस्थिति का अनुभव कर लेट सकूंगा। खैर, सखा से कहूंगा उनके रुद्धद्वार पर भी कृष्णा रात-रात भर चुपचाप खड़ी रह सकती है ! कभी-कभी तुम्हें लेकर सखा से ईर्ष्या होती है।"

कृष्ण की चाटुवाणी सुन कोई उल्लास नहीं लगा। मैं जानती हूं, बातें बनाने में वे जैसे चतुर हैं, मन परखने में और भी बढ़कर हैं। फिर सब जानकर अनजान बनने की तो सदा की आदत है। मैं अर्जुन को देखने आयी थी, उनकी माया में पड़कर रात भर निर्वेद भाव से खड़ी रही। जानबूझकर चुप रही। फिर लौटते-लौटते मान भरे स्वर में कहा—"दया कर अपने सखा के आगे 'कृष्णा' नाम तक न लेना। उनका कहीं व्रत

न टूट जाये। पाप के भागी हो जायेंगे। सुना है कि कृष्णा से दूर रहकर अनेक पुण्य कमाये हैं। अब वे फिर कृष्ण-बलराम के अतिथि हैं। वहां कृष्णा का स्थान कहां !''

वे मेरी छलछलायी आंखें देखते रहे। कहा—''ये मान-भरे छलछलाये नेत्र ! सखा यहां इन्हें देखते नहीं हैं। बेचारे ! दया आती है उस पर ! सखा के आगे छवि आंक दूंगा, ऐसी ही। प्रेमिका के प्रेम से बढ़कर उसका मान होता है। जो प्रेमी होता है, वही इसे समझेगा। सखा अर्जुन शायद ही समझें।''

वे तिर्यक कटाक्ष डालकर हंस पड़े। मैं एक क्षण प्रेमिका का मान भरे उधर सखा को देख दृष्टि पथ से दूर चली आयी।

❑❑

गुरुपत्नी हरिता ! द्रोणाचार्य की द्वितीया पत्नी हैं। पत्नी कहना थोड़ा ठीक नहीं होगा। बांधवी, परिचारिका, सेविका, धात्री, सहकर्मिणी कहना ही द्रोणाचार्य के जीवन में हरिता की भूमिका को ठीक से समझा सकेगा। प्राण प्रिया पत्नी, कृपाचार्य की बहन कृपी की अकाल मृत्यु के समय इकलौता शिशु अश्वत्थामा कुल कितने माह का था ! उसी के लालन-पालन हेतु द्रोणाचार्य का किशोरी हरिता के साथ पुनर्विवाह हुआ।

हरित वर्ण। हरिता शुरू से ही जानती थी कि उसे द्रोणाचार्य के घर में धाती और सेविका की भूमिका में अवतीर्ण होना होगा। ज्ञान-पागल आचार्य द्रोण के जीवन में कृपी के बाद किसी अन्य नारी की आवश्यकता न थी। कृपी की मृत्यु के बाद वे किसी और नारी को सिर्फ जननी और सर्वसहा धरित्री की दृष्टि से देखते आये हैं। यहां तक कि द्वितीय पत्नी हरिता को भी कभी आवेग भरे हृदय से नहीं देख पाये। हरिता का जीवन एक तरह से संन्यासी जीवन। पति के पास उनकी आवश्यकता सिर्फ अश्वत्थामा के कारण थी। गुरु द्रोण के पुत्र के स्नेह में अन्धा कहा जा सकता है। उसी पुत्र के लिए वे मित्र द्रुपद से कामधेनु मांगने में नहीं सकुचाए। और इसके लिए अपमान भी कम नहीं सहा। पुत्र अश्वत्थामा ही तो उनकी एक मात्र दुर्बलता थी। अतः गुरु द्रोण नहीं चाहते थे कि हरिता पुत्रवती बने। हरिता यदि सन्तानवती हो गई तो फिर वे होंगी अश्वत्थामा की विमाता। अतः इसी डर से गुरु द्रोण ने शायद हरिता को कामना की परिसीमा से दूर रखा है। अपने को डुबो दिया ज्ञान के पारावार में। पति के ज्ञान पारावार के तट पर खाली सीप की तरह पड़ी हैं हरिता। जरा से असहाय धूलकण की तरह नन्हें शिशु, मातृहीन अश्वत्थामा को गोद में ले लिया। वात्सल्य रस में भिगोकर, उसे मुक्ता बनाने में सारा जीवन साधना करती रही। अश्वत्थामा ही हरिता का एकमात्र जीवन स्पंदन है।

मुझे हरिता का उत्सर्गीकृत जीवन उद्‌बुद्ध करता है। उनके चरणों में स्वतः मस्तक झुक जाता है। पर हरिता मेरी भक्ति नहीं चाहती, चाहती हैं मेरा सख्य और सान्निध्य।

हरिता त्याग और उदारता की मूर्ति हैं। उन्हें भक्ति करते-करते उन्हें चाहने लगी। उनकी महानता को प्रेम कर बैठी। हरिता ने मेरी बंधुता का सादर स्वागत किया। अर्जुन वनवास जाने के बाद कई बार मैं हरिता के साथ रही हूं। पति का विरह हरिता के दर्शन कर भुला देती। हरिता को देखने से लगता पति के पास रहकर भी हरिता वनचारिणी का जीवन बिता रही है। उसकी बजाय पति से दूर रहना वरन् कम कष्टदायी होगा।

हरिता को देखकर मैं अपना दुःख भूल जाती। हरिता का संयम, पातिव्रत्य, त्याग और कर्त्तव्य-परायणता में मुझे शक्ति मिलती। पंचपति के लिए उचित कर्त्तव्य करने की प्रेरणा हरिता से ही मिलती।

कभी-कभी वे मेरे पास अपना हृदय खोलती। द्रोणाचार्य कौरवों के पक्ष का समर्थन करते हैं, इस बात पर क्षोभ मेरे आगे प्रकट करतीं। लेकिन कभी नहीं कही अपनी अपूर्ण कामना के हाहाकार की बात। मानो वे कामना और वासना से बहुत ऊपर उठ गई हैं। अश्वत्थामा को द्रोण का उपयुक्त पुत्र बनाने के सिवा उनमें बाकी सारी कामनाएं अवदमित हैं, मृत हैं।

जीवन का आलोकित पार्श्व ही मानो हरिता है। हरिता के साथ मेरी घनिष्ठता बढ़ती गई, मन की संकीर्णता भी क्रमशः कम होती गई। व्यर्थ का मान, अहंकार क्रोध संकुचित होता गया। हरिता के पास मैं सदा छोटी बनी रहती।

मगर हरिता अपनी चिराचरित उदारता में महिमामयी रही। कहती—"कृष्णा आप आर्यावर्त्त की आदर्श नारी हैं। आप से बहुत कुछ सीखना है। हजार-हजार वर्ष बाद आपका साहस, धैर्य, बुद्धिमत्ता, स्पष्टवादिता, कर्त्तव्यपरायणता और स्वाभिमान नारी जाति का आदर्श बनकर रहेगा। आपके पवित्र सौंदर्य में सम्पूर्ण पुरुष जाति आपकी अधीनता स्वीकार करती है। इसी कारण कर्णपत्नी ऋतुवती मन ही मन आपसे ईर्ष्या करती हैं।

"ऋतुवती ईर्ष्या करतीं हैं, मुझसे ?" मैं विचलित हो पूछती।

हरिता शांत स्वर में कहती—"कोई भी करती। कर्ण तुम्हारे इन्कार करने के अपमान को भूले नहीं हैं।

"उसी अपमान की ज्वाला में वे अशांत है, क्षुब्ध हैं। कर्ण और अर्जुन में अन्तर यही है कि अर्जुन नम्र हैं, उदार हैं, अहंकाररहित हैं। श्रीकृष्ण के पास स्वयं को समर्पित किए हैं। लेकिन कर्ण अहंकारी है, प्रतिहिंसापरायण है। ईश्वर से अधिक अपनी शक्ति पर आस्था है। पुरुष का भूषण है उसका शौर्य, पौरुष, शक्ति। उस दृष्टि से कर्ण किसी प्रकार अर्जुन से कम नहीं। पर दैवी शक्ति को वह एकदम हेय मानता है। सिर्फ तुम्हारे अपमान का प्रतिशोध लेने के लिए वह कौरवों के साथ हुआ है। वरना कौरवों की सहायता बिना भी कर्ण अपनी वीरता और शौर्य के बल पर पृथ्वी का अधीश्वर हो सकता था।"

हरिता की बात पर कर्ण के प्रति मेरे मन में राग-द्वेष की जगह सहानुभूति और संभ्रम ही बढ़ता। कर्ण यदि पांडव-विरोधी है, तो इसके पीछे क्या यथेष्ट तर्क नहीं ? अपमान का प्रतिशोध लेना क्या पुरुषोचित नहीं है ?

अगले क्षण अंतरात्मा कांप उठती है। कर्ण जैसे बुद्धिमान, शौर्यवान पुरुष यदि कौरवों की खलबुद्धि द्वारा परिचालित होंगे, तो फिर इंद्रप्रस्थ में पांडव शांति से राज्यशासन कर सकेंगे ?

अर्जुन के प्रति गुरु द्रोण के मन में असीम स्नेह है। उनसे अधिक स्नेह है हरिता के मन में। अर्जुन के वनवास के कारण कभी-कभी हरिता को दुःख भी होता। गहरी सांस लेकर कहती—"अर्जुन का बाल्य, कैशोर तो वनवास में ही कटा है, कौरवों की कूटबुद्धि के कारण। सत्यनिष्ठ अर्जुन फिर जानबूझ कर वनवास चले गए ! उसके प्रति अपना प्रेम कम न करना कृष्णा ! तुम्हारा प्रेम कम होने पर वह भीम की तरह प्रेम

का दावा कर कोई शोर नहीं करेगा, वरन् फिर किसी बहाने वह दूर हो जायेगा। नीरव साधना करेगा तुम्हारे प्रेम के लिए। पिछले बारह वर्ष के इस वनवास में तुम्हारे प्रेम के लिए नीरव साधना के सिवा अर्जुन ने कुछ नहीं किया।''

हरिता की बात पर अंतःकरण द्रवीभूत हो उठता। मन ही मन प्रतिज्ञा करती कि अब की अर्जुन के लौटने पर अपनी विद्या, बुद्धि, आचार-विचार, सब-कुछ छोड़कर उनकी सेवा में जीवन उत्सर्ग कर दूंगी। कहूंगी—तुम मुझे जय कर लाये हो। मैं तुम्हारी हूं। मुझे लेकर जो इच्छा करो। अब मैं तुम्हारी इच्छा से चलूंगी। तुम्हारी इच्छा से चलने वाली राह में पाप-पुण्य का भय नहीं करूंगी। तुम मेरी आत्मा को जय करो, पराजित करो। हे फाल्गुनि ! तुम्हीं मेरे सर्वाधिक प्रिय हो ! प्रियतमेणु...

❑ ❑

फाल्गुनि लौट रहे हैं। बारह वर्ष की नीरव तपस्या के बाद द्रौपदी का एकांतिक प्रेम पाने की आशा लिए लौट रहे हैं। पातालपुरी में रहे उनकी पत्नी नागकन्या उलूपी, मणिपुर में रहे चित्रांगदा, कलिंग देश में रहे आर्या। उन सब को पीछे छोड़ फाल्गुनि लौट रहे हैं। किसके लिए लौट रहे हैं। किसके लिए रूपसी पत्नियों को विरह ज्वाला में छटपटाता छोड़ लौट रहे हैं मेरे पति ? मेरे लिए—सिर्फ मेरे लिए...

फाल्गुनि वीर पुरुष हैं। निन्यानवे पत्नी रखें। मुझे किसी से ईर्ष्या नहीं। फाल्गुनि पर गुमान भी क्यों करूं ? फाल्गुनि के पास तो मैं कृष्णा हूं। इंद्रप्रस्थ की रानी। इंद्रप्रस्थ मेरी कोई सौत नहीं है। इंद्रप्रस्थ की नायिका, पांडवपत्नी—कृष्णा हूं।

प्रतीक्षा, फिर प्रिय की प्रतीक्षा कितनी सुखकर होती है। फाल्गुनि का कक्ष सजा रही हूं। उनका उद्यान, उनका पाठागार, बैठक, उपासनागृह, प्रमोदकक्ष, समूचे राजप्रासाद को। जहां फाल्गुनि की दृष्टि पड़ेगी उस स्थान को फिर स्वयं को सजा रही हूं। फाल्गुनि की पसन्द और रुचि के अनुसार। पाकशाला में सजा रखे हैं व्यंजन। फाल्गुनि को जो रुचता है उन सबकी व्यवस्था की है। कितना भी सजाऊं, मन भरता ही नहीं। माया पर खीझ उठती हूं माया का पता नहीं कैसा मिज़ाज है। नवनिर्मित एक प्रासाद में वह फाल्गुनि के स्वागत का आयोजन कर रही है। बासरगृह की तरह सजाया है एक कक्ष। फाल्गुनि क्या नए हैं जो मैं उनसे नवनिर्मित महल में भेंट करूंगी ?

सच, फाल्गुनि को नये सिरे से मिलने जैसा लग रहा है। मन में अनूढ़ा किशोरी का रोमांच है, विरह के बाद मिलन का आनन्द इतना अधिक होता है, विरह न होता तो पता ही कैसे चलता ?

राज्यभर में उत्सव का आयोजन हो रहा है। कई देशों के राजा-महाराजा निमंत्रित होकर आए हैं। उत्सव का आडंबर देख मन ही मन सोचती हूं यह तो फाल्गुनि के संग विवाह उत्सव हो रहा है।

स्वयं को नववधू की तरह सजाया। फाल्गुनि यह न समझ लें कि इसी बीच बारह वर्ष बीत गए हैं, और मेरी उम्र बारह वर्ष बड़ी हो गई है। फाल्गुनि के राज्य प्रवेश का वाद्य बज उठा है। वाद्य के ताल पर मेरा हृदय भी नाच रहा है, स्पंदित हो रहा है।

माया हंसती-हंसती आ रही है। हाथ में लिए है अर्घ्यथाली। पति की वन्दना

कर उन्हें स्वागतपूर्वक लाना होगा। माया ने थाली मेरी ओर बढ़ा दी। रत्न थाली में दो गजरे के हार ! किसलिए ? फाल्गुनि के साथ और कौन आ रहा है ? उनके सखा कृष्ण हैं या बलराम ?

मेरी आंखों की भाषा पढ़ माया कहने लगी—"सौत ही कहो ! दूसरी तो कोई नहीं, सखा कृष्ण की लाड़ली बहन सुभद्रा ! आपके मन में कितना ही राग-द्वेष हो, क्या घर में आते न आते प्रकट कर दोगी ? राज्यवासी क्या सोचेंगे ? फिर सखा श्री कृष्ण क्या सोचेंगे ? सौत को भी आप फूलों का हार देकर स्वागत कर लायें। बासरगृह में पति के पास ले जाकर छोड़ आना है। क्या इतना नहीं कर पायेंगी याज्ञसेनी ?"

अब समझी कि फाल्गुनि के स्वागत का उत्सव आडंबर किसलिए है। नवनिर्मित प्रासाद मेरे लिए नहीं, सुभद्रा के लिए है। बासरसेज सजायी है, मेरे लिए नहीं। जबकि मैं खुद ही खुद को नववधू की तरह लाज-शरम छोड़ सजाये बैठी हूं। स्वयं को धिक्कारा। वेशभूषा खोल दी। गुस्से में थरथराती पूछ बैठी—"माया ! फाल्गुनि का इतना साहस कैसे हुआ ? बड़े भाई की अनुमति बिना द्वारका में सुभद्रा से विवाह किया, फिर सुभद्रा को ले इंद्रप्रस्थ आ रहे हैं किस मुंह से ?"

माया चपल हास की छटा बिखेर कह उठी—"सखी ! फाल्गुनि को अब तक आप नहीं समझ सकीं ? भाई की अनुमति बिना क्या यह सब करना संभव है ? युधिष्ठिर की अनुमति लेने स्वयं श्री कृष्ण आये थे। युधिष्ठिर की अनुमति के बाद ही फाल्गुनि ने सुभद्रा से विवाह किया है।"

कृष्ण पर मान हो आया। तो अपनी बहन को मेरी सौतन बनाने आए थे युधिष्ठिर के पास ? मेरे लिए उचित सहेली ढूंढ दी है, परोक्ष इंगित दिया। लेकिन फाल्गुनि ने मेरी सहमति-असहमति की प्रतीक्षा नहीं की। भाई की अनुमति लेते समय एक बार भी मुझे खबर नहीं दी। कुछ नहीं बताया कि बारह वर्ष की तपस्या के बाद दुर्लभ उपहार साथ में लेकर आ रहे हैं ?

फाल्गुनि से सुभद्रा के विवाह का विवरण माया से सुना। यदि सुभद्रा अन्य राजकन्याओं की तरह फाल्गुनि के प्रेम में आतुर होकर उनकी पत्नी बनने की कामना करती है, तब तो दुःख के बदले मुझे गर्व होता मन में। मेरे पति आर्यावर्त के श्रेष्ठ पुरुष हैं, यह बात क्या मेरे लिए गर्व की नहीं है ? मगर घटना एकदम भिन्न है। लज्जाजनक है। सुभद्रा के प्रथम दर्शन में ही फाल्गुनि उसके प्रेम में पड़ गए। प्रेम में ऐसे अंधे हो गए कि स्वयंवर तक भी प्रतीक्षा नहीं कर सके ! कहीं सुभद्रा स्वयंवर में वरणमाला न डाले, अतः बलपूर्वक हरण कर ले गए ! पूजा-अर्चना के लिए रैवत पर्वत पर गई थी सुभद्रा। वे श्रीकृष्ण से खबर पाकर पहले ही रथ प्रस्तुत किए थे। फाल्गुनि ने पुजारिन राजकन्या को ऊपर उठा लिया। रथ छुटा कर अदृश्य हो गए। बहन के इस अपहरण में सहायता की भाई कृष्ण ने। अपना रथ ही दे दिया अर्जुन को। फिर बलराम का क्रोध शांत कर युधिष्ठिर की अनुमति लेने आये इंद्रप्रस्थ। ऐसे प्रेमविवाह के बाद फिर फाल्गुनि को कृष्णा की क्या आवश्यकता ! कृष्णा तो श्यामांगिनी है, उसका कैसा सौंदर्य ! सुना है सुभद्रा गोरी हैं, कौमुदी-सा देह का रंग है। नवीनता-से कोमल अंगों का सौष्ठव है। तमाल लता की तरह तरंगित तनु व वल्लरी। पद्मपंखुड़ी की तरह पांव—करतल, बिम्बाफल की तरह अधर। नीलकुंई की तरह नम्र, मधुर

चक्षु-तारक।—नहीं ! और नहीं सह पाऊंगी। सुन्दरतम पुरुष कृष्ण की वह बहन है। उसके लिए सारे संसार में वही उपमा है। मैं उसके आगे तुच्छ परिचारिका जैसी भी दिखूंगी या नहीं, सन्देह ! इंद्रप्रस्थ में सुभद्रा यदि फाल्गुनि की आंखों के आगे रहे तो फाल्गुनि मुझे भूल से भी नहीं देखेंगे। अब तक मन में एक अहंकार था अपने रूप पर, व्यक्तित्व पर। धारणा थी कि मुझे पाने के बाद कोई पुरुष अन्य नारी से प्रेम नहीं कर सकता। मेरे साथ दुनिया की कोई नारी तुलनीय नहीं है। इस अहंकार में मेरा क्या दोष ? जन्म से जिसने मुझे देखा, वही सम्मोहित होता रहा। मुझे पाने के लिए प्राण तक देने को प्रस्तुत हो जाता। स्वयंवर सभा में हर राजपुत्र की दयनीय दशा देखने के बाद मेरे मन में अहंकार और दृढ़ हो गया। यहां तक कि कृष्ण के सुन्दर नेत्र भी मुझे देखकर मुग्ध हो और मनोरम होते देखे हैं मैंने। इसी ने तो मेरे अहंकार को चरम सीमा पर पहुंचा दिया है।

लेकिन सुभद्रा ने आज मेरा दर्प चूर-चूर कर दिया। सुना था कि अलौकिक शक्ति संपन्न कृष्ण किसी का अहंकार नहीं सहते। शायद मेरे अहंकार की टेर उन्हें मिल गई है। और अपनी बहन से ही उसे तोड़ा है।

हाय, मुझे क्या पता कि गर्व किसी का सदा नहीं रहता। यह पृथ्वी कितनी विराट है, उसमें आदमी कितना छोटा और असहाय है ! आदमी का अहंकार फिर धूलकण-सा कितना अलीक है, असार है। पल भर में टूट जाता है—कितना हास्यास्पद बना देता है उसे—कितना मनस्ताप भर जाता है प्राणों में, क्या पता !

राजा-महाराजा एकाधिक नारी से प्रेम करते हैं। विवाह कर सकते हैं, उन्हें ठुकरा भी सकते हैं शौक के अनुसार। इसके लिए पूर्व पत्नी की अनुमति नहीं चाहिए। अतः अर्जुन ने जो किया है, वह राजोचित है, पुरुषोचित है। पर मैं दुखी हूं अपने अहंकार के कारण—लज्जा और ग्लानि में गड़ी जा रही हूं अपने बड़प्पन के कारण।

फिर सुभद्रा मुझ से सुन्दर है, प्रेममयी है ! वीरत्व के कारण फाल्गुनि ने मुझे जीता। उस दिन वही मेरे गर्व की चीज़ थी। परन्तु आज मन करता है, स्वयंवर सभा गें मुझे देखने के बाद फाल्गुनि अपनी पारी आने तक प्रतीक्षा किए बिना मुझे उठा क्यों नहीं लाए बलपूर्वक ? तो क्या वे मेरे प्रेम में वैसे अंधे नहीं हो सके ? यदि कर्ण को बाधा नहीं दी गई होती तो शायद मुझे पाने के लिए फाल्गुनि की परीक्षा की बारी ही न आती। इससे स्पष्ट है कि फाल्गुनि मुझ-से अधिक सुभद्रा के प्रति ही आकृष्ट हो गए हैं प्रथम भेंट में। फिर सुभद्रा के प्रति मन में द्वेष पैदा होना स्वाभाविक नहीं ?

अर्जुन और सुभद्रा को स्वागत कर लाने मैं नहीं गई। सुभद्रा के सुन्दर चेहरे के पास मेरा मुंह देखकर फाल्गुनि मेरी ओर से वीतस्पृह ही होंगे।

द्वार रुद्ध कर बैठी रही। आंसू बह निकले। सारा दंभ और सारी विद्वता के बावजूद मैं नारी थी। किसी के सामने आंसू बहाने में मुझे लज्जा होती है। पर स्वयं को तो धोखा नहीं दे सकती। मेरा सारा दंभ, सहनशीलता, धीरज, उदारता अपने आगे ही हार मानते हैं। स्वयं को ठगना इतना सहज नहीं होता।

वे पहुंच गए। शंख, हुलुध्वनि, आनन्द-उल्लास प्रासाद के द्वार से तैर आता है। मेरे आंसू दुगुने हो जाते हैं।

किसी का मधुर स्वर—"सखी कहां ?"

"वे अस्वस्थ हैं !" माया ने बता दिया।

"शरीर या मन ?"

"वह बात अंतर्यामी जानते हैं।" माया ने कह दिया। कोमल मधुर हास की लहर रुद्ध द्वार पर था दे रही है।

मैं आंसू पोंछ लेती हूं।–छिः-छिः सखा के आगे स्वयं को इतना दुर्बल कर दूं ? वे तो सिर्फ सखा ही नहीं, अब तो मेरी सौत के भाई हैं।

द्वार खोल कृष्ण का अभिवादन किया। कृष्ण ने मृदु मुस्कान में कहा–"सुना सखी अस्वस्थ हो गई हो। दायित्व तो कम नहीं। सहायता करने को कोई नहीं ?"

मैंने गंभीर स्वर में कहा–"जो यज्ञकुंड से जन्म लेता है, वह अस्वस्थ नहीं होता। दीपशिखा जलती है या बुझ जाती है। पर होमशिखा बुझती है पूर्णाहुति के बाद, पहले नहीं। अस्वस्थ नहीं थी। फाल्गुनि के स्वागत के लिए स्वयं को प्रस्तुत कर रही थी। पूर्णाहित हेतु शक्ति संचय कर रही थी।"

इतना कहकर मैं प्रवेश द्वार की ओर बढ़ी। परिचारिका से थाल लेकर अर्जुन-सुभद्रा का वंदापन किया। बारह वर्ष के अदर्शन के बाद भी मैं, अर्जुन के चेहरे की ओर नहीं देख सकी। क्योंकि तब तक मान के आंसुओं से आंखें डूबी थीं मेरी। मैं उनके नीलपद्म चरणों की ओर निगाह नीची किये देखती रही। पास में एक और युगल पाद कलाकार के हाथ से गढ़े स्वर्णपाद तरीखे ! मंदिर में लक्ष्मी के चरणों जैसे सुन्दर, मनोरम। जिसके चरण ही इतने सुंदर हैं, वह मुख ! उसकी शोभा के प्रेमपाश में अर्जुन का पड़ना स्वाभाविक ही होगा। लगा, जैसे ये पद युगल अर्जुन की शोभा बढ़ा रहे हैं। नारायण के चरणों के पास लक्ष्मी की तरह खूब फब रहे हैं अर्जुन-सुभद्रा के पद। सुभद्रा के चरणों पर ईर्ष्या हो आई मुझे।

स्वागत-वंदन कर सीधी लौट गयी अपने कक्ष की ओर। द्वार रुद्ध कर लेट गई सेज पर। सुभद्रा आगमन के आनन्द-उल्लास में भाग नहीं ले सकी।

फाल्गुनि मुझसे मिलने आये। विधिपूर्वक सम्मान किया मैंने।

अपने स्वभावानुकूल शांत स्वर में कहने लगे–"बारह वर्ष बाद लौट कर देखता हूं तुम्हारे मन में कोई सुख नहीं। चेहरे की उज्ज्वलता फीकी पड़ गई है। क्या हुआ ?" रोष भरे नेत्रों से फाल्गुनि की ओर देखकर मैंने कहा–"सुभद्रा का चेहरा देखने के बाद आपकी आंखों में मेरा चेहरा फीका ही दिखेगा।"

फाल्गुनि ने शांत स्वर में कहा–"कृष्णा ! कृपया अपने साथ सुभद्रा की तुलना न करो। ज्ञान, विद्या, विचारबुद्धि, धैर्य, साहस में वह तुम्हारे पांवों में भी नहीं ठहरेगी। और रूप ? नारी का रूप पुरुष की आंखों में पहली चीज़ हो सकता है, प्रधान चीज़ नहीं। रूप के साथ प्रज्ञा और व्यक्तित्व का मेल होने पर ही वह अनिर्वचनीय सौंदर्य बनकर पुरुष की आत्मा को आछन्न करता है। तेरे साथ मेरी आत्मा का संपर्क हुआ है। वहां सुभद्रा की प्रशंसा क्यों ? उलूपी, चित्रांगदा, आर्या या सुभद्रा कभी फाल्गुनि के हृदय से कृष्णा को विच्युत नहीं कर सकतीं।"

मैं फाल्गुनि के चाटुवाक्य पर उल्लसित नहीं हो सकी। वरन और तुनक-कर कहा– "इंद्रप्रस्थ में अब कृष्णा ही अकेली नायिका नहीं। कृष्ण की बहन सुभद्रा भी इंद्रप्रस्थ में प्रतिष्ठा पा चुकी है। अब कृष्णा का होना न होना समान है।"

शायद फाल्गुनि मेरी असहिष्णुता पर घृणा कर रहे थे। श्लेषभरे शब्दों में कहा– "सुभद्रा कभी इंद्रप्रस्थ की रानी नहीं बनेगी, वह इस बात से अच्छी तरह परिचित है। क्योंकि सुभद्रा सिर्फ तृतीय पांडव अर्जुन की पत्नी है और इंद्रप्रस्थ की रानी सिर्फ याज्ञसेनी है।"

"और फाल्गुनि के हृदय राज्य की रानी सिर्फ सुभद्रा है।"

फाल्गुनि ने आहत स्वर में कहा–"ऐसा न कहो कृष्णा ! आगे अनेक तूफान-झंझावातों का सामना करना होगा। सुभद्रा का पाणिग्रहण कर सारे यदुवंश की सहायता और समर्थन हमारे पीछे रहेगा। सखा तो सदा हमारे हैं। पर बड़े भैया बलराम को वश में करने का एकमात्र उपाय था सुभद्रा से मेरा विवाह। यह सब विचार कर सखा के परामर्श से ही मैंने सुभद्रा के साथ विवाह किया।"

मैंने चिढ़कर कहा–"फाल्गुनि पारिवारिक जीवन में राजनीति को न जोड़ो। उसकी ओर आपका आकर्षण बिल्कुल स्वाभाविक है। सत्य को स्वीकार करने में फाल्गुनि को कुंठा कैसी ? कृष्णा फाल्गुनि के लिए शास्ति विधान नहीं कर सकती। अतः यह कैफियत दे रहे हैं ?"

फाल्गुनि किसी तरह मेरे मान और रोष को दूर नहीं कर सके। उन्होंने सखा की सहायता मांगी।

कृष्ण आये। मेरे मान और रोष पर वे आनन्द ले रहे थे। मृदु मुस्कान में कहा– "तीन कारणों से मैंने फाल्गुनि का सुभद्रा से विवाह कराया। पहला कारण है–पांडवों के पक्ष में यदुकुल का समर्थन रहेगा। दूसरा कारण है–सखी कृष्णा का मन समझने लायक सहेली मिलेगी। सहेली ही क्या सुभद्रा कृष्णा की दासी बनने को भी प्रस्तुत है। तीसरा कारण है–फाल्गुनि ने सुभद्रा से विवाह किया इससे इंद्रप्रस्थ में सुभद्रा के साथ युग्मजीवन बिताने पर कृष्णा का उनके प्रति ध्यान कुछ तो कम होगा। फाल्गुनि कृष्णा के विरह में मान कर अरण्यवासी नहीं बनेंगे।"

मैंने सखा की ओर देखा–"आप आर्यावर्त के श्रेष्ठ वीर हैं। आपकी बहन सुभद्रा सुन्दर है, सर्वसुलक्षणा है। उसके लिए वीर पुरुषों की कमी नहीं होती। हम दोनों के बीच अन्तर पैदा करने के लिए षड्यंत्र कर फाल्गुनि के साथ सुभद्रा को बांध कौन-सा स्वार्थ सिद्ध करना चाहते हैं ?"

सखा होंठ भींचे हंस रहे थे। अर्जुन की ओर तिरछी दृष्टि से देखा। कहा–"कहा तो कि सुभद्रा के यहां रहने पर सखा के प्रति तुम्हारा ध्यान कुछ कम हो जायेगा, इससे मेरा स्वार्थ सिद्ध होगा।"

"सो कैसे ?" मैंने चौंककर पूछा।

सखा ने हंसते हुए कहा–"सखा पर ध्यान कम होने पर मेरे प्रति कुछ ध्यान दे सकोगी। तुम्हारा सारा ध्यान सखा के पास निबद्ध हो जाता है, इससे मुझे क्या कम कष्ट होता है। एक बार तो बताया था कि सखा का सब कुछ मुझे समर्पित है। सखा जो पुष्प पहनते हैं, उसकी सुरभि सखा के पास नहीं होती। मेरे पास उड़ आती है। अतः तुम सखा की होने पर भी तुम्हारा ध्यान इस बंधु की ओर होना क्या उचित नहीं ?"

ऐसे मानसिक संकट की घड़ी में भी सखा की मधुर रसिकता पर मैं हंस पड़ी।

ठीक तभी कृष्ण के संकेत पर, सुभद्रा पता नहीं कहां थी, आ गई। मेरे पांव छूकर अश्रुल नेत्रों से कहने लगी–"जीजी ! मैं आपकी सौत होने लायक नहीं। आपने मेरे हृदय में देवी का आसन पाया है। मुझे अपनी दासी बनकर रहने की अनुमति दें। अर्जुन से विवाह किया, पर आपका निर्देश और इच्छा ही शिरोधार्य है। आप अनुमति देंगी तो इंद्रप्रस्थ में दासी बनकर रहूंगी, अन्यथा भैया के साथ द्वारका लौट जाऊंगी।"

कृष्ण-बलराम की लाड़ली बहन सुभद्रा, मेरे पांव पकड़ दासी बन इंद्रप्रस्थ में सिर छुपाने की अनुमति मांग रही है। उसकी नम्रता, कोमल सहनशीलता के आगे हार माननी पड़ी। ऐसे कोमल पाद कलिका को सौत मानकर द्वेष में जलती रही। सोचकर लज्जा हो आयी। कृष्ण ऐसा नाटक कर बार-बार क्यों मुझे मुश्किल में डाल देते हैं ?

सुभद्रा मेरे पांव पकड़े प्रतीक्षा कर रही है। मैंने उसके हाथ पकड़ खड़ा किया। उसकी कोमल आंखें स्वच्छ जल से भर आयीं इतने में ही ! अपराधिनी-सी सिर झुकाये कहने लगी– "आपको देखने के बाद सोचती हूं, अर्जुन का मेरे प्रति आकृष्ट होना कितना असंगत है, अन्यायपूर्ण है।"

मैंने सुभद्रा का चेहरा ऊपर कर कहा–"मेरी इच्छा ही यदि शिरोधार्य करती है तो तेरा स्थान–"

सुभद्रा ने आकुल होकर पूछा–"कहां है ?"

"यहां है !" कहकर मैंने उसे अपने हृदय से लगा लिया। अपना हृदय मेरी छाती पर रख वह छोटे शिशु की तरह सुबक पड़ी। आंसू वैसे ही अधीर हो चले थे मेरी आंखों से। उसका मस्तक सहलाकर मैंने कहा–"कल तक तू थी कृष्ण की बहन। और आज से तू है कृष्णा की बहन। अब तुम्हें और चिंता कैसी ? सब कुछ मुझ पर छोड़ दे, निश्चिन्त हो रह। फाल्गुनि को सुखी कर..."

फाल्गुनि और सखा मृदु-मृदु मुस्काते रहे। सखा की ओर देखा, लगा जैसे वे जानते हैं कि यही होगा। सुभद्रा मेरी ओर तनिक झुक जाये तो मैं ममता की स्रोतस्विनी बन बह जाऊंगी...

जीवन नाटक का हर दृश्य सखा यदि बहुत पहले से जानते हैं, तो फिर न जानने का अभिनय क्यों करते हैं ?

सूर्यालोक जैसे चंद्रपृष्ठ पर प्रतिफलित हो पृथ्वी को स्निग्ध करता है, दुःख लानेवाली घटना मन की उदार स्निग्धता पर प्रतिफलित होकर वैसे ही सुख में परिणत हो जाती है। आदमी जिस में दुःख पाता है, तनिक गहराई से समझे तो वही फिर अपार सुख भी देती है।

फाल्गुनि के साथ सुभद्रा को इंद्रप्रस्थ के प्रासाद में देख मैं दुःख में टूट पड़ी थी। और सुभद्रा को बहन बना लेने के बाद फाल्गुनि के साथ उसका अब मिलन पर्व मेरे हृदय में अपार सुख भर रहा है।

पति के मधुशैया-कक्ष में सौत को नववधू के वेश में सजा कर भेजना भी एक विचित्र अनुभव है। मुझे है वह अनुभव और खूब सहजतापूर्वक मैंने उसे ग्रहण किया है।

इंद्रप्रस्थ में सुभद्रा-अर्जुन की प्रथम मिलन रात्रि को मधुशैया मान लिया। तदनुसार सारी व्यवस्था मुझे ही करनी पड़ी।

सुभद्रा को अर्जुन की सेज के पास छोड़ आते समय मुझे कोई ईर्ष्या नहीं, न असहिष्णुता हुई। उलटे आनन्द भर गया। वह आनन्द था त्याग का, उदारता का, चाहने का। एक आदमी दूसरे को चाहने लगे तो इतना सुख, इतना आनन्द मिलता है ? मगर आदमी के चाहने में इतना कार्पण्य क्यों रह जाता है ? मुझे सुख मिला, क्योंकि मैं सुभद्रा को चाहने लगी। सुभद्रा के अलावा दूसरी कोई राजकन्या मेरी सौत होती तो शायद इतने गहरे नहीं चाहती। पर सुभद्रा तो कृष्ण की बहन है ! सुभद्रा के कमनीय चेहरे पर शिशु सुलभ सरलता और उसकी गहरी आयत आंखों की निष्पाप मादकता देखकर कौन भला उसे चाहे बिना रहे ? कृष्ण की तरह सुभद्रा में भी एक अपूर्व आकर्षण शक्ति है। कृष्ण को बिना चाहे कौन रह सका है जगत में ? मैंने कृष्ण को चाहा–सुभद्रा को चाहने में मेरी कोई विशेषता नहीं, विशेषता सुभद्रा की ही है।

मैं गर्व से कह सकती हूं। हालांकि अर्जुन के प्रति मेरे मन में कुछ दुर्बलता है, पर जिस दिन जिस पति के कक्ष में रहती हूं, उस दिन दूसरे पतियों को लेकर कोई दुर्बलता नहीं होती। तब समझ लेती हूं कि मेरे पति एक ही हैं। अपना सारा प्रेम, निष्ठा उनके चरणों में उड़ेल देती हूं। तब कोई पुरुष मेरे अवचेतन में भी नहीं होता, कृष्ण को छोड़कर। कृष्ण रहते हैं शयन में, स्वप्न में, जागरण में। अपने पतियों के हतकंपन में भी कृष्ण का ही स्वर सुनाई देता है। अर्जुन की सांस-सांस में रोम-रोम में मैं कृष्ण का नाम सुन पाती हूं। अतः कृष्ण को चाहने में मेरा सतीत्व या पतिव्रत क्षुण्ण नहीं होता। कृष्ण प्रेम पवित्र है, अनाविल है, आशा-प्रत्याशा से बहुत ऊपर है। अतः अपने सतीत्व और पातिव्रत्य पर कभी-कभी मुझ में भी अहंकार हो जाता है।

पृथ्वी की अधिकांश स्त्रियां शरीर से न सही, मन से असती कही जायेंगी। देह को रखने पर भी मन ही मन वे परपुरुष के साथ मधुशय्या की रचना कर लेती हैं। पर मुझ में वैसा कुछ नहीं होता। युधिष्ठिर के साथ एकत्र रहते समय मैं कभी भीम की कामना नहीं करती। भीम के साथ रहते समय कभी अर्जुन को नहीं बिसूरती। अपने संयमित और शृंखलित जीवन के लिए कम साधना नहीं करनी पड़ी मुझे। मन को अपनी इच्छा के अधीन करना दुनिया में सबसे कठिन काम है।

मां कुन्ती का कहना है कष्ट बिना कृष्ण नहीं मिलते। मां कुन्ती की निगाह में कृष्ण ही भगवान हैं। कृष्ण ही सृष्टि और प्रलय करते हैं, हर कार्य के कारण और नियंत्रक हैं। कृष्ण के बाल्यकाल की अलौकिक घटनायें कुन्ती के मुंह से सुन-सुन मुझे भी विश्वास हो चला–कृष्ण भगवान हैं। भगवान असहाय आदमी के आत्मबल होते हैं। इस दृष्टि से सोचा जाये तो कृष्ण मेरे लिए भगवान हैं। क्योंकि कृष्ण भावना मेरे आत्मबल को दृढ़ करती है। संकट के समय लगता है कृष्ण ही भरोसा हैं। इसी विश्वास पर मैं ऐसी अस्वाभाविक परिस्थिति में स्वाभाविक जीवन बिता रही हूं। मैं ही नहीं, मेरे पंचपति में भी यही विश्वास है। कृष्ण भरोसा न हो तो पांडव अपनी सारी वीरता और शौर्य के बावजूद पृथ्वी से कब के निश्चिह्न हो गए होते।

सुभद्रा को अर्जुन के शयन कक्ष में छोड़ कर आ गई हूं अकेली बैठी हूं उद्यान में। बैठी-बैठी अर्जुन के बारे में नहीं सोचती। कृष्ण के बारे में सोच रही हूं। ज्योत्सना की रात में कौमुदी की तरह मेरे अन्दर आनन्दामृत प्लावित हो रहा है। क्योंकि कृष्ण की बहन के लिए मैंने इतना बड़ा त्याग किया है। फिर मन में मेरे अहंकार उग रहा

है ! मगर कभी-कभी अहंकार भी जरूरी है। अहंकार आदमी को अच्छे काम के लिए प्रवर्तित करता है। पर उस अहंकार के पीछे भगवान हों, तभी आदमी अच्छा काम करेगा।

मेरे अहंकार के पीछे हैं कृष्ण। मैं कृष्ण की सखी हूं, प्रिय बांधवी। वे मेरे ऊपर श्रद्धा रखते हैं। मैं उनके लिए कुछ त्याग कर सकती हूँ। ऐसा अहंकार मेरा काम्य है, नितांत काम्य है।

कृष्ण मेरे सामने उपस्थित हैं। अपनी अन्यमनस्कता में उन्हें ही याद कर रही थी। वैसे भी वे अंतर्यामी हैं। मेरे मन की भावना उनसे छुपी नहीं है। मेरे पास बैठे मधुर-मधुर स्वर में कहने लगे—"मेरी बहन सुभद्रा के लिए जो त्याग स्वीकार किया है, मैं इसके लिए तुम्हारा ऋणी रहूंगा। इतने वर्ष बाद सखा लौट आये हैं। फिर भी निःसंग रात बिता रही हो। मुझे दुःख है इसका।"

तो कृष्ण मेरा दुःख समझते हैं। कहा—"सुभद्रा ने मुझ से अर्जुन को छीन तो नहीं लिया। वरन् अर्जुन को मेरे और निकट करने का अवसर ला दिया है। बिना प्रयत्न के प्राप्त धन का आनन्द जैसे नष्ट हो जाता है, प्रेमी के लिए त्याग और उत्सर्ग बिना उनका प्रेम प्राप्त करने में नारीत्व की महिमा कम हो जाती है। नारीत्व में भी तो एक...

फाल्गुनि के लिए अधिक त्याग और कष्ट उठाने का अवसर उन्होंने दिया है, और फाल्गुनि के आगे मेरे नारीत्व की महिमा बढ़ाने का मुझे आह्वान दिया है। मैं जानती हूं सुभद्रा यहां मेरा मूल्य बढ़ाने ही आयी है। अतः आप धन्यवाद के पात्र हैं। सखा, साधना का भी एक स्वाद है। जिसने वह स्वाद नहीं चखा, वह सोचता है, साधना कष्टदायी है। यह याद रखना होगा कि जननी बनने के लिए प्रसव वेदना सहनी होगी। फाल्गुनि के निकट होने के लिए सौतन को बहन समझना होगा।"

कृष्ण ने वैसी ही मृदु मुस्कान में कहा—"अर्जुन के निकट होने का एक और अच्छा उपाय जानता हूं। कर सकोगी ?"

"अवश्य ! सहज उपाय न बताकर कठिन बताने पर और भी खुशी होगी।"

वासुदेव कृष्ण अपूर्व दीप्ति में मुखमंडल आलोकित कर हंस पड़े। बंकिम अधर तनिक तिरछे दबाकर कहा—"जो कृष्ण के निकटतर होता है, वह अर्जुन के निकट हो जाता है। अर्जुन मेरा ही तो द्वितीय रूप है। अर्जुन के निकटतम होने का अर्थ कृष्ण को पराया कर देना—यह कैसा होगा ?"

मैंने हल्के से हंसकर कहा—"जन्म के समय सुना था कि मेरा नाम कृष्णा है। पिता कहते कि कृष्ण एवं कृष्णा अभिन्न हैं। अतः आप ही तो हैं अंतर में। कोई देखे या न देखे, मैं तो देख रही हूं मेरा अन्तर कृष्णमय है।"

"कृष्णमय अन्तर अहंकार रहित है। जहां अहंकार का राजत्व है, वहां कृष्ण की कालिमा ही रहती है। कृष्ण नहीं। और कालिमा को ही कृष्ण मान लेना बेवकूफी है।" कृष्ण ने हंसकर कहा था। उनकी बात ने मेरे हृदय पर गहरी चोट की। मेरे अन्तर का रंच भर अहंकार भी कृष्ण को बरदाश्त नहीं हुआ ? पर मैंने तो कभी मिथ्या अहंकार नहीं किया।

कृष्ण की रहस्यमयी मुस्कान मेरे मन को बेकाबू कर रही थी। मानो कह रही थी—"झूठा हो या सच्चा, अहंकार दूर करना ही होता है। और अहंकार मिटाने के लिए

मिट जाना होता है, समर्पित हो जाना पड़ता है। स्वयं को औरों के आगे नैवेद्य कर परोस देना होता है।

यही निःशब्द स्वर—इसी में कृष्ण का जीवनचरित मूर्तिमंत हो रहा है। वास्तव में द्वारकाधीश कृष्ण धर्म-स्थापना के लिए यायावर की तरह घूम रहे हैं। क्या है इसके पीछे उनका स्वार्थ ? जगत के हित में ही तो वे यायावर हैं !

❑❑

मैं समाप्त हो चुकी हूं। पंच पांडवों के सुख मार्ग पर अपना नैवेद्य कर चुकी हूं। अपना सारा व्यक्तित्व और निजत्व पतियों में अर्पित कर दिया है। मेरी अपनी कोई रुचि-अरुचि नहीं। जो जैसा चाहता है, उसी रूप में स्वयं को अर्पित कर चुकी हूं।

फाल्गुनि के साथ युग्मजीवन का प्रारम्भ है आज से। इसी बीच इतने साल बीत गए। कितना परिवर्तन हो गया हमारे जीवन में। सुभद्रा आई है। आया है कितना मान गुमान। पर फाल्गुनि मेरे लिए जो थे, सो ही हैं। पहली बार, स्वयंवर के बाद मानो मैं बासर गृह में उनकी प्रतीक्षा कर रही हूं।

माया की बात में अतिरंजना होती है। इतनी साज-सज्जा, इतने आडम्बर की क्या आवश्यकता थी ? ऐश्वर्य, क्षमता, आडम्बर ही तो आदमी को अंधा कर देते हैं। मैं अंधी होना नहीं चाहती। फाल्गुनि को यदि सौ-सौ नेत्रों से देख पाती, तो भी तृप्त नहीं होती। फाल्गुनि द्वितीय कृष्ण हैं। उन्हें देखने पर कृष्ण ही खड़े हो जाते हैं मेरे आगे। आज मैं किसकी प्रतीक्षा में हूं ? फाल्गुनि की या कृष्ण की ?

वे आये। गलीचे बिछे फर्श पर नीलपद्म खिलाते आसन ग्रहण कर चुके। मैंने उनकी वंदना की। ऐसी रात का सपना कितने दिन से देख रही थी ! ऐसी ज्योत्स्नापूर्ण रात, स्निग्ध, समीर, फाल्गुनि और मैं—कितने मान-गुमान, कितने सपने और ख्याल, कितने काव्य-कविता की चर्चा, शास्त्र-पुराणों की बातें, सिर्फ फाल्गुनि के साथ ही तो हो सकती हैं। युधिष्ठिर तो सदा भावगम्भीर, चिंतनशील। भीम को काव्य-कविता या मान-अभिमान, स्वप्न या कल्पना से लेना-देना नहीं। नकुल ठहरे चपल, सरल निष्पाप शिशु की तरह। वे क्या समझेंगे मेरे मन की बात ? और सहदेव मौन योगी की तरह स्वयं में मग्न ! अपनी तरफ से कभी कोई बात शुरू ही नहीं करते। जो कुछ बोलते हैं, खूब संक्षिप्त, अप्रिय हो चाहे, कहेंगे सत्य। अतः मेरे अन्दर की सारी काव्यमयता संचित है सिर्फ फाल्गुनि के लिए। उनके साथ रात-रात भर काव्य-कविता की चर्चा की जा सकती है। कृष्ण की तरह वे काव्यमय हैं, कला-संगीतप्रिय हैं।

मेरा हाथ पकड़ पलंग पर बिठा लिया। नम्र कोमल स्वर में कहा—"कृष्णा, तुम से क्षमा मांगने आया हूं।"

"क्षमा कैसी ?"

"मुझे सुभद्रा के महल में लौट जाना होगा। आज संध्या के बाद से वह अस्वस्थ हो गई है।" फाल्गुनि उत्तर की आशा में मेरी ओर देखते रहे। सुभद्रा को बहन के रूप में मैंने हृदय में स्थान दिया है। उसके सुख पथ में मैं कभी बाधक नहीं बनी, वह मेरा सुख क्यों नहीं सह पाती ?

इस समय मैं सुभद्रा को सपत्नी मान ईर्ष्या कर रही हूं। इतने वर्ष के बाद फाल्गुनि

से भेंट होने जा रही है। परन्तु सुभद्रा उसे नहीं सह पाती। मुझे चुप देख फाल्गुनि ने कहा—"तुम मेरी प्रतीक्षा में बैठी हो। पर मैं सुभद्रा के महल में रात बिताऊंगा, बात कितनी कष्टदायी है, मुझे सह कर जाना है। तुम्हारी भी हर रात मैं प्रतीक्षा करता था और तुम जाती युधिष्ठिर, भीम, नकुल, सहदेव के शयनकक्ष में वार्षिक शर्त के अनुसार। इसमें मुझे कम कष्ट नहीं हुआ। यद्यपि मैं जानता था कि तुम सिर्फ मेरी ही नहीं हो। आज तुम्हारा मुझ पर जितना अधिकार है, सुभद्रा का भी मुझ पर उतना ही है। वह अस्वस्थ है, इतना जानने के बाद उसे छोड़कर कैसे आ सकता हूं ?"

"परन्तु यह वर्ष तुम्हारा मेरे साथ युग्मजीवन बिताने का है। तुम्हारे सुभद्रा के पास जाने पर भी मैं तुम्हारी प्रतीक्षा करूंगी।" बहुत कठिनाई से मैंने कहा।

फाल्गुनि ने तुरन्त उत्तर दिया—"सुभद्रा किंतु ऐसी कोई शर्त क्यों ग्रहण करेगी ? उसके साथ तो कोई शर्त नहीं हुई है कि एक वर्ष उसके पास और एक वर्ष तुम्हारे पास युग्मजीवन बिताऊंगा ! हर स्त्री की तरह वर्ष के हर दिन वह पति को पाना चाहेगी, और यह स्वाभाविक भी है। तुम्हारी जगह सुभद्रा के साथ मेरे अधिक दिन बीतेंगे। तुम्हें तो चार वर्ष में एक बार ही पा सकूंगा। उसे पाऊंगा हर दिन, हर पल। अतः जिसके साथ जीवन का अधिक समय बीतेगा, उसे कष्ट कैसे करूं ?"

अब समझी कि फाल्गुनि ने मुझ पर मेरे ही अस्त्र का प्रयोग किया है। मेरे कारण उन्हें जो कष्ट होता, उसे वापस लौटाया है। मेरी प्रतीक्षा करते होते, मैं औरों के कक्ष में जाती, उन्हें कितना कष्ट होता, यही बता देना चाहते हैं। पर इसमें मेरा क्या कसूर ?

फाल्गुनि को लेकर मेरे और सुभद्रा के बीच कलह चल पड़ा है। फाल्गुनि किसके महल में रात्रि बितायेंगे—इस बात पर उनके साथ तर्क चल रहा है—सोचते ही लज्जा से चेहरा मलिन पड़ गया। यदि फाल्गुनि सुभद्रा के पास रहना चाहते हैं, तो उन्हें बाध्य कर रोके रखने पर क्या वे सुखी होंगे ? और जब वे ही असुखी होंगे तो फिर मुझे सुख कैसा ? ज़ोर कर किसी से राजसिंहासन लिया जा सकता है, पर हृदय सिंहासन ज़ोर-जबरदस्ती से नहीं मिलता। सुभद्रा यदि फाल्गुनि के हृदयासन पर अधिष्ठित है, तो मैं उससे जीवन भर ईर्ष्या करती रहूं, परन्तु ईर्ष्या कर वह स्थान नहीं छीन सकती। यदि सुभद्रा वास्तव में अस्वस्थ है, फाल्गुनि का सान्निध्य चाहती है, तो फिर फाल्गुनि को रोक लेना एकदम अन्याय होगा।

बारह वर्ष तक मैंने फाल्गुनि से विरह की व्यथा धीरज से सही है। और अब क्या एक-दो दिन नहीं सह पाऊंगी ? फर्क इतना ही है कि वे तब अरण्य में ब्रह्मचारी बने हुए थे, अब रहेंगे मेरी सपत्नी सुभद्रा के भवन में। मैंने स्थिर स्वर में कहा—"सुभद्रा यदि अस्वस्थता का अनुभव कर रही है, तो फिर आपका यहां आना भी अन्याय हुआ है। माया के हाथों में खबर भेज देते तो चल जाता। शीघ्र जाइए, वह बेचारी छोटी है। आपको देर करते देख घबरा जायेगी।"

फाल्गुनि ने मेरे दोनों हाथ पकड़ लिए—"मन में दुःख तो नहीं मानोगी ? क्या करूं ? दो नाव में पैर रखने पर आदमी की यही दिशा होती है।"

फाल्गुनि की कोमल सहानुभूतिपूर्ण बातें सुनकर मेरा दुःख पिघल कर आंखों की राह उतर आया। जबरन उसे अन्दर छुपा लेना चाहती थी। मैं सुभद्रा की तरह छोटी हूं जो फाल्गुनि को पास न पाकर आंसुओं का झरना बहा दूंगी या अस्वस्थ हो जाऊंगी ?

मैं याज्ञसेनी ठहरी। विदुषी, इंद्रप्रस्थ की महारानी, फिर अग्नि संभूता। मैंने हंसने का प्रयास किया—"मुझे सुभद्रा के लिए दुःख हो रहा है। व्यर्थ ही अस्वस्थ हो उठी ! क्यों ? रात में राजवैद्य को बुलाने की तो ज़रूरत नहीं पड़ेगी ?"

फाल्गुनि ने गम्भीर स्वर में कहा—"सुभद्रा की चिंता न करो। अस्वस्थता उतनी गहरी नहीं है। मेरा उसके पास रहना ही यथेष्ठ होगा। पर तुम रात बिताओगी कैसे ?"

"रात भर छटपटा कर !" मैंने भीगे स्वर में कहा।

"किस के लिए ?" फाल्गुनि ने पूछा।

"सुभद्रा के लिए। जब उसे बहन मान चुकी हूं, फिर भी शायद वह सपत्नी समझ डरती है। वरना आज आप मेरे कक्ष में आ रहे हैं, वह अचानक अस्वस्थ कैसे हो उठी ? अच्छा अब आप देर न करें..." मैंने फाल्गुनि का हाथ पकड़ उठाया। द्वार तक छोड़ आई। फाल्गुनि सिर झुकाये चुपचाप सुभद्रा के कक्ष की ओर चल पड़े। आंखों से ओझल होते ही द्वार बन्द कर मैं सेज पर निढाल हो गिर पड़ी। पता नहीं क्यों बहुत बोझिल-सा लग रहा था आज। फाल्गुनि जैसे मेरी शक्ति हरण कर ले गए हैं।

आंखें मूंदी ही होंगी कि माया का स्वर मेरे पास आता लगा। माया मेरे कक्ष में ही थी और मैंने द्वार बन्द कर लिया। माया मेरे पांव सहलाते-सहलाते लम्बी सांस लेकर कह उठी—"बारह वर्ष की लम्बी प्रतीक्षा के बाद अर्जुन का यह अविचार आप ही सह सकीं ! वास्तव में तो सुभद्रा अस्वस्थ नहीं है, संध्या स्नान के बाद प्रसाधन करते तो मैंने देखा था। सुभद्रा को एक पल भी देखे बिना अर्जुन नहीं रह पाते। तभी झूठी कहानी गढ़ कर सुभद्रा के कक्ष में चले गए हैं। जबकि आप उनके बिना तपस्विनी बनीं कितने कष्ट नहीं सहती रहीं !"

माया की बात सच लग रही थी, मेरे अन्दर की ज्वाला-यंत्रणा बढ़ा रही थी। पर माया के आगे अपनी दुर्बलता कह डालने की इच्छा भी नहीं हुई। हंसकर कहा—"माया ! यह तो स्वाभाविक बात है। सुभद्रा के साथ अर्जुन का संबंध कुछ ही दिन का है। अतः नहीं छोड़ पाते।"

"पर आपको विवाह किए इतने वर्ष हो गए, पर अर्जुन के साथ आपका संबंध कितना पुराना है।"

मैंने स्वप्न भीगे स्वर में कहा—"अर्जुन के साथ संपर्क जन्म-जन्मांतर के...तुम नहीं समझ सकोगी माया...।"

❑❑

सुभद्रा की ओर देखते ही सारा गुस्सा और मान किसी तैरते मेघ की तरह कहीं पीछे चला जाता है। मन निर्मल आकाश की तरह स्वच्छ हो जाता है। सुभद्रा को देखा और पिछली रात का सारा द्वन्द्व भूल गई। कुशलक्षेम पूछा—"इंद्रप्रस्थ में पहुंचने के बाद मेरे स्वास्थ्य में उन्नति के सिवा अवनति का प्रश्न ही नहीं।" उसने कहा।

मैं विस्मित हो गई। तो माया की बात सच है ? फाल्गुनि ने सुभद्रा की अस्वस्थता की झूठी कहानी गढ़ी और वे उसके कक्ष में रात बिताने रह गए।"

मैंने अपना संशय प्रकट नहीं किया। पूछा—"रात में नींद अच्छी आयी ?"

वह हंस पड़ी—"नींद ! वह तो मेरी चिर सहचरी है। फाल्गुनि तो थे नहीं, अतः

खूब शीघ्र सो गई। अन्य दिनों की तरह फाल्गुनि के साथ शास्त्र चर्चा, कविता की आलोचना नहीं सुननी पड़ी। इन सब के बारे में तुम्हारी बहुत प्रशंसा करते हैं वे। कल रातभर क्या शास्त्र-चर्चा, होती रही ? समझदार संगी पा जाने पर काव्य-कविता की चर्चा में उनकी रात बीत जाती है। द्वारका में जब तक थे, भाई के साथ शास्त्र-चर्चा में ही रात बीत जाती।" सुभद्रा खिलखिलाकर फिर हंस पड़ी। मैं तो एकदम विस्मय में डूब गई। फाल्गुनि मेरे यहां न थे, सुभद्रा के कक्ष में भी न थे। फिर ? रात कहां बिताई ? सुभद्रा को अस्वस्थ बताकर मेरे पास से तो चले आए। पर इसका उद्देश्य क्या था ? फाल्गुनि क्या मेरा सान्निध्य नहीं चाहते ? मेरे साथ रहने में उन्हें कुंठा क्यों ? मैंने उनके पास क्या अपराध किया है ?

यह दुःख, यह लज्जा, यह अपमान किसे कहूं ? फाल्गुनि मुझे नहीं चाहते—यह बात खुल जाने के बाद मेरे जीने की क्या सार्थकता रहेगी ?

चिंता में ही सारा दिन कट गया। कह दूं किसी के आगे कि फाल्गुनि मुझे नहीं चाहते, फिर सबकी आंख में कितनी छोटी न हो जाऊंगी। कितनी हीन दृष्टि से...लोग सहानुभूति से मुझ पर निगाह डालेंगे ! मैं सह पाऊंगी ?

संध्या। अकेली बैठी थी उद्यान के कोने में। अनमनी। उदास। शायद आज भी फाल्गुनि न आयें। बहाना बनाकर कहीं और जगह रात बितायेंगे। शयनकक्ष में उनकी प्रतीक्षा की जगह इस उद्यान के कोने में मुंह छिपाये रात बिताना वरन् अच्छा होगा।

अचानक पीछे कृष्ण का स्वर सुनाई पड़ा। चौंककर मुड़कर देखा। सखा मृदु-मृदु मुस्का रहे हैं—"कल मेरे सखा को निष्ठुरतापूर्वक लौटा दिया। और आज यहां छुपी बैठी हो ! लगता है, आज भी बेचारा निराश लौटेगा तुम्हारे कक्ष से, और सारी रात मेरे पास बैठकर बखानेगा। कल रात-भर वह तो सोया नहीं, मुझे भी विश्राम नहीं मिल सका। सखी, उन सखा के प्रति इतनी निष्ठुर क्यों ?"

मैं अवाक् होकर देखती रही सखा को। फाल्गुनि के विचित्र आचरण की बात सोच रही थी। मेरे नाम पर इतनी बड़ी सफेद झूठ कह दी ! क्यों ? उधर सुभद्रा, इधर मैं—दोनों अकेली। और फाल्गुनि रात बिता रहे हैं सखा के पास ! बैठे-बिठाये मुझे बदनाम कर रहे हैं। इसका मतलब क्या है ?

मैं आश्चर्य में सखा को देखती रही। मंद-मंद मुस्करा ही रहे हैं। मैं तनिक कृत्रिम क्रोध कर बोली—"बारह वर्ष के ब्रह्मचर्य में तो चार स्त्रियां ग्रहण कीं, तीन संतान के पिता बने, और लौटते ही आपके सखा मुझे बदनाम करने चल पड़े ! क्यों ? सारी रात आपके पास बिताते हैं। और मुझे सुभद्रा की अस्वस्थता की बात कह चले आये। मैंने उन्हें धक्का तो नहीं मारा।"

"पर तुम उन्हें ज़ोर देकर रोक सकती थीं।"

"सुभद्रा की अस्वस्थता की बात सुनने के बाद ज़ोर करना उचित होता ?"

"ज़ोर न सही, कुछ अनुरोध तो कर सकती थीं। थोड़ी देर ही रोकतीं।"

"सुभद्रा के अस्वस्थ होने पर भी ?"

"सुभद्रा खास अस्वस्थ नहीं है, यह भी फाल्गुनि ने कहा था।"

"फिर भी फाल्गुनि सुभद्रा के पास जाना चाहते थे—मैं अनुनय कर रोकती कैसे। अनुनय से क्या प्रेम मिलता है ?"

"पर तुम फाल्गुनि बिना दुखी भी तो नहीं हुईं। इतने दिन बाद तुम्हारी प्रतीक्षा व्यर्थ हो गई। इस बात पर भी मान नहीं किया ?–इसका अर्थ हुआ कि फाल्गुनि के प्रेम के लिए तुम्हारे अन्दर कोई व्याकुलता नहीं।"

"मान की कोई भाषा है ? आंख, मुंह, दीर्घ सांस, गले की आवाज़ की जड़ता से यदि फाल्गुनि मेरा दुःख, व्याकुलता, मान नहीं समझे, तो क्या मुंह खोल कहती ?"

मेरी बात सुन कृष्ण ने कहा–"कृष्णा, कल रात मेरे सखा को कम कष्ट नहीं हुआ है। उनके लिए तुम्हारे अन्दर व्याकुलता है या नहीं, इसकी परीक्षा करने को वे सुभद्रा के अस्वस्थ होने की बात कह रहे थे। लेकिन तुमने तुरन्त उदारता दिखाकर उन्हें सुभद्रा के पास भगा दिया। सुभद्रा के अस्वस्थ होने पर भी यदि कोई जोर कर अपने भवन में रोक रखती, तो वे तुम्हारे प्रेम की प्रखरता से प्रसन्न हो जाते। कितनी ही विदुषी या विज्ञ हो, प्रेमिका के पास कोई विचार-बुद्धि काम नहीं करती। प्रेम पाने के लिए प्रेमिका संसार में क्या नहीं कर सकती ? जबकि तुम्हारी शीतल उदारता से मेरे सखा को कम शास्ती (सज़ा) नहीं मिली रात भर।"

मैं विस्मय के पुलक में रात के नाटकीय प्रस्थान का कारण ढूंढ रही थी। फाल्गुनि मेरे हृदय की व्याकुलता मापने के लिए कल रातभर सखा के पास बैठे रहे। सुनकर मुझे लगा फाल्गुनि मेरे हैं। उलूपी, चित्रांगदा, आर्या, सुभद्रा फाल्गुनि की पत्नी हो सकती हैं, पर मैं उनकी प्रेयसी, मानसी, प्राणप्रिया हूं। फाल्गुनि बहुपत्नी ग्रहण कर लेने के बाद भी मेरे लिए जो थे, वही हैं। अब यदि फाल्गुनि निन्यानवे पत्नियां इंद्रप्रस्थ के रनिवास में रखें तो भी मुझे कोई दुःख न होगा। फाल्गुनि का पौरुष समुद्र की तरह विशाल है, उदार है। सारे संसार की स्रोतस्विनी वहां आश्रय ढूंढे तो भी मेरे लिए स्थान की कमी नहीं रहेगी।

❑ ❑

महर्षि कृष्ण द्वैपायन और महात्मा कृष्ण वासुदेव दोनों का एक साथ इंद्रप्रस्थ पहुंचना जितना सौभाग्यपूर्ण है, उतना ही महत्त्वपूर्ण भी।

एक साथ दोनों के आने के पीछे क्या उद्देश्य है ? इंद्रप्रस्थ की जनता चकित हो सोच रही है।

मगर कुछ ही दिन पहले तो इंद्रप्रस्थ में सुभद्रा पुत्र अभिमन्यु का विद्यारंभ उत्सव खूब आडंबर से हो चुका है। तब दोनों कृष्ण आये थे अभिमन्यु को आशीर्वाद देकर लौट गए थे। जाते समय कृष्ण वासुदेव कौतुक में कह गए थे–"कृष्णा ! सुभद्रा-पुत्र इस वंश का ज्येष्ठ पुत्र होकर आया है। इस बात पर दुःख न करना। यही पुरु वंश की परंपरा है। गांधारी ने पहले गर्भ धारण किया तो भी छोटी देवरानी कुंती के पुत्र पहले उत्पन्न होने के कारण ज्येष्ठ पुत्र का दायित्व संभाल रहे हैं। वरन् तुम्हें खुश होना चाहिए कि तुम्हारे पुत्रों को राजमुकुट का बोझ नहीं उठाना पड़ेगा।"

मैंने हंसकर कहा–"सखा ! अभिमन्यु सुभद्रा के गर्भ से जन्म लेकर भी मेरे पति की संतान है। अतः मेरा ज्येष्ठपुत्र है अभिमन्यु। अभिमन्यु मुझे मां कहता है, सुभद्रा को छोटी मां कहता है। सुभद्रा ने उसे जन्म ही दिया है, पर वह बड़ा हो रहा है मेरी गोद में। मेरे पास वह पढ़ता है, गीत सीखता है, चित्र अंकित करता है। पूर्वपुरुषों

की कहानी सुनते-सुनते ऊंघ जाता है मेरी गोद में। सुभद्रा का बचपना गया नहीं। अभिमन्यु उसके पास कुछ जिद करता है, तो वह उसे और चिढ़ा देती है। अभिमन्यु जब रोता रहता है, सुभद्रा उसे क्या समझाये खुद उसकी आंखें छलछला जाती हैं। अभिमन्यु जब बड़बड़ करता है, वह उसे मेरे पास भेज देती है। अब बताओ, वह मेरा बेटा है–या सुभद्रा का ?''

कृष्ण हंसकर कहते–''मैं क्या कहूंगा, अभिमन्यु खुद ही कहता फिर रहा है। पहले दिन गुरु ने पूछा–'तुम्हारा परिचय क्या है ?' अभिमन्यु ने कहा–'मेरे पिता अर्जुन हैं, मामा कृष्ण और मां हैं कृष्णा–बस यही मेरा परिचय है।' वहां बेचारी मेरी लाड़ली बहन सुभद्रा का कोई नाम भी नहीं।''

तो कृष्ण हंसी कर रहे हैं ! फिर भी मैंने कहा–''सखा, अभिमन्यु जन्म से मेरे मुंह में अपने वंश का इतिहास सुनता आ रहा है। उसके वंश में ज्येष्ठ ही श्रेष्ठ स्थान पर हैं। सिर्फ उम्र के सम्मान के कारण नहीं, विचार-बुद्धि और हृदयवत्ता की महानता के कारण ज्येष्ठ को श्रेष्ठ आसन दिया गया है। माद्री-पुत्र नकुल-सहदेव भी स्वयं को कुंतीपुत्र कहने में गर्व का अनुभव करते हैं। कौरव-पांडवों में शत्रुता होने पर भी मां गांधारी और कुंती की आंख में सौ कौरव एवं पांच पांडव छोटे भाई हैं। अतः अभिमन्यु 'कृष्णा का पुत्र' इस तरह परिचय देता है तो इसमें कोई अस्वाभाविकता कहां ?''

सखा हंस पड़े। विदा लेकर चले गए। जाते समय कह गए–''सखी, द्वारका में मन नहीं लगता। बार-बार इंद्रप्रस्थ आने के अवसर की प्रतीक्षा में रहता हूं। तुम पांच पुत्र प्रातविंद्या, स्वतसोम, श्रुतकर्मा, शतानीक और श्रुतासन का विद्यारंभ एक-साथ न करना, मैं हरेक के विद्यारंभ के उत्सव पर एक-एक बार आने का अवसर पाऊंगा, तब फिर भैया बलराम के आगे यहां आने की झूठी कैफियत नहीं देनी होगी।''

सखा की बात सुन कौन नहीं हंसेगा ? मैंने कहा–''इंद्रप्रस्थ आने के लिए अवसर पैदा करना आपके लिए कोई बड़ी बात है ? सारे जीवन पांडव आपके आश्रय के प्रार्थी रहेंगे। आपके बिना वे आज तक कुछ भी कर सके हैं ?''

उस दिन चल पड़े लौटने की प्रतिश्रुति देकर। पर इतनी जल्दी लौट आयेंगे कोई नहीं जानता था।

परन्तु मुझे पता था कि महर्षि कृष्ण द्वैपायन और महात्मा कृष्ण वासुदेव आ रहे हैं। युधिष्ठिर ने बुलाया है। वे किसी द्वन्द्व में पड़ गए हैं। उस द्वन्द्व का अवसान होगा दोनों कृष्ण के परामर्श के बाद।

युधिष्ठिर ने पिता पांडु को स्वप्न में देखा है। स्वप्न में पिता ने अपनी अपूर्ण इच्छा पूरी करने के लिए ज्येष्ठ पुत्र को निर्देश दिया है। पूर्वपुरुषों की इच्छा पूरी करना बेटों का परम कर्त्तव्य है। पर पांडु की इच्छा साधारण नहीं है, पांडु चाहते हैं युधिष्ठिर राजसूय यज्ञ कर चक्रवर्ती बने। पांडु की भी इच्छा थी। अनेक राज्य जीतकर अपने शौर्य और वीर्य का परिचय दिया है। राजसूय यज्ञ करने पर विचार कर रहे थे। तभी मुनि के शाप से उनकी मृत्यु को गई। अपूर्ण रह गई राजसूय यज्ञ करने की इच्छा। उनकी अतृप्त आत्मा तब से छटपटाती फिर रही है।

स्वप्न भंग होने के बाद से युधिष्ठिर चिंतित हैं। देवर्षि नारद भी स्वर्ग के द्वार-देश पर पांडु को देख आये हैं। वे दुखी हैं और युधिष्ठिर द्वारा राजसूय यज्ञ करने पर उनकी

आत्मा तृप्ति पा सकेगी। इस मर्म का संवाद नारद के हाथों भेजा है।

युधिष्ठिर का स्वप्न और देवर्षि नारद का संवाद पांडवों के मन में राजसूय यज्ञ के लिए आकांक्षा पैदा कर रहा है। पर युधिष्ठिर में द्वन्द्व कैसा ?

और कोई जाने या न जाने, मैं जानती हूं कि युधिष्ठिर पितृ-आज्ञा पालन में जितने तत्पर हैं, राजसूय के नाम से उतने ही कातर। युधिष्ठिर सदा शांतिप्रिय और समर विमुख हैं। युद्ध, रक्तपात, हिंसा, धन-जीवन की हानि, दुःख, शोक, हाहाकार आदि उनके शांतिप्रिय प्राणों से बरदाश्त नहीं होते। युद्धकातर नहीं हैं वे। युद्ध से घृणा ज़रूर करते हैं। लेकिन राजसूय के लिए कुंठा भाव तो क्षत्रियधर्म का विरोधी है। राजसूय का अर्थ राज्य-जय या एकछत्रवाद की प्रतिष्ठा नहीं वरन् इससे देश में धर्मनिष्ठा, ऐक्य प्रतिष्ठा और सख्य की प्रतिष्ठा होती है। नारद ने यही समझाया था। भाइयों ने इस बात का समर्थन किया था। फिर भी इस संबंध में निर्णय लेने से पहले दोनों महात्मा कृष्ण का विचार और परामर्श लेना चाहते थे। अतः बुलवा लिया।

बीच में बैठे हैं कृष्ण द्वैपायन और कृष्ण वासुदेव। उन्हें घेरे हैं पांचों पांडव। राजसूय होगा या नहीं—गंभीर चर्चा चल रही है। मां कुंती और मैं भी थी। पांडव परिवार में कोई सिद्धांत लेते समय गृह की कर्ता का मत लेने की परंपरा है। मेरे ससुर पांडु भी हर बात में मां कुंती के मत का सम्मान करते। ज्येष्ठ ससुर धृतराष्ट्र भी मां गांधारी के मत का सम्मान करते हैं। मातामही सत्यवती के मत को पुरु वंश सम्मान देता है। हर क्षेत्र में मातामही के विचारों का आदर होता है। मां कुंती भी अपने आसन पर हैं। अतः उनकी विज्ञता को अस्वीकार करने में कृष्ण भी साहस नहीं करते। परन्तु कौरव नारी को उचित सम्मान नहीं दे पाये। रनिवास में वे बस कौतुक-क्रीड़ा की सामग्री हैं। वे स्त्रियों को विलास-भोग का पदार्थ समझते हैं। उनका मतामत तो दूर—उलटे नाना तरह की यातना दी जाती हैं। दुर्योधन की पत्नी भानुमति, विद्या, बुद्धि, रूप, गुण, विज्ञता, किस बात में कम है ! उनकी उदारता; महानता की कोई तुलना नहीं। दुर्योधन हर बात में रानी भानुमति के मत को सुनते तो उन्हें पाप, अधर्म, हिंसा आदि कभी छूता भी नहीं। भानुमति के सतीत्व, पातिव्रत्य, धर्माचरण के कारण सारी अनैतिकता के बावजूद कौरव टिके हैं। भानुमति सखा कृष्ण की प्रियप्रात्र हैं। पति की अवहेलना, कामुकता के कारण बिचारी रात-दिन घुलती रहती हैं। मानसिक अशांति और अस्थिरता के कारण ज्यादातर वह बीमार रहती हैं। यदि उनकी अकालमृत्यु हो जाये, तो फिर बाद में कौरवों का नाश ही होगा।

हम सब अपने-अपने विचार दे चुके हैं। कुंती, जो सदा युद्ध व रक्तपात से घृणा करती हैं, राजसूय के सम्बन्ध में अनुकूल मत दे चुकी हैं।

फिर भी युधिष्ठिर विमुख हैं। कृष्ण द्वैपायन और कृष्ण वासुदेव के सिद्धांत पर सब छोड़ दिया। कृष्ण वासुदेव जहां हैं, वहां फिर और दूसरे किसके परामर्श की जरूरत होगी ?

कृष्ण वासुदेव ने कहा—"महाराज युधिष्ठिर ! राजसूय यज्ञ करने के आप उपयुक्त पात्र हैं। धर्मात्मा राजा द्वारा राजसूय यज्ञ करने से धर्म की प्रतिष्ठा होती है। अधर्म लोप होता है।"

युधिष्ठिर ने चिंतित स्वर में कहा—"चक्रवर्ती कहलाने के आत्मसंतोष के लिए

राजसूय की घोषणा कर युद्ध और रक्तपात को आमंत्रित करना क्या वांछनीय होगा ?"

कृष्ण वासुदेव ने शांत स्वर में कहा—"राजसूय का उद्देश्य केवल राज्य विस्तार या एकछत्रवाद नहीं होता। इसका अर्थ है, धर्म के आगे अधीनता स्वीकार करना। युधिष्ठिर के राज्य में अधर्म का कोई स्थान नहीं। यह बात सिर्फ राजसूय यज्ञ से ही प्रतिपादित हो सकती है। राजसूय कभी अहिंसा, शांति या मैत्री का विरोध नहीं करता। वरन् राजसूय वास्तव में धर्मरक्षक राजा को स्वीकृति देता है, प्रतिष्ठा देता है, पृथ्वी पर धर्म की ध्वजा उड़ाता है। अतः हे युधिष्ठिर महाराज ! आप अविलंब राजसूय यज्ञ का आयोजन करें। पर इससे पहले मगध के राजा जरासंध का वध करना होगा। उस जैसा धर्म-विरोधी राजा पृथ्वी पर रहने तक पृथ्वी पर धर्म की प्रतिष्ठा संभव नहीं। चेदि के राजा शिशुपाल हैं जरासंध के सेनापति। वह भी कम पराक्रमी नहीं। अतः पहले मगध के विरुद्ध अभियान करना होगा—फिर राजसूय की व्यवस्था की जाये।"

कृष्ण की सहायता से भीम और अर्जुन ने मगध के पापाचारी राजा जरासंध का वध किया। फिर राजसूय में और कोई बाधा न थी। इंद्रप्रस्थ में राजसूय का सारा आयोजन हो चुका है। विभिन्न दायित्व सबको दिए जा चुके हैं। अर्जुन, भीम, नकुल, सहदेव चारों चार दिशाओं में दिग्विजय कर लौट चुके हैं। समूचे आर्यावर्त्त में इन चारों भाइयों की वीरता और युधिष्ठिर की धर्मपरायणता के आगे सबने अधीनता स्वीकार की है। आर्यावर्त्त के श्रेष्ठ पुरुष कृष्ण वासुदेव जहां पुरोधा हैं वहां पराजय का प्रश्न कहां ?

युधिष्ठिर का सविनय अनुरोध मानकर हस्तिनापुर से भीष्म, द्रोण, धृतराष्ट्र, दुर्योधन आदि सभी यथासमय इन्द्रप्रस्थ पहुंचे। सारी पृथ्वी के राजाओं को निमन्त्रण भेजे गये। राजचक्रवर्ती युधिष्ठिर के विनयभाव और आंतरिक आतिथ्य से सभी मुग्ध थे। इन्द्रप्रस्थ का ऐश्वर्य और वैभव सबको आश्चर्यान्वित कर रहा था। इतने कम समय में खांडवप्रस्थ जैसे अनुन्नत क्षेत्र को इन्द्रभवन बना दिया। सब इसी पर चर्चा कर रहे थे। भीम भी बीच-बीच में परिहास के बहाने उन्हें ईर्ष्यान्वित करते रहे।

युधिष्ठिर ने भाइयों के बीच कार्य को बांट दिया। अश्वत्थामा ऋषि-मुनियों और ब्राह्मणों के आतिथ्य का भार लेंगे। संजय रहेंगे राजाओं के स्वागत और सत्कार पर। कृपाचार्य पर धन-रत्न के भंडार की रक्षा का दायित्व रहा। दुःशासन सारी चीजें रख-रखाव के दायित्व में रहें। दुर्योधन विभिन्न स्थान से आगत मूल्यवान उपहारों को रखने का दायित्व लेंगे। भीष्म और द्रोण सारी बातों के नियम, व्यवस्था पर हुक्म देते रहेंगे।

कृष्ण ने हंसकर कहा—"चक्रवर्ती महाराज ! मुझे भी कोई हुक्म दें !"

युधिष्ठिर ने विनयपूर्वक कहा—"यह सारा कार्य आप ही तो करवा रहे हैं। फिर कैसा हुक्म दें ? कृष्ण ! सच कहा जाये तो आप ही चक्रवर्ती होने के योग्य हैं ! मैं कौन होता हूं ? सब कुछ तो आपके कारण संभव हो रहा है।"

कृष्ण ने हंसकर कहा—"वह भाग्य मेरा कहां ? जीवन में एक अफसोस रह गया, युधिष्ठिर ! चक्रवर्ती कहलाना सबके भाग्य में नहीं होता।"

दुर्योधन ने बात को अपनी ओर खींच लिया। ईर्ष्या से जल उठे। युधिष्ठिर ने संकोच में भरकर कहा—"संसार में ऐसे भी महापुरुष पैदा होते हैं, जो सारे गौरव के अधिकारी होते हुए भी औरों के माथे सेहरा बांधकर आनन्द पाते हैं।"

दुःशासन एकदम असहिष्णु हो उठा—"यहां आप एक-दूसरे की प्रशंसा करेंगे और

हम राजकार्य छोड़ बैठे-बैठे सुनेंगे !''

भीम ने ठहाका लगाया—''ऐसे भी लोग संसार में हैं, जो स्वयं किसी प्रशंसा के लायक नहीं होते, औरों की उचित प्रशंसा सुन कान पवित्र करने का सौभाग्य भी उन्हें नहीं मिला होता।''

कृष्ण ने प्रसंग बदल दिया—''समझ गया। मैं तो निकम्मा हूं। अतः युधिष्ठिर ने मुझे कोई दायित्व नहीं दिया।''

महर्षि कृष्ण द्वैपायन ने हंसते हुए कहा—''यह तो आपके बाल्यकाल से ही दिख रहा है। अब भी यज्ञ समापन पर ही आपकी दक्षता का पता चलेगा। संसार में कर्मों का अभाव है ? आपकी जो इच्छा वही कर सकते हैं—कौन रोक सकता है ?''

यज्ञ के लिए आरम्भिक पूजन-अर्चन समाप्त हुआ। पितामह भीष्मदेव ने युधिष्ठिर को बुलाकर कहा—''सम्मानित अतिथियों की औपचारिक अभ्यर्थना करना यज्ञकर्ता का ही कर्त्तव्य होता है। आचार्य, ऋत्विक, कुटुम्बी, स्नातक, भूपति और सर्वज्ञान प्रिय व्यक्ति—ये छः प्रकार के व्यक्ति अर्घ्य पाने के अधिकारी हैं। इनमें प्रत्येक को एक-एक अर्घ्य अर्पित कर सम्मानित विधेय है। पर इन छः प्रकार के व्यक्तियों में जो सर्वश्रेष्ठ हैं, उन्हें प्रथम अर्घ्य अर्पित करना यज्ञ का नियम है। ऐसे व्यक्ति को दो अर्घ्य दिए जाने चाहिए।''

उपस्थित सब अतिथियों में कौन सर्वश्रेष्ठ हैं ? अग्रपूजा पाने के योग्य कौन हैं ? हल्की-सी चर्चा चल पड़ी आपस में। अग्रपूजा पाना बहुत सम्मान की बात है। अतः अधिकांश स्वयं को या अपने प्रियजनों को श्रेष्ठ मानकर सर्वश्रेष्ठ सम्मान की दुराशा में डूब गए। इसी समय कृष्ण की खोज हुई। उनका परामर्श भी जरूरी था। पर कृष्ण कहां ? सभामण्डप के पास तो हैं ही नहीं। भीम ने हंसी में कहा—''दायित्व तो कुछ है नहीं। अतः मौज के लिए कहीं लीला कर रहे होंगे।''

दुःशासन भीम के स्नेहपूर्ण परिहास को कटु व्यंग्य मान कह उठा—''आलसी घोड़े को मेघ का आसरा। यादव कुल में जनमा, राजसूय की वेदी के पास उसका मन कैसे लगेगा ?''

तलाश करने लगे कृष्ण की ! मैं और माया दोनों चिंतित हो उठीं। हमने देखा—ब्राह्मणों के स्वागतार्थ जो प्रवेश द्वार बना है, उसके पास कृष्ण खड़े हैं। वहां जो कुछ देखा, मैं तो स्तंभीभूत हो गई। दूर-दूरांतर से जो ब्राह्मण आ रहे हैं, उन्हें प्रणाम कर वासुदेव झुक जाते हैं। उनके धूलि-धूसर चरण खूब यत्नपूर्वक निर्मल कर धो रहे हैं। अपने पीतांबर के पल्लू से धीरे-से पोंछ देते हैं। उनके बंकित अधरों पर आनन्द हास खिल जाती है। श्रम के कारण स्वेदकण उनके सांवले कपोलों पर से छिटक रहे हैं। सचमुच जैसे नीलशैल पर से तुषार कण झर रहे हैं।

मैं चौंक उठी—''माया ! यह कैसा अद्भुत कार्य सखा कर रहे हैं ! जो कार्य दास-दासी परिचारकों को करना चाहिए, उसका दायित्व वासुदेव को किसने दिया ? इसमें सिर्फ सखा का ही असम्मान नहीं हो रहा, सारे इन्द्रप्रस्थ राज्यवासियों और युधिष्ठिर महाराज का सम्मान घट रहा है ! इतना ही नहीं, हम सबका घोर अपराध है !''

माया सब जानकर भी मन्द मुस्कान से बोल उठी—''सखी ! धीर धरें ! वासुदेव का द्वंद्व इतने में ही समाप्त नहीं हो रहा है। वे क्या कुछ करते हैं, देखो !''

"क्यों कर रहे हैं वे यह सब ?" मैंने घबराकर पूछा।

माया ने हंसकर कहा—"मान में भर कर ! युधिष्ठिर ने जब कोई कार्य नहीं सौंपा, उन्होंने खोजा। देखा, यह कार्य कोई करने को राजी नहीं हो रहा, स्वयं यही कार्य चुन लिया। अच्छा हुआ, ठीक तो है इतनी बड़ी सभा में छोटा काम करना किसे अच्छा लगता है ?"

मैं चिंतित होकर सोच रही हूं—"क्या करूं ! तभी देखा, ब्राह्मण अल्पाहार कर उठ गए हैं, सखा उधर जा पहुंचे। मैं सखा का उद्देश्य समझ गई। तेजी से माया का हाथ पकड़े उधर बढ़ी—"माया ! हम यहां रहते सखा को यह काम करने दें ?"

मुझे लगा, माया कुछ कुंठित हो रही हैं। हाथ छोड़ मैं आगे बढ़ गई। पहुंचने से पहले ही कृष्ण जूठी पत्तलें उठा रहे हैं। मैं तो सारा मान भूल-भाल इतने लोगों के बीच उनके दोनों हाथ पकड़ खड़ी हो गई। अनुनयपूर्ण सरल स्वर में कहा—"सखा ! युधिष्ठिर पर मान करके मुझे लज्जित कर रहे हैं ! युधिष्ठिर इन्द्रप्रस्थ की जनता के सेवक हैं। अतः मैं उनकी सेविका हूं। सेविका के रहते-रहते यह छोटा-मोटा काम आप करें, अच्छा नहीं है।"

वासुदेव ने हसंकर कहा—"संसार में कोई काम छोटा नहीं है। छोटे-छोटे कामों से भी बड़े फल मिले हैं। देखो, आज जिसे छोटा काम कहकर हेय गिनती हो, वही कार्य स्वेच्छा से करने के कारण कितना बड़ा पुरस्कार मिला है।"

मैं झूठे पत्तल के साथ सखा के दोनों हाथ कसकर पकड़े उनके चेहरे की ओर आश्चर्य से देखती रही। सखा को आज कैसा पुरस्कार मिला है ? वासुदेव ने मेरे रत्नखचित चूड़ियों से सुन्दर हाथों की ओर देखकर कहा—"यह कार्य कर रहा था तभी तो वरनारी याज्ञसेनी आज स्वेच्छा से सबके सामने मेरे दोनों हाथ इतनी देर से पकड़े खड़ी हैं। इससे बड़ा पुरस्कार और क्या हो सकता है आर्यावर्त्त के किसी भी पुरुष के लिए !"

उफ् ! मैं लजा गई। सखा के हाथ छोड़ दिए। सखा ने भी तुरंत जूठी पत्तलें उठा लीं। मन कर रहा था, अबकी उनके पांव पकड़ इस कार्य से निवृत्त करूं। मगर तभी पितामह भीष्म, कृष्ण द्वैपायन हमारी ओर आ रहे हैं। मैं संकोच से दूर हट गई। सोच रही थी—कृष्ण वासुदेव कितने महान हैं ! दानव-मानव में कोई भेदाभेद नहीं देखते। उनकी निगाह में प्रभु-भृत्य, राजा-प्रजा सब समान हैं। जीवन में हर कदम पर आदमी व्यर्थ अहं में डूबा रहता है। आज उन्होंने हमारी आंखें खोल दी हैं।

भीष्म और कृष्ण द्वैपायन ने वासुदेव को यज्ञवेदी की ओर बुला लिया। सबके सामने भीष्म ने घोषणा की कि कृष्ण वासुदेव आर्यावर्त्त के श्रेष्ठ पुरुष हैं। वे परोपकारी हैं, विज्ञ हैं। वीर और निर्भीक हैं। तेज, बल, पराक्रम, ज्ञान ही क्या, वे तो सर्वगुण में समवेत सब में श्रेष्ठ हैं। सबके प्रिय पुरुष हैं। पृथ्वी पर धर्म स्थापना के लिए जीवन उत्सर्ग कर चुके हैं। बचपन से अब तक जो किया है, जगत का उसमें खूब मंगल हुआ है।

दुष्टनाशन और सन्त प्रतिपालन उनके जीवन का परमव्रत है। अतः वे ही अग्रपूज्य हैं। प्रथम अर्घ्य उन्हें ही अर्पित करना चाहिए।

कृष्ण के फुफेरे भाई शिशुपाल थे। पर थे कृष्ण विद्वेषी। क्योंकि रुक्मिणी से विवाह के समय शिशुपाल अपमानित हो चुका था। कृष्ण रुक्मिणी को उससे पहले

ही हरण कर ले आए और विवाह रचा लिया ? हालांकि रुक्मिणी का इसमें समर्थन था ? शिशुपाल ने कृष्ण को श्रेष्ठ सम्मान दिए जाने की बात का विरोध किया। उधर काफी समय से ईर्ष्या में जल रहे कौरव-पांडवों के पथप्रदर्शक कृष्ण के प्रति विद्वेष में भर कर शिशुपाल की बात का समर्थन करने लगे। शिशुपाल असंख्य अश्राव्य शब्दों में कृष्ण और पांडवों को गालियां देने लगा। सहदेव ऐसे शब्द सुन उत्तेजित हो उठे–"सर्वजन प्रिय श्रीकृष्ण की अग्रपूजा जिन्हें असह्य लग रही है, उन नीच कीटों के सिर पर मैं पांव रखता हूं।"

उसके बाद की घटनाएं बड़ी भयंकर हैं। शिशुपाल और उसके अन्धे समर्थक एकदम उत्तेजित हो उठे। इसी बीच उनकी बातों की ओर ध्यान न देकर युधिष्ठिर के निर्देश पर सहदेव ने श्रीकृष्ण को पहला अर्घ्य प्रदान कर दिया। इस मनोहर दृश्य को पापी शिशुपाल कैसे सहता। समधर्मी दुराचारियों ने मिलकर यज्ञकार्य नष्ट करने के साथ-साथ कृष्ण का भी वध करने का षडयन्त्र बना लिया।

निमन्त्रित राजा, मुनि, विद्वान, सब चिंतित हो उठे। युधिष्ठिर जैसे धर्मात्मा और नीतिपरायण राजा के राजसूय यज्ञ में यदि अनुशासन और शांति न रहे तो फिर राजचक्रवर्ती माने जाने का क्या अर्थ ?

ठीक तभी सबके मन का द्वंद्व और अशांति दूर कर आकाश से सुदर्शन चक्र क्षिप्त गति से आया। पल भर में शिशुपाल का मस्तक छेदनकर श्रीकृष्ण के हाथ में लौट गया।

सब स्तंभित ! अगले क्षण कृष्ण के चरणों में सब समर्पित थे।

शिशुपाल की मृत्यु मानो राजसूय में दुष्टों की आहुति का शुभारम्भ थी। सबको लगा कि युधिष्ठिर के धर्मराज्य में दुष्टों का कोई स्थान नहीं। क्योंकि दुष्टनाशन जिसके जीवन का व्रत है, वे कृष्ण युधिष्ठिर समेत पंचपांडवों के पथ-प्रदर्शक हैं।

राजचक्रवर्ती युधिष्ठिर के आगे सब नतमस्तक होंगे। अपना आनुगत्य प्रकट कर धर्म- स्थापना के कार्य में गिलहरी की तरह अपनी शक्ति और सामर्थ्यानुसार सहयोग करेंगे–सबने प्रतिज्ञा की थी।

❑ ❑

पूर्णमासी और अमावस्या के बीच एक निर्दिष्ट समय का अन्तर होता है। पर सुख के बाद दुःख किस क्षण आयेगा, कोई नहीं जान सकेगा।

मैं भी उस दिन सुख, समृद्धि, ऐश्वर्य एवं सौभाग्य के चरम सोपान पर खड़ी सोच रही थी–आर्यावर्त्त में मुझ-सी रमणी और कोई नहीं। इसके बाद और कौन-सा सुख इस पृथ्वी पर अलभ्य है, मेरी धारणा में भी न था।

लगता था, यदि कोई सुख और इस संसार में है भी तो वह मेरे पतियों के लिए कभी दुष्प्राप्य नहीं। मैं चाहूं तो मेरे पांवों तले चन्द्र, सूर्य, नक्षत्र भी तोड़ लायेंगे वे। राजचक्रवर्ती जिसके पति उसे क्या अलभ्य है ?

मेरे अहंकार को अदृष्ट उपहास कर रहा है। अदृष्ट दृश्यमान नहीं होता तभी तो आदमी में इतना अहंकार है।

कृष्ण द्वैपायन विदा लेकर आ गए। युधिष्ठिर उनके पाद-स्पर्श कर नतमस्तक

थे। चक्रवर्ती युधिष्ठिर ने विनयपूर्वक प्रतिज्ञा की—कटु-वाक्य कहकर किसी को कष्ट नहीं दूंगा। अपनी सन्तान और अन्यों की सन्तान को भिन्न दृष्टि से नहीं देखूंगा। फिर अब युद्ध या रक्तपात की इच्छा नहीं करूंगा। सिर्फ धर्म और सत्य का पथ अनुसरण कर सबको सुखी करने में ही जीवन उत्सर्ग कर दूंगा।"

कृष्ण द्वैपायन युधिष्ठिर को आशीर्वाद देकर आने से पहले कह आये—"आगामी तेरह वर्षों में नाना अशुभ घटनाएं घट सकती हैं। काल की गति कोई नहीं रोक सकता। असंख्य क्षत्रियों का विनाश हो सकता है। पर विचलित न होकर धर्म मार्ग पर चलते रहना, उसी से पृथ्वी का मंगल होगा।"

कृष्ण द्वैपायन की भविष्यवाणी सुन युधिष्ठिर का चेहरा सूख गया। कांप गई उनकी आत्मा। कहा—"इस जीवन में क्या शांति नहीं है ? किस अशुभ घटना की अब बारी है ?"

अब विदा होंगे कृष्ण वासुदेव। बहुत दिन पहले ही द्वारका से आ गए थे। अब लौट जाना चाहिए। पर सखा की विदा की बात सोचकर ही कैसा-कैसा लगता है। चक्रवर्ती की पट्टमहिषी का हृदय इतना दुर्बल क्यों है ? क्या अभाव है ? मैं स्वयं नहीं समझ पाती कि इतनी दुर्बल क्यों हो उठी हूं ? लगता है जैसे सखा के जाते ही मेरे सिर पर आकाश टूट पड़ेगा। कृष्ण द्वैपायन की भविष्यवाणी मेरी आशंका और दुश्चिंता को सुलगा गई।

युधिष्ठिर को प्रणाम कर कृष्ण ने विदा मांगी। वे भी विचलित हो उठे। विनय स्वर में कहा,—"गोविन्द ! चक्रवर्ती होने के तो आप ही योग्य हैं। यह कृतित्व मेरा नहीं, मैं जानता हूं। अतः जगत जब मेरा जयगान करता है, मैं आनंदित होने की जगह दुःख पाता हूं। लज्जा हो आती है। मेरे मन में दुःख और लज्जा का बोझ लादकर आप जा रहे हैं ! यह सोचते ही मुझे बहुत असहाय-सा लगता है।"

गोविंद ने स्नेह से दोनों हाथ पकड़ लिए—"भैया, युधिष्ठिर ! विनयी बनना अच्छा है। पर स्वयं को हीन मानना ठीक नहीं। आपने कार्य किया है, मैंने तो उसमें सहयोग भर दिया है। धर्म ही केवल पृथ्वी की रक्षा कर सकेगा। अतः आपके हाथ में धर्मरक्षा का दायित्व राजसूय यज्ञ के ज़रिये दिया गया है। आदमी धर्म की रक्षा करता है, धर्म ही आदमी की रक्षा करता है। इसे न भूलना।"

सबसे एक-एक कर विदा ले रहे हैं गोविंद ! मेरे बेटों ने कृष्ण को घेर लिया—"मामा आप, न जायें !" अभिमन्यु ने जिद पकड़ ली है—"मामा के घर जाऊंगा।" कृष्ण सब को लाड़ कर रहे हैं, पुचकार रहे हैं। मन लगाकर शिक्षा अध्ययन की सीख दे रहे हैं।

अभिमन्यु सबसे बड़ा है। इसके बाद मेरे पुत्र एक-एक वर्ष के अन्तर पर होते गए। अभिमन्यु एकदम अर्जुन की तरह है। मेरे पुत्र कौन-सा किसके जैसा है—कहना कठिन है। प्रत्येक में पांचों पांडवों का कुछ न कुछ साम्य है। सबसे आश्चर्य की बात है—सब जैसे आंखें, अधर और पाद कृष्ण से ही छीन लाये हैं। यह कैसे हुआ ? शायद मेरी कृष्णभावना के कारण ऐसा हुआ है। मेरा ध्यान रहता कृष्ण के पादपद्म पर। उनके नेत्र युगल मुझे राह दिखाते। उनके अधर मुझे जीवन अमृत का स्वाद चखने के लिए शक्ति और प्रेरणा देते। कृष्ण कभी-कभी हंसी करते—"सखी, तुम्हारे पुत्रों में अपने पिता से अधिक सामंजस्य मुझसे है। भीम इस पर तुम पर कटाक्ष नहीं करता !"

मैं लज्जा से लाल हो जाती। दृष्टि नत कर लेती—"ये तो स्वाभाविक बात है। मेरे पतियों में कृष्ण ऐसे मिल गए हैं कि अपनी सत्ता ही वे भूल गए। अतः शिशु यदि कृष्ण जैसे हो गए तो स्वाभाविक ही है। विशेषतः अर्जुन के पुत्र श्रुतकर्मा को देखो ! सखा की एकदम हूबहू नकल है ! इसमें मेरा क्या वश ?"

श्रुतकर्मा को स्नेह करते-करते सखा ने कहा—"मेरे पुत्र और अर्जुन पुत्र में अंतर कहां ? हम दोनों सखा तो एकात्मा हैं। मुझे अलग करने पर वे शून्य हो जाते हैं। उन्हें हटा देने पर मैं अपूर्ण रह जाता हूं। अतः श्रुतकर्मा किसका पुत्र है, यह तुम्हीं कह सकोगी।"

सखा की रसिकता पर अर्जुन हंस पड़ते और उन्हें हंसता देख मुझे भी हंसी आ जाती। वे स्वयं मान रखते, चपल कौतुक कर लज्जा भरना चाहते हैं, तो मैं खीझूंगी क्यों ?

बच्चों को समझा-बुझा कर विदा किया। मैं प्रणाम कर उठी। तब तक आंखें आंसुओं से भर चुकी थीं। सखा के पाद थम गए। चेहरा सुखा कर बोले—"सखी ! तुम्हारे आंसू देख मैं द्वारका जा सकूंगा ? फिर कष्ट क्यों देती हो ? वचन देता हूं—जब स्मरण करोगी, उपस्थित हो जाऊंगा। पर ये पति चक्रवर्ती बनने के बाद यदुकुल का यह गोपाल बंधु तुम्हारी क्या सहायता कर सकेगा जो स्मरण करोगी ?"

फिर मेरे अहंकार पर चोट की सखा ने ! वे जानते हैं कि उनके बिना चक्रवर्ती पति स्रोत में बहते पत्ते की तरह लाचार हैं। परन्तु मेरे मन की भावना जानकर वे मुझे चोट पहुंचा रहे हैं, हंसी में ! हाथ जोड़ लिए—"सखा, मैं सब कुछ अर्पित कर रही हूं। अतः मेरा अहंकार भी आपका है। उसे यदि वापस नहीं लौटा लेते हैं—तो आघात क्यों ? आघात करो। पर लौट आना—खूब शीघ्र आना..."

"आऊंगा ! ठीक समय पर आऊंगा।" सखा सांत्वना देकर चले गए।

❑❑

पोथी का पन्ना पलटना पड़ता है, पर भाग्य का पन्ना तो स्वतः ही पलट जाता है।

मैंने विवाह किया था भिक्षुक ब्राह्मण पाँच भाइयों के साथ। वे निकले हस्तिना के राजपुत्र ! फिर हत राज्य वापस पा गए। तब राज्य के लिए सहोदरों के बीच ईर्ष्या और अशांति से दूर रहने के लिए, अरण्य से भरे अनुर्वर वारुणावंत में अपनी राजधानी बसानी पड़ी। वारुणावंत को इंद्रप्रस्थ में विकसित करने में कितना त्याग, साधना, दुःख-कष्ट सहना पड़ा। सारी साधना और श्रम का इतिहास मेरे प्राणों के पृष्ठ पर लिपिबद्ध है। पांचों का सारा बोझ तब मुझ अकेली को सहना पड़ा है।

आज मेरे पति चक्रवर्ती हैं। इंद्रप्रस्थ आर्यावर्त्त का सबसे समृद्धिशाली नगर है। धन, ऐश्वर्य, प्राकृतिकशोभा, संपदा, कला, संगीत, नृत्य, साहित्य, युद्ध-कौशल विद्या की दृष्टि से इंद्रप्रस्थ हर राज्य के लिए आदर्श है।

मैं पंचपुत्र की जननी—पर सुभद्रा का सुत मेरा पहले है। मेरे पारिवारिक जीवन में सुख, शांति, संपदा भरपूर है। और मुझे कुछ नहीं चाहिए। पांडव अपने बल पर खड़े हैं। कृष्ण उनके सहायक हैं। अब धर्म पथ पर चलकर देशवासियों के सुख-दुःख में एकाकार हो जाने की मेरी इच्छा है। सुभद्रा घर के हालचाल देखेगी। मैं बाहर की

खबर रखूंगी। आर्त्त जनता का हाल देखना है, भोजन, वस्त्र, वासगृह, शिक्षा—ये सब आदमी के जन्मगत अधिकार हैं। इंद्रप्रस्थ का हर नागरिक यदि जीवन के सर्वनिम्न अधिकार नहीं पाता है, तो युधिष्ठिर का चक्रवर्ती कहलाना व्यर्थ है—मेरा नाम याज्ञसेनी मूल्यहीन है।

प्रतीज्ञाबद्ध होकर जगसेवा में डूब जाने की बात सोच रही थी। अचानक सपना टूट गया।

हस्तिना से पधारे हैं विचारशील, बुद्धिमान, परमपूज्यनीय विदुर दादा। हाथ में निमंत्रण-पत्र है। हस्तिना के राजा दुर्योधन ने निमन्त्रण भेजा है इंद्रप्रस्थ के राजा युधिष्ठिर को। बाजी रखकर द्यूतक्रीड़ा होगी—मेरे पति युधिष्ठिर और राजा दुर्योधन के बीच। वह निमंत्रण लेकर आये हैं विवेकशील विदुर दादा।

किसी अशुभ चिंता में मन थरथरा उठा। पति को मना किया। अनुनय कर कहा—"यह निमंत्रण स्वीकार न करें। क्षत्रियों के लिए द्यूतक्रीड़ा स्पृहणीय नहीं। मुझे लगता है द्यूतक्रीड़ा में निमन्त्रण के पीछे दुर्योधन की कोई और मंशा है।"

युधिष्ठिर भी चिंतित थे। गंभीर स्वर में बोले—"याज्ञसेनी ! मृगया, मद्यपान, द्यूतक्रीड़ा और वेश्यासक्ति ये चार आदतें राजा की शत्रु हैं। मैं जानता हूं। फिर भी यदि पितामह एवं गुरुजनों की सम्मति लेकर दुर्योधन ने निमन्त्रण भेज दिया है, मैं मना नहीं कर पाऊंगा।"

"पर आप द्यूतक्रीड़ा में दुर्बल हैं—यह भी सब जानते हैं। पराजय सुनिश्चित है यह बात भी साफ दीख रही है।"

"युद्ध में हारने की बात जानकर भी क्षत्रिय पीछे नहीं हटता।"

"युद्ध और द्यूतक्रीड़ा एक नहीं हैं।"

"पर मैं द्युतक्रीड़ा में दुर्बल हूं अतः दुर्योधन ने मुझे आह्वान भेजा है—यह जानकर भी मैं पराजय के डर से निमंत्रण ठुकरा नहीं सकता।"

"एक बार विदुर दादा से पूछ तो लें—इस निमन्त्रण का उद्देश्य क्या है ?"—मैंने अनुनय के स्वर में कहा।

विदुर दादा ने दुःख और दुश्चिंता में सत्य प्रकट कर दिया। इंद्रप्रस्थ का ऐश्वर्य और यश दुर्योधन को असहिष्णु कर रहा है। पांडवों का धन-वैभव उसे लोभातुर किए दे रहा है। वह जानता है कि सात जन्म में भी पांडवों की समता नहीं कर पायेगा। अतः दुष्टबुद्धि मामा शकुनि के परामर्श पर धृतराष्ट्र को सम्मत कराया गया और तब द्यूतक्रीड़ा का आह्वान भेजा है। बल से न सही कौशल, यहां तक कि अधर्म पथ अपना कर पांडवों की सारी धन-संपदा लूट लेना इस द्यूतक्रीड़ा का उद्देश्य है। दुर्योधन की ओर से शकुनि पाशा खेलेगा। पाशे के खेल में कौशल दिखाकर जीतने में शकुनि के मुकाबले में त्रिभुवन में कोई नहीं।"

सब कुछ सुनकर युधिष्ठिर ने धीरज के साथ हस्तिना चलने के लिए प्रस्तुत होने का निर्देश दिया। दुःख और क्षोभ से म्लान हो गई। मैंने पूछा—"शकुनि मामा और दुर्योधन का उद्देश्य जानने के बाद भी आप निमंत्रण स्वीकार कर जाना चाहते हैं ?"

"गांधार राजा शकुनि का छल स्पष्ट होने पर भी निमंत्रण स्वीकार करना होगा। जीवन में हर कदम भाग्य ही नियंत्रित करता है। अतः अन्यथा न सोच कर खेल में

भाग लेना ही विधेय है।"

युधिष्ठिर का दृढ़ चित्त से निर्णय सुनकर मैं चुप। अब मेरी इच्छा-अनिच्छा या आशंका का क्या मोल ?

तैरना न जानने पर भी कोई कहे-स्रोत में कुछ पड़ा हूं, भाग्य के आह्वान की उपेक्षा नहीं की जा सकती। तो उसे आत्महत्या के सिवा और क्या कहा जायेगा ?

युद्ध कातर युधिष्ठिर क्या युद्ध टालने के लिए ही इस निमंत्रण को स्वीकार कर रहे हैं ? शायद उन्हें आशंका थी कि किसी समय धन-रत्न के लोभ से कौरव युद्ध घोषित कर सकते हैं। धन-रत्न-ऐश्वर्य को बाजी पर हराने में कोई दुःख नहीं—जीवन सुरक्षित रहे—शांतिपूर्ण रहे। यही युधिष्ठिर का लक्ष्य था। या फिर अहंकार उन्हें अंधे की तरह भाग्यवादी बना चुका था। भाग्य बलवान होने पर भी आदमी कर्मफल भोग करता है, यह बात प्राज्ञ युधिष्ठिर विचार नहीं कर सके ?

उस दिन मेरा अनुरोध मान लेते ! मेरे जीवन का चरम दुर्योग टाला जा सकता था !

❑ ❑

ऋतुमती नारी अस्पृश्य होती है। हस्तिना के एकांत प्रासाद में मैं ठहरी हुई थी। द्यूतक्रीड़ा का निमंत्रण स्वीकार कर पांचों पांडवों के साथ मैं और मां कुंती आये हैं। आदर-सत्कार, स्नेह-ममता और आतिथ्य में हस्तिना में कोई त्रुटि नहीं है। काफी समय हुआ और अन्य भाई शुभ शकुन देख-देख जा चुके हैं। मेरी उनसे भेंट नहीं हुई। ऐसे समय में पति का मुख दर्शन निषिद्ध है। अन्य पुरुष की छाया तक देखना पाप है। मैं एकदम अकेली कक्ष के कोने में बैठी थी। शरीर के साथ-साथ मानसिक तौर पर अप्रस्तुत थी। बंदिनी बनी-सी पड़ी जरूर थी—मन उड़ा जा रहा था सभाग्रह में, क्या हो रहा है। अंतिम परिणाम—चुपचाप इसी की प्रतीक्षा में थी। कब द्यूतक्रीड़ा का संवाद आयेगा। शुभ या अशुभ ?

मेरे रूप का अन्यतम आकर्षण ये घने कुंचित, लम्बे केश जो हैं। माया मेरा केशविन्यास करते-करते कह देती है—"सखी ! स्वयंवर सभा में आपके मुक्त केश यदि राजपुत्र देख लेते तो इन दीर्घ केशों में फांसी लगाकर आत्महत्या को भी सौभाग्य मानते। खैरियत है, आपका जूड़ा उस दिन फूलों से भरा था, फिर ऊपर झीन आंचल था।"

आज मेरे केश मुक्त हैं। ऐसे में केशविन्यास या प्रसाधन की मनाही है। एक वस्त्र के सिवा अंतर्वास पहनना तक वर्जित है। हस्तिना के राजप्रासाद के अलग महिला अतिथि कक्ष में सिक्त केश पीठ पर फैलाये अलसायी अपराह्न में समय काट रही थी। माया पास बैठी है। सदा की तरह मेरे केशों की प्रशंसा कर रही है। हंसते-हंसते कहती है—"जो अभागे पुरुष आपके इन केशों के सौन्दर्य को देखने से वंचित रह जाते हैं, उनके लिए मन में अपार दर्द रह जाता है।"

मैं खीझ उठती—"छिः माया, कैसी बातें किया करती हो ? विवाहित स्त्री के केशाग्र पर भी पुरुष की लालसापूर्ण कुत्सित दृष्टि पड़ना असम्मानजनक है। तभी तो कवरी बंधन और आंचल की ज़रूरत पड़ती है। अपने सौंदर्य का प्रदर्शन करना वारनारी का धर्म है, गृहवधू का नहीं। तेरे मन में ऐसी-ऐसी अजीब बातें कैसे आ जाती हैं ?"

माया ने मृदु हंसी में कहा—"नारी के प्रति पुरुष मन का आकर्षण सहजता है, स्वाभाविक है। सुन्दर, कलावती, विदुषी नारी के प्रति पुरुष मन में आकर्षण किसी भी तरह की बातों में व्यक्त नहीं किया जा सकता। अतः आप के लिए आर्यावर्त्त के सब राजपुत्रों के पागल होने में दोष उनका नहीं, वरन्..." माया बीच में बात रोककर कुटिल हंसी हंस पड़ी।

मैंने खीझकर कहा—वरन् दोष मेरा है। यही तो कहती हो ?"

"दोष उनका है। जिन्होंने भर दिया नारी में सौंदर्य। और पुरुष नेत्रों में भर दी सौंदर्य की पिपासा।" माया ने जवाब दिया।

मैंने शुष्क स्वर में कहा—"तो उन्हीं के पास जा। उनके दोष-गुणों के लिए जिरह कर। यहां ऐसी बात क्यों ? सभागृह में क्या कुछ हो रहा है उस ओर तो ज़रा भी चिंता नहीं तेरे मन में !"

माया ने निर्विकार भाव से कहा—"चिंता से क्या होगा ? हम कुछ कर सकती हैं ? जो होना है, होगा। उनकी इच्छा है। उसी पर हमें नाचना होगा !..."

मैं चिंतित स्वर में पूछ बैठी—"माया, तू जाकर देख आती। क्या हो रहा है ? क्या रख रहे हैं दांव पर ? कौन जीत-हार रहा है ? आर्यावर्त्त के इतने विद्वानों, वीर, महापुरुषों के आगे दो, राजाओं को द्यूत-क्रीड़ा में डूबना राजोचित नहीं लगता—पर मेरी एक नहीं सुनी।"

माया ने हंसकर कहा—"सखी ! स्वयंवर में जो राजकुमार गए थे, द्यूतक्रीड़ा में भी वे ही सारे दर्शक बने सभागृह में उपस्थित हैं। वे चाहते होंगे कि युधिष्ठिर किसी तरह हार जायें..."

मैं चिहुंक उठी—"उनके मन की बात खूब जानती हूं। बता और क्या-क्या चाहते हैं वे ?"

"कुमारी कृष्णा को एक बार देखा था। जीवन भर मसोसते रहना ही बचा। राजवधू कृष्णा को एक बार देखकर मन का अफसोस मेटने की इच्छा ज़रूर होगी।" माया ने खूब सहज भाव से बात कही थी। पर मैं स्तब्ध होकर देखती रह गई। क्या माया को मतिभ्रम हो गया है ? छिः-छिः कैसी बातें सोच लेती है ! सारे संसार के लोगों का अफसोस दूर करने में सबके आगे स्वयं को प्रदर्शित करूंगी ? अनुचित आशा और आकांक्षा ही अफसोस का कारण बनती है। इसमें मेरा क्या आता-जाता है ?

मैं माया से और उलझना नहीं चाहती थी। कुछ भी सुनना अच्छा नहीं लग रहा। दुश्चिंता बढ़ती जा रही है। शरीर और मन दोनों अस्थिर होकर छटपटा रहे हैं।

द्वार पर आहट हुई। क्या युधिष्ठिर जयी होकर लौट आये ?

मैं अन्तराल में चली गई। ऋतुमती होने के कारण पति का मुख कैसे देखती ?

माया ने पूछा—"संवाद क्या है प्रातकामी ?"

दूत प्रातकामी ने ठंडे स्वर में कहा—"राजा दुर्योधन का हुक्म है—राजरानी याज्ञसेनी सभागृह में उपस्थित हों..."

माया ने चपल स्वर में कहा—"मैं ठीक ही तो कह रही थी—वे ज़रूर आपको देखना चाहेंगे।"

चेहरे पर मेरे आग लग गई। शोणित स्वर में मैंने कहा—"राजा दुर्योधन हुक्म

करने वाले कौन हैं ? मैं उनकी कोई प्रजा नहीं हूं। वे क्या इतनी जल्दी भूल गए कि मेरे पति युधिष्ठिर चक्रवर्ती...''

मेरी बात पूरी होने से पहले ही प्रातकामी ने मेरे सिर पर वज्र गिरने की तरह गंभीर स्वर में कहा–''राजा युधिष्ठिर अपनी सारी स्थावर-जंगम संपत्ति, दास-दासी, भाई-बंधु और आत्मा को दांव पर रख चुकने के बाद आखिर में अपनी पत्नी राजनंदिनी कृष्णा को भी दांव पर रख हार गए हैं। अतः राजनंदनी कृष्णा अब कौरवों की क्रीतदासी है। महाराज दुर्योधन का आदेश...''

प्रातकामी का मुंह नहीं देखूंगी, इसलिए मैं अंतराल में थी। फिर भी मन कर रहा था, एक बार उसे देखकर क्रोधाग्नि में उसे भस्म कर दूं। उसकी इतनी हिम्मत ? पर उसका दोष क्या है ? वह तो सिर्फ आज्ञाकारी दास है।

स्थिर स्वर में कहा–''जाओ प्रातकामी ! मेरे पति से पूछ आओ। पहले स्वयं को दांव पर हारे या मुझे ? यह उत्तर न पाने तक मैं अपने स्थान से नहीं हटूंगी।'' घबराकर लौट गया प्रातकामी। मैं स्तब्ध जड़ बनी खड़ी रही। सोच रही थी–युधिष्ठिर की यह कैसी रीत है ? अपनी पत्नी को दांव पर रखकर भी कोई पाखंडी बर्बर जूआ खेलता है ? ऐसा निंदनीय कार्य कभी किसी ने धरती पर किया है ?

मेरे दुःख को दूना कर माया बोली–''हाय ! क्या सोच रहे होंगे वीर कर्ण और अन्य राजकुमारगण ? कैसा है युधिष्ठिर का पत्नीप्रेम ? शत्रुओं के आगे पांचालनंदिनी को कितना छोटा बना दिया ?'' आंसू बह चले थे। पर क्रोध और उत्तेजना से सारी देह कांप रही थी, आंसू सूख जाते।

तभी प्रातकामी लौटा। विनम्र स्वर में कहा–''राजन दुर्योधन का आदेश है आपको सभागृह में चलना होगा। सबके सामने आप अपने पति से प्रश्न पूछना। आप दोनों के प्रश्नोत्तर सुनने को कौरवों सहित अन्य राजागण प्रतीक्षा कर रहे हैं।''

मन को पत्थर कर लिया। स्थिर मगर दृढ़ स्वर में कहा–''जाओ, प्रातकामी। मेरे श्वसुर एवं गुरुजनों से पूछो–उनका मत क्या है ? उनका आदेश शिरोधार्य होगा मुझे। सुन लो, दुर्योधन मेरे प्रभु नहीं हैं। उसके आदेश पर मैं सभागृह में उपस्थित नहीं हो सकती। मेरे पतियों ने इसके लिए अनुमति दी है ?''

सिर झुकाकर प्रातकामी लौट गया दुःख के साथ। मैं कुछ सोच नहीं पा रही थी। सिर्फ स्वयंवर सभा का दृश्य आंखों के आगे दिख जाता। जिन राजकुमारों के आगे खूब गर्व से मैंने कर्ण की उपेक्षा कर दी थी, वीरश्रेष्ठ अर्जुन के गले में वरमाला डाल दी थी, आज उन्हीं के आगे मैं–चक्रवर्ती महाराजा युधिष्ठिर की महारानी, पांच पांडवों की प्राणप्रिया द्रौपदी, इंद्रप्रस्थ की पटरानी,पांचाल देश की राजकुमारी, धृष्टद्युम्न की प्राणाधिक प्रिय बहन, भरतवंश की कुलवधू और पूर्णपुरुष कृष्ण वासुदेव की सखी–एक वस्तु परिहिता होकर रजस्वला अवस्था में असहाय भाग्यहीन नारी की तरह सबके समक्ष सभागृह में उपस्थित होऊंगी ? यह बात मेरे पति, विशेष कर अर्जुन और भीम सह सकेंगे ? फिर सर्वोपरि यह अपमान सहकर मैं जीवित रह सकूंगी ?

दुःख और क्रोध में भरी सोच रही थी कि नारी क्या पुरुष की स्थावर-जंगम संपत्ति है ? मैं क्या युधिष्ठिर की स्थावर-जंगम संपत्ति, दास-दासी, हाथी-घोड़ों में से हूं ? मैं नारी हूं तो क्या मेरी अपनी आत्मा पर भी मेरा कोई अधिकार नहीं ? मेरी

इस देह पर उनका अधिकार है तो क्या इसके साथ जैसी मर्ज़ी वैसा व्यवहार कर सकते हैं ?

चारों ओर अंधेरा दिखा। तभी नितंबिनी निःशब्द मेरे आगे आकर खड़ी हो गई। नतमुख-दुःख से भरे स्वर में कहने लगी—''सखी ! आपके पति युधिष्ठिर महाराज से निर्देश आया है। आप एकवस्त्रा ही अपने श्वसुर-जनों के आगे उपस्थित हों। आप रजस्वला हैं यह जानकर वे आपकी सुरक्षा और सम्मान का ख्याल ज़रूर करेंगे।''

मैं गुस्से-घृणा में जलकर चीखी—''मेरे सामने से हट जाओ, नितंबिनी ! तेरा मुंह भी देखना नहीं चाहती ! ऐसा संवाद मुझ तक लाने की हिम्मत कैसे हुई तेरी ?''

अग्निशिखा की तरह मेरी आंख और देह का रोम-रोम जल रहा था। युधिष्ठिर के प्रति गुस्सा और क्षोभ सहचरी पर उतार दिया। अब अपने को मज़बूत कर रही थी।

ठीक तभी अट्टहास कर दुःशासन मेरे आगे खड़ा हो गया। मैं लज्जा से अंतराल की ओर सरक गई। पर निर्लज्ज की तरह मेरी ओर बढ़ा—''आओ सुन्दरी, अब तुम हमारी संपत्ति हो चुकी हो। अपना संभ्रम, सतीत्व, लज्जा, संकोच, अब अपने पास रहने दो। भूल जाओ पंचपतियों को। दुर्योधन और हम सौ भाइयों को प्रभु के रूप में स्वीकार करो। देखना फिर कभी ऐसी विपत्ति में नहीं पड़ोगी।''

लज्जा, दुःख, भय, घृणा में अपनी आंख मींज ली। दुःशासन ने निष्ठुर दानव की तरह अट्टहास किया। मुझे लगा उसकी लोलुप बांहें मेरी ओर बढ़ रही हैं, पिछवाड़े से रनिवास की ओर हटी। भाग छूटी अंदर कक्ष की ओर। शायद सास गांधारी के चरणों तक पहुंचने के बाद लाज बच जाये या बहन सदृश भानुमती और अन्य रानियों के आंचल की ओट मिल जाये ! पर सबके द्वार रूद्ध थे।

मैं दरवाज़े पर जाकर अपना दुःख रोती, इससे पहले ही दुःशासन ने अपने बलिष्ठ लोमश हाथ बढ़ाकर मेरे दीर्घ कुंचित घन केश पकड़ अपनी ओर खींच लिया। लाचार, किसी छिन्नमूल-सी हो रही थी मैं। अरणा भैंसा किसी टूटी लता को घसीटकर ले जाता है, वैसे दुःशासन मुझे सभा भवन तक ले गया। अपने एकमात्र परिधान को बड़ी मुश्किल से अपने वक्ष पर डाले ढांकने की चेष्टा कर रही थी। माथे पर से आंचल फिसल गया था। मुख, ग्रीवा, बाहु—सब उन्मुक्त थे। केश बिखर चुके थे। दया परवश होकर वे उन्मुक्त पृष्ठदेश को असंख्य लोगों की निगाह की ओट में किए थे। तूफान में विचलित लता की तरह भय और लज्जा में थरथरा रही थी। नासाग्र का हीराफूल आकाश के तारे की तरह झलमला रहा था।

सभास्थल में खड़ी करने के बाद भी वह मेरे केश झटक रहा था। मानो मैं कोई प्राणहीन प्रतिमा हूं। मुझमें कोई अनुभव नहीं, दुःख नहीं, आवेश नहीं, उत्तेजना नहीं !

लाज-संकोच भूलकर दोनों हाथ जोड़ लिए—''मुझे एकांत में रहने दें। मैं एक-वस्त्रा ...रजस्वला...''

अट्टहास कर दुःशासन ने कहा—''किसी भी अवस्था में हो, कुछ भी पहने हो या न पहने हो, हमारा उसमें क्या ? हमारे सामने मामूली-सी क्रीत दासी भर हो।''

मेरा दुःख और लाज छिपाने के लिए मेरे दीर्घ नील केश पुनः सदय होकर मेरे चेहरे को ढांप रहे थे। दुःशासन के बर्बर व्यवहार से मेरा वस्त्र अस्त-व्यस्त हो रहा

था। क्या करूं—कुछ नहीं सूझा। मुश्किल से अपने वक्ष पर हाथ जुड़ा लिए। सखा कृष्ण की मन ही मन प्रार्थना करने लगी। कृष्ण के सिवा इस अवस्था में मेरा सहायक कौन होता ?

सामने मेरे वीर पुंगव, क्षत्रिय संतान पंचपति बैठे हैं—चुपचाप अपराधी की तरह। आंखों के आगे लांछित हो रही है पत्नी—वे बैठे हैं निरुपाय नीरव ! दूसरी तरफ बैठे हैं मेरे ससुर—अंधे हैं पर क्रंदन तो सुन ही रहे हैं। मेरी लाचारी से परिचित तो हैं ही। पितामह भीष्म, ज्ञानी, वीर, आजन्म ब्रह्मचारी ! वे भी नीरव दर्शक हैं ! गुरु द्रोण, कृपाचार्य भी गूंगे हो गये हैं। मेरी यह दशा देख कर्ण शायद निष्ठुर प्रतिशोध भरे उल्लास में आत्मसंतोष पा रहे थे। मेरी ओर विद्रूप भरी दृष्टि में तिर्यक देखते रहे। उपस्थिति सज्जनवृन्द, राजा-महाराजा सब चुपचाप। नीरव दृष्टि बने रहे। लगा जैसे आज इस पृथ्वी पर कृष्ण के सिवा कोई सहायक नहीं है।

दुःशासन ने अट्टहास कर मेरे केशों को झटक दिया—"दासी ! दासी !"

कर्ण, शकुनि, दुर्योधन आदि सब दुःशासन को उत्साहित करते जा रहे थे।

विपद से अधिक विपद की आशंका आदमी को डराती है। विपद सामने आ जाने के बाद उसका सामना करने की शक्ति पता नहीं आदमी में कहां से आ जाती है, न मालूम कहां से इतना साहस भर जाता है।

हाथ जोड़ गुरुजनों की ओर देखा। आंसू निरंतर बह रहे थे। लाज, संकोच छोड़कर ऊंचे स्वर में पूछा—"इस सभा में मेरे गुरुजन हैं। आर्यावर्त्त के सभी ज्ञानी, गुणी, वीर पुरुष हैं। इस दशा में मुझे भरी-पूरी सभा के बीच केश खींचकर घसीटते लाकर लांछित करना लज्जाजनक नहीं है ? यह कौरवों का धर्म है ? सब नीरव हैं ? मेरे प्रश्न का उत्तर कोई नहीं देगा ?"

सब स्तब्ध थे। मृदु गुंजन थम गया। कोई नारी गुरुजनों से दृढ़तापूर्वक यों कैफियत मांगने की हिम्मत करेगी ? किसी को विश्वास ही नहीं हो रहा था।

शकुनि ने कर्ण के कान में कहा—"विदुषी बनने की कोशिश करना नारी का सबसे बड़ा अपराध है। विद्यावती एवं ज्ञानवती बनने के कारण इसकी यह दशा है ! यह अगर हमारे चरणों में पड़कर भीख मांगती—शायद इतने बड़े अपमान से रक्षा हो जाती। ज्ञान और शक्ति जैसे पुरुष का सौंदर्य बढ़ाते हैं, अज्ञानता और असहायता नारी की शोभा बढ़ा देते हैं। द्रौपदी लेकिन ज्ञान और विद्या के अहंकार में बलवान होकर जलती अग्निशिखा की तरह लपलपा रही है। इस पर कोई दया करेगा ?"

मैंने फिर कहा—"मैं किसी से दया की भीख नहीं मांगती। न्याय मांगती हूं। नारी के सन्मान की रक्षा करना राजधर्म है। फिर अपने वंश की कुलवधू की अमर्यादा करना क्या कुरु राजाओं को शोभा देता है ? मैं जानना चाहती हूं कि मेरे पति स्वयं को हार जाने के बाद मुझे दांव पर रखना उनका क्या न्यायसंगत कार्य है ?"

सब अब भी चुप थे। भीष्म ने लेकिन शांत स्वर में कहा—"सुचरिता ! पराये धन को दांव पर रखने का अधिकार पराधीन व्यक्ति का नहीं होता। परन्तु स्त्री सदा पति के अधीन होती है। अतः युधिष्ठिर स्वयं को हारने के बाद तुम्हें दांव पर रख सकते हैं या नहीं...यह यथार्थ में द्वंद्व की बात है। मैं इसका उत्तर देने में असमर्थ हूं। धर्मनीति अत्यन्त सूक्ष्म है। धर्म की व्याख्या सहज कार्य नहीं। युधिष्ठिर का तो धर्म

ही प्राण है। वे तुम्हारे पति हैं। तुम्हारे प्रति इस दुःसह लांछना को वे जब चुपचाप सह रहे हैं, भीम, अर्जुन, नकुल, सहदेव इसकी उपेक्षा कर सभा में दर्शक बने हुए हैं ! तो फिर धर्म के बारे में मैं क्या उत्तर दूं ? अतः तुम्हारे प्रश्न का उत्तर देने को मन ही नहीं करता।''

पितामह की ऐसी शीतल निष्ठुर वाणी सुन बची-खुची आशा भी धूल में मिल गई।

क्रोध संवरण कर मैंने कहा—''मेरे पति युधिष्ठिर सिर्फ धर्मात्मा ही नहीं हैं, ये अत्यंत सरल और साधु स्वभाव के हैं। उनकी सरलता का लाभ उठाकर अन्यायपूर्वक खेल में हराया गया है। राजा से राजा ही खेल सकता है। पर कपटी शकुनि दुर्योधन के लिए खेले। द्यूतक्रीड़ा में एक की जगह दूसरा नहीं खेल सकता। इतना जानने के बाद भी क्या गुरुजन सोचते हैं कि मैं कौरवों की दासी बन गई ?''

प्रश्न हवा में तैर कर लीन हो गया। दुःशासन ने फिर केश खींचे—''बकवास बन्द करो, सुन्दरी ! सुन्दरियों के मुंह पर तत्त्व चर्चा शोभा नहीं देती। अब हमारी मर्ज़ी से चलोगी तो मंगल होगा।''

मैं लाचारी में चारों ओर देखती रही। आंसुओं में सब अस्पष्ट दिख रहा था। पांचों पतियों की ओर देखने की भी इच्छा नहीं हो रही थी। मेरी असहाय और करुण दशा देख भीम क्रोध में भर गए—''कोई पुरुष अपनी रक्षिता, दासी या देहजीवी नारी को भी दांव पर रख जूए में हारने का दृष्टांत इतिहास में कहीं नहीं मिलेगा। युधिष्ठिर जब हम चारों भाइयों को दांव पर रखकर हार गए, मैं चुप रहा। पर हमारी स्त्री द्रौपदी को दांव पर रखकर खेलने के अपराध को मैं क्षमा नहीं कर सकता। द्रौपदी किस अपराध पर यह लांछना सहेगी ? जो हाथ पाशा खेल द्रौपदी को हार गए, मैं उन्हें आग में जला देना चाहूंगा। सहदेव ! अग्नि की व्यवस्था करो।'' फाल्गुनि मेरे लिए दुखी न थे, ऐसी बात न थी। पर ऐसी सभा के बीच बड़े भाई के अपमान को प्रोत्साहित कैसे करते ? शांत स्वर में कहा— ''भीम ! क्या मतिभ्रम हो गया है ? युधिष्ठिर बड़े भाई हैं, पिता सम्मान हैं। खेल में हार-जीत होती है। इसमें किसी को दोष देने से क्या होगा ?''

अर्जुन की महानता पर सभा महिमान्वित हुई होगी, पर मेरे हृदय पर तो छुरी चल गई ! मैं बिफर गई। सोचा—'वाह ! परंपरा और संस्कृति पर कितनी श्रद्धा है ? कितना सम्मान है ! गुरुजनों की निंदा नहीं करनी चाहिए...अर्जुन भीम को उपदेश दे रहे हैं। जबकि इतरजन पत्नी को लांछित अपमानित कर रहे हैं ! वह सब सह रहे हैं ! यह क्या महाभारतीय परंपरा और संस्कृति का परिचायक है ? आर्यकुल की यही रीति है ?'

धृतराष्ट्र के अन्यतम पुत्र विकर्ण ने मेरा पक्ष लेकर कहा—''देवी याज्ञसेनी का जो प्रश्न है अब तक उत्तर नहीं दिया। मेरे मत से याज्ञसेनी कौरवों के अधीन नहीं है। क्योंकि याज्ञसेनी सिर्फ युधिष्ठिर की ही पत्नी नहीं हैं। अन्य चार भाइयों का भी उन पर समान अधिकार है। किस न्याय के बल पर उन्होंने दांव पर रखा ? फिर वे स्वयं के हारने के बाद दांव पर लाने के अधिकारी नहीं हैं ? मेरे मतानुसार न्यायतः द्रौपदी को कौरव जीत नहीं पाये।''

अचानक कर्ण असहिष्णु-से दिखे। विकर्मा से कहा—''पीछे की बातें भूल गए ?

इसी याज्ञसेनी के कारण एक दिन सब राजकुमार अपमानित और परास्त नहीं हुए ? आज इतना दर्द क्यों ? युधिष्ठिर का द्रौपदी पर जितना अधिकार है उतने में उसे दांव पर रखने में कोई अन्याय नहीं फिर तुम सोचते हो कि नारी की लांछना अन्याय और धर्मविरोधी है, तो सोचो इस नारी ने न्याय और धर्म का विरोध नहीं किया ? स्वयंवर की शर्त थी लक्ष्यभेद, अर्थात् पौरुष, शौर्य और सामर्थ्य। वहां जाति, जन्म, इतिहास और वंशपरिचय के प्रश्न क्यों उठे ? वह अन्याय और धर्म रहित न था ? यदि फाल्गुनि ही उनके अभीष्ट थे, स्वयंवर का प्रहसन करने की क्या जरूरत थी ? सारे राजपरिवार को लांछित क्यों किया गया ? अन्तिम बात है नारी का सतीत्व, संकोच, लाज, शालीनता। देवताओं ने भी एक नारी के लिए एक पुरुष का विधान किया था, पर इन्होंने पंचपति वरण कर अपनी लज्जा, संकोच और नारीत्व को जलांजलि दे दी। पति के प्रिय सखा गोविन्द के साथ फिर अभेद प्रीत ! सुना है कि उस प्रीत की कोई पार्थिव संज्ञा नहीं वह अपार्थिव, स्वर्गीय बताते हैं। अतः जो नारी पंचपतियों के अलावा अन्य पुरुष की भी प्रिय है, उसे इस सभा में विवसना करने में कोई अधर्म या अन्याय नहीं। क्योंकि हमने पांडवों का सारा राज्य, धन, संपत्ति जीत ली है। अपने किसी परिधान पर भी उनका अधिकार नहीं। पहले पंच पांडवों को विवस्त्र करो—फिर याज्ञसेनी के उचित सम्मान की व्यवस्था हो—''

मैं स्तब्ध बनी सुनती रही। विचारवान, ज्ञानी, गुणी, महान, सुन्दर, सुदर्शन पुरुष, कुंती के परमप्रिय धर्मपुत्र कर्ण का इतने दिनों का अवदमित अपमान उफन कर आ रहा था। ऐसी भाषा कर्ण बोल सकते हैं ? फिर मेरे लिए ? जिसे वे कभी चाहते थे। मन ही मन जिसकी पूजा करते हैं ?

मैंने कानों पर हाथ रख लिए। जीना दुःसह लगा।

अचानक दुःशासन ने मेरे पतियों के वस्त्र खोल दिये। सिर्फ एक-एक वस्त्र पहने निराभरण, लज्जा में सिर झुकाये बैठे थे। उनके लिए दुःख या लज्जा का अनुभव करने वाला कौन था वहां ?

मेरे अपने दुःख-दर्द और लज्जा के आगे औरों के सारे दुःख गौण हो गए।

केश छोड़ वह मेरे वस्त्र खींचने लगा। तो कर्ण की बात को यह दुष्ट सचमुच कार्य में परिणत कर देगा !

मैंने दसों दिग्पालों को साक्षी रखकर कहा—''अनादि काल से आज तक और इसके बाद महाकाल स्रोत में आगामी सारे युगों में ऐसा नारकीय लोमहर्षक बर्बर कांड भी नहीं हुआ, कभी होगा भी नहीं। सती सीता का रावण जब हरण कर ले जा रहा था, पेड़-पौधे, पशु-पक्षी सबने आंसू बहाये, पक्षी जन्म पाकर भी जटायु ने उसका प्रतिरोध किया, प्राणों की बलि दे दी। सीता का उद्धार करने के लिए वानर-भालुओं की सेना ने जीवन उत्सर्ग किया। मगर आज गुरुजनों की उपस्थिति में सभा के बीच सबके सामने द्रौपदी को अश्राव्य विभत्स अपमान और लांछना की नारकीय लीला चलती रही, मगर सब चुप रहे, जड़ ! उलटे सब नाटक के किसी रोमांच दृश्य की तरह प्रतीक्षा में बैठे हैं। हाय, कभी धर्मराज युधिष्ठिर के व्यक्तित्व की राम के व्यक्तित्व से तुलना कर अशेष गौरव का अनुभव करते थे। सती सीता के गौरव की रक्षा के लिए राम ने कितना दुःख-दर्द नहीं सहा ? लोगों के सामने उनके सतीत्व को प्रमाणित करने को अग्नि परीक्षा

का प्रश्न उठा कर घोर वेदना और विरह सहा। जबकि मेरे पति मुझे दांव पर रख मुझे औरों के हाथों में सौंप कर बैठे हैं। मेरी लांछना और अपमान को एक मूक द्रष्टा बने देख रहे हैं। ये दुरात्मा कौरव दानव रावण से कितने हीन और नीच हैं। रावण सीता को हर ले गया, पर बलात्कार नहीं किया, एकांत पाकर भी अशोभनीय आचरण नहीं किया। अपनी कुत्सित लालसा के वश होकर कभी अशोक वन में सीता का अंग स्पर्श नहीं किया। सीता के आगे प्रेमभिक्षा ही करता रहा। वह तो स्वाभाविक है ! मगर यहां दुरात्मा कुत्सित वासना के वश होकर भरत वंश की कुलवधू को अनादृत कर उसकी देह को सभा के बीच नंगी कर रहे हैं ! नारी धर्म पर ऐसा विभत्स अत्याचार कभी इतिहास में मिटेगा नहीं। इस देश के उत्तर दायाद इसलिए कुरुपति को निंदित करेंगे। कुरुवंश का यह स्वेच्छाचार, अन्याय, अत्याचार सारी पुरुषजाति को अनन्त काल तक हीन बना देगा। भरतवंश की सती स्त्री तथा सारी पृथ्वी की नारी जाति को अपमानित कर देगा। इस अपमान की कोई क्षमा नहीं, इस पाप का कोई प्रायश्चित नहीं।''

इतना विष उगलने के बाद मैं थक गई थी। स्वयं को समर्पण कर दिया कृष्ण के आगे। दुःशासन मेरे वाक्य वाणों से जर्जर होकर उत्तेजना में हुंकार भर रहा था। मेरे कटि देश से वस्त्र को खींचने लगा। मैं वक्ष पर दोनों हाथ रखे कृष्ण को पुकार रही थी...

''हे कृष्ण वासुदेव ! आप मेरे अंतर्यामी हैं। पृथ्वी के जिस प्रांतर में हों, दुरात्मा कौरवों से आपकी सखी कैसे निपीड़ित हो रही है, क्या आप नहीं समझते ? पृथ्वी के इतने लम्बे इतिहास में सर्वाधिक कलंकित और नारकीय अध्याय लिखा जा रहा है, क्या तुम्हें इसकी खबर नहीं ? हे गोपीजन वल्लभ गोविन्द ! यह असह्य लज्जा और दुःख कभी किसी नारी के जीवन में नहीं आया होगा। भगवान करें कभी किसी नारी के जीवन में इसकी पुनरावृत्ति न हो। हे सृष्टिकर्त्ता ! आप तो जानते हैं, आदिम आरण्यक मानव उलग्न अवस्था में विचरण करता था। तब भी एक नारी की नंगी देह को शताधिक पुरुषों ने एक साथ यों विभत्स लालसापूर्ण निगाहों से नहीं देखा होगा। तब भी नारी की स्वतंत्र सत्ता थी, सम्मान था। मगर आज राजनंदिनी कृष्णा पर यह अत्याचार त्रिभुवन के सारे कलंकों को पार कर गया है ! यह असह्य लज्जा और विपद, इससे तुम्हीं उद्धार कर सकते हो। गोविन्द ! त्राहिमाम् !''

मेरा विलाप तो दुःशासन को और उत्साहित कर रहा था। वह जितनी शक्ति लगाकर वस्त्र खींचता उतना ही बल लगा अपने दोनों हाथों से उसे मैं भीचती। वक्ष की लज्जा रखने की जी-जान से चेष्टा करती रही। नासाग्र तक जल में डूबे होने पर मूढ़ों में अपने पर कितना भरोसा होता है ! आदमी अपने अहंकार में कितना दयनीय-विपन्न हो जाता है। अहंकार शून्य की ही पुकार वे सुनते हैं। मैं अपनी रक्षा खुद करूंगी—पर एकदम व्यर्थ हो रही हूं। पूर्ण आत्मसमर्पण बिना ईश्वर की करुणा नहीं मिलती। यह विचार आते ही लज्जा, संकोच, संभ्रम भूल गई। अपना वह एकमात्र वस्त्र छोड़ दिया दोनों हाथ उठा दिए ऊपर। कातर होकर कह उठी—''प्रभु मैं अपनी नहीं हूं। यह शरीर मेरा नहीं। अतः यह शरीर और इसका सारा दायित्व तुम जानो। सब तुम्हारा है। मानापमान, लाज, संकोच, सब तुम जानो। सब तुम्हारा है। तुम्हीं सारे कारणों के कारण हो। मुझे कुछ नहीं मालूम !''

और सचमुच मैं सारी लज्जा, संकोच, दुःख, मान, वेदना से मुक्त हो गई। कृष्ण पर सबकुछ छोड़ देने में यदि आदमी को इतना सुख, आनन्द, शान्ति, साहस मिल जाता है, तो फिर वह हर बात में खुद फँसकर इतना कष्ट क्यों भोगता है ? मैं भी इस बात को कहां समझ सकी ? आज इस पल कृष्ण वासुदेव को सखा की जगह भगवान कहकर जैसी निशंक, निर्भय होकर विपद के बीच खड़ी थी, पहले तो कभी इतनी निशंक और निर्भय नहीं हो सकी।

मेरे चारों ओर क्या कुछ हो रहा था, मैं कुछ नहीं जान पायी। बस सुदर्शन चक्र घूमता दिखा और उसमें से पसर आता है कृष्ण का करुणामय हाथ–और उसमें से पर्त के पर्त परिधान मुझे ढंकते जा रहे हैं–मंत्रजल की तरह करुणा झर रही है मुझ पर। उससे मेरे अन्दर की लज्जा और अपमान पता नहीं कहा दुबक गए।

दुःशासन खींचता जा रहा था मेरा परिधान। क्लांत और अवसन्न होने तक खींचता रहा दोनों हाथ से। जितना ही खींच लेता, मेरी देह उतने ही मूल्यवान वस्त्र से फिर आवृत्त होती जाती। यह अद्भुत दृश्य देख सारी सभा स्तब्ध रह गई। ''सती''...''सती'' ...की जयध्वनि में सारा सभागृह मुखरित हो उठा। क्लांत, परास्त अवसन्न और पराजित दुःशासन वस्त्र के पहाड़ पर लड़खड़ाकर गिर पड़ा। उसकी यह हास्यास्पद स्थिति देखकर दुर्योधन की सहचरी कुटिला, जटिला, कामना, वासना, कर्ण की सहचरी अस्मिता आदि उन कटुक्तियों में हां में हां मिला रही थी। अभी भी दुर्योधन अपना ऊरु उघाड़ उसे थपथपा कर मेरी ओर अश्लील इंगित कर रहा था। मुझे वहां बैठने का संकेत दे रहा था।

भीम का क्रोध और उत्तेजना सीमा लांघ गए। गरज उठा–''पापात्मा दुःशासन की छाती चीर उसका रक्त पीऊंगा। असभ्य दुर्योधन के इस उरु को भंग कर पितृपुरुषों को शांति दूंगा।'' मैंने भी प्रतिज्ञा की–''दुःशासन की छाती के रक्त से केश प्रक्षालन न करने तक इन्हें ऐसे ही मुक्त रखूंगी।'' मगर तभी विदुर ने गंभीर स्वर में वहां कहा–''भीम की ऐसी प्रतिज्ञा कुरुकुल के लिए घोर विपद का कारण होगी। भीम प्रतिज्ञा पालन में बहुत निष्ठापर हैं। फिर सती द्रौपदी की प्रतिज्ञा तो और भी भयंकर है। जो होना था सो हो गया। अब द्रौपदी को मुक्ति दो। युधिष्ठिर का स्वयं को दांव पर हार जाने के बाद द्रौपदी को दांव पर रखना तर्कसम्मत नहीं लगता।''

दुर्योधन उपेक्षा में हंस पड़ा–''तो चारों पांडव भाई स्वीकार करें कि युधिष्ठिर उनके प्रभु हैं। मैं द्रौपदी को छोड़ दूंगा।''

अर्जुन ने गंभीर स्वर में कहा–''द्यूतक्रीड़ा से पहले और द्यूतक्रीड़ा के समय युधिष्ठिर ही हमारे प्रभु थे। परन्तु स्वयं को दांव पर हार जाने के बाद वे किसके प्रभु होंगे, हम नहीं जानते।''

अब धृतराष्ट्र ने मुंह खोला। स्नेह में कहा–''कृष्णा ! तुम वधूगणों में प्रथम और सर्वश्रेष्ठ हो। अपना सतीत्व और भक्ति आज तुम्हें सम्मानित कर रहा है। तुमने अपनी महिमा प्रकट कर दी है। तुम्हारी निष्ठा पर मैं अत्यंत प्रीत हूं। क्या वर मांगती हो ? कहो ?''

मैंने युधिष्ठिर को पहली बार देखा। तिर्यक कक्षा में कहा–''युधिष्ठिर महाराज को मुक्त कर दें। कम से कम मेरा ज्येष्ठ पुत्र प्रांतबध्य किसी क्रीतदास का पुत्र न

कहलाये।''

''तथास्तु'' दयावान ससुर ने कह दिया।

युधिष्ठिर दुःख और लज्जा में नतमस्तक बैठे रहे।

''एक और वर मांगो, याज्ञसेनी !'' ससुर ने अभयवाणी में कहा।

''मेरे अन्य चार पुत्रों के पिता भी मुक्त कर दिये जायें। उनके अस्त्र-शस्त्र भी लौटा दें।'' मैंने शांत स्वर में कहा।

''ऐसा ही होगा। परन्तु इसके सिवा भी एक वर मांग लो।''

''क्षमा करें पितृदेव ! क्षत्रिय नारी द्वारा दो वर तक मांगने का शास्त्र में विधान है। मेरे वीर स्वामी अब मुक्त हैं। उनके हाथ में अस्त्र रखने तक उनकी सुख-समृद्धि के लिए कोई अन्य वर मांगने की आवश्यकता नहीं होगी।''

''पर तुमने अपनी मुक्ति के लिए तो वर नहीं मांगा, कल्याणी ! मैं तो एक और वर मांगने को कह रहा हूं। फिर कुंठा क्यों ? ससुर ने सदय होकर कहा।

मैंने क्षोभ एवं मानभरे स्वर में कहा—''मेरे पति वीर हैं, उनकी सुखसमृद्धि में मेरे बिना कोई बाधा नहीं आयेगी। ऐसा होता तो मुझे द्यूतक्रीड़ा में दांव पर नहीं रखते युधिष्ठिर ! उनकी और कई पत्नियां हैं। उन्हें युधिष्ठिर ने दांव पर नहीं रखा, अतः मैं मुक्त हूं। पतियों की सुख-सुविधा वे देख सकेंगी। मेरा कथन समाप्त होने तक अनायास आंसू उतर आये थे।

कर्ण ने परिहास किया—''वाह ! कितनी निस्वार्थ पतिभक्ति है ! अपनी बात भूलकर पांडवों जैसे वीर पतियों का अथाह समुद्र से उद्धार कर रही हैं पंचपति की नायिका याज्ञसेनी ! शायद पुनः पांडवों के स्वामित्व के अधिकार में लौट जाने को उनकी घोर अनिच्छा है। अतः अपनी मुक्ति के अवसर की वे चतुरता से उपेक्षा कर गईं।''

''साधु ! साधु ! कर्ण, आप बहुत विज्ञ हैं। द्रौपदी की वेदना उनके पति नहीं समझ सके, पर आप समझ गए। द्रौपदी के सतीत्व की पराकाष्ठा पर सज्जनमंडली मुग्ध है। पांडवों के पास लौट जाने को वे यदि अनिच्छुक हैं तो उपस्थित सभा के सामने वे कौरवों को ग्रहण कर सकती हैं। वरना हमारे बंधु वीरश्रेष्ठ उदार हृदय कर्ण यहां उपस्थित हैं।'' दुःशासन ने व्यंग्य किया।

मैं अग्निशिखा की तरह भभक उठी। भीमसेन यह अपमान किसी भी तरह सह नहीं पाये। हुंकार भरकर कहा—''तेरी मृत्यु बुला रही है दुःशासन ! महासमर होकर रहेगा। याज्ञसेनी की इस लांछना और अपमान के कारण ही कौरवों का नाश होगा। आर्यावर्त्त के लाखों क्षत्रियों का निधन होगा। याज्ञसेनी के जन्मलग्न के समय हुई आकाशवाणी बहुत शीघ्र सच होगी।''

युधिष्ठिर ने खड़े होकर भीम को शांत किया। हाथ जोड़ धृतराष्ट्र से अनुरोध किया—''अनुमति दें पितृदेव ! आपकी आज्ञा शिरोधार्य होगी।''

उदार स्वर में धृतराष्ट्र ने कहा—''जाओ, बेटो ! सती याज्ञसेनी के साथ सुख से रहो। इस नेत्रहीन वृद्ध को क्षमा कर देना याज्ञसेनी ! ऐसी अन्यायपूर्ण द्यूतक्रीड़ा के लिए बाध्य होकर मैंने अनुमति दी थी। पुत्र यदि पिता का उपदेश न माने तो पिता की लाचारी मेरे सिवा कौन समझेगा ! पर तुम्हारे इस अपमान ने तुम्हारा मान सौ गुणा कर दिया है। मेरे पुत्र अब अपनी शक्ति और पराक्रम को समझ गए होंगे। किंतु द्यूतक्रीड़ा

के परिणाम ने दिखा दिया है कि पांडव कितने महान हैं। युधिष्ठिर की धर्म-परायणता, अर्जुन का धैर्य, भीम का पराक्रम और सत्साहस, नकुल-सहदेव की नीति और शांति जगत के आगे प्रकट हो गई है। हे युधिष्ठिर, अब सती द्रौपदी का मानभंजन कर इंद्रप्रस्थ लौट जाओ। सुख-शांति से प्रजा पालन करो। अपने अबोध कौरव भाइयों के साथ मैत्री स्थापना करो। कलह से किसी विवाद का समाधान नहीं होता। वरन् राज्य का राज्य नष्ट हो जाता है।''

सभा छोड़ने से पहले हाथ जोड़ मैंने सबको प्रणाम किया। विनम्र होकर कहा–''सब गुरुजनों के आगे क्षमाप्रार्थी हूं। सभास्थल में आते समय दुःख और उत्तेजना के गुरुभार के कारण प्रथम कर्तव्य-गुरुजनों को प्रणाम करना भूल गई थी। शतबार क्षमा मांगती हूं। प्रणाम ...सबको प्रणाम !''

मां गांधारी को प्रणाम कर इंद्रप्रस्थ लौटने को प्रस्तुत हो रहे थे, तभी फिर द्यूतक्रीड़ा के लिए दुर्योधन ने निमंत्रण भेजा।

युधिष्ठिर ने दीर्घ सांस छोड़कर कहा–''यही है भाग्य का खेल। मैं जानता हूं, अबकी बार भी हारूंगा। पर निमंत्रण ठुकराना संभव नहीं।'' युधिष्ठिर सभागृह जाने निकले, मैं पथ रोककर खड़ी हो गई। मुझे क्रोध में भरी देख युधिष्ठिर ने कोमल स्वर मे कहा–''रास्ता छोड़ दो याज्ञसेनी ! मुझे धर्म मार्ग पर चलने दो...''

क्रोध में पूछा–''पति ! मुझ पर जो अकथनीय लांछना और अपमान हुआ। फिर भी आपके मन को शांति नहीं ? यही आपका धर्म है ? अन्याय का आह्वान स्वीकार करना कभी धर्म नहीं होगा। यह आपका अहंकार है। अपने को अक्षम जानकर भी सिर झुकाने को प्रस्तुत नहीं। स्त्री, पुत्र, भाई, राज्य सबकी शांति, सुख-सम्मान, सुरक्षा को पददलित कर आप अपनी धर्म-परायणता और विनम्रता दिखाना चाहते हैं। क्या यही है राजा का धर्म ?''

''आज का आह्वान ठुकराकर इंद्रप्रस्थ लौटने पर भी कौरव क्या हमें शान्ति से शासन करने देंगे ? अतः आखिरी कोशिश कर भाग्य का खेल देखने में कुंठा कैसी ?'' युधिष्ठिर ने कहा और मेरी बात टाल कर सभास्थल चले गए।

जलकर राख हो जाती तो शांति मिलती। पर मैं अग्नि से जात हूं, अतः क्षोभ और क्रोध की अग्नि मुझे भस्म ही नहीं करती, सिर्फ दग्ध कर रही है। दग्ध वेदना में अस्थिर होकर इतस्ततः हो रही थी। इतनी लांछना के बाद संसार में और क्या होने जा रहा है, इसी की प्रतीक्षा थी।

माया ने धीरज दिलाया–''चिंता न करो। दुष्ट दुर्योधन की निगाह इंद्रप्रस्थ के ऐश्वर्य पर है। उसे पाने पर शांत हो जायेगा। वह इतना है कि पांडव आपके अपमान का प्रतिशोध लिए बिना नहीं छोड़ेंगे। अतः आप इंद्रप्रस्थ लौट जायें, यह वह नहीं चाहता। आप लोगों को देशांतर कर देना चाहता है किसी तरह।

यही होगा। पांडव जहां भी जायेंगे, इंद्रप्रस्थ की तरह राजधानी बसा कर सुख से रहेंगे। ऐश्वर्य और सुख पांडवों के लिए राह की धूल की तरह हैं। आप साथ हों तो वे क्या कुछ नहीं कर सकते हैं ? आप क्या नहीं जानतीं कि आप लक्ष्मी का अंश हैं... ।''

इतने दुःख और अशांति के बीच भी हंसी आ गई–''माया ! तुम क्या सोचती

हो राज्य का धन हाथ से निकलने को लेकर चिंतित हूं ? जब फाल्गुनि के गले में वरमाला डाली थी, मेरे लिए तो वे एक मामूली वनचारी भिक्षुक ब्राह्मण थे। जब पंच पांडवों के साथ विवाह हुआ, तब राज्यहीन राजपुत्र। तब तो दुखी न थी। तब जो सुख और आनंद मुझे मिला, इंद्रप्रस्थ की रानी बनने के बाद भी वह सुख-शांति कभी नहीं मिली। धन-ऐश्वर्य से सुखी होने वाले उपादानों से मैं नहीं बनी। पर बार-बार अन्याय के आह्वान के आगे युधिष्ठिर धर्म का नाम लेकर विनम्र होकर आत्मसमर्पण कर देते हैं, यह नहीं सह पाती। मुझे दांव पर रखकर द्यूतक्रीड़ा खेलने के बाद से मेरे मन की सारी शान्ति नष्ट हो गई है। इस अशांति और अपमान की ज्वाला से वरन वनचारी दीनहीन सुपुरुष की स्त्री होकर जीवन बिता देना किसी भी रुचिशील नारी के लिए श्रेय होगा।

शायद अदृष्ट मेरी जीभ पर ही था। कहना समाप्त ही हुआ कि संवाद आ गया—युधिष्ठिर आखिरी बार द्यूतक्रीड़ा में न केवल राज्य हार बैठे हैं, बाजी शर्त के मुताबिक पांचों भाई एवं पत्नी बारह वर्ष वनवास जायेंगे। इसके बाद एक वर्ष अज्ञात वनवास में भी रहना होगा।

मेरे लिए कोई दुःखद न था संवाद। पति के साथ वनवास बहुत पहले कर चुकी हूं। पर जो प्रजा धर्मराज युधिष्ठिर की बाहु छाया में आश्रय लेने हस्तिनापुर को छोड़ इंद्रप्रस्थ जा बसी थी, अब उनका क्या होगा ? दुर्योधन की प्रतिहिंसा और अन्याय से इंद्रप्रस्थ में नर-नारी कितनी यातना न भोगेंगे ! कौरव भाइयों की विभत्स वासना का शिकार होकर इंद्रप्रस्थ की सतीसाध्वी रमणियों को कितनी निर्यातना न भोगनी होगी। प्रजा के प्रति युधिष्ठिर की यह उदासीनता क्या राजधर्म है ? बाजी रखकर द्यूतक्रीड़ा खेलते समय राज्यवासियों की बात एक बार भी नहीं सोची ? राज्य एवं धन के प्रति वे इतने वीतस्पृह हैं, तो फिर इंद्रप्रस्थ के सिंहासन पर बैठ चक्रवर्ती कहाकर प्रजा की आस्था को क्यों जीता था ?

रामचन्द्र स्वर्णमृग के पीछे दौड़-दौड़कर दुःख बुला लाये। परन्तु युधिष्ठिर द्यूतक्रीड़ा के पीछे अंधे होकर दौड़े—यही सारे दुःखों का मूल बना।

युधिष्ठिर के मन में कोई लोभ नहीं है। वे स्थितप्रज्ञ हैं। अन्य भाई भी नीरव अनुगामी हैं। मैंने भी उन्हें कुछ कहा नहीं। अब मेरी बात का क्या मूल्य है ?

पांडवों के वनवास की बात बिजली की तरह चारों ओर फैल गई। भोज राजा अंधक, कुष्णीक, चेदि देश के राजा धृष्टकेतु, महावीर कैकेय, मेरे भाई धृष्टद्युम्न और पिता द्रुपद आकर पांडवों के पास पहुंचे। सबने समझा-बुझा कर विदा ली युधिष्ठिर से। पिता द्रुपद ने मुझे साथ ले जाना चाहा, मैंने कहा—"पितः मुझे स्त्री-धर्म पालन से वंचित न करें। पति के साथ सती सीता ने कितना दुःख-कष्ट नहीं सहा था। आज वैसा ही अवसर मेरे जीवन में आया है। मेरे सामने किसी रावण का डर नहीं। क्योंकि जीवन में सर्वाधिक लांछना तो घट चुकी है। अब और जो दुःख-दैन्य आयेगा, सब मामूली होगा। निश्चिंत रहें। जिन्होंने चरम लांछना से रक्षा की है, वे ही सहायक होंगे। जीवन में इसके बाद कोई दुःख-दर्द कातर नहीं कर सकेगा।

इतना कहकर कृष्ण को प्रणाम कर रही थी कि सामने वे स्वयं हाजिर हैं। अध ीर होकर चरण छूने जा रही थी कि मेरे दोनों हाथ पकड़ रोक लिया। मैंने कहा—

"वासुदेव ? किन शब्दों में कृतज्ञता प्रकट करूं ? आपकी कीर्ति युग-युग के लिए आर्त्तजनों को धीरज देने के नाम रह गई। जन्म-जन्मांतर मैं चरणों की दासी बन बंध गई।"

कृष्ण ने मधुर स्वर में कहा—"सखी, ऐसी बातें कह कर दूर न करो मुझे। मैं तुम्हारा सखा हूं। भला ऐसा क्या किया है ? युधिष्ठिर जब द्यूतक्रीड़ा में थे, मैं शोभनगर के राजा शाल्व के साथ युद्धरत था। वरना उन्हें द्यूतक्रीड़ा से निवृत्त करता। स्त्री, द्यूत, मृगया, सुरापान, पुरुष को श्रीभृष्ट कर देते हैं। द्वारका में था नहीं। अतः पांडवों पर यह विपद पड़ी। एक द्वीप में संवाद पाते ही व्याकुल होकर आया हूं।"

मैंने उच्छ्वास भरे स्वर में कहा—"प्रभु आप तो इच्छामय हैं। बिना आपके जाने कहीं कुछ हो सकता है ? कुरुसभा में द्रौपदी की लांछना आप बिना कौन मेट सकता था ? जब दुःशासन मेरे केश खींच सभा में ले गया—मैं तब रजस्वला थी, एकवस्त्रा भी। मैं पांडवों की सहधर्मिणी, धृष्टद्युम्न की बहन, आपकी प्रिय सखी एवं भरतवंश की कुलवधू। फिर भी दुःशासन और दुर्योधन की अश्लील भाषा, इशारे, कर्ण के श्लेषपूर्ण वाक्य अभी-भी हृदय को टूक-टूक कर रहे हैं। राजसभा में गुरुजन, वीर, ज्ञानी, सब बैठे थे, मुझे जब दुःशासन निर्वस्त्र करने लगा, मेरा सहायक कोई नहीं ! मुझे लगा, मेरा कोई पति नहीं, पुत्र नहीं, भ्राता-बंधु नहीं, पिता नहीं, शुभेच्छु नहीं ! कैसी दारुण असहायता लग रही थी ! कौन समझेगा इसे ? भीम और अर्जुन का पराक्रम और पौरुष पता नहीं कहां दुबक गया था। नकुल-सहदेव की शुद्धता, नीति, शीतलता का क्या मूल्य रहा ? युधिष्ठिर की नम्रता, धर्मपरायणता वही थी ? जिस देश में नारी का सम्मान रखने पुरुष उद्यत नहीं होते, उस देश का ध्वंस अवश्यंभावी है। वहां की पुरुष जाति निंदित-कलंकित हो जाती है। ऐसी अवस्था में आप पर भरोसा किया था कृष्ण ! सबसे आस्था टूट गई, तब आपके आगे स्वयं को समर्पित कर दिया। आपकी अलौकिक सहायता ने सिर्फ मेरा ही मान नहीं रखा, इस देश की नारी जाति का मान रख लिया। भारत की पवित्र माटी पर नारी अमर्यादित नहीं होती, यही प्रमाणित कर दिया। मैं चाहे लांछित होऊं, इस माटी का महत्त्व जगत में उजागर हुआ। यही मेरे लिए सांत्वना की बात रही। हे कृष्ण ! मैं आपके चरणों की दासी होकर जीवन काट देना चाहती हूं। तभी शायद यह ऋण कुछ हल्का हो सके..."

दरदी बंधु, करुणामय, कृष्ण के आगे हृदय खोलकर आंचल मुंह के आगे रख फफक उठी। कुरुसभा की लांछना के बाद पतियों को एक शब्द भी नहीं कहा था। जो पति मेरे दुःख का कारण बने थे, जो शक्तिशाली होकर भी मेरे सहायक नहीं बने, उनके आगे मान-गुमान का क्या मूल्य था। पतियों के आगे अब जीवन में और क्या मान करूंगी ? आज कृष्ण जैसे दरदीबंधु को पाकर मैं कब तक संभाल कर रखती ? कुछ भी हो आखिर नारी ही हूं !

कृष्ण ने हाथ जोड़ कहा—"देवि ! मेरे पांवों तले दासी ! मुझे अपराधी बना रही हो। मैंने तुम्हारे लिए कुछ भी तो अपने कर्त्तव्य से बाहर जाकर नहीं किया। तुमने जो कुछ किया था उसी ऋण को चुका कर मुक्त हुआ हूं। मेरी सुश्रुषा में तुमने गृहप्रवेश के दिन पति से पायी मंगलसाड़ी चीरकर मेरी उंगली पर बांध दी। वस्त्र आकार में उसे ही लौटाया है। सूत्र दिए, वस्त्र मिले यही तो विश्वास है।"

आंखें अश्रुपूर्ण। कृष्ण ने सुवासित रूमाल से अपने स्वेदबिंदु पोंछकर कहा—"देखो !

तुम्हारे स्नेह के दान को मैं रूमाल किए फिर रहा हूं। सखी, कृष्ण सदा ही स्नेह का भूखा है। मुझे सखा मानकर सदा स्नेह देती रहो, बस मुझे इतना ही चाहिए। मैं धन्य हो जाऊंगा। यही भाव बनाये रखना।"

मैं चमत्कृत थी। कृष्ण मेरी साड़ी के आंचल के टुकड़े को रूमाल बनाये फिरते हैं ! जरा-सी सुश्रुषा को हर पल स्मरण रखते हैं !!

मुझे लगा, मेरे जीवन का सारा दुःख, अफसोस धुल गया। प्रेमपूर्ण स्वर में कहा—"सखा, इस हृदय के सारे निर्मल प्रेम के अधिकारी आप हैं। जन्म से यह हृदय आपको ही अर्पित है। और वह बात कह कर लज्जा न दें।"

कृष्ण हंस पड़े—"कृष्णा, तुम लक्ष्मी अंश से जन्मी हो। तुम्हारे स्नेह बिना कृष्ण लक्ष्मीहीन हो जायेगा, यह याद रखना।"

मैं कृष्ण का भरोसा पाकर अंदर शक्ति का अनुभव कर रही थी। दृढ़ स्वर में कहा—"सखा, कुरुसभा में द्रौपदी की जो विभत्स लांछना हुई, पापात्माओं ने जो दुर्व्यवहार किया, उचित शास्ति वे न पायेंगे तो भारत का इतिहास नारी निर्यातन की कलंकित कहानी से भर जायेगा। राजा-महाराजा अपनी कुत्सित वासना की तृप्ति के लिए सुंदरी रमणियों को पतिगृह से उठा लायेंगे, सभा में विवसना करेंगे। नारी के नग्न सौंदर्य को विभत्स लालसापूर्ण दृष्टि से उपभोग करना कामुक पुरुषों का एक साधारण विलास बन जायेगा। सखा, मेरे लिए तो आप हैं। मुझे चिन्ता क्या ? पर दुःशासनों और दुर्योधनों को इस पाप का फल न मिले तो भविष्य में नारी समाज घोर दुर्दिन भोगेगा। मुझे आश्चर्य है, महात्मा पांडु की पुत्रवधू, पांडवों की पत्नी, कृष्ण-वासुदेव की प्रिय सखी को कुरुसभा में विवसना करने के प्रयास के बाद भी उनकी मृत्यु नहीं हुई। जब पापात्मा मुझे विवसना कर रहे थे, निरुपाय होकर सती सीता की तरह मैं भी लज्जा छुपाने को वसुधा के गर्भ में समा सकती थी। मैं अनुनय करती तो क्या धरती दो भाग नहीं हो जाती ? पर मैंने ऐसा नहीं किया। ऐसा करती तो मेरी लाज चाहे छुप जाती, पर दुरात्माओं को कभी सजा न मिलती। भविष्य में नारी समाज की इस समस्या का समाधान भी नहीं हो पाता। सहिष्णुता नारी का आभूषण है। पर अन्याय को सिर झुकाकर सह जाना नारीधर्म नहीं। पति अन्याय मार्ग पर चले, पत्नी चुप रहकर सह ले, तो सबकी क्षति होगी। पृथ्वी पर पाप भार बढ़ेगा। उस पाप का फल निष्पाप मानवों को भोगना पड़ता है। अतः उस भयंकर लांछना और असहनीय अपमान के बाद भी मैं देह धरे जीवित हूं। सुख, सम्पदा, राजभोग मेरे जीवन का लक्ष्य नहीं। कृष्णा का आज नवजन्म हुआ है। जीवन के बाकी दिन अन्याय, अधर्म, पाप के विरुद्ध संग्राम करूंगी। मैंने प्रतिज्ञा की है कि दुःशासन के रक्त से केश धोकर कबरी बंधन करूंगी। अन्यथा ये केश सदा खुले रहेंगे। चाहे इसके लिए जग मुझे नारी न कह राक्षसी कह दे। पर जगत जान ले, नारी सृष्टि करती है, कल्याणी है, पापात्मा-दुरात्मा की संहारकारिणी भी होती है। नारी को दुर्बल समझ जिस दुशासन ने केश खींचे,...अपमानित किया, उसी के रक्त से केश धोकर कबरी बाधूंगी, तब जग जानेगा कि नारी हृदय कोमल जरूर है, दुर्बल नहीं। हे कृष्ण ! मेरी प्रतिज्ञा पूरी करने में आप सहायक न होंगे तो आपकी यह सुंदर सृष्टि पाप के भार से ध्वंस हो जायेगी।"

मेरी दृढ़ वाणी सुनकर कृष्ण प्रसन्न थे। विश्वास दिलाकर बोले—"कृष्णा, तुम्हारा

रोष और प्रतिज्ञा यथार्थ है। जो तुम्हें अपमानित कर गए, जिन्होंने तुम्हें सभा बीच लालसापूर्ण दृष्टि से देखा, पाप को प्रोत्साहित किया, वे सब तुम्हारे पति फाल्गुनि के शरों से युद्धभूमि में निहत होंगे। महासमर में धृष्टद्युम्न द्रोण का विनाश करेगा। शिखण्डी भीष्म का नाश करेगा। भीम की गदा से दुर्योधन का ऊरुभंग होगा। धनंजय के तीर से कर्ण का वध होगा। तुम्हारे कारण अनेक क्षत्रियों का विनाश होगा। कुरुसभा में तुम्हारी-लांछना के बाद यह पृथ्वी महासमर से बच नहीं सकती। युग-युग में दुष्टों का विनाश करने वाली धरती माता की छाती रक्तरंजित होती है। आकाश चाहे टूटे, हिमालय पाताल में जाये, सूर्य-चंद्र भूपतित हो जायें, भूमण्डल शतधा विदीर्ण हो जाये, पर तुम्हारी प्रतिज्ञा पूरी होगी। मैं पांडवों की सहायता में कोई कसर नहीं रखूंगी। सखी, शोक न करो। मेरी प्रतिश्रुति कभी अन्यथा नहीं होती।"

❑❑

विदा लग्न आ गया। मां कुंती दुःख में टूट रही हैं। पितृहीन अबोध शिशुओं के लिए राजनंदिनी पांडुपत्नी कुंती ने कितना दुःख कितनी विपद न सही ! पति जब राजा थे, तब भी धृतराष्ट्र की ईर्ष्या और असूया भाव के कारण कुंती राजसुख से वंचित हुई, वनवास के कष्ट सहने पड़े थे। उस अरण्य वास के समय ही पति की मृत्यु हुई। पुत्रों की शिक्षा के बाद फिर प्राण बचाने अरण्य जाना पड़ा। याज्ञसेनी के वधू बनकर आने के बाद लक्ष्मी प्रसन्न हुई थी। मां कुंती ने सोचा था, अब बेटों का सुख देख बाकी दिन चैन से कटेंगे। पर दुःख तो मानो उनके साथ ही जुड़ गया था। अब पुत्र और पुत्रवधू तेरह वर्ष वनवास भोगेंगे। अज्ञातवास में उनका पता चल गया तो फिर बारह वर्ष का दुबारा वनवास। कौन जाने राजा दशरथ की तरह बिसूरते हुए पुत्र-मुख न देख प्राण त्यागने पड़े। मां कुंती पुत्रों के लिए व्याकुल थीं, मैं इधर अपने पांच पुत्रों के लिए चिंतित थी।

कनिष्ठ पुत्र अभी-भी स्तनपान करता है। तेरह वर्ष उन्हें छोड़कर कैसे जी सकूंगी ? उन्हें साथ लेने का कोई उपाय भी नहीं। उन्हें सुभद्रा के पास छोड़ जाना होगा। सुभद्रा के पास वे जरूर सुख से रहेंगे। सुभद्रा क्या कम स्नेह करती है उन्हें ? अभिमन्यु जैसे मुझे प्रिय है, मेरे पुत्र उसी तरह सुभद्रा को प्रिय हैं। पंचपांडवों की मां कुंती और माद्री हैं, पर पांचों एकात्मा हैं, कुंती की आंखों में समान हैं। सुभद्रा बच्चों को लेकर कृष्ण के साथ द्वारका चली जायेगी। बच्चे भी मामा के यहां जाने की बात पर खूब खुश हैं। और बच्चों के द्वारका में रहने की बात पर सखा के आनंद का कहना ही क्या ! परंतु मेरा मन कहां समझता है ये सारी बातें। वनवास का कष्ट बच्चों के बिना कितना बढ़ जायेगा, इसे मेरे सिवा कौन समझेगा ? यदि कोई समझ सके तो वे हैं मां कुंती !

मां ने दुःख से समझाया–"बेटी कृष्णा ! तुम सती साध्वी हो, विद्यावती हो। अपने स्वभाव गुण से उभय कुल को उज्ज्वल किया। तुम्हें क्या कहकर सांत्वना दूं ? मेरे पुत्रों के प्रति अपने दुःख और मान के कारण उपेक्षा न दिखाना। भीम के पेट का ध्यान रखना। नकुल-सहदेव की अधिक श्रद्धा के साथ देखभाल करना, क्योंकि वे कनिष्ठ हैं, स्वभावतः स्नेह के भूखे हैं। एक और अनुरोध–कर्ण को क्षमा कर देना। उसने तुम्हारे प्रति जो व्यवहार किया, अत्यन्त दुःखद है। संगदोष के कारण उसने ऐसा

आचरण किया है। तुम्हारी गहन प्रतिज्ञा ने मेरे हृदय को हिला दिया है। प्रतिज्ञा यथार्थ है। पर कर्ण निर्दोष है। बाल्यकाल से मिली लांछना के फलस्वरूप ऐसा व्यवहार किया उसने अन्यथा स्वभावतः वह बहुत भद्र है, नम्र है, सुशील है। उसके प्रति वैरभाव न रखना। कुछ भी हो, वह मेरा धर्मपुत्र है।''

मां के नेत्र छलछला आये। मैं विस्मय में भर गई। कोशिश कर रही थी। मां की वेदना समझने की। मां की उदारता के फलस्वरूप कर्ण के प्रति हल्की-सी उदारता की रागिणी गूंज उठी। मैं चुप रह गई।

विदुर भवन में रह गई मां। कृष्ण और सुभद्रा बच्चों को साथ लेकर चले गए। विदा के समय कृष्ण ने मृदु स्वर में कहा—''पांडवों के प्रति ईर्ष्या हो रही है। तुम-सा स्त्री रत्न साथ लेने के बाद चिंता किस बात की ? सारे दायित्वों से मुक्त होकर वन-विहार करना परम सौभाग्य की बात है। मेरी नन्हीं बहन सुभद्रा अब तेरह वर्ष के विरह को वरण कर रही है। अतः सखी, तुम भाग्यवान हो ! तुम लोगों के सुख में भागीदार बनने मैं ज़रूर कभी-कभी अरण्य कुटी पर उपस्थित होता रहूंगा। सखी, तुम्हारे हाथों बना भोजन खाये बिना तेरह वर्ष मैं न रह सकूंगा। उसी लोभ से बारबार पांडवों का अतिथि बनता हूं।''

मैं आनंदित हो उठी—''सखा, आपको अपने हाथ का बनाया भोजन खिलाने में मुझे क्या कम आनंद मिलता है ! मेरे हाथ के स्पर्श से खाद्यपदार्थ अमृत हो जाते हैं—आप ही तो कहा करते हैं। सच किसी भी नारी के लिए यह कम गौरव की बात है ! स्त्री होती है अन्नदात्री—अपने वक्ष से अमृतदान करने की शक्ति केवल स्त्री में है। वह पुरुष में नहीं। अतः किसी अतिथि को मन मुताबिक भोजन कराने में स्त्री जाति को सहजात आनंद मिलता है। इस अमृतदान की शक्ति के कारण वह धन्य है। स्रष्टा भी धन्य है। हे कृष्ण—आपकी प्रतीक्षा रहेगी। बीच-बीच में आप अतिथि बनते रहेंगे तो आपको जी भर भोजन कराने में मुझे अपनी संतान को जी भर खिलाने जैसा आनंद मिलेगा। संतान, अतिथि, ईश्वर मेरे आगे एक जैसे प्रिय हैं।''

कृष्ण हंस पड़े—''देखो, मुझे अपनी संतान, अतिथि या ईश्वर की जगह पर न रखो, मैं सखा हूं। तुम सखी हो। आदमी-आदमी के बीच किसी भी तरह के संपर्क से बहुत ऊंचा है। यह संपर्क। इस सम्बन्ध की संज्ञा निरूपित करना मानव शक्ति और ज्ञान में संभव नहीं। इसी में तो मुझे आनंद है।''

सखा ने विदा ली। भेंट का वादा किया।

हस्तिनापुर के राजपथ से हम वनवास जा रहे थे। पुरवासी इस दृश्य से क्रंदन कर उठे। सैकड़ों हमारे अनुगामी बनने को प्रस्तुत हो गए। घर छोड़ पथ पर निकल आये। युधिष्ठिर ने उन्हें समझा-बुझा कर कहा—''लौटकर मां कुंती, धृतराष्ट्र, गांधारी, पितामह भीष्म का ख्याल रखना। अनेक ब्राह्मण लौटने को राज़ी नहीं हुए। जहां धर्म नहीं, वहां ब्राह्मणों का जीवन और धर्म पग-पग पर विपन्न होगा—अतः युधिष्ठिर उन्हें वापस नहीं भेज सके। लेकिन अरण्य में इतने ब्राह्मणों का भरण-पोषण कैसे होगा ? युधिष्ठिर ने चिंतित होकर सूर्यदेव की उपासना की। सूर्य ने संतुष्ट होकर ताम्र निर्मित अक्षयपात्र उनके हाथ में देकर कहा—क्षुधार्त को आहार देना सर्वश्रेष्ठ दान है। क्योंकि वह जीवन रक्षा करता है। इस अक्षयपात्र में बारह वर्ष के लिए भोजन है। इसमें पकाने

के बाद जब तक द्रौपदी भोजन नहीं करेगी, तब तक यह पात्र परिपूर्ण रहेगा। पर द्रौपदी जब अपने लिए भोजन निकाल देंगी, उसके बाद उस दिन भोजन समाप्त हो जायेगा।''

सूर्य को प्रणाम कर अक्षयपात्र लेकर ब्राह्मणों के साथ स्थिर चित्त से हम काम्यक वन की ओर चल पड़े। अभूक्त को आहार देने के लिए अक्षयपात्र मेरे साथ में है। तब राज्य, धन, संपत्ति, वैभव का मोह मुझे तुच्छ लगा। अब सारे अरण्य के लोग, पशु-पक्षी, कीट-पतंग—कोई अनाहारी नहीं होगा। मेरे दुखी मन में भी आनंद और तृप्ति भर गई।

वनचारी वेश में पांचों राजपथ पर चले जा रहे हैं। बीच में थी मैं। हस्तिना के लोग अश्रुल नेत्रों से पुष्प वर्षा कर रहे हैं। कोई नहीं रख पाते धीरज। स्त्रियां हुलहुलि ध्वनि कर रही हैं। गुरुजन मंत्रपाठ कर रहे हैं। कोई अपने संचित अमूल्य उपहार दे रहे हैं। तब ''आपका स्नेह और शुभकामना हमारी राह का पाथेय बने, उपहार नहीं ले सकेंगे। सर्वस्व त्यागकर वन जा रहे हैं। इन सबके अधिकारी राजा दुर्योधन होंगे। आप उपहार देने को प्रस्तुत हैं, हमारे लिए इतना ही बहुत है।''—युधिष्ठिर ने विनयपूर्ण स्वर में कहा।

कुछ दूर जाने के बाद देखा—रास्ते में दुःशासन और कर्ण कुछ परिचारकों के साथ प्रतीक्षा कर रहे हैं। सोचा, शायद दुःशासन विदा के समय भेद-भूल क्षमा मांगने खड़ा है। विदा का यह सुफल होता है कि वह सारे विद्वेष धो देता है।

दुःशासन ने रास्ता रोका। युधिष्ठिर ने उसके कंधे पर हाथ रखकर स्नेह में कहा—''भैया, सारी बात भूल जाना, घर में भाई-भाई के बीच क्रोध, मान, गुमान चलता रहता है। समय फिर सारी बातें समान कर देता है। दूरी और अदर्शन फिर से विछिन्न को निकट कर देते हैं। तेरह वर्ष बाद लौटने तक सब भूलकर हम निकटतर हो जायेंगे। आशा है। कृष्णा भी उन बातों को भूल जायेगी। सुख से रहो। वृद्ध पिता-माता, पितामह भीष्म और मां कुंती का ख्याल रखना।''

दुःशासन ने अट्टाहास और व्यंग्य किया—''आप बड़े वाक्य-वीर हैं। कितनी मीठी बातें। सोचते हैं कि मीठी बातें सुनकर भुला दूंगा। आप क्या धन-दौलत लेकर जा रहे हैं, यही देखने की प्रतीक्षा कर रहा था। एक वस्त्र, शस्त्र के सिवा तिनका तक साथ नहीं ले सकते। दुर्योधन का यही आदेश है।''

हंसकर युधिष्ठिर बोले—''इतना कष्ट क्यों किया ? हम तो आदेश का पूर्णतः पालन कर रहे हैं। देख लो वस्त्र और अस्त्र के सिवा हमारे पास कुछ नहीं। कान का कुंडल, गले का हार, कंकण, मुद्रिका एवं पांवों के खड़ाऊ तक भण्डार में जमा कर आये हैं।

दुःशासन हंस पड़ा—''आप साधु हैं। पर भीम ? ज़रूर भोजन की पोटली दुबका ली होगी।''

मैंने रुक्ष स्वर में कहा—''कोटि-कोटि जनता को भर पेट भोजन लायक क्षमता हमें सूर्यदेव ने प्रदान की है, फिर भीम हस्तिनापुर से भोजन की पोटली क्यों ले जायेंगे ?''

''आदत छोड़ना इतना सहज नहीं।'' दुःशासन ने कहा। अच्छी तरह अस्त्र-शस्त्र देखकर रास्ता छोड़ दिया।

कुछ आगे बढ़े थे कि दुःशासन ने कड़ककर कहा–"ठहरो याज्ञसेनी ! मेरी आंख में धूल झोंक सकती हो पर कर्ण को धोखा नहीं दे सकती। छिः-छिः राजकन्या होते हुए भी ज़रा-से गहने के प्रति इतना लोभ ? खैर नारी स्वभाव ठहरा ! पति एक गहना तक देने में असमर्थ हैं। तो फिर लोभ होना स्वाभाविक है।"

मैं स्थिर खड़ी रह गई। मेरे वक्ष के मणिहार, हाथ के कंकण, कर्णफूल, विवाह की मुद्रिका आदि बार-बार देखते रहे। दबे स्वर में कर्ण ने कहा–"सब अलंकार खोल दें, सिर्फ एक वस्त्र पहन कर राज्य की सीमा पार करनी होगी। महाराज का यही आदेश है। हमें गलत न समझना। हम तो आज्ञा का पालन कर रहे हैं।"

मैंने शांत स्वर में कहा–"आपके प्रति मन में विद्वेष न रखने के लिए मां कुंती ने शपथ करवा ली थी। आप मां के धर्मपुत्र हैं। हमारे नमस्य और प्रिय हैं। मैं सधवा स्त्री हूं। अलंकार खोलने से माया ने मना कर दिया, अतः पहने हूं। इनके लिए मां गांधारी ने अनुमति दी है।"

"गांधारी राजमाता हैं। हम राजा के निर्देश पर काम करते हैं।" कर्ण ने गंभीर स्वर में कहा।

दुःशासन मेरे सामने कर्कश स्वर में कह रहा था–"बलात्कार से पहले अपने हाथ से अलंकार सौंप दो सुंदरी। अलंकार खोलने के बाद तुम्हारा सौंदर्य कम नहीं होगा।"

नितंबिनी और माया कुछ दूर तक विदा करने साथ आ गई थीं। माया ने मेरी देह से सारे अलंकार खोल दिये। नासाग्र का फूल तक उतार दिया। नितंबिनी ने फूलों से बाहु, गला, केश आदि मंडित कर दिए। मधुर स्वर में कहा–"सखी, आप ऋषिकन्या की तरह पवित्र और अनिंद्य लग रही हैं। उन्होंने पथरोध किया है, सुनकर अलंकार सजा लिये थे। माया बहुत मायाविनी है। उसकी बात न सुनती तो यों असुविधा में नहीं पड़ती।"

फूलों के गहनों में कैसी दिखती हूं–मैं नहीं जान पा रही थी। पर पति मुग्ध होकर देख रहे थे मुझे। अपने अनिंद्य रूप की कल्पना कर विभोर हो रही थी मैं। अर्जुन ने धीरे-से कान में कहा–"इस रूप में इतनी सुंदर दिखती हो ! यह जान लेने के बाद तेरह क्या तीन सौ वर्ष तक वनवास में रहने को मन करता है। अलंकारों से तुम्हारी कोमल देह को कष्ट होता होगा। तुम्हारे तो फूलों के अलंकार ही फबते हैं।"

मैं लज्जा और आनंद में प्रियजनों से विदा का दुःख-दर्द ही भूल गई।

अचानक देखा, मुग्धभाव से एक लय मेरी ओर देख रहे हैं कर्ण। आंखों से पलक ही नहीं झपकते। उस दृष्टि में कुत्सित कामना की लपलपाती शिखा नहीं–मधुर करुण ममता की धीमी शिखा जल रही है, खूब संगोपन में, कुंठित आवेग में। छाती अचानक धड़क उठी। फिर स्वयं को धिक्कार उठी। जो मेरे इतने बड़े अपमान का कारण बने, उनकी मुग्ध दृष्टि मुझे सिहरित कर रही है ! छिः ज़रा भी आत्मसम्मान नहीं रह गया मेरे अंदर !

अवज्ञा से कटाक्ष फेंक आगे बढ़ गई। दुःशासन और कर्ण फिर भी पीछा करते रहे हमारा।

कुछ आगे लोगों के बीच मिल गई गुरुपत्नी हरिता और कर्ण पत्नी ऋतुवती। अर्घ्यथाल लिए प्रतीक्षा कर रही थीं। हस्तिनापुर की आखिरी सीमा पर थे हम। पुरनरनारी

विदा देने खड़े थे वहां।

गुरुपत्नी ने मुझे छाती से लगा लिया। कहा—"कृष्णा, मेरे पति को क्षमा करना। गुरु एवं ब्राह्मण होते हुए भी अपना उचित कर्म नहीं किया। सभा में तेरा इतना अपमान चुपचाप देखते रहे ! उनके सारे पुण्य क्षय हो गये इसी से। तुम्हारे अभिशाप से उनका वंशनाश हो जायेगा, यह जान लो। कौरवों का अन्न खाते हैं अतः अन्याय को देखते रहे। उनके सारे अपराध में स्वीकार कर रही हूं। मेरे एकमात्र पुत्र अश्वत्थामा को कृपया शाप न देना। भगवान तुम्हारा मंगल करें। मेरे निःसंग जीवन की अंतरंग सखी हो। तुम्हारे वनवास से मुझे कितना कष्ट हो रहा है, तुम्हीं जान पाती हो।"

मैं भी हरिता के हृदय पर सिर रखकर दो बूंद आंसू झरा बैठी। कहा—"प्राणसंगिनी, हरिता ! अश्वत्थामा जैसे आपका पुत्र है, वैसे मेरे लिए भी पुत्रतुल्य है। मैं आपकी मंगल कामना करती हूं। पर सखी, गुरु द्रोण को क्षमा करने वाली मैं कौन होती हूं ? मैं तो एक नारी हूं—विद्वान और ज्ञानी लोगों की आंखों में नारी की अपनी कोई सत्ता नहीं,—मानापमान, व्यक्तित्व, महानता आदि कुछ नहीं—कुरुसभा में मेरी लांछना ने सिद्ध कर दिया। मैं जिसे क्षमा कर दूंगी, ईश्वर क्या उसे क्षमा कर देंगे।

इसी बीच ऋतुवती ने मेरा हाथ पकड़ा—"राजरानी कृष्णा ! आपके हृदय की ज्वाला मैं समझती हूं। क्योंकि मैं भी नारी हूं। मेरे पति ने आपसे जो व्यवहार किया, इसके लिए वे स्वयं कम दुखी नहीं हैं। सारी रात स्वयं को धिक्कारते रहे—महासमर में मृत्यु मेरे पाप का प्रायश्चित होगी—बार-बार कहते रहे। पति की महानता कुछ कहूं तो आप हंस पड़ेंगी। पर विश्वास करो, कौरवों के साथ पड़कर उनका व्यक्तित्व ऐसा दिख रहा है। उस दिन स्वयंवर सभा में अपमान की ज्वाला कौरवों के साथ पड़ने के कारण तेज़ हो उठी। वे अमानुष हो उठे। अपराध है उनका, मैं जानती हूं, पत्नी के रूप में मैं उनकी ओर से क्षमा मांग लेती हूं।" ऋतुवती के नेत्र सजल थे।

मैंने शांत स्वर में कहा—"मां कुंती ने मुझसे शपथ ले ली है—उनके धर्मपुत्र कर्ण के प्रति मैं कोई विद्वेष न रखूं। मां को वचन दे आई हूं। उनकी एक बात पर ही तो पंचपति वरण किए। अतः कुरुसभा में निंदा करने पर भी कर्ण के प्रति मुझे कुछ नहीं कहना है। सुख से रहो ऋतुवती ! तुम्हारे पति और पुत्रों की उन्नति हो।"

देखा, कर्ण दूर रहकर हमारी बातें ध्यान से सुन रहे हैं। उनकी आंखें भीगी-भीगी लगीं।

ऋतुवती ने हाथ पकड़ रोक लिया है। उनकी सहचरियां अर्ध्यथाली से मूल्यवान अलंकार निकाल मुझे पहनाने लगीं। सर्पाहत-सी मैं चिहुंक उठी—"यह क्या ? अलंकार क्यों ? वनचारिणी के पास अलंकारों का क्या होगा ?"

ऋतुवती ने नम्र होकर कहा—"मेरे पति का निर्देश है, अपने सारे अलंकार आपको पहना दूं। आप उनकी भ्रातृवधू हैं। यों श्रीहीन होकर बाहर जाने पर उन्हें कम अपमान नहीं सहना होगा। इन अलंकारों पर राजा दुर्योधन का कोई अधिकार नहीं। ये सब कर्ण की संपत्ति हैं। दुःशासन आपके अलंकार निकाल लेगा, यह जानकर कर्ण ने मुझे खबर भेजी—सारे अलंकारों के साथ यहां प्रतीक्षा करो।" कर्ण की अंतरंग परिचारिका अस्मिता ने अहंकार में भरकर कहा—"इस ज़रा-सी बात पर विस्मित न हों, महारानी जी ! दाता कर्ण महाराज तो अपना सर्वस्व, यहां तक कि प्राण भी दान करने में संकोच

नहीं करते।''

मैंने श्लेष में कह दिया—''मेरे अलंकार निकाल लेने को दुःशासन को इंगित दिया और इधर आपको यहां प्रतीक्षा करने को कह दिया ! वाह दान का अच्छा परिचय दे रहे हैं ! पर, ऋतुवती, ये अलंकार भी कर्ण के अपने अर्जित नहीं हैं। क्योंकि अपने पौरुष के बल पर कर्ण अंग देश के राजा नहीं बने। उनके मस्तक का राजमुकुट पापात्मा दुर्योधन की दया का दान है। अतः दुर्योधन की संपत्ति मैं कैसे ग्रहण करूं ? खैर, याद रहेगा, कर्ण के दाता रूप की भी परीक्षा होगी। मेरे लिए इतना कष्ट उठाया, धन्यवाद।''

मेरी बातों से कर्ण का चेहरा म्लान पड़ गया। दुःशासन जल उठा—''हाय, राजा द्रुपद ने ऐसे हिजड़ों के हाथ में याज्ञसेनी जैसे दुर्लभ नारीरत्न को सौंपकर कितना अन्याय किया है ! अब भिक्षुक पतियों के साथ दीन-हीन दशा में याज्ञसेनी को वन जाते देखें तो शायद अपनी कन्या को अंग देश के राजा वीर पुरुष कर्ण के हाथ सौंपकर अपने पाप का प्रायश्चित करें। राजनन्दिनी ! अब आप भिक्षुकों को त्यागकर वित्तशाली वीरपुरुष कर्ण या अन्य किसी व्यक्ति को ग्रहण कर लें। क्योंकि पंचपति वरण कर आप सतीत्व रख सकी हैं, एक और पति वरण कर लेंगी तो भी वह अखंड सतीत्व क्षुण्ण नहीं होगी। आप जैसी वरांगना सिर्फ राजा की ही भोग्या होती हैं, भिक्षुकों की नहीं।''

दुःशासन का कुत्सित मंतव्य भीम को क्रुद्ध कर चुका था—''रे मूर्ख ! तेरा यह डींग हांकना क्षणस्थायी होगा। ऐसी अपमानजनक बातें कहकर राजलक्ष्मी द्रौपदी के कोमल हृदय पर छुरी चला रहा है, वैसे ही तेरा हृदय चीरकर राजलक्ष्मी के आगे रख कर अर्घ्य कर दूंगा, तेरी बातों का जो समर्थन कर रहे हैं, उन्हें भी यमालय भेजूंगा...''

युधिष्ठिर ने भीम को क्रोध में भरे देख संभाला। शांत स्वर में समझाया। मैं सोचती रही, भविष्य में कभी कोई मान-सम्मान रख सकेगा तो वह है स्पष्टवादी, निर्मल हृदय क्षणकोपी भीमसेन। जो अपनी गृहलक्ष्मी की मर्यादा रखने में असमर्थ होकर और युद्ध टालने के लिए राजमर्यादा की रक्षा नहीं कर सका उलटे वैराग्य और अहिंसाव्रत धारण करता है, वह धर्मात्मा हो सकता है, परन्तु है कापुरुष ! ऐसे पुरुष के प्रति भक्ति हो सकती है, पर प्रेम नहीं हो सकता।

❑❑

उदार प्रकृति जहां अपने को अनायास बिछा देती है जगत के लिए, वहां पहुंचकर आदमी अपनी संकीर्णता और स्वार्थ के कारण कितना न्यून हो जाता है—इसका अनुभव मैंने काम्यक वन में कदम रखते ही कर लिया।

गंगा के किनारे-किनारे तीन दिन चलने के बाद हम आकर काम्यक वन प्रदेश में पहुंचे। वहां की अपूर्व शोभा हमारा सारा दुःख, क्लेश, क्लांति हर ले गई।

लम्बे-लम्बे बांस के झुरमुटे। उन पर फैली लाजवंती झिलमिल परदे की तरह—कोई किशोरी लुका-छिपी खेल रही थी। कभी दिख जाती, कभी अरण्य की हरियाली में छुप जाती। हमसे मित्रता की अदम्य इच्छा, मगर लाज भरी। हंसी में कलकल ध्वनि, कदमों में छन्द, फिर अरण्य की निर्जनता में लीन हो जाता है उसका स्वर। मैं देर तक देखती रही। पर वह सामने नहीं आती। मुझे थकी देख युधिष्ठिर कहने लगे—''देखो, किस

अनादि काल से अरण्य के इस बंधुर पथ पर दूर जन्मस्थल से निरन्तर चली जा रही है गिरिकन्या तन्द्रावती। वह थकी तो नहीं ! उसका लक्ष्य है सागर ! उधर बहते समय उजाड़ धरती को हरी-भरी करती जा रही। यही है जीवन ! जीवन पथ में अपने लक्ष्यस्थल की ओर जाते-जाते आदमी यदि अपने बंधु-परिजनों, देश, समाज का भला न कर पाया, तो फिर वह कैसा जीवन ? क्या मूल्य उस देह का ? सागर तृष्णा नहीं मेटता,—नदी का मधुर जल मिटाता है। जो संपद औरों का दारिद्रय दूर नहीं करती, वह संपद किस काम की ? दुर्योधन आज हस्तिनापुर और इन्द्रप्रस्थ का अधीश्वर है। पर प्रजा के मंगल में यदि उसका ध्यान नहीं तो उस सिंहासन से लाभ ? याज्ञसेनी ! बारह वर्ष के वनवास में हमें जो शिक्षा मिलेगी, वह अब तक की सारी विद्या से बढ़कर होगी। आनन्ददायी होगी। ईश्वर मंगल करने ही वनवास भेज रहे हैं।''

घने बांस के झुरमुटे के उस ओर झरना दिख रहा है। अरण्य के सब्ज रंग के ऊपर सुनील आकाश का चंदोवा झूल रहा है। आकाश इतना नील हो सकता है ! आकाश की नीलिमा से और भी गाढ़ी चंदोवे की झालर जैसी ये पर्वत मालाएं हैं। नीलिमा को लेकर इनमें और आकाश में होड़ मची है। आकाश से पर्वतों की नीलिमा अधिक है, अतः टुकड़े-टुकड़े सफेद मेघों की झोटी बिछा दी है पर्वतों के ऊपर। योगाविष्ट महर्षि की तरह शरीर पर विभूति की रेखा जैसी मनोहर दिख रही है मेघों की रेखायें।

योगाविष्ट पर्वत का ध्यान भंग करने पत्र-पुष्पों के बीच अनेकानेक वृक्ष वर्षाजल की ताल में अप्सरा बन गए हैं। पर पर्वतों का ध्यान नहीं टूटता। मेघों की विभूति झरते-झरते फिसल रही है धरती पर आशीर्वाद की तरह चरण पादुका बन।

जंगली पक्षी की तरह मेघ यहां बंधन मुक्त हैं। मनमरज़ी इधर-उधर तैरते फिर रहे हैं—जीवन का अर्थ तलाश रहे हैं।

पास ही शबरपल्ली को मेघ ढांपे हैं। शायद आकाश लोभ में पड़ सुंदर चित्र जैसी छोटी-छोटी झोंपड़ियों पर कुंडल का घेरा बना उतर आये !

घने जंगल में छोटी-छोटी शबरपल्ली—तरह-तरह की छोटी-बड़ी लता, पेड़ गुंथे-गुंथे, एक-दूसरे में गलबहियां डाले हैं। छोटे-बड़े अनेक तरह के फूल, फल, रूप-गुण का कोई भेद नहीं। प्रशस्त प्रकृति फैली है—संहति और मैत्री का इंगित लिये। धरती पर खड़े पेड़ों पर असीम आलोक पाने के लिए नशा चढ़ा है। सब सूरज को पी जाने ऊपर और ऊपर उठते जा रहे हैं—यहां सब स्वस्थान पर गरीयान हैं—सब दीर्घ हैं, उच्च हैं, सुंदर हैं। पर आदमी ! औरों को छोटा बनाकर खुद ऊपर उठना चाहता है। अन्याय हो, अधर्म हो, दूसरों को दबा देगा। प्रमाण—यह कौरव भाइयों की पांडवों के प्रति नीति क्या कम है ?

विजनता का मोहन मन्त्र...सबको मुग्ध किए है। युधिष्ठिर दार्शनिक हो गये हैं। अर्जुन कवित्वमय आंखों में विभोर दिख रहे हैं। भीम सोच रहे हैं—यहां के अधीश्वर हम ही हैं। नकुल झरने के जल में अपनी शोभा निरख रहे हैं। सहदेव वन में दिशा खोजने, आगामी कर्मपथ तय करने में लगे हैं।

मैंने मुग्ध स्वर में पूछा—''तो बारह वर्ष का वनवास इस सुंदर काम्यक वन में होगा ! चन्द्रावती झरने के किनारे कुटी बनाकर शांति से रहेंगे।''

युधिष्ठिर ने सहदेव का मत मांगा। स्थिर स्वर में सहदेव ने कहा—''काम्यक वन

हर दृष्टि से सुखप्रद होता, यदि यहां किरात लोग न रहते।"

युधिष्ठिर ने आश्चर्य से पूछा—"किरातों के वंशज यहां बस्ती बनाकर रहें तो भी हर्ज क्या है ? वरन उनसे मित्रता कर लेंगे। मित्र-परिजनों को छोड़ आने का दुःख कम होगा। उनसे हम भी मिलजुल कर रहेंगे।"

"पर वे हमारे साथ मित्रता नहीं करेंगे। किरातों के भय से ऋषि-मुनि भी इधर तपस्या करने नहीं आते। ब्राह्मण एवं क्षत्रिय किरातों के अत्याचार के डर से काम्यक में प्रवेश ही नहीं करते।"

"परन्तु ब्राह्मण एवं क्षत्रियों के प्रति उनमें द्वेष का कारण ?" मैंने बीच में पूछ लिया।

सहदेव ने स्थिर एवं शांत स्वर में कहा—"किरातों के वंशधर जारा ने गुरु द्रोण से शिक्षा के लिये प्रार्थना की थी। तब दुर्योधन एवं दुःशासन आदि भाइयों ने उनकी हंसी उड़ाई थी। राजपुत्रों के साथ किरातपुत्र शिक्षा पायें ! इसमें राजकुमारों की हेठी होगी। कौरवों के डर से गुरु द्रोण ने जारा शबर के शिष्यत्व की उपेक्षा कर लौटा दिया। निराश होकर गुरु द्रोण का मिट्टी का पुतला बना उसके आगे एकलव्य एकाग्रचित्त से अस्त्र चलाने लगा। इस विद्या में वह पारंगत हो गया। बाद में यह खबर पाकर एकलव्य की अद्‌भुत अस्त्रविद्या देख द्रोण भी चिंतित हो गये। कौरवों को जरूर यह परास्त कर उनका वध कर डालेगा। कौरवों की रक्षा के लिए गुरु दक्षिणा के बहाने निर्दयतापूर्वक सरलमति, गुरुभक्त, एकनिष्ठ छात्र एकलव्य के दाहिने हाथ का अंगूठा मांग लिया। कौरवों के उस अपमान और द्रोण द्वारा मांगी दक्षिणा के छल को किरात कैसे भूलेंगे ? इसी कारण वे आर्यों को समूल नष्ट करने पर तुले हैं।"

भीम ने कहा—"पर एकलव्य शबर को छात्र के रूप में ग्रहण करने के लिए युधिष्ठिर एवं अर्जुन ने अनुरोध किया था। हर आदमी समान है, अतः शबर जारा किसी ब्राह्मण या क्षत्रिय से किसी गुण में न्यून नहीं है। पांडवों ने समझाया था द्रोण को। फिर भी अपनी नौकरी की सुरक्षा के लिए ज्ञानी द्रोण ने ऐसा कार्य किया। इसमें पांडवों का अपराध कहां ? किरात क्या यह बात नहीं समझते ?"

अर्जुन ने म्लान हंसी में कहा—"उपहारी के तो सौ उपकार लोग भूल जाते हैं। परन्तु एक अपकार एवं अपमान की बात जीवनभर याद रहती है. किरात चाहे पांडवों के शत्रु न हों, परन्तु क्षत्रियों के तो शत्रु हैं। हस्तिनापुर में शत्रुओं से दूर आकर यहां फिर शत्रुओं से मुकाबला करने में आनन्द मिलेगा ? वरन अन्य किसी अरण्य में चलें। किरात कुल चैन से रहें..."

"असम्भव ! किरातों के भय से हम यह स्थान छोड़ दें ? भीम के रहते किरात पराक्रम दिखायेंगे ?" भीम ने गुस्से में कहा।

युधिष्ठिर बोले—"हिंसा एवं क्रोध दुःख का कारण होते हैं, दोनों पक्षों के लिए अहितकारी होते हैं। हिंसा से मिली विजय में धन, सम्पत्ति, राज्य, क्षमता पा सकते हैं, पर उसमें शांति, प्रीति, आनन्द नहीं मिलता। विप्लव की धारा का सदा हिंसा के मार्ग पर चलना ठीक नहीं। शत्रु को वश में करने का एक और मन्त्र है। वह मन्त्र याज्ञसेनी जानती हैं। अतः काम्यक वन में शांति से रहने की व्यवस्था वे करें तो अच्छा होगा।"

युधिष्ठिर का संकेत समझ गई। आग्रह से मैंने कहा—"काम्यक वन में ऊंचनीच, जात-कुजात का भेदभाव नहीं रहेगा। एकलव्य के साथ जो अन्याय हुआ, उसका प्रायश्चित यहां करना होगा। किरातों का आर्यों से द्वेष यथार्थ है। पर उन्हें सख्य के बन्धन से शृंखला पहना आर्य और आर्येतर का महामिलन करना होगा। मेरे हाथ में अक्षयपात्र है। प्रतिदिन काम्यक वन में किरात एवं पांडव एक साथ बैठकर भोजन करें। मैं स्वयं भोजन कराऊंगी।"

"सबके जूठे पत्र मैं उठाऊंगा।" अर्जुन ने आनन्द में कहा।

"सखा के शिष्य जो ठहरे..." मैंने धीमे-से हंसकर कहा।

अचानक वज्र की तरह की गरज सुनाई दी। सहदेव ने बताया—"वज्रपात नहीं, किर्मीक किरात ने युद्ध की हुंकार दी है। किर्मीक यहां के किरातों का कुलपति। युवा है, निर्भीक और खूब पराक्रमी है। क्षत्रिय एवं ब्राह्मणों के रक्त का प्यासा है। आज अवसर पा गया है। हम सब विपन्न हैं। किर्मीक पहाड़ उखाड़ समुद्र में डाल सकता है। अब भगवान की सहायक होंगे।"

तभी भीम गदा घुमाते उधर छूटे। सब स्तंभीभूत रह गए। परस्पर चोटें आरंभ हो गईं। युधिष्ठिर ने विषादग्रस्त हो कहा—"वनवास में पहले ही दिन रक्त-रंजित होगी धरती ! इससे बढ़कर दुर्भाग्य की बात क्या होगी ?"

"पर और उपाय क्या है ?"

"मैं जानता हूं भीम उसके प्राण ले लेगा। शत्रु का नाश कर शत्रुता खत्म नहीं की जा सकती। आज किर्मीक के मरने पर कल फिर किसी किरात से सामना करना होगा। शायद अरण्य में सारे किरात मिलकर हम पर आक्रमण कर दें, हालांकि भीम एवं अर्जुन अपने पराक्रम से यहां किरात वंश को खत्म कर दें, पर किरात सदा-सदा के लिए ब्राह्मण एवं क्षत्रियों के शत्रु बन जायेंगे। सारी पृथ्वी पर दो जातियों के बीच भेद पैदा हो जाएगा। इससे हम ही क्या सारी दुनिया विपन्न होगी। किर्मीक की रक्षा करने पर किरात और पांडवों के बीच मैत्री का सेतु बन सकता है। पर भीम से किर्मीक को सिर्फ द्रौपदी ही बचा सकती है।" युधिष्ठिर ने कहा।

मैं समझ गई। साहस कर उधर चली। देखा, भीम उसे नीचे पटक गदा मारता जा रहा है। किर्मीक हाथ जोड़ क्षमा मांग रहा है। पर भीम नहीं सुनता। भीम अन्तिम चोट करने ही जा रहे थे कि मैंने आगे बढ़कर आवाज दी—"किर्मीक की रक्षा करें प्रभु !" भीम का हाथ अचानक जड़ हो गया। भीम के रुद्र रूप से मैं एकदम किंकर्त्तव्यविमूढ़ थी। होश-हवाश खो बैठी।

बाद में पता चला कि किरात बच गया। वह समझ ही नहीं पाया कि किसी देवी ने आगे बढ़कर अचानक उसके प्राण बचा लिए ! देवी का संज्ञाहीन शरीर धरती पर था। किर्मीक दौड़कर झरने से पानी लाया। मुंह पर छींटे दिए। पांव सहलाने लगा। मैंने आँखें खोलीं—भीम सिरहाने बैठे हैं। किर्मीक पांवों के पास है। बाकी पांडव मुझे घेरकर खड़े हैं। मुझे सचेत देख सबको चैन आया। किर्मीक ने आंसू पोंछकर कहा—"मां, देवी ! आप कौन हैं ? पार्वती या लक्ष्मी ? इस अधम को बचाने आप संकट में कूद पड़ीं ! मां...आपका ऋण कैसे उतारूं ? कोई आदेश ?"

किर्मीक के निष्कपट हृदय की बातों से अपना दुःख भूल गई—"किर्मीक, मां

कहने के बाद और क्या जानना चाहोगे ? उम्र के विचार के बिना ही नारी जननी रूपा है। पंचपांडवों की स्त्री द्रौपदी क्या किर्मीक किरात की मां नहीं हो सकती ?" किर्मीक फफक पड़ा।

"मां, मुझे क्षमा करना, राजकुमारी, पटरानी द्रौपदी अरण्यवासी हैं, यह तो मैं जानता था। पर आप काम्यक वन में कब पहुंचे ? आप जब तक चाहें यहां रहें। कोई बाधा नहीं, कोई कठिनाई नहीं होगी यहां।"

तभी मैंने कहा—"मेरे पति को अब भी यदि किरात कुल का शत्रु समझते हो, तो हम काम्यक वन छोड़ देंगे। पर देखो, पांडवों ने कभी शबरों को छोटा नहीं माना। हर आदमी समान है। वे इसी मत पर दृढ़ हैं तभी द्रौपदी ने उनका पाणिग्रहण किया था।"

"मां, आज से शबर वंश पांडवों का मित्र हुआ। हमारे मन में उनके प्रति कोई द्वेष न होगा। हालांकि कौरवों ने जो अपमान किया था, इसी कारण आर्यों पर क्रोध था। कौरवों को ध्वंस करना हमारे जीवन का परमव्रत है।"

"हमारा भी वही परमव्रत है। कुरुसभा में द्रौपदी को लांछित करने के बाद हमारी यही प्रतिज्ञा है। अतः तुम्हारा-हमारा लक्ष्य एक है। अब से हम-तुम दोनों मित्र हो गए।"

युधिष्ठिर ने शांत स्वर में कहा—"पृथ्वी जब बनी, आदमी-आदमी में कोई भेद न था। मानव प्रकृति की संतान है। इसी पृथ्वी पर जीने का सबको समान अधिकार है। चंद्र, सूर्य, वर्षा, मरुत, शीत, हेमंत, हर आदमी को समान रूप में स्पर्श करते हैं। आदमी-आदमी के बीच भेद उसने खुद पैदा किया है। समाज की सुरक्षा, सभ्यता के प्रसार, एक परिवार की शक्ति-सामर्थ्य के अनुसार पति-पत्नी एवं अन्य सदस्यों में दायित्व बंटे होते हैं। वैसे समाज चलाने के लिए विभिन्न जातियां बनी थीं। परिवार में कभी अस्पृश्या नहीं होती, जब कि वह सबका उच्छिष्ट उठाती है, घर-बार बुहारी करती है, बच्चों की गंदगी धोती है। तो फिर वही काम करने वाले अन्य लोग अस्पृश्य कैसे हुए ? मर्यादा पुरुषोत्तम श्रीराम ने शबरी का जूठा खाया था, उनकी तो मर्यादा कहीं नहीं घटी। उन्होंने तो प्रभु होते हुए भी आदिम अदिवासी गुह से मित्रता की थी। जो आदमी-आदमी में भेदभाव करता है, वह सृष्टिकर्ता का विरोध करता है। प्रिय किर्मीक ! हमें अपराधी न बनाना। मित्रता का दान कर कृतार्थ करो। देखना—इस वन में ऋषि-मुनि पधारेंगे। यहां के लोगों का खूब कल्याण होगा उनके आशीर्वाद से। पारस्परिक भावविनिमय से सभ्यता का विकास होगा।"

राजचक्रवर्ती इतने विनय के साथ मैत्री चाहते हैं ! कितने गौरव की बात है !

आनंद गद्‌गद होकर किर्मीक ने कहा—"हमारा भाग्य बदल रहा है, तभी आप लोगों ने इस धरती पर पांव रखा है। मैं अपने कुटुंबियों को समझा दूंगा। मेरे दो भाई किरात एवं विरात निष्ठुर क्षत्रिय विरोधी हैं। उन्हें वश करने का दायित्व मां पांचाली पर है। अन्यों का मुझ पर। मैं यहां शबर कुल दलपति हूं। मेरी बात मानी जाती है। सुग्रीव के साथ मित्रता कर राम ने लंका विजय की, रावण वध किया, वैसे ही युधिष्ठिर महाराज शबर दलपति किर्मीक के साथ मित्रता कर हस्तिनापुर जीतेंगे, कौरवों का वध होगा। आप आज्ञा दें तो कल प्रभात में ही हस्तिनापुर को कूच करे शबर सेना।

युधिष्ठिर ने हाथ जोड़कर नम्रतापूर्वक कहा—"नहीं, बंधु नहीं। हमें गलत न

समझना। कौरव वध या हस्तिनापुर जय हमारे जीवन का लक्ष्य नहीं। तेरह वर्ष वनवास के बाद हम अपने न्याय अधिकार को वापस पा पायें तो काफी होगा। तेरह वर्ष पूरे होने के एक दिन पहले भी इंद्रप्रस्थ का राज नहीं लेंगे। ऐसा करने पर सत्य भ्रष्ट ही हो जायेंगे। किसी उद्देश्य से मित्रता नहीं चाहते हम। मित्रता के लिए मित्रता चाहिए आपकी। हालांकि यह सच है कि सुख की जगह दुःख में ही वास्तविक मित्र सहायक होता है।''

युधिष्ठिर की महानता के आगे किर्मीक अभिभूत थे। काम्यक वन में बिजली की तरह मैत्री संवाद फैल गया। किर्मीक, किरात, विरात आदि सभी वनवासी हमारे दर्शनों को आये। वन जंतु तक मैत्री के लिए आये।

मैत्री उत्सव में बंधु मिलन पर पहले हमने भोज का आयोजन किया। अक्षय पात्र में स्वयं पकाकर पांडवों और शबरों को एक साथ पंक्ति में बिठा कर भोजन कराया। वनस्थली उस दिन अमृतमय हो उठी।

मैंने घोषित कर दिया—''काम्यक वन में पांडव निवास करने तक कोई भूखा नहीं रहेगा। प्रतिदिन पंक्ति में बैठ भोजन दोनों साथ करेंगे। शबरियों के हाथ से परोसा पांडव खायेंगे। मैं शबरों को परोसूंगी। गरमी, वर्षा, शीत, हेमंत में यही क्रम चलेगा।''

आनंद का कल्लोल, पांडवों की जय-जयकार, नृत्य, गीत, पांडवों-शबरों को गले लगने में वहां के वृक्ष, लता कोलाहल करने लगे। परम संतोष में मैं सोच रही थी आदमी कितना महान होता है ! खुद को न पहचान वह स्वयं को कितना छोटा बना लेता है ?''

❑ ❑

मेरे हाथ में था अक्षयपात्र। पर मुझे दिन भर भूखे रहना पड़ता। क्योंकि मेरे भोजन कर चुकने के बाद पात्र में उस दिन के लिए भोजन समाप्त हो जाता। अतः सबके प्रातः भोजन, मध्याह्न भोजन, रात्रि भोजन के बाद अनागत अतिथि-अभ्यागतों की प्रतीक्षा में आधी रात गए तक निष्ठापूर्वक मुझे उपवास व्रत पालन करना होता। उसमें मुझे कोई भी दुःख न था। एक आदमी के भूखे रहने पर यदि करोड़ों को भोजन मिलता हो, उस एक का भूखे रहना श्रेयष्कर है। यही सोच प्रतिदिन अरण्य के लोगों, पशु-पक्षियों, कीट-पतंगों को भोजन कराती। हां, काम्यक वन में कीट-पतंग तक भूखे नहीं रहते। सबके बाद मैं अपनी भूख-प्यास भूल जाती।

अमृतमयी जननी होती है नारी। संतान के जन्म लेते ही पुरुष हो जाता है जनक और नारी हो जाती है जननी। पर उसके भूखे मुंह में अमृत का झरना झरा देती है नारी। पुरुष में ऐसी कोई शक्ति नहीं। अतः नारी मात्र अमृतमयी, अन्नपूर्णा होती है। औरों के भूखे पेट को भरने की स्पृहा और आनंद नारी की सहजात प्रवृत्ति होती है। मैं जब नारी हूं, फिर अन्नपूर्णा के अंश से मेरा जन्म है, औरों की भूख-प्यास मिटाना मेरे लिए आनन्द की बात है। अतः धर्मदेव ने मेरे हाथ में अक्षय पात्र दिया था। मैं उनके प्रति चिरकृतज्ञ हूं।

कभी-कभी मुझे अपनी संतान याद आ जातीं। अभिमन्यु और सुभद्रा का स्मरण हो आता। काम्यक वन के आबाल, वृद्ध, वनिता सब पंक्ति में बैठ भोजन करते। परोसते

समय मन में हल्का-सा दुःख उभर आता—मेरी संतानों को भोजन मिल चुका होगा ? उनके मन लायक भोजन कराती होगी सुभद्रा ? आज भी मेरे कनिष्ठ पुत्र सहदेव-सुत श्रुतासन के लिए वक्ष से दूध उतर आता। बनवास आने के उन दुःखद क्षणों तक मेरे वक्ष का दूध ही तो उसके प्राण थे। छोड़ आने का दुःख उसी के कारण सबसे अधिक है। सुभद्रा जरूर यत्नपूर्वक रखे होगी। सखा कृष्ण के राज्य में भोजन की क्या कमी है ! पर मां की छाती के दूध बिना मेरा लाल रोता होगा। दुबला हो रहा होगा। और लोग याद करते होंगे मेरे हाथ के पकाये भोजन को। अभिमन्यु तक बहुत खुश होता खाकर। सुभद्रा बच्चों का सारा दायित्व लेती। परन्तु भोजन मैं ही कराती उन सबको। शबर बालकों पर वात्सल्य उड़ेलकर मैं अपने पुत्रों से अलग होने का दुःख भुला देती।

काम्यक वन में शबरपल्ली से कुछ दूरी पर हमारी कुटी है। प्रतिदिन मैं शबरपल्ली जाती। उनके साथ अंतरंगता बढ़ रही है। मैं जिस दिन नहीं जाती हूं, वे सब हमारी कुटी तक चले आते हैं। पूछते हैं—''क्या अपराध हो गया ? आज दर्शन नहीं मिले !'' उनके सरल हृदय के निष्कपट प्रेम से बंध गई हूं।

किर्मीक के अनुचर किरात एवं विरात दोनों 'क्षत्रिय निधन' की प्रतिज्ञा भूल गए हैं। अब वे पांडवों के मित्र हैं, अनुचर हैं, काम्यक वन में अब न कहीं हिंसा है, न द्वेष। ऋषि-मुनिगण निर्विघ्न तप, योग आदि कर सकते हैं। उनकी पूजा होम आदि में शबरपल्ली के निवासी भी रुचि लेने लगे हैं। काम्यक वन आर्य-अनार्यों का मिलन पीठ बन रहा है। पांडव शबरों के वेश में सज जाते हैं। उनकी तरह वल्कल धारण कर लेते हैं। वस्त्राभूषण, चाल-चलन में भी शबरद होते जा रहे हैं। भीम ही मानो शबर दलपति बन गए हैं। मैं शबर रमणी की तरह वस्त्र धारण करती हूं। हम वहां एकाकार हो गए हैं। उनके पर्व-त्यौहार, पूजा-व्रत में हम भाग लेते हैं। भूल गए हैं कि हम किसी राजवंश की आर्य संतान हैं ! भूल ही गई कि हम इंद्रप्रस्थ से आये हैं या कभी लौटना है वहां।

बस संतानों की बात रह-रहकर कष्ट देती। शबरपल्ली में चलते-फिरते शिशु देखकर याद आ जाते शिशु। वक्ष से दूध उतर आता। कष्ट से ज्वरग्रस्त हो जाती। सोचती यदि संतान विरह मेरे भाग्य में लिखा था तो फिर छाती से दूध क्यों नहीं सूख गया ? शबरपल्ली में देखती कोई मां अपने शिशु को स्तनपान करा रही है, मेरी छाती में दूध उतर आता। आंख में आंसू भर जाते। मैं पति से पूछती—''और कब तक यह कष्ट है ?''

युधिष्ठिर मेरी मर्मवेदना समझते हैं। निरासक्त योगी की तरह कहते—''याज्ञसेनी ! मन को उदार बनाओ। विशाल बनाओ। इस जग की सारी संतान अपनी समझो। देखना फिर पांच पुत्रों के विरह का दुःख विचलित नहीं करेगा। तुम मां हो—जन्मदात्री हो, अमृतमयी हो। मां का हृदय सागर की तरह विशाल होता है। वात्सल्य की वन्या बहा दो पृथ्वी के अगणित दीन, दुखी, पतितों के लिए। सबको स्नेह दान दो। देखना फिर तुम-सा सुखी कोई न होगा पृथ्वी पर।''

वेदवाक्य की तरह होती हैं युधिष्ठिर की बातें। उनका हर आदर्श वंदनीय है, पर ग्रहण कैसे करूं ?

मन को ढाढस देने के लिए युधिष्ठिर की बातें सोचकर वात्सल्य बहा देती रबशपल्ली

के कोने-कोने में।

विरात शबर के जुड़वां पुत्र थे कंबु और जंबु। दोनों सूखे कंकाल थे। देखकर करुणा हो आयी। इतने सुंदर फल-फूलों भरे वन में ये दोनों ऐसे दुबले-पतले क्यों हैं ? फर्श पर लेटे टुकुर-टुकुर देख रहे थे मेरी ओर। सूखी अंगुलियां मुंह में रखे चूस रहे थे। इसमें कौन-सी क्षुधा मिटेगी उनकी ? रुक-रुक कर रो पड़ते। किरात की स्त्री श्रिया से पूछा—"इनकी मां क्या जंगल में गई है ? ये इतने दुबले क्यों हैं ? मां क्या इनकी देखभाल नहीं करती ?" श्रिया ने करुणा में बताया—"हां, गई है। पर लौटेगी नहीं। बहुत दिन हुए। बाघ उठा ले गया। दोनों तब दो महीने के थे। अब मैं ही मां हूं इनकी। हृदय की सारी ममता देने पर भी दूध नहीं उतरता मेरी छाती से। मैं अभी तक मां बनी ही नहीं हूं। अतः इन्हें मां का दूध कहां से दूं। इसी से इनकी यह दशा है। ये क्षीण होते जा रहे हैं। कोई उपाय ही नहीं दिखता।" सजल नेत्रों से श्रिया देख रही थी उन्हें।

मैंने आव देखा न ताव—फर्श पर बैठ गई। गोद में ले लिया। छाती से लगाया दूध बह चला—"बहन, बुरा न मानना। मैं इन्हें बचाऊंगी।"

देखकर श्रिया आनंद में भर गई—"अरे इसमें बुरा क्या मानना ? यह तो सौभाग्य की बात है ! पर..."

"पर ?" मैंने शंकालु हो पूछा।

श्रिया ने नम्र हो कहा—"आप आर्य नारी हैं। अनार्य शिशु के मुंह में अमृत देने पर आपका धर्म तो नष्ट नहीं होगा ! एकलव्य वाली बात तो जानती हैं !"

मैंने हाथ पकड़ श्रिया से कहा— "बहन, पिछली बातें भूल जाओ। आर्य-अनार्य आदमी के बनाये भेद हैं। रक्त सबका एक है। मां का दूध सबका एक है। मुझे पुण्य अर्जन का अवसर दो।"

श्रिया ने स्थिर चित्त कहा—"हमारे यहां भोजन करना होगा। शिशु को दूध देती मां का भोजन अलग होता है। दूसरा भोजन शिशु के लिए हानिकारक होता है। अतः आप वह भोजन ग्रहण करेंगी तो ? आर्य नारी होते हुए अनार्यों के घर का भोजन कैसे ग्रहण करेंगी ?"

मैंने करुण होकर कहा—"श्रिया ! प्रभु राम ने शबरी का जूठा खाया था। उनकी महिमा तो ऊनी नहीं हुई ! मेरे पति भीम ने हिडिंबा दानवी से विवाह किया है। अर्जुन ने पाताल कन्या उलूपी को वरा है। स्वर्ग-मर्त्य-पाताल के लोगों से हमारी मित्रता है, बंधन है। अतः तुम्हारे यहां का भोजन मैं अमृत समझकर स्वीकार करती हूं और दोनों शिशुओं के मुंह में अमृत की धार देना चाहती हूं।"

देखते ही देखते श्रिया ने भोजन परोस दिया। मैंने बिना किसी बात का विचार किए भोजन कर लिया। फिर दोनों शिशुओं को दूध पिलाया। खूब शांति से लौटी और युधिष्ठिर की बात की सच्चाई समझ सकी। उस दिन के बाद से सबके भोजन कर चुकने पर मैं शबरपल्ली जाती। श्रिया के साथ बैठकर भोजन करती, फिर जननी के हृदय का सारा वात्सल्य उड़ेल देती। अबोध शबर शिशु क्रमशः पुष्ट होते गए। बड़े होने लगे। तुतलाते-से मुझे मां ...मां कहकर पुकार उठते। मैं जगज्जननी अन्नपूर्णा कहलाती हूं ! जननी के पास तो सब शिशु समान हैं। वहां जाति-धर्म, राजा-प्रजा का

भेद भाव कैसा। मैं अब सुखी हूं। जननी के पास आदमी का एकमात्र परिचय है संतान-अमृतमय संतान !

❑❑

भाद्रव कृष्ण अष्टमी ! सखा का आज जन्मदिन है। द्वारका में चल रहा होगा महोत्सव। मां कुंती भी कृष्ण की जन्मतिथि का खूब आडंबर के साथ पालन करती हैं। अक्षयपात्र में भांति-भांति के मिष्ठान बनाकर काम्यक वन के पशु-पक्षियों में वितरण किये। कहीं कोई अतिथि न आ जायें, इसलिए संध्या तक प्रतीक्षा करती रही। कंबु और जंबु को गोद में लेकर मिष्ठान्न खिलाये। वे अब स्वस्थ हैं। बड़े हो गए। अन्यान्य चीजें भी खाने लगे हैं। उनके खा लेने के बाद अचानक याद आ गए सखा। चंदन चर्चित हो वनमाला धारण किए वे खूब सुंदर दिखते होंगे ! देवकी-वसुदेव उत्साह के साथ मिष्ठान्न वितरण करते होंगे। आनंद उत्सव के बीच हमारी याद रहेगी सखा को ? कहां द्वारका अधिपति पुरुषोत्तम श्रीकृष्ण और कहां राज्यहीन, अरण्यवासी पांडव एवं उनकी पत्नी द्रौपदी !

वनवास के दिनों में बीच-बीच में आकर हालचाल पूछ जाने का वादा किया था, विदा करते समय ! कहां–अब तक तो एक बार भी दर्शन नहीं हुए उनके ! आज सखा, आपकी जन्मतिथि पर बार-बार स्मृति इतना अस्थिर क्यों किए दे रही है ! वह कमनीय रूप बार-बार नाच उठता है स्मृति पटल पर ! मेरे हाथ का बनाया भोजन ग्रहण करने में आपको जितनी रुचि, मुझे आपके लिए भोजन बनाने में क्या कोई कम श्रद्धा रहती है ! काम्यक वन में हम आये तब से कितने ही अतिथि समय-असमय में आते रहे हैं। अक्षय-पात्र की करुणा से उन्हें यथोचित आहार प्रदान संभव होता रहा है। आज भी अनेक आराधित होकर गए हैं। पर मन नहीं भरा। हृदय तृप्त नहीं हुआ। कैसे भी तो अन्दर कोई कह रहा है–'अतिथि आयेंगे, अतिथि पधार रहे हैं–ज़रूर आयेंगे...'

रात बहुत हो गई। मैंने भोजन किया नहीं। फाल्गुनि कहते हैं–"कृष्णा, अब और कितना विलंब करोगी ? अब कौन अतिथि आयेंगे इतनी रात में ! अब भोजन कर लो। दिन भर परिश्रम किया है। इस अरण्य में साधु-संन्यासी, शबरपल्ली के आबाल, वृद्ध, वनिता, कीट-पतंग, सबको समभाव से श्रद्धा सहित भोजन कराया है। अब किसकी प्रतीक्षा ?"

मैंने दृढ़ता से कह दिया–"मन कहता है, सखा आते हों।"

"इस असमय में ?"

"सखा के आगे हर समय शुभ घड़ी होती है। क्या आप नहीं जानते ?"–मैंने उलाहना दिया।

फाल्गुनि ने स्नेह से मेरा हाथ पकड़ लिया–"सखा को क्या मुझ से भी अधिक प्रेम करती हो ?"

"यही प्रश्न मैं करूं आपसे ?"

"उत्तर होगा–हां। सखा मेरे प्रिय से प्रिय हैं, प्रियतम हैं।"

"मैं भी यही कहूंगी। पर सखा के प्रेम की कोई संज्ञा, कोई सीमा-सरहद, कोई पार्थिव तुलना मेरे पास नहीं।"

फाल्गुनि ने मुझे नेह में भरकर कहा—"कृष्णा ! सखा के प्रति तुम्हारे प्रेम के कारण मैं उनसे ईर्ष्या नहीं करता। ईर्ष्या होती है तुमसे। मुझे डर है कि प्रेम की पराकाष्ठा में तुम मुझे भी लांघ सकती हो। और सखा के आगे मुझसे अधिक प्रिय तुम हो जाओगी।"

मैंने हंसकर कहा—"स्वामी ! आप में मैं हूं। मुझ में आप। हम दोनों में कोई सखा का प्रियतम हो, हमारा क्या हर्ज है ? वरन् एक अगर प्रिय होता है, इसमें दूसरे का लाभ होगा।"

अब की बार रसिकता छोड़ उन्होंने अनुरोध किया—"भोजन कर लो।" फिर भी मन में कुंठा थी। कहीं सखा आ ही गए तो ? फिर क्या दूंगी ?

फाल्गुनि ने अभय किया। कहा—"आ ही जायें, तो वे आज के दिन अब तक अभुक्त रहेंगे ? द्वारकाधीश कृष्ण के पास भोजन की कमी रही होगी। जो इतनी रात गए काम्यक वन में मांगने आयेंगे ? यदि कृष्ण को भोजन कराने की इच्छा हो रही है, तो जो रखा है एक बार फिर मेरे लिए परोस दो। मैं जो ग्रहण करता हूं, पहले सखा को ही अर्पित करता हूं। मेरी सांस उन्हें अर्पित है। तुम्हें ग्रहण करने से पूर्व सखा को अर्पित किया है। मैं जो खाता हूं, सखा पहले उसका स्वाद पाते हैं, मैं जो अनुभव करता हूं, उसे वे पहले उपलब्ध कर लेते हैं। मेरे अन्दर सखा को देखने की कोशिश करोगी तो उन्हें पा जाओगी। लाओ परोस दो। पता नहीं दुबारा भूख लगती है या नहीं।"

सच, इतनी रात देर तक सखा की प्रतीक्षा में बैठने का कोई अर्थ नहीं। मैं भी जानती हूं, कृष्ण-अर्जुन भिन्न-भिन्न रूपधारी होते हुए भी एकात्म हैं, अभिन्न हृदय हैं। खूब यत्नपूर्वक, परम श्रद्धा सहित, हृदय में कोमल ममता का स्पर्श देते हुए पवित्र प्रेम की मधुरता मिला अवशिष्ट भोजन परोस दिया फाल्गुनि के आगे। पहले कृष्ण को अर्पित कर फिर भोजन ग्रहण किया उन्होंने। उनका उच्छिष्ट ग्रहण कर मुझे परम शांति मिली। अक्षयपात्र को साफ कर यथास्थान रख दिया। कृष्ण के स्मरण में ही लेट गई।

पता नहीं जाग्रत थी या नींद में—मोहन वंशी हृदय में कहीं सुनाई पड़ी—चंदन चर्चित पीतांबर पहने कृष्ण खड़े हैं मेरे सामने। दोनों हाथ अंजलि किए मांग रहे हैं। कहते हैं—"सखी, गले में अमाप तृष्णा है, सुमधुर जल से यह तृष्णा मिटने वाली नहीं। तभी वर्षा, तूफान की परवाह न कर इतनी दूर तुम्हारे पास आया हूं। सुना है, काम्यक वन में तुम अमृतमयी जननी बन गई हो। तुम्हारे अमृत झरने में जल-थल आकाश के कीट-पतंग कोई अभुक्त नहीं रहता। जंबु एवं कंबु की तो जीवनदात्री हो गई हो। तुम्हारे हृदय में संजीवनी है। कल्याणी, आज जन्मतिथि पर मेरे गले में अमृत की तृष्णा जागी है। मेरी तृष्णा मिटाकर मुझे धन्य करो।"

मैं रोमांच में उल्लिसित हो उठी। अपने अंदर मैं यशोदा मां का अस्तित्व अनुभव कर रही थी। कौन हूं ? कृष्णा या यशोदा ? देखा—मेरा सारा द्वंद्व समेटे सामने बाल गोपाल खड़े हैं। मुखमंडल पर सारे विश्व की पवित्रता अपूर्व शोभामयी खिल रही है। माखन-दही के चोर बाल कृष्ण चिरौरी कर रहे हैं अमृत के लिए ? मेरे वक्ष से अमृत झर रहा है। अनायास-अंजलि भर कृष्ण कर रहे हैं अमृत के लिए ? अमृतपान—मेरी संतान के रूप में पधारे हैं कृष्ण यहां ! जननी हृदय की व्यथा दूर की है मुझे अमृतमयी बनाकर। मैं वात्सल्य में डूब कह उठी—कृष्ण...कन्हैया...कान्हा..."

फाल्गुनि ने छूकर जगा दिया। कहा—"क्यों स्वप्न में भी कृष्ण...कृष्ण...कहकर बौरा रही हो !"

मैं विह्वल हो कह उठी—'कृष्ण ! नहीं मैं अपने शिशु को बुला रही थी। मेरे पांचों पुत्र आये थे...कृष्णवेश में। अमृत मांग रहे थे। तंद्रा भरे नेत्रों में मैं देख रही थी कृष्ण में अपनी संतान। स्वप्न में ही वक्ष का अमृत संतान के मुख में उड़ेलकर हृदय भर गया था। सचमुच अमृत से मेरा वसन भींग गया था।

मेरा स्वप्न सुन अर्जुन ने कहा—"तुम्हारे अन्दर की उदार करुणामयी मां कृष्ण में सारे संसार के शिशुओं को अमृत दे रही है। नींद में लेट कर भी संसार के भूखे शिशुओं की बात सोच रही हो, तुम्हारी महानता की तुलना नहीं।"

हमारी बात हो ही रही थी कि सखा दिख गए।

बाहर कृष्ण पक्ष अष्टमी का घना-स्याह अन्धेरा, भाद्रपद की अविराम वर्षा, मगर राज्यहीन वनवासी पांडवों की कुटी में नील दीपशिखा की तरह बैठे हैं परमपुरुष सखा कृष्ण !

अर्जुन ने विस्मय पलक में रोमांचित होकर कहा—"सखा, घोर दुर्दिन में असमय द्वारका छोड़ अरण्य में कदम कैसे रखे ?"

कृष्ण मंद-मंद मुस्कान में कह उठे—"जो ऐसे दुर्दिन में मां की निर्भय कोख छोड़ धरती पर उतर आया, उसके लिए समय-असमय जैसा क्या है ? उसके लिए भी कहीं कोई स्थान अगम्य है ?"

"परन्तु अचानक आगमन का उद्देश्य ? द्वारका में सब कुशल तो हैं ? भद्रा एवं पुत्रगण आनन्द में तो हैं ?" अर्जुन ने पूछा।

कृष्ण ने शांत स्वर में कहा—"सब कुछ ठीक है। परन्तु मेरे आने का उद्देश्य कुछ और है। अचानक कृष्णा के हाथ का पकाया भोजन याद आ गया। सोचा मेरी जन्म तिथि है, इससे भांति-भांति के सुमधुर मिष्ठान्न बनाये होंगे। मन में बहुत लोभ हुआ। अतः चला आया। दिन भर कृष्णा के हाथ के भोजन के स्मरण में ही डूबा रहा। मैं इसी में अभूक्त रह गया। लगा, जैसे कोई प्रतीक्षा कर रहा है। झड़-वर्षा की क्या बिसात ! मैं चला आया। देखो न समूचा भीग गया।"

सखा के अंग में पीताम्बर चिपक गया है। कुंचित केशों से अविरत जल बिन्दु झर रहे हैं। अर्जुन घबराकर सखा की परिचर्या में लग गए। अपना शुष्क वसन उन्हें पहना दिया अविलम्ब। पांव पोंछ कर केश और देह सारी पोंछ डाली। पर मैं तो निकम्मी बैठी हूं ! आधी रात ! अब सखा को क्या परोसूं ? मेरे भोजन के बाद अक्षयपात्र खाली हो गया है। मन करता है कलेजा निकाल कर रख दूं। परन्तु सखा, तुम्हें भोजन कहां से परोसूं ? अर्जुन की बात में पड़ क्यों खाने बैठ गई ! दिन भर उपवास की तो आदत पड़ गई है। वैसे ही कुछ देर सो जाती तो क्या बिगड़ जाता ? मेरे हाथ का बना भोजन करने कितनी दूर से आये हैं ! अब क्या देकर इन्हें तुष्ट करूं ?

अर्जुन का वस्त्र पहने सखा ठीक उनके जैसे दिख रहे हैं। दिव्य आसन पर बैठे अनजान बने कहते हैं—"सखी ! विलंब नहीं सह पाऊंगा। क्षुधा में प्राण निकल रहे हैं।" देखा, मेरे नेत्र छलछला आये हैं। कुछ बोल नहीं रही। अर्जुन के प्रति खीझ भरी है, सखा पर भी। इतनी रात गए कोई अतिथि आयें, नींद से उठाकर भोजन परोसने

को कहें, यह साधारण सौजन्य से बाहर की बात नहीं ! फिर भी सखा जानते हैं कि अक्षयपात्र खाली होने के बाद याज्ञसेनी अन्नपूर्णा नहीं रह जाती। जान-बूझकर वे मुझे दिक्कत में डालना चाहते हैं। उनकी इच्छा...

फाल्गुनि समझ रहे हैं मेरे मन की दशा। चिंतित स्वर में पूछा—"सखा ! कृष्णा को हैरान करने वर्षाती रात में मन कर लिया ? कृष्णा के जीवन में इस बीच जो कुछ हो गया, उससे मन नहीं भरा ? आपके अनजाने क्या संसार में कुछ हो पाता है..."

सखा ने अर्जुन की बात पर ध्यान नहीं दिया। मेरी ओर देख कहने लगे—"जरा-सा भी भोजन नहीं रखा ? सोचा था—जन्मदिन पर कुछ तो रखोगी। सब खा-पी कर सो गई। मेरा मन नहीं मानता।"

मैंने मान में भर कहा—"हां अतिथि अभूक्त रहने पर अभिशाप देते हैं। दे दो अभिशाप। सादर ग्रहण करूंगी। अभिशप्त ही जीवन है जिसका उसे अभिशाप का क्या डर ?

सखा ने हंसी बिखेर कर कहा—"कौन कहता है कि तुम्हारा जीवन अभिशप्त है ? देखें, सखी अपना हाथ दिखाओ ! हस्तरेखा में कहां है तुम्हारा भविष्य ?"

मैं कुछ कहती, पहले ही उन्होंने हाथ उठा लिया मेरा। दुःख और मान में भरी सोच रही थी—वापस खींच लूं। तभी अर्जुन ने कान में धीरे-से कह दिया—"दिखा दो हाथ, सखा को ! उनकी गणना बहुत सही होती है। फिर तुम्हारा हाथ देखने में ही भूल जायेंगे अपनी भूख-प्यास। अतिथि का अभिशाप पाने से भी बच जाओगी।"

मेरा हाथ सखा के हाथ में है। अंगुली की पोर देख रहे हैं। देखा, कोई अन्न का कण मेरी अंगुली के अग्रभाग में लगा है ! क्लांति के कारण जल्दबाजी में हाथ धोये थे। अन्नकण कैसे भी रहकर सूख गया है ! जूठन लगा हाथ सखा के हाथ पर से संकोच में हटा रही हूं कि सखा ने वही कण मेरे हाथ से ले लिया। प्रसाद की तरह ग्रहण कर लिया।

मैं अवाक् ?—यह क्या कर रहे हैं—मेरा उच्छिष्ट...मुझे पाप में डुबो देंगे। पर कहां मेरे कहने तक तो सखा परम तृप्ति में पेट सहला रहे थे।

हंसकर बोल उठे—"ओ हो ! सखी ! तुम्हारे हाथ के बने अन्न का एक कण यदि इतना गुरुभोजन ! तो फिर अधिक खा लेने से अजीर्ण अवश्य हो जायेगा। अच्छा हुआ जो भोजन समाप्त होने के बाद आया हूं।"

मैं अपनी असावधानी पर खुद को धिक्कार रही थी। उधर सखा तृप्ति से डकार लेकर मेरे पकाये भोजन की प्रशंसा कर रहे थे। मैं स्तंभित उनकी इस अलौकिक शक्ति की बात सोचती रही। मेरा पाप-पुण्य, धर्माधर्म का विचार सब उनके आगे धुंधला पड़ रहा था। हमें विश्राम लेने को कह स्वयं भी विश्राम लेने लगे। प्रभात से पूर्व ही विदा हो गए।

सखा के इस नाटकीय प्रवेश और प्रस्थान का रहस्य जान सकी अगले दिन। देवर्षि नारद पधारे थे। सखा की बंधु-वत्सलता की भूरि-भूरि प्रशंसा कर रहे थे। बन्धु को दुर्वासा के ब्रह्मशाप से बचाने सखा घोर वर्षाती रात में अगम्य अरण्य में आये थे, मेरा उच्छिष्ट ग्रहण किया था।

दुर्योधन की सेवा से तुष्ट होकर दुर्वासा उसके अनुरोध पर दस हजार शिष्यों

के साथ कल आधी रात गए कम्यक वन पहुंचे। प्रभात से पहले अक्षयपात्र खाली है, वे जानते थे। पांडवों के अतिथि बने। सारे शिष्यों के लिए अविलंब भोजन की व्यवस्था करने पांडवों से कहते। पांडव लाचार होकर दुर्वासा के क्रोध के शिकार होकर अभिशाप में ध्वंस होते।

दुर्योधन जानता है, आधी रात में अक्षयपात्र खाली हो जाता है। मैं अन्नपूर्ण नहीं रह जाती अतः यही समय दुर्वासा के ब्रह्मशाप के उपयुक्त होगा। पर विपद बंधु कृष्ण जिसके सखा हैं, वे दुर्वासा के शाप से क्यों जलने लगे ? मेरे नख में रह गए अन्न कण को ग्रहण कर कृष्ण का विश्वात्म तृप्त हो गया। और विश्वात्म तृप्त होते ही दुर्वासा एवं उनके दस हजार शिष्य भी तृप्त हो गए। अरण्य में प्रवेश करते न करते उदर की भूख मिट गई, पेट गले तक भर लगा। यह सब कृष्ण की ही माया है ! वे समझ गए। दुर्वासा शिष्यों को लेकर लज्जा में भरे लौट गए चुपचाप।

नारद से सुनकर मैं पुलक में भर उठी। कृष्ण मेरा उच्छिष्ट लेकर पाप दें मुझे, पर मेरे पति ब्रह्मशाप से बच गए ! मन कृष्ण के चरणों में अनायास झुक गया।

❑❑

कवच-कुंडलधारी कर्ण की प्रतिज्ञा है—अर्जुन को निहत करूंगा। कवच-कुंडल सहित जन्म लेने के कारण वह अपराजेय है। अतः दुर्वासा के अभिशाप द्वारा पांडवों के निधन का षड्यन्त्र विफल होने के बाद दुर्योधन ने फिर से कर्ण की प्रतिज्ञा याद करा दी। कर्ण ने गुरु गम्भीर स्वर में कहा—"पांडवों के निधन का प्रथम सोपान है अर्जुन वध। पृथ्वी की कोई शक्ति उसे मृत्यु मुख से बचा नहीं सकती। अर्जुन के वध के लिए ही मेरा जन्म है। स्वयं भगवान भी उसे मुझसे नहीं बचा पायेंगे। भगवान ही यदि सब करते तो आदमी को फिर इतने अंग-प्रत्यंग, मस्तिष्क आदि क्यों देते ?"

वीर कर्ण की प्रतिज्ञा वज्रनिनादि की तरह चारों ओर आर्यावर्त्त में फैल गई। मां कुंती दुःख में म्रियमाण हो गईं। उनका कातर विलाप कृष्ण के कानों में पड़ा। कृष्ण तक दुःख पहुंचने के बाद कोई चिन्ता नहीं रह जाती। मैं हर बात—उन पर छोड़ कर बैठी थी। अरण्यवासी पाचों पांडव कर्ण की प्रतिज्ञा से विमर्ष हो चुके थे।

अचानक देवर्षि नारद ने खबर दी कि कर्ण अब कवच-कुंडल-युक्त नहीं रहा। अतः अर्जुन का नहीं, कर्ण का जीवन विपन्न है। अर्जुन के पिता इंद्र कर्ण की प्रतिज्ञा सुन ब्राह्मण वेश में कर्ण के पास पहुंचे, दान में कवच-कुंडल मांग लाये। कवच-कुंडल ही कर्ण की शक्ति थे। सब जानकर भी दाता के अहंकार में कर्ण ने अपनी शक्ति और सौन्दर्य को अर्जुन के पिता को अकुंठचित्त दे दिया !

अर्जुन का जीवन निष्कंटक जानकर मैं निश्चिन्त थी, पर हृदय के निभृत कोने में कहीं करुण स्वर रह-रह कर बज उठता था। उफ ! कर्ण यदि अनाथ न होता, उसका पितृपरिचय यदि होता ! उसके पिता भी पुत्र-रक्षा के निमित्त कुछ न कुछ ज़रूर करते। मगर वह असहाय, अनाथ ! जानबूझ कर स्वयं को मृत्यु के मुंह में धकेल दिया ! मां कुन्ती को इससे क्या सुख मिलेगा ? कर्ण उनका धर्मपुत्र है !

नारद ने कहा—"कर्ण ने इंद्र से शत्रुघातिनी एकघ्नी प्राप्त कर ली है अतः कर्ण के बारे में दुःख की बात नहीं।"

मैं फिर अर्जुन और पांडवों के लिए उद्विग्न हो उठी। कैसा अजीब है आदमी का मन ! कर्ण की अर्जुन वध सम्बन्धी प्रतिज्ञा सुन पतियों के लिए दुश्चिन्ता में पड़ी। फिर कवच-कुंडल दान की घटना ने कर्ण के लिए व्यथा और सहानुभूति में द्रवित कर दिया। अगले क्षण फिर कर्ण को शत्रुधातिनी शक्ति पाने की बात से फिर पांडवों के लिए चिंतित हो उठी।

चिंता और द्वन्द्व में मैं मथी जा रही थी। सखा इसी बीच आ पहुंचे। मुझे देख कह उठे—"किसके लिए चिंतित हो—कर्ण या अर्जुन के लिए ? दोनों समान योद्धा हैं, शूरवीर हैं। एक कुंती पुत्र, तो दूसरा कुंती का धर्मपुत्र ! मैं जानता हूं मां कुंती की आंखों में धर्मपुत्र कर्ण और स्वपुत्र अर्जुन समान हैं। तुम भी क्या समदृष्टि से देखती हो ?"

अचानक कर्ण को लेकर ऐसी रसिकता कर बैठेंगे, कभी सोचा तक नहीं। पहले तो एकदम सिटपिटा गई। चेहरा थोड़ा लाल पड़ गया। सो भी सखा से छुपा न रह सका। अगले क्षण स्वयं को सम्हाला—"सखा, आदमी का मन लकड़ी या पत्थर का बना तो होता नहीं। नारी हृदय सहज ही कोमल होता है। मां में जिसके लिए इतनी ममता, सहानुभूति है, वे कितने ही बड़े शत्रु हों उनकी मृत्यु मुझे सुख नहीं देगी। मृत्यु शायद शत्रु के लिए उचित दंड नहीं। जन्म-मृत्यु आदमी के हाथ में नहीं होते। आदमी वह दायित्व क्यों ले अपने हाथ में ? भेद, द्वेष, विराग का समाधान मृत्यु हो सकती। अतः कर्ण के लिए मेरे मन में सहानुभूति जागना स्वाभाविक है। फिर उसे शत्रुघातिनी शक्ति पाने की बात पर अर्जुन के प्रति दुश्चिन्ता में डालना और भी स्वाभाविक है।"

सखा ने हंस कर कहा—"कर्ण ने कभी तुम्हें नदी जल में डूबने से बचाया था। अतः उसके प्रति सहानुभूति रहेगी ही। अकृतज्ञता आदमी को पशु बना देती है। खैर, अर्जुन की चिन्ता नहीं करो। कर्ण उस शक्ति को सिर्फ एक बार प्रयोग कर सकेगा। फिर वह शक्ति लौट जायेगी इंद्र के पास। उस एक बार में कर्ण यदि लक्ष्यभ्रष्ट हो जाये, तो ?"

कृष्ण के बंकिम अधरों पर कुटिल हंसी देख थोड़ी आश्वस्त हुई। सोचा—कृष्ण के रहते अर्जुन को डर कैसा ? अगले क्षण कहा—"कभी वीर कर्ण का जीवन बचाने का मुझे अवसर मिले तो मन से यह ऋण का बोझ उतर जाये। मेरे प्राण बचाकर उसने मुझे ऋण के बोझ से दबा दिया है। ऐसा अवसर आयेगा भी या नहीं ? ज़रूरत पड़ी तो अपने जीवन के बदले कर्ण की रक्षा कर ऋणमुक्त होना चाहूंगी। जिनके आगे मैं ऋणी, मेरे पति उनके शत्रु, यह सोचकर ही मन ग्लानि में भर उठता है।

कृष्ण ने गहरी दृष्टि से देखकर कहा—"गलत समझ रही हो सखी ! तुम्हारे पति कर्ण के शत्रु नहीं हैं। कर्ण तुम्हारे पतियों का शत्रु है। कर्ण चाहे तो पांडवों का परमबंधु बन सकता है। बस अर्जुन के प्रति असूया के कारण उसने कौरवों से हाथ मिलाया है। अहंकार को पौरुष मानकर अपनी मृत्यु को बुला रहा है। कभी उसका जीवन-मृत्यु तुम्हारे हाथ में सौंप दिया जाये तो वह मृत्यु ही वरण करेगा, तुम्हारी दया, अनुकंपा को ठोकर मारने में पीछे नहीं हटेगा। अहंकार ही कर्ण का बड़ा शत्रु है।"

ऋण भार कष्टदायी होता है, अहंकारी पुरुष के पास ऋणभार मृत्यु से अधिक

यंत्रणादायक होता है। सोचा—उस दिन मर जाना अधिक अच्छा होता। यमुना के स्रोत में जीवन स्रोत मिला देती तो इतनी ग्लानि, इतने द्वंद्व, इतनी दुश्चिन्ता से बच जाती।

❑ ❑

पांडवों में सदा हस्तिनापुर का सिंहासन वापस लेने पर चर्चा होती रहती। मगर युधिष्ठिर उसमें भाग नहीं लेते। मुझे इस मौन पर गुस्सा आ जाता। सोचती—जिनकी अदूरदर्शिता के कारण अर्जुन, भीम, नकुल, सहदेव, आदि वीर एवं द्रुपदनंदिनी मैं—राज्य से विताड़ित हो अरण्य में विचर रहे हैं। वे इस अन्याय के प्रतिकार पर कुछ सोचते ही नहीं ! क्षमाशील हृदय ईश्वर का वासस्थल होता है। परन्तु शत्रु एवं पापी को क्षमा दिखाना क्षत्रिय धर्म नहीं। सिर्फ मृदुता या उग्रता दिखानेवाला आदमी सुपुरुष नहीं होता। पुरुष को जहां ज़रूरी हो मृदु और जहां ज़रूरी वहां उग्र होना ही चाहिए। मेरे मुंह से ऐसी बात सुन कर युधिष्ठिर शांति से कहते—"भरतवंश के विनाश का समय आ गया है। दुर्योधन राजपद पर है, वह क्षमा नहीं कर सकता। राजा स्वयं यदि क्षमा को आश्रय नहीं देता है तो वह स्वयं अक्षम्य अपराधों और दुराचार में लिप्त हो जाता है। और उससे देश एवं जाति दोनों विनाश के कगार पर पहुंच जाते हैं। अतः मैंने क्षमा का सहारा लिया है। अहिंसा और सत्य को आश्रय दिया है। देखें भरतवंश विनाश से बच पाता है क्या ? तभी मेरी साधना सफल होगी। काम, क्रोध, लोभ—तीन हैं नर्क के द्वार। क्रोध और लोभ वश होने पर किसी कामना का अन्तिम फल नहीं मिलता। अतः हमें शांतचित्त हो भाग्य परिवर्तन के शुभ समय तक प्रतीक्षा करनी होगी। वनवास आरम्भ होते न होते हस्तिनापुर पर कब्जे की बातों पर विचार क्यों ?"

मैं क्षुण्ण हो कहती—"कर्म के बिना क्षणिक सुख या नित्य सुख कुछ नहीं मिलता। भाग्य भी कर्म से ही नियंत्रित होता है। कर्म किए बिना भाग्य कैसे बदलेगा ? वनवास के अन्त में अपना खोया हुआ सम्मान कैसे लौटायेंगे, इसकी अभी चिन्ता किए बिना पांडवों की तब रक्षा कैसे होगी ?"

युधिष्ठिर और भी शांत होकर कहते—"धर्मः रक्षति रक्षिताम" अर्थात् धर्म में रहो तो धर्म ही रक्षा करेगा। अतः मैं धर्म को किसी भी स्थिति में त्याग नहीं सकूंगा। तुम विदुषी हो। धर्मरक्षा का महत्व तुमसे बढ़कर कौन समझेगा ?"

मैं मान कर छलछलाए नेत्रों से कहती—"सखा साक्षी हैं, ये धर्मराज ज़रूरत पड़ने पर चारों भाइयों और पत्नी को भी छोड़ देंगे, धर्म नहीं छोड़ेंगे ! मगर धर्म उनकी कैसे रक्षा करता है इसका ज्वलंत उदाहरण मेरी लांछना, हमारा अरण्यवास, कर्ण द्वारा अर्जुन वध के लिए शत्रु घातिनी प्राप्त करना है ! पांडव कैसे जीयें, यह बात भी कभी विचलित नहीं करती धर्मराज को।"

कृष्ण के सामने हम इस तरह बातें कर रहे थे कि गुरुदेव कृष्ण द्वैपायन आ पहुंचे। मुझे धीरज देकर बोले—"बेटी ! कृष्णा ! पत्नी के रूप में पंचपतियों की जय-पराजय, जीवन-मरण की बात पर द्वंद्व एवं दुःख पाना जितना स्वाभाविक है, युधिष्ठिर का सब सुन अविचल रहना भी उतना ही स्वाभाविक है। फिर भी तुम लोगों की दुश्चिन्ता दूर करने मैं यहां आया हूं। कर्ण जैसे शूरवीर के साथ लड़ने के लिए पांडवों के पास खूब अस्त्र-शस्त्र न होने की बात पर चिंतित होना स्वाभाविक है। अतः मैं युधिष्ठिर

को आज श्रुतिम्मृति विद्या सिखा रहा हूं। इसे वे अर्जुन को सिखायेंगे। अर्जुन इस विद्या के बल से इंद्र, महादव, यम, वरुण और कुबेर को प्रसन्न कर दिव्यास्त्र प्राप्त कर सकेंगे। आग्नेयास्त्र विद्या पाने के बाद अर्जुन को कर्ण की शत्रु घातिनी से डरने की कोई बात नहीं। क्यों, बेटी इस बात से सहमत हो ?"

मैंने चुपचाप सिर हिला कर हां भरी। श्रीकृष्ण, देवर्षि नारद और वेदव्यास विद्यादान कर लौट गए।

❑ ❑

फाल्गुनि विदा ले रहे हैं। गांडीव और अक्षयतूणीर लिये गिरिराज हिमालय की ओर जा रहे हैं—कठोर साधना कर तिथास्त्र प्राप्त करने। सब भाई प्रसन्न मुख विदा दे रहे हैं। मेरे मन में प्रश्न उठता है—इतने भाई रहते अर्जुन पर कठोर साधना का भार क्यों लादा गया ? इंद्र, महादेव, यम, वरुण, कुबेर आदि पंचदेवों से विभिन्न शक्तिशाली दिव्यास्त्र पाने का भार पांचों एक-एक कर नहीं बांट सकते थे ? फाल्गुनि वीर हैं, निष्ठापर हैं और शक्तिशाली हैं। तो क्या उनका कोई सुख नहीं ? जीवन का आधा भाग कट गया वनवास में, कठोर साधना में। सोचा था, कुछ वर्ष अरण्यवास बन जायेगा। सिर्फ फाल्गुनि ही तो इन सब में अधिक कविप्राण हैं, अधिक भावुक हैं। वे हिमालय चले जायेंगे तब अरण्यवास का असली कष्ट मेरे लिए शुरू होगा। बार-बार मेरे अति प्रिय पुरुष को दूर ले जाने में प्रकृति को क्या मिलता है ? मुझे कष्ट देने में, मेरे प्रतिप्रेम में व्याघात पैदा करने में नियति कितनी निष्ठुर बन जाती है ! अर्जुन को दृष्टिपथ से दूर कर भी वे हृदय की आँखों से ओझल नहीं होते। शायद यह बात अदृष्ट नहीं जानता। जानता तो ऐसी निष्ठुरता करता ! सोच कर ही हृदय कांप उठता है।

फाल्गुनि को स्थिरचित्त से, प्रसन्न वदन से विदा देनी होगी। आज वे कोई मान कर हिमालय की ओर नहीं जा रहे हैं, अभिलाषा में जा रहे हैं। मैंने पूछा—"कब तक लौटोगे ?" पिछली बार तो जानती थी कि बारह वर्ष प्रतीक्षा करनी होगी। मगर अब की लौटने की कोई सीमा नहीं।

फाल्गुनि ने शांत स्वर में कहा—"एक वर्ष के अज्ञातवास से पहले ज़रूर। साधना और सिद्धि के बारे में पहले से कैसे कुछ कहा जा सकता है ?"

"तो फिर ?"

"पांच देवों की बात है। पांच वर्ष से पहले लौटने की संभावना नहीं। उसके बाद की बात कहना मुश्किल है। तुम चिंता क्यों कर रही हो ? मैं न रहूं तो भी और चार पति तो हैं। इस समय वे वनवासी की तरह सारे जंजाल से मुक्त हैं। उनके साथ वन के झरने की तरह अबाध सुख में तुम्हारा समय कट जायेगा, कृष्णा। अतः तुम्हारी ओर से मुझे चिंता नहीं। आज सोचता हूं मैं अकेला विवाह करता, तो तुम्हें कितनी मुश्किल हो जाती ? पांडव परिवार में ऐसे लम्बा समय लेने वाले मुश्किल काम मुझे ही करने पड़ते हैं। तुम सुख से रहोगी तो मेरी साधना में भी एकाग्रता आ सकेगी।"

मैं सुख से रहूंगी—अर्जुन के विरह का दुःख चार पतियों के मेल में भूल जाऊंगी। अबाध झरने की तरह सुख में समय काट दूंगी—अर्जुन का कैसा ख्याल है ! इसी बात पर तो और भी दुःख होता है। प्राणों के देवता को कैसे समझाऊं कि उनके स्वामित्व

का जो विशेषत्व मेरे लिए है, वह और चारों से अलग है।

इस संसार में कौन किसके मन की बात समझता है ? मेरे मन का दर्द अर्जुन नहीं समझते, इस बात पर दुःख करने के सिवा कोई चारा नहीं। मैं जिन्हें हर पल पास चाहती हूं, उन्हें अदृष्ट बार-बार दूर कर देता है। कृष्ण की उपस्थिति में व्यासदेव ने जो निर्देश दिया था, उसे सिर झुकाकर ग्रहण करने के सिवा और क्या उपाय था। विवाह के बाद कदम-कदम पर लड़ना पड़ा है। पतियों की सुरक्षा की बात सोचते-सोचते चिंता में समय गुजारा।

अब अर्जुन के लिए फिर उनींदी रातें काटनी होंगी। सोचा था, पति के साथ वनवास का कष्ट कम होगा, मगर आज से अर्जुन के विरह में सौगुना कष्ट भोगूंगी।

फाल्गुनि ने छलछलायी आंखों से कहा–''कृष्णा, चलता हूं शुभ कार्य के लिए। दिव्य अस्त्र पाकर लौटने के बाद तुम बनोगी हस्तिनापुर की राजरानी। कर्ण का अहंकार टूटेगा। कर्णवध करके तुम्हारे अपमान का प्रतिशोध लूंगा। कौरवों के सारे काम में षड्यंत्र करनेवाले होते हैं शकुनि, मगर मुख्य परामर्शदाता होता है कर्ण। तुम निश्चिन्त रहो, मेरा वध करने से पहले कर्ण जीवित नहीं रहेगा।''

कर्ण-वध निश्चित है–मैं जानती हूं। कृष्ण जहां, विजय वहां–यह भी जानती हूं। कर्ण-वध के लिए जो योजनाएं शुरू हुई हैं वे सफल होंगी, इससे धर्म की जय होगी। फिर भी कर्ण-वध वाली बात हृदय में हलचल पैदा कर देती है। मां कुंती के हृदय में कर्ण के प्रति गहरी ममता ने शायद मुझे प्रभावित किया है। सब कुछ अदृष्ट पर छोड़ दिया। हंसते-हंसते पति को विदा दी। विदा बेला में नारी सुलभ संशय प्रकट कर कहा–''सुना है, देवताओं से वर पाने के लिए स्वर्ग तक जाना होगा। वहां रंभा, उर्वशी, मेनका आदि अनंत-यौवना रूपसी अप्सराएं हैं। देखो, पिछली बार जैसा ब्रह्मचर्य न रखना ! पिछले वनवास की बात और थी। अब की जा रहे हैं बड़ा लक्ष्य लेकर। कामना आदमी को क्षणिक सुख देती है, पर लक्ष्यस्थल पर नहीं पहुंचाती।''

अर्जुन ने रसिकता में कहा–''क्यों ? रूपसी अप्सराओं से ईर्ष्या हो रही है ?''

''ईर्ष्या होना अस्वाभाविक नहीं ? मैं क्या नारी नहीं ? आदमी नहीं ?''

''कौन जाने क्या होगा ? बड़े-बड़े महर्षियों का तपोभंग हो गया है अप्सराओं के दर्शन से। मैं तो मामूली-सा गृहस्थ आदमी हूं। फिर स्त्री दूर हो–इसमें पुरुष का दंभ कितना टिक सकता है ?''

अर्जुन की रसिकता पर गुस्सा आ गया।

जलती निगाह से पति को देखकर कहा–''सोचती हूं, अप्सराओं के साथ केलि की खबर पाकर तो प्राण दे दूंगी। पिछली बार देख चुके हो। मैं जानती हूं, कृष्णा के अदृष्ट में पति, घर-बार किसी का सुख सहज नहीं होता। परन्तु असुविधा तुम्हें होगी। पिछली बार जिससे प्रेम किया, उससे विवाह कर पौरुष का बहाना बनाया। मगर अप्सराओं के प्रेम-जाल में पड़ गए तो फिर विवाह का सवाल नहीं उठता, सिर्फ बदनाम ही होओगे।''

फाल्गुनि ने मेरे दोनों हाथ पकड़ कर कहा–''कृष्णा ! कृष्ण-सखा फाल्गुनि को तुम अब तक नहीं पहचान सकीं ! उसके मन को नहीं जान सकीं। समय आने पर समझ जाओगी।''

फाल्गुनि के स्पर्श में उनके हृदय की पवित्रता लिखी थी। मेरे ईर्ष्यातुर नारी-प्राण ऊर्ध्वमुख हो गए उस स्पर्श से।

❑ ❑

फूल उद्यान में खिलते हैं या मन के आंगन में ? सुवास फूल की पंखुड़ी में होती है या मन की पंखुड़ी में ? कुहू-तान कोकिल के स्वर में होती है, या मनतंत्री में बजती है ? वसंत वास्तव में होता है या भावना में चित्रित होता है ?

पता नहीं कैसे प्रकृति की शोभा, संगीत की झंकार और मन का स्वप्न सब खो गए मेरी आंखों के आगे से—अर्जुनहीन अरण्य-जीवन में। तीर्थयात्रा के लिए प्राण व्याकुल हो रहे थे। सोच रही थी कि तीर्थयात्रा के समय साधना में लीन योगनिष्ठ सव्यसाची के सौम्य रूप का दर्शन मिल सकेगा। उसी में मोहाविष्ट स्थिति में कुछ काल कट जायेगा। तीर्थयात्रा के लिए युधिष्ठिर को कई बार अनुरोध करने के बाद वे तैयार हो रहे थे। बीच-बीच में तीर्थ भ्रमण करते-करते ऋषियों से अर्जुन की खबर मिल जाया करती थी। अर्जुन हिमालय में साधना कर रहे हैं। उनकी कुशलता का संवाद पाकर व्याकुलता और भी बढ़ जाती है। हिमालय के निकटस्थ दुर्गम अरण्य में पहले तपस्या की, फिर वीरत्व का प्रदर्शन कर वीर फाल्गुनि ने शिव से पाशुपतास्त्र प्राप्त किया है। सुनकर हम सब उत्फुल्ल हो उठे। फिर यम से दंडास्त्र, वरुण से वरुणपाश, कुबेर से अंतर्धानकारी ओज, तेज एवं द्युतिकर प्रस्वापन अस्त्र बहुत कम दिन में प्राप्त करने की खबर मिली। लगता था, अब अर्जुन जल्दी ही लौट आयेंगे। पिता इंद्र से दिव्यास्त्र पाने में विशेष देर नहीं लगेगी। प्रतिदिन, प्रतिपल मैं उनके स्वागत की प्रतीक्षा में रहती। रातों उजागर रही। लगता था, बस आ रहे हैं। उदित सूर्य की आभा में, अस्त सूर्य की कोमल ललित बिदा-छटा में, ज्योत्सना की रोशनी में, वर्षा के संगीत में...रातों सपना देखती—चीख उठती मैं...''फाल्गुनि, तुम्हें नहीं छोडूंगी। न राज्य चाहिए, न धन, न दौलत ! तुम सिर्फ मेरे पास रहो। विरह में जीवन का इतना भाग बीत गया। और बचा ही कितना होगा हमारे इस सीमित जीवन का ? कम से कम इस आखिरी हिस्से में तो तुम मेरे पास रहो।''

भीम मेरी वाचालता पर खीझ उठते। पकड़कर कहते—''कितनी ही विदुषी हो, नारी तो नारी ही होगी। फाल्गुनि को आंचल में बांधकर रखोगी तो तुम्हारे अपमान का प्रतिशोध कैसे लिया जायेगा ? अन्याय और अधर्म को कैसे मिटायेंगे ? छिः पांचाली, तुम इतनी कमजोर हो, इतनी सुखलोभी...''

भीम की डांट-डपट से मेरे कटे घाव रिसने लगते। मुक्त केश बोझिल लगते। शत्रु-विनाश की प्रतिज्ञा में याद आ जाती चरम लांछना की बात। मैं आपे में आती। कहती—''सत्य, सत्य, त्रिबार सत्य। अब और अर्जुन को बिसूर कर उनकी साधना में बाधा पैदा नहीं करूंगी।''

नकुल मेरे विरह की हंसी उड़ाते। सहदेव कहते—''बस करो नकुल ! याज्ञसेनी ठीक समय पर ठीक कर्तव्य करती हैं। प्रतिदिन बड़े भैया युधिष्ठिर के मन में प्रतिशोध की आग को उकसाती रहती हैं, उसमें घी डालती रहती हैं। वरना बड़े भैया जैसे अहिंसा और क्षमा के अवतार कभी प्रतिशोध का नाम लेते ? अब याज्ञसेनी को विरहिणी के

वेश में देखकर परिहास कर रहे हो ! उनका वास्तविक रूप तुम देख लोगे तो घबरा जाओगे। जितनी कोमल हैं, उतनी ही कठोर भी। क्षमाशील जितनी, प्रतिशोध-परायण भी उतनी ही हैं। समय देखकर कार्य करती हैं। इस समय विरह ऋतु का वर्णन कर काव्य रचने के सिवा कोई काम नहीं। वे काव्य रच रही हैं। फाल्गुनि के लौटने पर कुछ तो भेंट देंगी।'' सच, मैं इसी बीच 'विरह ऋतु' नामक काव्य पूरा कर चुकी थी, इन सब भाइयों को पता हो गया था ! हट...क्या सोचते होंगे ये !

भीम तो काव्य की बात सुनते ही चिढ़ने लगे—''पांचाली, मैं भी हिडिंबा के पास जा रहा हूं। मेरे बारे में एक काव्य जब तक न लिख लोगी, नहीं लौटूंगा। क्या लिखोगी ? या मुझसे मुक्ति पाकर चैन की सांस लोगी ?''

नकुल हंस पड़े—''तो फिर वह काव्य होगा—'द्रौपदी-विलाप'। यानी तुम्हारे विरह में वे किस तरह विलपती हैं, वही लिखा होगा।''

भीम खुशी में कहते—''ठीक है, मेरे विरह में द्रौपदी का विलाप ! गगन-पवन भेद कर वह स्वर मुझ तक पहुंचेगा। और वह विलाप सुन हिडिंबा ईर्ष्या में भर कर ऐसा विलाप करेगी कि हस्तिना में दुर्योधन तक घबरा उठेगा। वह समझेगा, उसी का अदृष्ट विलाप कर रहा है।''

भीम की बात पर नकुल चपलता में भर हंस उठते। मगर सहदेव गंभीर स्वर में कहते—''भीम नारी के विलाप को ही प्रेम का प्रमाण समझते हैं, मगर द्रौपदी को हम सबमें भीम ही सर्वाधिक खुले मन से चाहते हैं। इच्छा होते हुए भी हम द्रौपदी से जबरन प्रेम नहीं ले सकते, जबकि भीम जब चाहते हैं, द्रौपदी में हलचल मचा देते हैं। हमारे दांपत्य की वार्षिक शर्त के बावजूद भीम द्रौपदी पर कम जुल्म नहीं करते। फिर भी इस बात पर क्षुब्ध होने पर भी उनकी सबसे अधिक आस्था और भरोसा भीम पर ही है। क्यों, झूठ कहता हूं ?''

सब भाई मिलकर मेरी ओर देखते। होंठ भींचे हंसकर मेरी विरह-वेदना को हटाने की कोशिश करते। पत्थर की मूर्ति की तरह शांत सब सुनते, सब देखते निर्विकार युधिष्ठिर। समय कट जाता—मगर अर्जुन नहीं लौटते। संवाद भी नहीं मिलता। हिमालय से लौटते संन्यासी बताते कि वे नगराज छोड़कर जा चुके हैं। वहां जब तक रहे, शांति से रहे। अब कहां हैं, कोई नहीं बता पाता। प्रतीक्षा की लम्बाई बढ़ती जाती है। व्याकुलता अब उत्कंठा बनती जा रही है। मैं ही नहीं, युधिष्ठिर सहित सब अर्जुन का संवाद पाने की उत्कंठा से प्रतीक्षा कर रहे हैं। मैं तो एकदम फल, जल त्याग कर प्रतीक्षा कर रही हूं। कौन देगा अर्जुन की वार्ता ?

ईश्वर-प्रेरित की तरह उस दिन अपराह्न में लोमश मुनि आकर कुटी के द्वार पर खड़े हुए। अर्जुन का समाचार उनसे मिल गया। मेरी दशा देखकर कहा—''देवी द्रौपदी ! चिंता त्याग दें। तुम्हारे योग्य पति हिमालय से कार्य समाप्त कर अब स्वर्ग में परम आनंद से हैं। कौरवों का दमन करने के लिए अनेक अस्त्र-शस्त्र जुटाने में लगे हैं। उनका कार्य समाप्त होने पर है।''

''तो अर्जुन स्वर्ग में क्यों रुक गए ?'' मैंने व्याकुल स्वर में पूछ लिया। लोमश मुनि ने शांत एवं उदार भाव से कहा—''इतने दिनों के बाद पुत्र को पास में पाया है इंद्रदेव ने ! जीवनभर तो उनका पुत्र अरण्य-वास और दारिद्रय में रहा। अब पहुंचा

है स्वर्ग राज्य में। अतः देवराज ने उन्हें कुछ दिन वहां रहकर विश्राम करने का अनुरोध किया है। पिता का अनुरोध मान लिया है। अमरावती में इंद्र की सभा देखकर अर्जुन अचंभे में भर गए। गंधर्वों का सामगान, रंभा, मेनका, स्वर्णप्रभा, उर्वशी, चित्रसेना, कुंभयोनि, बरूथिनी, मित्रकेशी, चित्रलेखा, पदुमयोनि आदि अनंत-यौवना अप्सराओं के नृत्य-गीत में मोहित हो विह्वल अवस्था में हैं। पिता इंद्र के परामर्श पर गंधर्वराज चित्रसेन से नृत्य, गीत, वाद्य आदि की शिक्षा ले रहे हैं। शिक्षा समाप्त होते ही लौटेंगे। लौटते समय वहां से वज्र, अशनि आदि अस्त्र प्राप्त कर लायेंगे। अतः किसी बात की आशंका न करें।''

अर्जुन की कुशल-वार्ता पाकर राहत मिली। मगर वे स्वर्ग में हैं ! वे रंभा, मेनका, उर्वशी, चित्रलेखा के बीच विलास में हैं ! मुझे नरक-सी दाहक यंत्रणा होने लगी। मेरे पति को भोग-विलास में उलझा देंगी वे संगीत और नृत्य के बहाने। उन पर अभिसंपात काटने लगी मैं। क्यों नहीं इनका वंशनाश हो ! सोचने लगी मैं कि कहां तो शत्रुनाश के लिए अस्त्र-शस्त्र-संग्रह और कहां नृत्य-गीत की शिक्षा ? स्वर्ग-सुख छोड़कर कोई लौटेगा ? भला द्यूत-क्रीड़ा के समय मेरे अपमान की बात उन्हें स्मरण होगी अब ? उनके भाई और स्त्री गृहहीन होकर समय बिता रहे हैं, क्या उन्हें याद रहेगा ? अपने विचारों में मग्न बैठी थी। अपने दुःख में उबलती रही। कल्पना के नेत्रों से पति का स्वर्ग देखते-देखते नरकवास को श्रेय कर रही थी।

मेरे उदास चेहरे को देख सहदेव बोल उठे—''भैया के लिए चिंता न करो ! वे कुंतीपुत्र फाल्गुनि हैं ! अपमान की ज्वाला कभी नहीं भूलेंगे। अधर्म का लोप किए बिना वे स्वर्ग में भी शांति नहीं पा सकते।''

सहदेव के दर्दीले स्वर से आंसुओं का बांध टूट गया। मैंने आंसू बहाते हुए कहा—''आप उन मोहिनी नर्तकियों की बात नहीं जानते। एक बार उनके चक्कर में पड़कर उबर पाना कठिन है। अर्जुन अस्त्र-शस्त्र लेने गए, फिर नृत्यसंगीत की ओर कैसे झुक गए ? अब हमारी ओर लौटने की बात क्यों नहीं याद करते ?''

सहदेव ने धीरज बंधाया—''अर्जुन पर से विश्वास खोना ठीक न होगा। वे किसके सखा हैं, जानती हो ? अर्जुन पर से विश्वास खोने का अर्थ है कृष्ण पर से विश्वास खोना। अर्जुन ने अब तक जो कुछ किया है, आर्यावर्त्त के मंगल के लिए। समय आने पर नृत्यगीत शिक्षा में भी वैसा ही कोई मंगल सिद्ध हो सकता है। किसी विषय में हो, शिक्षा महत् कार्य में लग सकती है। अब यदि अर्जुन यहां लौट आयें, तो भी समय न होने तक बड़े भैया हस्तिना नहीं लौटेंगे, चाहे कितने ही शक्तिशाली क्यों न हो जायें हम। तेरह वर्ष वनवास भोगना होगा। अतः अर्जुन के प्रत्यावर्तन की बात पर उद्विग्न होने की क्या ज़रूरत ? स्वर्ग में रहें कुछ समय आराम से। हम में एक तो कम से कम आराम-सुख से रहे कुछ समय।''

मैं चुप थी, कैसे समझाती सहदेव को कि अर्जुन की पादसेवा ही मेरी कामना है। उनके सख्य बिना सबकुछ सूना-सूना लगता है। फिर भी सहदेव की बात से आशा बंधी—ज़रूर लौटेंगे अर्जुन। मैं ही नहीं, सुभद्रा भी तो प्रतीक्षा में है। फिर सुभद्रा तो प्रिय सखा कृष्ण की लाड़ली बहन है। मेरे लिए न सही, सुभद्रा के लिए तो ज़रूर लौटेंगे—यही सोच डूबते मन को भरोसा देती रही।

परन्तु आदमी का मन इतना ज़िद्दी होता है कि सहज ही कुछ मानता नहीं। दिन कट जाता लोमश मुनि के साथ तीर्थ-भ्रमण में। परन्तु रात भर वेदना से नींद पास नहीं आती। जब क्लांत होकर तंद्रा घेर लेती, दुःस्वप्नों की कतार लग जाती। कभी कुरुसभा में लांछना और अपमान का दृश्य उभर आता। कभी जाता-जल से निकाल हस्तिनापुर में सम्मानपूर्वक छोड़ आते कर्ण का दृश्य। कभी दिखता, पुत्र बिसूर रहे हैं, आंचल पकड़कर ज़िद कर रहे हैं—हम मां को नहीं छोड़ेंगे। और फिर कभी दिख जाते अर्जुन—अप्सराओं से घिरे। नृत्य-गीत-विशारद बन चुके हैं। गंधर्वों को भी मात दे रहे हैं। अप्सराओं के बीच अर्जुन वैसे ही दिखते जैसे गोपियों के बीच रसिकराज कृष्ण लगते।

नींद टूट जाती। हर स्वप्न की बात सोच फिर दुःख नये सिरे से टीस पैदा करने लगता। मगर मन का दुःख किसी को कह नहीं पाती। माया या नितंबिनी भी यहां पास में नहीं हैं। अतः कविता ही मेरी प्रिय सहचरी होती है। हृदय की व्यथा को कविता में घोलकर मैं कुछ सांत्वना पाती। वर्ष पर वर्ष बीतते जाते।

अर्ज़ुन फिर नहीं लौटे हैं।

❑ ❑

मेरा मन सहदेव समझते हैं। मन बदलने के लिए वे स्थान बदलने का परामर्श देते हैं और लोमश मुनि के साथ तीर्थ-भ्रमण का। कुछ दिन नैमिषारण्य में रहने के बाद प्रयाग, गया, गंगासागर होते हुए समुद्र के किनारे-किनारे पश्चिम में हम प्रभास तीर्थ पहुंच गए। वहां कृष्ण, बलराम और यादवों ने स्वागत किया। प्रभास में सखा के आतिथ्य और सुख के बीच सारा दुःख कहीं लोप हो गया। खुले मन से सखा के साथ बातों में अर्जुन पर भरोसा लौट आया। नयी आशा और उत्साह लेकर हम आगे बढ़े।

विपाशा नदी पार कर हिमालय की ओर सुबाहु के राज्य में पहुंचे। तब मैं बहुत क्लांत और दुर्बल हो चुकी थी। दुःख और चिंता में अर्धाहार और अनिद्रा, फिर वन के कष्ट ! परिश्रम के कारण मेरा स्वास्थ्य गिर गया। एक क़दम भी चलने की शक्ति नहीं रही।

गंधमादन पर्वत की ओर अगम्य अरण्य है। पांडव उस तरफ बढ़ रहे थे। मैं प्रतिवाद नहीं कर पा रही थी। साथ हैं लोमश मुनि। कैसे कहूं—आगे नहीं चल पाती। लोमश मुनि को तीर्थ-भ्रमण का संदेश अर्जुन ने ही भिजवाया है। वह दायित्व युधिष्ठिर ने लिया है। मैं जी-जान से वह कर्तव्य पूरा कर रही हूं।

मुश्किल से कुछ दूर बढ़ी कि आंधी-तूफान आ गए। जान बचाने को किधर भी ठिकाना नहीं दिखा। भीम मेरे पास-पास हैं। एक बाहु पकड़े हैं पेड़ की छांह के नीचे। मगर दुर्योग आता है तब सपरिवार आता है। पेड़ भी हमें आश्रय नहीं दे पाया। भरभरा कर गिर पड़ा, भीम बच गए, पर मैं चोट खा होश खो बैठी। पता नहीं, कब तक अचेत रही। आंख खोलकर देखा तब तक आकाश निर्मल था। तूफान शांत।

पति सिरहाने बैठे हैं। पास कोई सुन्दर किशोर बैठा है। जी-जान से पादसेवा में लगा है। देखते ही मुझे पुत्र स्मरण हो आये। किस भागवान का है यह कुंवर ! कौन हैं इसके जनक ! और मेरी पादसेवा किसके आदेश पर कर रहा है ?

वात्सल्य में जी भर गया। धीरे-से पूछा—"बेटे, कौन हो ? अपरिचित नारी की पादसेवा के लिए किसने कहा ? कोई भी हो, मैं तुम्हारी मां हूं। बेटे के सिवा कुछ सोच ही नहीं पाती। अपना परिचय तो दो बेटे !"

किशोर ने सलज्ज स्वर में कहा—"पुत्र कहकर तो आपने स्वयं मेरा परिचय दे दिया। आप मां हैं, बस यही है मेरा परिचय।"

मैंने धीर स्वर में पूछा—"फिर भी तुम्हारे सौभाग्यशाली पिता और जन्मदात्री ? उनसे भेंट करने में क्या आपत्ति है ? तुम जैसे सपूत को जन्म देकर कोई भी मां गौरवान्वित होगी। मैं उसे अभिनंदित करना चाहूंगी।"

रूपवान किशोर ने भीम की ओर देखा। भीम मृदु मुस्कान में दिखे। ऐसी स्निग्ध मुस्कान भीम के चेहरे पर पहली बार देख रही थी।

जब भी हंसते हैं वे अट्टहास करते हैं। पर आज मैं उनके व्यक्तित्व की यह और दिशा देख रही हूं। चेहरा प्रशांत, उज्ज्वल, पितृत्व के गौरव में महिमामय। स्निग्ध स्वर में कहा—"हिडिंबापुत्र वीर घटोत्कच ! मां याज्ञसेनी को प्रणाम करो। पिता का परिचय मां याज्ञसेनी से करा सकते हो। मगर राक्षसी हिडिंबा का हस्तिनापुर की राजवधू द्रुपद-राजनंदिनी पांचाली से परिचय न कराना। क्योंकि हिडिंबा को देखते ही राजनंदिनी राजवधू विदुषी आर्य-कन्या कृष्णा अपनी शिक्षा-दीक्षा और संस्कार भूलकर राक्षसी हो जायेंगी। फिर दो राक्षसी के आमने-सामने होने पर हमारी तीर्थयात्रा की योजना खत्म हो जायेगी।"

भीम की रसिकता पर सब हंस पड़े। घटोत्कच ने मुझे प्रणाम किया। तुरन्त मैंने गोद में ले लिया उसे। स्पर्श से ही मैं अपने पांचों पुत्रों के स्पर्श का सुख अनुभव कर वात्सल्य-ममता में भर उठी। गले लगाकर कहा—"बेटे घटोत्कच, तेरी महीयसी जननी को प्रणाम। वन-जंगल का निवासी होकर भी तुम सरीखा भद्र, नम्र और शिष्ट बालक ! कैसी शिक्षा दी है, यही उनका परिचय है। मुझ पर गुस्सा होने पर भीम तुम्हारी मां हिडिंबा के पास चले आते हैं। कितना परेशान करते होंगे उन्हें ! सो मैं अच्छी तरह जानती हूं। हिडिंबा को शत-शत प्रणाम, कोटि-कोटि धन्यवाद कहना। हस्तिनापुर लौटने के बाद कौरवों के साथ द्वन्द्व का समाधान हो जाने के बाद हिडिंबा के साथ पिता के राज्य में आना। इसके लिए निमंत्रण की जरूरत नहीं। यह तुम्हारा अधिकार है। भीम की बात सत्य मत मान बैठना। मत सोचना कि मैं सौतिया डाह में राक्षसी बनकर कलह करने लगूंगी। सुभद्रा मेरी सौत है, वह मेरे साथ इंद्रप्रस्थ में है। छोटी बहन की तरह है। तुम्हारी मां मुझसे उम्र और अनुभव में बड़ी हैं, वे बड़ी बहन हैं, नमस्य हैं। भीम के मुंह से तुम्हारी मां की भूरि-भूरि प्रशंसा सुनकर कभी-कभी ईर्ष्या ज़रूर हुई है। परन्तु आज तुम्हें देखकर मन में उनके लिए ममता और भक्ति ही है। मां को मेरे मन की बात कहना।"

घटोत्कच ने चुपचाप सुना। कंधे पर मुझे बिठा चलने लगा। मुझे असमर्थ देख भीम ने उसका स्मरण किया था। घटोत्कच मुझे फूल की तरह लिए पवन-वेग से पर्वतीय प्रदेश में चलता रहा। बहुत शीघ्र हम बद्रिका आश्रम पहुंच गए।

घटोत्कच ने विदा के लिए हाथ जोड़े। मैंने दीर्घजीवी होने का आशीर्वाद दिया।

हस्तिनापुर आने की बात याद करा दी। घटोत्कच को देखकर कुछ पल मैं अपने पांचों पुत्रों एवं अभिमन्यु की बात ही भूल गई।

❑ ❑

बद्रिका के प्राकृतिक परिवेश में मेरे संतप्त हृदय को चैन मिला। अर्जुन ने यहीं से स्वर्ग-यात्रा की है। अतः यह परम तीर्थ-भूमि है। यहां के ऋषि-मुनियों ने बताया कि अर्जुन पांच वर्ष बाद स्वर्ग से लौटेंगे। भगवान ही जानें, वहां पांच वर्ष में कौन-सा कार्य पूरा करेंगे। मैंने तो सोच लिया, यहीं पांच वर्ष प्रतीक्षा करूं। इस बात पर सभी सहमत हो गए। अर्जुन की वापसी के लिए जप-तप करने लग गए। निष्ठापूर्वक अर्जुन के प्रत्यावर्तन के लिए व्रत रखना शुरू कर दिया मैंने।

बद्रिका में मेरे व्रत के समय भीम के प्रेम का वास्तविक परिचय मिला। तब कुछ भी इच्छा करती, वे तुरंत पूरी कर देते। छाया की तरह साथ-साथ रहते। व्रत करने और फलाहार के कारण मेरी देह क्षीण होती रही, पर सौंदर्य और कांति दीपशिखा-सी उज्ज्वल-निर्मल-कोमल होती गई। भीम अपने कटुवाक्य भूल ही गए। भाषा ही मानो अब बदल गई। बड़े भैया की द्यूत-क्रीड़ा में आसक्ति, अदूरदर्शिता के कारण मैं इतना कष्ट पा रही हूं...इस तरह युधिष्ठिर की वे खुलकर भर्त्सना किया करते। उधर अर्जुन स्वर्ग में विलास-व्यसन में रह नृत्य-गीत के बहाने मुझे विरह में जला रहे हैं—इस बात पर उनकी भी भर्त्सना करते। नकुल-सहदेव मेरी खबर नहीं लेते, अपने-अपने काम में लगे रहते हैं—अतः उनको भी भला-बुरा कह डालते। भीम की पहाड़-सी काया में कोमल प्रेम की मंदाकिनी है मेरे लिए ! कभी-कभी अर्जुन का दुःख भुला देते भीम।

पांच वर्ष होने आये। भीम और मैं अरण्य में फिर रहे थे। अचानक हवा के साथ सहस्र पंखुड़ियों वाला सुनहले रंग का सुगंधित पद्म उत्तर-पूर्व कोण से उड़ता हुआ आकर मुझ पर गिरा। मधुर सुरभि और अपूर्व सौंदर्य से मैं मुग्ध हो गई। अनायास निकल गया मेरे मुंह से—"कोई सौ फूल ऐसे ला देता तो माला गूंथ कर अर्जुन के स्वागतार्थ सहेज कर रखती। निष्ठा एवं पवित्रता का जल सींच कुछ दिन सहेजकर रख सकती हूं, इतना विश्वास है।"

मेरे मुंह से बात पूरी हुई नहीं कि भीम पवन-वेग से उत्तर-पूर्व दिशा में कैलास पर्वत की ओर बढ़ गए।

देर तक भीम नहीं लौटे तो मैं विचलित हो गई। युधिष्ठिर को सारी बातें कहीं। युधिष्टिर चिंतित होकर सहदेव से पूछने लगे।

कैलास पर्वत पर कुबेर के सरोवर में खिले हैं स्वर्णिम पद्म। दुर्लभ फूल हैं। बिना किसी से पूछे सौ फूल तोड़ लिए। परन्तु कुबेर की अनुमति न लेने के कारण सरोवर-रक्षकों ने प्रतिरोध किया। भीम को क्रोध आ गया और अनेक रक्षकों का वध कर डाला। अभी भी उनसे लड़ रहे हैं।

यह समाचार सुन युधिष्ठिर चिंतित हो उठे। मुझे साथ लेकर कैलास पर्वत की ओर चलकर कुबेर के सरोवर के पास पहुंचे। भीम का युद्ध रोका। भीम पर खीझ उठे। बिना अनुमति के ऐसा काम करना ठीक न था। तब भीम ने कहा—"यह काम

वस्तुतः आपका है। पत्नी की इच्छा पूरी करना पति का धर्म है। द्रौपदी का मन स्वर्ण-पद्म पर हो गया। लाकर देना आपका कर्तव्य था। मैंने आपकी तरफ से वह कर दिया।''

युधिष्ठिर ने स्थिर स्वर में कहा—''व्रतचारी, वनवासी द्रौपदी का स्वर्णिम पद्म के लिए लोभ करना भी ठीक नहीं। तुम मालिक की अनुमति के बिना क्यों फूल तोड़ रहे थे ? धन, रत्न, स्वर्ण के लिए स्त्रियों के मन में लोभ होना स्वाभाविक है। अनुचित-उचित का विचार तब वे भूल जाती हैं। परन्तु पुरुष को लोभ में हिताहित नहीं भूलना चाहिए।''

भीम ने अपने कार्य की यथार्थता दिखाने के लिए कहा—''अरण्यवासिनी सीता ने कभी स्वर्ण-मृग के लिए मन किया। प्रभु राम ने पत्नी की इच्छा के लिए हिताहित की बात भुला दी। स्वर्ण-मृग के पीछे दौड़े। मैं तो मामूली आदमी हूं। पत्नी की इच्छा पूरी करने के लिए राम ने पत्नी की इच्छा शिरोधार्य कर स्वर्ण-मृग लाने की प्रतिश्रुति दी। याज्ञसेनी पंचपतियों की पत्नी है। सब शौर्य, वीर्य, पराक्रम में एक से बढ़कर एक हैं। परन्तु स्वर्णिम पद्म के लिए इच्छा की मैं कैसे उपेक्षा करता ? राजनंदिनी कृष्णा ने हमारे लिए क्या कुछ त्याग नहीं किया ? कितने दुःख सहे, लांछना झेली। राज्य से आते समय अलंकार उतरवाने का अपमान सहा। और यह ज़रा-सी इच्छा पूरी करना मेरी भूल है !'' भीम इसी बीच क्रोध में भर गए थे। उत्तेजना में फूल उठे थे।

युधिष्ठिर ने शांत, शीतल धीर शब्दों में कहा—''प्रभु राम स्वर्ण-मृग के पीछे चले। उसका अंतिम परिणाम क्या हुआ ? मां जानकी की स्वर्णकामना उन्हें कैसे दुःख और विपद में ले गई यह भी जानते हो। राम और सीता के जीवन में यहीं से दुःख का प्रारंभ होता है। अतः वही जगत के लोगों के लिए चेतावनी है। मैं यहां न पहुंचता तो तुम्हारा जीवन भी संकट में पड़ जाता। आगा-पीछा सोचे बिना वीरता दिखाना ठीक नहीं। विदुषी, विद्यावती, शास्त्रनिपुण याज्ञसेनी स्वर्ण के लोभ में हिताहित की बात भूल गई ! याज्ञसेनी का नारी-सुलभ यह स्वर्ण की ओर आकर्षण कभी हमारे विनाश का कारण बन सकता है। सोचा था—याज्ञसेनी साधारण राजकुमारियों से ऊपर है, पर...'' आगे युधिष्ठिर कुछ बोल नहीं पाये। मैं इधर लज्जा, ग्लानि, मान, पश्चात्ताप में म्लान पड़ चुकी थी। कठिनाई से आंसू रोक सकी। युधिष्ठिर ने भीम के अनुचित कार्य के लिए क्षमा मांगी।

कुबेर मेरी यह अवस्था देखकर दुःख से कहने लगे—''देवी द्रौपदी स्वर्ण-कमल चाहती हैं, भीम यह बात पहले कह देते तो मैं स्वयं दस लाख स्वर्ण-कमल भेजता। भीम ने किसी से कुछ कहा नहीं, मेरी अनुमति की ओर दृष्टि भी नहीं दी, स्वर्ण-कमल तोड़ने लगे, तब यह स्थिति हो गई। खैर, जो होना था, हो गया। अब भीमसेन अपनी प्राणप्रिय पत्नी को मन इच्छा स्वर्ण-कमल भेंट दे सकते हैं। इसके अलावा दस लाख स्वर्ण-कमल मैं देवी कृष्णा को अपनी ओर से उपहारस्वरूप दे रहा हूं। उनकी पादरेणु के स्पर्श से मेरे सरोवर के स्वर्ण-कमल और भी सुंदर हो उठे हैं। ये सुगंधयुक्त पंखुड़ीवाले कमल स्वर्ण से भी सौगुने मूल्यवान हैं। इन्हें सिर्फ देवी द्रौपदी को ही अकुंठचित्त उपहार में दे सकता हूं।''

मैंने प्रतिवाद किया। नम्र स्वर में कहा—''आपका उपहार मैं नहीं ग्रहण कर सकूंगी।

इस समय में धर्म-पुष्करिणी के तीर पर खड़ी हूं। यहां प्रतिज्ञा करती हूं कि कभी स्वर्ण, रौप्य, रत्नादि अलंकार धारण नहीं करूंगी और न उन्हें कभी विलास के रूप में उपयोग करूंगी। आप जानते हैं कि मैं अपनी प्रतिज्ञा पर सदा अटल रहती हूं। अतः क्षमा करना, ये कमल स्वर्णिम होने और बहुत मूल्यवान होने के कारण मैं इन्हें नहीं ले सकूंगी। वास्तव में आदमी का आभूषण अलंकार नहीं, अपने कर्म, व्यक्तित्व और गुण होते हैं। यह जानते हुए भी लोभ में पड़कर मैं भूल गई। युधिष्ठिर ने ठीक समय पर चेतावनी देकर कृतज्ञ कर दिया।''

कुबेर ने विनम्र होकर कहा–''देवि ! आप मेरी भेंट स्वीकार न करेंगी तो मुझे दारुण आघात होगा। एक तो वैसे ही कृष्ण के रूप में नाम है। आज इस तुमुल कांड के बाद आप खाली हाथों मेरे सरोवर के तीर से लौट जायेंगी, तो लोग मुझे क्या कहेंगे ? आप उपयोग करें या न करें, पर मेरे उपहार को स्वीकार कर मुझे अपनिंदा से बचायें। धन के अपव्यय का मैं पक्षधर नहीं, पर उपयुक्त कार्य में धन का विनियोग करने में कुंठित नहीं रहता। आप स्वर्णकमल किसी महत् कार्य में लगा सकती हैं।''

कुबेर की आंतरिकता देखी। अंधेरे में आलोक का मार्ग स्पष्ट हो गया था। काम्यक वन में पहुंचने के बाद मैं जिस स्वप्न को सत्य में परिणत करने का संकल्प किए थी, इतनी जल्दी संभव होगा ! मैंने विनम्र स्वर में कहा–''महाशय ! नगर-अधिवासी आर्यकुल एवं अरण्य के निवासी आर्येतर गोष्ठी के बीच समन्वय और सुसंपर्क के अभाव में आर्य-आर्येतर विचारधारा और जीवनप्रणाली में जो वैषम्य है, वह भविष्य के लिए शुभ नहीं होगा। अरण्य-अधिवासी शिक्षा और सभ्यता से दूर रहकर अपने को आर्यों से न्यून और हीन समझते होंगे, उधर आर्य अपने को आर्येतर लोगों से श्रेष्ठ मानते हैं। इसी भ्रम के कारण दोनों गोष्ठियों में शत्रुता बढ़ रही है। इनमें सद्भाव पैदा करने की कुछ भी कोशिश की जाये तो वे मित्रता का चरम निदर्शन करेंगे। इसका प्रमाण है–काम्यक वन में किर्मीक शबर के दल के साथ पांडवों का निवास और मित्रता। परन्तु संयोगपथ बिना सुसंपर्क बनाने में कई बाधायें आती हैं। यदि दुर्गम अरण्य में रास्ते की सुविधा हो जाती तो उनके साथ संपर्क बनाना सहज होता। वे भी नगर और तीर्थों में आना-जाना कर पाते। फलतः आर्य और आर्येतर लोगों, ऋषि-मुनियों, साधु-संतों में समन्वय स्थापित हो सकता। भावों का आदान-प्रदान, परस्पर उत्सव, विवाह, पर्व-त्यौहारों में भाग लेना संभव होता। इस तरह इनके बीच मैत्री-बंधन, विवाह-संबंध भी स्थापित हो सकता है। इससे विपन्न आर्यावर्त्त का बहुत कल्याण हो सकता है। अतः मेरा अनुरोध है, दस लाख स्वर्ण-कमल के मूल्य के विनिमय में काम्यक अरण्य, द्वैत अरण्य, नैमिषारण्य एवं हिमालय के विभिन्न स्थानों, ऋषि-आश्रमों एवं हस्तिनानगर के बीच संयोग स्थापित करनेवाले रास्तों का निर्माण हो जाता तो मेरा दूर का स्वप्न सफल होता। शबर, राक्षस आदि ऋषि-मुनियों की योग-साधना में बराबर बाधा खड़ी करते हैं, इसका एकमात्र कारण है समन्वय और संयोग का अभाव। आपका क्या विचार है ?''

युधिष्ठिर मुग्ध होकर सुनते रहे। कुबेर तो चमत्कृत थे। लोमश मुनि साधु-साधु कह मेरी बात का समर्थन कर रहे थे। नकुल चपलतापूर्वक हंसकर बोले–''दुर्गम पथ की यात्रा में याज्ञसेनी ने बहुत कष्ट उठाये हैं। अतः अरण्य में रास्ते, मंदिर, विश्रामगृह

बनाने की बात का प्रस्ताव दे रही हैं। हां, इनसे लौटते समय हमारा कष्ट अवश्य कम हो जायेगा। फिर सबका उपकार होगा।''

सहदेव ने मंद मुस्कान में कहा—''इससे आर्यावर्त्त के अनेक विवादों का समाधान हो जायेगा। आज इस घड़ी लोमश मुनि के पौरोहित्य में 'याज्ञसेनी-समन्वयमंडप' की नींव रखी जाये।

कुबेर हंसकर बोले—''आज के उत्सव का श्रीगणेश अब भीम करें। क्योंकि हिडिंब की बहन हिडिंबा से विवाह कर आर्य-आर्येतर सम्बन्धों की उन्होंने ही नींव डाली है। सबके प्रति समभाव ही भीमसेन का आदर्श है। याज्ञसेनी-समन्वय-मंडप की नींव वे ही डालें।''

मंगलध्वनि-पूर्वक सबने कुबेर की इस बात का समर्थन किया। लोमश मुनि के पौरोहित्य में समन्वय कार्य का शुभारंभ हुआ। पृथ्वी पर धर्म, सत्य, न्याय कौरवों के कारण विपन्न हो रहे हैं, ऐसे समय में इस तरह के कार्य की विशेष आवश्यकता थी। यह बात देवता भी स्वर्ग से पुष्पवर्षा कर जता रहे थे। हम पर आशीर्वाद बरसा रहे थे। हमारे लिए यह कम शक्ति और सांत्वना की बात न थी। हम कार्य संपन्न कर बद्रिकाश्रम लौट आये। वहां रहकर अर्जुन की प्रतीक्षा करने लगे।

❑ ❑

गन्धमादन पर्वत की गम्भीर उदासीनता मन को ऊर्ध्वमुख कर रही थी। मन करता—सदा ऐसे ही उदास मौन में प्रकृति की शोभा देखती रहती, खोयी रहती। गन्धमादन पर्वत के निकट हम पिछले कुछ दिन से प्रतीक्षा कर रहे हैं। पांच वर्ष पूरे हो गए अर्जुन के स्वर्ग में। गन्धमादन पर स्वर्ग से मर्त्य पर अवतरण करेंगे।

आकाश मेघाच्छन्न था उस दिन। नीले मेघों में फाल्गुनि की श्यामल रूपशोभा का चित्रण कर रही थी। अचानक आकाश से दिव्य आलोकमण्डल उभर आया। सुसज्जित रथ धीरे-धीरे आकाशमण्डल से गन्धमादन की ओर उतरता आया। इन्द्र के सारथी मातलि अर्जुन को लिये लौट रहे हैं। पांडव आनन्द में उत्फुल्ल हो उठे। मैं निष्पलक देखती रही अर्जुन का दिव्य ज्योति में उद्भासित अनुपम रूप ! स्वर्ग में पांच वर्ष रहकर उनका सौंदर्य एकदम दिव्य भाव से खिल रहा है ! नैसर्गिक ज्योति में वे उद्भासित हो रहे हैं। भीम आनन्द में अर्जुन को उठाकर नाचने लगे। अर्जुन मृदु मुस्करा रहे हैं। सब-कुछ उन्हें अनुपम लग रहा है।

बड़े भैया को प्रणाम किया। छोटों को आलिंगन में भर लिया। स्वर्ग से अनेक मूल्यवान उपहार लाये हैं। युधिष्ठिर के लिए लाए हैं स्वर्ग राज्य का नक्शा, राजनैतिक मानचित्र, शासन-सम्बन्धी अनेक कागजात। भविष्य में पृथ्वी पर स्वर्ग राज्य की प्रतिष्ठा युधिष्ठिर का लक्ष्य है। इन उपहारों से वे खूब प्रसन्न हैं। भीम के लिए हैं स्वर्ग के दुर्लभ अमृतमय मिष्टान्न, फल, मूल। भीम खड़े-खड़े ही खाने लगे। नकुल के लिए है इन्द्रभवन की रत्नजड़ी घोड़े की ज़ीन, आसन एवं शिकार के समय की पोशाक। सहदेव के लिए है ग्रह-नक्षत्रों की गतिविधि जानने का अद्भुत दर्पण। इसमें सब दिख जाता है। आगत भविष्य भी दिव्यदृष्टि में आ जाता है। उपहार पाकर सब खुश हैं।

मैं चुपचाप खड़ी हूं। अपलक देख रही हूं—किसी स्वर्गीय सपने में खोयी हूं। भीभ ने बीच में पूछा—"द्रौपदी के लिए कुछ है ?"

अर्जुन हंसते हुए मेरे पास आये—"तुम्हारे लिए ? क्या है, बोलो !"

मेरी आंखों से आनन्दाश्रु झर गए। मैंने कहा—"स्वर्ग की मोहिनी अप्सराओं से छूटकर आप लौट आये, यही बहुत है, और कुछ नहीं चाहिए मुझे।"

अर्जुन ने गले से रत्नखचित मणिमय माला निकाली। माथे पर से मूल्यवान मुकुट उतारा। अनेक रत्नखचित स्वर्ण-अलंकार रथ से निकाले। सब-कुछ आगे धर कर कहने लगे—"कृष्णा ! उस दिन तुम्हें निराभरण कर देह से अलंकार उतारे थे दुर्योधन के आदेश पर अहंकारी कर्ण ने। उस दिन प्रतिज्ञा की थी कि रत्नालंकारों से तुम्हें नख से शिख तक मंडित कर दूंगा। पांच वर्ष में देवों से कितने अलंकार उपहार में मुझे मिले हैं ! सब तुम्हारे लिए सहेजकर रखे हैं। पहनकर वनवास के बाद हस्तिनापुर लौटना।"

मैंने चुपचाप ग्रहण किये। लोमश मुनि की ओर गहनों की पोटली बढ़ा दी। कहा—"पति ! मैं प्रतिज्ञा नहीं तोड़ सकूंगी। अब कभी रत्नाभूषण धारण नहीं करूंगी। स्वर्ग से प्राप्त सारे अलंकार पृथ्वी पर मैत्री-बन्धन के पवित्र कार्य में लगेंगे।"

अर्जुन अवाक् देखते रहे। कुछ नहीं समझ सके। लोमश आर्य-आर्येतर समन्वय कार्य का पूर्वापर इतिहास बता रहे थे। अर्जुन आनन्द में विह्वल हो गए। युधिष्ठिर ने कहा—"सोच रहा था राजनन्दिनी द्रौपदी का ज्वालापूर्ण व्यक्तित्व सिर्फ क्रोध, अहंकार, प्रतिहिंसा, प्रतिशोध से ही परिपूर्ण है, परन्तु अब समझा—इसमें कितने मानवीय, अतिमानवीय भाव और अनुभाव हैं ! दया, क्षमा, करुणा और प्रेम की मंदाकिनी उनमें फल्गु की तरह अन्तःसलिला है। कितनी देर से जान पाया ! याज्ञसेनी की प्रेरणा से अब अरण्य का रूप ही बदल रहा है, आदमी-आदमी के बीच का भेद दूर हो रहा है।"

अर्जुन ने दोनों हाथ थामकर कहा—"कृष्णा ! तुम्हारी निष्ठा, एकाग्र प्रेम ही मुझे स्वर्ग की अप्सरा उर्वशी के प्रेमजाल को तोड़ निर्विकार बनाये रख सका है। परन्तु इसके लिए मुझे एक वर्ष का पौरुष उत्सर्ग करना पड़ा है। यह सुन कर तुम्हें दुःख होगा। फिर भी पिता की करुणा के बल पर जीवनभर के नपुंसकत्व की जगह एक वर्ष का नपुंसकत्व लेकर उर्वशी के कब्जे से छूट आ सका हूं। मेरा एक वर्ष का नपुंसकत्व तुम सहनशील मन से स्वीकार करोगी।"

मुझे गहरा दुःख हुआ सुनकर। फाल्गुनि भले स्वर्ग में रह जाते, परन्तु एक वर्ष पौरुष खोने का शाप तो नहीं लेना पड़ता। जिस पुरुष को संसार का श्रेष्ठ पुरुष मान स्वयं को अर्पित कर दिया, उनका विडंबित पुरुषत्वहीन एक वर्ष का जीवन कैसे सहूंगी ? सहदेव मेरा दुःख समझकर बोले—"दुःख न करो द्रौपदी ! सब तो उन्हीं के निर्देश पर होता है। भाई का यह अभिशाप अज्ञातवास में वरदान भी हो सकता है।"

अर्जुन ने शांत स्वर में कहा—"उर्वशी का प्रेम-निवेदन मैं टाल गया। उसने मुझे नपुंसक होने का शाप दे दिया है। परन्तु पिता के अनुरोध पर शापपूर्ण वाक्य को एक वर्ष के नपुंसकत्व में परिवर्तित कर दिया। पिता ने मुझे सांत्वना देकर कहा है, 'अज्ञातवास में उर्वशी का शाप वरदान का ही काम करेगा।' अब सहदेव की बात पिता के कहने

से मिल गई। मेरे मन की ग्लानि दूर हो गई। ईश्वर जो करते हैं, प्राणी के मंगल के लिए ही करते हैं।''

सहदेव की बात सुन सखा को स्मरण कर सब-कुछ उन्हीं पर छोड़ दिया। मन ही मन सोचा—'कृष्ण के सखा अर्जुन यदि एक वर्ष के लिए नपुंसकत्व का शाप धारण करें तो इसमें लज्जा कृष्णा को नहीं, कृष्ण को होगी।'

❑ ❑

वर्षा ऋतु जीवन ऋतु होती है। द्वैतवन में रहते समय इस बात का अनुभव हुआ। अर्जुन के साथ काम्यक वन से लौटते समय रास्ते में किरातराज सुबाहु ने सबका अभिनन्दन कर कुछ दिन आतिथ्य के लिए अनुरोध किया। इसी बीच दुर्गम वन में रास्तों की सुविधा हो चुकी थी। मन्दिर, विश्रामगृह भी बन चुके थे। अरण्यवासी शबर तीर्थयात्रा एवं हिमालय के ऋषि-मुनियों के आश्रम तक आना-जाना करने लगे हैं। पांडवों की शबरप्रीति, विशेषकर मेरी आर्य-शबर समन्वय की आकांक्षा का प्रचार हो गया है। काम्यक वन में शबरों के जीवन में परिवर्तन आ रहा है। पांडवों से उनकी मित्रता की बात भी फैल गई। अतः सभी अरण्यवासी शबरकुलों के प्रेमभाजन होने का सौभाग्य हमें मिला है। कौरवों के मन में विद्वेष होने के कारण जो आर्य-आर्येतर भेद था, पांडवों की साम्यनीति के कारण दूर हो चुका है।

हम आनन्द से सुबाहु किरातराज की मित्रता को स्वीकार करके वहां कुछ दिन रहे।

द्वैतवन में चौमासा करने के लिए मेरे मन में बहुत इच्छा थी। यहां वर्षा मानो मायावी लग रही है। सब्ज़ झरने चारों ओर अपूर्व छटा बिखेर रहे हैं। प्रकृति की माया में उलझ गए पांडव। यामुन पर्वत पर भीम-नकुल शिकार कर रहे हैं। एक दिन वहीं भीम सर्परूपी नहुष के फंदे में पड़ गए। उनका उद्धार करने गए युधिष्ठिर। पता चला, कौरव वंश के राजा ययाति के पिता नहुष अगस्त्य के शाप से सर्प के रूप में अनेक वर्षों से अरण्य में फिर रहे हैं। अपने पूर्व-पुरुष राजा नहुष का शाप-मोचन करने हेतु पांडव प्रार्थना में लग गए। नहुष के प्रश्न का यथार्थ उत्तर युधिष्ठिर ने दे दिया। तो सर्प-रूपी नहुष के फंदे से भीम मुक्त हो गए। स्वयं भी शापमुक्त हो पांडवों को आशीष दे अदृश्य हो गए।

युधिष्ठिर प्रशांत-चित्त सोचने लगे, इस पुण्य कार्य के लिए सुबाहु का राज्य ही प्रतीक्षा कर रहा था। पूर्व पुरुषों को शापमुक्त करना उत्तर दायादों के लिए अत्यन्त पुण्य का कार्य है। सुबाहु के राज्य में न रहते तो यह सौभाग्य पांडवों को नहीं मिलता या पूर्वपुरुषों का आशीर्वाद नहीं मिलता। सुबाहु को कृतज्ञता जताई। सुबाहु ने हाथ जोड़ कहा—''मैं कौन होता हूं ! सब उन्हीं की इच्छा है। ऐसा न होता तो आप मेरे राज्य में क्यों पहुंचते ?''

भीम ने कहा—''भाई, अब हमारे पास में अनेक दिव्यास्त्र हैं। सारा शबर कुल हमारा मित्र है। यदुकुल एवं श्रीकृष्ण-बलराम की छत्रछाया हम पर है। फिर पूर्वपुरुषों का आशीर्वाद भी प्राप्त हो गया। अब विलम्ब कैसा ? पांचाली का केशबंधन कब होगा ?

दुर्योधन कर्ण के बल पर गर्व में चूर हो रहा है। कर्ण दिग्विजय कर लौटने के बाद महायज्ञ का आयोजन कर रहा है। इसके लिए हमें भी निमन्त्रण भेजा था। पर वे जानते हैं कि तेरह वर्ष पूरे हुए बिना हम हस्तिनापुर नहीं लौटेंगे। यह निमन्त्रण कटे घाव पर चूना लगाने जैसा था। दुर्योधन ने महायज्ञ के समापन पर कर्ण की वीरता की खूब प्रशंसा की। कर्ण ने अधीर होकर सबके सामने प्रतिज्ञा की है—अर्जुन को न मारने तक मद्य, मांस, मैथुन आदि से दूर रहूंगा और कोई कुछ मांगे दान दूंगा। अतः उसका गर्व तोड़ने का समय आ गया है। अब हस्तिनापुर लौटने में डर की कोई बात नहीं।''

युधिष्ठिर ने शांत चित्त से कहा—''मैंने कर्ण की प्रतिज्ञा सुनी है। मैं उसकी गम्भीरता भी जानता हूं। अभी कुछ नहीं कर सकेंगे हम। हम भय से नहीं रुके हैं। समय नहीं हुआ। हस्तिना कैसे लौटें ? अज्ञातवास का एक वर्ष मिलाकर तेरह वर्ष पूरे होंगे तब लौटेंगे। पहले शांति, समझ, अहिंसा से समाधान की चेष्टा करेंगे।''

कर्ण की बात सुन मैं म्रियमाण हो गई। कर्ण क्यों अर्जुन से खार खाये रहता है सदा ? क्या अर्जुन मुझे प्रिय है इसलिए ? स्वयंवर में मुझे जीता था इसलिए ?

मन की बात भीम समझ गए—''कर्ण का अर्जुन पर रोष सिर्फ द्रौपदी को लेकर है। हालांकि बचपन से ईर्ष्या थी। परन्तु द्रौपदी जीतने के बाद ईर्ष्या बदल गई हिंसा में। जहां एक नारी, वहां नरक पैदा हो गया। द्रौपदी को पाने के बाद से सब हमारे शत्रु बन गए।''

मैं गुस्से में जल उठी भीम के बेमतलब दोषारोप पर। मैं नारी हूं, इसमें मेरा कोई दोष नहीं। मैं सुंदर हूं, इसमें मेरा क्या कसूर ? मुझे अर्जुन ने जीता, इसमें मेरा क्या अपराध ? कर्ण जीते नहीं, तो मैं दोषशून्य हूं ? इस बात का उत्तर मैं भी नहीं जानती। सारे दोष इस अन्तिम प्रश्न पर ही आकर मुझ पर झर जाते। फिर भी जीवन भर मुझे जलाना क्या कर्ण का अन्याय नहीं ?

मेरा खिन्न चेहरा देख अर्जुन ने गम्भीर स्वर में कहा—''मेरी चिंता न करो कृष्णा ! कर्ण की प्रतिज्ञा पूरी नहीं होने दूंगा। कर्ण की मृत्यु की व्यवस्था पिता इन्द्र ने बहुत पहले कर दी है। दाता के अहंकार में अपना शरीर, कान छीलकर कवच-कुंडल दान कर दिए। तब से शरीर की रक्तधार अब तक सूखी नहीं। जबकि उसका दंभ देखो ! अब इतने दिव्यास्त्र हैं। कर्ण-वध में क्या मुश्किल है ? केवल शत्रु घातिनी के कारण तुम्हारे मन में सन्देह होना स्वाभाविक है। द्रौपदी को लेकर उसके मन में इतना क्रोध है, तो मैं भी पवित्र वनभूमि को साक्षी मानकर सबके सामने शपथ करता हूं कि कर्णवध न करने तक मद्य, मांस और द्रौपदी से दूर रहूंगा। कर्ण को उचित शिक्षा देने के बाद ही मैं द्रौपदी को पत्नी के लायक सम्मान दे सकूँगा।'' मैं स्तब्ध खड़ी सुनती रही। सोच रही थी—नारी शक्तिदायिनी, प्रेरणादायिनी, कल्याणी होती है। पर कर्ण हो या अर्जुन, अभीष्ट पूरा न होने तक सब नारी से दूर रहने की प्रतिज्ञा क्यों करते हैं ? नारी का सख्य क्या पुरुष की शक्ति हर लेता है ? यह पुरुष की अपनी चारित्रिक दृढ़ता पर अनास्था है या नारी की मनोहारी शक्ति से भय ? सिद्धि-पथ पर नारी को दूर रखकर पुरुष अपनी दुर्बलता का या दृढ़ता का परिचय देता है ? आर्यावर्त्त के श्रेष्ठ पुरुष कृष्ण की सिद्धि-पथ में तो नारी को दूर रखने का कोई दृष्टांत नहीं ! जबकि

आर्यावर्त्त में अनेक असाध्य कार्य किए हैं बहु नारी-नायक प्रेमिक-शिरोमणि कृष्ण ने। इतनी बड़ी प्रतिज्ञा करने से पहले अर्जुन ने एक बार मुझसे पूछा तक नहीं ? एकांत में पूछ लिया मैंने अर्जुन से।

अर्जुन ने पैनी व्यंग्य भरी वाणी में कहा—"तुमने बहुत बड़ी शपथ लेने से पहले मुझसे पूछा था ? हमारे वैवाहिक जीवन की एकवर्षीय शर्त का अब तक मैं हृदय से समर्थन नहीं करता, क्या तुम नहीं जानतीं ? तभी मौका पाते ही तुमसे दूर रहने की चेष्टा करता रहा। स्वर्ग में अप्सराओं के बीच पांच वर्ष रहने के बाद नारी की रक्तमांस की देह मेरे लिए कामना की वस्तु नहीं रही। अतः आज की शपथ तुमसे दूर रखने पर भी तुम्हारे हृदय से दूर नहीं रखेगी। मैं जानता हूं, तुमने भी मेरे लिए अनेक कष्ट सहे हैं। मेरी अनुपस्थिति में संन्यासिनी की तरह भोग-विलास से दूर रहकर शरीर को क्षीण किया है, तुम्हें देखते ही समझ जाता हूं। तुम्हारे चार पति रहते-रहते इतना कष्ट क्यों ? यह इन चारों के प्रति अन्याय नहीं ? कृष्णा, आज से तुम उनके प्रति अधिक यत्नवान होना। शांति, स्थिरता में सहायक होगी यह बात। अब कौरवों के अन्याय में आर्यावर्त्त विपन्न है। सामने महासमर प्रतीक्षा कर रहा है। तीन वर्ष के बाद पृथ्वी पर जो धर्मयुद्ध होगा, इसमें जयी बनने के लिए मानसिक स्थिरता जरूरी है। अतः ऐसी प्रतिज्ञा सोच-विचार कर ही की है। हमारे जीवन में कर्म, कर्त्तव्य और धर्मरक्षा के सिवा क्या कर्त्तव्य है ? तुम मुझे गलत न समझना।"

मैं अपने पति को गलत नहीं समझ सकती। मैं जानती थी कि अर्जुन जैसा स्वाभिमानी और मर्यादावान पुरुष को छोड़ दूसरा कोई नहीं है। वरना मुझसे किया गुमान इतने जबरदस्त ढंग से इतने दिन बाद मुझे ही लौटा सकता था ?

❑ ❑

काम्यक वन हमारी प्रतीक्षा में था। जंबु, कंबु, किर्मीक, किरात व विरात आदि शबर बंधु उत्सुकता से प्रतीक्षा में थे। हमारे पहुंचने के बाद सखा कृष्ण द्वितीय पटरानी सत्यभामा के साथ हमें पूछने आए ! अर्जुन स्वर्ग से दिव्य शस्त्र पाकर लौटे हैं, इस बात पर कृष्ण आनन्दित हो गए। अर्जुन से स्वर्ग के हालचाल पूछे। अर्जुन ने स्वर्ग की आमोदप्रद कहानी सुनाकर सखा का मनोरंजन किया।

कृष्ण के देखते-देखते मैंने गुमान में कहा—"इतने दिन बाद सखा के चरण इधर कैसे पड़े हैं ? अर्जुन स्वर्ग में थे तब हम जीते हैं या मरते हैं, कभी खबर नहीं ली। आज इनके लौटते ही हमारी याद आ गई ?"

कृष्ण आकाश से गिरने की तरह अचंभे में भर गए—"देखो सखा, नारी-मन कितना अकृतज्ञ, कितना निर्दय होता है। तुम जब तक स्वर्ग में रहे, मैं द्वारका का सारा सुख-भोग छोड़ बंधु-पत्नी का देहरक्षी बना अरण्य के दुर्गम पथ में पीछे-पीछे फिरता रहा। पांच वर्ष तक द्वारका में अपनी पत्नियों का मुंह तक नहीं देख सका। उसके लिए धन्यवाद तो दूर, उलटे दोष मढ़ रही हैं।"

सखा के झूठ का इससे बड़ा क्या उदाहरण होगा ? मेरे मौन पर भी अर्जुन हल्के से मुस्करा उठे। सखा ने कोमल स्वर में कहा—"सखी ! सच बोलो, प्रतिदिन आंख

मूंद अर्जुन का सपना देखती थीं या नहीं ? जागते रहकर भी कभी-कभी अर्जुन की छाया सरसी में, अरण्य के वृक्षों की छाया-तले, हिमाद्रि के तुषार-कणों में झलकती देखा करती थीं या नहीं ? यहां तक कि अपने नख के दर्पण में अर्जुन की छवि देखी है या नहीं ? वर्षा के समय विरहिणी बनकर विरह-ज्वाला शमित करते समय भीगते-भीगते तुमने अरण्य-पथ में अर्जुन की छाया साथ चलते देखकर तुम विह्वल हुई हो या नहीं ? हालांकि वह छाया भीम को बुलाकर दिखाई तब तक अदृश्य हो गई। फिर यह सब अपने मन की भावना मान चुप रह जातीं। बोलो, यह सब झूठ है ?''

मैं अवाक् ! पूछा ''सखा, किसने बताया ? आज तक मेरे सिवा यह सब कोई तो नहीं जानता था। हर पल मैं अर्जुन को साथ-साथ देखती, अनुभव करती और अगले क्षण सब भ्रम-सा लगता। सोचती, हरदम चिंता करती हूं, उसी से ऐसा हो जाता है। लाज के मारे चुप रहती। आपने यह सब कैसे जान लिया ?''

कृष्ण थोड़े उदास होकर बोले—''देह-सहा दुःख कोई दूसरा क्या बताएगा ? सखा तो तल्लीन हो गए स्वर्ग की अप्सराओं के नाच में। मेरे सिवा दूसरा कौन फिरता साथ-साथ अर्जुन के रूप में ? तब तुमने कभी एक बार भी अर्जुन के अलावा मेरी कल्पना नहीं की। अर्जुन के रूप में मैं फिर रहा हूंगा वन-वन में, इस बात की कल्पना भी तुम्हारे मन में कभी नहीं आई ! मैं खुद क्यों स्वर्ग को प्रकाशित करता ? मेरा क्या कोई मानगुमान नहीं ? सखा अर्जुन और मैं अभिन्न हैं, यह क्या तुम नहीं जानतीं ?''

मैं स्तंभित रह गई सुनकर। पूछा—''यह सच है या कि माया है ? हर पल जिसे मन की छाया कहती रही वह सखा कृष्ण थे ? एक दिन तो मैं इस निर्णय पर पहुंच गई कि फाल्गुनि लौट आये हैं। यहां अरण्य में छुपकर फिर रहे हैं मेरे पीछे-पीछे। भीम एवं औरों को जब कहा तो मेरी हंसी उड़ायी—जागकर अर्जुन के सपने देखती हूं—यह कहकर चिढ़ाया। सच, मेरे सिवा दूसरा कोई अर्जुन की वह छाया देख भी तो नहीं पाता था।''

मेरा चकित भाव देख सत्यभामा ने कहा—''कृष्णा ! तुम अनजान की तरह बोल रही हो ! तुम्हारे सखा हमें पीछे छोड़कर बंधु-पत्नी का भला-बुरा देखने पांच वर्ष बद्रिकाश्रम में रहे। तुम्हारे अर्जुन-विरह रोग का उपशम करने जाकर हमें कृष्ण-विरह अनल ने कम नहीं जलाया पांच वर्ष तक।''

मैंने व्यथा में कहा—''सखा बद्रिका में रहे और हम किसी को भी पता नहीं ! सखा ने बताया क्यों नहीं ? जानते तो अर्जुन-जन्य विरह-दुःख वास्तव में उपशमित हो जाता।''

कृष्ण ने उदास हो कहा—''कई बार चेष्टा की बताने की। हर बार मुझे अर्जुन समझ भ्रम में पड़ी रहीं। आखिर, पत्र लिख, कुबेर के सरोवर से सुगंध-पुष्प तोड़, उसकी पंखुड़ी में रख तुम्हारे पास भेजा। पर तुम तो फूल देखते ही अर्जुन के लिए माला गूंथने की बात सोचने लगीं और सौ फूलों की इच्छा प्रकट की। इतने यत्न में लिखा पत्र मेरा अनपढ़ा ही रह गया।''

सत्यभामा ने चुपके से पूछा—''तो तुमने कृष्णा को प्रेमपत्र लिखा था ! सखा को स्वर्ग राज्य में भेज बंधुपत्नी को प्रेमपत्र लिखना शोभा देता है ?''

कृष्ण अटपटा गए—"सत्या ! गलत न समझो। बस, जरा-सा शुभेच्छा पत्र ही तो था।"

सत्यभामा ने मान में मुंह फुलाकर कहा—"हां, आपका शुभेच्छा पत्र कैसा होता है, जानती हूं। पृथ्वी के प्रथम प्रेमपत्र का आपके और रुक्मिणी के बीच आदान-प्रदान हुआ है, इसे कौन नहीं जानता ? प्रेमपत्र लिखने वालों में आपका नाम पहला होगा। साधारण-सा पत्र होता तो पद्म-पंखुड़ी में क्यों प्रेषित करते ?" इस बातचीत के बीच मैं तो लज्जा से दुहरी हो गई। बच्चों की तरह भामा में भी कैसा संदेह और मान है ! वह क्या अब तक पति को नहीं पहचान सकी ! यदि संदेह ही हो गया तो इतने लोगों के सामने पति की बात खोलना क्या उचित है ?

कृष्ण ने हाथ जोड़ अभिनय की भंगिमा में कहा—"अरी ! पिछली बातों के लिए क्षमा कर दो। पत्र में कुछ भी हो। कृष्णा ने बिना पढ़े ही सरका दिया तो उस बारे में इतनी चर्चा क्यों ? मैं तो प्रेमास्पद होने के लायक ही नहीं, यह बात कृष्णा ने प्रमाणित कर दी है।"

पति-पत्नी का यह रंग-रस अर्जुन मौन देखते रहे। बोले—"चिंता की कोई बात नहीं। आपका प्रेषित पत्र ठिकाने पर ही पहुंचा है। अभी भी कृष्णा उस सुगंधित पुष्प को अपने प्रिय द्रव्यों में सहेज कर रखे हैं। स्वर्गराज्य से मैं लौटकर आया तो दिखा रही थी। उसे आघ्राण कर कहने लगी—इन पंखुड़ियों में मैं कृष्ण की महक स्पष्ट जान पाती हूं। अतः उसे सहेज कर रखा है। आपका लिखा पत्र अभी भी पंखुड़ियों में है तो पढ़कर देखा जाय। देखें, वह पत्र किस प्रकार का है।" कृष्ण ने अर्जुन के कान के पास सरक कर कहा—"एक अनुरोध है, भीम उस पत्र को न पढ़ पाये। वह पत्र का गहन मर्म नहीं समझ पायेगा, यह मैं जानता हूं। उलटे अर्थ का अनर्थ करके एक ही चोट में मेरा चूरा कर डालेगा।"

भीम उस समय तनिक हटकर सत्यभामा द्वारा लाये मिष्टान्न में लगे थे। सहदेव-नकुल भार लाने वाले यादवों से बातों में उलझे थे। युधिष्ठिर मुनियों से शास्त्र-चर्चा कर रहे थे। अर्जुन हंस पड़े—"इसे सिर्फ मैं ही जानता हूं। किसे कहूं कि मेरे प्राणसखा मेरी प्राणप्रिया पत्नी को मेरी अनुपस्थिति में पत्र लिख रहे थे ? इसमें लज्जा तो मेरी ही होगी।"

कृष्ण ने हंसकर मेरी ओर देखा—"यही सौभाग्य है कि सखी ने पद्म को सहेज कर रखा है और उसमें मेरे स्पर्श की गंध भी पहचान ली है। ये मेरे लिए कम आनन्द की बात नहीं। अफसोस तो यह है कि मेरे प्रथम प्रेमपत्र को रुक्मिणी भी सहेज कर नहीं रख सकी।"

सत्यभामा ने बातचीत में ही रोक कर तुरन्त कह दिया—"तो इसका अर्थ यह है कि आप स्वीकार करते हैं कि आपने कृष्णा को प्रेमपत्र लिखा था !"

अर्जुन हंसकर बोले—"आपका प्रेमपत्र ही तो अरण्य के पत्र-पुष्प, नदी, झरने, पशु-पक्षी, मानुष सब में प्रेम का झरना झरा देने में सक्षम हुआ है। सखा प्रेमपत्र न लिखते तो स्वर्णिम पद्म के लिए इतना झमेला न होता। अतः सखा का प्रेम सम्बन्धी यह अपराध क्षम्य है। बृहत्तर स्वार्थ के लिए क्षुद्रतर स्वार्थ को बलि देने में सखा का

जीवन आदर्श है।"

अर्जुन के अकलुष हृदय का आनन्द और निर्मल हास मुझे आमोदित कर रहा था। दोनों सखाओं के बीच समझ और प्रीतिबन्धन की कोई तुलना ही नहीं मिल रही थी। वरना सच हो या मजाक, पत्नी के पास मित्र के प्रेमपत्र भेजने की बात इतने निर्मल हृदय से कहीं कोई ग्रहण करता है ?

मध्याह्न के भोजन के बाद अपराह्न में सब लोग विश्राम कर रहे थे, तभी मैंने उल्लसित-कंपित हृदय से उस सुगन्धित कमल की पंखुड़ियां खोलीं। सच, कमल के स्तरों पर सखा के अमिट हस्ताक्षर थे—परम आवेग से पंखुड़ी दर पंखुड़ी मैं पढ़ती गई—

"प्रिय सखी !

तुम्हारे लिए मैं ओंकार हूं, जो आत्मा को स्पर्श करता है, ऊर्ध्व उठाता है, अनन्त नीलिमा में मिलता है, फैल जाता है, विश्व-ब्रह्मांड में सृष्टि, स्थिति, प्रलय के स्वर में मिल जाता है। सृष्टि, स्थिति, प्रलय के बीच तुम्हारा-मेरा बन्धन अविच्छेद्य, अलंघ्य है। देखो, यह पद्म। आकाश में सूर्य, पर जल में पद्म एकाग्र प्रतीक्षा करता है। वह सूर्य को पा जाता है जल में। सूर्य प्रतिबिंबित हो तो प्रतिबिंब पर ही पद्म पंखुरियां झर जाती हैं। इसके जीवन की सार्थकता बस इतनी ही है। मैं हूं—तुम्हारे हृदय में प्रतिबिंबित हो रहा हूं—मेरे प्रतिबिंब को जो 'मैं' नहीं समझता, वह मुझे नहीं पा सकता। जो मुझे पाता है, 'मैं' उसमें प्रतिबिंबित होता है—

सखी ! जो तुम्हारी प्रभाती का मंत्र है, सांध्य आरती की झंकार भी वही है। तुम्हारे पास-पास हूं। भय कैसा ?

तुम्हारा जीवनमय साधना सखा।"

पत्र पढ़ते-पढ़ते मैं पद्म फूल हो गई। सूर्य के प्रतिबिंब पर पंखुड़ी झरा दी—कृष्ण-प्रेम की विशालता में स्वयं को अर्पित कर दिया। घनी केतकी की पंखुड़ी को अधरों के रंग से रंगकर प्रीति का प्रत्युत्तर लिखा :

"हृदयेश्वर, सखा !

आपके लिए मैं उद्यान हूं, जहां फूल खिलते हैं। क्यों खिलते हैं, नहीं जानते। खिला फूल कभी झर जाता है—क्यों झरता है सो भी वह नहीं जानता। बस इतना जानता है कि जिसके लिए खिलता है उसी के लिए झर जाता है। अतः खिले फूल की सार्थकता और झरे फूल की व्यथा एक को ही अर्पित है। वह एक हैं आप—आपमें जिसे खोजती हूं, वह भी आपसे भिन्न नहीं। आप मेरे कृष्ण, आप मेरे 'अर्जुन', आप विश्वमय, आशा-प्रत्याशा के बहुत ऊर्ध्व हैं। आप मेरे सखा हैं। आप मेरे हों या न हों—मैं आपकी, मैं आपकी..."

केतकी-पत्र समीर के साथ बहकर मेरे हाथ से उड़कर गिर पड़ा उनके चरणों में। उन्होंने पत्र उठाकर पढ़ते-पढ़ते हंसी बिखेर दी, मैं लाल पड़ गई। उनके पांवों पर निगाह रखे चकित होकर देखती रही कि पत्र पढ़ रहे हैं। अर्जुन, जबकि लिखा था

सखा कृष्ण को ! अर्जुन के पीछे दिख रहा है मुस्कराता सखा का चेहरा। अर्जुन ने पत्र पढ़ पूरा नहीं किया और सखा सब कुछ जान गए। कह उठें—"सखा, दूसरे का पत्र पढ़ना अन्याय है। यह पत्र मुझे लिखा है कृष्णा ने।"

"परन्तु पत्र मेरे पांव पर गिरा।"—अर्जुन बोले।

कृष्ण ने हंसकर कहा—"तो पत्र आपका है, उसके भाव, भाषा मेरे हैं। पत्र पढ़ने से पहले ही आत्मस्थ हो गया है।"

"कैसे ?" अर्जुन ने पूछा।

उन्होंने तब कहा—"यही तुममें और मुझमें अन्तर है। तुम जिसे स्थूल रूप में पाते हो, मैं उसे सूक्ष्म अनुभव में ग्रहण करता हूं। द्रौपदी तुम्हारी है, उसकी देहातीत सत्ता मेरी है। यह संधि हमारे बीच बहुत पहले हो चुकी है। आज उस पर बहस कैसी ?"

अर्जुन ने हाथ जोड़ लिए—"आदमी सब जानकर भी अनजान की तरह काम करता है। यही संसार की माया है। हम जानते हैं कि पांडव कृष्ण के हैं, यह संसार कृष्ण का है। कृष्णा भी कृष्ण की है। फिर भी माया में पड़ कर कभी-कभी कृष्णा के लिए कृष्ण से ईर्ष्या हो जाती है।"

कृष्ण हंस पड़े, बोले—"छंदपतन में ही जीवन की मधुरता है। दांपत्य जीवन में मान-गुमान की तरह ईर्ष्या भी मधुचक्र पैदा करती है। अतः तुम्हारे दांपत्य जीवन में मधुचक्र उत्पन्न करने के सिवा मेरा और कोई उद्देश्य नहीं...सखा, विश्वास करो। कृष्णा और तुम्हारे बीच में सिर्फ मधुचक्र हूं।"

अर्जुन और कृष्ण मेरी आंखों में इकसार दिख रहे हैं। मैं विह्वल होकर अपलक देखती रही।

❑ ❑

फल-फूल भरे काम्यक वन की अपनी ही एक माया है। द्वारकाधीश मर्यादापुरुष कृष्ण की दूसरी पटरानी सत्यभामा को काम्यक वन की शोभा एवं शांतिपूर्ण परिवेश में रहते-रहते पूरा सप्ताह बीत गया। फिर भी जी नहीं भरा। दो सखियों की तरह हम दोनों हंसती-खेलतीं, सुख-दुःख, हास-परिहास करतीं मन खोले रहतीं। कई दिन हुए हरिता, सुभद्रा, माया, नितंबिनी के साथ खुले मन बातें करने का अवसर ही नहीं मिला, अतः सत्या को पास पाकर खूब बातें चलीं। ममता पाकर सत्या और भी प्रगल्भ हो उठी है। सप्ताह भर में मेरे पंचपतियों के साथ दांपत्य जीवन का मधुर प्रवाह देखती रही—अभिभूत होती रही। इतना ही नहीं, बहु नारियों के काम्य पुरुष उनके पति कृष्ण को मेरे प्रति आकर्षण और अनुराग उन्हें विस्मित कर रहा था। तनिक-सी ईर्ष्या भी कहीं हो रही थी साथ ही। मैं एक साथ पांच की प्रेमभाजन हो पाती हूं और खुद सुखी होने के साथ-साथ सुखी रख सकती हूं, इस पर अचम्भा हो रहा है उन्हें। इतना ही नहीं, कृष्ण के साथ मेरे बेरोक-टोक मेलजोल एवं अकुंठ आदर-स्नेह को मेरे पति कैसे उदार हृदय से ग्रहण करते हैं, वे सोच भी नहीं पातीं। भीम-सा भयंकर असंतुष्ट पुरुष कैसे संभाल पाती हूं, देखकर आश्चर्य से भर जाती हैं वे। इन सात दिन में सखा कृष्ण के साथ उनका तर्क-वितर्क और राग-द्वेष हुआ है। हर बार कृष्ण ने मुझे ही मध्यस्थता

के लिए बुलाया। परन्तु मेरे पंचपतियों के साथ तर्क-वितर्क तो दूर, मान-गुमान की भनक तक भामा को नहीं मिली। जबकि परिवार की सभी चर्चाओं में मैं भाग लेती। अपने विचार भी रखती, ज़रूरत पड़ने पर पतियों के विचारों का खंडन करती। युधिष्ठिर तक की बात का प्रतिवाद किया है, भीम के तर्कों पर उन्हें समझाया है। फिर भी हमारे बीच कोई राग-द्वेष, मनोमालिन्य नहीं दिखा उन्हें। उलटे हर बात में पति मेरा मत ही मांगते, मेरे बिना कोई महत्त्वपूर्ण फैसला नहीं लेते। यह सब देख सत्या एकदम अचम्भे में थीं।

मेरे साथ-साथ छाया की तरह रहकर मेरे कामकाज देखती रहतीं। क्या राज़ है मेरे सफल दांपत्य जीवन का ? पारिवारिक जीवन में पत्नी की उचित मर्यादा का सूत्र ढूंढ रही थीं। कुछ समझ में नहीं आता। उस दिन अपराह्न में पति सखा के साथ काम्यक वन में शबरपल्ली में गए थे। कोई उत्सव था। सत्यभामा ने आग्रह से पूछा—"कृष्णा बहन ! किस तरह तुम एक साथ पंचपति संतुष्ट कर पाती हो ? किसी भी इच्छा को पूरी करने को वे तैयार दिखते हैं। तुम्हारे युग्म जीवन में कहीं अशांति या असंतोष का लेश भी नहीं दिखता ! हम द्वारका में कृष्ण की आठ पटरानियां और असंख्य उपपत्नियां होते हुए भी उन्हें प्रेमपाश में बांध नहीं रख पातीं। कब किधर जाते हैं, क्या कुछ करते हैं, हमें पता ही नहीं चलता। हमारी स्नेह-ममता की डोर को पीछे डाल कब किसके स्नेह में बंध जाते हैं, पता ही नहीं चलता। पांच वर्ष तुम्हारी खबर लेते अरण्य में फिरते रहे। सखी, तुमने पांचों को वश में रखने का कोई मंत्र-तंत्र, जादू-टोना या जड़ी-बूटी रखी है ? कुछ तो बताओ !"

मैंने जीभ दांतों में दबा ली—"छिः छिः सत्या, ऐसी बात न करो। मूर्ख, विचार हीन स्त्रियां पति को वश में रखने को जादू-मंत्र, जड़ी-बूटी का सहारा लेती हैं। इससे पति की आस्था और विश्वास टूट जाते हैं। और कई बार पति को तरह-तरह के भयंकर रोग में डाल देती हैं। खो बैठती हैं। सखी, तुम कृष्ण की प्राणप्रिया पत्नी हो। बहन के रूप में मैं कहे देती हूं—ये मूर्खता की बातें कभी न सोचना, वरना पति तुम्हें कालसर्पिणी मान कर अपनी शय्या पर घृणा करेंगे।"

"तो फिर किस उपाय से बांध रखा है इन्हें ?" उत्सुकता में पूछा।

मैंने निर्मल हृदय एवं सरलमना सत्या को अपने पतियों के साथ लाड़-चाव का रहस्य बताया—"सत्या, यदि कर सको तो अपने जीवन में लगाना। अपने अन्दर के अहंकार को दूर कर पतियों में अपने नारीत्व को पूजा के फूल की तरह निष्काम प्रेम के जल से सुरभित कर उंड़ेल देती हूं। किसी भी परिस्थिति में ईर्ष्यातुर न होने की चेष्टा करती हूं। सहज रहने का मेरा प्रयास रहता है। पति के भोजन-शयन से पहले मैं कभी भोजन-शयन नहीं करती। उनके जागने से पहले मैं जागती हूं। उनके कार्य में कभी आलस्य नहीं करती। दूर से यात्रा कर लौटते हैं तो उनके लिए मैं आसन, जल, भोजन, विश्राम का आसन प्रस्तुत किए रखती हूं। दास-दासी होने पर भी घर के क़ामों पर मैं निगाह रखती हूं। उनका प्रिय भोजन स्वयं बनाती हूं और बैठकर भोजन कराती हूं। अपने दुःख या दुश्चिंता का उनके माथे पर बोझ नहीं डालती। वरन् उनकी ही चिंताओं में भागीदार होकर अपना विचार देती हूं। प्रसाधन, स्नान और वेश-भूषा

के विन्यास में बहुत अधिक समय नहीं देती। पति दूर हों तो फिर प्रसाधनादि से दूर रहती हूं। उनकी नापसंद वाले काम मैं भी पंसद नहीं करती। उनकी पसंद-नापसन्द बिना बताये ही भांप लेती हूं। व्यर्थ की बहस के लिए मेरा मन कभी नहीं जाता। और न बेमतलब हंसते-हंसते लोट-पोट होती हूं। चाल-चलन, आचार-विचार, भोजन, विश्राम में भी संयम बरतती हूं। सबसे बड़ी बात यह है मैं उन पर कभी संदेह नहीं करती। न उन पर अनावश्यक शिकायतों का ढेर लादती हूं। उसी तरह कोई बात उनसे गोपन नहीं रखती। एक बात और खास है–उनके आगे उनके वंश या मां कुंती के बारे में एक शब्द भी नहीं कहती। पांचों के प्रति समता बरतती हूं, किसी एक के दोष-गुणों की दूसरे के आगे चर्चा नहीं करती। पति दासी को कोई आदेश दें, इससे पहले ही मैं तत्पर हो उठती हूं। पीहर का ठाठ, विलास, बड़प्पन कभी पतियों के आगे नहीं बखानती, इसी तरह किसी और पुरुष के धन, ऐश्वर्य की तुलना कर अपने भाग्य को नहीं धिक्कारती। यहां तक कि पति के आगे किसी अन्य नारी को अपने से अधिक सौभाग्यवती के रूप में नहीं बताती। अपनी अजस्र कामनाओं को पतियों के आगे रखने की ज़रूरत नहीं समझती। निर्जन में अन्य पुरुष के साथ समय नहीं बिताती। खल प्रकृति की स्त्रियों से बचकर रहती हूं। पति के आगे स्वयं को सतेज, सुन्दर, चिर-यौवना के रूप में रखने का प्रयास रहता है। पति के कारण ही हम सन्तानवती हैं, सौभाग्यवती हैं, गृहकर्ता और सुखी हैं। सख्य, सुरक्षा, सामाजिक मान एवं मातृत्व प्रदान में पति कभी कुंठित नहीं होते। अतः उन्हें 'हम वास्तव में प्रेम प्रदान करती हैं' यह अनुभव करने का मौका देना क्या कर्त्तव्य नहीं मेरा ? सुभद्रा की तरह मैं भी पीहर में रह सकती थी। क्यों पतियों के साथ वनवास का दुःख भोग रही हूं ? उनका सिर्फ सुख ही हमारा नहीं है, दुःख भी हमारा है। दुःख में, विपद में पति को साहस देना, शक्ति देना स्त्री-धर्म है। बस इसी बात पर ध्यान रखती हूं...''

सुनकर सत्या घबरा उठी–''बस, बस करो कृष्णा ! ये सब बातें करना तो दूर, सुनकर ही सिर चकरा रहा है। हम से यह सब नहीं होने का। लगता है, लायक पत्नी हो सकना भी एक साधना का फल है।''

मैं हंस पड़ी–''यहीं तो भूल करती हो। कृष्ण तुम्हारे हों, यह न सोच तुम कृष्ण की क्यों नहीं बन जातीं ? बस इसी में तो बंध जायेंगे। चन्द्रावली गोपियों में अन्यतम है। कृष्ण की परम प्रेमिका। चन्द्रावली और श्रीराधा में भावगत भेद क्या है ? चन्द्रावली का कृष्ण के प्रति भाव है–''त्वं ममैव'' यानी तुम मेरे हो। जबकि श्री राधा कहती हैं–''तवैवाहं'' अर्थात् मैं आपकी हूं। बस इस भेद के कारण श्रीराधाजी चन्द्रावली से श्रेष्ठ हो जाती हैं। मेरा भी कृष्ण के प्रति यही भाव है। मैं कहती–'हे कृष्ण, कृष्णा आपकी है।' जन्म से ही यह भाव लेकर कृष्ण के प्रति समर्पित हुई। मेरे इस समर्पण भाव को जो गलत समझते हैं, वे कृष्ण को भी नहीं समझ पाते। कृष्ण-प्रेम मानवीय शृंगारधर्मी नहीं है। इस बात को मेरे पति भी समझते हैं, अतः कृष्ण-प्रेम को वे अपना सौभाग्य ही समझते हैं।''

छलछलाये नेत्रों में दोनों हाथ पकड़ सत्यभामा कह उठीं–''बहन ! अपने पति तो जीते ही, तुमने कृष्ण को भी जय किया है। मेरे पति को तुमने जैसे समझा है,

हम कोई नहीं समझ पायीं। 'कृष्ण मेरे हैं, कृष्ण मेरे हैं'–यही कहकर आठों में खींचतान चलती है। और कृष्ण किसी के नहीं हो पाते। हमें द्वारका में छोड़ कर वे बने हैं कृष्णा के ! आज से तुम मेरी गुरु हुईं। तुम्हारी सीख मान कर चलूंगी। तभी कृष्ण मेरे हो सकेंगे–"

मैं हंस उठी–"बहन, फिर भटक रही हो। कृष्ण मेरे हो सकेंगे–नहीं ! बोलो, मैं कृष्ण की हो सकूंगी।"

पता नहीं कब से दोनों सखा हमारी बातें सुन रहे थे। अर्जुन ने बीच में रसिकता कर दी–"बस, बस, कृष्णा ! तुम यदि कृष्ण की हो गईं, फिर अर्जुन क़ी कौन होगी ? कहो, अर्जुन का कौन है ? जवाब दो। वरना द्वंद्व के समाधान के लिए भीम को बुला लूं। और फल तो न कहूं तो ही अच्छा।"

मैंने निःसंकोच कह दिया–"मैं कृष्ण की हूं, कृष्ण अर्जुन के हैं तो कृष्णा भी आपकी हुई, इसमें संदेह कहां ?

सत्या आंख मूंदे रट रही थी–हां, मैं कृष्ण की, मैं कृष्ण की, मैं कृष्ण की हूं। आत्मविस्मृत हो उठी थी, आंसू झर रहे थे।

कृष्ण ने विदा मांगते हुए कहा–"लगता है, अब सत्या की तरह आठों पटरानियों को तुम्हारे पास भेजना होगा। तभी उस खींचातानी से मुझे छुटकारा मिल सकेगा।"

सत्यभामा जब आई थी, मैंने अभिमन्यु व पांचों पुत्रों की कुशल पूछी थी। लौटते समय फिर पूछने लगी। मन को दिलासा देने लगी। इसी बीच क्या पढ़ने लगे, कितने बड़े हो गए, खाते, सोते, उठते समय अरण्यवासिनी मां को भी कभी याद करते हैं ?–यही सब पूछते-पूछते मैं फफक उठी।

सत्यभामा ने ढाढ़स देते हुए कहा–"सुभद्रा है, हम सब हैं, फिर वे तुम्हें क्यों याद करेंगे ? कौन-सी कमी रहने देते हैं ? तुम निश्चिंत रहो बहन ! इतने दिन बीत गए कुल तीन वर्ष की बात है। वे खूब स्वस्थ हैं, हट्टे-कट्टे हो गए। इसी बीच अभिमन्यु तो अर्जुन का छोटा भाई जैसा दिखने लगा।"

मैंने आंसू पोंछ कहा–"वे मुझे याद ही नहीं करते ?" रुलाई बढ़ गई। यह देख कृष्ण हंस पड़े–"तो याद रखो सत्या, यहां से लौट कर भानजों को कष्ट दो। अधभूखा रखो, वन में लकड़ी काटने भेजो। पिटाई भी करना। फिर मां कृष्णा को खूब याद करेंगे। कृष्णा को भी यहां अरण्य में इस बात पर खुशी होगी।"

फिर आंसू पोंछ कर सत्या का हाथ पकड़ कर व्याकुल स्वर में कहा–"सत्या, सखा की ये घरफोड़ बातें न सुनना। मां के मन को वे पुरुष होने के कारण क्या समझेंगे ? शैशव एवं बाल्य वय में बेटों को छोड़ने में कितना कष्ट होता है, तुम समझ सकती हो। ये कहां अनुभव करेंगे ? मेरी बात उन्हें याद न कराना। याद करेंगे तो बिसूर कर रोयेंगे। सुभद्रा को नेह जताना। कहना–"उसके पति को स्वर्ग राज्य से लौटा लाई हूं।" फिर कहना–"उसके पति अर्जुन के यहां से लौटने के बाद द्रौपदी उसके पति-सुख में बंटवारा नहीं करेगी। क्योंकि कर्णवध न करने तक द्रौपदी अब अर्जुन के लिए अस्पृश्य हो गई है। पास रहते हुए भी द्रौपदी अब अर्जुन की चरण-सेवा से वंचित है।" कहते-कहते मेरा चेहरा उदास हो गया। आंसू छुपाने मैं उठकर कुटीर के अन्दर चली आयी।

❑❑

महर्षि तृणबिंदु का आंश्रम स्वर्ग में इंद्र के नंदनकानन से भी अधिक रमणीय लग रहा था। अर्जुन से पूछा। अर्जुन भी आश्रम की शोभा पर मुग्ध होकर सोच रहे थे—नंदनकानन इसके आगे फीका ही लगेगा। पति उस दिन काम्यक वन के गहन प्रदेश में शिकार के लिए गए थे, मैंने वहां तृणबिंदु के आश्रम पर ठहरने की इच्छा प्रकट की। पुरोहित धौम्य को मेरे साथ छोड़कर पांचों पांडव चल पड़े। मैं चपल बालिका-सी आश्रम में फिरने लगी। वहां की शोभा में मुग्ध थी। तूलिका और पत्र न होने के कारण उस काव्यिक दृश्य को जब अंकित न कर सकी तो वह मधुर संगीत बनकर उतर आया। तितली की तरह इस फूल से उस फूल तक गुनगुनाती फिरती रही।

उद्यान के उस ओर अरण्य-पथ बिछा है। कोई बारात खूब आडंबर के साथ छः हज़ार रथों में गाजे-बाजे के साथ जा रही थी। वर-वेश में ज़रूर कोई राजकुमार होंगे। दूर से मेरा संगीत सुन वे मुग्ध हो गए होंगे, उद्यान की ओर देखा, मेरी अपूर्व शोभा वन में देख स्तंभित रह गए। वर-वेश में सजे युवक रथ से उतर पड़े। मैं लज्जा से तेज कदमों में आश्रम के अन्दर चली आयी। सोचा—'छिः, पति दूर गए हैं तो क्या। यों मुक्त कंठ से किसी कुंआरी की तरह गाती उद्यान में घूमती फिरूं ?'

कुछ समय में राजा सुरथ के पुत्र कोटिक वहां आश्रम के द्वार पर उपस्थित हुए। मैं नवपुष्पित कदंब वृक्ष की डाल का सहारा लिए अपराह्न के नीले आकाश को देखती मन ही मन कविता की पंक्ति छंदोबद्ध कर रही थी।

कोटिक मेरी अपूर्व ध्वनि में विमोहित हो उठे—"आप कौन हैं अनिंद्य सुंदरी ? यक्षकन्या, स्वर्ग की अप्सरा, नागकन्या या कोई देवी हैं ? अरण्य की हरियाली के बीच सौंदर्य की दावाग्नि-सी जल रही हैं। नीले मेघों में बिजली-सी दमक कर अरण्य की शोभा बढ़ा रही हैं। ऐसी सुंदरी हमने पहले कभी नहीं देखी। आप सागर की लहरों को लजा देती हैं। शैवाल में नीलपद्म की तरह मुख की शोभा है। आपका स्वर तो सरस्वती की वीणा झंकार है। कोई भी हों, सिन्धु देश के राजा जयद्रथ आपके दर्शनाभिलाषी हैं। वैभवशाली हस्तिनापुर के महाप्रतापी महाराज दुर्योधन की एकमात्र बहन दुःशीला के पति जयद्रथ शाल्व देश की राजकन्या से विवाह को जाते समय रास्ते में आपका अनिंद्य रूप-सौंदर्य उन्हें स्तब्ध कर गया। आपसे भेंट किए बिना विवाह के लिए जाना उचित नहीं समझते।"

लाड़ली ननद दुःशीला के पति का नाम सुनते ही मैं उत्फुल्ल हो उठी। कौरव ही तो शत्रु हैं, बहन दुःशीला तो पांडवों की भी प्रिय बहन है। मैं तो उसे सुशीला कहकर बुलाती हूं। कई दिन से बंधु-कुटुंबी नहीं मिला। अतः आग्रह से परिचय देकर जयद्रथ को आतिथ्य स्वीकार करने बुला भेजा। राजा कितनी ही रानियां ब्याह लायें, गौरव बढ़ता है। अतः जयद्रथ की विवाह-यात्रा आनंद और गौरव की बात है। ऐसे शुभ अवसर पर मैं ननदोई को आशीर्वाद व शुभकामना न दूंगी तो लोग क्या कहेंगे ? ननद सुशीला क्या सोचेगी ? और लौटकर पांडव भी क्या कहेंगे मुझे ? युधिष्ठिर ही मुझे ईर्ष्यालु कह देंगे। भीम मुंह पर ही संकीर्णमना कह देंगे। अतः आग्रह से प्रतीक्षा करने लगी।

स्वागत कर वर-वेश में जयद्रथ का अभिनंदन किया। स्नेहपूर्ण स्वर में कहा—"भावज को पहचाना या नहीं। परायों की तरह दूर रहकर भेंट की अनुमति मांगने का क्या अर्थ है, आपको एक-दो बार देखकर भी चेहरा भूली नहीं हूं। आप जब सिंधु देश के राजा हैं, प्रतापी दुर्योधन के बहनोई हैं, फिर राज्यहीन वनवासिनी पांडव-पत्नी द्रौपदी को कैसे पहचानेंगे ? सुशीला कैसी है ? मुझे भी कभी याद करती है ? भाई चाहे भगारि बन जायें, बहन तो सबकी होती है। इधर से शाल्व देश जा रहे हैं, पहले सूचना भेज देते तो क्या क्षति होती ? पता होता तो पांडव जरूर प्रतीक्षा करते। वे दूर शिकार के लिए गए हैं, संध्या से पूर्व लौटना मुश्किल है। उनकी ओर से मेरी शुभकामना और आशीर्वाद ग्रहण करें। नववधू को लेकर लौटते समय इधर से जायें तो एक रात पांडवों के आश्रम में भी बिताना। अभी से निमंत्रण रहा। पांडवों को भी खुशी होगी।"

जयद्रथ ने कोई उत्तर नहीं दिया। अभिमंत्रित से मेरी ओर देखते रहे—"शाल्व कन्या से विवाह करने मैं अब नहीं जाऊंगा। सुंदरी ! तुम मेरी भावज हो या और कुछ, तुम्हें ही रानी बनाना चाहता हूं। सुंदर नारी को भोग करना पुरुष का गौरव है। तुम-सी सुंदरी को जो पुरुष पायेगा, उसका यश बढ़ेगा। पांडव ऐसे रत्न के लायक ही नहीं। देखो, कैसी दीन-हीन दशा में रखे हैं।"

मैं क्रोध में अग्निपिंड हो गई—"बस, बस, आगे और कुछ न कहो। वरना पति के हाथों मृत्यु निश्चित है। नीच, पापी ! विवाहिता रमणी का यों असम्मान कर कोई जीवित रह सकता है ? इस पाप का प्रायश्चित करना ही पड़ेगा किसी न किसी दिन।"

कामजर्जर जयद्रथ को मेरी बात कैसे सुनाई देती। हाथ खींच रथ पर ले गया। कहा—"पांडव तो मेरे आगे मामूली भिखारी हैं। मेरा क्या बिगाड़ सकते हैं ? सुंदरी ! आज से सिंधु देश की रानी बनकर रहो। जिस दुर्योधन ने राजसभा में असम्मान किया, अब उसकी बहन होगी तुम्हारी चरणदासी। जरूर सहमत होंगी तुम भी। मैं समझता हूं, इससे बड़ा प्रतिशोध पांडव भी नहीं ले सकते।"

रथ तेज़ी से चल पड़ा। उस पापात्मा से लात मार कर छुटकारा पाने कूदने जा रही थी कि दोनों हाथों से कसकर पकड़ लिया मुझे उसने। लाचारी में कृष्ण-कृष्ण कहती मूर्च्छित होकर गिर पड़ी।

होश आया तो देखा मैं शय्या पर लेटी हूं। चारों ओर पति व्याकुल हुए बैठे हैं। चैन मिला—पापात्मा से तो छूटी। पुरोहित धौम्य ने बलात्कार न करने का खूब अनुरोध किया था। उसे लात मार मुझे जबरदस्ती रथ पर बिठा लिया था। पुरोहित धौम्य यह देख मेरे पतियों को खबर देने वन की ओर दौड़े—मैं उन्हें देखती रही। पति संवाद पाकर दौड़े। मेरा उद्धार किया। परन्तु उस पापात्मा को समुचित दंड दिया या नहीं ?

भीम ने आश्वासन दिया—"डरो नहीं पांचाली, अब सुरक्षित हो।"

मैंने रूक्ष स्वर में कहा—"मैं उस पापात्मा की लाश भी नहीं देखना चाहती। उसकी कलुषित देह अरण्य में शृगालों को फेंक दी जाये।" बिजली के साथ वर्षा की बौछार की तरह मेरी आंखों से आंसू बह चले।

युधिष्ठिर ने मेरी बात सुनकर कहा—"याज्ञसेनी ! आपसे ऐसी निष्ठुरता की आशा

न थी। जयद्रथ ने पाप किया है। हर पाप की सजा मृत्यु-दंड हो तो पृथ्वी पर कोई जीवित न रहता। पुरुष मात्र ही सुंदर नारी का आसक्त होता है। विवेकी पुरुष अपनी कामना को आयत्त कर लेते हैं। जयद्रथ ठहरा विवेकहीन, अतः अपमान कर बैठा। यह न भूलो कि वह हमारी इकलौती बहन का पति है।''

मैं एकदम जल उठी। सेज छोड़ उठ बैठी। तेज स्वर में कहा—''आप शायद मर्यादा-पुरुषोत्तम राम से भी अधिक क्षमाशील हैं। सीता-हरण के अपराध में रावण जैसे ज्ञानी का वध राम ने किया था। पर अपना बहनोई है, इसलिए पापात्मा को दंड नहीं देंगे ? स्त्री का अपमान आपको कष्ट नहीं देता, या उत्तेजित नहीं करता ! शास्त्र में है कि स्त्री-हरण करनेवाला या राज्यहरण करनेवाला शरण में आये तो भी उसे जीवित छोड़ना अनुचित होगा। वह समाज का प्रधान शत्रु है।''

भीम ने मेरी बात का समर्थन किया। अर्जुन, नकुल, सहदेव चुप थे। युधिष्ठिर क्षमा का महत्त्व समझाने लगे। मैं धीरे-धीरे शांत हो गई। वास्तव में इस पृथ्वी पर आदमी में इतनी पाप-इच्छाएं भरी हैं कि पग-पग पर धर्म, न्याय, सत्य विपन्न हो रहे हैं। ठीक तो है, हर पाप की सजा मृत्युदंड हो तो धरती पर आदमी ही न रहे। हमारे समाज का चलन ऐसा है कि पाप के लिए नारी को जीवनभर दुःख सहना पड़ता है। जयद्रथ के पापकर्म पर उसे मृत्युदंड देते तो सुशीला जीवनभर वैधव्य का दुःख भोगती। अतः दंड जयद्रथ को नहीं, सुशीला को भोगना होगा। बहु नारी-भोग करने में पुरुष को पाप नहीं लगता, उसके पौरुष का गौरव बढ़ता है। कुछ क्षेत्रों में उसे पाप मान भी लें, तो अक्षम्य अपराध कोई नहीं कहेगा। तभी तो पुरुष में इतना दंभ है। सुंदर नारी को देख अपहरण के अनेक उदाहरण हैं। अतः जयद्रथ ने समाज से बाहर जाकर कोई कार्य नहीं किया। वह पुरुष है, फिर राजा है। राजकीय अधिकार है। समाज पर गुस्सा हो आया। पति पर और फिर स्रष्टा पर गुमान हो आया। जिसके अदृष्ट में दुःख लिखा होता है, उसे ही ईश्वर सुंदर नारी के रूप में जन्म देते हैं, खैर, सुशीला भी मेरी तरह नारी है। सदाचारिणी है, पतिव्रता है, ममतामयी है, वह बिना दोष क्यों चरम दुःखी सहेगी।

मैंने भीगे स्वर में कहा—''तो जयद्रथ को मुक्त कर दें। सुशीला का क्या दोष ? जयद्रथ का वध करने से समाज के नीति-नियम यदि नहीं बदलते तो फिर सुशीला का जीवन ही दुःखमय क्यों करें ? नारी की तरह पुरुष के लिए भी यदि परस्त्री की कामना अक्षम्य अपराध और लज्जाजनक होती तो संसार में इतना पाप, इतना व्यभिचार नहीं रहता। सती सीता का जीवन भी दुःखमय न होता। रावण वध और लंका-ध्वंस के बाद पृथ्वी से नारी पर बलात्कार और पाशविक अत्याचार लोप हो जाते। राज्य, धन, वैभव की तरह स्त्री भी पुरुष के लिए जय की एक वस्तु हो गई है ! जिसका बल अधिक, वही औरों की स्त्री को जय कर लेता है। पति को युद्ध में परास्त कर किसी की स्त्री जीत लेना तो क्षत्रिय धर्म का प्रतीक बन गया है। जयद्रथ हार गया, यही मेरा भाग्य है। जयद्रथ जीत जाता तो न्यायतः मैं उसकी रक्षिता बन जाती।'' मैंने जयद्रथ को क्षमा कर दिया, परन्तु समाज के नीति-नियमों में असमता पर नारी-जन्म को कोसने लगी।

भीम ने जयद्रथ का सिर मुंडनकर पांडवों की दासता स्वीकार करायी। मेरे पांव पकड़ साष्टांग प्रणिपात करवाया और क्षमा मंगवायी। प्राणों के भय से जयद्रथ ने सब किया। वरवेश में सजे सिंधुराज खड़े थे घुटे सिर एक वस्त्र पहने ! घृणा से मैंने मुंह फेर लिया ! थू कर कहा—"विवेकहीन कामुक पुरुष का स्पर्श तो दूर छाया तक देखना सती नारी के लिए अनुचित है। छिः, मेरे पांवों की धूल तक स्पर्श करने के योग्य नहीं हो तुम।"

मुंडित सिर, अर्धनग्न जयद्रथ लंबे पसरे प्रणिपात कर रहे थे। देख कर भीम, नकुल ठहाका मारकर हंस पड़े। मैं वहां से चली आयी।

लज्जित, पराजित, भग्नमनोरथ जयद्रथ अपने राज्य को नहीं लौटे। हरद्वार में शिव को प्रसन्न करने तपस्या में बैठ गए। शिव प्रसन्न हो गए। वर मांगा—"पांडवों को युद्ध में हराने का अस्त्र प्रदान करें। चाहे एक दिन ही सही, पांडवों को युद्ध में हराना चाहता हूं।" शिव ने कहा—"तुम्हारा वर मांगने का उद्देश्य मैं समझता हूं ? तुम उन्हें हराकर वरनारी द्रौपदी को क्षत्रिय धर्म नियम के अनुसार पाने को व्याकुल हो उठे हो। पर अपना सर्वाधिक शक्तिशाली अस्त्र मैं पहले ही अर्जुन को दे चुका हूं। हां, एक दिन तुम अर्जुन के सिवा चारों पांडवों को जीत सकोगे।"

जयद्रथ शिव का वर पाकर कहते फिरे—"तो मेरी अभिलाषा पूरी होगी। कर्ण जीतेगा अर्जुन को, और मैं बाकी चारों को। दोनों मिलकर द्रौपदी का भोग करेंगे। एक समय बहु-पुरुष-भोग्या होने का अभ्यास द्रौपदी का है, अतः कोई असुविधा नहीं होगी।"

यह खबर सुन भीम क्रोध में भरकर युधिष्ठिर से कहने लगे—"देखा तो क्षमा का फल ? हालांकि द्रौपदी को जीतने का नशा किसी को भी पागल कर देगा। जयद्रथ का क्या दोष ?"

लेकिन मैंने कहा—"तो दोष मेरा है ? पति को युद्ध में हराने पर स्त्री का भोग करना शास्त्रसम्मत है, यही वास्तव में दोष है, तो कौन समझेगा ? शास्त्र का विरोध कौन करे ?"

❑ ❑

मन बदलने को कुछ दिन द्वैतवन चले गए। मेरा मन बेचैन था। अपना रूप-यौवन मुझे अभिशाप लग रहा था। अर्जुन ने स्पर्श न करने की शपथ ली है। वनवास का समय समाप्त होने आया। युधिष्ठिर परवर्ती चिंता में थे। भीम वन में घूमते रहते। अतः कभी-कभी हिडिंबा के पास जाकर रह आते। इसी बीच दुर्गम अरण्य में आवागमन के लिए रास्ते बन चुके थे। अतः भीम मुझे पहले की तरह खास चिढ़ाते नहीं, परेशान नहीं करते। नकुल शबरपल्ली में नृत्य-गीत और पर्व-त्योहारों में स्वयं को लीन कर देते। उधर सहदेव अज्ञातवास के बारे में सोचा करते। सच कहा जाये तो मैं एकदम निःसंग जीवन बिता रही थी, धीरे-धीरे कामना-वासना से दूर जा चुकी थी, मानो संन्यासी जीवन की पहली सीढ़ी है। पुरुष की कामना और अपने सुंदर शरीर तथा यौवन के प्रति मन में घृणा जम रही थी। हमारा सारा कष्ट, अपमान, पांडवों का वनवास, राज्यनाश, सबके

मूल में है एक सुंदर नारी न पाने की ग्लानि। वह नारी—मैं—कृष्णा ! कौन जाने वनवास के बाद राज्य लौटने पर हमारे लिए कौन अशुभ प्रतीक्षा कर रहा है। दुर्योधन, दुःशासन, कर्ण, जयद्रथ, सबकी आंखें मुझ पर। मगर सुंदर होने के अलावा मेरा दोष क्या है ? कभी-कभी प्रार्थना करती—'हे प्रभु, मुझे इस सुंदर देह के बदले शांति दो। मेरे पतियों को शांति दो, आर्यावर्त्त में शांति वापस कर दो। मेरी सारी सुंदरता को लेकर पृथ्वी को सुंदर बनाओ। मानव-हृदय को सुंदर करो !'—लेकिन मेरी प्रार्थना कौन सुनता ? मैं देखती, जप-तप, पूजा-उपासना और ब्रह्मचर्य के कारण मेरी कांति बढ़ी है। शरीर नैसर्गिक सौन्दर्य में झलमला उठा है। मैं और भी रूपवती हो उठी हूं। मुझे जलाने के लिए अदृष्ट मानो सारा रूप जान-बूझ कर मुझ पर ही उंड़ेल रहा है।

❑❑

उस दिन झरने के जल में अपना बिंब देख मैं मुग्ध हो गई। मन में कोई शंका-सी जाग उठी। लगा जैसे कोई वपुवंत पुरुष अभी रूप के लोभ में बलात्कार कर बैठे। बलात्कार और अनाचार से ही तो यह दुनिया अब चल रही है।

अचानक कोई शबर युवक दौड़ा-दौड़ा आ पहुंचा—'मां, कोई सुंदर युवक अरण्य में पड़े हैं। उनकी देह और कान से रक्त झर रहा है। माथे पर राजमुकुट है। रक्त झरने की स्थिति में ही इधर शिकार कर रहे थे। रक्त की परवाह न कर खूब चतुरता से एक बाघ का शिकार किया। अचानक विषधर सर्प के दंश से मूर्छित हो पड़े हैं। हम लोगों की सारी जड़ी-बूटी, मंत्र-तंत्र विफल हो रहे हैं। उनके रुधिर में कालकूट विष मिलता जा रहा है। महर्षि विप्रपाद ने बताया—पशु-पक्षियों को वशीकरण करने की शक्ति आपके पास है। आप यदि निर्देश दें तो विषधर सर्प युवक के क्षत का विषय निकाल लेगा। उसके प्राण बच जायेंगे। द्वैतवन में इस नरभक्षी को मारकर युवक ने हमारा बहुत उपकार किया है। इस तरह इनके अब प्राण उड़ गए तो द्वैतवन में भय कर कोई नहीं आयेगा।''

मैंने बिना समय गंवाये कदम बढ़ाये। तुरन्त युवक के मूर्च्छित शरीर तक पहुंच गई अरे ! महाबली दाता कर्ण ! कवच-कुंडल-दान का घाव सूखा नहीं। उन्हें देखकर लगा—जैसे ये निष्ठुर दाता हैं। खूब निष्ठुर व कठोर न होते तो अपनी काया छीलकर कोई दाता होने का गौरव अर्जित करता है ? अभिशप्त पुरुष के प्रति मन में माया जाग उठी। अगले क्षण याद आ गई अर्जुन-निपात की प्रतिज्ञा ! अब भय-आशंका का कारण नहीं रहेगा कुछ पल बाद ! विष से अर्जुन स्वतः अकंटक हो जायेंगे। दुर्योधन की शक्ति और अहंकार का उत्स ही सूख जायेगा। वे स्वयं आकर शरण पड़ेंगे। इंद्रप्रस्थ ही क्या हस्तिना की भी राजगद्दी मिल जायेगी। कर्णवध कर मां कुंती के मन को दारुण दुःख देने के अपराध की ज़रूरत अर्जुन को पड़ेगी ही नहीं।

पता नहीं क्यों—मन कमज़ोर हो आया। अन्दर की ममतामयी नारी आदमी के दुःख-दर्द और मरण की बात सोच कातर हो उठी। मेरे अन्दर की कुंती का कारुण्य भी विलप गया। अनजाने ही मैं मां हो उठी। सामने पड़ा है मौत के मुंह में जाता आदमी। मैं उसके प्राण रख सकती हूं। यह भी कोई ऐसा-वैसा आदमी नहीं। परम

सौंदर्यवान् वीर पुरुष कर्ण ! फिर कभी मेरे भी प्राणों की रक्षा करनेवाला !

भूल गई कि यह पुरुष मेरे पति का शत्रु है। बहुत पीछे हट गया मेरे लांछन और अपमान का कारण। मेरे अपने भविष्य के कांटे सजाये खड़े कर्ण का रूप आंखों से कहीं दूर ओझल हो गया था—बस एक वीर पुरुष, निष्पाप कुंती का धर्मपुत्र और मेरा प्राणरक्षक मूर्च्छित निस्तेज पड़ा था सामने।

मैंने गुनगुना कर कालसर्प के आह्वान का मंत्र पढ़ा। मानो वह मेरी ही प्रतीक्षा में था। मेरे निर्देश पर उसने क्षतस्थान पर फल लगाया। धीरे धीरे विष हरण करता गया और अविलंब एक झपट्टे में उस घोर अरण्य में पता नहीं किस तरफ लीन हो गया। कर्ण की देह में कुछ हलचल के लक्षण दिखे। मेरे इंगित करने पर शबर युवक-युवतियों ने कुछ वनौषधियां लाकर कर्ण की देह पर लेप किया। रक्त बहना बंद हो गया। अपना अपूर्व तेज वापस पा गए। होश पाकर उठ बैठे। आंख खोल चारों ओर देखते इससे पहले ही मैं वहां से हट कर चली आयी। कर्ण जैसे अहंकारी पुरुष की कृतज्ञता भी तो अहंकारशून्य नहीं होगी। उसका भार सहना मेरी शक्ति से बाहर है। मेरे जीवनदाता हैं—बस अपना ऋण उतार दिया। कृतज्ञता की कोई जरूरत नहीं।

सुना कर्ण का मंद, मधुर स्वर। कह रहे हैं—"देवि, कौन हैं ? जो भी हों, मेरी नमस्या हैं। जीवनदाता हैं, जननी-सदृश हैं। जन्मदात्री को देखा नहीं, जीवनदात्री का रूप जितना देखा, उतने में ही जीवन धन्य हो गया। इस अधम, अभिशप्त संतान की सारी भूल-चूक, अपराध क्षमा करना। आप क्योंकि जननी हैं, क्षमाशील हैं। आपके पास न सही, किसी और नारी के आगे अपराध करता जा रहा हूं—उसे जलाने की प्रतिज्ञा प्रबल होती जाती है, क्यों ...कि...मैं पुरुष हूं और पौरुष का अपमान मैं नहीं भूल पाता, मृत्यु तक शायद न भूल पाऊं। आज दुर्योधन को साथ लेकर आया था अपना वैभव दिखाकर जलाने के लिए। लेकिन स्वयं विषज्वाला में अंगार बनकर लौट रहा हूं। नारी शक्तिमयी ! आप मेरी नमस्या हैं। मैं चिरदिन शक्ति और सौन्दर्य का उपासक हूं, पर उस नारी को बिना जलाये लौट नहीं पा रहा, देवि ! मुझे क्षमा करना..."

तेजी से वनपथ पर लौट रही थी। अनायास उमड़ी बदली की तरह आंसू झर गए। कर्ण के हृदय का निःसंकोच हाहाकार मेरे जननी-हृदय को स्पर्श कर गया है, मन के तार-तार को झंकृत कर रहा है—मन ही मन मैंने कर्ण के सारे अपराध, अविचार को क्षमा कर दिया। क्यों ? जननी ही संतान के सारे अपराध क्षमा कर सकती है...

आश्रम में पहुंचकर कर्ण एवं दुर्योधन के द्वैतवन आने का संवाद दिया। कर्ण को जीवनदान की बात भी बताई। मेरी बात सुनकर युधिष्ठिर एवं अर्जुन ने—'साधु-साधु !' कहा। युधिष्ठिर ने कहा—"वाह ! याज्ञसेनी ने एक और पुण्य-कार्य किया है।"

अर्जुन बोले—"कर्ण-वध का अवसर याज्ञसेनी के कारण मिला। कर्ण आज मृत्यु मुख में चले जाते तो उनको मारने के आनन्द से वंचित हो जाता। मेरे वीरत्व को पृथ्वी के लोग नहीं जान पाते। याज्ञसेनी ने आज खूब बुद्धिमान नारी का कार्य किया है।"

भीम खीझ उठे—"द्रौपदी प्रशंसा की भूखी हैं। हमारे चिरशत्रु को जीवनदान देकर

सुश्रूषा के बहाने वे वाह-वाही ले रही हैं। जबकि द्रौपदी के कारण ही तो कर्ण हमारा चिरशत्रु है।''

भीम की क्रोधपूर्ण वाणी सुन मुझे दुःख जरूर हुआ। पर चुप रह गई। वे तो सदा ही ऐसे हैं।

कुछ देर बाद खबर आयी कि गंधर्वराज चित्रसेन ने दुर्योधन को बंदी बना लिया है। गंधर्वराज अप्सराओं के साथ द्वैतवन के सरोवर में जल-क्रीड़ा कर रहे थे। दुर्योधन उन्हें अभद्र भंगिमा में देखते बैठे रहे।

उन्हें कामातुर देख प्रहरियों ने वहां से हट जाने का अनुरोध किया। नहीं माने। गंधर्वों के साथ उनका युद्ध हो गया। कर्ण इस युद्ध में थे नहीं, दुर्योधन परास्त होकर बंदी बना लिए गए। खबर पाकर पांचों पांडव तुरन्त चित्रसेन के पास पहुंचे। मित्र अर्जुन को देखकर चित्रसेन आनंदित हो उठे। दुर्योधन को मुक्त करने का अनुरोध कर अर्जुन ने कहा—''दुर्योधन के अभद्र व्यवहार पर हम क्षमाप्रार्थी हैं। हमारे बड़े भाई युधिष्ठिर की इच्छा है कि आप इन्हें मुक्ति दान दें। कुछ भी हो, कौरव हमारे भाई ठहरे। हमारे यहां रहते-रहते वे बंदी रहें, यह हमारे वंश के प्रति आघात होगा। हमारे आपसी बंधुत्व को स्मरण कर आप इन्हें मुक्त कर दें।''

चित्रसेन आश्चर्य में भर गए—''अरे ! आपको अपमानित करने के लिए सेना लेकर ये आये अपना वैभव दिखाने। आपके पिता इंद्र को पता चला तो मुझे भेजा पराभव दिखाने। और आप ही इनका पक्ष लेकर मुक्ति का अनुरोध कर रहे हैं !''

''यही इनके लिए उपयुक्त सजा है। हमें वैभव दिखाने जाकर हमारी दया और सहायता के बल पर बन्दी जीवन से छूटना क्या कम अपमानजनक होगा किसी भी पुरुष के लिए ?'' अर्जुन ने हंसकर कहा।

चित्रसेन ने उन्हें मुक्त कर दिया—''पांडवों के चरणों की धूल स्पर्श करो।'' पांडवों ने भी चित्रसेन के चरण स्पर्श करने को कहा दुर्योधन से। दोनों के चरण छू लज्जा और अपमान की ग्लानि में डूबा हस्तिना लौट गया।

आश्रम में पहुंच भीम बोले—''देखी तो कर्ण की वंचकता ! मित्र को विपद में छोड़ खिसक गया ! यह क्या पुरुषोचित है ?''

सहदेव ने गम्भीर होकर कहा—''कर्ण अहंकारी जरूर हैं, पर कामुक या लंपट प्रकृति के पुरुष नहीं हैं। उनके जैसा सच्चरित्र पुरुष आर्यावर्त्त में विरल है। दुर्योधन का अभद्र आचरण अच्छा न लगा तो लौट गये। द्रौपदी के प्रति द्वेषभाव है अतः उन्हें कभी असौजन्य दिखा दिया होगा, पर कामुकता से वे बहुत ऊपर हैं।''

कर्ण मेरे चिरशत्रु हैं, पर उनके प्रति संभ्रम में सिर नत हो गया।

❑❑

अज्ञातवास की चिंता सबको विचलित कर रही थी। बस, युधिष्ठिर निर्विकार थे। हम सब डर रहे थे कि यदि अज्ञातवास में कौरवों ने हमें पहचान लिया, तो फिर बारह वर्ष का वनवास भोगो। लगता है युधिष्ठिर यही चाहते थे। हस्तिना लौटते ही तो युद्ध अवश्यंभावी है—वे इस परिणति से परिचित थे। वे आश्वासन दे रहे थे—''जो होना

है, होगा, अभी से चिंता क्यों ?''

उस दिन द्वैतवन में फिरते-फिरते हम क्लांत हो चुके थे। युधिष्ठिर को प्यास लगी। पास के सरोवर से जल लाने सहदेव गए। पर वे नहीं लौटे तो फिर नकुल को कहा। नकुल के बाद फिर अर्जुन को भी देर हो गई तो भीम चल पड़े। युधिष्ठिर और मैं मध्याह्न तक चारों की प्रतीक्षा करते रहे। मेरे मन में कहीं शंका हो रही थी। युधिष्ठिर पास थे फिर भी सारा संसार खाली-खाली लग रहा था।

आखिर हम दोनों सरोवर की ओर चले खबर लेने।

वहां जाकर देखा—चारों चैन से सोये पड़े हैं। मन ही मन मैंने सोचा—अजीब दायित्वहीन हैं। बड़े भैया प्यासे बैठे हैं और ये इधर दोपहर में भी सो रहे हैं ! तृतीय पांडव फाल्गुनि के पांव के पास बैठी। वे बहुत क्लांत और निस्तेज दिख रहे थे। मन में कैसा-कैसा तो विचलन-सा लगा। बेचारे जीवन-भर वनवास, ब्रह्मचर्य, साधना और दुश्चिंता में ही जीते रहे हैं। अब फिर मुझे स्पर्श न करने की प्रतिज्ञा कर बैठे। मानो मैं संसार में महापातकी हूं। मैं इधर-उधर की बातें सोच रही थी कि युधिष्ठिर ने कहा—''याज्ञसेनी ! तुम तो विदुषी हो, सत्य के आगे सिर झुकाने के सिवा आदमी का चारा नहीं। कभी न कभी सब मरते हैं। पर असमय में सब मुझे छोड़कर चले गए, यही दुःख है।''

मैं कुछ नहीं समझ पायी। कौन गया ? किसके लिए कह रहे हैं ?

पहली बार युधिष्ठिर आंसू बहा रहे थे। भाइयों के गुण स्मरण कर तृषा को धिक्कार रहे थे। अब समझी कि चारों पति मृत हैं। अर्जुन के चरणों में सिर रख रो उठी। भूल गई अर्जुन की प्रतिज्ञा। पांव छाती से लगा लिए। मैं बेहोश हो गई।

मेरे मुंह पर छींटे देने के लिए जल लाने युधिष्ठिर ने जलाशय की ओर कदम बढ़ाये। अंजुली भरने को हाथ बढ़ाया ही था कि वृक्ष पर बैठे वक पक्षी ने आवाज़ दी—''युधिष्ठिर ! मेरे प्रश्न का पहले यथार्थ उत्तर दो। वरना इन चार पांडवों के जैसी दशा होगी। मैं यक्ष हूं—जलाशय का रक्षक। चारों ने उत्तर दिये बिना जलपान की कोशिश की थी, परिणाम देख रहे हो !''

युधिष्ठिर रुक गए। युधिष्ठिर ने यक्ष के प्रश्नों का धीरज के साथ गंभीरतापूर्वक यथार्थ उत्तर दिया, मुझे होश आ चुका था। युधिष्ठिर के पांडित्य से भरे वचन सुन दुःख में भी उनके प्रति श्रद्धानत हो गई। उनके अगाध ज्ञान के आगे मुझे अपनी विद्याबुद्धि तुच्छ लग रही थी।

उन उत्तरों से संतुष्ट हो वक पक्षी ने कहा—''तुम्हारे उत्तरों से मैं प्रसन्न हूं। चारों में से जिस एक को तुम चाहो, मैं जीवित कर सकता हूं। बोलो, किसका जीवन आवश्यक समझते हो ?''

मैं पड़ी थी अर्जुन के चरण थामे। स्वार्थी की तरह सोच रही थी कि अर्जुन की प्राणभिक्षा मुझे सुखी करेगी, पर चारों मेरे पति हैं। एक का ही यदि प्राण-दान कर रहे हैं, तो अर्जुन का उठना ही चाह रही थी।

लेकिन युधिष्ठिर ने तभी कह दिया—''नकुल की रक्षा करें।''

मैं सुनकर उत्फुल्ल थी। मगर अर्जुन के न उठने की बात सोच दुःख में टूट गई।

ऐसा विडंबित जीवन और किसका होगा ?

यक्ष ने भी आश्चर्य से पूछा–"भीम व अर्जुन तुम्हारे दो हाथ हैं। वे कुंतीपुत्र हैं। मगर उन्हें छोड़ माद्रीपुत्र नकुल का जीवन कैसे मांगा ?"

मैं भी मन ही मन पूछ रही थी।

युधिष्ठिर ने न्याय का श्रेष्ठ उदाहरण रखते हुए कहा–"मां कुंती का ज्येष्ठ पुत्र मैं जीवित हूं। माद्री का ज्येष्ठ पुत्र नकुल उसी दृष्टि से जीवित रहे, मैं यही चाहता हूं।"

यक्ष उनके निष्पक्ष विचार पर अत्यंत प्रसन्न हो गया। तत्क्षण चारों को चैतन्य कर दिया। सब मानो नींद से जगे हैं। मैं अभी भी अर्जुन के चरण पकड़े पड़ी थी। सरोवर-तीर की माटी आंसुओं के जल से सींच रही थी।

तभी अर्जुन ने दोनों पांव सरका लिये–"पत्नी के रूप में सब तुम्हारे हैं। सबके प्रति सम आचरण होना चाहिए। मैंने तुम्हें जीता था, इसलिए मेरे प्रति प्रेम और दरदी हो रही हो, यह अन्याय है। अन्याय को आश्रय देने पर पांडवों की पराजय निश्चित है। कृष्णा, तुम मुझ पर से अधिक प्रेम रूपी अन्याय का पहाड़ हटा दो। बस..."

मैं सोच रही थी कि मेरा दुःख देख अर्जुन कुछ धीरज देंगे। परन्तु न्याय, नीति, नियम की वाणी सुनाकर फिर मुझे अस्पृश्या बना दिया। अश्रु बहते रहे, पति को प्रेम करने के पाप और कालिमा को धोते रहे।

❑❑

अजीब दृश्यों से भरा है मेरे जीवन-नाटक का यह विडंबित अंक। मत्स्य देश की राजधानी विराट नगरी के राजप्रासाद में हम छद्मवेश में आश्रय लिए हैं। एक वर्ष निर्विघ्न कट जाये तो दुःखमय नाटक पर पर्दा पड़े। यवनिका-पात से पहले नाटक की चरम सीमा का दृश्य अभिनीत हो रहा है। बस, यही सोच स्वयं को धीरज बंधा रही थी।

अज्ञातवास के चार महीने बीत गए किसी तरह। युधिष्ठिर 'कंक' नाम से विराट राजा की सभा में हैं। वे बने हैं पाशे के खेल में उस्ताद। रात-दिन पाशा खेलकर राजा का मनोरंजन करना ही उनका काम है। जहां से हमारे वनवास के दुःख आरंभ हुआ, वहीं वह दुःख समाप्त होगा। ब्राह्मण 'कंक' को युधिष्ठिर का मित्र जानकर विराट राजा ने उनका खूब सम्मान किया।

मेरे परम शक्तिशाली भोजनभट्ट पति भीमसेन ने अपनी सुविधानुसार काम चुन लिया है। वे हैं विराट राजप्रासाद में पाचक 'वल्लभ'। युधिष्ठिर के राजप्रासाद में वे द्रौपदी के प्रत्यक्ष तत्त्वावधान में कुछ दिन पाचक थे, मल्लयुद्ध में भी पारंगत थे–यह जानने के बाद विराट ने महल में उन्हें मुख्य रसोइया बना दिया।

मेरे सौन्दर्यवंत कंदर्प-सुदश पति अर्जुन की भूमिका न कहूं तो ही अच्छा। मुझे जिससे दुःख लगे, उनके भाग्य में वही लिखा है ! अब वे नपुंसक नृत्यसंगीत-गुरु बृहन्नला हैं। चित्रसेन गंधर्व में सीखे नृत्य-गीत और उर्वशी के शाप को अब कार्य में लगा रहे हैं। द्रुपद-राजनंदिनी द्रौपदी की कभी सखी रह चुकी हैं, यह जानकर रानी सुदेष्णा और राजकन्या उत्तरा के पास उनका आदर बढ़ गया। पुरुषत्वहीन, फाल्गुनि अब स्त्रियों

की तरह साड़ी बांध अपनी देह और कंधे का शर-चिह्न ढांप रहे हैं। दीर्घ केशों की वेणी बांध उनमें फूल खोंस लेते हैं। कान, नाक, हाथ, बाहु, कटि, पाद पर नाना अलंकार पहनते हैं। होंठों पर रंग, माथे पर कुंकुम-बिंदु, आंखों में काजल लगाकर रमणी की तरह सजा लेते हैं। राजकुमारी उत्तरा को नृत्य सिखाने के साथ-साथ महल में भोज आदि के अवसर पर नृत्य उपस्थित कर रानी एवं पुरनारियों का मनोरंजन करते हैं। सबका छद्म वेश सह लिया, पर सौन्दर्यवंत अर्जुन को 'बृहन्नला' वेश में देखकर मेरे प्राण विकल हो उठे। सब उनकी अपूर्व नृत्य-भंगिमा पर चमत्कृत हो ताली बजाते। मैं वहां से हट कर दुःख में टूट जाती। जानती हूं यह पौरुषहीन अवस्था, हास्यजनक अंग-भंगिमा, नारी-सुलभ स्वर, मुख की भंगिमा, छंदमय पदचाप सब कुछ ही दिन के हैं। कोई स्त्री कभी स्वप्न में भी पति की यह स्थिति सह पायेगी ? रनिवास में नारियां जब बृहन्नला के साथ कौतुक करने में डूब जातीं, मैं खिन्न हो गंभीरता से अपने धीरज को थामे रखती। बृहन्नला का नारीसुलभ रंग-ढंग पुरनारियों को खूब हंसाता। मेरा मन करता, चीख-चीख कर कहूं—"कौन है बृहन्नला...!"

मगर अगले क्षण हृदय को पत्थर का बना लेती। आंसुओं को रोकना पड़ता। हट जाती वहां से। अर्जुन की जगह यदि नकुल इस भूमिका में उतरते तो एक बात थी। क्योंकि वसनभूषण-प्रिय, अपने रूप के प्रति सचेतन नकुल का ऐसा रूपांतर कुछ आमोद भी देता। लेकिन जिन पति का पौरुष और शौर्य ही एकमात्र गर्व, गौरव तथा आश्वासन की चीज़ है, उन्हें इस भूमिका में देख मैं उदास हो जाती।

नकुल ने 'ग्रन्थिक' नाम रखा था। युधिष्ठिर के भूतपूर्व अश्वरक्षक होने के कारण विराट ने उन्हें सहज ही अश्वरक्षक के कार्य पर नियुक्त कर दिया है। सहदेव गौ-सेवा के पुण्य में जुट गए—'तंत्रिपाल' नाम धारण कर। विराट ने उन्हें गायों की सेवा, सुरक्षा का दायित्व सौंप दिया है। अपनी-अपनी भूमिका में नकुल एवं सहदेव शायद सर्वाधिक सुखी एवं संतुष्ट थे।

पांडुपुत्र पंचपांडवों के अज्ञातवास की यह है भूमिका। अब द्रुपद-सुता की विडंबना का क्या कहना ! द्रौपदी विराट की रानी सुदेष्णा का केश-विन्यास करने वाली परिचारिका थी—'सैरन्ध्री'।

मेरी रूपशोभा देख रानी सुदेष्णा मुग्ध हो गई थी। मुझ जैसी रूपवती नारी को राजप्रासाद में रखने पर उनके वृद्ध पति भी कहीं आकृष्ट न हो जायें ! मैंने विनयपूर्वक कहा—"महारानी, मैं विवाहित नारी हूं। मेरे पंच गंधर्व पति भाग्यदोष के कारण देशांतरित हैं, अतः पेट भरने के लिए आपके आश्रय में आयी हूं। वे लौटेंगे तब सम्मानपूर्वक घर लौटा ले जायेंगे। अतः रूप की चिंता न करें। मैं किसी को आकृष्ट नहीं करना चाहती, इधर कोई आकृष्ट होगा तो उसका भी भला नहीं होगा। मेरे गंधर्व पति उसे कठोर दंड देने में पीछे नहीं हटेंगे। बस, एक अनुरोध है—किसी पुरुष की आज्ञा मैं नहीं सुनूंगी तथा जूठा स्पर्श नहीं करूंगी।" तब से मैं रानी सुदेष्णा की विश्वस्त सहचरी हूं। अपने मुक्तकेशों पर आंचल खींच, रानी सुदेष्णा एवं कुमारी उत्तरा के केशविन्यास में मन लगाती हूं।

युधिष्ठिर खूब मज़े में हैं। रात-दिन विराट के साथ खेलने में लगे रहते हैं, उन्हीं

के साथ भोजन आदि भी करते हैं।

अर्जुन राजकुमारी उत्तरा और रानी सुदेष्णा के मनोरंजन में समय बिताते हैं। अंतःपुर में अलग कोठरी में रहते हैं। रनिवास में दासियां अर्जुन को लेकर हंसी-ठट्ठा करती रहती हैं। यह देख मैं गुस्से में लाल पड़ जाती। बिगड़कर उन्हें अपना-अपना काम करने को डांटती। वे मेरा उपहास करतीं—"तुम्हें क्यों इतना कष्ट हो रहा है ? पांच पतियों के पास संतुष्ट न हो पायी तभी तो घर छोड़कर निकल आयी हो। अब कुछ दिन बृहन्नला से मन बहला लो। राजकीय अंतःपुर में बृहन्नला ही तो मन-बहलाव के माध्यम हैं। यहां दूसरे किसी पुरुष का प्रवेश निषिद्ध है। हां और पुरुष हैं—वे हैं महारानी के भाई कीचक। वे तुम्हारी ओर आकृष्ट हैं। हस्तिनापुर की राजवधू द्रौपदी भी तो पंचपति से विवाह कर सती कहलाती है। कीचक की आशा पूरी करने में तुम्हारे सतीत्व पर आंच नहीं आयेगी। कीचक हमारी ओर तो आंख ही नहीं उठाते। वरना इस हिजड़े से क्यों हंसतीं ?"

मैं गुस्से और घृणा में आग हो जाती। मेरे कोपानल में सारी गोपनीयता ध्वंस हो जायेगी, यह सोच अर्जुन हंसकर हाथ पकड़ लेते और एकांत में ले जाते। कहते—"चल सखी, एकांत में बात करें। उनकी बात छोड़ो। मैं सबकी हूं। राजा चाहें उनकी, रानी चाहें उनकी, तुम चाहो तो तुम्हारी..."

दासियां अश्लील-सी फब्ती कस कर हंस पड़तीं। मैं रुआंसी हो जाती। कुछ बोल नहीं पाती।

अर्जुन धीरे-से कहते—"कृष्णा, अभिनय को सच मानकर कष्ट भोगती हो। कुछ ही दिन की बात है—बस दुःख की रात बीतने को है।"

मैं क्रोध दबाकर कहती—"जिसका शौर्य और पौरुष ही मेरे कुमारी जीवन का सपना था, उसका यह अभिनय कैसे सहूं ? अभिनय में भी आपका वेश, भावभंगिमा—कुछ नहीं सह पाती—"

आंसू पोंछ मैं वहां से चली आती। उनकी ओर देखकर मेरा क्षोभ बहुत बढ़ जाता।

भीम रात-दिन खूब परिश्रम करते हैं। उनके आने के बाद अन्य पाचक सूपकार अपना काम उन पर डाल आराम करने लग जाते हैं। भीम को इसकी परवाह नहीं। स्वादिष्ट भोजन बनाकर वे सबको परोसते हैं। सबके खा चुकने के बाद स्वयं हांडी-बासन सहित लेकर बैठते और बचा सारा पदार्थ उदरस्थ कर लेते। रसोई बनने के बाद सबसे पहले खानेवाले जीव हैं वे। भोजन परोसने में ज़रा देर हुई कि तूफान खड़ा कर देते। भोजन के आगे उनका धीरज, ज्ञान सब लोप हो जाता है। और यहां कितनी मुश्किल से आखिर तक बिना खाये रहते हैं। औरों को खिलाते हैं। मुंह बन्द किए लोभ संवरण कर परोसते रहते हैं—मैं रो पड़ती। सोचती—भोजन बनते ही मैं कितने चाव से भीम को खिलाती थी और यहां मात्र दासी हूं ! मेरा क्या अधिकार है यहां !

भीम जब भोजन लेकर बैठते तो दासियां, रसोइये वगैरह सब तमाशा देखने की तरह घेरकर खड़े हो जाते। हंसी करते। कहते—"बेचारे ने जीवन में कभी ऐसा राजकीय भोजन देखा नहीं। भाग्य का जोर, यहां नौकरी पा गया। बस मौज हो गई है !"

मन करता—दासियों के चेहरे पर चांटे मारती। लेकिन गुस्सा रोक लेती। कहती—"सुना है हस्तिनापुर के राजपुत्र भीम भी ऐसा ही भोजन करते हैं। खूब भोजन करने की शक्ति उनके लिए एक गौरव की चीज़ है। क्योंकि वे राजपुत्र हैं। पर वल्लभ तो पाचक है। अतः यह शक्ति दारिद्रय के प्रलोभन जैसी दिखती है। कौन जाने कल वल्लभ भी राजा बन जाये। उसकी शक्ति तो किसी राजा जैसी है।"

दासियां खिलखिला पड़तीं—"वल्लभ राजा हो तो तुम रानी बन जाओगी, यही सपना सजा रही हो ? अच्छा है, पंचपति के रहते यदि दासी होने का योग था तो वल्लभ का आसरा लेने में क्या क्षति है ? वल्लभ राजा हो या न हो, राजा जैसा चेहरा तो है !" फिर एक अश्लील-सा इंगित कर हंस पड़तीं। इधर मैं गुस्से में, घृणा में उठकर चली आती।

इसी अन्तर्दाह में जीवन चल रहा था। बस, उत्तरा इस रेगिस्तान में एकमात्र मरुउद्यान थी। उत्तरा को देखकर संतान का विरह भूल जाती। उनका अनिंद्य कोमल रूप, निष्पाप सौकुमार्य मेरे क्षुब्ध हृदय को स्निग्ध शीतलता में मधुर, नम्र बना देता है। उसे छाती से लगा कभी-कभी ममता में कह उठती—"मेरा पुत्र यदि राजपुत्र होता तो तुम्हें पुत्रवधू बना लेती। और कभी किसी अलौकिक शक्ति के बल पर मेरा पुत्र राजसिंहासन पाये तो तुम ही मेरी पुत्रवधू बनोगी।" उत्तरा कैशोर का कुतूहल लिए पूछती—"तुम यदि इतनी सुन्दर हो, तुम्हारे पुत्र कितने सुंदर न होंगे ! तुम्हारे गंधर्व पति यदि इतने शक्तिवान हैं, वीर हैं तो फिर उनका पुत्र वैसे ही कितना वीर न होगा ?"

मैं अभिमन्यु के रूप, वीरत्व और अलौकिक प्रतिभा का वर्णन करती उत्तरा के आगे। वह भी मुग्ध हो सुनते हुए कहती—"मैं समझती हूं जो वीर है, सौन्दर्यवान् है वही राजा होने के योग्य है। राजा का पुत्र यदि अयोग्य हो तो फिर राज्याधिकारी क्यों बने ?"

मैं भी मन ही मन उत्तरा की इस बात का समर्थन करती। सोचती—ऐसा यदि होता तो अब हस्तिनापुर के अधिपति दुर्योधन न होकर कर्ण होते। परन्तु अदृष्ट का परिहास ...कर्ण राजपुत्र नहीं हैं, अतः उनका सारा वीरत्व उपहसित हो रहा है !

उत्तरा और मैं जब भी एक साथ बैठकर बातें करती होतीं, अंदर का दुःख कहीं छुप जाता—मैं सतेज, सुंदर, सहज हो उठती—तभी कीचक आकर उत्तरा के साथ कौतुक करते। उत्तरा को बीच में रखकर मुझे तरह-तरह के इंगित देकर हृदय में कामना जागने की बात सूचित करते। मुझे पुरुष के शौर्य, वीरता और पांडित्य के प्रति अन्दर जितना आकर्षण है, उसकी कामना, अंधी वासना से उतनी ही घृणा और वितृष्णा है। अतः कीचक के प्रति घृणा पैदा होती। कई उपहार भेजे मेरे पास दासी मालती के हाथ। मैंने वापस कर दिये। आखिर अपनी नग्न कामना की स्वीकारोक्तिसूचक एक पत्र लिख भेजा मुझे। पढ़कर मैंने उसे अग्नि को अर्पित कर दिया ! दासी को उत्तर में कह दिया—"कामुक कीचक से कह देना—वह क्यों मृत्यु को आमंत्रित कर रहा है ? मैं उसके लिए विषकन्या हूं।"

फिर भी कीचक निर्लज्ज ही बना रहा। कामुक पुरुष पशु के समान होता है। पशु को लज्जा कैसी ? उसका क्या अपमान ?

कीचक के इंगित और व्यवहार के बारे में समय पाते ही युधिष्ठिर को बता देती। क्योंकि अर्जुन इस समय बलहीन हैं, पौरुष-रहित और फिर निरस्त्र। भीम को कह दूंगी तो वे ऐसा कांड कर बैठेंगे कि बस हमारा भेद ही खुल जायेगा। हमारे कर्ता हैं युधिष्ठिर। उन्हें बता देने से सोचा था दुःख मिट जायेगा। परन्तु वे निर्विकार रहे। न्याय, धर्म, सहनशीलता, क्षमा, उदारता के अ. ो स्त्री की मर्यादा, लाचारी, दुःख-दर्द, अपमान उनके लिए कुछ नहीं था। मेरी घबराहट, लाचारी, गुस्सा, घृणा देखकर नीति-वचन सुनाते—"याज्ञसेनी ! तुम विदुषी हो, विद्यावती भी। स्वयं अपनी रक्षा न करने पर आदमी को कोई नहीं बचा सकता। सावधानी से कीचक की कामना का शिकार बनने से बचकर दूर रहो। ऐसा कुछ न कर बैठना कि हमारा भेद ही खुल जाये। फिर तो हम विपन्न हो जायेंगे। अपना परिचय देने का समय अभी नहीं हुआ। विराट के अंतःपुर में अनेक सुंदरी ललनाओं के रहते कीचक की निगाह तुम पर क्यों पड़ी ? बहुत पहले से सावधान रहना चाहिए था..."

गुस्से में फूट पड़ने का अवसर नहीं है। चीखकर हल्का भी नहीं किया जा सकता। आंसू झरा कर असहायता समझाने लायक पति युधिष्ठिर हैं नहीं। कभी इनके आगे आंसू बहाये नहीं, बहाऊंगी भी नहीं। मेरी यह कई दिनों से प्रतिज्ञा है। मान को जो महत्त्व नहीं देते, उनके आगे गुमान कर हास्यास्पद ही होना है। अर्जुन के आगे भी बहुत कम ही आंसू बहाये हैं। क्योंकि वे मेरे मान में अपना गुमान मिलाकर मेरा अश्रुभार बढ़ा देते हैं। यदि किसी के आगे अनायास आंसू बह पड़ते तो वे हैं उन्मुक्त-मना, स्पष्टवादी भीम। मेरे आंसुओं का वे यदि यथार्थता समझ लें तो फिर सागर तक लांघ जायें। परन्तु उनसे मुझे डर है। कीचक की कुदृष्टि मुझ पर है, यह सुनते ही वे उसका वध कर डालेंगे—और परिणाम होगा अज्ञातवास में रहस्य खुल जाना।

मैंने सावधानी से अपनी रक्षा की खूब चेष्टा की। स्वयं को ईश्वर के भरोसे छोड़ दिया। पति होता है स्त्री का ईश्वर। वह यदि पत्नी की रक्षा करने में असमर्थ है, तो ईश्वर कैसे बनेगा वह ? ईश्वर वही पुरुष होगा जो रक्षक हो। अतः मैं सखा कृष्ण को ईश्वर-आसन पर बैठाकर पूजा करती। वे ही तो मेरे विपद-बन्धु हैं, त्राणकर्ता हैं। अतः वे मेरे ईश्वर, हृदयेश्वर, प्रातः स्मरणीय प्रिय बांधव हैं। दूर हों तो भी हर पल उन्हें हृदय में स्थापित कर विपद टालती जाती।

❑ ❑

उस दिन विराट के अंतःपुर में किसी उत्सव का आयोजन था। उत्सव की कर्ता थी स्वयं सुदेष्णा। नृत्य-गीत एवं पान-भोजन का विपुल आयोजन। युधिष्ठिर भोजन के बाद विराट के साथ पाशा खेल रहे थे। भीम पाकशाला में दौड़-धूप कर रहे थे। अर्जुन नृत्य-परिवेषण में लगे थे। नकुल इधर अतिथियों के अश्वों की व्यवस्था के दायित्व में थे। सहदेव सदा की तरह गोशाला में व्यस्त थे।

रानी सुदेष्णा के पास मैं और उत्तरा बैठी थीं। बृहन्नला का नृत्य देख सब मुग्ध हो रही थीं। एक मैं अन्दर-ही-अन्दर घुट रही थी। जो फाल्गुनि स्वयंवर-सभा में पृथ्वी के सारे वीरों को पराजित कर कृष्णा को ले आये, वे फिर स्त्रियों के बीच अंतःपुर

में मनोरंजन के लिए नृत्य कर रहे हैं ! वाह रे विधाता !

सब हंसतीं, मैं होंठ भींचे आंसू रोकने का प्रयास करती। तभी रानी सुदेष्णा ने आदेश-सूचक गंभीरता में कहा—"सैरंध्री ! अब मद्यपात्र लेकर कीचक के कक्ष से सुवासित मद्य ले आओ !"

मैंने आहत स्वर में कहा—"महारानी ! मैंने पहले ही बता दिया था कि कोई नीच कार्य नही करूंगी। इस समय अत्यधिक मद्यपान कर कीचक उन्मत्त अवस्था में हैं। ऐसी स्थिति में किसी कामांध पुरुष के कक्ष में जाना किसी भी नारी के लिए असम्मानजनक और विपदपूर्ण होगा। अतः मुझे इसके लिए क्षमा करेंगी !"

रानी सुदेष्णा ने कभी दासी के जैसा व्यवहार नहीं किया था मेरे साथ। अपनी प्रिय सखी की तरह मुझे रखा था। पर आज कठोर स्वर में कह उठी—"मेरे आदेश को अमान्य करने का अर्थ जानती हो पंचपति की पत्नी सैरंध्री ?"

मैं उठ खड़ी हुई। तो क्या सुदेष्णा अपने भाई की कामवासना चरितार्थ करने के लिए कोई षड्यंत्र कर रही है ? कुछ महीने आश्रय और चाहिए। नहीं तो हमारी सारी साधना असफल हो जायेगी। कृष्ण का स्मरण कर, मद्यपात्र ले कांपते पांवों कीचक के कक्ष की ओर बढ़ी।

मैं जानती थी कि लपलपाती अग्निशिखा में प्रवेश कर रही हूं। सागर की अतल गहराई की ओर बढ़ रही हूं, हिंस्र व्याघ्र की रक्तपिपासा मिटाने उसके आह्वान की ओर बढ़ रही हूं। कीचक के बल के आगे मैं नगण्य हूं। मेरे पंचपतियों के रहते भी यहां अपनी रक्षा मुझे स्वयं करनी होगी। मेरा नारीत्व विपन्न है, फिर भी पांव आगे रखने होंगे। शूली का आसामी भी खूंटे तक चल कर जाता है, वह अपनी इच्छा से नहीं चलता, उसके पांव राजा के आदेश पर ही उस रास्ते पर बढ़ते हैं, मेरी दशा ठीक वैसी ही थी। भूखे बाघ के पिंजरे में कूद पड़ने और कीचक के कक्ष में पांव धरने में कोई अंतर न था।

कीचक के द्वार पर लाचार एकदम असहायता में टूट गई। कृष्ण का स्मरण कर स्वगतोक्ति में कहा—"सखा, तुम्हीं हो मेरे ईश्वर ! प्रियतम हो ! तुम्हारी प्रिय सखी कृष्णा का मान-सम्मान सब तुम्हारा है। तुम्हीं लाज रखना।"

कीचक तो प्रतीक्षा में बैठा था। देखते ही दोनों बाहु बढ़ाकर ग्रस जाने को आगे बढ़ा। मैं इस अचानक के नागपाश को देख जोर से धक्का दे बैठी। शरीर का वह संतुलन खो बैठा, गिर पड़ा। इसी बीच मैं त्रस्त हरिणी की तरह दौड़ पड़ी। विराट और युधिष्ठिर के पाशा खेलने की जगह जा पहुंची। उधर कीचक भी उन्मत्त दशा में पीछे-पीछे आ गया। सबके सामने मेरे मुक्त केश पकड़ खींच नीचे डाल दिया। पैर से चोटकर अश्लील गालियां देने लगा। आश्चर्य ! युधिष्ठिर अविचलित पाशा फेंकते रहे, सिर उठाकर मेरी ओर देखा तक नहीं ! भीम अचानक वहां पहुंच गए। गुस्से में सब भूल गए। एक विशाल वृक्ष की ओर निगाह की ही थी कि युधिष्ठिर ने भांप लिया—'पाचक महाशय ! बात क्या है ? यहां तुम्हारा क्या काम है ? लकड़ी चाहिए तो जंगल में जाओ। यहां के खेल में कोई बाधा-विघ्न न होने पाये।" युधिष्ठिर का आदेश सुन भीम क्रोध संवरण कर वहां से हटकर चले आये।

लज्जा और अपमान में जर्जर हो मैंने युधिष्ठिर को सुनाकर राजा विराट से कहा–"नारी के लिए न्याय का मार्ग चारों ओर से बन्द है ! कामुक पुरुष मुझे बलात्कार करे और सबके आगे अपमान दे, उसे मामूली घटना मानकर इसमें हस्तक्षेप न कर सुख से पाशा खेलने में लगे रहें ! राजा यदि किसी नारी के रक्षक नहीं होते हैं तो उसे आत्महत्या की अनुमति प्रदान करें !"

विराट राजा अभी-भी चुप हैं। कीचक के बाहुबल के भरोसे पर वे राजा हैं। क्या उत्तर दें ? युधिष्ठिर ने उनका पक्ष लेकर कहा–"सैरंध्री, वास्तव में घटना क्या है, हम नहीं जानते। अतः कैसा न्याय करें ? वरन् तुम अंतःपुर में चली जाओ। औरतों की बातों की सभागृह में चर्चा नहीं हो सकती। अंतःपुर के दायित्व में जो हैं, वे इसकी खबर लेंगे। इस समय सब उत्सव में लीन हैं। अतः रातभर प्रतीक्षा करो। शायद तुम्हारे गंधर्व पतियों में से कोई इस अपमान का बदला लेने आगे आ जाये। जाओ, बल्लभ को खबर दो। शीघ्र रात्रि भोजन की व्यवस्था करे। आज रात सब विश्राम लेंगे, क्योंकि सब क्लांत होंगे। हमारे खेल में बाधा न हो !"

युधिष्ठिर ने फिर पाशा फेंका। मैं आंसू छुपाये लौट पड़ी। यह कहकर–"शायद मेरा सतीत्व लुट जाने के बाद मेरे गंधर्वपतियों को होश आये। तब उन्हें मेरी मृत देह ही मिलेगी। जब तक उन्हें पति रूप में मान सर्वस्व अर्पण किया, शायद पाप ही किया। उसी का यह दंड भोग रही हूं। मेरे ज्येष्ठ पति पाशा खेल में बाधा को नहीं सह सकते। इस खेल से ही मेरी जान निकलती है। वे जानें तो भी परवाह नहीं करते। उनके प्रति मेरे मन में सम्मान कम हो तो क्या मुझे दोषी कहेंगे ?"

युधिष्ठिर ने सिर झुका लिया। चुप रहे। मैं चली आयी। उनका इंगित समझ गई। भीम को सब कुछ बता दिया। भीम के कहे अनुसार कीचक से क्षमा मांगी। आधी रात में एकांत मिलन का निमंत्रण दे आयी। इसी मौके पर भीम ने उसका काम पूरा कर दिया। भीम को ईश्वर मान प्रणाम किया–चरणों में आंसू अर्पित किये। सारी रात पाकशाला के अपरिष्कृत फर्श पर भीम की प्रशस्त छाती पर कृतज्ञता के आंसू ढरकाती रही। वे लाड़ करते रहे, अभय देते रहे, जीने की प्रेरणा देते रहे।

सुबह पता चला कि मेरे गंधर्व पति ने आकर कीचक से झगड़ा किया है। इसी में कीचक की मृत्यु हो गई। अंतःपुर में मेरा सम्मान बढ़ गया। मुझे लगा–दुःखनिशा बस समाप्त होने आयी।

कीचक वध की खबर बिजली की तरह चारों ओर आर्यावर्त्त में फैल गई। कौरवों की जीभ लपलपा उठी। विराट का धन-वैभव लूटने के लिए आक्रमण कर दिया। कीचक के न रहने पर विराट कमजोर हो चुके थे। पराजय निश्चित थी। राजा आत्मसमर्पण की तैयारी करने लगे। पर पांडवों ने चतुराई के साथ कौरवों एवं कर्ण को परास्त कर दिया। विराट की स्वतंत्रता अक्षुण्ण रह गई। कौरव बुरी तरह हारकर हस्तिनापुर लौट गए। बाद में पांडवों का असली परिचय पाकर विराट भी खूब आनंदित हो गए। बहु प्रतीक्षित मुक्ति दिवस आ पहुंचा। पांडवों का वनवास युद्ध में ही समाप्त हो गया। भविष्य में क्या है, कौन जाने ?

❑❑

तेरह वर्ष बनवास के दुःख के बाद पहली इच्छा पूरी हुई उत्तरा-अभिमन्यु के शुभ परिणय में। विराट ने प्रस्ताव दिया कि उत्तरा का विवाह बीर फाल्गुनि से हो। परन्तु सच्चरित्र, विवेकशील फाल्गुनि ने समझा दिया–"मैं उत्तरा का नृत्यगुरु हूं, पिता सदृश। अतः मेरे पुत्र वीर अभिमन्यु के साथ इसका विवाह स्पृहणीय होगा।" पहली बार मेरे मन की बात को फाल्गुनि भाषा दे रहे थे।

खूब आडंबर के साथ अभिमन्यु और उत्तरा का विवाह संपन्न हुआ। सुभद्रा, बलराम, आठों पटरानियां, मेरे पांचों पुत्र, मेरे पिता, भाई एवं अन्य अनेक राजा विवाह में भाग लेने पधारे थे। बस मां कुंती नहीं आ पायीं। विदुर के महल में ही अस्वस्थ होकर पड़ी रहीं।

किशोरी नववधू उत्तरा की अनिंद्य रूप-शोभा पर मुग्ध हो भद्रा कहने लगी–"जीजी! तुम्हारी बहू रूप में वैसे तुमको पार नहीं पा सकेगी, मगर इस जैसी सुंदरी पाना कठिन है। अब बहू ढूंढने का दायित्व तुम्हीं पर छोड़ दूंगी। मेरे और पांच पुत्र हैं, चुन-चुन कर रूपवती राजकुमारी लाना। ऐसी कि तुम भी इन बहुओं के आगे मलिन पड़ जाओ।"

सुभद्रा की बात पर सब हंसी का ठहाका लगा रहे थे। मैंने दीर्घ सांस छोड़कर कहा–"पहले वे लायक आदमी बनें। जन्म से ही तो इधर-उधर बिखर रहे हैं। पता नहीं क्या लिखा है भाग्य में..."

इतने दिन बेटों को छोड़ वन में फिरती रही। आज उन्हें अपना कहने को साहस नहीं होता। फिर भी भद्रा की बात सुन मां के मन की कितनी बातें जाग उठीं। कल्पना नेत्रों से देखने लगी–मुकुट पहने पांचों पुत्र हैं–उनके पास अनिंद्य सुंदरी राजकन्यायें। नेत्र मेरे सजल हो उठे। सोचा–और कौन-सा सुख चाहिए–बस। यही सपना सफल हो जाये, तो वानप्रस्थ ले लूं।

विवाह के बाद अभिमन्यु और उत्तरा को साथ लेकर मैं और सुभद्रा चल पड़ी विदुर के महल की ओर। मां कुंती का आशीर्वाद लेना था।

बेटों के दुःख में छटपटाती मां कुंती को शायद इस विवाह पर सर्वाधिक आनंद हुआ। परिणत वयस में रोग शैया पर लेटी जीवन के नाना दुःख-दर्दों को भुलाने के लिए किशोर बहू उत्तरा मनमुग्धकर एक खिलौना थी। उत्तरा के सुखमय दांपत्य में मातामही कुंती शायद अपने विडंबित दांपत्य और दुःखपूर्ण मातृत्व की कसक भूल गई होंगी !

ओम् शांतिः शांतिः शांतिः ! एक ओर शांति स्थापना की चेष्टा। दूसरी ओर युद्धंदेहि की ललकार। इसी में मेरे बाकी जीवन के सारे सपने धूल में मिल गए।

बारह वर्ष वनवास के बाद एक वर्ष अज्ञातवास का समय पूरा कर दिया पांडवों ने। न्यायतः आधा राज्य इंद्रप्रस्थ वापस मिल जाना चाहिए। पर सारी चेष्टा व्यर्थ ही गई। अहंकारी, ईर्ष्यालु, दुराचारी कौरवों की स्वार्थ और अधर्म बुद्धि ! इसके आगे महासमर को छोड़ दूसरा मार्ग ही कहां था !

शांतिपूर्ण मेल हो सके तो फिर युद्ध की आवश्यकता ही क्या ? आदमी शांतिप्रिय होता है, पशु ही हर बात में कलह, रक्तपात, मारपीट करता है। सृष्टि पर आदिम

युग से हालाँकि आदमी-आदमी के बीच अनेक कारणों से युद्ध होता रहा है। पर हर बार युद्ध का अंतिम फल मृत्यु, हाहाकार, रक्तपात, ध्वंस ही हुआ। एक पक्ष जीतता है, परंतु दोनों पक्षों की खूब क्षति होती है। दुर्लभ मानव जीवन अकाल में ही कुम्हला जाता है। सभ्यता की क्षति होती है। अर्थहानि, प्राणहानि, भय, शंका, दुश्चिंता, दुःख दोनों पक्षों को क्षतिग्रस्त करते हैं। युद्ध से समाज की जो क्षति होती है, विजयी के लिए जय-पराजय फिर समान हो जाती है। अतः अंत तक युद्ध को टालना ही उचित है और समस्या का शांतिपूर्ण समाधान निकालने में ही लगे रहे युधिष्ठिर।

पिता द्रुपद राजपुरोहित को साथ लेकर शांतिपूर्ण समाधान के लिए हस्तिनापुर गए थे। निराश ही लौटे। कौरव कुछ भी देने को प्रस्तुत न थे। अतः युद्ध ही एकमात्र रास्ता रह गया। पांडवों की युद्ध-प्रस्तुति सम्बन्धी खबर पाकर धृतराष्ट्र ने संजय को दूत के रूप में पांडव शिविर में भेजा था। युद्ध से निवृत्त होने की सलाह पांडवों को दी। पर इसका अर्थ था वे भिक्षावृत्ति अपनायें—

कहा—"हे राजन ! बिना युद्ध के कौरव आपको पांच गांव भी नहीं देंगे। अतः आप युद्ध के लिए प्रस्तुत हो रहे हैं। परन्तु युद्ध से राज्य पाकर भी क्या शांति मिलेगी ? युद्ध से बंधु-बांधव, मित्रों का नाश कर जो राज्य पायेंगे, उससे कौन-सी शांति मिलेगी ? क्षणस्थायी जीवन में रक्तपात से पाये सुख का क्या मूल्य है ? वह तो दुःख का ही दूसरा नाम है। यदि रक्तपात कर ही राज्य लेने के आशायी हैं, तो फिर तेरह वर्ष वनवास का कष्ट क्यों भोगा ? आपकी सारी महानता, धर्म-विचार, पुण्य और यश युद्ध से नष्ट हो जायेंगे। अतः हे राजन् ! कितने ही आप वीर हों, धन और राज्य के लिए युद्ध जैसा हीन कार्य न करें। वरन् भिक्षावृत्ति श्रेय होगी। वन में कुटी बनाकर संन्यास लेकर जीना उचित होगा।"

युधिष्ठिर पड़ गए सोच में। सदा के तो युद्धविरोधी रहे। परन्तु यहां युद्ध न कर अरण्य को लौट जाना क्या क्षत्रिय के लिए उचित होगा ?

युधिष्ठिर के चिंताकुल चेहरे को देख भीम ने कहा—"भिक्षा ब्राह्मण का धर्म हो सकता है, क्षत्रिय के लिए अधर्म होगा। भैया ! आप क्या कौरवों के अन्याय, द्रौपदी के अपमान, लाक्षागृह के षड्यंत्र, अनुर्वर खांडवप्रस्थ को हमें भेजने सम्बन्धी बातें भूल गए ? कौरवों का यह अधर्म आज ही नहीं है। अंधे धृतराष्ट्र की ईर्ष्या के कारण हमारे धर्मवान, शांतिप्रिय पिता पांडु हस्तिनापुर के राजा होते हुए भी जीवनभर पत्नियों के कारण घोर अरण्य में जीवन बिताने को बाध्य हुए। यहां तक कि अरण्य में ही उनकी मृत्यु हुई। हमारी मां कुन्ती राजरानी हैं, राजमाता हैं, परन्तु दुःख-दारिद्रय और चिंता में मामा के यहां आश्रय लिए हैं। और हमारी बात तो छोड़ें—जन्म से आज तक जो कुछ सहा है, सिर्फ कौरवों का अन्याय, अधर्म, असत्य, अविचार का परिणाम है। युद्ध करके दूसरे की संपत्ति या स्त्री हरण अन्याय है। लेकिन अपने न्याय को पाने के लिए संघर्ष करना तो पौरुष का गौरव है। अब तक सब सहा, और नहीं सहा जायेगा। द्रौपदी के अपमान का प्रतिशोध का ठीक अवसर छोड़ देने पर जीना ही व्यर्थ हो जायेगा।"

अर्जुन ने शांत स्वर में कहा—"उत्तेजित न हों भैया ! यहां हमारे सखा आर्यावर्त्त के श्रेष्ठ ज्ञानी, नीतिज्ञ पुरुष कृष्ण हैं। वे ही स्थिर करेंगे हमारे भविष्य का कार्यपथ।"

सखा कृष्ण प्रशांत वदन बैठे सब सुन रहे थे। उदार गंभीर स्वर में बोल उठे—"मैं उभय कौरव-पांडवों का मंगल चाहता हूं। उनके द्वंद्व का समाधान चाहूंगा। अभी भी शांति प्रयास जारी है। आर्यावर्त्त में धर्म-शांति आज विपन्न है। पुनः प्रतिष्ठा उनकी हो—यही हमारा लक्ष्य है। यदि शांति पर कौरव राज़ी नहीं होते, तो फिर युद्ध ही अंतिम उपाय होगा। अब बात कौरव-पांडवों के व्यक्तिगत विवाद की ही नहीं रही, यह संघर्ष सिर्फ पारिवारिक नहीं रह गया, यह संघर्ष धर्म-अधर्म का, आदर्श-अनादर्श का, सत्य-असत्य का, पाप-पुण्य का हो गया है। अतः धर्म के लिए, आदर्श के लिए, शांति और मानवकल्याण के लिए ज़रूरी पड़ा तो रक्तपात, जीवननाश, अर्थक्षय तथा नाना क्षति सहना क्षत्रियों का धर्म है। इस समय सारे आर्यावर्त्त की एकता और अखण्डता विपन्न है। आर्यावर्त्त खंड-खंड हो जाता है तो देवता हों या दानव, मौका पाकर वे इसे निगल जायेंगे। आर्यावर्त्त की अपनी सत्ता का लोप हो जाएगा और फिर आएगा पराधीनता का अंधकार। उसमें कौरव-पांडव ही नहीं सारे आर्यावर्त्त के निरीह नागरिक भी सुख-शांति-सौभाग्य खो बैठेंगे। अतः अब प्रश्न देश की अखंडता, धर्म-रक्षा का है। कौरव योग्य हैं या पांडव—जो योग्य है, वही न्यायपूर्ण अपना अधिकार नहीं पाये तो समूह स्वार्थ के लिए युद्ध का आश्रय लेना होगा। पांडव राज्य मोह छोड़कर अरण्यवासी बनें तो भी उनकी क्षति नहीं होगी, क्षति होगी आर्यावर्त्त की अगणित जनता की। धर्मात्मा, सुशासक, न्याय विचारक के हाथ में देश का शासन दंड रहना उचित है। गौ, ब्रह्मण, शिशु, नारी, धर्म, परंपरा आज विपन्न हैं। इस महासमर का लक्ष्य होगा उनकी रक्षा। यदि संधि का प्रस्ताव उन्हें स्वीकार न होगा तो फिर युद्ध..."

कृष्ण के मत पर सब राजी थे। पहले से ही मैं युद्ध की बात सोच रही थी। वरना पापी को उचित दंड कैसे मिलेगा ? कौरव दंडित न हुए तो आगामी वंशधर पाप से डरेंगे क्यों ? प्रतिदिन प्रत्यक्ष दिन-दोपहर में नारी का वस्त्रहरण, सतीत्व लुंठन करते फिरेंगे।

युद्ध की तैयारियां पूरी हो चुकी थीं। फिर भी सखा स्वयं युधिष्ठिर का अनुरोध मानकर हस्तिनापुर गए। सिर्फ पांच गांव मांगे थे पांचों पांडवों के लिए। बस, इसी में वे धर्म-बल से आर्यावर्त्त में शांति प्रतिष्ठा में लगे रहेंगे। परन्तु दुराचारी दुर्योधन ने पांडवों की वीरता जानते हुए भी कर्ण के बल पर संधि प्रस्ताव को ठुकरा दिया। कृष्ण का अपमान तक करने से भी वह नहीं चूका।

कर्ण का परामर्श था—"एक बार पांच गांव उन्हें दे दिए तो बुद्धिमान सखा कृष्ण के कूट-कपट से हस्तिनापुर का राजपद पांडवों के हाथ जाने में देर नहीं लगेगी। अतः उन्हें हस्तिनापुर से सूच्यग्र भूमि भी नहीं देनी।"

सखा कृष्ण लौट आये।

महासमर की बात चारों ओर फैल गई। आर्यावर्त्त स्तब्ध था। धर्म की जय सुनिश्चित है, पर युद्ध की भयावह परिणति कौन नहीं जानता ?

कौरवों के स्वार्थ और व्यक्तिगत लाभ के कारण सारा आर्यावर्त्त संकट में है, युद्ध की विभीषिका में घसीटा जा रहा है। कृष्ण ने बारंबार धृतराष्ट्र को समझाया, उन्हें ही इस समय के लिए दायी किया। अंधे राजा औरों के भले-बुरे में जैसे अंधे थे, पुत्रस्नेह में भी वैसे ही अंधे हैं। यही थी पांडवों के दुःख की बात। न्यायपूर्ण हक

में बाधा थी। धृतराष्ट्र चाहेंगे तो यह युद्ध टल सकता है। पुत्र की जिद, कुटिल प्रकृति तो धृतराष्ट्र का बहाना भर है। इतना सब कहने पर भी कृष्ण का संधि प्रस्ताव ठुकरा दिया। वे युद्ध घोषणा कर हस्तिनापुर की सभा से विदा हो लौट आये।

कर्ण उन्हें छोड़ने कुछ दूर तक आये। भीष्म, द्रोण, कृपाचार्य, आदि महारथी बाध्य होकर कौरवों के पक्ष का समर्थन कर रहे थे, परंतु कर्ण ही वास्तव में उनका मानसिक बल है। उनकी शक्ति का उत्स है। अंतिम कोशिश कर कर्ण को समझाया। शायद राज़ी हो जाये तो दुर्योधन उसकी बात मान ले।

विदुर के महल में हैं मां कुंती। वनवास के बाद बेटों के अनिश्चित भविष्य को लेकर काफी मानसिक द्वंद्व में पड़ी हुई हैं। मैं भी सास की बीमारी की बात सुन वहां आयी हूं। 'युद्ध अवश्यंभावी' यह संवाद उपालव्य नगर में पांडवों को देने से पहले कुंती को बता देना ठीक होगा। विदुर महल तक साथ चलने का अनुरोध किया कृष्ण ने कर्ण को।

युद्ध निश्चित जान कृष्ण एवं कर्ण दोनों गंभीर हैं। संधि प्रस्ताव पर पुनः विचार का परामर्श दिया, परंतु एक ही शब्द में कर्ण ने इन्कार कर दिया। अहंकार भरे स्वर में कहा–"वीर की जन्मकुंडली में पीछे हटना नहीं लिखा होता। एक बार ठुकरा देने के बाद संधि की बात दुर्योधन नहीं मानेंगे। मैं उन्हें कैसे ऐसा परामर्श दूं ?" बाद में व्यंग्य में भर कर बोले–"अर्जुन स्वर्ग, मर्त्य, पाताल में घुम-फिर कर अस्त्र संग्रह कर चुके हैं। वनवास में कृष्णा की चेष्टा से समूची शबर गोष्ठी पांडवों के साथ हो गई है। आर्य-आर्येतर हर गोष्ठी का समर्थन मिलेगा पांडवों को। इस युग के अलौकिक पुरुष कृष्ण का भी समर्थन उनके पक्ष में है। फिर युद्ध से इतना भय क्यों ? भीरू क्यों हैं वे !"

कर्ण को निवृत्त करने का प्रयास असफल होते देख कृष्ण ने कहा–"कर्ण, तुम कुंती के धर्मपुत्र हो। शिव का चरणामृत लेकर तुम्हें धर्मपुत्र के रूप में ग्रहण किया है, इसके पीछे उनके लाचार मातृत्व का नीरव विलाप है। तुमने कभी उसे सुनने की चेष्टा नहीं की। उनकी जैसी दुखियारी नारी दूसरी कोई है आर्यावर्त्त में ? वसुषेन ! तुम कुंती के कुमारी जीवन के समय गर्भ से उत्पन्न संतान हो। अनंत आलोक के उत्स, प्रचंड पुरुष सूर्यदेव तुम्हारे पिता हैं। तुम कुंती की प्रथम संतान हो। लोकलाज और समाज के भय से तुम्हें माटी की मंजूषा में रख नदी के स्रोत में बहा दिया। परन्तु हृदय हर धड़कन में तुम्हारी करुण स्मृति वहां विद्यमान है। राधा के घर में तुम्हें देखने के बाद तुम्हारी जन्मकथा सुन तुम्हें पहचान लिया। धर्मपुत्र के रूप में ग्रहण करके हृदय की मौन व्यथा को शमित करने की चेष्टा की है। धर्मतः तुम पांडु के ज्येष्ठ पुत्र हो, पांडवों के ज्येष्ठ भ्राता। महासमर प्रारंभ होने से पहले तुम्हें बता देना मेरा कर्तव्य है। क्योंकि मैं तुम्हारा ममेरा भाई हूं, शुभेच्छू हूं। तुम अब तक अपने भाइयों से ही शत्रुता करते आये हो। अपनी अनुजवधू को ही बार-बार लांछित किया है, अपमानित किया है। अब भी तुम अपने सहोदर भाइयों के विरुद्ध युद्ध करने की बात पर दृढ़ हो ! मां कुंती इसी चिंता में मरणांतक कष्ट पा रही हैं। अब सोचकर देखो–किसका पक्ष लेना तुम्हारा कर्तव्य होगा।"

कर्ण स्तब्ध हुए बैठे–मैं कुंतीपुत्र हूं ! साक्षात् सूर्यदेव मेरे पिता हैं ! और मैं जीवनभर

नीच कुल-जाति कहाकर अपने न्यायपूर्ण हक से वंचित होता रहा ! पग-पग पर अपमान और लांछना ही पायी। कुंती ने भिन्न-भिन्न देवों के औरस से तीन पुत्रों को जन्म दिया। उसी तरह कर्ण को सूर्यदेव के औरस से कुंती के गर्भ में आना हुआ। सच कहा जाये तो कर्ण है निष्पाप कुमारी कन्या का प्रथम पूजा अर्घ्य ! युधिष्ठिर, भीम, अर्जुन को जन्म देने तक वे पांडु तथा अन्य देवताओं की भोग्या हो चुकी थी। इस दृष्टि से कर्ण निष्कलंक देवशिशु है। ऋषि आशीर्वाद से ही जन्मा है। जबकि माता-पिता के झूठे अहंकार, सामाजिक प्रतिष्ठा और सम्मान मोह के कारण कलंकित पुरुष के रूप में समाज के पथ पर सिर झुकाये चल रहा है ! आज अंतिम क्षणों में यह सब दुःख और क्षोभ बढ़ा रहा है। प्रशमित नहीं कर पाता। इतने विलम्ब से भैया कृष्ण ने रहस्य खोला है, कि कर्ण का गतिपथ और बदल नहीं सकेगा।

कृष्ण मौन कर्ण का द्वंद्व चिंतन देखते रहे—"वीर कर्ण ! अभी भी समय है। आओ, पांडवों के साथ मिलो। मां कुंती का आशीर्वाद ग्रहण करो। पांडवों के साथ तुम्हारा मिलन समूची पृथ्वी को तुम्हारे चरणों में लाकर रख देगा। अतीत का सारा दुःख भूलकर पांडवों के पक्ष में युद्ध करो। सारी पृथ्वी को भोग करने के साथ-साथ द्रौपदी भी प्राप्त कर अपना पौरुष प्रतिपादन करो।"

एकदम हाथ के पास पृथ्वी के श्रेष्ठतम सुंदरी और असंख्य पुरुष वांछिता कृष्णा—दूसरी ओर पुरुष का अहंकार, अपनी प्रतिज्ञा और विवेक का संघर्ष। एक ओर स्वर्ग सुख—दूसरी ओर मृत्यु। परन्तु स्वर्गसुख कृष्ण का दान होगा। मृत्यु पौरुष के आह्वान पर युद्ध में लड़ते-लड़ते प्राणबलि देना श्रेय है या कृष्ण का आशीर्वाद पाकर प्राणों के लोभ में, राज्य और नारी के आकर्षण में अंतिम क्षणों में पालन करनेवाले माता-पिता तथा मित्र दुर्योधन को धोखा देकर वचन न रख दल-बदल देना श्रेय होगा ? कर्ण मृत्यु से डरता नहीं, क्योंकि जन्म के अगले क्षण ही उसे मृत्यु की गोद में फेंक दिया था। कर्ण डरता है भय-भीरुता, कापुरुषता और अपयश से। अतः कर्ण मृत्यु की ही कामना करता है।

कर्ण ने गंभीर स्वर में कहा—"मैं जानता हूं, कृष्ण जहां, विजय वहीं है। युद्ध में कौरवों का पक्ष लेने का अर्थ मृत्यु है, फिर भी अपनी शक्ति पर मुझे यथेष्ट आस्था है। अभी भी मैं पंचपांडवों को परास्त करने का विश्वास रखता हूं। क्योंकि मैं अपनी शक्ति के भरोसे पर वीर हूं। जो कुंती अपने सम्मान, सुख और मंगल के लिए शैशव में मुझे मृत्यु के मुंह में धकेल चुकी, उनसे आशीर्वाद लेने की बजाय मुझे पालनेवाली राधा का आशीर्वाद अधिक काम्य होगा। जिस मित्र दुर्योधन ने पग-पग पर मेरे दलित पौरुष को ऊपर उठाया, असमय में मेरी सहायता की, उसकी पराजय निश्चित जानकर भी मैं उन्हें नहीं छोड़ सकूंगा। मृत्यु भय से कर्ण कभी विश्वासघात नहीं कर सकता। न राज्य लोभ से बुढ़ापे में अपनी पालने-वाली मां को अस्वीकार करेगा। अतः हे कृष्ण ! कृपा कर मेरा जन्म-परिचय बाहर प्रकट न करें। अन्यथा युधिष्ठिर जैसा धार्मिक, उदार हृदय सब कुछ मेरे पांवों में लाकर रख देगा। आप जानते हैं कि दान, दया, करुणा लेने से मैं बहुत घबराता हूं। अतः युधिष्ठिर की जय हो—यही ज्येष्ठ भ्राता के रूप में मेरी कामना है।"

अहंकारी पुरुष की आंखें गीली थीं। उनके स्वर में युधिष्ठिर के लिए ममता

का स्पर्श ! फिर भी अपने मत पर अटल रहे। कृष्ण का आशीर्वाद और शुभकामना को जो दया और अनुकंपा मानता है, उनके जैसे अहंकारी पुरुष की मृत्यु ही प्रिय मित्र है।

मां कुंती बहुत दिनों बाद कर्ण को देख आनन्द पाने की जगह दुःख में टूट गई। कर्ण को आलिंगन कर व्याकुल स्वर में पूछा—"बेटे, देवता का आशीर्वाद कवच-कुंडल इतनी निष्ठुरतापूर्वक छीलकर दान कर दिया ! जानता है, उस दान के बाद से मैं कितने अशुभ सपने तेरे बारे में देखती हूं।"

कर्ण ने शांत स्वर में कहा—"मां, आपके प्रिय पुत्र अर्जुन की सुरक्षा के लिए वह मुझसे दान के रूप में अलग कर दिया गया है। इससे आप चिन्ता करती हैं—"

"तुम कैसे समझोगे मन की बात।..."

आंसू रोककर मां कर्ण को सहला रही थी। मैं दूसरे कक्ष में उद्विग्न मन से संधिप्रस्ताव का फल सुनने की प्रतीक्षा कर रही थी। उफ्, कैसा अभिनव दृश्य मेरी आंखों के सामने है !

कृष्ण ने परोक्ष रूप में युद्ध संवाद देने के लिए कहा—"तो कर्ण, तुम पांडव पक्ष समर्थन के मेरे प्रस्ताव पर राजी नहीं हुए। अब युद्ध के लिए तैयार रहना। आज से सात दिनों बाद मार्गशिर अमावस्या तिथि है। उसी दिन पुण्यतोया सरस्वती की शुष्क शैया में स्थित पंचह्रद के किनारे 'कुरुक्षेत्र' में पांडव-कौरव महासमर आरंभ होगा। कुरुक्षेत्र का अर्थ है कर्मक्षेत्र। सत्कर्म ही कर्म है। असतकर्म तो दुष्कर्म है। अतः कुरुक्षेत्र का वास्तव में अर्थ है "सतकर्म का क्षेत्र।" न्याय प्रतिष्ठा के लिए युद्ध करना सत्कर्म है। अन्याय की आशा पूरी करने युद्ध में लड़ना असत्कर्म होगा। अतः कुरुक्षेत्र में सत्कर्म और सत्य की जय होगी। कौरवों को युद्ध की तिथि बता देना।"

युद्ध की निश्चितता सुनते ही कुंती मूर्छित हो गईं। युद्ध के लिए बार-बार युधिष्ठिर को उत्साहित करती थी, परन्तु उसकी निश्चितता जान हृदय कांप उठा। मां कुंती को होश आते ही वे विलाप करने लगी। इतनी विदुषी, ऐसी धैर्यशील, कष्ट-सहिष्णु धरती-सी सर्वसहा मां कुंती ने कितने कष्ट नहीं झेले ! क्षत्राणी के लिए युद्ध शब्द कोई भयकारी नहीं होता। फिर पांडवों की जय तो निश्चित है। फिर मां रो रही हैं ! कुंती मां तो इतनी दुर्बल मना नहीं हैं ! धीरज क्यों खो रही हैं ? इतनी विचलित क्यों हो रही हैं ?

मां की चरणधूल देकर उदास वदन कर्ण लौट गए। मां ने अस्पष्ट स्वर में कहा—"दीर्घजीवी बनो बेटे ! मंगल हो तुम्हारा !" फिर आंसू बह छूटे।

कर्ण को विदा करने सखा रथ तक गए। कर्ण की पीठ पर हाथ रखकर कहा—"देख ली मां की दशा ! अर्जुन के लिए जितना उद्वेग है, तुम्हारे लिए उससे भी अधिक। तुम उनके कुमारी जीवन की संतान हो, अतः लज्जा और कुंठा के कारण मुंह खोलकर कुछ कह नहीं पातीं। परन्तु तुम्हारे लिए ही इस समय वे चिंतित है !"

कर्ण ने दुःखी हृदय से कह दिया—"मां का यह दुःख कृतकर्मों का फल है। देवी द्रौपदी को अनुजवधू जाने बिना कई तरह से अपमानित करता गया, बस उसी पर दुःख है। अनुजवधू के रूप में वह मेरी पुत्रवधू सरीखी है। और मैं उसके लांछन और अपमान का पट्टा-पुरोधा बनता रहा ! उसके लिए आपसे क्षमा मांग लेता हूं।"

कर्ण ने छलछलाये नेत्रों से कृष्ण के हाथ पकड़ लिए। कंठावरोध !

कृष्ण ने कहा—"हां ! कृष्णा अपमान का प्रतिशोध लेने की प्रतीक्षा में है, परन्तु वह भी तुम्हारा यथार्थ परिचय पाने पर क्षमा कर देगी। उसका हृदय बहुत कोमल, उदार है। समय आने पर सब जान जायेगी, तुम्हें उचित सम्मान देगी। कर्ण ! तुम्हें मैंने सारी पृथ्वी देनी चाही, कृष्णा भी तुम्हारी हो जाती। पांडवों के बड़े भाई के रूप में कुंती के वचन के अनुसार न्यायतः कृष्णा तुम्हारी भी पत्नी होनी चाहिए। वह भी तुम्हें पांडव पक्ष का समर्थन करने के लिए लुभा न सकी। अब मैं तुम्हारे लिए क्या कामना करूं ? दैवी शक्ति पर तुम्हारे मन में विश्वास नहीं, शुभेच्छा तथा मंगलकामना को तुम दया समझते हो। अतः आखिरी बात यही कहूंगा—"पौरुष और अहंकार एक ही बात नहीं है। तुम्हारे पौरुष की जय हो। अहंकार चूर्ण हो। बस यही कामना करूंगा।"

कर्ण कृष्ण को आलिंगन में भर कर विदा हो चले आये। उदास स्वर में कहा—"जब आपका सख्य चाहा, पांडवों से शत्रुता कर उसे गंवा दिया। जब सख्य मिल ही रहा है। मैं ग्रहण करने की स्थिति में नहीं। क्योंकि कौरवों को वचन दे चुका हूं। अतः हे कृष्ण ! महासमर के अंत में यदि जीवित रहा तो आपका सख्य मुझे मिलेगा, वरना उस पार प्रतीक्षा करूंगा आपकी।"

कृष्ण करुण दृष्टि से कर्ण को देखते रहे। मैं स्तंभित हुई कुंतीपुत्र कर्ण के निष्ठा पर बंधुत्व और पौरुष की प्रतिज्ञा की प्रशंस भाव से कल्पना करती रही। परन्तु मेरी आंखें सजल हो गईं। क्यों ? कर्ण के लिए पांडवप्रिया कृष्ण की आंखें किस भावना में छलक उठीं ?

मैं स्वयं भी नहीं जान पायी।

❑ ❑

मां का हृदय मां ही समझ पाती है। कुंती का दुःख मैं तिल-तिल समझ रही हूं। उनकी दशा देख मैं सखा के साथ उपलब्ध नगर नहीं गई। युद्धारंभ से पहले मुझे पांडवों के पास जाना होगा। उनके मस्तक पर मुझे ही देना होगा विजय तिलक। अर्घ्यथाल सजाकर आरती करूंगी। हंसते-हंसते युद्धभूमि के लिए विदा कराना है। परन्तु अब चार-पांच दिन मां के पास ही रहना होगा। मां बहुत अस्थिर हो उठी हैं। युद्ध में किसी का कुछ हो, पुत्रशोक उनके भाग्य में लिखा है—यह समझ वे दुःख से टूट गई हैं।

शायद कौरवों के साथ कर्ण की मृत्यु हो, वरना पांडव हत हों। दोनों ही स्थिति में मां को पुत्रशोक सहना होगा। किस पाषाणी मां का हृदय टूक-टूक न हो जायेगा !

पांडवों के दुःख दैन्य के कारण कुंती सदा दुखयारी बनी रहीं। पांडव उनकी प्रकट वेदना हैं, तो कर्ण अप्रकट वेदना। जैसे आंख की पलक पर स्थित धूलकण बहुत कष्ट देता है, परन्तु वह दर्द किसी को दिखाया नहीं जा सकता। स्वस्थ देह में नाखून के कोने पर चुभा कांटा जैसे बींधता जाता है, वह दर्द किसी और को कैसे समझाये ! कर्ण वैसे ही मां का दुःसह दर्द है। सब स्वस्थ देह देखते हैं, परन्तु नख के कोने का कांटा दर्द भर देता है, सारी देह को सिहरा देता है। मैं लेकिन मां की दशा का अनुभव कर रही थी। मन करता कुछ वेदना मांग लूं, कुछ मैं ही उन से लेकर सह लेती। मां

का बोझ कुछ हल्का कर पाती ! परन्तु मां तो अभी-भी मेरे आगे सच कहने से कुंठित हैं। नारी जीवन की चरम लज्जा और कुंठा होती है कुमारी जीवन की प्रेम भावना—यद्यपि यह होती है बिल्कुल स्वाभाविक ! मन हो तो उसमें अनुभव की शक्ति होती है। और अनुभव की शक्ति में आवेग मिल जाये तो प्रेम की तरंगें लहराती हैं। वे लहरें समाज के डर से तट पर सिर पीट-पीट कर विवेक के उफनते स्रोत से लौट जाती हैं। कभी किसी अनजान पथिक के पांव गीले कर जाती हैं। पानी सूखने पर पथिक के पांव निर्मल हो जाते हैं। परन्तु लहर बहा ले जाती हैं—सारा कूड़ा, कचरा, कांटे-कंकड़। सब सहेज कर रखती हैं हृदय सागर के अतल प्रदेश में। ऊपर को दिखता है निर्मल, छल-छल सुनील। भीतर कोई दिखा पाता है किसी को ? मां की दशा ऐसी ही है।

मैं मां के साथ-साथ छाया की तरह हूं। कहने को मन करता है—माँ मैं सब जानती हूं। मैं भी एक नारी हूं। जननी हूं। पांच पति की स्त्री हूं। आपके दुःख में अपना दुःख मिला दूं। गोपन दुःख का दर्द मेरे जैसा कौन जानेगा ? निर्मल मन से मैं पंचपतियों को स्वीकार करती हूं। स्वयं को पूजा का फूल मानकर हर प्रभात में नयी तरह खिल जाती हूं। देवता के चरणों में स्वच्छ हो झर जाती हूं। लेकिन फिर भी मेरे अन्दर गोपनीयता कुछ नहीं या मेरे जीवन में कोई व्यर्थता नहीं ? सो कैसे हो सकता है ? जो कुछ है, सब क्या मैं खुलकर कह पाऊंगी ?''

मां के चरणों में माथा रख आंसुओं से धो देती—कहती—''मां, क्या है आपका दुःख ? क्या उसमें मैं भागीदार नहीं हो पाऊंगी ? आपके लिए क्या करूं ? कुछ तो कहें। आपके कहने पर ही तो मैंने दुनिया में कभी न हुआ ऐसा अध्याय रच दिया पांचपति वरण कर। अब और कौन-सा दुरुह कार्य है, जो नहीं कर पाऊंगी ? क्यों क्षीण हो रही हैं ? युद्ध में पांडवों की जय होगी। मेरा मन कहता है। आप मेरी बात का विश्वास करें। जहां कृष्ण स्वयं अर्जुन के सारथी होने के लिए सम्मत हुए हैं, वहां पराजय का प्रश्न कहां ?''

मां आंसू बहाती। कहती—''युद्ध अनिवार्य है। कोई हो। वीर की मृत्यु होगी इसमें क्षत्रियनाश अवश्यंभावी हो गया, यही दुःख है। वीर कर्ण का मुझे डर है। वह यदि पांडव पक्ष में लड़ता तो दुःख न रहता।''

मैं चुप हो जाती। जो संभव नहीं, उसकी आशा किए दुःख ही होगा। कृष्ण का सारा दान छोड़ दिया, उसे कौन समझाये ?

अनायास ही उस दिन मां गंगा तट की ओर चली आयी। देह दुर्बल ज्वर ग्रस्त चिन्ता में क्षीण। असमय में गंगातट पर क्या काम ? पुत्र शोक वरण करने से पहले कहीं गंगा में प्राण विसर्जन तो नहीं कर देंगी ?

दूसरे रथ में मैं उनका अनुसरण कर रही थी। बाद में मुझे अपने पर खीझ उठी। परन्तु इस दशा में अकेली कैसे छोड़ती ?

अपने रथ को पेड़ की ओट में रख मां की प्रतीक्षा में छिपी रही। वे दिख रही थीं मुझे। बातें भी सुन पा रही थी मैं। पुष्प चयन के लिए दासियों को इधर-उधर कर दिया। धीरे-धीरे वे तट पर एक निर्जन स्थल की ओर बढ़ीं। उधर परम रूपवान कर्ण संध्यास्नान कर वेद पाठ कर रहे थे। उनका अंग सौष्ठव अस्त गामी सूर्यरश्मियों

में अपूर्व शोभामय दिख रहा था। निर्मल, पवित्र, आभा मानो छिटक कर आ रही है समूचे चेहरे से। उस पवित्र रूप का दर्शन कर मैं मुग्ध हो गई। एक पल स्मरण भी नहीं रहा कि वे हमारे चिरशत्रु हैं, मैं विवाहिता नारी हूं !

सूर्यप्रणाम करने के बाद कर्ण ने मुंह फेरा। कुंती को देखकर पानी उठाया धार से और चरणों को छूकर प्रणाम किया–"मां ! असमय में आप यहां ? अधिरथ सारथी एवं राधा का पुत्र आपकी क्या सेवा करे ?"

मां ने निर्भीक भाव से कर्ण की ओर देखा–मुक्त स्वर में कहा–"बेटे, सत्याश्रयी आदमी दुःख नहीं पाता। मैं सत्य प्रकट कर दुःख-मोचन करने तेरे पास आयी हूं। बेटे ! तू सूर्यदेव के औरस से मेरे कुमारी गर्भ से जन्मा है। राधा या अधिरथ का पुत्र नहीं उनका नाम लेकर मुझे न छीलो। मैं चाहती हूं तुम पांडवों के साथ रहो। वे तुम्हारे सहोदर भाई हैं। उनके साथ मार काट कर भाई-भाई आपस में कटोगे, मरोगे ! मैं नहीं सह सकूंगी। कर्ण-अर्जुन के मिलन पर जगत धन्य हो जायेगा। मेरा जीवन धन्य हो जायेगा। बेटे कर्ण ! पिता-माता को संतुष्ट करना पुत्रधर्म है। मेरे वचन रखकर द्रौपदी ने मेरे पांचों पुत्रों को स्वीकार किया। तुम भी वैसे ही मेरा कहना मानोगे, इसी भरोसे आयी हूं।"

ऊपर सूर्यदेव ने अपना स्वरूप प्रकट कर कहा–"हां ! कर्ण ! कुंती ही तुम्हारी जननी है। मैं पिता। कुंती के वचन रखना तुम्हारा धर्म है। मेरे पुत्र होकर धर्मनिष्ठ ही होना चाहिए तुम्हें।"

कर्ण ने सीधे मां की ओर देखा। स्वर स्पष्ट था–"पिता-माता ही पुत्र का धर्म हैं, भगवान हैं ! परन्तु आपकी बात रखने पर मेरा धर्म नष्ट होगा। मेरे माता-पिता हैं राधा एवं अधिरथ। संतान को जन्म देना अपने हाथ की बात नहीं, पालन-पोषण करना तो अपने हाथ की बात है। आपने जब स्वयं मां का कर्तव्य नहीं किया, तो मुझसे पुत्र के कर्तव्य की कैसे आशा करती हैं ? जो सूर्यदेव सारे पदार्थ दृश्यमान करते हैं, वे मेरे पितृ परिचय को दृश्यमान करने में अब तक कुंठित क्यों रहे ? मेरा पौरुष, अहंकार मान-सम्मान जब सबके सामने भूलूंठित हो रहा था, आप कहां थे ? शैशव से अब तक जितना अपमान, ग्लानि सह चुका हूं। कौन है उसका दायी ? द्रौपदी स्वयंवर में जब धृष्टद्युम्न ने मेरा परिचय पूछा–सूर्यदेव क्या आकाश में न थे ? मैं आकाश को देखकर अपना अदृश्य जन्म रहस्य खोजता रहा, वे चुपचाप सब देखते रहे, तब क्या पिता का कर्त्तव्य किया ? कुंतीपुत्र होने के कारण भीम, अर्जुन को सारे मौके मिले, सुविधायें मिलीं, मुझे कुछ भी मिला ? मेरा सारा अपमान ग्लानि आप सहते रहे ! चुप रहे जीवनभर ? आज अन्तिम क्षण इस परिचय प्रदान का क्या मूल्य रहा ? मैं वचनभ्रष्ट नहीं हो पाऊंगा, यह बात कृष्ण को भी कह दी है। सारी पृथ्वी के साथ द्रौपदी को पाने का प्रलोभन भी मैंने ठुकरा दिया है। यशोदा को रुलाकर कृष्ण मथुरा चले आये, मैं ऐसा नहीं कर पाऊंगा। कौरवों के पास मैं अनेक प्रकार से ऋणी हूं। धर्म पर हो या अधर्म पर, उनका ऋण उतारना पुरुष का धर्म है। बिना कसूर के आपकी सती-साध्वी बहू द्रौपदी के अपमान और लांछना में मैं सहयोग करता रहा। इसी दुःख के मारे गड़ा जा रहा हूं। अपनी उसी स्वार्थी मां पर मान कर मैंने द्रौपदी से प्रतिशोध लिया–आज

समझ रहा हूं। मां, अब आपकी बात नहीं रख पाऊंगा। क्षमा करना। द्रौपदी से भी क्षमा मांग लेता हूं। वे सौभाग्यवती रहें। पांडवों की जय हो !"

मां फफक उठी—"बेटे, तेरा गुमान करना स्वाभाविक है। परन्तु तू पांडवों के विपक्ष में लड़ा तो द्रौपदी के सौभाग्यवती रहने का प्रश्न ही नहीं उठता। पिता का घर छोड़ने के बाद वह दुःख ही दुःख भोगने यहां आयी है।"

कर्ण ने ज़ोर देकर कहा—"मां, अब आपके आने का उद्देश्य समझा। ठीक है, मैं वचन देता हूं अर्जुन को छोड़ चारों पुत्रों पर अस्त्र नहीं उठाऊंगा। क्योंकि अगर अस्त्र उठाया तो उनकी मृत्यु होगी। अर्जुन मेरे समयोद्धा ठहरे। उसके साथ बाल-प्रतिद्वंद्विता है। उसके कारण मेरा पौरुष पग-पग पर दलित हुआ है। बस उसी से युद्ध करूंगा। मेरे कवच-कुंडल उसके पिता ले गए हैं। अतः शायद उसके हाथों में मरूं। अर्जुन जी कर राज्य भोग करे। वरना वही मृत्यु पायेगा। और फिर मुझे भी मृत्यु लोक जाना होगा। लड़ते-लड़ते मैं या तो मर गया, वरना अर्जुन की मृत्यु हो गई—मेरी भी साथ में मृत्यु होगी। भाई के साथ प्रतिद्वंद्विता में विजय पाकर आनन्द मिलता है। परन्तु वध कर भातृशोक से मुक्ति नहीं मिलेगी। सारे जीवन जिसके भातृस्नेह से वंचित रहा, उसके लिए शोक वरण करने के दुःख से वंचित क्यों रहूंगा ? अतः दोनों ओर अवांछित, जन्म से मां-बाप द्वारा परित्यक्त कर्ण की मृत्यु ही सत्य है, श्रेय है। कर्ण मृत्यु से नहीं डरता ! वह दया, करुणा, विश्वासघात से डरता है। विदा दें। इस जन्म की यही अन्तिम भेंट है। अन्तिम बेला में आपने अपना कहकर स्वीकार किया, अधम राधा-पुत्र इसके लिए कृतज्ञ है। कुंतीपुत्र का गौरव लेकर जीने का समय बीत चुका है। जीवन में यह अफसोस रह गया।"

कर्ण ने मां की चरणधूलि ली। मां ने आलिंगन कर कहा—"बेटे ! अभागिन मां की आशीष...यशस्वी बनो।"

हंस उठा कर्ण—"मैं जानता हूं, 'विजयी बनो' या 'दीर्घजीवी बनो' कहकर आशीष नहीं देंगी। इससे पांचों पुत्रों के मंगल का पथ रुद्ध होगा। एक पुत्र एवं पंचपुत्र में पंचपुत्र का जीवन ही काम्य होगा। खैर ! आपके आशीष को पाथेय बना कर यशस्वी होने की चेष्टा करूंगा। रणभूमि में वीरोचित मृत्यु वरण ही पुरुष को यशस्वी करती है। आपका आशीष सत्य होगा।"

अन्तिम पल जीवनभर का मान संचित कर मां को आहत कर अभिमानी कर्ण चले गए। लाचार जननी कुंती ठगी-सी आंसू पोंछती खड़ी रही। भीगी बालू पर कर्ण के पदचिन्हों को दोनों हाथ में समेट कर—"कर्ण, कर्ण ! बेटे कर्ण !...तुझ से पहले मेरी मृत्यु हो जाये !" कहती रो उठी। धूल में वहीं लौट गई।

मैंने पीछे से दौड़ कर उठा लिया। उनकी ज्वर से तपती देह को सम्हाल कर कहा—"मां, संध्या उतर आयी। हस्तिना की रानी पुरुवंश की वधू हैं आप। यों असहाय रोदन करने पर लोग क्या कहेंगे ?"

मां इस समय बालिका हो गईं। सारा दुःख मेरे आंचल में ढाल कह बैठी—"खैर, कोई तो मेरे अन्तर की व्यथा जानता है। पंचपांडव मेरे पुत्र होने पर भी मेरी वेदना नहीं समझ सकेंगे। क्योंकि वे पुरुष हैं। जननी की व्यथा कैसे समझेंगे ? कृष्णा, एक

अनुरोध है। अब युधिष्ठिर या अन्य भाई को कर्ण का परिचय न बताना।''

''क्यों ? वरन् युद्ध के समय अधिक सावधान रहेंगे, उनके प्राण नहीं लेंगे।'' मैंने बिना सोचे कह डाला।

मां ने शांत स्वर में कहा—''तु कर्ण को नहीं जानती। कोई दया कर मृत्यु से उसे बचाये, यह भी नहीं सहेगा। फिर आज का युद्ध कर्ण-अर्जुन के बीच नहीं है। यह विश्वयुद्ध में परिणत हो चुका है। एक ओर न्याय है, दूसरी ओर अन्याय। एक ओर देवी शक्ति के प्रति आस्था, दूसरी ओर स्वार्थ एवं अहंकार की विकटता है। यहां व्यक्तिगत लाभ-हानि की बात नहीं है। कर्ण चाहे विपन्न हो, धर्म विपन्न न हो। कर्ण यदि विजय प्राप्त करेगा तो राज्य दुर्योधन को मिलेगा फिर तो पृथ्वी से न्याय और धर्म का लोप हो जायेगा। महासमर में कूद कर जगतवासी धर्म-न्याय की प्रतिष्ठा चाहते हैं। समूह स्वार्थ और जगत कल्याण का पथावरोध कर व्यक्तिगत स्वार्थ को प्रधानता न दी जाये। अतः जगत के मंगल के लिए मुझे दुःख सहना पड़ेगा। और दूसरी कोई गति नहीं।''

मां कुंती असहाय बालिका से महीयसी विश्वजननी में परिणत हो गई हैं। मैं उन्हें मन ही मन प्रणाम कर धन्य हो रही थी।

❑ ❑

आज सुबह से ही पूजा का आयोजन हो रहा है। तरह-तरह के व्यंजन और पकवान मिठाइयां बन रही हैं। शिवालय में प्रसाद चढ़ाकर मां लौट चुकी हैं। पुरोहित जन्मदिवस की पूजा का आयोजन कर रहे हैं। किसका है यह जन्मदिन ? कोशिश करने पर भी स्मरण नहीं आया। मेरे पतियों या संतान में से किसी का तो नहीं। तो फिर किसके लिए है यह पूजा ? मां कुंती को मतिभ्रम तो नहीं हो रहा ? यों तिथि बिना ही किसी का जन्मदिन मना रही है !

मेरे मन में संदेह देख मां ने अनुच्च स्वर में कहा—''आज मेरे ज्येष्ठ पुत्र कर्ण की जन्मतिथि है। प्रतिवर्ष सिर्फ शिव मन्दिर में ही पूजा करती हूं। घर पर कुछ नहीं होता, कहीं कोई जान न ले। आज वह भय नहीं। तुम्हें यह सब पता है। पुत्र का जन्मदिन एक बार तो पालन कर लूं। परन्तु विदुर को इस बात का पता न चले...'' मां का स्वर थर्रा रहा था।

मां को प्रसन्न करने के लिए मैं भी खूब उत्साह से कार्य में लग गई। प्रसाद वितरण हुआ। पुरोहित पूजा में कुंती के ज्येष्ठ पुत्र के नाम पर दीर्घ-जीवन की कामना कर रहे हैं। मां आंसू रोक नहीं पायी। पुरोहित को धारणा दे दी गई कि पुत्रों की मंगलकामना कर मां पूजा का आयोजन कर रही हैं। पुरोहित ने जब पूछा—''किसके नाम पर पूजा का संकल्प करेंगी ?''

मां ने कहा—''नाम की ज़रूरत नहीं। 'कुंती ज्येष्ठ पुत्र' कहकर पूजा का संकल्प करें। ज्येष्ठ पुत्र गृह कर्ता होता है। अतः इसमें सबका शुभ संकल्प मान लिया जाये।''

पुरोहित ने बार-बार 'कुन्ती ज्येष्ठ पुत्र' कहकर संकल्प किया और मां चुपचाप आंसू बहाती रही।

पूजा के अन्त में दादा विदुर से कुन्ती ने कहा—"आज अपने धर्मपुत्र कर्ण को पास बिठा कर प्रसाद खिलाने को मन कर रहा है, क्योंकि अन्य पंचपुत्र व पौत्र दूर हैं।"

विदुर ने कहा—"इस पर चिन्ता क्या ? कर्ण को निमन्त्रण भेज दो। मेरे घर आने में उसे आपत्ति नहीं होगी।"

कर्ण निमन्त्रण पाकर कौरवों से परामर्श करने लगे। दुःशासन ने कहा—सावधान मित्र ! बहुभोग्या नारियों का विश्वास नहीं। फिर विदुर के घर पर कुन्ती, द्रौपदी दोनों हैं। आप हमारे युद्ध में कर्णधार हैं। सिर्फ तीन दिन हैं। आपको निमन्त्रण करने में कोई कूट-कपट लगता है। आप ही तो अर्जुन की विपद हैं। अतः आपको रास्ते से हटा देने का षड्यंत्र हो सकता है। पुत्र के प्राण बचाने को नारी क्या नहीं कर बैठती ?"

सबने दुःशासन की बात का समर्थन किया। कुन्ती का निमन्त्रण उपेक्षित करने की सलाह दी। परन्तु कर्ण ने कहा—"कुन्ती ने मुझे धर्मपुत्र माना है। अतः वे कभी ऐसा नीच कार्य नहीं करेंगी। आप ऐसी आशंका कर कुन्ती के मातृत्व का अपमान कर रहे हैं। मैं उनके पुत्रों का शत्रु हो सकता हूं। पर उनका तो पुत्र हूं ! वे धर्मद्रोही कभी नहीं हो सकतीं।"

दुःशासन ने फिर कहा—"कुन्ती आपकी मां हो सकती हैं; परन्तु द्रौपदी तो कोई मां नहीं। अर्जुन को द्रौपदी अधिक चाहती है। अतः आप उनके शत्रु हैं। वे आपके भोजन में विष मिला सकती हैं।"

कर्ण ने गंभीर स्वर में कहा—"कृष्णा आर्यावर्त्त की श्रेष्ठ नारी हैं। उनके मन में पशु-पक्षी, कीट-पतंग के लिए भी अगाध स्नेह की फल्गु बहती है। आप लोग नहीं जानते, द्वैत वन में सर्पदंश से मेरी मृत्यु सुनिश्चित थी। कृष्णा ने ही अपनी अलौकिक शक्ति के बल से रक्षा की। मेरी कृतज्ञता की बात सुने बिना वे लौट गईं। फिर भी उनकी सागर की लहरों-सी उफनती मुक्त सुनील केशराशि और अपूर्व अंग सौष्ठव को देखकर मैं पहचान गया। जो जीवनदात्री हैं, दूसरे शब्दों में जननी हैं। एक बार जीवन-रक्षा करती हैं, वह क्या जीवन का नाश कर पायेंगी ?"

निमन्त्रण स्वीकार हुआ। कर्ण विदुर के घर आये। मां कुन्ती ने आग्रह से कर्ण को भोजन परोसा। पहले उनके माथे पर चंदन का टीका दिया। प्रसाद मुंह में देकर भीगे स्वर में कहा—"आज तेरा जन्मदिन है।"

कर्ण ने चकित स्वर में पूछा—"जन्मदिन ? मेरे जीवन में तो कभी पालन नहीं किया मैंने। क्योंकि जिस दिन मेरे माता-पिता ने जलस्रोत में पाया, उसे छोड़ किसी अन्य जन्मदिन के पालन में क्या तुक है ? हां, मुझे पाने का स्मृतिदिवस वे पालन करते आ रहे हैं।"

मां ने छलछलाये नेत्रों से कहा—"परन्तु मैं प्रतिवर्ष तेरे जन्मदिन पर शिवालय में पूजा का संकल्प करती हूं, दीप जलाती रही हूं। दान-भोजन कराती हूं। तुम्हें जताने का उपाय न था।"

कर्ण ने भोजन करते हुए कहा—"तो मेरे जीवन की यह प्रथम और अंतिम जन्मदिवस मनाने की अनुभूति है। कौन जाने युद्ध के बाद रहूंगा या..."

मां रोते-रोते चुप हो गई। जननी हृदय का सारा आवेग देकर उस दिन उपेक्षित अवहेलित, अभिशप्त पुत्र को जी भरकर भोजन कराया। कर्ण भी चुपचाप भोजन करते मां को प्रसन्न करने का प्रयास करते रहे।

भोजन करने के बाद मां ने पास बिठाकर कहा—"बेटे ! मेरे निमन्त्रण पर कौरवों के कटु मंतव्य और उनका उत्तर मैं विदुर से सुन चुकी हूं। तुमने कभी जलस्रोत में बहती कृष्णा का उद्धार किया था, कृष्णा ने भी द्वैतवन में तेरी प्राणरक्षा की। यह सब सुनकर सोचती हूं—तुम दोनों में कभी द्वेष या शत्रुता न थी। जो अप्रिय घटनायें हो गईं उनमें औरों की भूमिका ही है। कौरवों से मित्रता कर तू औरों की ग़लतफ़हमी का शिकार हो गया। युद्ध से पहले कृष्णा और तेरे बीच वह ग़लतफ़हमी दूर हो जानी चाहिए। कृष्णा भी यहां है। यह कुछ कहना चाहती है।"

कर्ण ने कुंठित स्वर में कहा—"मैं तो कृष्णा से क्षमा मांग चुका हूं। अंतिम क्षणों में यह सब क्यों ? जो हो चुका, वह तो और लौटने वाला नहीं..."

कुन्ती ने कर्ण की बात नहीं सुनी। मेरे पास आकर अनुरोध के स्वर में कहा—"बेटी ! मेरा दुःख कम करने के लिए तुम सब कुछ करने को प्रस्तुत हो, यह सुन कुछ आशा जागी थी। कर्ण ने बात नहीं रखी। तेरी बात रख लेगा, ऐसा मुझे विश्वास है। सहज ही कर्ण में तेरे प्रति आकर्षण बहुत काल से है। मेरे लिए उसे अंतिम अनुरोध कर सकोगी ?"

मैं एकदम चौंक उठी। कर्ण कुन्ती के ज्येष्ठ पुत्र हैं, यह जानने के बाद उनके प्रति समवेदना और संभ्रम भाव भर गया था। परन्तु स्वयं को छोटा बनाकर ऐसा-वैसा कोई अनुरोध कैसे कर सकूंगी ?

मेरे मन का द्वंद्व और चेहरे पर खिंची चिंता की रेखाएं देख मां ने कोमल स्वर में कहा—"तू मेरी पुत्रवधू है। तेरा सम्मान मुझसे भी बढ़कर है। ऐसा कुछ करने को नहीं कहूंगी, जिसमें पुरुवंश की कुलवधू की मर्यादा की हानि होगी। तुम कर्ण को इतना ही अनुरोध कर दो—पांडवों का पक्ष न लिया, न सही, कौरवों के पक्ष में कम-से-कम न लड़े। कोई बहाना दिखाकर युद्ध-क्षेत्र से दूर रहे। गोविंद से पूछने पर वह उपाय भी वे बता देंगे। बस, इतना करने पर मेरे अभागे पुत्र की प्राण रक्षा हो सकेगी..."

मां की असहायता मैं अच्छी तरह समझ रही थी। अनुरोध करने पर सहमत हो गई।

मेरी प्रतीक्षा में बैठे थे कुंतीपुत्र कर्ण। मैं उन्हें कुछ कहना चाहती हूं, यह जानकर उनका हृदय धड़क रहा था। माया के साथ मैं कक्ष में आ गई। उन्हें प्रणाम किया। मुझे देखते ही कर्ण सारा अनुताप, पश्चाताप भूल गए, शायद स्वयंवर सभा की पराजय याद आ रही थी। व्यंग्य भरे स्वर में कह उठे—"समग्र आर्यावर्त्त की भावी राजरानी कृष्णा अब सूतपुत्र कर्ण को कौन-सा अनुरोध कर अपराधी करना चाहती हैं ?"

दीन भूमिका में मैंने माया को माध्यम कर अपना अनुरोध प्रकट कर दिया।

कर्ण अट्टहास कर उठे—"युद्ध में मेरी मृत्यु निश्चित जानकर भी कृष्णा मुझे आत्महत्या के लिए प्रवर्तित कर रही हैं ? मेरे जीवन में आत्महत्या की विशिष्ट घड़ी आयी थी। कृष्णा के स्वयंवर वाले दिन। परन्तु आत्महत्या तो कापुरुष का कार्य है,

यह सोच सारा अपमान और कृष्णा के अन्याय विचार से उपजी आत्मग्लानि के बावजूद आत्महत्या से निवृत्त हो गया। और आज जीवन के आखिरी समय में मुझे वीरोचित काया त्याग के सुअवसर से कृष्णा वंचित देखना चाहती हैं ! क्यों ?''

आहत स्वर में मैंने माया से कहा—''माया ! कैसी भावपूर्ण भावना है ! युद्ध से निवृत्त होने का अर्थ संसार में दीर्घजीवी होकर जीना है। यही मां की इच्छा है। इस भयंकर समर में कर्ण का जीवन विपन्न जानकर मां चिंतित हैं। अतः मां के दुःख में दुखी हो अनुरोध कर रही हूं। युद्ध सदा नहीं रहता। युद्ध के अन्त में पृथ्वी पर धर्म और शांति की पुनः प्रतिष्ठा होगी। तब पांडव और कर्ण मिलकर राज्य चलाने में कोई बाधा नहीं रहेगी। सुपुरुष एक मन होकर शासन करें तो समग्र मानव जाति का कल्याण हो जाये। इसे कर्ण आत्महत्या कैसे मान रहे हैं ?''

कर्ण ने गम्भीर स्वर में कहा—''सुना था—कृष्णा आर्यावर्त्त की एक विदुषी एवं शास्त्रज्ञ महिला हैं। परन्तु दीर्घ जीवन का उनके पास अर्थ है जीवित रहने की उम्र, यह सोच आश्चर्य हो रहा है। जीवन के लोभ में कोई बहाना कर युद्ध क्षेत्र से दूर भीरु या कापुरुष रहते हैं। ऐसा जीना तो मृत्यु से भी बदतर होता है। जो जानबूझ कर युद्ध-क्षेत्र से दूर रहने का प्रयास करता है, वह तो आत्महत्या ही है। कर्ण कम से कम ऐसा कापुरुष नहीं है। कर्ण तो समग्र पुरुवंश को ध्वंस कर हस्तिनापुर का राजा बन सकता है। परन्तु राज-सिंहासन का मोह कर्ण को नहीं है। कर्ण वीरोचित मृत्यु को वरन् श्रेष्ठ मानता है। अतः मां ने ऐसा अनुरोध कर मेरे पौरुष को अपमानित किया है। मां का यह अनुरोध नहीं रख पाऊंगा।''

कर्ण का अहंकार नहीं सह पा रही थी मैं। मां की ओर देखकर यह अनुरोध करने आयी थी। तो क्या ये सारे पुरुवंश को ध्वंस करने की डींग हांकेंगे ? वे क्या अर्जुन की वीरता नहीं जानते...? मैं खिन्न हो गई। माया को बीच में रखकर कहा—''माया ! वीरता और शौर्य पुरुष के गौरव हैं, पर माता-पिता, गुरुजनों की उचित श्रद्धा-भक्ति करना भी सफल व्यक्तित्व का अभिन्न अंग है। अर्जुन ने मां की बात रखकर अन्य चार भाइयों के अपनी स्त्री के साथ विवाह में अंशीदार किया। अर्जुन क्या वीर पुरुष नहीं ?''

कर्ण ने हंसी उड़ाते हुए कहा—''भद्रे ! आपके पति वीर हैं, मैं मानता हूं। पर वे कैसे पुरुष हैं, यह नहीं समझ पाता। मैं यदि अर्जुन के स्थान पर होता, और स्वयंवर में जीती वरनारी को भाइयों के साथ मिलकर भोग करने का मां आदेश देती तो मैं उल्लंघन कर देता। प्राणप्रिया को लेकर राज्य त्याग देता। अब कुंतीपुत्र के रूप में मां यदि कृष्णा को पत्नी रूप में ग्रहण करने का आदेश दें तो मैं उसे भी तुरन्त ठुकरा दूंगा। उचित बात पर मां के लिए मेरे प्राण हाज़िर हैं। अनुचित बात को अंधे होकर मान लेने को मैं पौरुष का परिचायक नहीं मानता। अर्जुन में और मुझ में बस यही अन्तर है।''

जड़ खड़ी अहंकार और पौरुष की ऊंची उठती शिखाओं में झुलसती रही मैं।

पुनः प्रणाम कर लौट रही थी, कर्ण ने नम्र एवं कोमल स्वर में कहा—''भद्रे, तुम अब मेरे छोटे भाई की पत्नी हो, पुत्रवधू सदृश हो ! सौभाग्यवती रहो। फिर तुमने मेरे

जीवन की रक्षा की और जननी का स्थान अधिकार कर लिया। तुम्हें अभिशप्त राधापुत्र प्रणाम करता है। इस जन्म के सारे अपराध क्षमा करना। परजन्म में प्रायश्चित्त के अवसर की प्रतीक्षा करूंगा।''

कर्ण ने दोनों हाथ जोड़ प्रणाम किया सिक्त नेत्रों से विदा मांगी। नारी मन भी कैसा अजीब है! पल भर पहले कर्ण के अहंकार को घृणा कर रही थी। अब उनके सजल नेत्र और दर्दीले शब्द मेरे मन के दंभ के दुर्ग को तहस-नहस किये दे रहे हैं। मन कर रहा है आंचल की ओट में कर लेती—इस दुर्लभ पुरुष को ध्वंस के मुंह से उबार पाती!

मैंने अश्रुल स्वर में कहा—''मेरे भाई की समझ में हुई गलती के कारण स्वयंवर सभा में जो अपमान और ग्लानि भोगनी पड़ी, उसके लिए पुत्रवधू के रूप में क्षमा मांगती हूं।''

''इस जन्म में यह आखिरी भेंट है। पुत्रवधू सदा क्षमा की पात्र होती है।'' कहकर कर्ण कक्ष से बाहर चले गए। मुड़कर देखा तक नहीं और रथ में बैठ गए।

❑ ❑

कृष्ण चतुर्दशी की अंधेरी रात। पांच योजन व्यापी गोलाकार विराट प्रांतर में कुरुक्षेत्र युद्धभूमि। यहां हिरण्यवती नदी के दोनों ओर कौरव एवं पांडव के सैनिक शिविर हैं। झड़ से पहले की बोझिल नीरवता चारों ओर छायी है।

रात्रि के बाद भोर की किरण फूटेगी कुरुक्षेत्र पर। महासमर प्रारंभ होगा। पांडवों के सेनापति मेरे प्रिय भैया धृष्टद्युम्न बने हैं। कौरवों के प्रधान सेनापति हैं पितामह भीष्म।

पांडवों के शिविर में मेरी उपस्थिति निहायत ज़रूरी है। क्योंकि उनकी पत्नी हूं, प्रेरणादायिनी हूं। मेरे हाथों विजय तिलक माथे पर लगा, मेरा सुलक्षण मुख-दर्शन कर वे प्रतिदिन युद्ध क्षेत्र में अवतीर्ण होंगे। हालांकि तिलक-आरती के बाद मैं स्त्रियों के रहने के लिए निर्मित सुरक्षित शिविर की ओर चली आऊंगी। मैं सती-साध्वी, प्रतिप्राण पवित्र नारी हूं। अतः मेरे बिना पांडव शक्तिहीन हो जायेंगे। अवचेतन मन में जाग रहा है अहंकार। ऐसा अहंकार किसी भी नारी में होना स्वाभाविक है। मेरे पतियों की एकाधिक रूपसी पत्नियां हैं। मेरे पतिपरम अर्जुन की अनेक पत्नियों में सखा कृष्ण की बहन सुभद्रा भी हैं। वहां, उनकी उपस्थिति की ज़रूरत नहीं पड़ी। तो मैं हूं इन पत्नियों में श्रेष्ठ, पंचपति वरण करने पर भी सतीत्व में मैं ही अनन्य हूं। मन का अहंकार मुख पर प्रतिफलित हो रहा था।

सखा ने हंसकर कहा—''सखी, संध्या से मैं तुम्हें देख रहा हूं। खूब उत्फुल्ल दिख रही हो। लेश भर भी डर-भय नहीं। युद्ध से घबराती नहीं?''

मैंने गर्व में कहा—''मैं क्षत्रियाणी! फिर साध्वी! मेरे पतियों का मंगल ही होगा, यह विश्वास रखना क्या अनुचित है? विश्वास ही तो सफलता की कुंजी...''

सखा दांत भींच हंस पड़े—''तो कल क्या युद्ध अवश्यंभावी है? मैंने यद्यपि पांडवों की ओर से अर्जुन का रथ चलाने का वचन दिया था। परन्तु अन्तिम क्षणों में मना

कर दिया। उन्हें कोई असुविधा न होगी। उन्हें डर क्या ? अनेक वीर उनकी ओर हैं। पास है तुम जैसी प्रेरणादायिनी सती-साध्वी पत्नी कृष्णा !'' कृष्ण की बात पूरी होते-न-होते पांडव शिविर में आतंक और नैराश्य छा गया।

पांडव कृष्ण को घेरे बैठे हैं। म्लानमुख अर्जुन ने हाथ जोड़कर कहा–''सखा ! इस अधम का क्या अपराध है ? अन्तिम पल में ऐसी हताशवाणी क्यों ? आप युद्ध नहीं करेंगे, फिर भी आपका आश्रय लिया है। अगर हमारे पक्ष में आप नहीं हैं, फिर युद्ध का प्रश्न ही कहां ? अन्त में हम लोग हास्यास्पद ही होंगे। मेरा दोष क्या ?''

मर्माहत स्वर में सखा ने कहा–''तुम्हारा इसमें कोई दोष नहीं है। दोष मेरी नीति का है। मैं सदा सत्य और धर्म के पक्ष में रहा हूं। असत्य का विनाश मेरा धर्म है। निर्मल हृदय ही मेरा आसन है। परन्तु मुझे लगता है, हम जो यहां युद्ध के लिए प्रस्तुत हो रहे हैं, हमारे मन में कुछ-न-कुछ गोपनीयता रह गई है। सत्य के आगे मैं सदा निष्ठुर हूं। अतः मुझे बाध्य होकर निष्ठुर बनकर कल सुबह द्वारका लौटना होगा।''

युधिष्ठिर ने हाथ जोड़कर कहा–''वासुदेव ! यह कैसा कपट ! मझधार में नौका छोड़ चले जाना कैसा बन्धुत्व है। वास्तव में आप क्या चाहते हैं ?''

वे मेरी ओर तिरछी दृष्टि कर हंस रहे थे। माया उनकी हंसी का साथ देकर हंस रही थी। माया जब ऐसे हंसती है–मैं समझ लेती हूं अदृष्ट हंस रहा है, माया की हंसी तो मानो कपट का ख़ज़ाना है।

कृष्ण ने गम्भीर स्वर में कहा–''यह धर्मयुद्ध है। अतः युद्ध से पहले मन को निर्मल, पवित्र, उन्मुक्त कर लेना होगा। तब जाकर मैं अर्जुन के रथ का सारथी हो सकूंगा। वरना मुझे विदा दें।''

भीम खीझ उठे–''बस ! ज़रा-सी बात पर तूफान खड़ा कर दिया। अब हम खुले मन सब अपने मन की दुर्बलता सबके सामने कह दें, यही तो मैं शुरू करता हूं...''

कृष्ण ने टोका–''ना, ना, वैसे नहीं। बड़े भैया से बात शुरू हो।''

युधिष्ठिर ने मुंह लटकाये कह दिया–''मैं अभी-भी चाहता हूं कि यह युद्ध न हो। युद्ध के बिना अभी भी समस्या का हल निकल आये तो मुझे स्वीकार्य होगा। युद्ध टालने के लिए ही तो पाशे में पत्नी को दांव पर लगा हराने को प्रस्तुत हो गया। तब वनवास न जाते तो कौरव युद्ध कर इंद्रप्रस्थ पर अधिकार करने का प्रयास करते। क्षत्रिय कुल में जन्म लेकर भी युद्ध के प्रति घोर वितृष्णा मेरे चरित्र की दुर्बलता है।''

अर्जुन ने सिर झुकार कर कहा–''मां के वचन रखकर मैंने कृष्णा...के साथ भाइयों से मिलकर विवाह किया, इस बात पर मन में क्षोभ होता है। मन करता है–कृष्णा सिर्फ मेरी ही होती ! यह सोचना मेरे चरित्र की दुर्बलता ही है।''

भीम सीधे कह उठे–''भोजन में जैसे मेरा ज़्यादा भाग है, कृष्णा के भोग में भी मेरा भाग अधिक रखा जाता। ऐसा न करने के कारण मेरे मन में कृष्णा और कृष्ण पर क्षोम हो आता है। फिर मैं कुछ अधिक भोजन करता हूं, अतः सदा विपद के मुंह में धकेल देते हैं, अतः भाइयों और मां पर मान होता है।''

नकुल ने लजाते हुए कहा–''कृष्णा रूप में मुझसे भी श्रेष्ठ हैं, अनिंद्य हैं, अतः उन पर ईर्ष्या होती है। रूप में वे मुझसे कुछ उन्नीस होतीं तो अच्छा लगता।''

सहदेव का स्वर उदासी भरा था—"मेरी दुर्बलता मेरी मां हैं। कुंतीपुत्र के रूप में परिचय देकर हम गर्व करते हैं। कुंती के मातृस्नेह की भी कोई तुलना नहीं। परन्तु हमारी जन्मदात्री पांडुपत्नी माद्री का नाम धीरे-धीरे विस्मृत होता जायेगा, कभी इतिहास से लोप हो जायेगा। यही दुःख कभी-कभी होता है। पिता-माता की स्मृति को अमर रखना पुत्रों का कर्तव्य है। अतः मेरी यह दुर्बलता क्या स्वाभाविक नहीं ?"

कृष्ण की निर्मल हंसी सुनाई पड़ी--"तुम सबने निस्संकोच सत्य कह दिया, चेहरा दर्पण की तरह झलमला रहा है। मैं प्रसन्न हूं।"

"तब अर्जुन का सारथी बनने में कोई आपत्ति तो नहीं वासुदेव ?" भीम ने पूछा। कृष्ण हल्के हंस मेरी ओर देखकर बोले—"अभी कैसे कह सकता हूं ! आपकी प्रतिप्राणा द्रौपदी जो चुप हैं..."

माया ने मेरी ओर से कहा—"राजरानी कृष्णा को इसमें क्यों घसीट रहे हैं ? वे महिला हैं, क्या आप नहीं जानते ? औरतों के मन में कब क्या आता है, उसका कोई ठिकाना है ? हर भावना सबके सामने कही जा सकती है ? फिर पति के आगे कोई स्त्री कभी कुछ कह पायेगी ?"

सखा हंस पड़े। बोले—"माया, तुम हर बात में जीभ चलाती हो। कृष्णा एवं कृष्ण के बीच बाधा क्यों बन जाती हो ? मेरी बहन सुभद्रा भी अर्जुन की या अन्य चार पांडवों की अन्य पत्नियों की तरह कृष्णा क्या साधारण नारी हैं ? वे जैसी रूपवती, वैसी विदुषी और सती-साध्वी भी हैं। सती नारी का मन सूर्य के प्रकाश की तरह निर्मल होता है। सती नारी के मन-रूपी दर्पण पर तो पति के अलावा दूसरे पुरुष की छाया भी नहीं पड़ती। मन खोलने में कृष्णा को कुंठा क्यों होगी ? वरन् उनका गौरव बढ़ेगा, मैं भी पांडवों के पक्ष में पुनः रहने पर सहमत हो सकूंगा..."

चुपचाप द्वंद्व में सोचती रही—समय आने पर कृष्ण ऐसे विपज्जनक भी हो सकते हैं ! सुबह महासमर होगा। और मेरे पति इस समय अस्थिरमना उद्विग्न-चित्त हैं। ऐसे में मैं अपने मन की बात खुलकर कह दूं तो इनके मन की अस्थिरता में असमय का तूफान आ जायेगा। आंदोलित मन से मैं उन्हें युद्ध में कैसे भेजूंगी ? वैसे अपने मन की दुर्बलता कह डालने में कोई कुंठा नहीं है। परन्तु अब इस समय चतुरतापूर्वक कृष्ण की बात का उत्तर देना होगा। एक ओर कृष्ण जरूरी हैं, दूसरी ओर पतियों का मन स्थिर-शांत रखना भी मेरा कर्तव्य है। कैसी विषम स्थिति खड़ी कर दी है परम सखा ने !

कृष्ण ने हंसकर कहा—"सखी, चुप क्यों रह गईं ! तुम्हारे मन की दुर्बलता क्या कोई अत्यन्त महत्त्वपूर्ण है ?"

मैं पतियों को निर्मल हृदय स्नेहपूर्ण दृष्टि से देखते रही। कहा—"मां, कुंती से सुना है कि कृष्ण अंतर्यामी हैं। सबकी बात उनके आगे खुली है। सुना है कि वे गर्वभंजक हैं। किसी का गर्व-अहंकार नहीं टिकने देते। अतः कृष्णा का दर्प चूर्ण करने को यह नाटक रचा है। कृष्णा का मन कृष्ण से छुपा नहीं है। फिर भी यदि मेरे मुंह से सुनना चाहते हैं तो कुंठा नहीं होगी मुझे।"

सब कौतूहल में उत्सुकता से खड़े देखते थे। माया मुस्करा रही थी। कृष्ण अनजान

की तरह भोले बने थे।

मैंने कहा–''मेरे मन में अनेक दुर्बलताएं हैं। क्योंकि मैं देवी नहीं, मानवी हूं। सबको एक-एक कर कहने लगूं तो महासमर का लग्न ही टल जायेगा। अतः कुछ मुख्य दुर्बलताएं प्रकट कर रही हूं। मेरे हृदय की पहली दुर्बलता है प्रिय बंधु मधुसूदन ! मेरे जन्म के समय नामकरण की घड़ी से ही मुझे लगता था कि किसी अलौकिक पुरुष कृष्ण के साथ कृष्णा का अदृश्य, अपार्थिव एवं अविच्छेद्य संपर्क है। उस संपर्क की संज्ञा मैं नहीं जानती। जानते होंगे तो कृष्ण को पता होगा। मेरे हृदय की दूसरी दुर्बलता जहां है, मां कुंती की दुर्बलता भी वहीं है।''

''सो क्या है ?'' कृष्ण ने अबोध बालक की तरह पूछा।

मैंने शांत स्वर में कहा–''कुंतीपुत्र ही मेरी द्वितीय दुर्बलता हैं। मेरी यह दुर्बलता है कि मेरे नारी-हृदय की संवेदनशीलता कुंतीपुत्रों को पार नहीं कर सकी। मां कुंती का दुःख और दुर्बलता हैं उनके पुत्र। पुत्रों के कारण वे जीवनभर दुखियारी हैं। मां के दुःख में मैं भी अपना दुःख मिला देती हूं। ज्येष्ठ कुंतीपुत्र से लेकर कनिष्ठ कुंतीपुत्र तक सबके प्रति मेरे मन में आकर्षण है। प्रचंड पौरुष के प्रति कौन नारी भला एक पल दुर्बल नहीं हो जाती ! परन्तु उस दुर्बलता में कोई आशा-प्रत्याशा, विचलता का स्पर्श नहीं है, यह कृष्ण अच्छी तरह जानते हैं।

मेरी तीसरी दुर्बलता है तृतीय पांडव ! अर्जुन ! वे वीर और नम्र हैं, अतः पांडव संसार का सारा दायित्व उन्हीं पर लाद दिया जाता है। उनके गौरव में अन्य चार अंशीदार हो जाते हैं, इस बात पर कभी-कभी मेरे मन में क्षोभ हो जाता है। जब दिव्यास्त्र संग्रह का भार अर्जुन पर न्यस्त किया गया, मैंने साधारण नारी की तरह सोचा, पांच दिव्यास्त्र संग्रह करने का दायित्व पांचों पांडवों ने बांट क्यों नहीं लिया ? एक की साधना का फल चारों भोग करें, यह कैसा न्याय है ? हालांकि यह मेरी संकीर्णता है। पांचों पांडवों को बांध रखने के लिए जीवन को उत्सर्ग किया है, अर्जुन के प्रेम में अंधी होकर फिर उनके बीच भेद पैदा करने की बात सोचती हूं। हालांकि अगले क्षण पश्चात्ताप कर संकीर्णता धोकर स्वयं को धिक्कारती हूं।''

अपनी दुर्बलता पतियों के आगे प्रकट करते-करते मेरी आंखें भर आयीं।

उधर देखा–मेरे परमप्रिय अर्जुन के नेत्र भी सजल थे। दुर्बलता प्रकट कर मेरा जीवन धन्य हो गया है। मैं मन-ही-मन कृष्ण के प्रति कृतज्ञता प्रकट कर रही थी।

कृष्ण ने स्नेहपूर्ण दृष्टि से कहा–''धन्य हो कृष्णा ! बातों को कहने में तुम कृष्ण को भी पार कर गईं। ज्येष्ठ कुंतीपुत्र से कनिष्ठ कुंतीपुत्र में तुम्हारा आकर्षण है–यह कह अपने निर्मल हृदय को खोल दिया। इस उक्ति के बारे में युद्ध के बाद फिर कभी व्याख्या करूंगा।''

कृष्ण हल्के-हल्के मुस्करा रहे थे। पांडव भी मेरी स्पष्टोक्ति पर संतुष्ट थे।

अचानक मैंने कहा–''परम पुरुष कृष्ण क्या सबकी दुर्बलता ढूंढने में ही उत्सर्गीकृत हैं ? उनकी कोई दुर्बलता नहीं ? आज युद्ध से पहले पवित्र घड़ी में अपना मन निर्मल कर दें।''

भीम ताली बजाकर हंस उठे–''कृष्ण को साध्य करने की शक्ति कृष्णा में ही

है। कहो बालकृष्ण, तुम्हारी दुर्बलता कहां है ?''

कृष्ण लजा गए। उसी अभिनय में बोल उठे—''मेरी दुर्बलता तो स्वर्ग, मर्त्य, पाताल सर्वत्र व्याप्त है। अनंत विश्व ब्रह्मांड के साथ खेलना मेरी दुर्बलता है। मुझे जो अति प्रेम करता है, उसे ही अधिक परेशान करता हूं। मैं जिसे चाहता हूं, उसे विपद में डालता हूं। जो सोचता है— 'कृष्ण मेरे हैं' मैं उसके पास माया बन जाता हूं। जो सोचता है 'मैं कृष्ण का हूं' मैं उसके पास बंधक हो जाता हूं...जिसे गढ़ता हूं, उसे तोड़ता भी हूं...इसी में आनंद है...''

भीम ने हाथ जोड़कर कहा—''बस, बस, बालकृष्ण ! तुम्हारी कमज़ोरी की सूची सुनते-सुनते हमारा मन दब गया है। क्योंकि हम आपको चाहते हैं। आप ही से हमारा संसार बना है...यदि फिर तोड़ दो...''

युधिष्ठिर उन्हें प्रणाम कर रहे थे।

कृष्ण के मुखमंडल पर अपूर्व ज्योति-वलय ! नैसर्गिक सौंदर्य की आभा बिखर रही है। दर्शन कर सारी अशांति, मन का उद्वेग कहीं लीन हो गया है।

युद्धपूर्व पांडवों के लिए यह ज़रूरी था।

अनंत है—अजेय है महाकाल। उसमें अठारह दिन कितने नगण्य हैं, कितने मामूली हैं। पलक गिरने-उठने की तरह अठारह दिन युद्ध की भयावहता में कितनी तेज़ी-से काल-स्रोत में बह गए !

समय-समुद्र के अठारह दिन का वह स्रोत सब-कुछ निश्चिह्न कर गया। सब-कुछ मिट गया। महाकाल के महासागर में छोटी-सी लहर 'कुरुक्षेत्र महासमर' बह गई। समर समाप्त हो गया। एक ओर करुण पराजय, दूसरी ओर विकट विजय थी !

विजय फिर इतनी विकट, भयंकर, हाहाकारमय भी हो सकती है ! जन-मानस-रहित वसुंधरा ! शत्रु-मित्र, पापी-पुण्यात्मा, ज्ञानी-अज्ञानी, वीर-कापुरुष, युवक-वृद्ध, पिता, भाई, गुरु, मित्र, पति, पुत्र—सबको महासमर की लपलपाती जीभ निगल गई।

अब किसे लेकर होगा विजय-महोत्सव ? जिन्हें अधिक चाहा, उन्हें ही महाकाल छीन ले गया मेरे हाथ से। मेरे पिता द्रुपद, भ्राता शिखंडी, धृष्टद्युम्न के पुत्र, बंधु विराट और उनके पुत्र, मेरा प्राणप्यारा पुत्र अभिमन्यु, वक्ष में स्थित तिल-चिह्न की तरह मेरे हृदय के एकांत की कोमल भावना—कुंती की परम दुर्बलता वीर कर्ण, आर्यावर्त्त की अगणित राजभक्त प्रजा, देशभक्त योद्धा, पुत्र घटोत्कच, इरावान, और अंत में मेरे पांच प्राणप्रिय बालक युद्ध में निहत हुए। निष्पाप कोमल शिशु खिलने से पहले ही समर-विलासी अंधे लोगों की रक्तपिपासा मिटाने के लिए समर-प्रांगण में सो गए। कौरवों की ग्यारह अक्षौहिणी और पांडवों की सात अक्षौहिणी सेना युद्धभूमि की रक्तनदी में चिरनिद्रित हो गई। वीरों में कौरव पक्ष के कृतवर्मा, कृपाचार्य और मेरे पुत्रों के हत्यारे अश्वत्थामा, पांडव पक्ष के पंचपांडव, कृष्ण और सात्यकि युद्ध के अंत में जीवित हैं।

दुःख-सुख, आशा-निराशा पलक झपकने की तरह आते-जाते हैं। युद्ध का हर दिन उत्तेजना का चरम होता है। हर पल सुख की खबर आती, फिर अगले क्षण दुःसंवाद ! मैं जानती थी—धर्म जहां, कृष्ण वहीं। कृष्ण जहां हैं, विजय वहीं है। विजय मुझसे आंखमिचौनी खेल रही है। फिर भी जानती थी कि विजय मेरी होगी। सुख-समृद्धि,

सम्मान सब मेरा होगा, क्योंकि धर्मवंत पंचपांडवों की स्त्री, धृष्टद्युम्न की बहन, अभिमन्यु की जननी और कृष्ण की सखी हूं। पर विजय भी यों सर्वस्वहीन कर देती है !

युद्ध के निमित्त मैंने पांडवों को उत्साहित किया था, परन्तु राज्य-धन-ऐश्वर्य मेरा काम्य न था। अपमान का प्रतिशोध लेना और दोषी को सज़ा देना ही मेरा लक्ष्य था। अपमान का प्रतिशोध लिया, दोषी को दंड भी मिला। पर मुझे क्या मिला ? धर्मयुद्ध में दोषी दंड पाता है, लेकिन निर्दोष दंड नहीं पाता, यह कहां लिखा है ?

क्या दोष था मेरे लाल अभिमन्यु का ? अर्जुन के रूप, गुण और वीरत्व को लेकर जनमा था, अतः अधिक मोह था, नेह था। चक्रव्यूह में प्रवेश वह जानता था, लौटना नहीं। फिर युधिष्ठिर ने ऐसे कोमलमति को सप्तरथियों से लड़ने भेज दिया ? भेजने से पूर्व पूछा भी नहीं कि चक्रव्यूह भेद करने, उसका प्रवेश और प्रस्थान कौशल भी जानते हो या नहीं। सदा आफत के मुंह में जायेंगे अर्जुन या फिर उनके पुत्र ! युधिष्ठिर किस चीज़ के बने हैं ! जैसे हृदय नाम का कुछ है ही नहीं ! धर्मात्मा पुरुष क्या निष्ठुर ही होते हैं !

विराटनगर में रहते समय पुत्रों से दूर रहकर उत्तरा एवं उत्तर को बेटी-बेटे की तरह स्नेह दिया था। उत्तरा को बहू बनाकर लायी कितने सुख के सपने उसकी आंख में अंजन की तरह आंज कर ! उत्तर और उसका भाई युद्ध में मृत। किशोरी उत्तरा अंतःसत्वा है, ऐसे में पति अभिमन्युविहीन हो गई ! कैसे धीर धरूं ? सुभद्रा सदा की भाग्यवादी है। वह भोली ठहरी। इकलौते बेटे के उठ जाने पर बोली खो गई। उत्तरा पागल ही हो गई। अर्जुन शोकाभिभूत। युधिष्ठिर नीरव, निर्विकार !

पुत्र अभिमन्यु की नारकीय हत्या कुछ अधिक बेध रही है। सात-सात रथियों ने मिलकर हत्या की ! और हत्याकांड के नायक थे, अभिमन्यु के ताऊ कुंतीपुत्र कर्ण !

अभिमन्यु के मृत्युशोक में टूट गई। तब सोचा था, कर्ण की मृत्यु पर शायद यह शोक कुछ कम हो। कर्ण की मृत्यु का संवाद पहुंचा। कर्ण का रथचक्र धरती में धंस गया था, उठाने जा रहे थे तब कृष्ण के निर्देश पर निरस्त्र कर्ण की हत्या कर दी मेरे पति अर्जुन ने ! अर्जुन ने ऐसा क्यों किया ? मां कुंती के निरस्त्र ज्येष्ठपुत्र की हत्या हुई धर्मक्षेत्र में ! कर्ण की मृत्यु का संवाद पुत्र अभिमन्यु के विच्छेद-दुःख को कम नहीं कर सका—वरन् कर्ण के इस असहाय अवस्था में वध से दुःख दूना हो गया।

हृदय पर पत्थर रखकर सहना पड़ा कर्ण की मृत्यु का शोक। सोचा था, दुःशासन की मृत्यु ही मेरे दुःख को ऊना कर सकेगी। मरा है दुःशासन। कभी दुःशासन का रक्त स्नान करने को अपमान में तिलमिला कर कितनी व्याकुल हुई थी ! भीम ने अपनी प्रतिज्ञा पूरी कर दी। गदा की चोट से दुःशासन का उरुभंग किया। दुष्ट दुःशासन के अंजुरी भर गर्म खून से मेरे मुक्त केशों को पखारा है। अपमान में दहकते हृदय की ज्वाला प्रशमित हुई है, प्रशांत नहीं हो सकी।

मेरे मुक्त केशों की नस-नस में वह लाल, ताज़ा रक्त छू गया। कंधे और चेहरे पर आदमी का रक्त बह आया। ताजा रक्त की आमिषी गंध से रोम-रोम खड़ा हो गया। एक बीभत्स उल्लास में मन की सारी कोमलता भस्म होती जान पड़ी। पर हृदय की जलन कम होने की जगह लपलपाती शिखा और तेज़ होती गई।

कभी सोचा था—दुःशासन का रक्त हृदय को शांत कर देगा। आज लगता है—रक्तपान पशु को ही तृप्त करता है। जिस में ज़रा-सी भी मानवीयता की भावना होगी, वह कभी मानव- रक्त की होली से शांति नहीं पा सकता। कितनी ही प्रतिहिंसा में डूबी होऊं, मैं नारी हूं— मानव-रक्त से शांति कैसे पा सकती थी। वरन् एक विवशता, वितृष्णा, जीवन के प्रति तुच्छता, अवदमित पश्चात्ताप और दुःख में निढाल हो गई। भीम की वह विराट काया और दुःशासन का रक्त देख मैं सिहर उठी। आदमी में छुपे पशुत्व को देख कांप उठी। ऐसा ही तो लाल रहा होगा मेरे अभिमन्यु का रक्त, मेरे पिता, बंधु, सहोदर का रक्त ! धरती कभी रक्तपात कर तुष्ट नहीं होती होगी। वह तो मां है, जीवनदात्री है, वीरप्रसू है !

वीरों के रक्त से धरती बार-बार सनती है। आदमी की संकीर्ण स्वार्थपरता के कारण। आदमी का रक्त झर जाता है उसके वक्ष पर। पर उसका दुःख और वेदना यह अंधा आदमी कभी समझ पाता है ? रक्तपात, भयंकरता कभी किसी को शांति नहीं दे पायेंगे। किसी की जलन शांत नहीं कर पायेंगे—आज दुःशासन का रक्तस्नान यही बता रहा है मुझे। भीम ने एक और अंजुरी रक्त लाकर मेरे केशों पर डाला—मैं चीख उठी,—"बस, बस, मुझे जीने दो। मुझे किसी दूसरी पृथ्वी पर ले चलो ! हे नाथ ! मैं नहीं सह सकूंगी ! दुःशासन के रक्त में मैं अभिमन्यु के रक्त की गंध पा रही हूं—लगता है सारे संसार के आदमियों का रक्त एक ही जैसी आमिषी गंधवाला है—मुझे राक्षसी न बनाओ—" मैं मूर्च्छित हो गई थी।

चेतना लौटी तब शिविर में थी। सिरहाने कोई बैठा है। माथे पर कोमल स्पर्श। आंसू टप-टप गिरे। रक्त की गंध अभी-भी मुझे विवश कर रही थी।

सखा का स्वर सुना। कह रहे हैं "सखी ! धीरज रखो ! दुःशासन का पाप-मोचन, अन्याय का नाश महाकाल का धर्म है। दुःशासन जैसे दुष्टों की मृत्यु से पृथ्वी पापशून्य होगी। पृथ्वी पर पुनः धर्म की स्थापना होगी। यह मेरे और तुम्हारे जीवन का लक्ष्य है। महाकाल मेरे ही निर्देश पर दुष्ट संहार करता जा रहा है। तुम जैसी विदुषी रमणी का यों अधीर हो जाना शोभन नहीं।"

मैं शोक में टूट पड़ी थी। कहा—"सखा, मेरा पुत्र अभिमन्यु कहां ? उसने क्या पाप किया था ? उसे महाकाल ने क्यों छीन लिया ? उसकी मृत्यु पर पृथ्वी किस पाप से मुक्त होगी ?"

कृष्ण ने दीर्घ सांस छोड़कर कहा—"सखी ! यही युद्ध की दारुण परिणति है। पृथ्वी के मंगल के लिए दुष्टनाशन के मार्ग में साधु-सन्तों को भी त्याग करना पड़ता है। विश्वकल्याण के लिए व्यक्ति स्वार्थ को जलांजलि देनी पड़ती है। व्यक्ति को प्राणबलि देनी पड़ती है। विश्वकल्याण के पथ में अभिमन्यु ने प्राणबलि दी है। वीरोचित मृत्यु वरण कर स्वर्गलोक पाया है। पृथ्वी के इतिहास में अभिमन्यु का नाम चमकता रहेगा।"

मैंने अभियोग-भरे स्वर में विलाप कर कहा—"इतिहास के पन्नों में बेटा जीवित रहने पर मां का दुःख नहीं मिटता। वीरोचित मृत्यु वरण कर अमर बनाने के लिए कोई मां पुत्र की मृत्युकामना नहीं करती। तुम पुरुष हो। मां का मन कैसे समझोगे ?"

कृष्ण ने म्लान हंसी में कहा—"याज्ञसेनी ! मैं अभिमन्यु का मामा हूं। तुम वन

में थे तब उसके साथ-साथ रहा हूं। उसका लालन-पालन, शिक्षा, युद्धाभ्यास का सारा दायित्व लेकर सखा का योग्य दायाद बना रहा था। मैं उसका मामा ही नहीं था, उसका पिता-माता-गुरु-सखा, सब-कुछ था। उसकी मृत्यु पर मुझे अधिक दुःख होना चाहिए। पर मैं काल की गति जानता हूं। अतः मृत्यु के लिए शोक नहीं करता। तुम धीर धारण करो। ऐसे करोगी तो सखा अर्जुन की धीर कौन बंधायेगा ? उसका विषादग्रस्त चेहरा देखोगी तो समझ सकोगी।"

मैंने तेज़ स्वर में कहा—"सखा, तृतीय पांडव आपको प्राणों से भी अधिक चाहते हैं, इसलिए उन्हें ऐसा दुःख दिया ? यही तुम्हारी नीति है ?"

सखा का स्वर शांत था—"युद्ध में मोहग्रस्त होकर वीर अर्जुन जब अस्त्र त्यागकर बैठ गया, बंधु, सहोदर, गुरु, पितामह के विरुद्ध अस्त्र न उठाने की बात कही, तब उनके मन से मोह और जड़ता दूर करने के लिए आत्मा की अमरता, जन्म-मरण, पाप-पुण्य, आत्मा-परमात्मा और संसार-संबंधी सारा तत्त्व युद्धक्षेत्र में ही व्याख्या करना पड़ा। अतः अर्जुन इस दुःख को धीरे-धीरे पार करेंगे। उनकी चिन्ता न करो।"

याद आ गई अर्जुन के मुंह से सुनी युद्धक्षेत्र की वह अभूतपूर्व घटना। कृष्ण ने सखा की जड़ता दूर करने के लिए उन्हें अपने विश्वरूप का दर्शन कराया। अर्जुन ने युद्धक्षेत्र में ही देखा—कृष्ण के असंख्य मुख, असंख्य दीप्त चक्षु, असंख्य कर-पग, असंख्य तीक्ष्ण दांत। उनका शरीर विशाल होकर आकाश तक व्याप गया है। प्रकाशवान हिरण्मय शरीर तेजोद्दीप्त दिख रहा है। प्रलयानल की तरह कराल दांतों से युक्त मुख में दिख रहा है आकाश—आकाश में असंख्य जलते सूर्य, चंद्र, ग्रह, नक्षत्र ! उसी मुख में सबको देख रहे थे अर्जुन ! वह रूप दर्शन कर सिर चकरा गया था अर्जुन का। प्रार्थना की—"हे वासुदेव ! अपना यह रूप संवरण करें..."

तो क्या कृष्ण महाकाल हैं ! वे ही सृष्टिकर्ता हैं। संहारकर्ता हैं ! स्वयं भगवान हैं !

मां कुंती ने उन्हें ठीक पहचाना है। तभी बुआ होते हुए भी प्रणाम करती हैं !

आत्मा यदि अमर है, शरीर की मृत्यु पर यदि आत्मा का परमात्मा से मिलन होता है, तो मृत्यु के लिए शोक क्यों ?

मैं भी एक क्षण शोक भूल सखा के आगे नत खड़ी रही।

माया की आवाज़ आयी—"उत्तरा बार-बार मूर्च्छित हो रही हैं। उन्हें धीरज न बंधाकर कृष्ण को प्रणाम करने का समय यह नहीं है।"

मैं फिर शोकाभिभूत हो गई थी।

❑ ❑

दुर्योधन का उरुभंग हो चुका है। चोट खाकर वह मृत्यु की घड़ियां गिन रहा है। युद्ध समाप्त। पिता की मृत्यु के बाद पांचाल देशवासी कातर हो चुके हैं। मैं उस दिन पांचाल देश गई थी, बस, यह बता देने के लिए कि वे अनाथ नहीं हैं। मेरे वीर भ्राता, द्रोणहंता धृष्टद्युम्न शत्रु को जीतकर जीवित बचे हुए हैं। हस्तिना में शांति स्थापित होते ही वह लौटकर प्रजापालन करेगा। भाभी को धृष्टद्युम्न का कुशल क्षेम देकर संतोष हुआ। भाई

के लिए वे कातर बनी प्रतीक्षा कर रही थीं।

रात-भर दोनों भाभी-ननद सारा दुःख भूले आगामी सुख के सपने संजोती रहीं। अभिमन्यु, घटोत्कच, बेलालसेन, वगैरह सौतों के सारे पुत्र मृत हैं, फिर भी ईश्वर की कृपा से मेरे पांचों पुत्र सकुशल हैं, उन्हें देख कर और पुत्र गंवाने का दुःख शायद भुलाने की चेष्टा करूं। वे शैशव से ही मातृसुख से वंचित रहे। उनके जन्म के कुछ दिन बाद ही तो मैं वन चली गई थी। अब जी-भरकर वात्सल्य दूंगी ! और इसके अलावा इस जीवन में और किस सुख-भोग की आकांक्षा रह गई।

राज्य के लिए युद्ध, रक्तपात, मृत्यु, हाहाकार देख-देखकर राज-पाट, धन-दौलत से मन का मोह टूट गया है। रानी बनने में और कोई आनंद नहीं रहा। बेटे बड़े हो जायें, उन्हें राज्य-भार सौंपकर राजमाता बनकर रहूंगी। पंचपति की पत्नी बनकर तो जीवनभर झमेले में पड़ी रही। पंचपुत्र की जननी बनकर अब कुछ दिन तो चैन की सांस लूंगी। उनकी हंसी-खुशी में ही जीवन को तलाशने की चेष्टा करूंगी...मेरे प्राण-धन अभिमन्यु को...

रात-भर नींद में सपने देखती रही—हंसते-खेलते बच्चों का मुंह, उनके विवाह का दृश्य, राज्याभिषेक और उनके बेटों को खिलाने, लाड़ करने का दृश्य।...पुष्पहार लिए स्वर्ग की अप्सराएं उन्हें पहनाने उतर रही हैं...शायद मेरी बहुएं अप्सरा जैसी दिख रही हैं...सपना टूट गया। हृदय कांप उठा। यह सब क्या देखा ? कैसा होगा इसका फल ?

किसे पूछूं फल ? प्रभात में देर है। पर तभी संवाद आ गया—द्रोणपुत्र अश्वत्थामा ने रात में आक्रमण कर धृष्टद्युम्न और मेरे पांचों शिशुओं का सोते समय वध कर डाला है ! मैं और भाभी एक-साथ मूर्च्छित हो गईं। कौन सांत्वना देता ?

विजय-घड़ी में ऐसी पराजय ! भाग्य का क्रूर अट्टहास ! इस शोक को कैसे सहूं ? पहले ही अभिमन्यु, घटोत्कच आदि के शोक से कातर थी। इस दारुण संवाद ने तो मानो मेरे प्राण ही ले लिए। पुत्रशोक से बड़ा कोई शोक शायद ही हो ! इसके लिए कोई भी शब्द पूरा नहीं पड़ता। मृत्यु ही इस शोक की एकमात्र महौषधि है।

रक्त-समुद्र में छिन्न-मस्तक सोये हैं निष्पाप पुष्प की तरह मेरे पांचों कोमल शिशु प्रातविंध्य, स्वतःसोम, श्रुतकर्मा, शतानीक और श्रुतासन। होठों से हंसी बुझी नहीं, रात का कोई मीठा-सा सपना भी पलकों से पुंछा नहीं।

पुत्रों के शव बार-बार गोद में लेकर विलाप करती रही। कभी किसी का छिन्न मस्तक, कभी किसी का धड़, छाती से लगाकर बेहोश हो जाती। एक-साथ पांच-पांच पुत्र खो बैठनेवाली जननी का हृदय कैसे धीर धरता !

मेरे पंचपति सब शोकाभिभूत ! आज विधाता ने सबको पुत्रहीन कर दिया है। एक-दूसरे से आंख चुराते नीचे देख रहे हैं। बेटों के रुधिर में आंसू मिल रहे हैं। सिर्फ गोविंद सबको सांत्वना दे रहे हैं।

कुछ समय बाद मैं अपनापन भूल गई। राक्षसी की तरह भयंकर चीख के साथ गरजी—"उस पापी अश्वत्थामा का संहार कर मैं पुत्र-हंता से प्रतिशोध लिए बिना चैन से मर भी नहीं सकूंगी।"

भीम समझ गए। अन्न-जल त्याग कर मेरा दृढ़-संकल्प देखकर वे खड़े हो गए।

तभी खबर आई कि पंचपुत्रों के वध की बात सुन दुर्योधन की प्राणवायु उड़ चुकी है। भीम इस संवाद पर कुछ सजग हो उठे। अश्वत्थामा को पकड़ लाने चल पड़े। फिर एक बार वह भीम रूप देख मैं सहम गई। क्या पृथ्वी प्रलय के द्वार पर है ? मृत्यु का क्या. कहीं अंत नहीं ?

इधर युधिष्ठिर, अर्जुन एवं कृष्ण भी अश्वत्थामा को ढूंढने निकल पड़े। अचानक हृदय में हल्की-सी भाव लहर उठी। द्रोण-पत्नी हरिता अभी-भी जीवित हैं। उनके जीवन में अश्वत्थामा ही एकमात्र जीने का सहारा है। द्रोण परलोक जा चुके हैं। अश्वत्थामा के मरने के बाद हरिता भी पुत्रशोक की बलि हो जायेंगी ! हां, अश्वत्थामा पापात्मा है। पर, हरिता तो मेरी जननी जैसी हैं। जो पुत्रशोक नहीं जानतीं, वह प्रतिशोध के वश होकर किसी और के पुत्र की हत्या करेंगी। मैं कैसे कर सकूंगी ? एक पल पहले तो रो रही थी–"हे भगवान ! शत्रु को भी पुत्रशोक न देना !" और अब कैसे अश्वत्थामा की हत्या कर हरिता को पुत्रशोक में डुबो सकूंगी। अश्वत्थामा के वध से मेरे पांचों बेटे तो लौटने से रहे। तो जीता रहे पापी अश्वत्थामा। सारे कष्ट सहकर दीर्घजीवी बने। हस्तिना में कम-से-कम एक मां हरिता तो पुत्रशोक से रक्षा पाये। कृष्ण को बुलाया। मंद स्वर में कहा–उस पापात्मा को क्षमा कर दो। भीम से कह दो, अब अश्वत्थामा को पकड़कर लाने की कोई ज़रूरत नहीं रही। अपने कर्म का फल वह पापी खुद भोगे। कोई अदृष्ट देखता है, फिर मैं दंड देनेवाली कौन हूं ?"

कृष्ण ने मृदु हंसी में कहा–"पांचाली ! क्षमा की अपरूप करुणा की मूर्ति को शतबार प्रणाम !"

भीम की आवाज़ आयी–"पांचाली ! लो, यह दुष्ट अश्वत्थामा खड़ा है ! हृदय फाड़कर रक्त पी जाओ। पुत्रशोक की ज्वाला बुझाओ।"

बन्दी अवस्था में उस ओर आंख भी नहीं उठायी मैंने। मुंह फेरकर कहा–"इस पापी को देखना तक नहीं चाहती। इसके स्पर्श से आत्मा कलुषित हो जायेगी। पति ! दया करें। मेरे सामने से ले जायें। इसे राज्य की सीमा से बाहर कर दें। इस राज्य में इसका कोई स्थान नहीं।" जीभ आग बरसा रही थी, परन्तु आंखें वर्षा कर रही थीं आंसुओं की। मैं कुछ भी न सह सकी और चेतनाशून्य हो गिर पड़ी।

पापात्मा अश्वत्थामा क्षमा के भी योग्य नहीं था। मुझसे क्षमा पाकर वह डरकर अरण्य में भाग गया। अन्त में उत्तरा के गर्भ से मुक्ति की प्रतीक्षा में स्थित पांडवों के एकमात्र वंशधर अभिमन्यु की भावी संतान को निश्चिह्न कर देने के लिए उसने ब्रह्मास्त्र का प्रयोग किया। आपद्‌बन्धु कृष्ण ने ही चक्र भेज कर उत्तरा के गर्भ की संतान की रक्षा की। श्मशान-भूमि पर हरी दूब की तरह महानाश में पांडवों की अंतिम आशा कृष्ण की करुणा-वारि से पुष्प बनकर उत्तरा के गर्भ में बढ़ती रही।

❑ ❑

जीवन से मृत्यु उदार है। जीवन से मृत्यु प्रशांत है। कल जो शत्रु थे आज उनकी मृत्यु मन को कोमल करुण भावना में सिक्त कर देती है। कल तक जो दुष्ट, कामुक, दुराचारी थे, मृत्यु ने उन्हें प्रशांत, स्थिर, निर्विकार कर दिया है।

युद्धभूमि पर जिन्हें शत्रु कह वध किया, सहोदर के रूप में उनका शव-संस्कार कर गंगास्नान करना होगा, तिलांजलि देनी होगी। प्रेत-कर्म कर उनकी आत्मा की सद्गति के लिए सारे क्रियाकर्म करने होंगे।

युद्धभूमि में दोनों विच्छिन्न परिवारों के मिलन का वह करुण दृश्य ! कैसे वर्णन हो सकता है उस शोक-सागर का ! सौ पुत्र, उनके अनेकानेक पुत्र, भ्राता, सहोदर, सबको खोकर धृतराष्ट्र, गांधारी, कौरव पत्नियां शवों में अपने-अपने आत्मीयों को ढूंढ रहे हैं। उनके साथ हैं मां कुंती।

मैं, पांचों पांडव और कृष्ण भी ढूंढ रहे हैं आत्मीयों को !

वहीं मां गांधारी और कुंती हैं। एक-दूसरे के गले लगकर रो रही हैं !

सारी कौरव रमणियां शोक-विह्वल, पुत्र-शोक, पति-शोक, बंधु-सहोदरों के शोक में विलाप कर रही हैं। हस्तिनापुर की सारी स्त्रियां शोकाभिभूत, श्रीहीन हो गई हैं। वैधव्य और वंश-नाश के शोक में सब म्रियमाण हैं।

इस दृष्टि से मेरा शोक उनसे कुछ कम है। मेरे पंचपति जीवित हैं। विजयी बने हैं, यद्यपि इस विजय का पालन कर रहे हैं श्मशान में चिता पर अग्निमहोत्सव के पास।

मां कुन्ती को देखते ही मैं फफक उठी। छाती पर सिर रखकर कहा–"मां, मेरे लाल, मेरे बेटे ! मेरा अभिमन्यु ! कहां गए वे ? क्या वे नहीं दिखेंगे अब ? क्या करूंगी मैं राज्य का ? जिसके संतान नहीं, क्या करेगा वह राज्य का ? धन-संपदा का ?"

मां ने मेरा सिर सहलाया–"बेटी ! तेरा जो दुःख है, मेरा भी वही दुःख है। चिर-उपेक्षित अपने मानी पुत्र कर्ण को ढूंढ रही हूँ। मरने तक मेरे पाप के कारण वह लांछित रहा। युद्ध में वह वीरोचित गति पा गया, परन्तु भीष्म, शल्य, जयद्रथ ने बार-बार युद्ध में भी सूतपुत्र कहकर अपमानित किया। भीष्म जैसे ज्ञानी ने भी उपहास कर 'अधिरथी' कह संबोधित किया। मेरा निरस्त्र लाड़ला अर्जुन के हाथों मरण को प्राप्त हुआ।"

मां की बात सुनकर लगा, जैसे कर्ण ही उनका एक बेटा था, अर्जुन अपर पक्ष का कोई है ! शतपुत्र जीवित रहें तो भी मृत पुत्र के लिए ही मां के मन में करुणा झरती है !

स्तब्ध, शोकाभिभूत सब देख रहे हैं कुरुक्षेत्र की युद्धभूमि ! कैसा भयंकर, हृदयविदारक है यह दृश्य !

लाखों मृत देह, खंड-खंड, अंग-अंग। रक्तरंजित केश, खप्पर। सिर-हीन धड़, कहीं कटे मुण्ड, विदीर्ण वक्ष, मांस के लोथ, हाड़, अंतड़ियां–कैसा भयंकर दृश्य फैला है धरती पर। हाथी, घोड़े, आदमी सबका रक्त समुद्र की तरह एकाकार हो रहा है। जिधर देखो, सियारों, गीधों, कौओं की चीख-पुकार मची है। मांस नोंचना, रक्त पीना, लोथ झिंझोड़ना चल रहा है। हस्तिनापुर नरक बना हुआ है !

विधवा, श्रीहीन नारियां उस बिखरे नरक के बीच अपने पति, पिता, पुत्र, भ्राता को ढूंढ रही हैं और उनकी लाश को पाकर छाती से लगा चीख उठती हैं।

युद्धभूमि के बीच में मृत्यु की बीभत्सता की उपेक्षा किए पड़े हैं द्वितीय सूर्य-समान तेजस्वी वीर कर्ण ! सूर्य-सुत होने के कारण मृत्यु का स्पर्श हुआ है, देह मलिन नहीं

हुई, पूतिगंधमय नहीं हुई।

मृत देह के पांवों के पास खड़ी हैं कुन्ती। मैं उनके पीछे। मां के आंसू मृत देह के पांवों पर झर रहे हैं। नारी हृदय की सारी कुण्ठा, लज्जा, संकोच, लोकापवाद का भय, सबको मृत्यु बहा ले गई। पुत्र-शोक में अधीर जननी यह भूल गई कि कर्ण कुमारी-अवस्था की संतान है। कर्ण की मृतदेह को गोद में लेकर सबके सामने विलाप कर उठीं। गगन-पवन भेद गया वह विलाप। सूर्यदेव उसमें करुण, लोहित, मलिन, अस्तायमान हो चले !

स्तब्ध बने युधिष्ठिर देख रहे हैं—मां कुन्ती के दोनों चरण कर्ण के पांवों से एकदम मिल गए हैं ! एक जैसे ! सभागृह में द्रौपदी के लांछन के समय कर्ण की कटुक्तियां सुनकर जो उत्तेजित हो उठे थे, तब कर्ण के पांवों पर दृष्टि पड़ते ही युधिष्ठिर आश्चर्य में भर शांत हो गए थे। आज देख रहे हैं मां कुन्ती के पांव। मां कुन्ती रुदन कर रही हैं मृत कर्ण के लिए। इनका पुत्रशोक की तरह रुदन का क्या अर्थ है ?

युधिष्ठिर के नेत्रों में अनायास जल भर आया। सब स्तब्ध ! विस्मित ! मां कुन्ती ने क्रोध संवरण कर कहा—"बेटे, कुन्ती के ज्येष्ठ पुत्र के रूप में तूने बहुत कष्ट सहा। पांडव परिवार के मुखिया के रूप में अनेक दायित्व तुझ पर आये। निबाहा भी। वास्तव में कुन्ती के ज्येष्ठपुत्र तुम नहीं। जो जीवन-भर कुन्तीपुत्र के गौरव से वंचित रहा, वही वास्तव में ज्येष्ठपुत्र था। आज तेरे आगे धरती पर पड़ा है वह। वह तेरा ज्येष्ठ भ्राता सूर्यनंदन, महावीरदाता कर्ण ! मेरे कुमारी-वय में ऋषि के आशीर्वाद का फल होने पर भी यह पृथ्वी पर अभिशप्त जीवन जीता रहा। अंत में भाई के हाथों ही प्राण दे दिये।"

पुण्य युद्धभूमि आज श्मशान-भूमि, शत्रु-मित्र, धनी-दरिद्र, ऊंच-नीच सबसे ऊपर है। सबको समान एक तल पर खड़ा कर दिया है, इस पवित्र धरती पर खड़ी कुन्ती अपने जीवन की चरम गोपनीयता बेटों के आगे प्रकट कर चुकी हैं। फिर विलाप कर उठीं।

अर्जुन भीगे नेत्रों से अस्तगामी सूर्य की तरह लेटे सौम्य वीर कर्ण को देखते स्वयं को धिक्कार रहे थे।

सारा संकोच भूल कर मैं भी मां के आंसुओं में मानी कर्ण की मृत आत्मा के लिए आंसुओं का अर्घ्य देती रही।

असंख्य चिंताएं जल उठीं। उनके साथ मानी कर्ण की क्षणभंगुर काया सुलग उठी। गर्व, अहंकार, दैवी शक्ति को लांघकर विजयी होने की भावना, सब कहीं उड़ गये थे। बस, उनके पौरुष की जय-जयकार मेरे मन में गूंजती रही।

आश्चर्य से देखा—कर्ण की प्रिय परिचारिका 'अस्मिता' चितानल में छलांग लगा जल रही है, भस्म हो रही है !

जीवन-भर अस्मिता ही कर्ण को अपने पास रखे रही। आज मृत्यु उसे भी कवलित कर गई।

जीवन अहंकार को नहीं लांघ सकता, पर मृत्यु अहंकार को भी लांघ जाती है। कर्ण का चेहरा अहंकारशून्य होकर चिता की शिखा में पूर्वाह्न के सूर्य की तरह उज्ज्वल, निर्मल, कोमल दिख रहा है। लगा—जैसे चिताग्नि में मैं देवदर्शन कर रही हूं।

मां कुन्ती और पांडवों के आंसू बहते रहे।

कृष्ण मेरे पास खड़े मां को समझा रहे थे, पांडवों को धीर बंधा रहे थे—"दैवी शक्ति और पौरुष दोनों के बन्धन के बीच होता है मनुष्य। दोनों न हों तो आदमी कर्ण की तरह सब-कुछ होते हुए भी हर कार्य में असफल होता है। पौरुष का भी एक आह्वान है। कर्ण में वह था। पर पौरुष के साथ प्रार्थना के संयोग बिना अहंकार उसे ग्रस गया। मनुष्य जब तक जीवित रहता है, अहंकार उसमें रहेगा। इसका यह अर्थ नहीं कि मृत्यु ही अहंकार-नाश का उपाय है। जीवन रहते-रहते अहंकार दूर करने का उपाय है—समाप्त हो जाना, स्वयं को समर्पण कर देना।

प्रयत्न और प्रार्थना, दोनों के समन्वय में आत्मसमर्पण कर दो। तब तुम रह सकोगे, नहीं तो समाप्त हो जाओगे।

अहंकारशून्य जीवन असंभव है। पर क्षुद्र अहंकार त्याग कर महान अहंकार का पोषण करो ! अर्थात्, हे प्रभु ! मैं आपका हूं, तभी तो मेरा अहंकार है। कर्ण का था क्षुद्र अहंकार, अर्थात् आत्मशक्ति का अहंकार। अर्जुन भी अहंकार-शून्य नहीं है। उसका अहंकार महान है—"तवशक्ति अभिमान" यह है अर्जुन की भावना। कर्ण कहता—"मैं अपने कारण बड़ा हूं।" अर्जुन कहता है, "मैं आपके कारण बड़ा हूं।" बस, यही दोनों में अंतर है। वरना शौर्य, वीरता, पुरुषार्थ की दृष्टि से समान हैं। दोनों की काया भिन्न थी, शक्ति एक थी।

अहंकार के कारण ही कर्ण का विनाश हुआ। अहंकार का नाश कर अर्जुन विजयी बन जीवित रहे। अतः कर्ण के लिए दुःख न करें। कोई किसी का नाश नहीं करता। आदमी कालस्रोत में स्वयं नाश को प्राप्त होता है।"

पुत्र-शोक में अधीर मां गांधारी कृष्ण की तत्त्ववाणी सुनकर क्रोध से कह उठीं—"हे कृष्ण ! आप शास्त्रज्ञ हैं ! अलौकिक शक्ति के अधिकारी हैं, पुरुवंश के परम आत्मीय हैं। आपसे क्या असंभव है ! आप चाहते तो कौरव इस विनाश से बच सकते थे। शत्रु का विनाश कर राज्य भोगने में कोई आनंद नहीं मिलता। पराजित शत्रु के आगे ही राज्यभोग में गौरव मिलता है। देखो, युधिष्ठिर ने राज्य तो प्राप्त कर लिया है। पर कौरव समेत आत्मीयों को खोकर कैसे कोस रहे हैं स्वयं को ! मेरे पुत्रों के विनाश के लिए आप ही दायी हैं..."

कृष्ण का स्वर शांत था—"देवी ! पर-धन में आसक्ति, दूसरों का राज्य अपहरण करना, ईर्ष्या करना, मातृजाति का अपमान करने के कारण आपके पुत्रों का विनाश हुआ। द्यूतक्रीड़ा में आसक्ति के कारण युधिष्ठिर जैसे धर्मात्मा राजा ने कितना कष्ट भोगा ? इसमें मुझे क्या करना था ? मैं तो अंत तक शांति-स्थापना करने के प्रयास में लगा रहा। युद्ध की परिणति सदा ही जनक्षय, धनक्षय, सभ्यता के ध्वंस और मानव के अकल्याण में होती है ! इसमें दोषी-निर्दोष, शांतिप्रिय और युद्धख़ोर दोनों क्षतिग्रस्त होते हैं। मेरे शांति-प्रस्ताव की अवज्ञा करने पर कौरवों का नाश हुआ।"

पुत्रों की चिता के पास खड़ी गांधारी क्षोभ में कह उठीं—"हे कृष्ण ! आप कितनी ही सफाई दें, आप ही सब कारणों के कारण हैं। मुझमें तनिक भी पुण्यबल है तो मैं शाप देती हूं—जैसे आज भरतवंश का नाश हुआ है, कभी वैसे ही आपके भी वंश का

नाश होगा। तुम्हारे भी कुटुंबीजन परस्पर कलह कर आज से छत्तीस वर्ष बाद विनाश हो जायेंगे। कौरव ललनाओं की तरह यादव रमणियां भी पतिहीना, पुत्रहीना, कुटुंबहीना होकर रोदन करेंगी। द्वारका रसातल में चली जायेगी।''

मैं स्तंभित हो गई। वंशनाश का शोक जानकर, नारी होते हुए भी वे किसी दूसरे को शाप कैसे दे सकीं ? फिर यदुकुल-प्रदीप पूर्णपुरुष कृष्ण को शाप दे बैठीं मां गांधारी ! यही क्या उनके मातृत्व की उदारता है ? सौ पुत्रों को जन्म देकर नारी जननी नहीं बन जाती, जननी का हृदय तो आकाश की तरह उदार होता है। धरती की तरह सहनशील होता है, सागर की तरह ममता के रत्न छुपाये रहता है।

उधर सुनाई पड़ी मां कुन्ती की अनुच्च स्वर में प्रार्थना—''हे वासुदेव ! आपके सिवा यदुकुल का विनाश किसी भी अभिशाप से नहीं हो सकेगा। हे मधुसूदन ! शत्रु को भी वंशनाश, पुत्रनाश का शोक न हो !—बस यही प्रार्थना है।''

कृष्ण मुस्करा उठे मरघट में—''देवी गांधारी ! आपका कुछ पुण्य बल है, इतना सुख जरूर मिलेगा। क्योंकि मेरे परिवार-कुटुंबी लोग सुरासक्त हो आपस में लड़-कट मरेंगे। धर्मस्थापना के लिए, अधर्म का ध्वंस आवश्यक है। अतः मेरे पुत्र यदि धर्मपथ का त्याग करते हैं, तो काल के ग्रास बनकर समूल नष्ट हो जायेंगे। ठीक छत्तीस वर्ष बाद काल-स्रोत में एक युग-परिवर्तन होगा और आपका शाप फलीभूत होगा।''

स्वयं भगवान भी एक नारी का पुण्य बल प्रतिपादित करके निर्मम अभिशाप को धारण कर लेते हैं।

अगरु, चंदन, घृत, तैल आदि की सुगंध में सामूहिक चितानल की शिखा खूब ऊंचे उठी। मृत्युकामी शोकाभिभूत हृदय में जाग्रत जीवन का भाग जगा रहा था। मानो ऊर्ध्वगामी चितानल चेतावनी दे रहा है—''विशाल बनो। परमात्मा के अस्तित्व में खो जाओ। तब शोक-दुःख जो हो, जीत सकोगे। जीवन की सार्थकता उपलब्ध होगी।''

❑ ❑

पुत्रहीन, मित्रहीन जीवन के छत्तीस वर्ष का राज्यशासन युधिष्ठिर के लिए अपने किए कर्मों का अभिशाप था। हर पल हस्तिनापुर की विधवा, पुत्रहीन रमणियों की विषादपूर्ण अभियोग भरी दृष्टि उनका तिरस्कार करती लगती—''ये हैं वे धर्मात्मा राजा युधिष्ठिर ! द्यूतक्रीड़ा के वश होकर राज्य एवं स्त्री को खो दिया और युद्ध की नींव डाल दी। अंत में सब-कुछ गंवाकर राज्य भोग रहे हैं ! अगणित निरीह प्रजा के दुःख के कारण हैं महाराज युधिष्ठिर !''

मैं उनके दुःख की अंशीदार थी। पंद्रह वर्ष का समय तो अंधे धृतराष्ट्र और गांधारी तथा मां कुन्ती की सेवा में रहकर कट गया। बाद में वनवास में समय बितायेंगे—यह कहकर मां गांधारी, कुन्ती तथा पिता धृतराष्ट्र बिदा लेकर चले गए।

बिदा के समय मां कुन्ती ने युधिष्ठिर का हाथ पकड़कर कहा—''बेटे ! मैं जैसी अभागिन हूं, कोई न होगी। राज्य पाने के बाद भी कभी मैंने राजमाता का आनंद नहीं पाया। क्योंकि कर्ण सरीखे सुपुत्र के प्रति जीवन-भर अविचार, उपेक्षा करती रही, अंत में असमय खो बैठी उसे। हर पल वह दुःख बींधता रहता है। अब अंतिम समय

में अनुरोध है—बेटे ! ज्येष्ठ भ्राता कर्ण के मृत्युदिवस पर उसका श्राद्ध करना, उसकी आत्मा के सुख-शांति की कामना करना। प्रकट में कभी उसकी जन्मतिथि का पालन नहीं किया। मृत्युतिथि पालन करने के लिए तुम्हें कहने में कोई कुंठा नहीं।"

आंसू बह रहे थे, जब मां ने बिदा ली। पंचपुत्रों को छोड़ जाने का दुःख न था, चिर उपेक्षित पुत्र के मृत्युदिवस का स्मरण होने के कारण पुनः पुत्रशोक विह्वल कर रहा था।

अब तो और कोई काम नहीं रहा। सेवा करने के लिए कोई गुरु नहीं रहे ! न लाड़-चाव के लिए बेटे-बेटी रहे। जीवन बोझ की तरह कसकने लगा है। समय काटना भारी हो रहा है।

बस एक ही अवलंब बचे सखा कृष्ण ! बीच-बीच में आते हैं, हम भी जाते हैं, कुछ समय कट जाता है। अर्जुन और मैं एकत्र बैठकर सखा को कभी याद कर उनकी चर्चा में ही समय बीत जाता है। सखा द्वारा युद्ध-क्षेत्र में कहा तत्त्व बताते अर्जुन। कितनी ही स्मृतियां फूल बनकर मन के उद्यान में खिलतीं। स्मृति के सहारे जीना पड़ता है।

याद आता नौवां दिन। पितामह भीष्म ने जब अगले दिन पांडव-विनाश की प्रतिज्ञा की थी। पांडव-शिविर में खलबली मच गई थी। जीवन जब विपन्न होता है, फिर नींद कहां ?

सखा कृष्ण मेरे पास आ पहुंचे—"रथ प्रस्तुत है। चलो, एक जगह चलें।" मैंने पूछा—"इतनी रात में आपके साथ कहां जाना होगा ?"

सखा ने हंसकर कहा—"तुम्हें कहीं ले जाने की बात तय होती तो बहुत पहले वह कार्य कर लेता। आज तक सखा को नहीं पहचान सकीं ? कम-से-कम इस ज्योत्स्नापूर्ण रात में तुम्हारे साथ रथ में एक चक्कर लगाकर घूम आने की घड़ी नहीं है।"

मैं रथ में बैठ गई। रथ जाकर ठहरा कौरव शिविर के पास। निशार्ध में कौरव शिविर के पास ! मेरा क्या काम है यहां ? तो क्या पांडवों के प्राण रखने के लिए सखा मुझे कौरवों को उपहार में सौंप देंगे ?

सखा अंधेरे में हाथ पकड़ ले चले हैं। कहा—धीरे चलना ताकि पद-ध्वनि भी न हो, किसी की नींद न टूटे। सीधे पितामह के शिविर में जाना होगा। पांडवों को मारूं या नहीं—इसी द्वन्द्व में वे अनिद्र बैठे हैं। तुम अच्छी तरह आंचल माथे पर आगे करके जाना। उन्हें सिर्फ प्रणाम करना। कुछ कहना नहीं।"

मैं धीरे-धीरे बढ़ती रही। मेरे पांवों से कुछ आवाज हो रही थी। सखा ने कहा—"जूती खोल दो ! कौरव जाग गए तो विपद आ जायेगी।" मैंने जूतियां खोल दीं। नीचे रखने जा रही थी कि सखा ने उन्हें मेरे हाथ से ले लिया। कहा—"रखने में आवाज होगी। कोई जाग गया तो ? औरतों की जूती भीष्म के द्वार पर देख संदेह कर बैठेगा। और सारा काम बिगड़ जायेगा।" मैंने देखा—सखा जूती लिए खड़े हैं ! लज्जा और संकोच में थम गई। ऐसे संकट की घड़ी में भी रसिकता कर बोले—"तुम्हारे पांवों में पड़ी इन जूतियों को हाथ क्या हृदय या मस्तक से लगाकर आर्यावर्त्त का कोई शौर्यवान् राजपुत्र सौभाग्य मानेगा। वह सौभाग्य आज मेरे हाथ में थमा दिया। तुम देर न करो, आगे

बढ़ो !''

मैं तुरन्त आगे बढ़ गई। पितामह के चरणों में भूमिष्ठ होकर प्रणाम किया। मंद प्रकाश में मुझे नहीं पहचान पाये पितामह। शायद कोई वधू होगी, कोई अभियोग लेकर आयी है। स्वतः मुंह से निकला–''सौभाग्यवती रहो !''

ओह ! अब सखा की बात समझ में आयी। आंचल पीछे सरकाकर कहा– ''पितामह ! आपके वचन सत्य ही होंगे, यही प्रार्थना है।'' मुझे पहचानकर आश्चर्य में भर गए–''बहू कृष्णा ! मेरे मुंह से यही शब्द सुनने इतनी रात कौरव शिविर में आने की बुद्धि किसने बतायी ? कृष्ण के सिवा कौन देगा...''

याद आया कि सखा जूती थामे बाहर खड़े हैं ! लज्जा में झुक गई। पितामह से क्या कहती ?

कार्य सिद्ध हुआ जान सखा भी अन्दर आ गए। कहा–''अब आप अपने वचन रखें। बहू को सुहागिन रहने का आशीर्वाद आज दिया है, फिर पांडवों का विनाश किस न्याय से करेंगे ?''

पितामह हंस उठे–''कृष्ण ! तुम्हारी लीला सुनी थी। परन्तु आज अपनी आंखों देख रहा हूं। हस्तिना में कृष्णा की जूतियां उठाए फिर रहे हो ? नारियों की पादसेवा में तुम्हें क्या आनन्द मिलता है, आजन्म ब्रह्मचारी भीष्म के लिए इसे समझना कठिन है ! खैर, जब इतना कष्ट उठाया है, पांडवों को कल अपना मृत्युभेद बताने के सिवा कोई उपाय नहीं। अब पांडवों के लिए निश्चिंत रहो।''

कृष्ण ने हंसकर कहा–''इसमें कष्ट कैसा ? आपकी प्रतिज्ञा के कारण ही तो द्रौपदी की जूतियां उठाने का अवसर मिला। यह कार्य करने में तो बहुत आनन्द मिलता है।''

पितामह के सामने मैं लज्जा में गड़ी जा रही थी। सखा ने हमारे लिए क्या नहीं किया ! मेरा जूठा खाया, मेरी जूतियां उठायीं। पति के सारथी बने। रथ चलाया। आज समझ रही हूं अपने भक्त के लिए कृष्ण क्या कुछ नहीं कर पाते हैं।

देवता को अर्पित पुष्प की सूखी पंखुड़ियों से सुरभि उड़ जाती है, फिर भी अगरु चन्दन की महक आती ही है, अतीत की दुःख-दर्द भरी अनुभूतियों में आनन्द नहीं होता, पर कृष्ण की स्मृति अगरु-चन्दन की सुगन्ध की तरह मन को पवित्र आनन्द में भर देती है। प्रतिदिन सोचती–कृष्ण ! आप हैं तभी मैं भी जीती हूं। शयन, स्वप्न, जागरण में तुम्हीं दिखते हो ! फाल्गुनि और मैं जब बैठते, सखा ही बीच में होते। कर्ण-वध के बाद फाल्गुनि अपनी प्रतिज्ञा पूरी कर चुके थे। फिर से मेरे साथ पति-पत्नी का संसार जारी रखने का अवसर था, पर वह मन ही और न रहा। पुत्रशोक, उसमें फिर कर्ण-वध करने की ग्लानि दोनों मन को सांसारिक सुख-भोग से विरागी कर चुके थे। अतः जब भी साथ होते, शोक हमें दो भाग कर देता। तभी कृष्ण की स्मृति मिला देती हमारी आत्मा को, जीवन का नया अर्थ समझा कर। मुझे शोकविह्वल देख कर अर्जुन कृष्ण की बातें कहते और जब अर्जुन खिन्न होते, मैं कृष्णस्मृति का आश्रय लेती। पंचपति को प्रफुल्ल रखने के लिए मैं बीच-बीच में कृष्ण को बुला भेजती। युद्धोत्तर शोक को दूर करने के लिए कृष्ण के सिवा हमारे पास और क्या गति थी ?

❑ ❑

वर्ष पर वर्ष बीतते गए। यदुकुल को विनाश से बचाने के लिए कृष्ण ने अपने राज्य में सुरापान निषिद्ध कर दिया था। मैं सोच रही थी, द्वारकापुरी रसातल में जाये तो भी कृष्ण हैं, तो हमारा सब है। जो स्वयंभू हैं, उनका विनाश कौन करेगा ?

कई दिन से सखा नहीं आये। खबर आयी कि कृष्ण ने अर्जुन को द्वारका बुलाया है। अर्जुन के द्वारका जाने के बाद मन में कुछ गुमान हो गया—"सखा को देखने का मन हुआ, पर सखी याद नहीं आयी ?"

परन्तु अर्जुन जो संवाद लेकर आये, उस घटना का वर्णन क्या मैं कर पाऊंगी ? माथे पर आकाश टूट पड़ा। पांवों तले से धरती ही खिसक गई। अत्यधिक सुरापान कर आपस में कलह करने लगे, इसी में यदुकुल ध्वंस हो गया। बलराम ने मृत्यु वरण की है। जारा शबर के शराघात से कृष्ण वासुदेव ने यह नाशवान काया त्याग की है ! कृष्ण एवं बलराम का अन्तिम संस्कार कर कृष्ण के पोते वज्र को लेकर लौट आये हैं अर्जुन !

कृष्ण का महाप्रयाण हो गया ! एक महायुग का अवसान हो गया। अर्जुन शक्तिहीन और मैं प्राणहीन हो गई। सोचा—काल ही बली है। उससे बचने की शक्ति किसी में नहीं। घोर कलियुग कृष्ण के महाप्रयाण की मानो प्रतीक्षा कर रहा था। कलियुग आरम्भ होने के बाद अहिंसा और धर्म के अवतार युधिष्ठिर को लगा, महाप्रस्थान का समय आ गया है। अब राजसिंहासन के वे अयोग्य हो गए हैं। नहीं, कलियुग में राज-सिंहासन पर न्यायपरायण युधिष्ठिर नहीं टिक सकते। यही जटिल समस्या थी मेरे आगे।

सिंहासन पड़े रहते हैं, राजा बदल जाते हैं। आदमी आता-जाता है और महाकाल का प्रवाह चलता रहता है। कृष्ण बिना पांडव वैसे ही हैं जैसे न्याय बिना धर्म ! सब जान गए कि युधिष्ठिर का सिंहासन त्यागने का समय आ गया है।

हस्तिना के राजा बने अर्जुन के पोते, अभिमन्यु-सुत परीक्षित। इन्द्रप्रस्थ के राजा बने कृष्ण के पोते वज्र। दोनों सखाओं के अन्तिम वंशधर दोनों पोतों को राज्यभार सौंप कर युधिष्ठिर निश्चिंत हो गए।

सुभद्रा पर उनका दायित्व डाल दिया। युधिष्ठिर की इच्छा का पालन कर मैंने पंचपतियों के साथ स्वर्गारोहण के लिए हिमालय की यात्रा की।

स्वदेह से स्वर्गारोहण भी कम बड़ा प्रलोभन नहीं। प्रलोभन छोड़ दें तो स्वर्गारोहण संभव नहीं। मैं राज्य, धन, संपद सब छोड़ आयी, परन्तु लोभ कहां छूटा ? लोभ को छोड़ कर क्या जीवन संभव है !

मुड़ कर देखा—माया पीछे-पीछे भागी आ रही है। माया मेरा पीछा नहीं छोड़ती ! क्यों ? माया किसी बंधन की तरह मुझे पीछे खींच रही है ! क्यों ?

सत, रज, तम, त्रिगुण रज्जु से जीवात्मा बंधी है। तमोगुण से मोह पैदा होते हैं, रजोगुण से हुए आसक्ति और तृष्णा, सतोगुण से पैदा होती है सात्विकता। फिर भी सतोगुण एक बंधन है। तमोगुण और रजोगुण लोहे की बेड़ी हैं, तो सतोगुण सोने की बेड़ी है। अतः हिमालय की राह स्वर्गारोहण की इच्छा सात्विक होने पर भी मुझे पांवों में सोने की बेड़ी जैसी लगी। क्योंकि यह भी मेरे लिए मोह में परिणत हो गई

है। राज्य-प्राप्ति का मोह लोहे की बेड़ी है, तो स्वर्गप्राप्ति का मोह क्या सोने की बेड़ी नहीं ?

कौन है मोहमुक्त ? मैं ? मेरे पति ? मोहग्रस्त आदमी सदेह स्वर्ग की प्राप्ति कर सकेगा ?

मोह आदमी को अन्धा कर देता है। परन्तु राह चलने के लिए कुछ मोह, कुछ फलासक्ति आदमी में जरूर होती है। अतः वह अन्धे की तरह भले-बुरे का विचार किए बिना राह पर चलता रहता है, ठीक हमारी तरह।

रास्ते पर चलते-चलते सोच रही हूं—इस जन्म में क्या पाया ? क्या खोया ? क्यों आयी थी ? मुझसे क्या कार्य साधित हुआ ? क्या करना उचित था मेरे लिए ?

आहार, निद्रा, मैथुन, राज्यभोग आदि सब तो पाया है जीवन में। फिर भी लगता है जीवन अधूरा रहा। क्या अभाव रह गया ! क्यों इतना दुःख, शोक, दर्द भोगा जीवन में ? सोचती हूं, युधिष्ठिर को पति रूप में पाकर कोई भी नारी दुःख भोगती...

और सोचते-सोचते हिमालय की स्वर्णरेणु पर मेरा पांव फिसल गया।

पंचेन्द्रियों की तरह जिन्हें जीवन-भर स्थान दिया—मेरे जन्म-जन्मांतर के साथी, पंचपति मुड़ कर भी नहीं देखते। सीधे चलते रहे ! स्वर्गपथ पर आगे बढ़ते गए। मृत्यु के द्वार पर मैं अकेली !

भीम की आवाज सुनाई पड़ी—"भैया ! द्रौपदी गिर पड़ी है !" युधिष्ठिर ने स्थिर स्वर में कहा—"द्रौपदी अपने पतन के लिए स्वयं दायी है। अर्जुन को अधिक चाहती थी। यही उसका पाप है। भीम, तुम भी यहीं अपनी गदा रख दो। गदा ही तुम्हारा अहंकार है। स्वर्ग राज्य में अहंकार को कोई स्थान नहीं। मुड़ कर देखो मत, आगे बढ़ते रहो।"

भीम भ्रातृ-आज्ञा मान अपनी गदा रख आगे बढ़ गए। पांडवों की स्वर्गयात्रा के चिह्नस्वरूप पड़ी रही वह भीम-गदा हिमालय की छाती पर।

ठीक इसी जगह मां कुंती, गांधारी, पिता धृतराष्ट्र, महात्मा विदुर ने भी जीवन के अन्तिम दिन बिताये थे, वहीं पड़ी हूं मैं। आगे भरत मन्दिर दिख रहा है। रामचन्द्र के परमभक्त आज्ञाकारी लघुभ्राता भरत इसी राह से हिमालय के निभृत प्रदेश की ओर तपस्या के लिए गए थे।

अरण्यवास के समय युधिष्ठिर ने यह मन्दिर बनवाया था। आज भरत मन्दिर में प्रणाम कर पांचों मुझे पीछे छोड़ चल पड़े।

अहंकार स्वर्गद्वार का पथावरोध करता है। कोई इस संसार में अहंकार-शून्य हो सकता है ? कल मैं भी हस्तिना की राजरानी थी। पिता, पुत्र, भाई, बंधु, सबका उत्सर्ग कर मैंने राजरानी पद पाया। मन में अहंकार नहीं होगा, यह कैसे कह सकती हूं ? जिस जीवन में अहंकार के लिए काफी गुंजाइश थी, वह जीवन भी मुझे संपूर्ण नहीं लगा। आज मृत्युपथ पर अकेली पड़ी हूं। अहंकार जरूर दूर हो गया है। मगर असहायता पूर्णतः ग्रसने बैठी है। असहायता मेरे अन्दर हीनता की भावना भर रही है। आज उपलब्ध कर रही हूं कि जीवन सिर्फ अहंकार नहीं है, और न केवल असहायता से भरा है। इन दोनों के बीच ही जीवन का निर्झर बहता रहता है। जीवन में अहंकार एवं असहायता

दोनों की महत्त्वपूर्ण भूमिका है। सिर्फ अहंकार आदमी को अन्धा बना देता है। जबकि असहायता उसमें हीनता भर देती है। परन्तु अहंकार और असहायता-बोध यदि क्षुद्र न होकर महान हो तो जीवन सार्थक हो जाता है। आदमी जब सोचता है कि प्रभु ! मैं आपकी ही सृष्टि हूं, इसी से मेरा अहंकार है। फिर वह जब सोचता है कि मेरी सारी शक्ति, सहायता आप ही हैं, तब आदमी की आत्मा ऊर्ध्वगामी हो जाती है, स्वर्ग का द्वार आदमी की आत्मा के लिए उन्मुक्त हो जाता है।

आज मैं भी अपना अहंकार और असहायता आपको अर्पण कर महान हो रही हूं। आपके बिना आदमी का अहंकार और असहायता दोनों अर्थहीन हैं, विफल हैं।

❑ ❑

किसका है यह मधुर वंशीस्वर ! रक्त रिसते अन्तःकरण को पवित्र कर रहा है, भावों का निर्झर बहा रहा है ! कानों में कोई गुनगुना रहा है—"जीवन भोग के लिए नहीं, भाव के लिए है।" कौन मुझे राह दिखा कर भोग के जीवन से भाव के जीवन की ओर खींच रहा है ? पुकारता है—"आओ...आओ...मैं प्रतीक्षा कर रहा हूं !" कौन है यह अदृश्य साथी ? क्या माया है ?

नहीं। माया तो कब की फिसल कर गिर पड़ी थी—उसकी वहीं मृत्यु हो गई। हिमालय के इस गंगाद्वार का नाम है, 'मायापुरी'। यहां पांव रखते ही माया लीन हो जाती है। मैं अब मायामुक्त हूं। इतने दिन तक माया ही मुझे बंधन में रखे थी। शोक, दुःख, लांछना में छटपट करती रही। और उस मोहिनी माया को न पहचान कर कहती—'हे सखा कृष्ण ! आप ही मुझे दुःख दे रहे हैं।' सच, आपको न पहचानने पर कितना कष्ट सहना पड़ा। मेरा क्या कसूर ? जब भी स्वयं को मिटा देने आपकी ओर मन किया, माया ने राह रोक ली ! मेरे मन को निम्नमुखी बना दिया। जीवन से आज मृत्यु अधिक सुखकर लगती है। क्योंकि जीवन मायाग्रस्त था, मृत्यु मायामुक्त कर रही है।

सखा ! अपनी त्रुटियों के लिए मुझे मिटा दें...मिटा दें ! जीवन भर मांगती रही—दो, दो, सुख दो, ऐश्वर्य दो, संसार के भोग दो। सब दिया—संसार के सारे दुःख भी खुलकर मेरे आंचल में डाल दिये। आज मांग रही हूं कुछ और—मुझे ले लो, ले लो, हे कृष्ण ! मुझे समाप्त कर दो, निःशेष कर दो। अविभाज्य कर दो। तुमसे जो विभक्त नहीं होता, वही तो भक्त है। मैं क्या आपकी भक्त नहीं ? यह बात क्या इन्कार कर सकेंगे, हे सखा ?

सखा ! प्रियतम ! मैं अपने लिए कुछ नहीं मांगूंगी। इस अपनी सुन्दर पृथ्वी के लिए मांग रही हूं—इस जन्म की अन्तिम भिक्षा। तुम भगवान हो। तुम्हारे पास कुछ अदेय नहीं। जो मांगूंगी, क्या नहीं देंगे। ?

पहली चीज मांगती हूं—हे कृष्ण वासुदेव ! मेरे जीवन में जो हो गया, किसी और नारी के जीवन में न हो। कभी कोई नारी एक-साथ एकाधिक पति न रखे, ऐसा विधान कर दो। स्वयं को अविभक्त कर विभक्त होने का दुःख जानती हूं।

दूसरी चीज—दयामय कृष्ण ! शत्रु को भी पुत्रशोक न देना। इससे बढ़कर दूसरा शोक संसार में कुछ नहीं। मुझसे बढ़कर इसे कौन जानता है ?

तीसरी बात—सभा में जो यातना मुझे दी गई, वैसी यातना पृथ्वी पर किसी नारी को न मिले। नारी को रूपवती करो, पर पुरुष को ऐसा कामुक न करो।

चौथी बात मांगती हूं—यह, जगत के लिए, कलियुग के आगामी वंशधरों के लिए। हे परमकल्याणकारी कृष्ण ! मैंने एक समर सहा है। धरती माता का विलाप मेरा जननी हृदय अभी-भी सुन पाता है। अतः अनुरोध है—जाति, धर्म, भाषा, वर्ण के कारण हस्तिना और इन्द्रप्रस्थ की तरह कोई देश टुकड़े-टुकड़े न हो जाय। आपकी सृष्टि का वैचित्र्य है वैषम्य—इसके कारण देश की अखंडता, एकता, पवित्रता नष्ट न होने पाये। विश्व के सारे वैषम्य के बावजूद महासमर धरती पर कभी न हो। महासमर का परिणाम भोग चुकी हूं। समर में जूझते दोनों पक्ष क्षतिग्रस्त होते हैं। जेता और पराजित दोनों बंधु-रहित हो जाते हैं। सभ्यता, संस्कृति, धन, जीवन का लोप हो जाता है।

व्यासदेव से सुना है आज से पांच हजार वर्ष बाद कलिकाल में आदमी सभ्यता, संस्कृति और विज्ञान की चरम उन्नति कर लेगा। विज्ञान के बल पर वह ग्रह-ग्रहांतर से मैत्री कर लेगा। तब यदि क्षमता-पिपासु आदमी सूझबूझ की गलती से महासमर ठान लेगा, तो उसी विज्ञान का आयुध लेकर कैसी भयावह स्थिति हो जाएगी ! हे विपद्‌बंधु कृष्ण ! सृष्टि का नाश होने पर आप ही नूतन सृष्टि और सभ्यता के लिए श्रम करोगे। हे सृष्टिकर्ता ! अतः जैसे द्वापर में शांतिस्थापना के लिए हस्तिना गए, वैसे पहले से ही सावधान करने के लिए कलियुग के चिंतनशील लोगों के कान में मोहन वंशी-स्वर से क्यों नहीं कह देते—शांति ! शांति !! शांति !!!

आपका शांति संगीत विफल होने पर आपको ही बाध्य होकर फिर पृथ्वी पर उतरना होगा। दो मार्ग हैं आपके—शांति, नहीं तो संहार। पृथ्वी पर यह भंगुर काया लेकर जन्म लेने का दुःख अच्छी तरह अनुभव कर चुके हैं। अतः शांति मार्ग ही क्यों नहीं चुनते ? सृष्टि के कल्याण के लिए राष्ट्रीय ऐक्य, विश्वमैत्री मेरी चौथी मांग है।

पंचम बात मांगती हूं—सखा ! पंचपति की नायिका पांचाल देश की राजकुमारी, पंचपुत्र की जननी मैं पांचाली हूं। पांचवीं मांग पर पूरी करूंगी अपनी पंचभूत की काया का अन्तिम पर्व। अन्तिम बात क्या होगी ? मोक्ष ? स्वर्ग ? मुक्ति ? यही तो जीवात्मा की मांग है। परन्तु मेरी मांग उलटी है।

मैं मोक्ष नहीं चाहती। स्वदेह से स्वर्ग नहीं मांगती, मुक्ति भी नहीं। मैं तो 'पुनर्जन्म' चाहती हूं। आश्चर्य हो रहा है सखा ! मुझे स्वर्ग नहीं चाहिए। वह देवों की वासस्थली है। स्वदेह में कोई स्वर्गारोहण करता है तो वह होंगे युधिष्ठिर। क्योंकि धार्मिक होते हुए भी वे आदमी के प्रति निष्ठुर हैं। आदमी से अधिक वे देवता हैं। पृथ्वी से दूर जाकर स्वर्ग पाने के लिए उनकी जीवन-भर की साधना है। मेरे अन्य पति एक-एक साधारण आदमी हैं। वे जरूरी एक-एक कर फिसल कर गिरेंगे। स्वदेह से स्वर्ग पाने का कष्ट भोगने की अपेक्षा अपनी जन्मभूमि मर्त्यलोक को स्वर्ग भुवन में परिणत करने की चेष्टा करना ज्यादा श्रेयस्कर होगा।

सखा ! इस जन्म में अनेक त्रुटियां हुईं। न्याय पाने के लिए ही हो, चाहे, मैंने युद्ध चाहा, प्रतिहिंसा का मौका ढूंढा। युद्ध के लिए पतियों को उत्साहित किया। आज सोचती हूं यदि शांति स्थापना का शुरू से ही प्रण करती तो आर्यावर्त्त के निरीह नर-नारी

जी सकते थे।

इस जन्म की त्रुटियों के लिए पुनः जन्म दो, और इसी पवित्र भारत-भूमि पर जन्म दो। जहां पर क्षणभंगुर देह लेकर आपने जन्म लिया। भारत की आत्मा कृष्णमय, आनन्दमय, प्रेममय है। प्रेमपूर्ण हृदय ही ऐसी कृपा का आधार है। आदमी से घृणा कर ईश्वर से प्रेम नहीं किया जा सकता। अतः हे प्रेमिकशिरोमणि ! मुझे प्रेमिका का जन्म देना। मुझे कृष्णप्रेमिका एवं विश्वप्रेमिका का बार-बार जन्म देना।

मैं समझ रही हूं महाभारत की कृष्णचेतना। आध्यात्मिकता और धर्मभाव सारे विश्ववासियों की चेतना को स्पर्श करेगा। सारा विश्व कभी होगा कृष्णचेतनामय। कृष्ण का अर्थ है अंधकार। अंधकार ही आलोक का जन्मदाता है। अतः विपन्नता के अंधकार में ढके विश्व का उत्थान सिर्फ आध्यात्मिक चेतना से ही संभव होगा, और कभी भारत समग्र विश्व में मैत्री, शांति का पथ-प्रदर्शक होगा। हे भगवान कृष्ण ! मेरे इस जन्म की त्रुटि के लिए बारबार भारत-भूमि पर जन्म दें।

मुझे सारा जीवन नहीं चाहिए। एक छिन ही सही, कर्मठ का हाथ, ज्ञानी की आंख, भक्त का हृदय देकर आपके लिए जन्म दें—आपके लिए ही मरण दें—सखा ! आप ही जगत् हैं, ब्रह्मांड हैं, आपके लिए जीने-मरने का ही अर्थ है जगत् के लिए जीना-मरना। ऐसा जन्म पाने पर शायद इस जन्म की त्रुटियों से छुटकारा मिले। मानव-जीवन सार्थक होगा। पृथ्वी पर जीकर, पृथ्वी पर मरकर मरण पाने में आत्मा को स्वर्ग-प्राप्ति होगी। स्वदेह स्वर्ग-प्राप्ति की बजाय आत्मा का स्वर्ग पाना मुझे अधिक काम्य है।

आज मरने का मुझे दुःख नहीं। क्योंकि पुनः पवित्र भारत माटी में जन्म लेने की कामना के साथ मर रही हूं। मृत्यु-पथ पर कृष्णनाम की जगह अपने अधरों पर आपके वंशीस्वर के भाव उच्चारित कर रही हूं—"ओम् शांतिः ! शांतिः !! शांतिः !!!

कलियुग के अशांत मानव मन में मोहन वंशी स्वर इसी तरह गूंजता रहे—ओम् शांतिः ! शांतिः !! शांतिः !!!

॥ इति ॥

सखा, पत्र शुरू किया था अपना दुःख जताने के लिए। और पहुंच गई जगत् के दुःख-दर्द के पास। आप जिस नाटक के नायक हैं, वही लिख गई आपके आगे। लगता है मेरी बात अधूरी रह गई। पत्र लिखकर पढ़ रही हूं। पढ़कर सोचती हूं फिर से शुरू करूं क्या पत्र ? शेष से प्रारम्भ, प्रारम्भ से शेष...यह क्या कर रही हूं ?

आपने ही कहा है—मृत्यु में जीवन का शेष नहीं होता, आरंभ होता है—नववस्त्र परिधान है। तो पत्र का आरम्भ से इति, इति से आरम्भ करने में क्या क्षति है ?

मेरी काया पड़ी है, आत्मा फूल की पंखुड़ी बन उड़ी जा रही है, जहां जारा शबर द्वारा शरबिद्ध आपके रक्त-सने चरणद्वय कृष्णमय खाली आकाश में असंख्य स्वर्णिम पंखुड़ियों वाला पद्म बन कर खिल उठे हैं ! ठीक ऐसे ही स्वर्णिम सहस्र पंखुड़ीवाला विकच पद्म कभी आपने मेरी ओर फेंका था—मेरे मन में जगायी थी पद्मप्रीत ! माया बंधन में पड़ उसी दिन क्या जान सकी थी कि पद्म नहीं, आपने प्रेममय चरणयुगल मेरी ओर बढ़ाये थे।

असंख्य छिन्न पंखुड़ियां कहीं से उड़कर आ रही हैं—वही असंख्य दल वाला पद्‌म बन रहा है। फिर कहीं उड़ जाती हैं पद्‌म की वे पंखुड़ियां ? छिन्न होकर उड़ जाती हैं, फिर मिल जाती हैं—पद्‌म के आकार और पंखुड़ियों में न क्षय होता है, न उनमें वृद्धि होती है !

जिन्हें खोकर बिसूर रही थी—एक-एक का चेहरा एक-एक पंखुड़ी में देख रही हूं। आपके चरण-कमल में पंखड़ी बन कर संयुक्त हो रहे हैं, मेरे पिता, भ्राता, पुत्र, मां कुंती, गांधारी, बंधु-परिजन, और अंत में वीर कर्ण ! उसी विकच पद्‌म में संयुक्त होने उड़ी जा रही हूं। जो कुछ खो दिया था, पा लेने जा रही हूं। अब समझी हूं आपके पाद-पद्‌म की प्राप्ति ही परमप्राप्ति है। परमप्राप्ति जहां पर है, वहां कोई शत्रु-मित्र, धर्मा-धर्म, जाति-वर्ण का भेद नहीं रह जाता। उन्हीं पद्‌म पंखुड़ियों में सब-कुछ देख रही हूं। और उपलब्ध कर रही हूं—जो शून्य है वही पूर्णता है। जो प्रारम्भ है वही प्रलय है, जो आरम्भ वही इति—

अतः इति से ही शुरू कर रही हूं अपना पत्र। यह तो पत्र नहीं, मेरा जीवन है। जीवन की पुनरावृत्ति की ही तो कामना है।

कहां शेष किया था पत्र—? हां—मोहन बंशी-स्वर विश्व-मानव के अंतःकरण में गुंजरित होता रहे—ओम् शांतिः शांतिः शांतिः !!!

"आरंभ"

❑❑

अन्त में

द्रौपदी नारीत्व का एक आह्वान है। कर्म, ज्ञान, भक्ति और शक्ति का मूर्त रूप है।

विश्व में अब तक ऐसी नारी कोई नहीं हुई जो याज्ञसेनी द्रौपदी की तरह यातना, लांछन, मानसिक संकट एवं संघर्ष के सामने हुई हो।

कामांध पुरुषों द्वारा सुन्दर नारी युग-युग में यातना पाती और अपमानित होती आयी है। परन्तु भ्रातृविवाद, ईर्ष्या और असूया के अधीन हो अपने ही वंश की कुलवधू अनेक ज्ञानी, गुणी, मानी पुरुषों के सामने विवसना हो और सब चुपचाप निर्वसना की अंग-शोभा देखने बैठे रहें, इससे बढ़कर कलंक-भरा अध्याय विश्व के लिखित-अलिखित इतिहास में कहीं नहीं मिलेगा। यहां तक कि काव्य, कविता, कहानी, नाटक में भी किसी नारी के यों निर्यातन की बात नहीं मिलेगी। इतना ही नहीं, सास के अनजाने मुंह से जो बात निकल गई, उसके लिए राजनंदिनी कृष्णा को बाध्य होकर पंचपति वरण करने पड़े। पुराणों में ऐसे कुछ दृष्टांत हैं, पर सभ्य समाज के इतिहास में यह सिहरा देने वाली बात है। अपने सतीत्व की पराकाष्ठा के कारण कृष्णा का नाम पंचसतियों में रहा। पर पंचपति वरण के कारण कौरवों द्वारा और कर्ण द्वारा कृष्णा को बहु पुरुषभोग्या, वार नारी कह कर बार-बार निंदा की गई है। पंचपांडवों के सुख-दुःख की चिरसहचरी कृष्णा के जीवन में नाना दुःखों का तांता लगा रहा। पर मनोबल कभी न टूटा, आखिरकार हिमालय में स्वर्णरेणु पर पहले पांव फिसला, कृष्णा स्वर्ग पाने से वंचित हुई। अकेली, निःसहाय अवस्था में प्राण त्यागने को बाध्य हुई।

कृष्णा के त्याग, निष्ठा, चारित्रिक दृढ़ता के बारे में थोड़ा-बहुत हम सब जानते हैं। किसी परिचित महिला की छोटी बहन का नाम है कृष्णा। शराबी दुश्चरित्र पति को छोड़ वे पीहर में रह रही हैं। सबने कहा—कृष्णा को दुबारा विवाह कर लेना चाहिए। मगर हमारे आज के समाज में पति परित्यक्ता के दुबारा विवाह की बात इतनी सरल सहज नहीं। पश्चिम जर्मनी में रह रहे अपने भाई के पास मन बदलने कृष्णा चली गई। कुछ दिन बाद वहीं एक युवक के साथ उनका विवाह भी हो गया। अब वे एक पुत्र व एक कन्या की मां हो चुकी हैं। उनका दाम्पत्य जीवन आराम से है। पर अजीब बात है, जो कभी कृष्णा के प्रति सहानुभूतिशील थे, दुबारा विवाह के बाद वे कहते हैं—वाह, नाम ही जब कृष्णा है, दूसरा पति कर ही तो सुखी हो सकी। अरे, कभी कृष्णा ने पांच पति किये, फिर भी सन्तुष्ट न हो कर्ण एवं कृष्ण के प्रति अनुरक्त हुई...''

इस मंतव्य पर उस दिन बड़ा कष्ट हुआ। कलियुग में पति-परित्यक्त नारी कृष्णा

के प्रति किसी मंतव्य पर नहीं। आदमी के लिए आदमी आज घड़ियाली आंसू बहाता है, यह तो मामूली बात है। द्वापर की असामान्य विदुषी, भक्तिमती, शक्तिपूर्ण नारी कृष्णा के प्रति ऐसी विचार-शून्य बात मेरे दुःख की जड़ में थी। यह किसी का व्यक्तिगत मत हो सकता है। पर हम कृष्णा को कितना जानते हैं ? कितना ज्ञान है हमें महाभारत के महत्त्व और उस महान संस्कृति का ? मूल संस्कृत या उसका भाषांतर, या सरला दास रचित उड़िया महाभारत को कितनों ने भली-भांति पढ़ा है ? अंधे हाथीं देखने बैठे हैं, उस तरह महाभारत की महान आख्यायिका खुद पढ़े बिना सुनी-सुनाई बात पर हम अपनी संस्कृति पर छींटाकशी कर बैठते हैं।

कृष्णा को 'याज्ञसेनी' के रूप में चित्रित कर अपने देश के संस्कृति-प्रेमी पाठकों के आगे रख रही हूं। उपरोक्त घटना इस संदर्भ में मुझे कचोटती रही, अतः लिख दिया।

मुख्यतः मैंने व्यासदेव रचित महाभारत का ही सहारा लिया है। उड़िया में सरला दास की महाभारत का भी कुछ प्रभाव मुझ पर पड़ा है। इसके अलावा कुछेक काल्पनिक घटनाओं, पात्रों का समावेश मूल कथानक में किया गया है। जगह-जगह मूल महाभारत के घटना प्रवाह का क्रम भी नहीं रहा। इस व्यतिक्रम को भी मैंने स्थान दिया। कृष्णा के किसी मरणशील देहधारी नारी की तरह विडम्बित, वैचित्र्यपूर्ण जीवन के मनोवैज्ञानिक चित्र को देने की चेष्टा की है।

पुरुषोत्तम श्रीकृष्ण ही हैं महाभारत के नायक। 'कृष्ण' एवं 'कृष्णा'—दो नामों के बीच आत्मिक संयोग के ज़रिये मैंने देहातीत प्रेम (Spiritual love) संबंध दिखाया है। कृष्ण एवं द्रौपदी के बीच 'सखा—सखी'—यह Spiritual love (आध्यात्मिक प्रेम) अनेक ग्रंथकारों ने पहले भी जगह-जगह दिखाया है। पर कृष्ण के अलौकिक चरित्र को देख कौन नारी या किस युग में उन्हें प्रेम किये बिना कोई रह सकता है ?

बस, यही कामना है, समरशंकित विपन्न विश्व की आत्मा में झंकृत हो उठे याज्ञसेनी की वह अन्तिम प्रार्थना—

ॐ शांतिः ! शांतिः ! शांतिः !

आख्यायिका
तुलसीपुर, कटक

—प्रतिभा राय